MUERTE EN EL TERCER REICH

Planeta Internacional

MUERTE EN EL TERCER REICH

JEAN-CHRISTOPHE GRANGÉ

Planeta

Título original: *Les promises*

Jean-Christophe Grangé

Traducción: Gustavo Osorio de Ita

Diseño de portada: Planeta Arte & Diseño / Estudio La fe ciega / Domingo Martínez
Ilustración de portada: Fotoarte creado con imágenes de © iStock

Bajo el sello editorial PLANETA M.R.
Avenida Presidente Masarik núm. 111,
Piso 2, Polanco V Sección, Miguel Hidalgo
C.P. 11560, Ciudad de México
www.planetadelibros.com.mx

Primera edición en formato epub: octubre de 2022
ISBN: 978-607-07-9210-6

Primera edición impresa en México: octubre de 2022
ISBN: 978-607-07-9233-5

Impreso en los talleres de Litográfica Ingramex, S.A. de C.V.
Centeno núm. 162-1, colonia Granjas Esmeralda, Ciudad de México
Impreso y hecho en México – *Printed and made in Mexico*

Para Megumi

I
LOS SOÑADORES

1

—Todo ocurre en la campiña. Ella llega una mañana de invierno.

—¿Ha tenido oportunidad de ver aquellos lugares?

—No. He vivido en Berlín desde siempre, y detesto salir de la ciudad.

—Esta pequeña niña, descríbamela.

—Viste el uniforme de la Bund Deutscher Mädel, con su corbata negra, falda larga, y el escudo estampado con el águila del Reich. La miro acercarse entre la bruma. Ella me dice: «Vengo de parte de Hitler».

—¿Así, tan directo?

—Sí. Pareciera que Hitler fuese de su familia o un conocido, no sé. Es absurdo. A lo largo del sueño, cada detalle se encuentra recubierto de cierta extrañeza, de algo inexplicable.

—Pero siempre pasa así con los sueños, ¿no?

Simon Kraus le dirigió una sonrisa de complicidad. La mujer no se la devolvió. Era hermosa, elegante, estaba ricamente vestida. Como todas las otras.

—Continúe, por favor.

—Ella se acerca de nuevo y puedo ver mejor su rostro. Está muy pálida y tiene la piel picada por la viruela. Su cabello es rubio. De un amarillo… desagradable. No puedo dejar de mirarlo.

—Desagradable: ¿Qué quiere decir con esto?

—Es del color de... la orina. Eso es lo que me digo a mí misma en mi sueño: «Esta niña con cabellos de color de meados». Empiezo a sentir una violenta náusea.

Simon nunca tomaba notas. Un micrófono escondido debajo de su escritorio registraba cada sesión. Por otro lado, le encantaba garabatear, dulcemente, retratos de sus pacientes.

Esta era nueva. Un reto para el dibujante aficionado que era. Cejas altas (falsas; las reales habían sido depiladas) que evocan acentos circunflejos, boca pequeña como un terrón de azúcar, nariz respingada, las manos largas y delgadas… *Concentrémonos.*

—Mientras ella me habla, noto varios detalles. Por principio, ella está sujetando una pala entre las manos. Más tarde, noto la carretilla a su lado. Puede ser que ella la trajera consigo, no sé…

Él no deja de dibujar, el cuaderno yacía reclinado hacia él, de manera que nadie pudiera llegar a ver lo que está haciendo. Él ya estaba acostumbrado a este tipo de narraciones. La gente venía a su consultorio para confiar en él, para describirle sus problemas, sus ansias —y, sobre todo, para contarle sus sueños.

Simon Kraus era psiquiatra; sin duda, uno de los mejores de su generación; sin embargo, él prefería presentarse a sí mismo como psicoanalista —incluso si la denominación se había tornado peligrosa, prestar su oído a las ansiedades de estas señoras resultaba bastante lucrativo.

—¿Me está escuchando, doctor?

Ella lo miraba desde sus ojos grises, los cuales, a pesar de su vivacidad, se percibían desgastados, descoloridos como guijarros en el fondo de un río. Fatiga, sin duda alguna. En agosto de 1939, en Berlín, nadie conseguía tener un sueño reparador.

—La escucho, señora… (mira de reojo el expediente) …Feldmann.

Durante unos segundos, ella se quedó mirando la decoración. Simon había diseñado todo él mismo, con el fin de, precisamente, dar seguridad a sus pacientes (solo recibía mujeres). Paredes pintadas, color hueso; un sillón tipo «elefante» en cuero café y un taburete a manera de diván, un grueso tapete de lana con patrones de Kandinsky que daba la sensación de estar caminando sobre las nubes; una estantería de cristal dentro de la cual había cuidadosamente colocado sus libros de consulta y, sobre todo, su famoso escritorio *art decó* bajo el cual, sin que lo vieran, solía quitarse los zapatos.

—Veo en el interior de la carretilla un montón de cenizas. A la luz de la madrugada, esta masa forma una mancha pálida parecida al rostro de la niña... A pesar de la niebla, todo se ve reseco: la ceniza, la tierra azotada por la escarcha, la piel de la niña… Incluso su voz. Como si fuera el producto de un mecanismo oxidado…

Simon casi había terminado su retrato. *Nada mal.* Alzó sus ojos.

—Volvamos a esta pala. ¿Qué hace la niña con esta... herramienta?

—Ella me la extiende y me pide que cave.

Detrás de esta escena, Simon solo podía observar la banalidad del miedo que se había apoderado de todos los berlineses. Desde el advenimiento del nazismo, por supuesto, e incluso antes, bajo el régimen de Weimar…

Lo que le resultaba de particular interés al psiquiatra era el trabajo clandestino de la dictadura sobre las conciencias. El NSDAP, Nationalsozialistische Deutsche Arbeiterpartei, el partido nazi, no satisfecho con controlar los cerebros despiertos, se insinuaba en el interior del mundo de los sueños bajo la forma de un terror puro.

—Y, después, ¿qué hace usted?

—Yo cavo. Extrañamente, no me doy cuenta de que se trata de mi propia tumba.

—¿Y después?

—Cuando el agujero es lo suficientemente profundo, comprendo la situación. Esta chica me disparará en la nuca y volcará el contenido de su carretilla sobre mi cadáver. No son cenizas, sino cal viva. Precisamente en este momento, la niña se ríe mientras saca su arma y dice: «La ventaja con el óxido de calcio es que este no ataca a los metales. Usted tiene buenas joyas, ¿verdad? ¿Dientes de oro?». Me gustaría salvarme, pero mis piernas están tan rígidas como el mango de la pala.

Simon deja a un lado su cuaderno. Ahora era su tarea acompañar a esta nueva clienta, hacerla salir de allí —sin juego de palabras.

—Usted sabe, tan bien como yo, que solo se trata de un sueño, señora Feldmann.

Ella parecía no comprender. Casi se estaba asfixiando.

—La niña me derribará con una bala y yo, en el fondo de la fosa, yo... yo sigo cavando, como para mostrarle que no he terminado, que debe dejarme unos segundos más con vida para finalizar mi trabajo… Es atroz… Yo…

Se interrumpió a sí misma, tomando un pequeño pañuelo de su bolso. Se secó los ojos y sollozó. Simon dejó que recuperara el aliento.

—De repente —continuó ella—, dejo caer mi pala y trato de escalar los bordes de la fosa. Es entonces cuando mi cuerpo se quiebra.

—¿A qué se refiere?

—Mi columna vertebral se parte en dos. Escucho claramente cómo se agrieta y me encuentro boca abajo en el suelo, con la sensación de que las dos partes de mi cuerpo se agitan independientemente, como una lombriz de tierra seccionada. Levanto los ojos y la veo apuntarme con su Luger (reconozco el arma, mi esposo tiene una igual). Ella cierra un párpado para apuntar mejor —su ojo abierto es amarillo también.

La mujer deja escapar una risa burlona entre sus sollozos.

—¡Color de orina!

En la cumbre de un sueño, incluso el menor detalle puede resultar determinante —*significativo.*

—¿En qué está pensando en ese instante?

—En mis dientes de oro.

Ahoga un grito y se recoge entre sus propios sollozos. Simon percibe qué está vistiendo un atuendo que él mismo había visto en la Kaufhaus des Westens. Todo resultaba un buen presagio. En la próxima sesión, le preguntaría sobre su esposo —su carrera, sus opiniones, sus ingresos exactos...

—¿Es usted judía, señora Feldmann?

Ella se incorporó de un salto, como si la hubieran electrocutado.

—Pero... ¡nunca en la vida!

—¿Comunista?

—¡Absolutamente no! ¡Mi esposo dirige el Reichswerke Hermann Göring!

Levantó las cejas sorprendido, con un dejo de admiración. De hecho, él ya poseía aquella información —la amiga que le había recomendado a *Frau* Feldmann había insistido en que su marido tenía bajo su mando gran parte del acero alemán.

Simon le concedió su sonrisa más benévola.

—Bueno, tranquilícese, señora Feldmann, su sueño no es más que la expresión de una preocupación difusa, ligada, digamos, al contexto actual.

—Pero, ¿qué significa eso?

Eso quiere decir que todos vamos a morir con una Luger en la sien, casi le respondió, pero prefirió adoptar su singular cara de «en confianza»: todo lo que se diga en este consultorio jamás saldrá de aquí.

—Su mente está bajo una fuerte presión, *Frau* Feldmann. Por la noche, se libera de su ansiedad a través de estos extraños escenarios.

—Me siento como si fuese una mala alemana.

—Es todo lo contrario. Tales sueños revelan su voluntad de vivir feliz en Berlín, a pesar de todo. Una vez más, está purgando así sus miedos. El sueño es descanso. Y los sueños son el descanso de la mente; su recreación, si así lo prefiere. No tiene nada de qué preocuparse.

Al decir esto, pensó: *No pierdes nada con esperar*. Ahora estaba concentrado en sus cejas depiladas. Odiaba esa coquetería. Aquella línea sobre esos arcos desnudos tenía algo de obsceno y artificial al mismo tiempo. Simon apreciaba la belleza natural. En ese sentido, era muy alemán, y no tan alejado de los nazis a quienes solo les gustaban las chicas con trenzas, deportistas y rebosantes de buena salud.

—Discúlpeme… ¿estaba diciendo? —continuó, tomando de nuevo su asiento.

—¿Le preguntaba si la sesión ya ha terminado?

Él miró brevemente su reloj.

—Así es.

Rápidamente se puso los zapatos, cobró sus marcos y acompañó a la mujer hasta la puerta. Tras unas palabras de aliento —se volverían a ver la próxima semana—, dejó en la puerta de su casa a la esposa del acerero Hermann Göring. Una imagen cruzó por su cabeza: tenazas arrancando los dientes de oro de *Frau* Feldmann.

Se pasó la mano por el rostro y regresó a su oficina. Rebuscando en su bolsillo, tomó la pequeña llave que siempre llevaba consigo, al final de una cadena atada a su chaleco, como un reloj de bolsillo.

Con cautela (y siempre con el mismo placer), abrió la puerta del armario contiguo a su oficina. La puerta que daba a su reino secreto.

2

Completamente revestida de paneles, estrecha y sin ventanas, la habitación no tenía más de cinco metros cuadrados. Iluminada por una lámpara colgante de vidrio esmerilado, evocaba una caja de cigarros gigante —o una cabina de ascensor.

En un pedestal, descansaba el gramófono-grabador que solía encender antes de cada sesión. A su alrededor, paredes de estanterías en donde Simon archivaba sus grabaciones. Cientos de discos grabados, que contenían todos los secretos de su clientela. Años de escuchar, de cuidados, de chantajes...

Sujetó la nueva oblea de acetato y la deslizó en una bolsa de papel, en la que rotuló el nombre de la paciente, el día y la hora de la sesión. Luego volvió a colocar el disco en su lugar y dio un paso hacia atrás para admirar su tesoro: tres paredes de sueños bien dispuestas.

Los sueños eran la pasión de Simon. Había dedicado su tesis a un enfoque biológico en torno al sueño y luego se había embarcado en el psicoanálisis. Había leído todos los libros disponibles sobre el tema —los nazis aún no los quemaban—. Más tarde, en 1934, partió hacia París para conocer a los mejores especialistas en el campo de lo onírico.

A Simon le fascinaba la complejidad de los sueños, su poder de imaginación, de construcción. Todo lo que esas madejas te decían sobre ti mismo y sobre el mundo. Tenía su teoría: de noche, el cerebro, liberado de sus censuras y de sus miedos, podía considerar la realidad tal cual era y alcanzaba una lucidez singular. En este sentido, los sueños eran adivinatorios: siempre veían lo peor, rompiendo nuestras frágiles protecciones.

¿Quién sabe? Ilse Feldmann podría terminar quizás en una tumba que ella misma hubiera cavado, con una bala en la nuca...

Durante los primeros años del nazismo, Kraus se había aventurado a publicar algunos artículos científicos sobre el tema —en aquella época, era miembro del Instituto Göring, un refugio para psiquiatras que no eran ni judíos ni freudianos—. Luego se había vuelto más discreto, manteniendo un perfil bajo frente a la oleada marrón. A partir de entonces, se había limitado a tratar a mujeres angustiadas que traicionaban en sus sueños fuertes sentimientos antihitlerianos y, por lo tanto, antipatrióticos.

La ironía de la situación: el Reich estaba siempre intentando averiguar lo que la gente escondía en sus mentes; siempre ensayando controlar su psique, pero había sido él, en su consultorio cerca de la Staatsbibliothek, quien recopilaba los secretos de las esposas y, a menudo, indirectamente, de sus maridos. *¡Ja ja! ¡Tenía lo que Hitler no tendría nunca!*

A lo largo de los años había llegado a refinar aún más su teoría. Para Freud, los sueños eran exclusivamente sexuales. Él no estaba de acuerdo. Como decía Otto Gross, un brillante psicoanalista convertido en vagabundo que se mató de hambre en 1920: «¡Si Freud ve sexo en todas partes, es porque no coge lo suficiente!».

Los sueños eran *políticos*. Se trataban de nuestra relación con los demás, con el poder, con la opresión. La mayoría de sus propios sueños solo hablaba de aquello, precisamente: de las humillaciones del pasado (¡y Dios sabe cuántas hubo!) recuperadas en forma de relatos absurdos, simbólicos, malsanos. Cada noche, Simon sufría el martirio al revivir estas heridas, pero este era el precio de su equilibrio.

Había que purgar la lesión. Exprimir, durante el sueño, estas heridas que aún lo asfixiaban.

En el fondo, Simon era nada más que un revanchista. Podía ser brillante, apasionado, incluso entregado a sus pacientes, a su investigación sobre los sueños; pero seguía siendo un ser cínico y amargado que tenía cuentas que saldar con los demás.

¿La prueba? Mientras vivía más que cómodamente con sus honorarios como médico, aprovechando felizmente el sistema nazi al ocupar un magnífico departamento que había pertenecido a una familia judía, chantajeaba a sus pacientes.

Hablando de eso, recordó su cita a las cinco con Greta Fielitz. No era ocasión para llegar tarde.

La puntualidad, la primera cortesía de los chantajistas.

3

Simon era guapo. Incluso hermoso.

Pero era pequeño. Terriblemente pequeño.

Con la barbilla en alto, de puntillas apenas alcanzaba algo así como un metro setenta centímetros, pero prefería no saber por cuánto estaba engañado. Había olvidado sus últimos pasos bajo el estadímetro. Los había *borrado* deliberadamente.

Su pequeño tamaño le había dado otro tipo de fuerza, la de la voluntad. En la escuela, mientras sus compañeros crecían y él no conseguía despegar, había sentido crecer sus fuerzas de otra manera, como si una energía se estuviera acumulando dentro de él, lista para explotar.

Había tenido peleas dantescas, provocadas por las burlas sobre su discapacidad. Una vez en particular, en los baños de su escuela, había recibido una buena paliza, pero aún recordaba la sensación de liberación, el viento que corría por los corredores de concreto, el ruido de los cartílagos de su nariz al chocar contra una puerta de madera... Estaba feliz de luchar, de poder medir el camino a seguir para afirmarse a sí mismo...

El cuerpo de Simon era pequeño, pero su mente era grande. Muy rápidamente, atacarlo se había vuelto peligroso. La gente ya no lo golpeaba porque temía a su inteligencia. Se había llevado unas cuantas palizas, sí, pero los culpables habían recibido apodos que nunca los abandonaron. Los moretones sanan, los apodos nunca se desvanecen.

Su caso se vio agravado por otra dolencia: era pobre. Otra forma de ser pequeño. Sin embargo, también le dio una razón adicional para resentirse. A menudo pensaba en ese actor que hacía reír a todos y que había nacido en la miseria, Charlie Chaplin. Simon lo imitaba frente a su espejo (como él, tenía un andar de bailarín) y se decía, mientras jugaba con su bastón, que algún día él también estaría en la cima.

Durante sus estudios, siempre fue el primero, sin dificultad ni esfuerzo, sin trabajar más de lo normal. Durante años, había pasado ante los ojos de todo el mundo por un genio. Sin embargo, ante sus propios ojos, era eso, su maldito tamaño, lo que siempre lo caracterizaba. «Conviértete en lo que eres», escribió Nietzsche. Debe haber sido más alto que Simon porque, cuando caminas constantemente con tacones y te golpean con el hombro en la nariz en cada estación de tranvía, te pareces más a eso en lo que te conviertes... a pesar de tu estatura.

Simon Kraus había dejado Alemania entre 1934 y 1936 para estudiar en Francia y después había regresado a Berlín. Vivió el incendio del Reichstag en febrero de 1933, los poderes plenipotenciarios concedidos a Hitler un mes después, la locura de la quema de libros, la Noche de los Cuchillos Largos en 1934 y la Noche de los Cristales Rotos en noviembre de 1938... El único evento que se había perdido eran los Juegos Olímpicos. De cualquier manera, había vivido ese torrente de mierda con total indiferencia. Incluso hoy, cuando la guerra estaba en la siguiente página del calendario, no podía importarle menos. Contaba con que podría sobrevivir al diluvio.

Un recuerdo lo resumía perfectamente. Una tarde, cuando estaba trabajando en la biblioteca, en abril de 1933, de repente se había producido un alboroto en los pasillos. Portazos, golpes de botas, gritos ahogados: «¡Están echando a los judíos!». El único pensamiento que cruzó por su mente fue: «Mientras no ataquen a los pequeños...».

En eso te convierte ese tipo de enfermedad: en un monstruo. Pequeño, sí, pero un monstruo de cualquier manera.

Bueno. Simon decidió abrir su armario. Quería cuidar su apariencia ante Greta Fielitz. *Así, así...* Consideró rápidamente, a la izquierda, su colección de ropa de invierno: suéter cuello en v de alpaca color café, saco cruzado negro en lana cardada, gabardina impermeable... No para esta temporada. Luego pasó a los trajes:

todos con solapas pespunteadas, en lana, franela y lino... Por supuesto, se trataba de trajes de tres piezas, con chalecos pegados al cuerpo y pantalones de cintura alta, tampoco demasiado altos pues de lo contrario parecerían uniformes de trabajo.

Sus líneas eran mucho más sofisticadas de lo normal: había guardado modelos franceses que enviaba a talentosos sastres —todos judíos, cada vez más difíciles de encontrar.

Finalmente, optó por una chamarra de *tweed* y una camisa tipo Oxford abotonada. Pantalones plisados, derbies abiertos con cordones y listo. Un detalle humillante: sus zapatos estaban amañados, tenían suelas de plataforma. Simon sabía desde hacía tiempo que la mejor manera de controlar los chistes sobre uno mismo era inventarlos; había inventado este cuando era interno en el Hospital de la Caridad: «¿Cuál es la diferencia entre Joseph Goebbels y Simon Kraus? Goebbels tiene una pierna corta, Simon tiene dos».

Volvió a contemplarse en el espejo de su guardarropa y notó que los tonos de su chamarra —musgo, corteza y brezo de las Highlands— rememoraban los uniformes nazis. Muy bien, pasaría desapercibido.

Miró su reloj y se percató de que, a fin de cuentas, se había adelantado. Caminó por el pasillo hasta la cocina para prepararse un café.

El departamento, de más de sesenta metros cuadrados, albergaba tanto su consultorio como sus aposentos privados. En realidad, como había destinado dos habitaciones a su despacho y sala de espera, su alojamiento personal se limitaba a una cocina, un baño y un amplio dormitorio. Más que suficiente.

Simon cuidaba de su mobiliario, de manera semejante a como lo hacía con sus trajes. Había acondicionado la sala de espera con una mesa de lira de palisandro, dos sillones de cuero café y una lámpara de techo cuadrada en vidrio esmerilado. En su habitación, la pieza central era un biombo firmado por Jean Lurçat, nada más que eso...

¿Cómo podía permitirse semejante lujo? Muy sencillo: Leni Lorenz, una de sus pacientes, tenía un marido banquero especializado en la «arianización» de Berlín. Palabra ridícula para designar la pura y simple expropiación a los judíos y la confiscación de sus bienes, los cuales Hans Lorenz cedía a los «buenos alemanes» a precios ridículos.

Así se había apropiado Simon de este piso, del cual ni siquiera pagaba el alquiler. Más tarde, Leni lo había acompañado a los hangares donde los nazis almacenaban el botín de sus incursiones y habían hecho sus compras, como una pareja joven que se establece. Habían encontrado una manera de hacer el amor detrás del biombo de Lurçat que Simon había elegido. Tierno recuerdo.

El psiquiatra podría haberse avergonzado por el lado «coqueto» de su profesión (Leni lo acogió como una gallina a sus polluelos), pero poco le importaba. Al contrario. Era un gigoló de corazón. Todos sus estudios los había pagado gracias a su trabajo como miembro de la alta sociedad *—y más aún, si se podía.*

Antes de partir, no pudo resistir contemplarse una última vez en el espejo del pasillo. Cierto, era guapo. Una frente alta, dominada por un cabello castaño peinado hacia atrás. Del tipo engominado, si así se quiere ver, pero un engominado un tanto ingobernable, un tanto salvaje, aunque domeñado, se podía decir. En ocasiones, una mecha le caía sobre la frente como si un destello de genialidad le estuviera pasando por la cabeza.

Las cejas formaban un acento atormentado sobre los ojos. Si se añade a esto una mirada azul oscuro, delineada por ojeras de poeta, y unas cuantas pinceladas dibujando una nariz recta y unos labios sensuales, se obtiene una cara de amor infernal.

Simon eligió, con sumo cuidado, su sombrero. Su guardarropa era su tesoro; su colección de sombreros, su obra maestra. Tenía un par de *trilbies* de fieltro con un ala ajustada levantada hacia atrás. *Homburgs*, de origen alemán, con su famoso «canalón» adentrándose en la parte superior. Le gustaban porque su copa, semirrígida, lo hacía ver más alto. Pero hoy se había decidido por uno de sus sombreros fedora, al que erróneamente se le conocía como «Borsalino», un modelo hecho con fieltro de pelo de conejo. Moldeó el borde hacia adelante y se dirigió a sí mismo una mirada de gánster.

Un breve y parco gesto para barrer la pelusa en los hombros... y *¡Andiamo!*

4

Simon Kraus no era un brandenburgués puro: era originario de la región de Múnich. Sin embargo, siempre se había considerado berlinés. Todos los días, cuando salía de su consultorio y regresaba a «su» Berlín, experimentaba, en cada punto neurálgico, el encanto de esta ciudad y su ambiente tan singular.

Había vivido en París y permanecido un tiempo en Londres y Berlín; en términos de belleza arquitectónica o armonía de los espacios, no soportaba la comparación. Pero había algo más... Esta ciudad pesada, plana y oscura albergaba una energía específica. Había sido construida sobre terrenos que exhalaban efluvios alcalinos, variedades de humos tóxicos capaces de exacerbar las pasiones humanas, eso se decía. Si se juzgaba esto a la luz de los últimos veinte años, no se podía hacer otra cosa que dar crédito a tal rumor.

Berlín, desde el final de la Gran Guerra, había conocido todos los excesos, todos los extremos. En cuanto a lo político, golpes, revoluciones, atentados; miseria, fortunas efímeras, libertinaje, en cuanto a lo humano. Hoy, la marcha sostenida del nazismo había calmado las cosas, pero el clamor de la ciudad no se había apagado.

Después de caminar por la Alte Potsdamer Straße, Simon llegó a la Potsdamer Platz. Siempre la misma conmoción. Esa gran apertura al cielo, cortada por los raíles del U-Bahnen y sus cables eléctricos, atravesada por carros y caballos... Los edificios que rodeaban la plaza evocaban montañas que se asoman hacia un lago de acero. En el centro, una especie de obelisco negro lucía sus relojes y la primera luz roja de la ciudad. En esencia, el Vaterland parecía, con su cúpula, una basílica italiana de pacotilla —el edificio albergaba diversiones, un cine, restaurantes donde los adultos eran tratados como niños: trenes eléctricos y aviones en miniatura pasaban entre las mesas.

En este soleado día, Simon se estremeció al ver a la multitud —una marea de trajes negros, vestiditos ligeros (su deleite personal) y esos buenos *schupos* con sus kepis barnizados—. Se sumergió voluptuosamente en el estrépito ambiental: golpeteo de cascos, aullido de tranvías avanzando férreamente entre los adoquines, rugido de automóviles...

Como de costumbre, se concedió unos segundos para admirar el Colombus Haus, un colosal edificio de nueve pisos, todo de vidrio y acero, recién construido y contrastando con los edificios de estilo antiguo. Quién sabe por qué, su sueño era establecer su práctica en aquel edificio. Simon era un hombre moderno; quería acoger a sus pacientes en esa caja futurista de cristal, y no podía esperar más para que desalojaran a unos cuantos mercaderes judíos quienes, una vez lejos, le permitirían hacerse de su sueño.

Al otro lado de la plaza pudo saborear la dulzura del aire en un ambiente más tranquilo. Al final del verano, bastaba dar unos pasos por estas anchas aceras, resguardadas por árboles centenarios, para convencerse de que había algo más poderoso que la opresión nazi o la amenaza de una nueva guerra. La delicadeza del cálido viento, el sutil susurro de las hojas, el brillo dichoso del sol bailando un vals sobre el asfalto con las sombras.

Pasó junto a unos mendigos con cruces de guerra (quedaban algunos, restos del último conflicto) y cerca de un hombre gordo con un traje bávaro —pantalones de piel y un tocado de plumas—. Simon sonrió. Ese tipo de figura le demostraba de nuevo que Freud tenía razón. La cultura alemana era una cultura regresiva, un sueño de explorador donde todo el mundo aspiraba a pasear por las montañas en pantalones cortos.

Se digirió hacia la hermosa y grande Wilhelmstraße (cuánto le agradaba lo rectilíneo) y sintió que la atmósfera se ensombrecía. Si bien en medio del ajetreo de la Potsdamer Platz uno podía imaginarse en una ciudad cualquiera, el distrito de Wilhelm, con sus ministerios, sus edificios oficiales y sus múltiples sedes, hacía recordar que el poder, allí donde yacía, no estaba para que nadie se burlara de él.

Delimitado por la Prinz-Albrecht-Straße y la Anhalter Straße, el distrito era un territorio de terror puro, en donde se reunían las fuerzas más amenazantes del Reich. Pancartas, columnas por todas partes que mostraban runas de las SS, águilas y esas jodidas esvásticas que les sobresalían en los ojos.

Su estado de ánimo decayó. No había manera de soñar aquí. La dura realidad te atrapaba. La guerra era solo cuestión de días. El pacto germano-soviético había roto la última barrera que impedía la invasión de Polonia. Los periódicos —todos comprados o vendidos, como se prefiera— proclamaban que Hitler quería evitar la guerra a toda costa, pero nadie se dejaba engañar. Se había apoderado de Austria, luego de los Sudetes, ¿por qué detenerse allí?

Simon caminó por el barrio levantando los hombros y apretando las nalgas. A la altura del número 8 de Prinz-Albrecht-Straße, se cambió de acera: era el domicilio de la Gestapo.

Finalmente, sobre la Wilhelm Platz, su respiración regresó al ritmo normal. Allí era otra cosa. Nada parecido al bullicio de la Potsdamer Platz o a la pesadez del barrio Wilhelm: mucho verde, cielo y espacio, enmarcado por grandes edificios austeros de aspecto sosegado.

La estación Kaiserhof, con sus dos faroles, sus puertas de hierro forjado y su curiosa columnata dispuesta en círculo alrededor de la salida del metro, daba la apariencia de ser un mausoleo.

A cien metros de distancia, en el número 3-5 de Wilhelm Platz, se encontraba el hotel del mismo nombre y, en verdad, con sus enormes cuatro pisos, sus innumerables ventanas, sus balcones adornados y su terraza italiana en la azotea, el edificio ostentaba con orgullo su rango de palacio.

Era allí donde Simon había acordado la cita con Greta Fielitz.

5

El vestíbulo del hotel estaba a la altura de la fachada exterior. De un solo golpe dejaba entrar con generosidad los rayos del sol a través de altos ventanales verticales, auténticos centinelas de luz. En el centro, entre las mesas y las tarimas, se elevaban dos colosales plantas verdes como las Columnas de Hércules. Aquí se penetraba en un mundo silencioso, rico y refinado.

E inquieto.

Bajo los destellos de cristal, las cosas se agitaban. Vistosos porteros, botones en escarlata, camareros de frac iban y venían mientras una musiquita diurna sonaba entre las pequeñas mesas y los sillones, entorpecida por el sonido de tazas, el tintineo de vasos y el murmullo de conversaciones.

Simon se tomó el tiempo para observar las fuerzas presentes.

Los representantes de la vieja guardia prusiana, con sus monóculos y barbillas altivas. Los empresarios vestidos de negro, nerviosos, sonrientes, eléctricos (hacía tiempo que no se reanudaban los negocios en Alemania). Y, por supuesto, los nazis, con sus uniformes color diarrea y sus cinturones que no cesaban de apretar como un torniquete de cuero alrededor de un cuello.

Afortunadamente, había mujeres.

Ellas eran tan flexibles como rígidos sus maridos, tan sonrientes como orgullosas, y tan ligeras como pesadas. Literalmente, eran la vida, y eran la muerte.

Cruzó el vestíbulo para llegar a la terraza donde estaba el bar. Se instaló en una mesa, y sintió como si estuviera deslizándose en un vivero demasiado caluroso, con unos cuantos oficiales nazis verdosos haciendo el papel de cocodrilos.

A través de la ventana que daba hacia la avenida, se podía observar el ir y venir de los transeúntes en la imperial plaza. Con un poco de suerte, vería llegar a Greta Fielitz y distinguiría sus piernas a través de la transparencia de su vestido de verano.

Simon vivía para este tipo de pequeños momentos. Instantes de una existencia más densa, más fuerte. El deseo era la mejor de las drogas. Pidió un Martini, tomó su cigarrera (extraplana, veteada en oro y plata, marca Cartier: regalo de una buena amiga) y sacó un Muratti.

Exhalando lentamente el humo, reconsideró los uniformes a su alrededor. Maldita sea, ¿a quién le agradaría vestirse así? Especialmente con este calor... Los nazis no tenían sentido de la realidad. Con sus insignias, sus medallas y sus dorados, no parecían más serios que los botones o los porteros del vestíbulo.

Miró hacia arriba y siguió una voluta de humo en el aire soleado. Todavía no estaba de vuelta. Si al menos aquellos que los empujaban al precipicio fuesen brillantes o carismáticos... Un pintor fracasado, un cojo, un drogadicto, un criador de gallinas... bienvenidos. Pero, de nuevo, hablábamos de los líderes. Como lo había dicho ya no recordaba quién, antes de que la peste parda se extendiera por Alemania como un tintero volcado: «La embriaguez es uno de los elementos fundamentales de la ideología nazi». En cierto modo, esta adquisición del poder generaba admiración. ¿Cómo podría haber tenido éxito tal grupo de payasos?

Greta llegaba tarde. Un segundo Martini. El calor del alcohol bajo el sol de los ventanales comenzaba a disolver sus pensamientos. ¿Era mejor que los demás? Ciertamente no. Había sabido encontrar su lugar en esta sociedad del terror, haciéndose el tonto, el bravucón, aunque se sabía protegido por las esposas de esos bastardos. Qué frágil posición… ¿Cuánto tiempo duraría esto?

No mucho. Su propia profesión planteaba un problema. En estos días, en Berlín, ser psiquiatra ya no era bien visto; peor ser psicoanalista… Durante el auto de fe de 1933 se habían quemado todas las obras de Freud. Los nazis odiaban la idea de que la conciencia humana pudiera levantarse como una cortina de terciopelo para descubrir secretos ocultos.

Vamos, se dijo Simon mientras tomaba otro Muratti, «nada de pensamientos oscuros». No en este hermoso día soleado, bebiendo un Martini mientras esperaba a una de las mujeres más hermosas de Berlín, quien traía consigo un sobre lleno de dinero en su bolso.

Apuró su vaso y pidió otro. ¡Por Dios!, tres Martinis como aperitivos, eran mucho.

—¡*Guten Tag*, hombrecito!

Greta Fielitz estaba de pie delante de él. Perdido en sus pensamientos, no la había visto a través de la ventana. «Lástima». Tal y como lo había previsto, ella vestía una sola pieza ceñida a la cintura, de un material que él reconoció a primera vista: lystav, un lino resistente a las arrugas. El vestido era... azul. Este color combinaba con su tez, como el sol se conjuga con el mar.

Hitler, que se entrometía en todo y consideraba la alta costura una de las innumerables conspiraciones judías, instaba a las mujeres alemanas a llevar coletas y atroces vestidos tradicionales. Pero si bien podía atacar a la República Checa, a Francia o a Rusia, no ganaría nunca contra las mujeres. Una auténtica mujer de Berlín nunca accedería a llevar un *dirndl*.

—Siéntate, por favor —murmuró él, poniéndose de pie y tirando de la silla de enfrente.

Ella obedeció con un susurro sedoso. Era, literalmente, encantadora. En aquel momento pensó que él mismo se encontraba «anestesiado por los sentidos».

Juegos de palabras, el tic obsesivo de los psicoanalistas.

6

Tan pronto como tomó asiento, ella abrió su bolso decorado con perlas, alcanzó un sobre y lo arrojó sobre la mesa.

—No eres más que un pequeño bastardo.

—Detente con tus «pequeños».

Ella cruzó las piernas. Simon percibió claramente el sonido del roce de sus medias bajo el vestido azul y sintió un verdadero golpe en el vientre bajo.

Dedo tras dedo, Greta se retiró los guantes blancos y reconoció:

—Te concedo el rango más alto: eres un hermoso bastardo.

—Lo prefiero. ¿Qué quieres beber?

Él tomó suavemente su mano. Acariciando ostensiblemente a la esposa de un aristócrata sajón en el hotel Kaiserhof mientras yacía encima de la mesa un sobre con 2 000 marcos, fruto de un chantaje ejercido sobre la esposa misma, no era audacia sino suicidio.

—Un Martini —respondió ella, dejándole tomar su mano—. ¿No vas a contarlo?

—Confío en ti.

—Debería denunciarte con mi esposo.

Simon se contentó con sonreír. Al principio, Greta había acudido a verlo por síntomas (leves) de depresión. Desánimo, insomnio, ataques de ansiedad… Como de costumbre, él le había pedido que le contara sus sueños.

De inmediato, ella se había colocado en el diván y le había descrito sus recurrentes pesadillas.

Siempre antinazis. Durante su vida diurna, Greta desempeñaba valientemente su papel de esposa de la esvástica; pero, en la clandestinidad del sueño, sus miedos se liberaban y producían escenas insoportables donde los nazis eran aún más atroces (si es que aquello era posible) que en la realidad.

No había razón suficiente para chantajear a la joven. Solo que, en aquel momento, Greta se había dejado llevar y reveló que su marido, un conde prusiano cercano al partido, despreciaba cordialmente a Adolf Hitler y siempre se refería a él con el apodo que le había puesto Hindenburg: el «cabo bohemio».

Simon la había amenazado con ponerse en contacto con la Gestapo, con sus grabaciones bajo el brazo. Greta se había encontrado en un dilema. O le confesaba a su marido que estaba consultando a un psicoanalista, o le pagaba, robando el dinero de los fondos secretos del conde.

Era esta última opción la que había elegido, desde hacía ya seis meses.

—Gracias —dijo él sobriamente.

Guardó el sobre en su bolsillo, con la mayor naturalidad posible. La ironía del momento: cobrar el chantaje a una esposa nazi, a pesar de estar rodeado por todos esos repugnantes uniformes.

—Ya te expliqué que es parte de la terapia —prosiguió él en su más dulce voz—. Esta restitución es clave para tu recuperación. Sigmund Freud ha dicho...

—¡*Schnauze*! Solo eres un sucio chantajista.

—Piensa lo que quieras —respondió, haciéndose el ofendido—. Abrir espacio. Esto es por tu bien.

—Ni siquiera es mi dinero, es de mi esposo.

—¡Aún mejor!

—Estás diciendo tonterías.

Se reclinó hacia ella y tomó su mano de nuevo.

—Greta, te estoy tratando por tus pesadillas, ¿verdad?

—Sí —admitió ella, malhumorada.

—¿Y de dónde vienen estas pesadillas?

Ella levantó la cabeza y miró a su alrededor.

—Cállate.

Él se acercó de nuevo y susurró:

—Vienen del NSDAP, querida mía.

—¡Cállate, te digo!

—¿Y de dónde sale el dinero de tu marido?

Ella comenzó a sollozar entre sus manos. Exactamente lo mismo que con *Frau* Feldmann. Afortunadamente, en el rumor de la terraza, nadie se fijaba en ello.

—En cierto modo —continuó él con voz sedosa—, es Hitler quien me paga. Solo está reparando el daño que le ha hecho a tu cerebro.

Ella se limpió los párpados.

—Siempre tu lógica de mierda.

—Estás siendo infantil —dijo, tomando otro Muratti—. Este dinero servirá a la ciencia. Es mucho mejor que gastarlo en una guerra que promete ser el peor fiasco del siglo. ¡Y vaya que costará millones de vidas!

Greta se acomodó en su silla. Sus rasgos ya no expresaban tristeza sino una intensa curiosidad.

—Me pregunto cómo te las arreglas para seguir con vida.

—Es por mi tamaño. Me deslizo entre las gotas.

—Las gotas pronto serán obuses.

—No seamos demasiado impacientes. ¿Otro Martini?

Ella asintió como un ave cucú de reloj suizo. Le encantaba comportarse como una niña y, finalmente, no se encontraba tan lejos de la infancia...

Llamó al camarero e hizo el nuevo encargo. Sus pensamientos comenzaban a desviarse extrañamente.

—¿Cómo está tu marido? —preguntó de repente, como si buscara obstinadamente provocarla.

—Está muy alterado —espetó ella—. Este asunto de Polonia lo agita.

Tomó otro trago de su Martini y sintió el regusto a cafeína pasar por su lengua. Inmediatamente después, un chorro de bilis le quemó la parte posterior de la garganta.

—Por fin algo que lo conmueve.

—Por favor —reclamó ella—. Dame un cigarrillo.

Simon le pasó su cigarrera, la cual Greta sujetó con una nerviosa mano.

—¿Por qué ya no vienes a verme? —preguntó, encendiendo su cigarro (el encendedor, regalo de otra amiga, también era dorado).

—Tus sesiones me resultan demasiado caras.

Al menos Greta tenía sentido del humor. Volvió a cruzar las piernas y, de nuevo, se escuchó el frotamiento de las medias. Esta vez se escuchó como un desgarro profundo en su pubis. El alcohol amplificaba sus percepciones.

La joven no era deliberadamente sensual. Su magnetismo sexual operaba, por así decirlo, a pesar de sí misma... Cuestión de proporciones en sus miembros y de su talla, algo semejante a un peso que ejercía una atracción particular, tan natural como la gravedad terrestre.

Simon se olvidó de pronto del nazismo, de los 2 000 marcos, de la hora y el lugar de este encuentro... A pocos centímetros de esos muslos, solo podía pensar en anegarse en ellos, sentirlos, acariciarlos. Por Dios, la sola idea de su nacimiento, esa piel de bebé que tantas veces había saboreado, lo enfermaba.

—Vuelve al consultorio —dijo él, con un tono perentorio.

—¿Para acostarme contigo?

—Poco importa, te hará bien.

Sintió que se iba —los Martinis le nublaban la mente y empezaba a olvidar las consonantes de sus frases.

—¿Quién eres exactamente?

—Un médico que quiere tratar a sus pacientes lo mejor posible.

Al decir esto, se dio cuenta de que no estaba bromeando.

—Un médico y un chantajista.

—Digamos que tengo dos trabajos. Una obligación y una afición.

—Me pregunto cuál de los dos consideras tu afición… —él no contestó. Su mirada se posó, a pesar de sí mismo, en la cancillería, al otro lado de la plaza. En ese mismo instante, la dictadura le parecía casi placentera. Una especie de presión constante, como cuando te sumerges bajo el mar, que hace que cada segundo sea más raro, más denso… Todo yacía revuelto en su cabeza. Maldita sea, esos Martinis...

—¿Me estás escuchando o no?

—¿Perdón?

—¿No has entendido que todo esto, tus formas cínicas, tu juego de seductor y matón de opereta, ya pasaron de moda?

Ella extendió su mano y le acarició suavemente el cuello, como lo habría hecho con un gato pequeño.

—Despierta, Simon, antes de que tus fortalezas se conviertan en debilidades. En el campo de concentración serás tan solo un hombrecito a la altura de un trasero. Y vaya que ahí sí que no te saldrás con la tuya.

Simon se estremeció. Greta tenía razón: a fuerza de sobreestimar su ingenio, la fina capa de hielo bajo sus pies se iba a resquebrajar. La inteligencia había pasado de moda. En cuanto a su famosa protección... La de algunas de las mujeres a las que chantajeaba y con quienes se acostaba, podrían haber acrecentado su inmunidad. Los cornudos eventualmente acabarían descubriendo la verdad.

—¿Qué tal si volvemos al hotel Zara, como en los buenos tiempos?

Greta sonrió.

—Lo siento, mi Simon. En ese asunto, también estás pasado de moda.

Él dejó escapar un «Ah» resignado, que sonó más como un eructo.

—Encontrémonos en el Bayernhof, mejor —dijo ella, repentinamente alegre—. Ha pasado demasiado tiempo desde que probé una de sus *Kartoffelsalat.*

Ella había recuperado su sonrisa y él aún podía admirarla. Su cabeza de muñeca causaba estragos en toda la alta sociedad de Berlín y en ese instante sus mejillas eran como pequeñas brasas, encendiendo profundamente los pantalones de todos los hombres.

—Vayamos por el Bayernhof —capituló él—, ¿viernes, doce y media?

—Doce y media, perfecto.

Ella se puso de pie con un nuevo susurro del cielo.

—Me dejarás hablar —advirtió ella—. Ser un poco menos mierda de lo habitual no te hará daño alguno. *Auf wiedersehen.*

Simon la vio partir sin frustración alguna. Se pensaba a sí mismo como un intelectual. Más que sus muslos, era, realmente, «la idea» de sus muslos lo que le seducía acariciar.

7

En el camino de regreso, se le fue pasando poco a poco la borrachera. Pero su estado de ánimo seguía siendo alegre. Sentía el sobre de Greta en su bolsillo y su pequeño plan le parecía imparable. Ganaba dinero haciendo hablar a estas damas y luego lucraba aún más prometiéndoles silencio. *Reden ist Silver, schweigen ist Gold.* Las palabras son plata, el silencio es oro.

Para despejarse un poco más, se detuvo frente a un vendedor ambulante y se compró dos humeantes *Wiener Würtschen.* El placer ácido de Berlín, el color de la carne... Sosteniendo sus salchichas en una mano, caminó con paso ligero por Wilhelmstraße. Tan ligero que jugaba, como cuando era niño, a esquivar los surcos que separaban las losas de la acera. *Si tocas la línea, mueres...*

Volvió a cruzar la Potsdamer Platz y arrojó la grasienta envoltura a un bote de basura. Esta vez la plaza rugiente le pareció insoportable. Congestionada por tranvías, autobuses de dos pisos, automóviles, carretas, derramándose entre una marea de sombreros y canotiers que ondulaban como una ola de puntos en movimiento: puntillismo, entrecortamiento. *Tac-tac-tac…*

Su alegría comenzaba a convertirse en migraña. El sol se hundía en algún lugar detrás de los edificios, los ruidos le arañaban el cerebro como las cuchillas de los patines sobre el hielo en una pista de patinaje...

Al adentrarse en la Alte Potsdamer Straße, de repente se apoderó de él un mal presentimiento. Greta tenía razón: este paseo por la cuerda floja no podía durar mucho. La realidad de la situación iba a golpearlo con toda su fuerza, como un *Kriegslokomotive* lanzado a toda velocidad.

Cuando tuvo a la vista su casa, casi se echó a reír. Podría haber hecho carrera como médium… Frente a su edificio, le esperaba el espectáculo que más temía todo alemán en el mundo.

Un magnífico Mercedes se hallaba estacionado cerca de su pórtico. Apoyado contra el vehículo, un conductor con uniforme de las SS fumaba un cigarrillo. A unos pasos, un coloso con uniforme negro y gorra brillante permanecía inmóvil, con los talones clavados en el asfalto.

¡Ja, ja, ja! ¡El pequeño Simon que siempre se deslizaba entre las gotas!

¡Afuera! ¡A la KZ, como todos los demás!

Perdió interés en el auto y en el conductor para enfocarse en el coloso que portaba un brazalete con la esvástica. La imagen era tan perfecta que podría haber servido como ilustración para los libros de propaganda. Chamarra atada por un cinturón con bandolera. Alforjas. Botas que espejeaban con su suave encerado. Daga de las SS con cadena. Medalla deportiva de las SA en el pecho. Y, por supuesto, águilas por todas partes —en la gorra, en el cuello, en la hebilla del cinturón...

—¿Doctor Simon Kraus?

—Sí, soy yo —dijo Simon, incapaz de apartar sus ojos de las dos runas que conformaban el símbolo de las SS en su cuello.

—*Hauptsturmführer* Franz Beewen —dijo el gigante, chasqueando los talones.

Se notaba que había ensayado aquel saludo frente al espejo. Simon esperaba el tradicional «Síganos», pero el hombre añadió con voz casi conciliadora:

—¿Podemos hablar en su consultorio?

El oficial le mostró una placa ovalada de metal ennegrecido, estampada con un águila posada sobre una esvástica. Abajo, un número. *La Gestapo, ¿eh?* Dada su apariencia, la insignia resultaba realmente redundante.

—Sin problema —dijo Simon, haciendo una pequeña reverencia en un gesto que recordaba más a *Charlie* que a Hitler.

Subiendo los escalones de su pórtico, no pudo evitar sentir un orgullo incongruente. El edificio de piedra tallada, la puerta de hierro forjado… De cualquier manera, se veía bien.

Subieron en silencio. Una vez más, Simon se sentía orgulloso de la opulencia de su edificio, la refinada ala de las áreas comunes. *Pobre idiota, probablemente sea la última vez que lo veas.*

Cuando llegó al tercer piso abrió la puerta, mirando de reojo a su visitante. Se preguntó si era tan alto como parecía. Con Simon, cualquiera podría fácilmente pasar por un titán.

Permanecieron unos segundos en el vestíbulo, una pequeña habitación con paredes pintadas en color beige, combinadas con un piso de parqué de madera clara de Gabón. El único adorno era una serie de bocetos de Paul Klee.

El *Hauptsturmführer* los contempló durante unos segundos, con aire dubitativo. Simon aprovechó para observarlo nuevamente. Además de ser alto, era soberbio. Un auténtico rostro ario recién salido de una caja de Mecano. Rasgos férreos, mandíbulas inflexibles, ojos claros, boca desdeñosa... Con tal porte, podría haber enviado a cualquiera a un campo de concentración con un simple movimiento de la cabeza.

Franz tenía, sin embargo, un defecto. Evidentemente sufría de ptosis, una deficiencia del músculo elevador del párpado superior, lo cual le mantenía el ojo derecho medio cerrado. Cuando miraba, parecía estar apuntando con su Luger.

—Por aquí, por favor.

Entraron en su consultorio. La expresión de disgusto que mostró el visitante al descubrir los muebles *Art Decó* decía mucho sobre sus, digamos, posiciones culturales. Con seguridad fue de quienes brindaron ante un montón de libros ardiendo el 10 de mayo de 1933, frente a la Ópera de Berlín.

—¿Qué puedo hacer por usted, *Hauptsturmführer*? —preguntó Simon, colocándose detrás de su escritorio.

No había puesto los pies sobre la madera, pero ese era su espíritu. Pasado el susto, rodeado de sus libros y sus muebles, volvía a sentirse fuerte, invulnerable. Eso sin hablar de los Martinis que aún ardían en sus venas y seguían haciéndole creer que tenía superpoderes.

Sin responder, el hombre de negro dio unos pasos por el lugar, observando cada detalle. La Gestapo se tomaba su tiempo.

Cuando se acercó a la puerta trasera que daba hacia la sala de grabación, Simon tosió para desviar su atención.

—Tome asiento —insistió—, por favor.

El cuero del sillón crujió dolorosamente bajo la masa del hombre de la Gestapo.

—¿Conoce usted a Margarete Pohl?

Simon Kraus sintió que algo muy dentro de él se relajaba. Margarete había sido una de sus primeras pacientes, una depresiva crónica que de vez en cuando venía a verlo. Una rubia menuda de nalgas planas y pechos pequeños e hirsutos, con quien también se había acostado, hacía más de dos años.

—Probablemente usted esté muy ocupado, *Hauptsturmführer* —respondió, animado—. Y yo no tengo mucho tiempo. ¿Qué tal si dejamos de lado las preguntas de las cuales usted ya conoce las respuestas?

Simon vio dos cosas en los ojos del oficial —o, mejor dicho, en el ojo y medio—. La primera, una verdadera estupefacción ante la posibilidad de que alguien pudiera responderle así a un oficial de la ss. La segunda, una especie de expresión de que comprendía. Deberían haberle advertido: Simon Kraus era el psiquiatra personal de las esposas de altas personalidades. Por lo tanto, era intocable.

La idea de que una mujer pudiera protegerlo debía de parecerle patética a un hombre como Franz Beewen.

—Responda a mi pregunta.

—Ella es mi paciente, sí.

—¿Desde cuándo?

—Que recuerde, desde mayo o junio de 1937.

—¿Ella viene a... verlo regularmente?

—Ya no, por el momento. Está en fase de remisión. ¿Un cigarrillo?

Franz Beewen negó con un ligero movimiento de cabeza. Observaba a Simon con interés. Su indiferencia, su desparpajo debió de haberle parecido notable —especialmente en estos días.

En lo profundo de sus ojos verde agua había incluso una especie de satisfacción. Simon, que conocía a las mujeres, pero también a los hombres, presentía al combatiente agazapado detrás del uniforme de carnaval y de las distinciones que se encaramaban hasta el cuello. A Beewen le gustaba que le hicieran frente.

Simon supuso que estaba tratando con un pez gordo. Un miembro de élite de la Geheime Staatspolizei. ¿Por qué le habían enviado a esta máquina de guerra? ¿Qué era tan importante?

Como si el oficial de la Gestapo hubiera leído sus pensamientos, de repente soltó:

—Margarete Pohl ha sido asesinada.

8

Simon Kraus casi se cae de su silla. En Berlín se asesinaba a todo el mundo: a eso se le conocía como «política». Pero nunca una mujer como Margarete Pohl podría haber estado en la línea de fuego: cien por ciento aria, cien por ciento entregada al Reich de los Mil Años, casada con un *Gruppenführer* de las SS, antiguo compañero de armas de Göring.

De repente, volvió a ver a esta rubia apenas más alta que él, riendo a carcajadas en ropa interior de seda, bailando sobre la cama como Anita Berber. Las lágrimas acudieron a sus ojos. Lágrimas desagradables y corrosivas, como si le hubieran inyectado una solución salina debajo de los párpados.

—¿Asesinada? —repitió estúpidamente—. ¿Pero… cuándo?

—No puedo darle ningún detalle.

Simon dejó su posición de «relajación especial» y plantó ambos codos sobre el escritorio.

—Ya sabe usted… Bueno, ¿se sabe quién lo hizo?

Por primera vez, Franz Beewen emitió una sonrisa, una mueca que resultaba más una ostentación de ambición que cualquier otro sentimiento humano. Se había quitado la gorra. Su rubio corte, tan corto como el pelaje de una vaca, provocaba acariciarlo.

—La investigación apenas comienza.

Simon estaba ya completamente sobrio. Tratando, con gran dificultad, de reordenar sus pensamientos.

—Pero... ¿cómo fue asesinada?

—Se lo repito, no puedo decir nada.

Por un breve instante, pensó en un crimen pasional. Margarete no estaba de acuerdo con la fidelidad ni con la castidad, pero a su marido, un general siempre en movimiento, le importaba un comino. No era en absoluto el perfil del cornudo atormentado.

¿Un nuevo amante?

Con las piernas cruzadas, Beewen paseaba una entretenida mirada por el consultorio de Simon y su sofisticado mobiliario. Parecía disfrutar el haber conseguido descolocar al pequeño hombre con sus derbies con punta floreada. A Simon, el de las charlas mezquinas, el del arte degenerado, el de los libros inútiles. Para él solo la muerte, la violencia, el poder. El mundo concreto. El mundo actual.

—¿Margarete Pohl venía a verlo con regularidad?

—Ya le he dicho. Estábamos espaciando las sesiones en estos tiempos. La vi hace quince días.

—¿En qué consistían sus tratamientos?

Simon podría haber invocado el secreto médico, pero le resultaba un duro golpe la posibilidad de encontrarse en el sótano del número 8 de Prinz-Albrecht-Straße. Mejor evitar el desplazamiento.

—En hablar —dijo evasivamente—. Me describía sus problemas y yo le daba consejos.

—¿Cuáles eran sus problemas?

Simon volvió a sacar un Muratti. Lo encendió, solo para conseguir unos segundos de reflexión.

—Ella sufría de ansiedad —dijo, golpeando nerviosamente el borde del cenicero.

—¿Qué tipo de ansiedad?

Después de todo, donde está ella ahora, ya no tiene nada qué temer...

—Le tenía miedo al régimen nazi.

—Qué interesante idea.

—¿Le parece? Eso es lo que me decía a mí mismo.

El comentario se le había escapado. El cuerpo alto, atado con correas negras, de repente se puso rígido, como si un mecanismo estuviera atascándose bajo el uniforme.

—¿Hablaba con usted de la relación con su marido?

—Por supuesto.

—¿Qué le decía al respecto?

A Simon lo asaltó un nuevo recuerdo. En la habitación de al lado, Margarete escuchaba en el gramófono su canción favorita,

Heute Nacht oder nie, mientras daba vueltas con sus pies descalzos sobre el suelo.

—Ella sufría por su actitud. Nunca le dedicaba tiempo. Siempre cambiando de sitio...

—Sea más específico. ¿Cuál era su enfermedad?

—Su sentimiento de abandono se tradujo en una pérdida del apetito, temblores, desmayos, ataques de ansiedad…

El hombre de la Gestapo fijó su extraña mirada en la de Simon. Curiosamente, la asimetría de sus párpados le otorgaba una presencia singular, casi romántica. Algo de velado, de clandestinidad, un aire de pirata tuerto.

—¿Le habló a usted de un amante?

Simon se estremeció —*una trampa, tal vez.* No tenía ni la menor idea de cómo estaba progresando la investigación. Ni siquiera sabía cuándo habían matado a Margarete.

—Nunca —respondió. Antes de añadir, en tono inafectado—: No era su estilo.

El oficial nazi asintió secamente. Era imposible adivinar lo que estaba pensando. Este tipo podría haber perdido a su madre esa misma mañana y habría tenido la misma mirada impasible, sostenida por sus fauces de yunque.

—¿Sabe usted cómo pasaba sus días?

—No. Quizás debería hacerle esta pregunta a su esposo.

Beewen se reclinó y se apoyó en el escritorio, haciendo crujir al unísono el cuero y la madera. La lacada superficie nunca le había parecido tan pequeña a Simon.

—Pero debió haberle contado sobre su vida diaria, ¿verdad?

Simon apagó el cigarrillo y se levantó para abrir la ventana. Intentaba deshacerse del olor a tabaco. O más bien liberar la presión de la habitación.

—No pretendo hablar mal de alguien que ha muerto —dijo, fingiendo estar apenado—, pero Margarete llevaba la vida ociosa y fútil de la esposa de un hombre rico.

—¿Es decir?

Simon volvió a su asiento.

—Cortes de cabello, compras, cuidado… También veía a menudo a sus amigas para tomar el té.

—Me han hablado de un club…

—Sí, pertenecía al Wilhelm Club. Una especie de salón literario, o más bien social. Sus miembros se reúnen todas las tardes en el Hotel Adlon.

Beewen volvió a acomodarse en su silla.

—Durante sus últimos encuentros, ¿*Frau* Pohl le pareció nerviosa o ansiosa?

—Ya le dije que ese era el tema de nuestras reuniones.

—No se haga el tonto conmigo. ¿Parecía temer algún peligro en particular? ¿Había recibido amenazas?

—No que yo sepa, pero...

Este cuestionamiento unilateral estaba poniéndolo nervioso. Por lo general, era él quien hacía las preguntas.

—¿Podría darme algunos detalles sobre su muerte? Si supiera lo que pasó, quizá le respondería más adecuadamente…

—No estoy en posición de dar información alguna.

El *Hauptsturmführer* se había anudado lo dedos alrededor de sus piernas cruzadas. Tenía las manos grandes y secas, con miles de cortes. Manos de campesino, pero también de un miembro de las SA que había roto caras, brazos, cristales y todo lo que se encontrara al alcance de sus puños, antes de conseguir este siniestro ascenso en la Gestapo.

Simon también había notado que el hombre no tenía acento. La manzana nunca cae lejos del árbol. Provenía del campo, sí, pero no de un lugar lejos de Berlín. Mientras que él, Simon, había tardado años en borrar su estúpido acento bávaro.

—Si he entendido bien —continuó el visitante—, la víctima ha estado viniendo con usted regularmente durante casi dos años. Le hablaría de sus problemas personales, de sus angustias, de sus dudas, o de lo que sea. Si hay alguien en Berlín que conoce su intimidad, es usted.

—Una vez más, Margarete sufría de un desasosiego… constante. Nunca la escuché mencionar una amenaza o una persona que hubiera considerado peligrosa.

—Piense con cuidado.

Simon tomó un nuevo Muratti y lo encendió levantando la nariz por los aires, una postura que se suponía debía expresar su esfuerzo por rememorar. Al otro lado del muro de tabique había una fila de discos correspondientes a todas las consultas de Margarete desde mayo de 1937.

—En verdad lo siento. No recuerdo nada más.

La mayoría de los «problemas» de *Frau* Pohl apenas merecían el nombre de neurosis, y las agitaciones de su alma solo eran los tormentos existenciales de una esposa abandonada. Su único enemigo era el aburrimiento —y ella lo combatía con compras compulsivas, fuertes cócteles a las cuatro de la tarde y con unos cuantos amantes (incluyéndolo a él), que lograban más o menos distraerla.

Simon volvió a su primera idea —más bien, la segunda—. A fuerza de tontear e ir a los barrios bajos de Berlín, ella podría haber terminado teniendo un encuentro desafortunado.

—¿Le habló alguna vez de un hombre de mármol?

—¿Perdón?

—Un hombre de mármol.

—¿A qué se refiere usted? ¿A una estatua?

Franz Beewen suspiró con impaciencia. Era la primera vez que se permitía un reflejo humano. De repente, su rostro adquirió otra dimensión, menos dura, más... viva.

—Esa es la única pista que tenemos —admitió—. En varias ocasiones le habló a su marido de un hombre de mármol. Parecía temerle...

—¿No dijo nada más?

Beewen no respondió: parecía estar juzgando a su interlocutor. Incluso su ojo de pirata parecía menos implacable.

—No, ella nunca quiso dar ningún detalle —agregó—. Ella solo repetía que tenía miedo. Mucho miedo. Pero exactamente a qué, no lo sabemos...

Simon no prosiguió. Estaba aguardando a que el cerbero desapareciera por fin. Quería estar solo. Bailar un último vals con sus recuerdos. Beber un coñac añejo mientras evocaba la imagen de Margarete al son de las canciones de Mischa Spoliansky.

Como si Beewen estuviese conectado directamente con el cerebro de Simon, se puso de pie repentinamente. El psiquiatra realmente no creía en su fuerza telepática, al menos no tanto. Más bien pensaba en *sincronicidad*, como a Carl Gustav Jung le gustaba llamarles.

El *Hauptsturmführer*, que parecía haber sido ligeramente persuadido, tomó la pluma estilográfica de Simon y escribió su nombre y número en una tarjeta.

—Piénselo, *Herr* Kraus. Vuelva a leer sus notas y comuníquese conmigo.

El psiquiatra solo pudo asentir. Le ardían los párpados, y no era por el humo de los Murattis.

—No se moleste. Conozco el camino.

Observó cómo el enorme cuerpo cruzaba el umbral, sacudiendo toda la habitación. Nunca había recibido a personajes de este tipo. Por lo general, se trataba de lana fina, cuellos de piel y medias de seda.

Simon esperó a que la puerta se cerrara de golpe para cerrar la ventana. El gigante subió a su Mercedes —decir «se incrustó» habría sido más exacto—. Vio alejarse el coche y se permitió una sonrisa. Una vez más, estaba un paso adelante. Tenía un as bajo la manga.

El Hombre de Mármol, ¿eh? Por supuesto que lo conocía. Margarete le había hablado de ello varias veces. Franz Beewen podría ir por todo Berlín buscándolo y nunca lo encontraría. El único lugar que frecuentaba esta figura de piedra era la mente de Margarete. El Hombre de Mármol solo se le aparecía en sueños... Una especie de golem que poblaba sus ensoñaciones.

Kraus poseía otro elemento que quizás era importante. Margarete Pohl no era la única con este síndrome. Otras pacientes sufrían esta misma pesadilla. Había analizado aquel hecho como un símbolo recurrente, el de la autoridad nazi o incluso el de Adolf Hitler. Pero ¿por qué una escultura? ¿creada de mármol? Simon se inclinó a ponderar la idea de una imagen o un lugar que estos burgueses habían memorizado y reciclado en sus sueños.

Dudaba que esta creación psíquica tuviera relación con el asesinato de la pequeña Pohl, pero valía la pena investigar.

Se lo debía a su joven amante. Quien solía entonar *Heute Nacht oder nie* con su ronca vocecita.

9

Franz Beewen odiaba este tipo de pequeñas basuras. Un parásito. Un gigoló. Un médico degenerado.

Una cara bonita, ciertamente, pero en un cuerpo de marioneta —¿acaso este enano se atrevía a menospreciarlo? ¿Lo consideraba un bueno para nada?—. Podría haberlo tenido a su merced, haberlo matado allí mismo, en su departamento burgués lleno de cosas incomprensibles (era como la exposición de arte degenerado que se había organizado en 1937).

No, estos parásitos no tenían cabida en el Reich de los Mil Años. Este tipo de mentes retorcidas solo conducían al libertinaje y al vicio. *Cabrones intelectuales.* Eran la lepra de las nuevas sociedades. Al pensar demasiado, habían corrompido el sentido de la vida, ya no escuchaban el latido, natural y esencial de la Tierra...

El enano no le había contado todo —por ejemplo, era obvio que había oído hablar del Hombre de Mármol—. No importaba, volvería. Repetiría sus preguntas, presionaría al psiquiatra, le exprimiría el jugo como si fuera una fruta podrida. Sin olvidarse de inspeccionar su consultorio de arriba a abajo, cuando no estuviera.

Y si la manera suave no funcionaba, pues habría que trabajar sus riñones con porras. Beewen bien podría haberse ganado ya varias condecoraciones, pero no había perdido su toque.

—¿Nos dirigimos a Brangbo, *Hauptsturmführer*? —él ni siquiera volteó a ver a su conductor.

—A Brangbo, sí.

Cuando se subió por primera vez a su Mercedes-Benz 170, casi había sentido un regocijo en su entrepierna. Era la concreción de hierro y cuero de su éxito, de su ascenso, de su poder.

Ahora ni siquiera le prestaba atención. Uno se acostumbra a todo, incluso a la realización de los propios sueños. Sueños que él había conquistado con los dientes apretados, los puños cerrados y la rabia en su corazón. Solo le quedaba un paso para llegar a su meta, pero ahora esta investigación había recaído en él.

Este pequeño imbécil peinado hacia atrás no podía imaginar el alcance del desastre. Porque Margarete Pohl no era la primera. El viernes 4 de agosto, el cuerpo de Susanne Bohnstengel, de veintisiete años, había sido descubierto en la Isla de los Museos. Destripada. Masacrada. Sin zapatos.

Inicialmente se le había confiado la investigación a la Kripo (*Kriminalpolizei*), pero ante la falta de resultados y, con la aparición de un nuevo cadáver, se había relevado a los policías del Departamento Criminal para pasar el expediente a la Gestapo.

Y había recaído en él, Franz Beewen, inexperto en la materia. En la Gestapo no se buscaba a los delincuentes: se les inventaba desde cero. El expediente de la investigación se sacaba en silencio, en la oficina, luego se arrestaba al culpable, quien resultaba ser el primero en sorprenderse al enterarse de su culpabilidad. Pero esta vez era distinto. Un verdadero asesino caminaba por las calles de Berlín, atacando a las esposas de prominentes figuras nazis, y él el responsable de atraparlo. *¡Scheiße!*

El trayecto a Brangbo iba a durar una media hora. Se recostó en el asiento y se puso a recapitular la investigación entera.

El 4 de agosto se descubrió el cadáver de una joven mujer en el extremo norte de la Isla de los Museos, en el distrito de Cölln, a orillas del Spree. El cuerpo había sido depositado a lo largo del Am Kupfergraben, en el muelle frente al Bode-Museum, en la orilla oeste del río.

No hubo problema para identificar a la víctima: todavía estaba vestida, con su bolso a un lado. Susanne Bohnstengel, nacida Scheydt, en 1912 en Ansbach, Franconia Media, Baviera. Esposa de Werner Bohnstengel, proveedor de repuestos para la Wehrmacht, el ejército alemán. Muy cercano al gobierno de las SS.

Max Wiener, *Hauptmann* en el Departamento Criminal, primer responsable de la investigación, había emprendido caminos ya conocidos: habían inspeccionado el barrio en busca de testigos, revisado las salidas de la prisión (aunque, en estos tiempos, uno entraba más fácil de lo que se salía de esta), puso patas arriba los círculos criminales de la ciudad... Al mismo tiempo, la autopsia de la joven reveló que había sufrido una severa mutilación. Su cuello presentaba una herida abierta. El arma (un cuchillo o una daga) había cortado la vena yugular y la carótida externa, así como los vasos de la laringe y de la tiroides.

La víctima había muerto de una hemorragia significativa, provocada por esta herida. Pero se habían asestado otros golpes. Una serie de heridas en el costado izquierdo sugerían que la mujer había luchado y buscado protección, incluso cuando el asesino le sostenía los brazos por encima de la cabeza —las heridas se extendían hasta la axila—. En el interior de los dedos de ambas manos había profundos cortes. Algunas falanges solo estaban unidas por un hilo de carne. La mujer había intentado sujetar la hoja que la había asesinado.

El asesino había atacado el vientre. Un gran corte oblicuo comenzaba debajo del diafragma, a la izquierda, hasta la fosa iliaca derecha. Dos heridas superficiales seguían el mismo curso, demostrando que el asesino lo había intentado varias veces antes de lograr empujar su arma hasta la empuñadura y, literalmente, partir en dos el abdomen de su víctima.

El estudio forense arrojó que el criminal había realizado una extraña mutilación: había cortado la región del pubis y extraído los genitales, de los cuales no se encontró rastro alguno en las cercanías del cadáver. El asesino había robado los ovarios, el útero y su cuello uterino, así como toda la vulva.

En esas condiciones, era imposible decir si la víctima había sido violada o no, pero Wiener se inclinaba por un escenario sin violación. El asesino encontraba el placer mediante su cuchillo, no con su miembro. En los días de las SA o de la *Unterwelt* —en el medio, en los bajos fondos— Beewen había conocido tipos así.

Detalle extraño: el asesino también se había llevado los zapatos de Susanne. Así que le gustaba jugar con los órganos y los zapatos de sus víctimas. En verdad un desquiciado.

Wiener había comenzado su investigación con ímpetu. Se basó en gran medida en el nuevo laboratorio forense de Berlín, Departamento de Química Forense y Estadísticas Criminales, apodado KTI. En el programa: análisis de huellas dactilares, fotografías antropométricas, retratos robotizados, análisis de comportamiento, balística, identificación de armas utilizadas en los asesinatos, identificación de fibras y residuos materiales (con ayuda de un microscopio), análisis de sangre y de semen, toxicología, detección de tintas invisibles...

Wiener estaba a su cargo. La batería de análisis no había arrojado nada, no más que la búsqueda de testigos presenciales. Muy rápidamente, el campo de acción del *Hauptmann* se había reducido. Tenía prohibido interrogar a los familiares de la víctima; prohibido mencionar el asesinato. Prohibido dar divulgación alguna al asunto en sus propias oficinas... Era imposible admitir que se había cometido tal asesinato y que el Reich había sido golpeado tan de cerca.

Wiener únicamente había logrado rearmar el horario de la víctima del día anterior a cuando se había encontrado el cuerpo. Por la mañana había jugado al tenis y almorzado con una de sus amigas. Más tarde, se dedicó a mirar escaparates en solitario en el Kurfürstendamm y luego... desapareció.

Wiener aún estaba dando tumbos cuando se le informó de un nuevo cuerpo, el sábado 19 de agosto en el parque Köllnischer, cerca de la fosa de los osos, no lejos de la Isla de los Museos. Margarete Pohl. Veintiocho años. Nacida en Schmitz, en Wurtemberg. Mismo *modus operandi*. Garganta cercenada. Evisceración. Robo de los órganos reproductores y de toda la región vaginal. Sin zapatos.

La Kripo no estaba más adelante en el asunto, excepto en cuanto a una precisión: las dos víctimas se conocían. Eran miembros del Wilhelm Club, se reunía en el Hotel Adlon. De acuerdo con la información recuperada, esta «sala de estar» no era más que un aviario, donde las jóvenes esposas de industriales millonarios y dignatarios nazis compartían tonterías y chismes. Además, estas mujeres eran comúnmente apodadas «las Damas del Adlon».

Wiener había registrado el gran hotel, interrogado al personal, a los clientes habituales, a los clientes que se habían alojado allí durante las fechas, todo sin mencionar los asesinatos. Tampoco se le había permitido interrogar a las otras «damas» —era demasiado arriesgado—. Apenas había conseguido, una vez más, reconstruir el último día de Margarete Pohl. Nada de interés.

Los informes de Wiener se habían vuelto cada vez más vagos y se reducían a especulaciones sobre el perfil psicológico del asesino. Pensaba, por ejemplo, que el asesino era un caníbal, o que atacaba a sus víctimas disfrazado. *Qué sarta de estupideces.*

La Casa Parda había reaccionado.

Debía encomendarse esta investigación a quienes, todos los días, sondeaban las calles y las almas de Berlín: la Gestapo. El 26 de agosto, el *Hauptsturmführer* Franz Beewen, de 35 años, fue asignado oficialmente al caso. No sabía por qué lo habían elegido. Tenía un historial brillante (desde el punto de vista nazi), pero no sabía nada sobre investigaciones criminales. La Gestapo era una policía política: arrestaba a las víctimas, no a los culpables.

Su único activo era la red de inteligencia de la Geheime Staatspolizei. Desde 1933, Alemania ya no era un país sino una telaraña. Se había dividido en *Gaue* (regiones administrativas). Cada *Gau* se dividía en *Kreise* (círculos). Cada *Kreis* en *Ortsgruppen* (grupos locales). Cada *Ortsgruppe* en *Zellen* (células). Cada *Zelle* en *Blocks.*

La pieza central de la red era el *Blockleiter*. Responsable de unas sesenta viviendas, se trataba de un espía de la calle, de la vida cotidiana. Un oficial de bajo rango, cuya información resultaba sumamente valiosa.

¿Cómo, en tal entramado, habían sido posibles estos dos asesinatos? ¿Cómo había podido el asesino deslizarse por entre las grietas? Por no hablar de que prácticamente todo Berlín estaba intervenido, que los medios se filtraban todos los días, que cada trabajador tenía un expediente en el número 8 de Prinz-Albrecht-Straße. Durante una semana, Beewen había revisado todos los archivos, sacudido a todos sus soplones, a todos sus informantes, consultado con todos sus *Blockleiters*, sin obtener nada.

Este asesino era el hombre invisible.

Otra sorpresa: cuando Beewen trató de hablar con Max Wiener, se encontró con que el *Hauptmann* había desaparecido. ¿Despedido? ¿Deportado? ¿Asesinado? No había forma de saberlo, pero no presagiaba nada bueno.

Beewen había vuelto a la zona de combate. Volvió a interrogar a los maridos de las víctimas, el industrial Werner Bohnstengel y el *Gruppenführer* de las SS, Hermann Pohl. No había conseguido mucho, excepto aquel detalle: el general había revelado que su esposa le temía a un hombre de mármol. ¿Qué mierda era eso?

Rascando un poco más, Beewen obtuvo otro dato: Margarete Pohl, que nunca estuvo bien, había acabado confesándole a su marido que había estado consultando a un psiquiatra. Franz no tuvo problemas para identificar a Simon Kraus y se había encontrado cara a cara con el pequeño idiota.

Beewen también era un criminal; sin embargo, ahora se encontraba perdido, desorientado. Estaba lidiando con un asesino loco, que atacaba a estas mujeres y obviamente disfrutaba masacrándolas. Nada que ver con él mismo, que era más bien un asesino profesional, pragmático, sin locuras ni aspavientos...

Levantó la vista y se percató de que ahora conducían por la campiña. Estaba oscureciendo y los campos circundantes estaban bañados por una luz naranja ligeramente repugnante.

—Detente aquí —ordenó Beewen.

Antes de llegar a Brangbo, el *Hauptsturmführer* siempre realizaba el sacrificio con el mismo ritual.

10

De pie en un campo de papas, Franz Beewen comenzó a desvestirse. Se desabrochó el cinturón y se quitó la chamarra. Se deshizo de sus botas y de sus pantalones. Dobló sus cosas con cuidado, antes de ponerlas sobre el capó del Mercedes. Al retirarse sus ropas cubiertas de insignias, de medallas, de esvásticas, tuvo la impresión de retroceder en el tiempo y meterse en la piel de quien tiempo atrás había sido.

Franz Beewen solo había funcionado con un combustible, el odio. Había sido gracias a esta rabia interior, a este deseo de matar a todo el mundo, que pudo ascender y convertirse en el hombre que era ahora.

Pero no tan rápido. Primero las fechas, los lugares. Nació en 1904, cerca de un pequeño pueblo llamado Zossen, cuarenta kilómetros al sur de Berlín, en un familia de campesinos famélicos. Una granja desolada, aplastada por la agitación política; pero siempre hay algo que comer en el fondo del gallinero.

Durante los primeros diez años de su vida no fue más que un niño de la granja, un chico de las cavernas, de esos que revisan sus deberes sentados en un balde de zinc circundado por el olor a estiércol y mugidos de vacas.

Escolaridad mediocre, pero apasionado por las novelas de aventuras. 1914. Ocurre la Gran Guerra. Su padre es movilizado, su madre y él deben cuidar la finca. Primero se sumerge en un túnel de trabajo y conflictos, donde no vale más que las bestias de carga a las que flagela todo el día.

1917. Su padre es gaseado. Viaja al hospital militar de Essenheim, cerca de Maguncia. Vuelve traumatizado, ensordecido por el dolor, ebrio de odio. En la granja nada ha cambiado, excepto aquella certeza: un día vengará a su padre.

En aquel momento, Franz solo tiene una distracción. A diez kilómetros de la granja, cerca de Zossen, hay un campo de prisioneros apodado el «campo de la media luna», porque alberga a muchos árabes, negros y turcos. Tan pronto como encuentra algo de tiempo, Franz toma su bicicleta y se dirige allí, solo para ver cómo el enemigo muere lentamente. En varias ocasiones se cuela por debajo de las alambradas e intenta, sin éxito, prender fuego a las tiendas de los prisioneros.

1919. Vuelta a la normalidad, o casi. Su padre todavía hospitalizado, la finca hipotecada (para pagar los cuidados de papá), un chico de granja embaucado. *Mutter* quiere que Franz obtenga su *Abitur* y lo envía a un internado en Potsdam. Nuevos horizontes.

Primero el deporte.

El trabajo de la granja forja el cuerpo. Hasta entonces, este poder era nada más que el signo de su esclavitud. Ahora sus músculos son sinónimo de fuerza, de victoria.

Posteriormente, Franz cambia su apariencia. Aquel cuyo cabello siempre ha parecido un puñado de raíces terrosas, opta por la disciplina. La parte superior aplanada como un casquete, la nuca rapada.

Franz se entrena. Piensa en la Gran Guerra. Piensa en su padre envenenado. Trabaja cada músculo, cada célula de su cuerpo para convertirse en una máquina de guerra. En una herramienta de venganza.

Escucha hablar de los arios, la raza de los Señores. A él le gusta eso. Un pueblo superior. Un origen místico. Agricultor o no, entiende que pertenece al *Volk*.

1923. Después de haber obtenido, contra todo pronóstico, su *Abitur*, regresa a casa. Desolación. La situación en Alemania sigue empeorando. Los franceses, no contentos con haber humillado y exprimido a los alemanes, nuevamente ocupan el Ruhr, confiscando las zonas industriales y robando el carbón.

En todo el país se tiene frío, se tiene hambre. La granja Beewen se encuentra asolada por las deudas. Su madre y el empleado se afanan en vano. Pero aquí al menos hay algo para comer. Y leña para calentarse.

Pronto, los berlineses hambrientos llegan en bandas para saquear los campos. Franz los recibe a tiros. Mata a varios hombres. De estos enfrentamientos solo conserva una cosa: es buen tirador. Hábil en el combate. Dotado para la guerra. Tiene diecinueve años. Debe pasar a la acción.

Se une al NSDAP, matrícula 24336, abandona la granja y se une a las SA, las secciones de asalto (*Sturmabteilung*). Una milicia que arrasa con todo lo que se mueve en nombre de ciertas ideas tan simples que harían reír a todos en un parque infantil. No importa. Su destino lo llama. Uniformes, disciplina, órdenes; eso también le gusta. Y enmarca su ira.

Descubre Berlín destrozando todo a su paso. Las SA se posicionan y él es parte de la fiesta. Franz no patea traseros por diversión, entrena para la guerra. Sabe, siente, que algún día tendrá la oportunidad de luchar contra el enemigo.

Su madre lo insta a quedarse en la finca, a ayudarla, a defender su herencia. En un intento de razonar con él, ella le revela la verdad sobre el gaseado del anciano. Los franceses no tuvieron nada que ver: fue el viento el que, aquel día, dio la vuelta y devolvió sus propios gases a los alemanes. «Si quieres venganza», le grita ella, «¡véngate del viento!».

Ante esta noticia, Franz escupe en la Biblia de su madre, toma sus cosas y desaparece. Los comienzos en Berlín son difíciles.

Los SA son un puñado de brutos, inútiles que, paradójicamente, sirven para todo. Ni soldados, ni policías, ni nada. Una milicia de borrachos, un servicio de seguridad que sirve para atacar, más que para defender. Él en realidad no bebe, no se ríe de las bromas de sus compañeros, no disfruta de las palizas. Un tipo realmente extraño.

Franz no se queda en las SA por mucho tiempo. En noviembre, su líder, Hitler, organiza un golpe de Estado fallido: en unas pocas horas, todo ha terminado. Hitler arrestado, las SA desmanteladas; Franz se encuentra de nuevo en el punto de partida. Regresa a la finca sin previo aviso y sorprende a su madre en los brazos del empleado. Toma su rifle y le dispara al tipo, y con su cuerpo alimenta a los cerdos. Con *Mutter* se pone de acuerdo: en caso de una investigación, ella dirá que el empleado ha regresado a su país de origen; pero, de cualquier manera, Franz no puede permanecer allí.

Durante un tiempo vive en el bosque, como un animal. Luego vuelve a Berlín y frecuenta el *Unterwelt.* Se convierte en portero, guardia de seguridad, ladrón, incluso asesino, lo que sea necesario con tal de que le paguen.

1926. Franz tiene veintidós años. Siempre robusto, con el cabello bien peinado, pero con sueños de pureza teutónica desvanecidos. En el medio, goza de una amplia reputación. Violento, peligroso, incontrolable. Se desconfía de él: no es un gánster ni un nazi. ¿Quién es exactamente?

Es un hombre muy trabajador. Visita con regularidad a su padre, quien languidece en un manicomio —su razón se ha quemado, junto con sus pulmones—. Visita a su madre, quien ha contratado a un nuevo empleado.

Un año después, ella muere. Franz arrastra a su padre al funeral, durante la ceremonia escucha constantemente el silbido de la gasolina y el zumbido de los aviones franceses. Acto seguido, se dispone a bailar de gusto al borde de la fosa porque los alemanes han ganado la guerra. Cuando comienza a orinar en el ataúd, Franz lo noquea y lo lleva de regreso al manicomio.

Sin familia ni puntos de referencia, con apenas lo suficiente para sobrevivir y sin proyecto alguno. Se entera de que Hitler ha salido de la cárcel y de que las SA han obtenido el permiso de reagruparse. Él vuelve. Sus superiores se fijan en él por su inteligencia, sus habilidades de combate, su compromiso —Franz se dedica en cuerpo y alma a las SA, eso es todo lo que le queda—. Además, su perfil es perfecto: un hijo de la tierra, con un padre héroe de guerra. Es enviado a Viena para recibir formación en métodos de propaganda del partido y organización de tropas. Muy receptivo.

En la primavera de 1928, las SA obtienen la autorización para volver a vestir su uniforme. Este detalle cambia la vida de Franz. Desfila, marcha, dirige su propia unidad —un ejemplo para todo el mundo—. En realidad, no cree ni por un segundo que semejante pandilla de cretinos pueda acceder a responsabilidades políticas. El poder debe tomarse a través de las urnas, no con garrotes o pistolas.

La personalidad de Hitler lo desconcierta. Este bicho raro que eructa, que dice tonterías, que afina constantemente su garganta y que imita a una diva, resulta bastante risible. Sin embargo, produce su efecto en las multitudes. Franz puede comprobarlo por sí mismo: es el guardia de seguridad en las reuniones.

Un día, es convocado para participar en una misión de confianza: incendiar el Reichstag. No hay problema. Pero esta operación es un duro golpe, suficiente para acabar con una bala en la nuca unos días después.

A Beewen se le asigna una misión dentro de la misión: antes de incendiar el Reichstag, debe llevarse un sillón —el favorito de Hermann Göring—. Él obedece, pero antes toma una foto del mueble «*in situ*», rodeado por las llamas. Al día siguiente, él mismo entrega el sillón en la casa de Göring y, discretamente, le toma otra foto. Incluso coloca en el encuadre el *Völkischer Beobachter* del día, que informa sobre el incendio. Basta con colocar las dos tomas una junto a la otra para entenderlo todo.

Sin desanimarse, va a ver a Ernst Röhm, el jefe de las SA, y le muestra las dos fotos, advirtiéndole que, de sucederle algo, estas fotos serán enviadas a los periódicos. «Nosotros controlamos a la prensa», responde Ernst. «Estoy hablando de periódicos extranjeros». Nunca vuelve a escuchar de esta historia. Incluso es ascendido.

Pero su instinto le dice algo más: Hitler, nombrado Canciller, ya no necesita a las SA. Por el contrario, este ejército de brutos cada vez menos controlables le molesta. Especialmente su líder, Röhm, quien tiene una boca demasiado grande y, además, es puto como una foca.

Beewen deja las SA y se convierte en auxiliar de policía. Entre los oficiales, Göring reemplaza las porras por pistolas. «Es mejor matar a un inocente que dejar escapar a un culpable», advierte. Beewen se siente como en casa.

Un año después, en la Noche de los Cuchillos Largos, fueron ejecutados todos los líderes de las SA. Beewen reconoció aún tener el olfato. Progresa en la policía —exasesino en las SA, exmatón en el *Unterwelt*, definitivamente tiene todas las habilidades requeridas, pero se encuentra en un nuevo callejón sin salida.

El poder no pertenece a la policía, sino a las SS. Se postula. Un currículum impresionante. Inmediatamente se une a la Schutzstaffel, la cual simpatizaba con la Gestapo. Sube por todos los peldaños, a punta de pistola, pero no solo. Beewen es un líder. Dirige a sus equipos con maestría, no le teme al terreno y no tiene nada que ver con los funcionarios que forman el grueso de las filas de la Gestapo. Si las cosas se ponen difíciles, se puede contar con él.

Por eso se le habían dado esta jodida investigación.

Todos sabían que Beewen quería unirse a las Waffen-ss o a la Wehrmacht. En cualquier caso, ir al frente en cuanto estallara la guerra. Franz era soldado y quería pelear.

Para motivarlo, su superior, el *Obergruppenführer* Otto Perninken, le había dicho:

—Resuelva esta investigación y yo apoyaré su traslado.

Beewen asintió, golpeó sus talones y levantó el brazo, gritando: «*¡Heil Hitler!*» Lo estaba pasando mal. Su destino había quedado a merced de un loco asesino que masacraba a las buenas mujeres en lo más recóndito de los parques. Pero, ¡por Dios, a él qué carajo le importaba esta mierda!

En unos cuantos días, Alemania iba a invadir Polonia, esta operación provocaría la Segunda Guerra Mundial, y él se encontraría atrapado en Berlín, buscando a un psicópata que solo había matado dos veces. El número mismo resultaba ridículo. En el Berlín nazi, cualquier asesino digno de su nombre ya había matado decenas de veces...

—*Herr Hauptsturmführer...*

Beewen se sacudió de entre sus pensamientos. Caía el día y todo el paisaje resplandecía como en un baño de sangre. Notó que había terminado de cambiarse, sin siquiera darse cuenta.

Colocó con cuidado su uniforme en el maletero y volvió a la parte trasera del auto. Vestía pantalón gris plisado, camisa de manga corta y chamarra de lona. Esto era todo lo que había encontrado en el vestuario de la Gestapo, donde se guardaba la ropa de los fusilados y demás sujetos interrogados.

Por una vez, ni su chamarra ni su camisa mostraban el menor rastro de bala o sangre. Estaba listo para enfrentar a su padre.

11

Cada vez que llegaba a las afueras del manicomio de Brangbo, lo asaltaba la misma sensación física. Una especie de alucinación olfativa: el gas mostaza.

Podía percibir el olor de la muerte traspasando la goma de las máscaras y el cuero de las botas, infiltrándose bajo los trajes y los abrigos, que se había escurrido por las trincheras durante la Primera Guerra Mundial, y que había destruido a su padre.

Durante los años de conflicto, la ausencia de *Vater* había sido como el silencio que precede a la tormenta. Franz nunca dejó de trabajar al lado de su madre. No veía nada, no oía nada, no hablaba en absoluto. Solo esperaba a su padre, eso era todo. Ni siquiera podía atender las malas noticias que llegaban al pueblo (las trincheras, el gas, los muertos). Ante sus ojos, «papá» era Rienzi, Lohengrin, Parsifal. Era invencible. Se reía de las balas y de los proyectiles. Sobrepasaba la violencia de las trincheras.

Cuando Franz, a la edad de doce años, volvió a ver a su padre en el hospital militar de Essenheim, no lo reconoció. Sus ojos estaban quemados. Ya no podía ver nada. Los pulmones, también quemados. Ya no podía respirar. Mucosas húmedas: quemadas. Este extraño en su cama no era más que un incendio de carne.

Ante la insistencia de su madre, tuvo que convencerse a sí mismo, entre el caos de gritos y gemidos del hospital, de que estos restos eran en verdad su padre, su héroe. Aquella capitulación había decidido el resto de su vida. Con un pañuelo en la boca, se quedó a los pies de la cama de su padre y llegó a ver cosas extrañas. Primero chorros de sangre: se practicaban sangrías para bajar la presión arterial de los gaseados. Agua bicarbonatada para enjuagar ojos, boca, heridas. El agua de Dakin, con olor a cloro, para lavar la tierra que recubría a los heridos... El mundo de los gaseados era líquido —nada de comida; la digestión requería demasiado oxígeno...

También estaban los mutilados, devorados por piojos y garrapatas, sin brazos, ni piernas, ni rostro. Estos apestaban aún más. Sus vendajes supuraban, sus heridas se infectaban. Unos pocos deambulaban por la sala saturada del humo de las estufas. Franz, aterrorizado, mantenía sus ojos mirando al suelo para no verlos. Solo podía recordar a un hombre-momia, con la cabeza totalmente vendada, que abría todos los cajones en busca de sus orejas.

También estaban los cobardes, que se habían cortado un dedo o habían ingerido pólvora para que les diera ictericia. No perdían nada esperando. Eran tratados solo para ser fusilados o enviados de regreso al frente.

Por último, estaban los locos. Los que no habían resistido el trauma de las trincheras. Temblaban, gesticulaban, gritaban. Siempre estaban en guerra. A aquello se le solía llamar «la hipnosis de las batallas», el «*shell shock*» o incluso «el obús». La mayoría se recuperaba en semanas; pero, otros, como su padre, se sumergían cada vez más en la demencia.

—Ya llegamos.

En medio de la nada, el Instituto Brangbo era una ruina de ladrillos colocada entre los campos desnudos. Un edificio olvidado dentro de un paisaje lúgubre. Aquella sencilla decoración resumía la situación: aquí se dejaba morir a los enfermos mentales, no se trataba de ayudarlos.

Beewen no se hacía ilusiones sobre la posición del partido respecto a los locos: debían deshacerse de ellos. Hombres degenerados, eslabones débiles, bocas inútiles que le costaban demasiado al Estado. Bastaba salir a la calle para ver los carteles que gritaban este tipo de mensajes o ir al cine para desvanecerse ante los largometrajes, películas propagandísticas que mostraban locos risueños y rostros deformados... Los subtítulos insistían en el precio a pagar por alimentar a este tipo de monstruos. Tanto dinero que las buenas familias alemanas no tendrían...

Franz había tomado medidas para encontrar el mejor hospital. Solo había conocido a psiquiatras indiferentes, que tenían prisa y que odiaban a sus pacientes. Había buscado una clínica privada, pero su salario como practicante de la Gestapo no le permitía pagar tales sitios.

Entonces, Brangbo...

Lo único bueno de ese lugar de muerte era su directora, Minna von Hassel, una linda trigueña que cuidaba a sus pacientes como si se tratara de sus propios hijos. Al principio Beewen pensó que se trataba de una religiosa o algo así, pero no lo era. La Gestapo tenía un expediente sobre ella: pertenecía a una de las familias más ricas de Berlín. Aristócratas que se habían dedicado al negocio del asfalto y que construían las carreteras del Reich. Nacida como baronesa, Minna había dado la espalda a la fortuna familiar para convertirse en psiquiatra y dedicarse a quienes se habían quedado atrás. *Respeto.*

Al mismo tiempo, él desconfiaba de aquella mujer, ella pensaba demasiado —y se creía más fuerte que el régimen—. Sobre todo, era demasiado hermosa: cuando la vio por primera vez, su rostro delgado, sus ojos negros casi orientales, lo hicieron tambalearse. Perdió su firmeza, la compostura, y, titubeó...

De hecho, si cambiaba su vestimenta de camino a Brangbo, no era por su padre, a quien le aterrorizaban los uniformes, sino por Minna von Hassel, que odiaba abiertamente a las SS.

El Mercedes atravesó el portón —uno de los varios agujeros en el recinto de ladrillo— y se detuvo en el patio. Beewen salió del coche y contempló el espectáculo habitual en el crepúsculo. Lo que se solía llamar el «huerto de vegetales» era apenas un terreno baldío con todo tipo de malezas creciendo, pero tal vez un desquiciado o dos habían logrado plantar algo allí. Hablando de locuras, estaban allí, deambulando, a su alrededor, envueltos en sábanas sucias o camisolas desabotonadas, flotando como fantasmas.

Franz percibió de nuevo el olor del gas mostaza, el olor de la locura. O quizá de su propio miedo de ver a su padre. Este extraño de facciones demacradas, con un cuerpo esquelético, que lo insultaba en cada ocasión y despotricaba con delirios sin sentido.

Pero lo peor era que se veía a sí mismo como en un espejo: después de todo, lo había aprendido de los libros, la locura muchas veces es hereditaria...

12

—¿Cómo está hoy?

—Estable.

Le preguntó a un enfermero que conocía bien, Albert, el único nazi entre el personal de enfermería de Brangbo.

—Pero ayer tuvo un ataque severo…

Beewen se encogió de hombros: ataques severos, había tenido miles desde la Gran Guerra y parecía que estos lo conservaban.

Sin decir más, siguió los pasos del mastodonte (Albert era casi tan alto como Beewen, y debía pesar más de 120 kilos) en dirección al ala izquierda de ese edificio de celdas. Beewen aún no entendía si tener una habitación propia en aquel lugar significaba un privilegio o un castigo. En el interior, caminaron por un largo corredor de cemento, cuya superficie estaba cubierta por escombros. La pared derecha estaba horadada por pequeñas puertas de hierro. No muy distinto de la prisión doméstica de la Gestapo. A menudo se decía a sí mismo que había una relación de causa y efecto entre estos dos sitios: él venía a pagar a Brangbo los pecados que cometía en la Gestapo…

Albert caminaba delante de él, enfundado en una bata sucia, tintineaba su pesado manojo de llaves en su bolsillo. Los locos aullaban detrás de las puertas de hierro. Otros, sentados en el suelo, sollozaban entre el polverío.

De repente, sin motivo alguno, una imagen cruzó por su mente. Una de las pocas veces que habían «subido» a Berlín en familia. Una magnífica tarde de verano en Unter den Linden, la Avenida de los Tilos. En mangas de camisa, con los pantalones a la altura del ombligo, su padre sonreía bajo el sol. A sus pies, las sombras del follaje se estremecían y todo era como una ligera sacudida del tiempo mismo. Un deslumbramiento.

Franz corre hacia él, riendo a carcajadas —no consigue verse a sí mismo, pero, por su risa, debe de tener ocho o nueve años. Todavía podía recordarlo. Estas escapadas eran tan raras. En aquellos momentos, la felicidad se convertía en sensación física pura, fuera de toda conciencia.

—Listo.

Albert había dado por fin con la llave correcta. La puerta, oxidada, raspó el suelo. Beewen pensó en el estudio de Simon Kraus: estaba muy lejos de sus mullidas alfombras y sus sillones de cuero.

—¿Quién eres?

Desde hacía muchos años su padre ya no lo reconocía. No era tanto un signo de degeneración mental, como de una batalla perdida de la conciencia contra el cáncer de la locura. Aquella demencia se reproducía sin cesar, causando que las células enfermas proliferaran en su cerebro.

—Papá, soy yo, Franz, tu hijo.

—Mentiras.

Peter Beewen estaba sentado en su catre, con la espalda pegada a la esquina formada por las dos paredes. Una manta sin edad ni color se arrastraba a sus pies. Él mismo solo llevaba encima una especie de túnica grisácea incrustada de excremento.

Franz avanzó. Albert cerró la puerta detrás de él. La celda no medía más de diez metros cuadrados. Paredes y suelo de cemento pintado. Una litera empotrada en la pared. Una ventana con rejas. Las esquinas estaban acolchadas con fibra de vidrio. Ese había sido el ambiente natural de su padre durante veinte años.

Beewen se acercó con cautela. Su padre aún era capaz de patearlo en las bolas. Por el momento, estaba acurrucado en su jergón, asustado y vulnerable, como todos esos idiotas que Beewen encerraba día tras día en la Gestapo.

Curiosamente, a pesar de los estragos del gas y de los años de encierro, su padre seguía tan guapo como siempre. Rasgos largos y regulares, ojos claros que evocaban alguna cueva marina, claros y densos, de un azul tan poderoso como un pigmento puro. Más que nada, el *Vater* poseía una cabellera espesa y blanca, la cual lo hacía parecer un rey vikingo.

Pero la delgadez lo estropeaba todo. Ese bello rostro parecía evidenciar sus mecanismos a cada expresión: arrugas, músculos, huesos, todo se manifestaba, como en el rostro de un hombre desollado.

—¡No te me acerques!

Peter Beewen se acurrucó en su catre. Era tan alto como Franz, pero debía pesar la mitad que él, quizás incluso un tercio. Evocaba una suerte de complicado plegamiento de huesos, revestido con una finísima capa de carne.

—Papá, sé razonable.

—Que no te me acerques, te digo. ¡*Mistkerl*! Fuiste tú quien me encerró aquí.

—Papá…

—¡Cállate! Todos ustedes han confabulado en mi contra…

A veces había variaciones, pero en esencia las obsesiones seguían siendo las mismas: lo habían encerrado para silenciarlo pues conocía secretos cruciales sobre la Gran Guerra; sabía, por ejemplo, quién había dado el famoso «*Dolchstoß*» (la «puñalada por la espalda») que había hecho que los alemanes perdieran la guerra.

Si bien era una paradoja, Franz constataba, a través de estas escenas de locura total, la buena salud de su padre. Mientras delirara con tal energía, significaba que se encontraba en buena forma... La otra rareza era que esta escena era parte de la vida de Beewen. Incluso resultaba la piedra angular de toda su fundación. El amor del oficial de la Gestapo podía aferrarse a algo, aunque fuera a este loco que tanto odiaba.

—En las trincheras —prosiguió el inválido—, vi a hombres que ya no soportaban las detonaciones, el ruido de los proyectiles, se tapaban las orejas con los puños cerrados, así…

Los imitó, con las manos en los tímpanos, los ojos desorbitados.

—Pero si uno miraba más de cerca, se podía ver que estos tipos habían sido cortados por la mitad. (Se echó a reír.) ¡Se estaban protegiendo los oídos, pero ya no tenían piernas!

Otro estribillo de *Vater*: las atrocidades de las trincheras parecían totalmente irracionales. Sin embargo, en este caso, todo era cierto.

—Vi cadáveres derretidos, bañados en grasa humana, niños decapitados mientras sus madres daban vueltas en círculos, enloquecidas, compañeros reducidos a lodo rojizo...

Franz escuchaba distraído. ¿Qué diablos estaba haciendo allí, por el amor de Dios? ¿No debería estar en Berlín, buscando al asesino de mujeres?

Peter hizo una pausa. Debajo de sus cejas pobladas, sus ojos eran como la llama azul de un soplete listo para encender la fibra de vidrio.

—Eres mi hijo, ¿verdad?

—Así es.

—¿Cómo está tu madre?

—Está muerta, papá. Desde hace casi quince años.

—Claro. La mataron, eso era obvio. Pero ella tuvo lo que se merecía.

—Papá...

El viejo se incorporó. Aquella alta y majestuosa figura, como si portara un tocado de armiño, podría haber servido para el teatro.

—¿Qué? Después de todo, fue ella quien me internó.

Su madre no había tenido elección. Cuando el estado de salud del padre había mejorado en cuanto a la situación de sus pulmones, debieron admitir que, respecto al cerebro, todo estaba perdido. La letanía de Beewen había comenzado. La magra pensión para sobrevivir, los días en el autocar para llegar a los asilos...

—¡Pero no me atraparán!

Franz se entregó al ritual ya establecido. Con una rodilla en el suelo, tomó la mano de su padre.

—Papá, nadie quiere lastimarte. Si estás aquí es porque... (cada vez, se tropezaba en este punto de la frase)... había que hacerlo, ¿me entiendes?

De repente, con un gesto, su padre lo hizo detenerse.

—Cállate. ¿Escuchas eso?

—No.

—¡ESCUCHA!

Beewen no reaccionó.

—¿Lo escuchas ahora?

—¿Qué cosa?

—El ruido… el ruido en las tuberías.

Franz siempre se sorprendía por la riqueza de sus divagaciones. Peter Beewen había pasado la mayor parte de su agrícola vida sembrando y removiendo terrones, pero la locura había despertado una zona insospechada de su cerebro. Imaginaba escenas imposibles, construía historias complejas, mostrando una creatividad sin límites.

—Lo han hecho de nuevo —continuó—. Normalmente es por la noche.

—¿De qué hablas?

—Ese silbido es de los gases… Nos envenenan poco a poco. Por la noche, cuando dormimos, sueltan el gas... Te lo voy a mostrar.

Cruzó la habitación en dos pasos (con las piernas desnudas en botas de soldado) y señaló las tuberías soldadas a la pared.

—Mira… (Sus largos dedos parecían las ramas muertas de un invierno interminable.) Verás, tiran el gas por estos conductos que son completamente porosos… Nos mata mientras dormimos…

Como de costumbre, el delirio estaba muy estructurado: uno casi podría haberle creído.

—Papá, no tienes nada de qué preocuparte. Estas tuberías están en mal estado, pero son solo las tuberías de la calefacción central.

—¡Qué estúpido eres!

Se puso de pie de repente. Era tan alto como su hijo.

—¡Pero soy yo el idiota! —exclamó en tono de burla—. Si tú eres uno de ellos. ¡Perteneces a este ejército de bastardos que ha decidido destruir a los vencidos, quemar a los inútiles, a quienes se les ha quemado el alma en nombre de la patria!

—Alemania ha cambiado mucho, papá. Ha recuperado el buen camino, ha...

El anciano se puso a reír: el vigor era realmente su punto fuerte.

—¡Alemania baila sobre nuestros cadáveres, hijo! Y son tus botas las que aplastan mi boca. Moriré asfixiado por los gases de tus líderes.

—Papá…

El anciano escupió al suelo: la entrevista había terminado.

Como siempre, Franz salió de allí conmocionado. Tenía la garganta seca, y los párpados asediados por las lágrimas. Y, como de costumbre, se reanimó jurándose vengar a su padre. Ir al frente. Matar franceses...

Ahora se cumplían las condiciones: Alemania iba a atacar a Polonia. Francia e Inglaterra se verían obligadas a reaccionar. Comenzaría la Segunda Guerra Mundial y él estaría al frente.

Pero todavía quedaba esta investigación por...

—¿Cómo lo ha encontrado el día de hoy?

Franz se dio media vuelta. Minna von Hassel estaba frente a él, con los brazos cruzados y una chamarra de ante sobre los hombros. Un cigarrillo encendido entre sus delgados y raspados dedos. La imagen encajaba perfectamente con el escenario: el recinto de ladrillos coagulándose suavemente en el crepúsculo resplandeciente.

En un abrir y cerrar de ojos, Beewen entendió que había venido a Brangbo para verla a ella.

13

Beewen había leído mil veces el expediente de Minna von Hassel. Padres aristócratas y comunistas (millonarios) que habían huido hacia Estados Unidos. Brillante en sus estudios. Destinos ocasionales en los distintos hospitales psiquiátricos de Berlín y después este regalo envenenado: la dirección del manicomio de Brangbo. Al aceptar este puesto, la baronesa Minna von Hassel se había convertido en la primera directora de un hospital alemán y en la jefa de departamento más joven de la historia. Soltera, sin hijos, también era una alcohólica sin remedio.

—¿Qué quiere que le diga? —exclamó él, tragándose sus emociones—. Llevo veinte años visitándolo una vez por semana, donde quiera que esté, y nunca he visto la más mínima mejoría. Más grave siempre, por supuesto, pero nunca mejor.

Minna dio una calada a su cigarrillo con aire soñador. En aquellas rosadas volutas parecían condensarse sus pensamientos.

—Es la maldición de nuestra profesión —respondió, en un tono entre resignado y alegre—. No curamos a nuestros pacientes. Los aliviamos. E incluso…

—Al menos no le interesa engañarnos.

Ella le concedió una breve sonrisa que parecía una coma.

—Venga, salgamos de aquí.

Se dirigieron al portal. En los jardines, los enfermos paseaban, como si acabaran de salir de sus propias tumbas. Algunos vestían una camisola cuyas mangas desprendidas arrastraban por el suelo; otros, traumatizados por la Gran Guerra, estaban desfigurados.

Franz nunca había visto un lugar tan siniestro —y vaya que conocía todo tipo de lugares malditos—. Sin embargo, una vez que atravesó el portal, se sintió feliz.

Miró discretamente a Minna, quien fumaba como si fuese una adolescente, con los dedos rectos. Notó la chamarra que llevaba puesta, una especie de saco salido de un western, con flecos, que a ella le gustaba mucho. Esta extraña prenda le recordaba a las novelas de Karl May, que solía devorar cuando era niño.

Minna von Hassel tenía una forma especial de vestir. Ese día usaba mezclilla, pantalones confeccionados con una extraña lona americana y zapatos de muñeca con una correa en forma de T en el empeine.

Beewen no estaba interesado en las mujeres. Representaban una *pérdida de tiempo*. Pero Minna von Hassel era especial. En medio de este campo de ruinas que se daba en llamar «instituto psiquiátrico», con estos páramos de fondo que solían denominarse «huerta», ella aparecía como la única persona con entereza y digna de confianza. Físicamente, no era su tipo en absoluto. Franz fantaseaba con la *Frau* de su ciudad natal; la rubia opulenta, de pecho enérgico, que sostenía una jarra de cerveza en la mano mientras lo miraba. Su mente —su deseo— también vagaba por aquellas calles tranquilas, tan lúgubres como las famosas carreteras del Tercer Reich.

La baronesa von Hassel era una figura frágil, que no superaba el metro sesenta. Tenía el pelo corto, muy negro, y esa mata compacta de cabellos siempre le daba la apariencia de tener un puño cerrado en vez de corazón. Su rostro lo hipnotizaba. Era un rostro alargado, de forma oval, pálido como el pan, de bordes pulidos, en donde sus ojos negros parecían dos manchas de tinta que se iban extendiendo sobre un papel secante —ese papel secante era él.

—Hacemos todo lo que está en nuestras posibilidades por su padre —continuó—. Pero lo único que podemos hacer es aliviar su sufrimiento. Liberarlo de esos tormentos que se apoderan de su psique.

Odiaba la forma en que hablaba. Palabras intelectuales, donde siempre se toman las cosas con pinzas, sin querer ensuciarse las manos. Su padre estaba loco y su locura era morbosa. *Nada con lo cual se pudiera escribir un libro.*

—Hoy me ha hablado del gas…

—Es su nueva obsesión, sí. Envenenamos a nuestros pacientes esparciendo gas por la noche a través de las tuberías.

—¿Qué opina al respecto?

—¿En cuanto a esa técnica se refiere?

Franz no supo qué responder.

—Disculpe, solo bromeaba. Estuvo fuera de lugar. Al estar uno al tanto de la historia de su padre, resulta normal que esa obsesión por los gases vuelva a aparecer periódicamente, de una u otra forma.

Caminaban por un sendero polvoriento, atravesando campos secos como ceniceros. Discretamente, Franz llenó sus pulmones de este aire leonado, impregnado de arcilla y abono. Los campos se extendían hasta donde alcanzaba la vista y conducían directamente al horizonte, que se derramaba lejos, muy lejos, en el estanque dorado del cielo. Beewen miraba con desdén este tipo de belleza: él tenía el esnobismo de los campesinos.

La baronesa hizo una pausa para encender un nuevo cigarrillo con el anterior y levantó la vista al cielo. Una bandada de aves migratorias volaba en círculos: Beewen estaba demasiado lejos para distinguirlas, pero se inclinó a pensar que se trataba de cigüeñas. Su vuelo deslizante, concéntrico, era inconfundible.

—¿Sabe cuándo nos golpearán? —preguntó Minna, siguiendo a las aves con la mirada.

—¿A qué se refiere?

—A las bombas.

—Estoy en el último peldaño del asunto. Me entero de las noticias al mismo tiempo que los demás.

—Debe haber rumores.

—Exacto, no son más que rumores. Nadie sabe exactamente qué ha decidido el Führer.

Hubo un silencio. El oro. Las aves. Este perfil oriental…

—¿Conoce usted a un psicoanalista llamado Simon Kraus?

—Bastante bien. Estudiamos juntos en la universidad.

—¿Qué opinión le merece?

—Es un genio.

Aquella respuesta lo enervó.

—¿Y qué más?

—Y un hermoso bastardo.

—¿Le ha hecho algún mal?

Minna sonrió —en esa sonrisa transcurrieron varios siglos de dominio aristocrático. Beewen sintió ganas de abofetearla.

—Para nada. Pero cuando eres tan talentoso como él, no tienes derecho a desperdiciar tu talento convirtiéndote en el psicoanalista de aquellas damas. Él debería estar aquí, a mi lado. Pero es más fuerte que él: es un gigoló, torcido como un ladrón. En aquellos tiempos, fabricaba anfetaminas y se las vendía a otros estudiantes.

Después de exhalar una larga bocanada de humo, continuó con tono soñador:

—Simon Kraus… Cuando leí su tesis doctoral me quedé completamente estupefacta. Nunca había leído algo tan brillante, tan bien escrito…

Beewen se irritaba cada vez más: no podía soportar la idea de que aquel enano engominado poseyera una mente tan brillante.

—Esta tesis —escupió—, ¿de qué trataba?

—Acerca del dormir y el soñar. El enfoque psicoanalítico de Kraus se basa en el análisis onírico.

Más palabras complicadas...

—¿Y usted? —preguntó por impulso—. ¿De qué trataba su tesis?

—Sobre los asesinos reincidentes.

—¿Perdón?

—Trabajé en torno a la relación entre los expertos en psiquiatría y los asesinos compulsivos.

—¿Se refiere usted a… los asesinos alemanes?

—Sí. Los de las últimas décadas. Peter Kürten. Fritz Haarman. Karl Denke. Ernest Wagner. Y también otros menos conocidos. (Soltó una risa como de niña pequeña.) En ese entonces, pasaba mi vida en las cárceles.

Beewen procuró guardar esta información en un rincón de su cerebro. ¿Quién sabe? Minna von Hassel podría serle útil algún día. En cualquier caso, ella estaba más calificada que él para entender los motivos de su destripador...

—¿De cuándo es esta tesis?

—De hace más de diez años, me temo.

—Cuando estaba usted investigando, ¿alguna vez se encontró con un tipo que coleccionara los zapatos de sus víctimas?

—No. No lo creo. ¿Por qué?

Beewen no respondió. Aunque vestía ropa de civil, se encontraba rígido como un poste de ejecución.

—¿Se trata acaso de un secreto de la Gestapo? —preguntó ella de nuevo.

Él la miró tratando de sonreír, pero sus labios se quedaron a medio camino. Básicamente, a ella le importaba un comino él todo el tiempo; él, el bruto, el tosco, el bastardo nazi.

—Mejor dejémoslo por la paz —dijo con un tono conciliador—. Estamos en terreno neutral aquí.

—Tiene usted razón. Discúlpeme.

Minna los había conducido al sendero de regreso. Ya no disponía de más tiempo para él.

Cuando volvió a ver las ruinas rojas del manicomio, él no logró encontrar más inspiración para alimentar la conversación —una inspiración de por sí vacilante—. Buen conversador, aquel era un término que le resultaba completamente ajeno. No todo el mundo era Simon Kraus.

Se separaron, casi en silencio, bajo la polvorienta puerta del recinto, mientras el motor del Mercedes ronroneaba. La noche había caído.

Al observarla caminar por la huerta con su chaqueta estilo Davy Crockett sobre los hombros, se preguntó si tendría alguna oportunidad con ella. Lo cierto es que, con su pasado en las SA, su ojo derecho entrecerrado y su tipo de sangre tatuado bajo la axila, realmente lo tenía todo para complacer a una de las herederas más ricas de Berlín.

14

Antes de entrar al edificio principal del manicomio, Minna consultó su reloj. Casi las ocho. Los pacientes habían cenado y se disponían a dormir. Así que tenía dos opciones: encargarse del papeleo que los nazis no dejaban de enviarle o soñar despierta en el huerto con un buen trago de coñac. Metió la mano en el bolsillo de la chamarra, sacó su pequeña licorera y dio un largo sorbo. Siempre había preferido las decisiones rápidas.

Volvió sobre sus pasos y se acomodó en su silla de jardín favorita, una carretilla de madera que había permanecido ahí, abandonada, durante años. En aquel lugar, encontraba sus mejores momentos para beber y fumar mientras su pensamiento volaba.

En cuanto a Beewen, no podía decidirse. Sin duda era menos estúpido de lo que parecía, y tan brutal como sugería su constitución física. Le conmovía el que se molestara en venir a Brangbo vestido de civil —ella sabía que era para evitar cualquier reacción alérgica de su parte—. También le gustaba su ojo a medio cerrar, esa grieta en la armadura, y su corte de cabello, que intentaba asemejarse al de Adolf Hitler —*puaj*— pero que lo hacía parecer más un niño.

Jamás se habría acostado con semejante mastodonte. Su periodo de ninfómana había terminado hacía mucho tiempo y ya no la asaltaban aquellos deseos intempestivos. Sin embargo, tenía que admitirlo, a veces pensaba en este coloso antes de irse a dormir, en su cuerpo desnudo, en sus pesadas bolas de toro...

Tomó otro trago y miró los edificios en forma de U que rodeaban los jardines. Al heredar esta posición, había cedido a un entusiasmo culpable. Iba a salvar el manicomio, iba a cambiarlo todo... Cuatro años después, era ella la que había cambiado. Se había vuelto cínica, desilusionada y francamente alcohólica.

No había nada que hacer por Brangbo y los nazis se equivocaban al empecinarse con ella. El instituto cerraría por sí mismo, por falta de luchadores. Sus pacientes caían como moscas y, a menudo, morían de hambre. Cuando mencionaba sus problemas de abastecimiento, todo mundo pensaba que se refería a la medicina, pero se trataba solo de la comida…

A veces, recordaba sus ilusiones cuando estudiaba en la universidad. La locura es una ventana abierta al arte, a la inteligencia, a la imaginación. Cuando pensaba en la locura, pensaba en Robert Schumann, Guy de Maupassant, Vincent Van Gogh, Friedrich Nietzsche… Salvaría a genios (y a otros) y liberaría la palabra de la locura...

Nadie le había explicado que la profesión de psiquiatra era similar a la de un guardia de prisión. En Alemania se mantenía a los enfermos mentales encerrados sin cuidado alguno, se protegía a la sociedad de aquellas peligrosas anormalidades, eso era todo. No había nada que hacer por estos pobres miserables, prisioneros de sus delirios, y mucho menos en Brangbo, donde la gente moría de diarrea, de hambre y de un sinnúmero de afecciones que nada tenían que ver con los trastornos mentales.

Otro trago. Por Dios, ¿cómo había llegado aquí? Era hija de millonarios comunistas, lo que de por sí sonaba a broma. Pero la broma se había extendido aún más cuando se supo que sus padres leninistas habían huido, con su hermano menor, a Estados Unidos, la Babilonia del capitalismo.

Minna se había quedado, y esto no había cambiado mucho su soledad emocional. Sus padres soñaban con un futuro brillante para todos, pero nunca habían siquiera besado a su hija. Lamentaban la miseria del mundo, pero no recordaban la fecha de su cumpleaños. Eran generalistas de la felicidad. Mientras tanto, Minna había crecido entre niñeras que la adoraban y la asfixiaban como un montón de almohadas de terciopelo. El nacimiento del hermanito, mucho después, no había ayudado en absoluto: sus padres se habían concentrado en el más pequeño. Bien por él.

Todo el mundo pensaba, erróneamente, que estaba forrada de dinero. Algunos incluso insinuaban que debió de haber invertido en el instituto, como mecenas. Pero se equivocaban: sus padres se habían marchado sin dejarle las llaves de la caja fuerte. Solo le habían dado un poder al mayordomo de la finca para que cuidara de Minna. Una vez más, la habían tratado como a una niña de doce años.

Ella las coleccionaba. Esas insultantes cartas a Matthias Göring, primo del célebre compañero de Hitler y director del Instituto Psiquiátrico de Berlín, o a Herbert Linden, jefe de los hospitales psiquiátricos públicos en el Ministerio del Interior del Reich, deberían haberle costado un traslado directo a KZ. Sin embargo, en cada ocasión, el «tío Gerhard», aquel apodado como el «barón del asfalto», el hermano mayor de su padre, detenía el proceso.

Incluso de su rebelión de opereta, también de ésta la habían privado...

En estas condiciones, ¿qué le quedaba? Coñac y Brangbo. Por el alcohol, no había problema: Eduard, el mayordomo, se lo proporcionaba. Respecto al manicomio le quedaban unos ciento cincuenta pacientes, una decena de enfermeras, veinte religiosas y unos cuantos burócratas que Minna sospechaba eran espías de las SS. Este pequeño mundo fluía en silencio, recibiendo ocasionalmente suministros de alimentos y, solo a veces, medicamentos.

Para ser honestos, la primera en saquear la farmacia había sido ella misma. Éter, cloroformo, opio, cocaína, morfina... hacían que se sintiera un poco diferente el Hennessy.

Detrás de ella, escuchó el peso de algunos pasos, reconoció a Albert, una especie de monstruo obeso que parecía dormir sin quitarse el uniforme. Se dio media vuelta: era él. Un nazi medio estúpido, pero se podía contar con él. En algunas ocasiones, se había acostado con él.

—Han llegado.

—¿Cuántos?

—De un vistazo, varios miles.

—¿Hay huevos?

—Sí.

—¿Cómo les pagaste?

—Con la morfina que nos quedaba.

Minna lanzó lo que quedaba de su cigarrillo, guardó su licorera y se arrastró fuera de la carretilla donde estaba echando raíces.

Se reanudaba el trabajo.

15

Se dirigió al edificio del fondo. Al de la derecha le apodaban *Schlangengrube*, la «fosa de las serpientes»; era un gran espacio cerrado donde los enfermos yacían confinados juntos. El nombre resultaba bastante acertado.

A la izquierda, la sección de celdas, que podría haberse llamado la «cárcel» o el «penitenciario», ya que quienes estaban allí se encontraban encerrados, pasaban los años rumiando sus delirios y cagando en un balde.

Pero a los ojos de Minna, la verdadera pesadilla era el edificio del medio, el edificio de cuidados. En suma, «su» edificio, que era más parecido a una cámara de tortura.

La lista de experimentos en Brangbo era larga: curas con agua helada, sanguijuelas en la frente, aplicación de compresas que transformaban la piel en un campo de úlceras insoportablemente dolorosas, camas giratorias (los de la Gestapo bien podrían inspirarse en estos métodos), marcar con un hierro candente (el sufrimiento podía resultar en cura)... Para los «temblorosos», una técnica definitiva: eran atrapados con vendajes y grilletes que detenían cualquier convulsión, así como cualquier otro movimiento.

Tan pronto como llegó, Minna había puesto fin a estos métodos bárbaros, a excepción de uno: la hidroterapia. Año tras año, esta técnica había producido ciertos resultados. Miró a través de la claraboya. Seis tinas diminutas, tres a cada lado, una frente a la otra. Los enfermos permanecían allí por lo menos seis horas, a veces todo el día. Se intentaba mantener constante el calor del agua y los dementes encontraban allí cierta calma. Desafortunadamente, el suministro de agua de Brangbo había sido interrumpido y los pacientes seguían orinando y cagando en sus baños. Al llegar, uno se encontraba con desamparados que temblaban en el agua salobre.

Ella se dirigió al vestidor. Albert se estaba desvistiendo. Lo escuchaba susurrar. No contento con ser un bruto nazi, el enfermero era también poeta. En la época de sus aventuras juntos, él le escribía versos subidos de tono, como: «Yo soy tu antorcha, tú eres mi llama». ¡Ja, ja, ja! Uno no podía aburrirse con Albert.

Ella se desnudó a su ritmo.

Desde hacía ya varios años habían surgido nuevas terapias. Minna estaba ansiosa por probarlas todas, incluso cuando estas parecían ser métodos de tortura —de una forma u otra, la locura tenía que ser «aplastada».

Al principio había creído en la cura de Sakel. Se trataba de inyecciones de insulina que buscaban hundir al paciente en un coma hipoglucémico. Luego era revivido, volviendo a inundar su sangre gradualmente con azúcar, para revalorar los resultados. No era la gran cosa.

También provocaban ataques epilépticos en pacientes con inyecciones de Cardiazol. Tampoco hubo mayores resultados. Le habían informado de una nueva operación que consistía en perforar el cráneo con una broca para cortar las fibras blancas de la corteza prefrontal, pero no podía arriesgarse con ello: no era cirujana.

Más bien, estaba considerando, cuando pudiera permitírselo, una técnica desarrollada en Italia, el *electroshock*. Ya había visto los beneficios de esta terapia cuando hizo sus prácticas en el hospital de la Caridad. Los médicos lo habían aplicado a las víctimas de traumas de guerra que sufrían temblores. Como consecuencia, se rompían un diente o dos, se mordían la lengua, o un hombro se dislocaba por la descarga eléctrica, pero funcionaba. Después de aquellas violentas sacudidas, algunos soldados habían recobrado la calma...

Una vez desnuda, se puso un traje de trabajo de lona impermeable. Su tío Gerhard había accedido a enviarle algunos equipos: calentadores azules, docenas de pares de guantes y cien rollos de cinta adhesiva.

Hoy en día, centraba todos sus esfuerzos en la malariaterapia. Reservada para los enfermos aquejados por una demencia de origen sifilítico, la cura consistía en inocular paludismo a los enfermos para provocarles violentos brotes de fiebre (que podía llegar a los 41 grados). Luego eran tratados con quinina. Se suponía que los picos de temperatura ayudaban a reducir las crisis de demencia.

Hasta el momento, no había obtenido ningún resultado, pero no perdía la esperanza. Era mejor un tratamiento que funcionaba una de cada diez veces que ningún tratamiento en absoluto. La psiquiatría en Brangbo era una ruleta alemana.

Se puso los guantes y se los sujetó a las mangas con vendajes. No debía dejar el menor hueco. Luego alcanzó la máscara de apicultor que había comprado en una granja de abejas en Michendorf.

Estaba lista.

16

Albert terminó de sellar las aberturas de la habitación con fibra de vidrio. Otro ordenanza colocó tinajas a lo largo de las paredes en donde vertió una mezcla de agua, previamente recalentada, y piloncillo. A medida que la mezcla se enfriaba, añadió una pizca de levadura. A su lado, otro ordenanza colocó cerca de cada frasco una lámpara de aceite a la que le habían quitado la pantalla de vidrio, dejando al descubierto el tubo de fuego. En total, unos veinte frascos, y otro tanto de lámparas se alineaban en la habitación.

Minna se moría de calor en su traje y suprimía unas ganas intensas de vomitar. Aun así, debía admitir que esa habitación vacía, iluminada solo por las llamas de bronce de las lámparas de pie, resultaba fascinante. El conjunto evocaba una capilla, o un santuario donde se realizaría una ceremonia esotérica.

En cierto modo se trataba de eso.

Minna, con la capucha de apicultor bajo el brazo, preguntó:

—¿Estamos listos aquí?

Los camilleros, quienes habían terminado de colocar los frascos y las lámparas, asintieron. Ella les ordenó salir. Con una mirada interrogó a Albert: él también estaba listo.

—Ve y tráelo.

Se denominaba como «parálisis general» a un conjunto de síntomas que atacaban, en la etapa terciaria de la sífilis, al sistema nervioso central —personalidad alterada, trastornos visuales, meningitis y demencia—. En Brangbo se recibía a numerosos pacientes de este tipo, y todo lo que se podía hacer era verlos pudrirse.

La malariaterapia parecía una buena alternativa.

Minna escuchó las ruedas de la camilla. Albert la empujó dentro de la habitación. Todavía no se había puesto su máscara, a fin de no asustar al paciente, si bien el hombre atado a la mesa no estaba en condiciones de sentir nada. Desnudo bajo las correas de cuero que lo inmovilizaban, los ojos clavados en el techo, los brazos a lo largo del cuerpo, parecía en estado de catalepsia.

Para convencerse una vez más de la validez del tratamiento, Minna recordó el pedigrí del paciente: Hans Neumann, cuarenta y dos años, etapa terciaria muy avanzada. Uno o dos años de vida a lo sumo. Su rostro revelaba las cicatrices de los últimos asaltos de la treponematosis. Las encías habían atacado sus huesos y membranas mucosas. Las úlceras le habían roído la nariz (reducida a un minúsculo gancho) y perforado el paladar blando (su voz salía, literalmente, de ese orificio que hacía las veces de nariz). Por supuesto, se encontraba completamente demente.

Minna había hecho que la familia firmara todos los papeles imaginables —autorizaciones, altas, e incluso permisos de entierro en caso de que las cosas salieran mal.

—Comencemos. Cierra la puerta.

Albert obedeció, comprobando de nuevo el sellado del lugar. De repente, la habitación se sumió en una extraña oscuridad: las llamas de cobre de las lámparas difundían un resplandor danzante, como si se movieran en el fondo del agua.

El enfermero tomó su máscara. Sin una palabra, Minna tomó el vendaje y lo envolvió varias veces alrededor de su cuello. Se colocó su máscara y Albert hizo lo propio con la suya.

Su respiración inflaba lentamente el velo sobre sus rostros.

—Dame el frasco.

Albert le entregó el recipiente en el que giraban miles de mosquitos. En el Instituto de Medicina Tropical de Berlín, uno de los investigadores era adicto a la morfina. Había intercambiado sus criaturas infectadas (y sus huevos) por dosis de aquella droga. Minna desatornilló la tapa, liberando de repente una nube negra. En una fracción de segundo, las paredes y los techos quedaron moteados como un cuadro puntillista de Georges Seurat. Mosquitos (solo hembras, los únicos que pican) pasaban y volvían a pasar, dibujando figuras brillantes y aterradoras.

Minna dio un paso atrás. Albert se hizo a un lado. Dejarían a los bichos rabiosos alimentarse del paciente. La sesión duraría unos diez minutos, hasta que todos los mosquitos fueran asados por las llamas de las lámparas de aceite —el azúcar en fermentación, en contacto con la levadura, liberaba dióxido de carbono para atraerlos.

Neumann parecía cubierto de hollín. En aquel momento, volvió la cabeza hacia Minna, dirigiéndole una mirada que la tomó por sorpresa. Solamente el pavor se podía leer en sus pupilas dilatadas. La lógica habría dictado que fuera anestesiado, pero ya no tenían sedantes, solo un pequeño suministro que preservaban para pacientes que requerían tratamiento de emergencia.

Empezó a gritar y los mosquitos se le metieron en la boca. Minna sacudía sus manos intentando apartarlos.

—¡Ayúdame! —le gritó a Albert, quien se apresuró a cubrir la boca del paciente.

Carecían de un matamoscas. Realmente habría sido burlesco si no hubiera sido tan trágico. ¡*Um Himmelswillen*! Cuando era joven, cuando soñaba con tratar a Friedrich Nietzsche o con apoyar a Carl Gustav Jung, nunca hubiera imaginado encontrarse en una situación así. Entonces, ¿se trataba realmente de viajar en la parte posterior de la conciencia?

Los mosquitos se aferraban a su máscara —podían oler, a través de la gasa, el dióxido de carbono emitido por su boca—. No podía ver nada y quería dejarlo todo, lo comprendía.

Otros bichos volaban hacia los tarros llenos de azúcar y asaban sus alas en las lámparas. Un verdadero fuego artificial. El paciente seguía gritando. Albert tuvo que liberar la presión; de lo contrario, lo asfixiaría.

Los mosquitos se estaban retirando, quizá las hembras estaban saciadas de sangre, o el azúcar en fermentación tenía un mayor poder de atracción que la respiración de Neumann.

Por un momento, ella pensó que podría estar muerto. Se reclinó y vio que sus labios temblaban; como negros chisporroteos, insectos salían de ellos, empapados en saliva.

Bajó la mirada y contempló su cuerpo enrojecido por las picaduras. Todavía se podían distinguir cientos de bichos que se aferraban a su carne. Una especie de brote de urticaria negruzca. Si con eso no lograba contagiarse de malaria…

—Me voy —dijo desde detrás de su máscara.

—Pero…

—Sólo debemos tener cuidado cuando salga. Después, fumigas la habitación.

—¿Saco al tipo primero?

Aquellos eran la suerte de pensamientos que Albert podía dejar caer. Eso daba una buena idea del nivel intelectual de los demás enfermeros a sus órdenes.

En el vestidor, se arrancó el traje y lo arrojó a la caldera, tanto para asar los mosquitos que aún estaban en los pliegues como los recuerdos asociados a estos.

Minutos más tarde, estaba en la farmacia del edificio, duchada, perfumada, en ropa interior bajo una bata blanca nueva. Farmacia era una palabra que le quedaba demasiado grande a aquellos pocos armarios cerrados con candado, en su mayoría vacíos. Sin embargo, había uno del que solo ella tenía la llave.

Lo abrió y miró su arsenal: no quedaba mucha. La morfina había sido intercambiada, la cocaína se había consumido desde hacía mucho tiempo, algunas anfetaminas andaban por ahí... Se decidió por una botella de éter.

Las drogas eran su único punto en común con los nazis. Además de sus cañones gigantes, sus submarinos ocultos y su flamante fuerza aérea, contaban con ganar la guerra gracias a las anfetaminas. Incluso se decía, entre los psiquiatras, que Hitler tenía derecho a su dosis diaria. *Bien por él...*

Abrió el frasco y el violento olor le llegó como un viejo amigo. Agarró una bola de gasa hidrófila, la empapó y respiró hondo, como si se hubiera tragado un huevo de una sola vez.

Minna estaba convencida de que el futuro de la psiquiatría estaba en la investigación química. Pronto se descubrirían moléculas que tendrían un impacto real en el cerebro humano. Se refinarían hasta que estas sustancias pudieran curar tal o cual psicosis o enfermedad concreta...

Con frecuencia había escrito al consorcio químico alemán IG Farben para sugerir nuevos campos de investigación, siguiendo algunas pistas basadas en sus propias observaciones. Nunca le habían contestado. Estos laboratorios estaban demasiado ocupados buscando una molécula capaz de aumentar las fuerzas y la energía —por no decir el trance— de los soldados arios.

Sin duda, después de la guerra, estas empresas se concentrarían en su trabajo. Entonces, finalmente, se tendrían ansiolíticos dignos de aquel nombre.

Pero, primero, todo debía desaparecer.

Se puso de pie y sujetó su botella de éter. Un último toque para el camino.

Parecía tener prisa por que estallara la guerra. Que se terminara con esto. De una vez por todas.

17

Durante toda la noche, Simon había vuelto a escuchar sus grabaciones. Y no cualesquiera: aquellas de las pacientes que habían soñado con el Hombre de Mármol.

Susanne Bohnstengel, lunes 27 de julio:

> «Él está ahí, frente a mí, tan inflexible como una roca. Parece un ángel de la muerte recién salido de una tumba…»

Margarete Pohl, viernes 11 de agosto:

> «Su rostro es de mármol. Un mármol verde oscuro atravesado por vetas blancas y negras. De hecho, es una máscara, que le recubre el rostro oblicuamente y le deja la boca descubierta para hablar...»

O Leni Lorenz, viernes 25 de agosto:

> «Anoche, el Hombre de Mármol regresó. Estaba sentado detrás de un escritorio, como un simple funcionario. No dejaba de sellar papeles, levantando el brazo muy alto. Cada vez que lo hacía, la madera temblaba. Y el sello dejaba una especie de mancha marrón sobre el papel…»

Simon Kraus había fumado un paquete completo de cigarrillos en su cubículo, y había estado bebiendo café —no consumía drogas ni medicamentos, a diferencia de su padre, a quien nunca había visto sobrio.

¿Por qué estos mismos sueños? ¿En el lapso de solo un mes? Había tomado notas, había reflexionado, había hecho que estos testimonios se hundieran en su cabeza.

Y no había encontrado nada...

Esas pacientes tenían cosas en común. Las tres pertenecían a la alta sociedad berlinesa y, según recordaba, frecuentaban el Wilhelm Club, que se reunía a diario en el Hotel Adlon.

Por cierto, todas se habían acostado con él. Por diferentes motivos, y con muy diversos entusiasmos.

Susanne Bohnstengel era una mujer alta de pómulos elevados y ojos verdes. Una belleza fatal y autoritaria. Sufría de varias obsesiones y era cleptómana. Casada con un industrial que suministraba piezas de repuesto a la Wehrmacht, Susanne había, digamos, «probado» a Simon. Se había mostrado lasciva y desinhibida, pero no había repetido. ¿Decepcionada?

Él le había sacado un poco de dinero, amenazándola con revelar su cleptomanía a su marido, pero luego se detuvo: desconfiaba de esta mujer de clase media, demasiado inteligente para ser dócil.

Margarete Pohl sufría de depresión crónica (o eso creía ella). Su marido era un *Gruppenführer* de las SS, compañero de armas del propio Göring. La pequeña Margarete había cedido a las insinuaciones de Simon por pura ociosidad. No importa, se la habían pasado bien. *Descanse en paz.*

También la había hecho pagar: su marido despreciaba a Hitler con todas sus fuerzas y, aunque el general fuera intocable, la revelación de sus declaraciones habría resultado un desastre. Margarete había apoquinado entre sonrisas; Margarete siempre sonreía.

Leni Lorenz era un caso diferente. Antes de formar parte de la élite de Berlín, había tenido otra vida. Pobre de nacimiento, había conocido años de hambruna, se había prostituido y, por una increíble combinación de circunstancias, había ascendido al más alto nivel. En resumen, después de haberse divorciado de un proxeneta homosexual, se había casado con un banquero muy rico (y muy viejo) de anteojos. Desde el punto de vista de la escuela de la vida, una auténtica lección.

Con Leni, Simon se sentía en la misma longitud de onda. Dos auténticos aprovechadores de la paz (ya se vería cómo les iría en tiempos de guerra). No tenían moral y aceptaban un solo objetivo: disfrutar de la vida. Se podría decir que juntos lo habían conseguido. Aquello tenía por lo menos dos años, pero después Leni había emprendido la caza hacia otras tierras. Ella había seguido consultándolo en torno a sus pequeñas neurosis, pero por otras nimiedades consideraba necesario volver.

Simon había recibido a Leni la semana anterior y le parecía que estaba en muy buena forma, a pesar de sus pesadillas...

Él nunca la había chantajeado —no se cena donde se caga o, para decirlo con más elegancia, no se mezclan los negocios con los sentimientos.

Estas mujeres resultaban sumamente ingenuas, ya que el jueguito de Simon era sobre todo peligroso para él. Si le hubiera dado sus registros a la Gestapo (cosa que nunca habría hecho, a decir verdad), él mismo habría sido el primero en ser enviado a la KZ...

A las ocho de la mañana fue a preparar más café. Fragmentos de las grabaciones volvieron a él.

Susanne Bohnstengel, martes 1 de agosto:

> «Anoche, el Hombre de Mármol se reclinó sobre mí. Podía sentir la frialdad de su rostro sobre mi piel. Su máscara biselada parecía una guillotina. Con una voz muy suave me susurró: "Tú no eres uno de nosotros"».

Durante algún tiempo no había vuelto a ver a Susanne, se había ido a descansar a su residencia junto al mar en la isla de Sylt.

Su café estaba listo —había mandado tostar granos enviados desde Piamonte, una mezcla arábica y robusta, diluida en una cafetera de moka. A sus ojos, los pequeños placeres de la vida deberían elevarse al rango de néctares.

Otra grabación. Unos días antes, Leni Lorenz:

> «Estoy en la Ópera. Veo los pendones rojos, el terciopelo de los asientos, la madera desgastada de la balaustrada. En escena

aparece el Comandante. Canta con voz de contrabajo —suena *Don Giovanni* de Mozart.

Mientras suenan los dramáticos acordes, él levanta su brazo y me señala en el fondo de mi camerino. Lo reconozco, es el Hombre de Mármol. Todos los rostros se vuelven hacia mí —rostros insípidos, fríos e inexpresivos.

Los que están sentados a mi lado se ponen de pie, como si tuviera lepra u otra enfermedad contagiosa. Uno de ellos, vestido con frac, se levanta el sombrero de copa en un gesto de burla y me escupe en la cara».

No hace falta llamarse Freud para captar el símbolo. Este Hombre de Mármol era Hitler, el Nazismo, o meramente ese sentimiento de opresión que el régimen despertaba en todos los ciudadanos de Alemania:

«Tú no eres uno de nosotros».

Simon había trabajado en torno a los sueños durante más de quince años. Sabía que la mente humana necesita disfrazar sus angustias y deseos, transformarlos para hacerlos, digamos, presentables a su propia conciencia —Freud lo había dicho antes que él.

Estas tres mujeres tenían miedo del nazismo. ¿Quién podía culparlas? Incluso en el apogeo del poder, estaban aterrorizadas —el hombre con bigote no era un modelo de estabilidad—. Pero el inconsciente de Susanne, Margarete y Leni había recurrido al mismo símbolo, un hombre de mármol. En este punto, le llegó la idea. Había notado durante mucho tiempo que el durmiente se valía, en el curso de sus sueños, de detalles vistos durante el día, de objetos que habían acaparado su atención durante algunos segundos.

Sin duda alguna, estas tres damas burguesas habían visto la misma escultura, la misma imagen o la misma película antes de soñar con ella. No era tan sorprendente: frecuentaban los mismos lugares y se ocupaban de las mismas futilidades.

Eso es lo que Simon había pensado para sí en aquel momento y, para ser completamente sincero, no le había prestado demasiada atención. Todos los días escuchaba pesadillas relacionadas con el nazismo, su gabinete de discos estaba repleto de ellas.

Un día, Robert Ley, el *Führer* del Frente Laboral Alemán, dijo: «Vamos a dominar el espacio mental de los alemanes hasta tal punto que el único momento de libertad que les quedará será el del sueño». La realidad había superado sus expectativas ya que incluso los sueños, Simon podía testificarlo, estaban totalmente infectados por el nazismo.

Pero, ¿existía algún vínculo entre este Hombre de Mármol y el asesinato de Margarete? No podría responderlo, no sabía nada de este asesinato. Salvo el hecho de que Margarete había visto este objeto o imagen en un lugar frecuentado también por Susanne y Leni, y aquella podría ser información relevante.

Una cosa era segura: no le diría nada a Beewen. Primero porque, por principios, no hablaba con los nazis. Después, porque prefería guardarse aquel detalle para sí mismo. Una suerte de estar un paso adelante. *¿De qué exactamente?*

A las nueve ya había tomado su decisión. Iba a cancelar sus citas del día y a llevar a cabo su pequeña investigación. Se lo debía a Margarete.

Decidió dormir unas cuantas horas antes de poner manos a la obra. Por la tarde saldría de paseo hacia el Club Wilhelm. Amaban su presencia allí.

Aquello no era nada nuevo: todas las mujeres amaban al pequeño Simon.

18

—Nunca he oído hablar de ella.

—¿Estás seguro? El nombre es Margarete Pohl.

—No me suena.

Desde que Hitler había tomado el poder, los alemanes solo tenían un derecho, el de mantener la boca cerrada. Los periodistas más que nadie. A partir de aquel momento, había sido Joseph Goebbels, ministro de Información y Propaganda (nadie parecía haber notado la contradicción en el título) quien dictaba los artículos a publicar.

De cualquier forma, algunos periódicos hacían lo posible por incluir alusiones, por emplear un doble discurso que, para el lector perspicaz, pudiera significar otra cosa. Había un significado oculto entre líneas, e incluso una forma de ironía para descifrar...

Afortunadamente, Simon conocía a un editor que trabajaba para uno de ellos, Mauritius Bloch. Había quedado con él en el Aschinger, sobre la Alexanderplatz, uno de los restaurantes más baratos en Berlín. Era un lugar que a Simon no le agradaba del todo, pero le encantaba observar a las pequeñas secretarias comiendo allí de prisa: observaba sus pantorrillas, el nacimiento de sus muslos, sus pequeños pucheros al masticar sus salchichas y, sobre todo, la manera tan particular en que solían clavar sus tenedores en la ensalada, alzando las muñecas con una especie de coquetería que lo hacía vibrar hasta la raíz de los cabellos.

—Debe de ser un asunto político.

—A mi parecer no, nada de eso.

—¿A quién se lo han encargado?

—A la Gestapo.

—Así o más claro. Caso cerrado.

Mauritius tenía razón. Era la Kripo la que solía investigar los delitos comunes. La participación de la Gestapo en el caso apuntaba a una conexión con el Estado. Pero, ¿no podría ser que, sencillamente, se había considerado que el asesinato de la esposa de un general podría ser un ataque o un acto dirigido indirectamente al Reich?

—¿Podrías averiguarlo?

—Voy a ver.

Mauritius Bloch era bastante antipático. Tenía una cara grande, los bolsillos vacíos y una infernal dosis de amargura que le hacía torcer la boca. Era un pelirrojo de piel pálida, sin afeitar, con el pelo cortado al rape y ojos muy negros. Una especie de cruza entre ardilla y rata.

Comía siempre con apetito, como si acabara de desenterrar una primicia aquella misma mañana, comentaba todo, se partía el pelo en cuatro, peinando sus cabellos de un lado y después del otro. Sobre todo, siempre se daba el aire de un iniciado, como si se tratase de alguien a quien Hitler consultaba antes de tomar la más mínima decisión.

—Polonia —prosiguió inmediatamente (era obvio que el asunto Pohl no le interesaba)—, eso será pronto.

—Todo el mundo sabe que «será pronto».

Se inclinó sobre su plato.

—No, quiero decir, para estos días.

—¿Y qué con eso?

Simon había presionado el botón equivocado. Bloch se lanzó de inmediato a largas explicaciones sobre los entresijos, lo que yacía en juego y los intereses de la próxima invasión. Daba la impresión de que estaban acampando debajo de la mesa de negociaciones.

Simon no escuchaba ya. En el gran salón, el alboroto era intenso y la voz de Bloch se perdía en la refriega. A lo largo de su discurso, alternaba entre salchichas y Löwenbräu, retomando apenas un respiro entre cada palabra y cada bocado.

Un almuerzo para nada.

Pero, de todos modos, en esta entrevista había aprendido algo: si Bloch no sabía nada, eso significaba que nadie lo sabía. O el asesinato acababa de ocurrir o, como él pensaba, la Gestapo lo había encubierto.

Simon apartó su plato. Solo había dormido tres horas y no tenía apetito. Se encontraba preguntándose cómo abreviar este estéril encuentro cuando el otro le increpó:

—Deja de mirar, ¿sí?

Se sobresaltó ante el comentario. Sin duda, inconscientemente, su ojo seguía arrastrándose bajo las faldas.

—Es nuestra única fuente de consuelo.

—Se nota que no estás casado.

Simon no levantó la vista. Mauritius, pareciendo adivinar la causa de su decepción, sacó una libreta.

—Bien. ¿Cuál era el nombre de tu chica? ¿Puedes deletreármelo?

Kraus así lo hizo.

—¿Y el marido?

—Hermann Pohl, Gruppenführer de las SS —Bloch siseó.

—Se trata de algo político, sin duda.

—¿Lo revisarás?

—Te he dicho que sí —aseguró el otro, guardando su libreta.

A Simon le preocupaba que el periodista pidiera postre, pero este miró su reloj: tenía otra cita.

—Vamos, yo invito —concluyó Bloch, sacando de su bolsillo una tarjeta rosa cubierta con números y puntos.

—¿Qué es eso?

El reportero levantó la vista, genuinamente sorprendido.

—Tienes que salir de tu oficina más a menudo, viejo. Desde el 27 de agosto tenemos derecho a cupones de racionamiento. ¡Tú también puedes ir a buscar tus 700 gramos de carne y tus 280 gramos de azúcar!

Sin responder, Simon observó la hoja rosa con sus cupones precortados. Parecía un billete de lotería o la cuadrícula de un cuestionario médico.

—¿Qué te decía? —se jactó Mauritius, blandiendo sus cupones—. ¡La guerra es para mañana!

19

Unos tres kilómetros separaban la Alexanderplatz del Hotel Adlon, sobre Unter den Linden. A pesar del calor, Simon decidió hacer el recorrido a pie. Llegaría alrededor de las tres, la mejor hora para la pesca de doncellas.

La falta de sueño lo había puesto hosco, así como aquel inútil almuerzo. Había cancelado sus sesiones por nada. *¡Scheiße!* Hoy, Berlín le parecía pesado, almidonado, detestable. Guillermo II había construido a la fuerza, supuestamente, el precepto de lo «neo». Por lo tanto, el final del siglo XIX había visto florecer en Berlín una serie de edificios neorrománicos, neogóticos, neobarrocos... Incluso los edificios más ordinarios se entronizaban orgullosos de su floritura y coquetería, mezclando estilos y épocas.

El equipo adversario, el de los pobres, había participado en el esfuerzo bélico. La revolución industrial había provocado tal afluencia en la capital que había sido necesario construir urbanizaciones por doquier en donde se pudiera alojar a los pueblerinos que habían venido a probar suerte a Berlín.

Y ahora los nazis jugaban la tercera ronda. No se conocían exactamente los planes de Hitler para la capital, pero no porque no existieran, eso era seguro. Todo el pueblo estaba en construcción. Por el momento, se demolía: ya se vería qué saldría de eso.

Simon nunca lo habría admitido en público, pero apreciaba la arquitectura nazi. Esa sensación de lo colosal, lo gigantesco y también una especie de pureza brutal le atraían. Esta forma de construir parecía buscar tratar de igual a los dioses…

Justamente, estaba descendiendo por Unter den Linden. Antiguamente, esta arteria se encontraba sombreada por cientos de majestuosos tilos que hacían temblar el asfalto y embriagaban el aire de dicha. Hitler había arrasado con todo. En lugar de aquel rico follaje, había plantado columnas blancas rematadas por águilas doradas y esvásticas rodeadas de laureles. Ahora se podría haber tomado por una perspectiva tallada en un glaciar cuyas sombras rectilíneas yacían prestas para cortarte por la mitad. *Nada mal.*

Simon recordó las diatribas de Bloch sobre Polonia y la evolución del Tercer Reich. Desde hace mucho tiempo, había perdido el interés en la política. No es que intentara esconderse como un avestruz, era que ahora sentía un asco, una verdadera saturación respecto a todo lo relacionado con el NSDAP.

Había nacido en 1903 en Schwabach, un pequeño pueblo de Baviera cerca de Nuremberg, y se podría decir que el nazismo fue su pesebre mismo. Primero, desde su nacimiento, aquellas ideas nauseabundas le habían sido administradas cual alimento en casa. Patriota, antisemita, ebrio de la grandeza alemana perdida, su padre era un amasijo de rencores. Alcohólico, iracundo, consumido por la amargura y la violencia, era mejor no acercarse a él.

Simon había crecido aterrorizado por sus crisis. En ese entonces, no entendía nada de aquellos delirios, solo recordaba los ruidos de su garganta, el chasquido de las mandíbulas, los temblores nerviosos y, por supuesto, los golpes en la cara de su madre. Aquello era lo que el gran espíritu alemán había significado para él.

Cuando su padre quiso acabar con su mujer con una pala de carbón, Simon, de once años, se había interpuesto y recibido el borde del instrumento con su frente. La piel del arco de su frente se había reventado. Tras un velo rojo, había visto cómo golpeaban a su madre hasta que no era más que un cuerpo arado, un montículo de carne revuelta. Finalmente, el padre huyó —y nunca más volvió. En realidad, sin que Simon ni su madre lo supieran, el cabrón ya tenía su orden de movilización en el bolsillo. *Por aquí las trincheras... Y que el gas y los obuses te hagan morir con la boca abierta.*

Las plegarias del joven Simon habían sido escuchadas. Peter Kraus fue enterrado vivo en una trinchera. El niño y su madre habían bendecido aquella Gran Guerra que los había librado del monstruo.

Se mudaron a Nuremberg y, gracias a una pequeña pensión complementada por las ganancias de la sastrería de su madre, habían sobrevivido. Muy pronto, Simon había comenzado a trabajar, concretamente en las cervecerías.

Fue allí donde vio nacer el nazismo, el verdadero.

En cada hogar se aceptaba que la Casa Parda había nacido de la capitulación alemana, de ese asqueroso Tratado de Versalles, de la humillación del pueblo germánico. Podía ser. Pero el nazismo había nacido preponderantemente a través de la cerveza. En esos días mohosos de lúpulo y vapores de alcohol que maceraban los sesos. En esas cervecerías humeantes que apestaban a eructos, orines, y de noche, bajo las velas titilantes, parecían grandes órganos ensangrentados donde germinaban esas jodidas ideas antisemitas, esa aspiración a doblegar a todos y a aplastar a los pueblos de Europa...

Haciendo horas extra en Múnich, Simon había visto a Hitler en sus primeras obras. En aquel momento era más bien un vagabundo al que se le prestaba el espacio para que pudiera hacer su número. La gente se reía, algunos lo aprobaban, pero Simon ya lo había comprendido todo: este hombre era un tumor, y comenzaría a proliferar en metástasis aterradoras...

En casa no era feliz. Su madre lo trataba como a un sobreviviente de la Gran Guerra. Él era un sobreviviente. Él era un príncipe. Pero Simon no deseaba aquel amor o trato preferencial. Un príncipe: en eso sí estaba de acuerdo. Pero no solo para su madre. Le mostraría al mundo de qué madera estaba hecho. Y debía darse prisa, porque el nazismo iba sobre el mismo camino.

En su hermosa cabecita, siempre había imaginado su destino como una carrera contra el nacionalsocialismo. Veinte años después, se había ganado —al menos— su lugar bajo el sol antes de que el Führer lo destruyera todo.

A fuerza de brillar en sus estudios, de cobrar por sexo, de trucos escasamente católicos, había logrado subir a lo más alto de la escala. ¿La guerra iba a destruirlo todo? No importaba, conseguiría aun así salir airoso. Huiría a Estados Unidos o se casaría con una viuda rica. O ambas cosas.

Su única certeza: había visto nacer al nazismo, lo vería morir. El juego era sobrevivir mientras tanto.

Simon se encontraba a solo unos cientos de metros del Hotel Adlon —la Puerta de Brandeburgo estaba ya a la vista—, pero estaba empapado en sudor. Se maldijo por no volver a casa después del almuerzo: para enfrentarse a las Damas de Adlon uno debía encontrarse al máximo de sus capacidades.

Finalmente, buscó una banca a la sombra para refrescarse un poco, e inmediatamente se quedó dormido allí como un vagabundo cualquiera.

20

—Cariño, ¿qué piensas de un vestido de noche y suéter de seda?

—¿Blanco o negro?

—Blanco.

—¿Para qué temporada?

— Primavera. Tal vez veinte grados al anochecer. ¿Qué sería mejor llevar puesto?

—Un bolero de punto. Yo diría, lana de angora, rosa o blanca.

—¡Eso! —exclamó Magda, levantándose del brazo del sillón de Simon—. ¡Qué te dije!

Ella estaba dirigiéndose a otra mujer que él no conocía, sus ojos brillaban triunfantes.

—¡Y con un moño inmenso también!

Se volvió hacia Simon, se arrodilló y apoyó su barbilla entre sus manos cruzadas.

—Cariño —dijo ella en un tono meloso—, ¡realmente eres el mejor!

Simon aceptó el cumplido con modestia, asintiendo con un gesto de la cabeza. Contaba por todas partes que había asistido a los desfiles de Coco Chanel, Jeanne Paquin y Lucien Lelong en París, lo cual era completamente falso. En aquel momento solía vivir en un cuarto de servicio sucio y, francamente, en el París de 1936, ser alemán no era la mejor tarjeta de presentación. Apenas había conseguido acostarse con algunas ancianas que había conocido en el salón de baile de La Coupole para poder pagar el alquiler.

Poco más de las cuatro. Simon había dormido durante más de una hora en su banca. *Vaya investigador...* De todos modos, había asaltado al Wilhelm Club en pleno apogeo y eso era exactamente lo que quería.

Si bien el Kaiserhof era de espíritu vienés, con su gran salón, sus macetas y sus techos de cristal —se presentaba como inminente un gran vals—, el Adlon resultaba mucho más alemán. Sus altas bóvedas, sus escudos alemanes, sus columnas de mármol y sus candelabros, todo evocaba una especie de taberna enorme, en versión principesca. Sus estatuas florentinas y escaleras de mármol añadían una nota italiana, de tendencia renacentista.

El Club Wilhelm se reunía en la parte trasera del bar del hotel, en una pequeña sala donde a las damas les gustaba cantar mientras bebían champán. Simon había arrastrado sus polainas a otros salones —el de la condesa von Nostitz, quien solía coleccionar artistas nazis, o el de la baronesa von Dirksen, donde se mezclaban viejos prusianos y nuevos ricos—, pero nada podía competir con el Wilhelm Club. ¿Por qué? Porque congregaba a las mujeres más bellas de Berlín, así de simple. Carecía de toda pretensión intelectual o artística, y no poseía la menor vocación caritativa. Belleza, risas y burbujas. Si se quería algo más, se debía buscar en otro lado.

De las veinte o más mujeres presentes, Simon solo conocía a cuatro o cinco. A quienes había venido a ver —Susanne y Leni— no estaban allí. No importaba, todavía podría obtener algo de información. Inmediatamente una evidencia: nadie aquí sabía sobre el asesinato de Margarete Pohl.

Las mujeres lo habían acogido como una parvada de gallinas a sus gallos en tiempos de escasez. Cada una gritando, delirando sobre su atuendo, sobre su sombrero, mientras él se arrullaba con aquellas palabras tan dulces para sus oídos. Simon, magnánimo, se había dejado llevar, si bien aquellos chirridos lo mareaban un poco.

Magda, la que le había pedido consejo sobre su atuendo para la primavera, ahora hablaba de las ventajas de los nuevos Jantzen, la célebre marca americana de trajes de baño. Notó de paso que la mayoría de ellas estaban bronceadas. Regresaban de sus vacaciones y, con guerra o sin ella, pronto estarían nuevamente de viaje.

Simon sonrió y acercó los labios al borde de su copa de champán. Estaba hundido como un bajá en su gran sillón de cuero. Le tenía mucho cariño a Magda. De origen polaco, aún sin cumplir los treinta, se rumoreaba que era una de las mujeres más ricas de Berlín. Habiéndose casado con un príncipe polaco muy anciano que se había establecido en Alemania, se había hallado, a la edad de veinticinco años, viuda y heredera de una inmensa fortuna.

Era la más hermosa, una figura de ángel ingenuo, retocada por unas cejas claras que expresaban una emoción constante y una boca tan sensual que hacía bajar la mirada. Su cabello, recogido en pequeñas ondas a través de sus sienes, no era rubio sino blanco. Su belleza era impresionante. Para jugar con los contrastes, le gustaba llevar unos anteojos pequeños y oscuros que, en su rostro espectral, parecían dos *pfennigs* reposando sobre el rostro de una mujer muerta.

A Simon le hubiera encantado andar con ella. Por desgracia, ella nunca había solicitado de sus servicios. Nada de ansiedades ni pesadillas en el horizonte. Por el contrario, poseía una forma deslumbrante —la leyenda afirmaba que era una atleta consumada, que había estado cerca de ser seleccionada para el equipo nacional de natación.

—Aléjate de esas histéricas —dijo repentinamente una voz con tono de reproche—. Te violarán en el acto.

Simon alzó su mirada: Sonja Low, la presidenta del club, lo tomaba de la mano para llevarlo a un rincón más tranquilo. No hubo necesidad de que se lo preguntaran dos veces. Esos vestidos de gasa, esas faldas de crepé de seda, esas camisas de encaje lo habían hipnotizado. Se estaba bastante lejos de las restricciones defendidas por Göring —¡Nada de mantequilla, solo cañones!— y los cupones de racionamiento de Bloch.

Simon y Sonja se sentaron en una pieza donde dos sillones de terciopelo extendían sus brazos.

—Hace mucho que no te dejabas ver.

—El trabajo. No hay vacaciones para los terapeutas. Por el contrario, la ociosidad favorece las neurosis.

—¿Qué estás haciendo aquí? ¿Estás buscando una nueva amante?

—No. Me hacía usted falta, eso es todo. ¿Susanne no está aquí?

—Aún está en Sylt, creo.

—¿Y Leni?

—También de vacaciones. ¿Te encuentras un poco nostálgico, por casualidad?

Todo el mundo sabía que Simon había tenido aventuras con ambas mujeres. Parecía el tipo de hombre que excava en su pasado para encontrar algo nuevo.

Sonja pasó su brazo por el de él y apoyó la cabeza en su hombro.

—¡Tenemos un repertorio enteramente nuevo, ya sabes! Gertrude, ahí, quizás ella sea de tu agrado...

Señaló a una mujer joven con un vestido estilo marinero de cuello ribeteado en blanco y una pequeña ancla tejida entre los senos. Su rostro, rodeado por un pequeño cuadrado negro, era afilado como el de Greta Garbo y marcado por una pequeña boca que se apretaba como un nudo.

—No está mal, de hecho.

—También tenemos a Elisabeth aquí…

Ella era alta y escultural, luciendo una larga espalda y formas redondas. Con la cabeza descubierta y una cabellera salpicada de oro, se parecía a una estatua de Atenea en bronce dorado que él había visto en París.

Simon no podía admirarlas a todas y no había venido para ello. Suavemente, se liberó del amarre de Sonja y se colocó de frente a ella.

—¿Tampoco has tenido noticias de Margarete?

La pregunta era arriesgada, pero tenía curiosidad por ver su reacción. La patrona del club no se inmutó.

—¡Vaya! ¿A ti solo te interesan tus ex o qué? ¿No somos lo suficientemente buenas para ti?

—Tienes toda la razón —se obligó a reír—. Me pongo nostálgico.

—Hace tiempo que no sé nada de ella —asintió Sonja—. Debe estar de vacaciones.

Simon observó el rostro ligeramente severo de Sonja durante unos segundos —llevaba un sombrero que se inclinaba sobre su ojo derecho, lo que acentuaba aún más su autoridad—. Sin duda alguna, ella no estaba al corriente de nada.

No sabía muy bien cómo volver a empezar la conversación, cuando una de las chicas lo salvó, poniendo un disco en el gramófono, el buen y viejo swing, totalmente prohibido por el régimen nazi.

De un salto, Simon se puso de pie. Sabía todo de moda y de chistes, pero su verdadera especialidad era el baile. Era ante todo un *Eintänzer*, un bailarín de mundo. Vals, tango, charleston, foxtrot, pero también balboa, boogie-woogie, lindy hop... Precisamente, era *Tar Paper Stomp* lo que comenzaba ahora y Simon atrapó la mano de Sonja para un lindy hop flexible y balanceado.

El ritmo era exactamente el adecuado para llevar a la Madame al borde de sus contoneos más atrevidos. Sonja se reía a carcajadas mientras su falda volaba por los aires, en tanto las otras damas los rodeaban aplaudiendo. Realmente había algo para alegrarse: esta hermosa mujer al final de su brazo, este ritmo que los arrastraba como un mar suavemente agitado, esta música prohibida por el Reich que resonaba más allá de la barra del Adlon como una provocación —¡Dios mío! ¡Cuán agradable era estar en el lado correcto de la soga!

Encadenaba los pases con la agilidad de un reptil. Su baja estatura le resultaba ventajosa, ya que podía volcar fácilmente a su jinete sobre su espalda —*ya saben a lo que me refiero*—. Terminó su número con una diabólica voltereta que permitió a unos cuantos de los afortunados presentes ver las bragas de la esposa de uno de los más siniestros generales de la Wehrmacht.

Cuando la música se detuvo, Simon pensó que había ganado el juego. No había descubierto nada, pero, al menos, Sonja no sospechaba de su investigación.

Las risas siguieron a los aplausos y todos volvieron a sus tragos de champán. Sonriendo, Simon se acercó a su compañera de baile, como para saborear de nuevo su victoria.

Sonja Low le dedicó su sonrisa de amante.

—Me estás ocultando algo.

21

Cuando se encontró de nuevo en la Wilhelmstraße (había optado nuevamente por regresar a pie), Simon tuvo un destello de lucidez: imposible continuar esta investigación solo. Ignoraba aún cuándo y cómo habían asesinado a Margarete. No sabía de quién se sospechaba, ni siquiera si había alguna pista. No tenía ninguna posibilidad de aclarar los hechos por su cuenta.

Solo había un camino a seguir: volver a entrar en contacto con el «*Koloss*», el *Hauptsturmführer* Franz Beewen. Como señal de buena fe, le diría lo que sabía: el Hombre de Mármol era solo un sueño. Quizás, a cambio, el hombre de la Gestapo le proporcionaría alguna información...

Entonces se percató de que estaba a pocas cuadras del número 8 de Prinz-Albrecht-Straße, quizás era la ocasión adecuada para visitar a estos señores de la Gestapo. *Dejémonos de tonterías.* Él nunca tendría tal valor. Había tantos rumores sobre ese lugar maldito, el más sonado, que era fácil entrar, pero imposible salir de ahí.

Continuó su marcha con cautela y se reincorporó a la Potsdamer Platz con alegría. Su barrio. Su casa. Su perímetro de seguridad. Estaba a punto de cruzar la plaza cuando tuvo otra revelación.

Fue tan violenta que lo hizo jadear y tuvo que encontrar una banca para sentarse, cerca de un quiosco.

Susanne y Leni también estaban muertas. Habían ocultado estos tres homicidios. ¿Qué podría ser más sencillo que sugerir que estas damas burguesas estaban de vacaciones en la isla de Sylt?

Simon se tomó la cabeza entre las manos, haciendo que su sombrero cayera al suelo. Al recogerlo, la verdad lo partió en dos, como un cristal.

Cada una de estas mujeres había soñado con el Hombre de Mármol. Cada una de ellas había sido asesinada.

Simon eligió romper el último candado de la razón y se dijo a sí mismo lo siguiente: el asesino ha sido el mismo Hombre de Mármol, surgido del mundo de los sueños para perpetrar sus crímenes.

En este caso, nadie mejor que él, el «onirólogo», el especialista en sueños, el confidente de estas damas, para identificar al asesino.

22

¡Scheiße! ¡Scheiße! ¡Scheiße!

Franz Beewen no podía creer tanta mala suerte.

—¿Quién descubrió el cuerpo?

El *Unterscharführer* Günter Hölm, a quien todos llamaban Dynamo, se acercó con una pequeña libreta entre sus manos de marinero.

—Dos paseantes. Se habían perdido cerca del Château de Bellevue, alrededor de las tres de la tarde. Hay algunos que no tienen miedo de que les den por culo.

Una muy buena alusión a la reputación del Tiergarten: al caer la noche, los socios de una velada cualquiera venían allí a divertirse entre los espesos arbustos.

Beewen miró a Hölm con toda la autoridad de la que era capaz. Un esfuerzo inútil. Dynamo (nadie sabía de dónde había salido su apodo) era un elemento disipador, un clavo en la bota, una mancha de yema de huevo en un hermoso uniforme negro. Pero Beewen lo había estado arrastrando consigo desde sus inicios. En las Secciones de Asalto, luego en la policía de Berlín y finalmente en la Gestapo. Era su colega, su amigo, su saco de golpeo, su mascota.

—Condúceme.

Se encontraban al noroeste del Tiergarten, cerca del Spree. Beewen odiaba aquel parque. Con sus bosques sombríos, sus rincones oscuros, sus animales salvajes, casi se sentía como en casa, en Zossen.

Había hecho de todo para escapar de esta naturaleza de mierda, y ahora insistía en quedarse pegada a sus suelas, en el corazón de la capital. Aún tenía la esperanza de que Hitler, en sus delirios de reconstrucción, reemplazara estos espacios verdes con cuarteles y fortines. *¡Runas, águilas, esvásticas por todas partes!*

Beewen caminaba con la cabeza gacha, mirando sus botas hundirse bajo las hojas que crujían. Pensó en el fuego que podría haberse hecho con tal maleza. Pensó en el olor de las últimas tardes en la granja. Pensó en su madre muerta bajo la tierra y en su padre enloquecido por la guerra.

Un tercer asesinato. *¡Verdammt!* De llegar al frente polaco, se encontraría en Oranienburg-Sachsenhausen, eso sí, jugando con la pica y dedicándose a romper piedras. Debía encontrar una manera, la que fuera necesaria, de librarse de esta investigación. Tenía que rendirles, urgentemente, cuentas claras a sus superiores. De lo contrario, le esperaba la KZ.

Llegaron a un claro custodiado por las SS, muy cerca del río. Se podía oír su pesado susurro. En un rincón, a la derecha, un cadáver les daba la espalda, como en penitencia, con el rostro aplastado contra la base de un gran roble.

La mujer aún se encontraba vestida: un atuendo de verano, una chaqueta ligera. Sus ropas, desgarradas, estaban endurecidas por la sangre coagulada. El asesino se había tomado la molestia de levantar aquellos rígidos pliegues de hemoglobina para exhibir sus nalgas blancas en una posición que resultaba obscena y humillante.

Sin zapatos, por supuesto.

En un círculo de un metro de radio, fragmentos negruzcos salpicaban el suelo. Órganos congelados en su jugo. El asesino debió haber destripado a su víctima y arrojado los pedazos como quien arroja los restos de la caza a los perros.

—Los *schupos* nos llamaron de inmediato —comentó Dynamo.

—¿Por qué a nosotros?

—Todos los departamentos de policía ya están al corriente. ¿Un asesino desquiciado, como en los buenos tiempos de Peter Kürten? Todos saben que es un asunto para nosotros.

Franz permaneció en silencio. La presión ejercida en su cerebro era palpable, como si sus sienes estuvieran siendo aplastadas por una prensa de acero.

—No hemos tocado nada —explicó Hölm.

—Han hecho bien.

—Sabíamos que querrías hacerte cargo —se rio entre dientes—. Siempre has tenido manos hábiles.

Beewen no estaba seguro de si podría aguantar en un día como este las simpáticas bromitas de Dynamo. Le lanzó un vistazo. Hölm era todo un espectáculo en sí mismo: una gran cabeza roja como el culo de un babuino, dos pequeños ojos plateados tan sigilosos como clavos sobresaliendo del agua, un cuello de toro, hombros fornidos, piernas y brazos fuertes. Y, para rematar, peludo como un gorila.

Girando sobre el tacón de su bota, Beewen dio media vuelta. Haciendo volar las hojas secas, reveló la gran herida negruzca debajo de la garganta. Su vientre bajo no era más que un espacio vacío, el cual hacía que no dieran ganas de acercarse en absoluto a la escena.

Por otro lado, su rostro, a pesar de la tierra y el cabello pegado, revelaba una gracia antinatural. Se trataba de aquel tipo de belleza que hiere a los hombres porque les recuerda su mediocridad, su frustración infinita.

El asesino se había encarnizado con ella: numerosos cortes marcaban su abdomen. Había también, como en el caso de las dos víctimas anteriores, heridas de defensa, en los dedos, en los brazos, en el torso.

Beewen notó marcas de mordeduras. El Tiergarten era conocido por su fauna salvaje: zorros, comadrejas, jabalíes... Todas estas criaturas conseguían sobrevivir a la sombra de los caminantes y de la Columna de la Victoria.

Beewen no era médico, pero conocía la naturaleza: a primeras luces, se dijo a sí mismo que la mujer había sido asesinada por la mañana. Los animales no habían tenido tiempo de hurgar en el cuerpo.

—¿Se sabe quién es?

Dynamo le entregó un bolso. Beewen lo sujetó y percibió la calidad del cuero, las perlas incrustadas —otra dama burguesa—. Sin duda la esposa de algún dignatario. Y, por qué no, miembro del Wilhelm Club. *¡Scheiße!*

Encontró los documentos de identidad en medio de un revoltijo de polveras, labiales y billetes. El asesino no era un ladrón.

Leni Lorenz. Nacida en 1908. Nombre de soltera: Klink. Residía en el distrito de Grunewald. Ya había leído este apellido en alguna otra parte. Era amiga íntima de Susanne Bohnstengel y Margarete Pohl. Aparecía en su lista de «testigos que no debían ser entrevistados».

Una certeza: el asesino conocía a estas mujeres. Incluso debía frecuentar sus reuniones de salón. *Cavar de este lado*. Pero Beewen no estaba hecho para eso. Ni para caminar por esa frívola cuerda o para entrar discretamente en aquel club...

Todo lo que podía hacer era un trabajo de policía común y corriente. Investigar al marido. Al conductor. A las criadas. Sin embargo, este nuevo cuerpo le ofrecía una oportunidad inesperada para reanudar la investigación como mejor le pareciera —y no siguiendo los pasos de Max Wiener, el policía de la Kripo—. Lo que necesitaba, antes que nada, era una buena autopsia, una en su debida forma.

Empezó a pensar en grande. Arrestar a todos los delincuentes liberados recientemente, a los fetichistas de zapatos, a los empleados que habían trabajado en el hotel Adlon, a los paseantes del Tiergarten, a todos los que habían cruzado palabra con Susanne Bohnstengel, Margarete Pohl o Leni Lorenz en el último mes, a quienes las conocieron de cerca o de lejos o que simplemente se había cruzado con ellas en el Adlon, en la cancha de tenis, en las boutiques de moda, en el restaurante... Iba a llenar las celdas domésticas del número 8 de Prinz-Albrecht-Straße así como las prisiones de Plötzensee, Spandau, los campos de Oranienburg-Sachsenhausen, de Dachau...

Él podía hacerlo.

Podía hacer cualquier cosa —era de la Gestapo, por el amor de Dios.

—Entonces, ¿nos la llevamos o qué?

La cara roja de Dynamo lo devolvió a la calma. No haría nada en absoluto. Al contrario, había que trabajar con sutileza y no era con tipos como Hölm que podría conseguirlo.

Lo que decía era un tanto injusto. Dynamo atraía a las chicas, mucho más que él, por ejemplo. Tenía un vivo sentido del humor y siempre encontraba el tono adecuado para construir un vínculo. Exactamente lo opuesto a Beewen.

Así es la vida. Dynamo, feo como el culo de un mono, se quedaba con todas las *Fräulein*, y él, Franz Beewen, hermoso como una escultura de Arno Breker, les infundía solo miedo y desprecio. Ellas, que tanto amaban la vida, percibían en él un aroma a muerte, a destrucción, a carnicería. La virilidad, sí. La brutalidad, no.

—¿Entonces? ¿Qué decides?

Beewen termina por esbozar con la cabeza un asentimiento.

—Le dirás a Koenig que procederemos de manera diferente.

Walther Koenig era el patólogo forense del Hospital de la Caridad, el sitio de atención médica más grande de Berlín. Por lo general, Beewen o Dynamo simplemente se contentaban con señalarle qué escribir en el informe de la autopsia.

—¿Qué quieres decir?

—Esta vez debe hacer una autopsia real, ¿me has entendido?

Dynamo sonrió irónicamente.

—Uno pierde la práctica.

A Beewen se le ocurrió otra idea:

—También diles a los chicos del KTI que vengan a ver si pueden encontrar algo más…

—¿Quiénes?

—Ya sabes, los chicos del nuevo laboratorio, allá…

Hölm se rascó la cabeza.

—Vaya, parece que ya estoy para la jubilación, yo…

Franz observó a los SS pisotear alegremente el claro: había pocas posibilidades de que los especialistas encontraran una pista en este páramo.

Los chicos se encontraban levantando el cuerpo para ponerlo en la camilla. Se dio media vuelta. En quince años en las SA y las SS había visto cosas inmundas, muchas, y él mismo había contribuido a una infinidad de horrores, pero observar a esta mujer con el vientre abierto partir en una camilla le resultaba insoportable.

—¿Tenemos algún testigo?

—Nadie, además de los paseantes. Vamos a indagar de nuevo. Vamos a encontrar unos cuantos vagabundos o unos cuantos pervertidos. Pero este rincón está verdaderamente desolado…

Beewen se volvió hacia el río.

—Pregunta por barcazas. Nunca se sabe.

Un sabor áspero en la parte posterior de su garganta. ¿Cómo pudieron ocurrir estos asesinatos? ¿Cómo había podido fracasar tanto la investigación? Tres desapariciones en un Berlín lleno de uniformados y delatores a las órdenes de las SS...

A menos que el asesino no se parezca en nada a su trabajo —y que conozca muy bien a las víctimas—. Beewen debía evitar aquella trampa: buscar a un tipo siniestro, como un «vampiro de Düsseldorf» o un «carnicero de Hannover»... No, el hombre en cuestión era un dandi, un encantador, un seductor. Un tipo que sabía cómo seducir a estas ociosas esposas y llevarlas a su terreno.

Volvió a pensar en Simon Kraus. En muchos sentidos, tenía el perfil correcto. Era necesario comprobar si Susanne Bohnstengel y Leni Lorenz también habían sido sus pacientes. Estaba seguro de que el enano tenía sus escapadas al Wilhelm Club, tenía cabeza para eso. Pero un asesino, ¿de verdad? Con su tamaño de mono tití, las víctimas no habrían tenido problemas. Para matar, se tenía que ser fuerte e implacable, a él le pagaban por saber eso.

Pensó en una solución más sencilla: el asesino se movía entre las altas filas del NSDAP. Las filas de élite de las SS estaban repletas de asesinos en serie en potencia. Era casi una de las condiciones para acceder a tal puesto. ¿Pero ensuciarse las manos así? ¿Eviscerar los vientres de estas buenas mujeres? Beewen no estaba de acuerdo: los asesinos del Reich eran asesinos en masa. Apuntaban a la cantidad más que a la calidad. Y pronto tendrían un gran día de campo en Polonia...

Dynamo, que conocía bien a Beewen, le dio un leve empujón.

—No te preocupes. Lo vamos a agarrar. Es solo que no estamos acostumbrados a buscar verdaderos culpables.

Tenía razón: no eran policías ni investigadores. Eran perseguidores, verdugos autodidactas, que solo sabían derribar puertas y tirar de los pelos a los sospechosos que servían después en bandejas.

Esta vez era diferente. Estaban lidiando con un verdadero criminal. Un depredador que gustaba de la caza y que sabía eludir a sus perseguidores.

A través de los árboles observó a sus hombres: sus cuellos y gorras brillaban bajo el sol de la tarde. Parecía como si un pincel hubiera cubierto con miel cada insignia, cada visera.

Un puñado de inútiles que deambulaban por la zona sin saber cómo actuar, ni siquiera cómo reaccionar. Uno de ellos tomaba fotos, pero no parecía muy seguro de cómo accionar la cámara. Sintiéndose observado, el hombre miró a Beewen y obtuvo al menos una clara certeza: si erraba en su técnica, sería en la KZ donde tendría la oportunidad de mejorar.

Beewen se fue sin esperar a Dynamo, caminó rápidamente hacia la arteria principal que discurría de este a oeste a través del Tiergarten. Estaba a punto de subirse a su Mercedes cuando vio llegar varias camionetas y autos de la Gestapo. En favor de la discreción, lo mejor era partir.

El Mercedes arrancó y Beewen quedó conmocionado por la extrema soledad del paisaje. Aquella gran y rectilínea avenida estaba bordeada por nada más que el bosque. Resultaba escalofriante, a pesar de que a esa hora la luz de la tarde entraba a raudales como un torrente de oro.

Discreción, se dijo. Él también era un cazador. Sabía cómo acercarse a su presa. Pero tal vez debía olvidar todo lo que había aprendido durante los últimos quince años, aquellos ruidosos años en las SA y las SS, para volver a ser el destacado cazador en el bosque de sus ancestros.

23

—Estoy decepcionado, *Hauptsturmführer*. Verdaderamente decepcionado.

Apenas de vuelta en la Gestapo, Beewen había sido llamado por su superior, el *Obergruppenführer* Otto Perninken, quien parecía saber ya tanto como él en torno al asesinato de Leni Lorenz. Era necesario reconocerle una cualidad a la Gestapo: allí, la información circulaba a gran velocidad.

—¿Cuánto tiempo lleva trabajando usted en esta investigación?

—Seis días, *Obergruppenführer*.

—¿Y cuáles han sido sus resultados?

El oficial no le dio tiempo a contestar:

—Nada. Cero. Ausencia total de pistas, de sospechosos. Y ahora, otra muerte.

Perninken se cruzó de brazos sobre la cubierta de cuero de su escritorio. Era un nacionalsocialista puro, al cien por ciento. Un precipitado sin la menor escoria ni el más mínimo dejo de corrupción. El oficial no había nacido de las entrañas de una mujer, sino de las trincheras del Somme. Su líquido amniótico había sido la sangre de la derrota, el sudor de los vencidos. Sin embargo, lo mismo se podría haber dicho de Beewen.

Más profundamente, Perninken se adhería a todas las ideas del régimen de Hitler. No lo hacía a ciegas, sino porque compartía, en su carne más íntima, sus ideas y sus valores.

—El asesinato de Tiergarten ha sido cometido por el mismo asesino, ¿verdad?

—Sin duda alguna. Las presunciones...

—Leeré su informe —levantó la voz—. ¿Se percata usted del estado de las víctimas?

—Absolutamente, *Obergruppenführer*.

—¿Se da cuenta del periodo histórico que estamos viviendo?

—Me doy perfectamente cuenta de ello, *Obergruppenführer*.

—¿Cree usted que ahora es un buen momento para revelar una flaqueza? ¿Dar a entender que el Reich no sabe cómo proteger a las esposas de su élite?

—No, *Obergruppenführer*.

Físicamente, Perninken era un calvo real —tal y como se dice un «águila real». Una calavera rosada, brillante y soberana. Más abajo, sus rasgos expresaban un poder duro, algo que pule el buril y rompe el cincel. Paradójicamente, su piel rosada evocaba la de un bebé y armonizaba bien con su uniforme negro cortado en una tela gruesa y cómoda, que recordaba el fieltro de las mantas de los soldados.

—Entonces, ¿qué diablos está haciendo, por el amor de Dios?

—*Obergruppenführer*, permítame recordarle que el contexto es difícil.

—Si fuera fácil, hubiéramos dejado el asunto en manos de la Kripo.

—El hecho de tener que ocultar la realidad de los hechos complica la investigación. No hemos podido entrevistar directamente a los testigos más cercanos de las víctimas, ni colaborar con otros servicios policiales.

—La Gestapo no necesita de nadie.

—Le entiendo, *Obergruppenführer*, pero comprenda, estas limitaciones no facilitan la investigación.

Perninken se levantó y se acercó a la ventana, con las manos a la espalda. Todos los jefes de policía, en todas las latitudes, en todos los tiempos, han tenido que hacer este gesto. *Una pose obligada.*

—¿Qué tiene hasta el momento?

Beewen estuvo a punto de decir «nada», pero se arrepintió al último momento:

—Las víctimas tienen varios puntos en común. Por ejemplo, frecuentaban el Club Wilhelm, un salón de moda que reúne…

—Lo conozco. ¿Qué más?

No tenía mucho, pero aun así prefería guardarse para sí la entrevista con el pequeño psiquiatra y la historia del Hombre de Mármol. *Uno nunca sabe.*

—Bueno —dijo en tono evasivo—, se conocían entre sí y participaban a menudo en prestigiosos eventos relacionados con nuestro Reich.

Perninken se dio la vuelta. Era más bajo que Beewen, pero su semblante en general resultaba impresionante.

—No te atrevas a sospechar de uno de los nuestros.

Máquinas en reversa, a toda marcha.

—No es lo que quise decir, *Obergruppenführer*. En realidad, me inclino a pensar en un asesino psicópata, quien elegiría mujeres muy hermosas para satisfacer sus impulsos asesinos.

—¿Has llegado a esto tú solo?

Perninken se volvió de nuevo hacia la ventana. Bajo el sol del final de la tarde, su cráneo desnudo, usualmente amenazador, ahora parecía el globo de un niño a punto de alzar el vuelo.

El general tenía una particularidad: creía en las malas rachas, en los hechizos, en el magnetismo humano. Para protegerse de cualquier ataque invisible, tenía escondidas en su oficina placas de plomo que despedían un fuerte olor amargo. Un olor a consultorio dental.

—Inicialmente —dijo Franz como si no hubiera escuchado—, me decanté por un asunto de política.

—¿Qué quiere decir?

Otra palabra incómoda. Volvió a retroceder:

—Prontamente me percaté de mi error.

—Explíquese.

—Bueno… Pienso que tal vez las responsabilidades de los cónyuges de las víctimas constituían el móvil de los asesinatos. A través de estos asesinatos, se había buscado llegar a la élite de la nación.

—Ridículo.

—Esa fue también mi conclusión.

—¿Entonces?

—Hoy me inclino más a pensar en un asesino que no tiene móvil, salvo su pulsión criminal. Vio a estas mujeres, las siguió o las atrajo a una trampa, y cedió a sus barbáricas inclinaciones.

—Dígame algo que no sepa.

Franz contuvo el aliento. De hecho, estaba pensando en voz alta:

—Este asesino conoce a sus víctimas. O al menos sabe cómo ganar su confianza.

—¿Y entonces?

—Tal vez se trate de un miembro del personal del hotel Adlon, o un chofer, o un sirviente. Todos estos hombres que trabajan en la sombra, y que resultan familiares a mujeres como Susanne Bohnstengel o Margarete Pohl.

El *Obergruppenführer* dio unos pasos.

—Creo que tiene razón, Beewen.

Franz sintió que el aire se escapaba de su caja torácica. Sin siquiera darse cuenta, había dejado de respirar.

—Este asesino es un hombre de nada, sin duda de sangre impura. Un judío tal vez.

—Lo he considerado, *Obergruppenführer*.

Completamente falso, la idea nunca le había rondado por la cabeza. En su opinión, los judíos estaban demasiado ocupados tratando de sobrevivir como para meterse con nadie.

—Pero ya no hay personal judío en los grandes hoteles, los restaurantes elegantes, ni los lugares de prestigio —continuó—. ¡Hemos trabajado duro y hemos conseguido librar las calles de Berlín de esas alimañas!

Un pequeño golpe con los tacones no habría sonado mal. Perninken asintió. Perífrasis de este tipo siempre eran bien recibidas en la sede.

—Concretamente, ¿en qué está usted?

—He reconstruido el horario de cada víctima y apostado a hombres en los lugares que frecuentaban las víctimas. También he entrevistado al personal doméstico, mayordomos y choferes de cada una de ellas. En cuanto a los hoteles y restaurantes, he recurrido a la ayuda de detectives y jefes de línea.

Perninken volvió a asentir. Solo había una manera de calmarlo: hacerle sentir que las cosas se movían, que se agitaban, pero siempre con entera discreción.

—La soga se está apretando, *Obergruppenführer* —agregó Franz, también atrapado en el juego (hablaba como en una película)—. El asesino pronto se quedará sin aire.

Perninken paseaba delante de él, siempre atento.

—Este trabajo de vigilancia rendirá sus frutos —insistió—. Él está solo y nosotros somos cientos. Mantenemos Berlín. Nuestra policía es la mejor organizada de Europa. No puede escapar de nosotros.

Perninken asintió.

—Un hombre del pueblo —repitió en voz baja. (Seguía sosteniéndose las manos a la espalda y Franz pudo ver, al pasar frente a él, que las giraba nerviosamente)—. Un chiflado, un degenerado. Quizá no un judío, sino uno de sangre alterada, un bastardo.

Fijó su dura mirada en Beewen.

—¿Ha preparado un archivo sobre todas estas personas de las que me habla?

—Estamos en ello. Además, en caso de que aceptemos la hipótesis de una persona demente, he comenzado una búsqueda en los institutos psiquiátricos de Alemania.

—Sí, por qué no.

El oficial había respondido mecánicamente, pero Beewen sentía que la idea no le agradaba. Para un nazi sin tacha como él, el mero hecho de que todavía hubiera discapacitados y enfermos mentales en territorio alemán resultaba insoportable.

—Después de todo —deslizó Beewen—, Alemania ya había conocido este tipo de perfiles…

En 1939, todo mundo en Berlín aún tenía en mente los nombres de los asesinos en serie que habían aparecido en los titulares.

—No, *Hauptsturmführer* —lo interrumpió de repente Perninken—. Usted habla de un pasado en caos. Hoy, Alemania está bajo control. La idea de que un elemento monstruoso pueda actuar como le plazca dentro del Reich es imposible. Somos una nación fuerte y perfecta. No tenemos derecho al error. Por lo tanto, debemos resolver este problema antes de que estalle... en la plaza pública.

Esta vez, Franz hizo sonar sus tacones en señal de asentimiento: en quince años de buen y leal servicio, había adquirido los reflejos útiles. Sin embargo, continuó con un nuevo error:

—Otra cosa —aventuró—, probablemente sería útil si pudiera conocer al oficial de policía Max Wiener, quien…

—De ningún modo. Ya se lo he explicado, Beewen. Wiener no estuvo a la altura de esta investigación. Debemos olvidarlo.

—Bien, *Obergruppenführer*.

—Le doy tres días, ni uno más, para identificar al culpable. Con fuerte evidencia de su culpabilidad. No toleraré una víctima más, ¿me entiende? No me haga retirarlo de la investigación.

Franz conocía bien el lenguaje de la Gestapo. Traducción: *No me haga enviarlo a la KZ. O no me haga ejecutarlo*.

La entrevista había terminado. Beewen volvió a saludar a su superior extendiendo su brazo derecho y lanzando un «*¡Heil Hitler!*» que bien podría haberse escuchado a tres oficinas de distancia.

Estaba girando la manija cuando Perninken retomó:

—Una cosa más. Cuando haya identificado con certeza al culpable, exijo un informe lo más preciso posible.

—Por supuesto.

—Quiero decir: antes de arrestarlo.

—¿Disculpe usted?

—Quiero ser informado de su identidad antes de su arresto, ¿me ha entendido?

Ante su silencio, Perninken agregó:

—Tenemos que tomar, en este asunto, el máximo de precauciones posibles. Así que, una vez más, no obvie usted la importancia de esta investigación. ¡El *Reichsführer* de las SS, Himmler en persona, tiene los ojos puestos en nosotros!

24

Desde 1933, la Gestapo se había apoderado de la antigua Escuela de Artes Decorativas en la Prinz-Albrecht-Straße. Suntuosa locación cuyo salón principal lucía bóvedas dignas de una catedral. Una escalera de piedra tallada, coronada por abultados balaustres de estilo renacentista, conducía a los pisos superiores. Los antiguos talleres de pintura y escultura estaban ahora ocupados por funcionarios aplicados, cuyo oficio era la denuncia, la tortura y la muerte.

Caminando por el pasillo del segundo piso, Beewen pudo escuchar el sonido de las máquinas de escribir detrás de las puertas. El lugar funcionaba a toda marcha, como cualquier otra administración.

Entre sus filas, la Gestapo poseía distintos perfiles: estaban los imbéciles (muchos), los sádicos (menos de los que se hubiera pensado), los vagos (la mayoría) y numerosos burócratas de buena fe. Estos tipos se habían encontrado con un pastor y lo seguían balando, formando una manada negra, estúpida y peligrosa.

Todos estos hombres tenían una cosa en común: saboreaban el poder. Todos disfrutaban cuando detenían a un inocente o simplemente al pedir sus papeles a un transeúnte. Hace algunos años, esos mismos muchachos aún se morían de hambre y bebían agua de las alcantarillas. Ahora reinaban sin contrarios. Eran los amos. Eran la fuerza. Y por ello bien valía la pena lanzar sus escrúpulos al fondo del inodoro.

Beewen no había sido una excepción a la regla. Por el contrario, como un exmatón y asesino en pleno funcionamiento, se sentía como en casa en el número 8 de la Prinz-Albrecht-Straße. Aquí se estaba en un mundo aparte, fuera del alcance del oído de la humanidad, de cualquier lástima o empatía. Un mundo de crueldad donde los matones eran los mejores alumnos.

—Todavía tienes algo en la comisura de la boca.

Beewen levantó la vista: su enemigo jurado, Philip Grünwald, estaba de pie en el umbral de su puerta. Un verdadero guardián, quien lucía un bigote al estilo del Kaiser y parecía un esgrimista o un boxeador francés amateur de principios de siglo.

—¿Qué dices?

—¿No estabas chupándosela a Perninken?

—Vete a la mierda.

Beewen pasó junto al imbécil y sintió que su mirada lo seguía como la mira de un fusil K98. En la Gestapo, todos eran enemigos. Era el sistema el que así lo quería: la era de la sospecha era igualmente válida dentro de los muros. Cada SS vigilaba a sus compañeros y viceversa. Reinaba aquí un ambiente de rivalidad y sospecha sofocantes.

Entre los enemigos ordinarios, siempre había uno o dos de los que era imprescindible tener especial cuidado. Así, Grünwald, *alter ego* de Beewen quien ocupaba el despacho contiguo, vivía solo para eliminar a su rival. Incluso debía haber estado celoso de la investigación que se le había encomendado. *Qué idiota.*

Su entrevista con Perninken había confirmado sus temores. Este caso era peligroso. Más allá de los asesinatos, más allá de la personalidad de las víctimas, había algo que no debía ser descubierto.

Beewen no estaba seguro de ser un equilibrista lo suficientemente ágil como para ese tipo de proezas. Desenmascarar a un asesino sin adivinar su móvil, por ejemplo. O incluso identificar el perfil de las víctimas sin despertar sospechas entre sus amistades cercanas.

Todo aquello requería un refinamiento que estaba más allá de él. Pero haría su tarea, sin duda alguna. Llevaría el nombre del asesino a Perninken en una bandeja de plata, tal y como se había llevado la cabeza de Juan el Bautista al rey Herodes.

Todo esto solo era una fase, un preámbulo. Solo contaba lo que venía más adelante, su recompensa. Su traslado a la Wehrmacht o a las Waffen-SS. La guerra, el frente, Francia...

25

Su oficina tenía el número 56 —*jamás había sabido por qué*—. Parqué claro, archiveros barnizados, escritorio de doble pedestal: las comodidades del burócrata. Este lugar, cada día, le recordaba que la mayor parte del trabajo consistía en redactar informes, lo cual tampoco era su especialidad. En cuanto a Dynamo, era simple, casi analfabeta. Afortunadamente tenían un joven secretario, Alfred, quien subía un poco el nivel al encargarse del trabajo sucio de la escritura.

Estaba a punto de sentarse cuando escuchó golpes y carcajadas detrás de la mampara. Salió de inmediato y abrió sin tocar la puerta de la oficina que compartían los dos colegas.

Dynamo estaba haciendo payasadas, imitando una carrera, usando una papelera, con los brazos extendidos frente a él a la manera de un ciego.

—Pero ¿qué estás haciendo?

Dynamo, sin prisa, se quitó el sombrero. Alfred, quien presumía de ser el elemento serio del equipo, se cubría la risa con la mano.

—Estaba contando sobre los campeonatos nacionales de los SA. Cuando corrí los cien metros con una máscara de gas en la cabeza que me impedía ver la pista.

Una de sus historias favoritas. Las competencias deportivas de las SA: carreras de velocidad con máscaras antigás, lanzamiento de granadas… Cuando Hölm narraba aquellas payasadas, concluía que la prueba más dura era por la tarde, el concurso de cerveza.

—¿Crees que esto nos importa un carajo? —respondió Beewen. Ven conmigo.

Tan pronto como la puerta de su oficina se cerró, lo reprendió:

—No te dije que podías volver.

—Dejé esa mierda en manos de los demás. Los chicos de la Caridad habían llegado. A esta hora, la autopsia debe haber comenzado.

Dynamo no estaba diseñado para la vida de oficina. Estaba hecho para los golpes, las peleas, los ajustes. Para patear traseros y luego emborracharse a la Löwenbräu, o al revés. Originalmente, Günter Hölm era lo que se solía llamar un «*steak*», un exbolchevique que se había pasado al enemigo, el NSDAP. «Negro por fuera, rojo por dentro». En realidad, no tenía ninguna opinión política. Con tal de que se le garantizara no caer en la miseria, unas cuantas buenas peleas y la seguridad de poder concederse todo tipo de rubias (cervezas y mujeres), todo estaba bien.

—¿Y la búsqueda de testigos?

—Puse a los muchachos en eso, pero francamente, en ese rincón perdido del parque, no tenemos esperanza de que alguien viera algo. No, lo que me sorprende es que nuestro asesino debió haber estado cubierto de sangre después de su carnicería. ¿Cómo llegó a casa? ¿Se cambió de ropas ahí mismo?

Beewen pensó en el río cercano. El primer asesinato se había cometido en la Isla de los Museos. El segundo en Köllnischer Park, a una cuadra del Spree. Y ahora el Tiergarten, a pocos metros de la orilla… Quizá esta presencia de agua jugaba un papel en la locura del asesino —o en su ritual—. Algo simbólico o quién sabe qué. Quizás solo era fanático de la natación...

Mientras Beewen tomaba asiento, Hölm arrojó una carpeta de color pardo sobre su escritorio, un color que Beewen conocía bien: el color de la inteligencia, del rastreo, del estigma de la Gestapo.

—¿Qué es esto?

—Leni Lorenz, apellido de soltera Klink. En absoluto una niña del coro, si sabes a lo que me refiero.

Beewen abrió el archivo, sin escuchar los comentarios de Dynamo.

El hecho era que Leni había estado dando tropiezos. Nacida en 1908 en una familia modesta de Renania, perdió a sus padres a la edad de diez años —por tuberculosis—. Después de pasar tres años en un orfanato cerca de Colonia, huyó a Berlín. Se le podía encontrar en pequeños cabarets en 1922. A los catorce años, actuó en revistas del *music hall.* En los años siguientes fue detenida por prostitución. No muy original. En ese entonces se solía decir: «Un kilo de pan vale un millón de marcos y una chica, un cigarrillo».

Más sorprendente, su matrimonio en 1929 con Willy Becker. Aquel nombre le resultaba familiar. Un personaje siniestro que había conocido durante la época del *Unterwelt.* Un proxeneta homosexual, mitad artista, mitad ladrón. Willy la Fiotte, Willy el Sodomita, Willy la Carpa. ¿Cómo pudo Leni Lorenz convertirse en *Frau* Becker? Se divorciaron en 1934. Un año después, Leni se casó con Hans Lorenz, uno de los banqueros más ricos de Berlín. Beewen adivinó que el divorcio entre aquellas aves nocturnas se había decidido para cederle el lugar a Lorenz, una propuesta que no se encuentra dos veces en la existencia de una Leni.

Absorto en su lectura, Franz se dio cuenta de que Hölm no había dejado de hablar.

—¿Me estás escuchando o qué?

—Perdón. ¿Decías?

—Estaba diciendo que Willy Becker podría ser un sospechoso sólido como el acero Krupp.

Beewen negó con la cabeza, descartando la hipótesis:

—Imposible.

—¿Por qué no? Becker es un cabrón y...

—No es su estilo. Nunca se ensuciaría las manos matando a una mujer. Es un hombre estricto. Además, ¿por qué lo haría?

—Por celos.

Beewen sonrió.

—No creo que Willy y Leni tuvieran ese tipo de relación.

—Tal vez ella ya no quería montarse en su viejo caballo.

Otro error más de juicio de Dynamo. Beewen no había estado debajo de la cama, pero estaba seguro de que Leni y Willy no tenían una relación, explotador/explotada. Eran socios, nada más.

—Digamos que lo hizo Willy —admitió—. ¿Por qué este salvajismo? ¿Y por qué matar a dos más?

Hölm se había acomodado en la silla frente al escritorio de Beewen. La de los inculpados. Sujetó un frasco de tinta y prosiguió a lanzársela de una mano a la otra.

—Tal vez él no las mató. Pero quizás imitó el estilo del asesino para matar a Leni.

—Nadie está al tanto de estos asesinatos.

—Un tipo como Willy lo sabe todo.

—De acuerdo —concedió Beewen—. Voy a interrogarlo esta noche. Dirige un club de maricas en Nollendorfplatz.

—¿Y yo?

—Te pones a hurgar sobre las dos Leni. *Frau* Becker y *Frau* Lorenz. Sus contactos de antaño y los de hoy.

—Eso es mucha gente… ¿Qué les voy a decir?

—Confío en tu psicología natural. Ni una palabra sobre el asesinato.

Beewen se levantó y se encaminó hacia la puerta.

—¿A dónde vas? —preguntó Dynamo.

—A anunciar la muerte de su esposa a Hans Lorenz.

Hölm se echó a reír francamente.

—A veces me pregunto si entiendes en qué mundo vivimos. ¿De verdad crees que Lorenz no lo sabe ya? Pero si tan pronto como se identificó el cuerpo, él fue el primero en ser notificado. Todo te pasa por encima de la cabeza, Franz.

Beewen asintió. Contra todo pronóstico, había conservado la ingenuidad de un campesino. No importaba, si bien no tenía nada que informarle a Lorenz, Lorenz ciertamente tendría cosas que informarle a él...

26

La mansión de Lorenz estaba ubicada en la meseta de Teltow, en el distrito de Grunewald. La mayor parte del área estaba cubierta por un majestuoso bosque y, entre aquella verde inmensidad, solo unos cuantos islotes de casas despuntaban sus techos. La villa, construida en lo alto de una colina, daba a un pequeño lago. Aparentemente un edificio de tipo moderno (Beewen llamaba «moderno» todo lo que no era guillermino). El oficial de las SS no podía entender a estos adinerados que preferían los búnkeres a las lujosas mansiones llenas de adornos. Desde su punto de vista, los tejados de pizarra, los ornamentos, las esculturas, recalentaban una fachada e inspiraban confianza.

Llamó a la reja del patio. Una sirvienta vino a abrirle la puerta; una joven regordeta, vestida de negro y con un delantal blanco: muy de su estilo, pero él no estaba de humor para eso. Lo condujo por un camino de grava. Los tonos de verde variaban en intensidad, desde el más oscuro hasta el más claro, desde el más frío hasta el más cálido.

En hormigón en bruto, un techo plano como una solera, ventanales que parecían inacabados: a sus ojos, esta barraca era una ilustración perfecta de la *Entartete Kunst* —el arte degenerado.

La decoración interior nada tenía que ver con el modernismo de las fachadas. Enteramente teutona, a la salud de Guillermo II. Habitaciones no tan grandes, llenas de baratijas, cada una más llamativa que la anterior, y un hermoso tapiz con motivos dorados y plateados. Eso, eso sí era elegancia.

La criada lo condujo a la primera habitación a la derecha, probablemente una sala de estar, o más bien un comedor, que se abría a un espacio con sillones de cuero rojo, iluminado por una gran ventana doble. Beewen solo pudo dar unos pocos pasos. Frente a él, la madera negra de una enorme mesa parecía húmeda de tanto que brillaba.

A la derecha, una chimenea de mármol soportaba un reloj dorado, cuyo tictac evocaba el tintineo de un diminuto triángulo. Por todas partes brillaban objetos de porcelana sajona, figuritas de vidrio hilado, candelabros cincelados, así como una colección de jarras con la insignia de cervecerías célebres.

Si su madre hubiera tenido el dinero, probablemente habría decorado así su granja. Le costaba establecer la conexión entre este estilo «pintoresco» y el banquero Hans Lorenz, sin duda refinado y culto.

Lo percibió a contraluz, al otro lado de la mesa. Se le podría haber tomado por una figurilla entre las demás. Su rostro, su atuendo, su postura, todo le recordaba a un santo de barro.

Espejuelos. Bigote. Cuello abierto. Chamarra negra con solapas rígidas. Beewen no podía ver sus zapatos, pero habría apostado por polainas. Lo imaginó detrás de su escritorio, dando consejos y firmando archivos de crédito. Papel secante, libros de contabilidad, cifras, estilográficas, todo tenía que estar en su sitio —excepto que las operaciones de Lorenz eran ilegales.

Beewen se presentó sin obtener reacción alguna. El señor del cuello abierto permanecía inmóvil, con ambas manos apoyadas sobre la mesa.

Por fin habló:

—Sé por qué está aquí. Siéntese.

A buena hora. No tendría que balbucear fórmulas convencionales que no sabía bien. Iría directamente al asunto.

Beewen eligió una silla de su lado y se sentó con cautela. Tenía la sensación de que una pista de hielo los separaba.

Torpemente, empezó por preguntarle al hombrecillo si Leni tenía enemigos.

—¿Está usted bromeando? —espetó el banquero—. Leni no llevaba una existencia en la que se pueda llegar a ser odiado.

Beewen se aclaró la garganta:

—¿Y en el pasado?

Lorenz rio brevemente, una especie de cacareo de gallina.

—No nací ayer, sabía de dónde venía Leni. Las malas lenguas dirán que del arroyo. Yo digo, yo mismo, de forma más benévola, que, de la crisis del 23, o del 29; nunca lo he sabido, lo cual no resulta muy profesional para un banquero.

—¿Sabías que había estado casada?

—Con Willy Becker, sí.

—¿Ella aún tenía contacto con él?

—Creo que sí. Habían quedado como amigos.

Vaya, el Señor Espejuelos era del tipo tolerante.

—¿Ella nunca le habló de un hombre al que temiera, viniendo de aquel... medio?

—Le he dicho que aún mantenía contacto con Willy. No le dije que siguiera frecuentando el mundo de la noche.

Las palabras de Lorenz eran palabras breves y secas, con la elocución de un empleado de caja.

Beewen se tomó la libertad de ir un poco más allá:

—Leni, al casarse con usted, bien podría haber sido objeto de celos.

—Desposar a un anciano como yo… —volvió a burlarse el banquero—. No sé si aquello resulta envidiable.

—Hablaba del aspecto… material.

—Sí, lo he comprendido. Pero Leni era tan amable, tan inteligente, que sabía cómo quitarse de encima todos los celos. ¿Cómo decirlo? Ella los desarmaba...

Beewen empezaba a ver signos de dolor bajo esa máscara de hielo. *Ataquemos con más fuerza.*

—Y usted, ¿tiene usted enemigos?

—Un banquero siempre los tiene.

Pero un banquero nazi los aplasta bajo la bota de la Gestapo, casi se le escapó, pero se abstuvo. No era el momento.

—¿En qué consiste su negocio?

—Vamos —sonrió Lorenz—, debe usted ya estar al tanto de toda la información.

—Usted es dueño de un banco privado, ¿cierto?

—Exactamente.

—¿Y asigna préstamos en el marco del programa de *arianización*?

—Siempre hemos concedido préstamos, es nuestro papel como banqueros, sin embargo, tomando en cuenta la situación actual, el grueso de nuestra actividad se concentra en este tipo de tomas de control de empresas y activos inmobiliarios, eso sí.

—Entonces, ¿especula usted en torno a las confiscaciones, a las expropiaciones?

—Se podría decir que sí, así es.

—¿No cree que tales actividades podrían atraer enemigos hacia usted? Gente expoliada, por ejemplo, desesperada, que pudiera buscar venganza...

Lorenz se encogió de hombros: primer movimiento perceptible desde el comienzo de la entrevista.

—Para decirlo claramente, mis enemigos podrían ser los judíos cuyas propiedades compramos por una miseria. Pero, sinceramente, no veo a un judío en el Berlín de hoy en posición de acercarse a Leni Lorenz. Menos aún para atraerla hacia una trampa.

Franz estaba de acuerdo —se volvía siempre a la misma premisa: el asesino conocía a la víctima. Pertenecía a su entorno—. *No se trataba de un judío.*

—¿Tiene usted alguna... responsabilidad política, *Herr* Lorenz?

—¿Dentro del partido, se refiere? Para nada. ¿Está contemplando usted un ataque? Dada la condición de Leni, quizá podemos excluir esta hipótesis, me parece.

—¿Ha visto el cuerpo?

—En el Tiergarten, sí.

Hans Lorenz ocupaba una función especial en la nebulosa nazi. Sostenía los hilos del bolso —bueno, de uno de los bolsos—. Hölm tenía razón: él había sido el primero en ser informado. Incluso quizás había asistido a contemplar el cadáver de su esposa antes de que llamaran a Beewen. Bajo el Tercer Reich, solo los juegos de influencia contaban. Los uniformes eran para el desfile.

—De todos modos —continuó el banquero—, no creo que queden muchos terroristas en Berlín. ¿No está usted de acuerdo?

Beewen reconoció la señal detrás de las palabras pronunciadas. Este tipo de oración requería una única réplica.

—Trabajamos duro —dijo, esforzándose por no parecer irónico.

—Además, hay cientos de personas más cruciales al frente del partido. Si se hubiera querido atacar al Reich, se habría elegido otro objetivo. O habrían venido directamente tras de mí.

Abandona esa falsa teoría del asesinato político.

Prefirió volver a lo fundamental:

—¿Conoce usted la agenda de su esposa del día ayer?

—Creo que almorzó en el Bayernhof con amistades.

El Bayernhof era un restaurante de lujo que él nunca había pisado.

—¿Después?

—Debe de haber ido al Hotel Adlon. Sabe, supongo, que Leni pertenecía a algún tipo de club, ¿no?

Beewen asintió.

—Los asesinatos… —continuó—. Quiero decir, el asesinato...

Hola bocafloja. Incluso con el marido tenía prohibido hablar de los otros crímenes.

—Ya sé todo eso.

Debajo del bigote, la sonrisa creció flexiblemente.

—Himmler me lo ha explicado personalmente —susurró.

En el fondo, aquello no modificaba la naturaleza del interrogatorio.

—¿Leni alguna vez le habló de un Hombre de Mármol?

—¿Un Hombre de Mármol? ¿Una estatua, quiere decir usted?

—No lo sé. Otra víctima aludió a ello.

—No, jamás. ¿Es esta una de sus pistas?

Beewen lo eludió. De todos modos, había terminado. No había descubierto nada, salvo que el Señor Cuello-abierto vestía de luto sin efusión alguna.

—¿Puedo ver su habitación? —preguntó.

—¿Se refiere a la de Leni? Dormíamos separados.

Franz disimuló su sorpresa. No entendía que una pareja que llevaba apenas cuatro años de casados pudiera separar sus camas, que entre un hombre que aportaba riquezas y una bella mujer, el contrato no se materializara todas las noches, que un hombre que tenía aire de estar enamorado (y de comprender a su mujer) no quisiera compartir su intimidad última, la de los sueños y el reposo.

—No parezca tan sorprendido —comentó Lorenz—. Todos duermen por separado. Al menos en su cabeza. Después de todo, dormir es lo más personal que existe. Un bien inalienable.

Con un gesto, se quitó los espejuelos. Sus ojos parecieron entrecerrarse y todo su rostro se encogió por la mitad. Su expresión desnuda finalmente reveló su dolor, su angustia.

—A partir de cierta edad —prosiguió—, el matrimonio se basa en un acuerdo tácito. Cada parte ve lo que la otra tiene para ofrecer y decide si dicha asociación tiene o no sentido. Yo le aporté a Leni riqueza, protección, una vida cómoda. Ella me aportó belleza, juventud, humor. Leni era muy alegre, muy divertida, ya sabe usted.

Beewen, quien decididamente ya no temía jugar a la sinceridad, preguntó:

—Pero... ¿la amaba?

—*Hauptsturmführer*, se equivoca. La Alemania nazi ya no tiene conexión alguna con el amor. Es usted de la Gestapo, ¿no?

—Exacto.

—Usted sabe mejor que nadie que Alemania no es un país en el sentido habitual. Es una máquina de guerra, una mecánica imparable, que funcionará sin retroceder hasta su fin. También resulta bastante singular que mentes, digamos..., tan atormentadas como las de Hitler o Göring hayan sido capaces de poner en marcha engranajes tan eficientes.

No esperaba un discurso así. Había enviado a varios a la KZ por menos de eso. Finalmente, el Señor Espejuelos era un ser extraño, funcionario por fuera, filósofo por dentro.

Por cierto, Beewen adivinó por qué Leni se había casado con este hombrecito. Estaba cuadrando el círculo: rico como un nazi, inteligente como un preso político. Un ave rara, de verdad.

—La habitación de Leni está en el primer piso, justo a la derecha de las escaleras.

Franz se puso de pie, tratando de no hacer chirriar el cuero de su uniforme. No era tarea fácil.

Caminaba hacia la puerta cuando Lorenz lo llamó:

—*Hauptsturmführer*...

Beewen se dio la vuelta. El hombre se había vuelto a poner los espejuelos, pero sus cristales estaban empañados.

—Encuéntrelo, *por favor*. Encuentre a esa basura y aplique sobre él, sabiamente por una vez, sus famosos métodos.

27

Al adentrarse en el dormitorio de Leni, Beewen se percató de que era ella quien había decorado el resto de la casa. Las figurillas de vidrio hilado, las jarras de cerveza, los tapetes, todo era ella. El viejo banquero debió hacer construir esta casa tan arquitectónica, con la cabeza llena de ideas modernas, para luego rendirse ante la adorable Leni, a quien había dejado que masacrara su sueño de esteta con sus baratijas y su tienda de recuerdos.

La habitación parecía una caja de dulces llena con pastillas de color lila. La pequeña libertina, que sin duda alguna había conocido la vida desde todos los ángulos, había seguido siendo, sin embargo, una dependienta de tienda cuyo corazón asemejaba un cojín en terciopelo rosa. El candelabro de cristal, la cama de dosel con cortinas festoneadas, el papel tapiz a rayas púrpuras, las lámparas con pantallas color fucsias, todo un cuento de hadas de secretaria. Y como si aquello no fuera suficiente, un fuerte olor a madreselva hacía que el aire de la habitación resultara irrespirable.

Ante la vista de esta habitación que llevaba el mal gusto al grado de competencia, Franz Beewen sintió que la emoción lo estrangulaba. Imposible no asociar este nido de amor con las imágenes del Tiergarten, con la mujer guardada en paquetes de sangre coagulada, con el vientre abierto como una bolsa.

Ante la idea de rebuscar en este capullo, al oficial de la Gestapo lo asaltó una especie de pudor, una tímida vergüenza. Sin embargo, se colocó los guantes de piel. Comenzó con una primera revisión general. En las paredes, Leni había colgado carteles de espectáculos. Reseñas de Cabaret donde quizás había interpretado un pequeño papel. Había fotos de Leni en la cómoda, con un vestido de verano, con un sombrero de paja, sentada en un bote, con ropa de esquí, riéndose a carcajadas, probablemente en Garmisch-Partenkirchen o en la Selva Negra…

Parecía que le gustaba su propia imagen y Franz admitió que era difícil ubicar el punto fuerte de su belleza, pero digamos que esta habitaba en su mirada, en la línea de sus cejas, en la luz de los iris rodeados por las pestañas que encabezaban la lista. El resto fluía de la fuente: nariz perfecta, boca exquisita... Volvió a su mente la cara manchada del Tiergarten —incluso muerta, Leni había seguido siendo hermosa.

Abrió los cajones de la cómoda. Llena de ropa interior de seda, vaporosos encajes, cosas que ni siquiera podría decir si eran para la parte de arriba o de abajo, o si estaban del lado derecho o del revés. Sin embargo, cuando enterró su mano entre aquellas ropas, tuvo la sensación de sumergirse en un estanque de carpas rosadas y plateadas, aún vivas, escurridizas.

No encontró nada.

Tampoco en el armario. Inspeccionó cada mínimo rincón y cada grieta, levantó cada objeto, no pasó por alto ningún punto ciego. Nada. Fue al baño. Paredes de mármol, lavabos y bañeras de porcelana, suelos de mosaico… Todo inspirado en un estilo de renombre, el *art-decó* o el *art-nouveau*, no sabía diferenciarlos.

Lo que le interesaba era abrir los cofres, palpar las tejas, deslizar los dedos detrás de la estufa de mampostería. Más fontanero que arquitecto, más obrero que decorador. Aún nada.

Volvió al dormitorio y se miró en el espejo del tocador. Estaba todo sonrojado, chorreaba sudor. No se había quitado la chamarra y se moría de calor en aquella habitación demasiado perfumada. Un bruto en un mundo de dulzura...

Solo entonces notó la pequeña chimenea cercana a la ventana, medio oculta por las cortinas. Se acercó: la hoguera estaba cerrada, como siempre solía estarlo en verano, por una placa de hierro fundido. Se arrodilló y trató de abrirla.

Sin resistencia: como era lo habitual. Un olor a hollín frío le picó en las fosas nasales. Debajo de la rejilla de la portezuela de leña, en el depósito de cenizas, notó un brillo coloreado que se destacaba sobre los restos grises. Al principio pensó que Leni había quemado un objeto a toda prisa, el cual no se había terminado de consumir.

Estaba equivocado. Era una caja de bombones de Erich Hamann, una famosa confitería en la Kurfürstenstraße. Con cuidado, Beewen recuperó la caja de hojalata, la sopló e, incluso con más cuidado, la abrió.

Contenía cartas y fotos.

Las fotos mostraban a Leni en el atuendo más sencillo: en traje de gala, es decir, con plumas en el pelo y medias que le llegaban hasta la mitad del muslo, o enteramente desnuda, completamente blanca, como ofreciéndose desde su lecho de princesa.

Beewen observó que la silueta concordaba con el rostro: perfecto, escandaloso, una verdadera ofensa para el grueso de los mortales.

Hojeó las cartas que, oh sorpresa, no eran de amor. Todas estaban firmadas por Willy Becker y el tono más bien delataba una hermosa y franca amistad.

Leni la desnudista y Willy el chulo nunca habían formado una pareja en el sentido marital del término. Por otro lado, su complicidad se traslucía en cada línea. También había cifras dispuestas en columnas, cálculos de boticario. Leería aquello con la cabeza más descansada ya que, por el momento, no había forma de saber quién le debía dinero a quién y en qué dirección circulaban los marcos.

Franz se guardó las cartas en el bolsillo y, tras algunas dudas, decidió lo mismo con las fotos. Antes de hacerlos desaparecer en su bolsillo, los revisó nuevamente y se topó con una imagen que se le había escapado la primera vez.

Mira mira…

Leni estaba de nuevo con su traje de Eva, pero esta vez acompañada. Su amante, también desnudo, tumbado junto a ella (habían usado el disparador automático de la cámara), se había puesto los espejuelos de su marido, mientras que Leni, hilarante, llevaba un bombín.

Beewen no tuvo problemas para identificar a Simon Kraus y el lugar donde se había tomado la foto: la habitación púrpura en la que se encontraba ahora.

Estos dos cabrones estaban teniendo sexo por la tarde en la mansión de Lorenz mientras el banquero, tan estúpido como todos los cornudos, se afanaba en su oficina para proveer con su dinero a la Señora.

Un acre chorro de odio le quemó la garganta. Odiaba cada vez más a ese gnomo rompecorazones. Un depravado de la peor calaña que no respetaba nada. Un hombre brillante, tal vez (según Minna), pero degenerado, corrupto, sin el más mínimo valor.

Al mismo tiempo, sintió cierta satisfacción. El estúpido empezaba a encajar bien en la escena.

—Tú, cabrón —murmuró Beewen—, todavía tengo varias cosas que hablar contigo…

28

La autopsia era el momento de la cruda verdad. No más ropa, no más sangre, no más hojas muertas para ocultar las mutilaciones insoportables y los huecos profundos. Lo limpio, lo blanco, lo negro. La fría brutalidad del asesinato.

En el anfiteatro, Leni Lorenz ya no tenía nada humano. Ya no poseía la más mínima pizca de intimidad o misterio. Ahora era un bloque orgánico, como si hubiera sido tallado en una cantera de carne helada. Una forma clara y precisa. Mineral.

Franz no era especialista en autopsias. Por lo general, cuando acudía a la morgue del Hospital de la Caridad era para encubrir algún asesinato cometido por uno de sus hombres. No entendía la jerga de los médicos y no le interesaba en absoluto.

Ni siquiera conocía esta habitación ovalada, parte de la cual estaba ocupada por una serie de gradas y la otra por ventanales que revelaban los jardines del hospital —más bien un parche de maleza bastante densa, con árboles muy juntos, que ocultaba cualquier otro horizonte—. Sin duda alguna un anfiteatro donde los estudiantes asistían a conferencias. ¿Qué hacía el cuerpo de Leni aquí? ¿El cadáver iba a ser objeto de una lección especial? Imposible. Este cuerpo era un secreto de Estado. Un vestigio que, bajo el reinado autoritario del Tercer Reich, no existía.

La primera herida que saltó a su vista era la que dejó el asesino cuando le cercenó la garganta de oreja a oreja. Había sido enjuagada, limpiada y tenía un borde con muescas curiosas (como la sonrisa de los espantapájaros con los que su padre se entretenía cuando él era niño).

A continuación, la herida más baja, de al menos treinta centímetros de largo, la cual cortaba de un lado al otro de la cadera. La piel del vientre, flotando, dejaba suponer que no había mucho más ahí debajo.

Finalmente, una veintena de heridas en el tórax y los brazos. Beewen no las había notado debajo del vestido porque se habían realizado después de la muerte y no habían sangrado. Ahora parecían grandes sanguijuelas negras. Desde la garganta hasta el abdomen, el cuerpo de Leni estaba plagado de manchas como las de un lince.

Beewen estaba abrumado. Sí, era cierto, sabía de asesinatos, de torturas, de mutilaciones, pero era un asesino de la calle, un matón de la necesidad pública. De alguna manera siempre encontraba, en el fondo, una excusa para su violencia.

—Impresionante, ¿no lo cree?

Walther Koenig, larguirucho con su camisa blanca, parecía satisfecho con su trabajo, como un escultor con su nueva obra. Era el jefe del Institut für Rechtsmedizin del Hospital de la Caridad, el responsable de medicina forense. Al menos eso era lo que decía, en letras negras en relieve, su gafete.

En realidad, su trabajo era bastante distinto.

Incluso muerto, un hombre todavía tiene algo que decir. Walther Koenig estaba allí para silenciarlo. Empleado casi a tiempo completo de la Gestapo, le pagaban para escribir sus informes bajo el dictado de la policía secreta.

Por unos cientos de marcos, el médico había olvidado su juramento hipocrático y convertía a un hombre en bata de cama eliminado con dos balas en la nuca, en un culpable que había sido «abatido cuando intentaba huir», o a un hombre torturado que todavía presentaba marcas de quemaduras de hierro en un «ahogado accidentalmente».

En el Hospital de la Caridad, el verdadero servicio de emergencia era el de los permisos de entierro. Se firmaba el informe y rápidamente se fijaba la tapa —si se podía incinerar, era incluso mejor.

El jefe borrador, Walther Koenig, era un hombre cortés y amigable. Siempre sonriente, siempre una pregunta sobre tu salud, tu familia, nada que ver con su siniestro oficio de embalsamador administrativo.

Comenzó su presentación como si se tratara del inicio de una conferencia —tenía una pequeña cabeza de ave que descansaba sobre un cuello largo y curvo—: La causa de la muerte es el corte en la garganta. El asesino atacó a la víctima por la espalda, la sujetó por el pelo (era más alto que ella) y le tiró la cabeza hacia atrás. Luego cercenó la zona de la laringe y la tráquea, cortando el cuello como lo habría hecho con un animal.

Koenig se acercó al cadáver.

—En cuanto a la región pélvica, primero cortó una gran superficie de piel y metió las manos en la cavidad… Levantó, con dos dedos enguantados, la carne del vientre. Beewen desvió la mirada, pero tuvo tiempo de ver los músculos purpúreos, fibras negras, huesos pálidos. Incluso un neófito podría entender que el asesino había «vaciado» la herida, en el sentido estricto del término.

—Le quitó todos los genitales, el hígado, parte de los intestinos y el estómago…

—¿Está en el negocio? Es decir, ¿se trata de un médico?

—O de un carnicero. O un cazador. Conoce la anatomía de los mamíferos. La forma del corte...

—¿Por qué está haciendo esto?

La pregunta se le había escapado a Beewen.

—No tengo idea —Koenig señaló con el dedo índice ensangrentado a Beewen—. Ese es tu trabajo. Después de todo, es un tanto tu especialidad en la Gestapo, la psicología.

Beewen ignoró el sarcástico comentario.

—¿Qué puedes decirme sobre el arma homicida?

El doctor comenzó a dar vueltas cerca del cuerpo, como un centinela en sus rondas.

—Una hoja fina. Treinta centímetros de largo, nueve de ancho. Nuestro asesino es diestro.

—¿Es lo mismo en todos los casos?

—Sin duda alguna.

—¿Tienes idea del tipo de cuchillo?

—Tengo algo mucho mejor que eso. ¿Me permites?

Estirándose por encima del cadáver, tomó por la empuñadura la daga de cadena de Beewen. El oficial de las SS no tuvo tiempo de detenerlo.

Inmediatamente, con un gesto de repulsión, el médico forense clavó el puñal en una de las heridas del pecho. La hoja se acopló tan perfectamente que Beewen pensó en una morena adentrándose en su rocosa grieta.

—¿Qué es lo que…?

Koenig sacó la daga y se la devolvió a Beewen, con la empuñadura por delante. El nazi corrió a un fregadero para enjuagarla. Estaba sudando, angustiado. Incluso se dio un golpe de agua en la cara.

—Tu hoja coincide perfectamente con la profundidad y la forma de la herida —continuó Koenig en tanto Beewen volvía a su lado—. Hay algo aún más confuso. Mira aquí…

Reclinado, el forense lo instó a que se acercara.

—Puedes notar que, a cada lado de cada herida, hay dos pequeñas marcas verticales, perpendiculares al corte. Cualquiera que haya mirado de cerca una daga de las SS sabe que la parte inferior de la empuñadura tiene, a cada lado de la hoja, dos muescas.

Beewen nunca había entendido la razón de estas.

Dejando al lado su repugnancia, se acercó. Indiscutible: cada herida de Leni estaba enmarcada por estas marcas, dos a la derecha, dos a la izquierda.

Una daga de las SS como arma homicida, aquello no era poca cosa. Beewen aún recordaba el rito de iniciación durante el cual le habían dado su daga. Había tenido que hacer un juramento a la luz de las antorchas: «Te juro, Adolf Hitler, Führer y Canciller del Reich, lealtad y coraje. Te prometo solemnemente a ti, y a los que me has dado por gobernantes, obediencia hasta la muerte, con la ayuda de Dios».

—Cuando hice la autopsia del primer cuerpo —prosiguió Koenig—, no estaba seguro. Y sinceramente no quería tener razón... Pero cuando Margarete Pohl llegó aquí, hice una prueba práctica. No había duda alguna. El ancho de la hoja, su largo, las cuatro muescas alrededor de la herida muestran que el asesino de estas mujeres usa una daga de las SS.

Imposible imaginar que alguien le robara su daga a un oficial de las SS o que alguien pudiera extraviarla. Más que un arma, era... un objeto litúrgico. «Este es mi cuerpo, esta es mi sangre».

—Ya se lo había dicho a Wiener.

—¿Desde el primer asesinato?

—No, después de la autopsia de Margarete Pohl.

—No leí nada al respecto en tu informe.

Koenig se echó a reír.

—No te hagas el tonto, Beewen. Este no es el tipo de información que se deja rondando por ahí, especialmente por escrito. También le aconsejé a Wiener que tuviera cuidado. En mi opinión, no escuchó mi consejo porque desapareció de la noche a la mañana.

—¿Has tomado fotos de las heridas?

—No aún.

—Hazlo ahora mismo y deshazte de todas mis huellas. Tan pronto como esté listo, notifícaselo a Dynamo.

A pesar del frío de la habitación, Beewen sudaba bajo el uniforme. Un asesino de las ss. *Maldita sea.* Era la oportunidad perfecta para conseguir el ascenso, o para acabar en el fondo de un hoyo. Todo dependía de cómo gestionara la información.

—Espero tu informe lo antes posible. Ni una palabra a nadie.

—¿Sobre la daga, quieres decir?

—Sobre todo. Nadie debe saber que Leni Lorenz fue asesinada.

—Me han dado las mismas instrucciones para las otras dos.

Beewen se quitó el guante, metió la mano en el bolsillo y recuperó un puñado de marcos que deslizó en el bolsillo superior de la bata del médico.

—Bien, mantén el pico cerrado y seguirás con vida.

29

Al caminar por los jardines del hospital, se llenó los pulmones del olor a tilos y castaños que parecían languidecer en las cuatro esquinas del patio central.

Un asesino de las SS.

No podía quitarse aquellas palabras de la cabeza. La advertencia que le había hecho a Koenig era válida para él mismo. Debía mantenerse bien resguardado este descubrimiento hasta estar seguros de poder tenerlo todo bajo control.

Escogió una banca y, tras observar los alrededores, se acomodó: ni una rata en los jardines. Aspiró una vez más los pesados perfumes y observó los edificios del Hospital de la Caridad. Toda en ladrillo rojo, con torreones y escalones, la fortaleza tenía el falso aire de un edificio flamenco. Recordó que se había construido en el siglo XVIII para protegerse de la peste…

Le vino a la mente una frase de Perninken: «Cuando haya identificado con certeza al culpable, exijo que me haga un informe lo más preciso posible… Quiero decir: antes de que lo hayas arrestado».

El *Obergruppenführer* ya sabía que el asesino era de las SS. Había sido él quien había menospreciado las conclusiones de Koenig en torno a Margarete Pohl. También había eliminado a Max Wiener. Ignoraba quién era el asesino, pero la información ya era todo un tabú. Por eso se había puesto a la Gestapo en el asunto: en cuanto a la discreción, se podía contar con ellos.

Y también para entregar las cosas presentables, *post mortem*.

Cualquiera que descubriera la identidad del asesino seguramente sería ejecutado. La Orden Negra solo conocía un método para guardar un secreto.

Pero Beewen sería más inteligente. Primero, porque estaba familiarizado con el sistema. Segundo, porque por más de quince años había sido partícipe de los trucos sucios de las SA o las SS. Él sabría cómo manejar este material altamente tóxico.

Resumamos...

El asesino, probablemente un oficial de alto rango, vio a estas mujeres durante una cena, una gala o incluso durante una reunión en el Adlon. Una tras otra, las fue eliminando. Fuerte en su posición y en sus rangos, logró ganarse su confianza y las atrajo a su trampa...

Era demasiado pronto para adivinar un motivo, y Beewen no tenía suficiente imaginación para ello, pero ahora tenía una pista concreta: el arma homicida, o al menos su modelo.

Gracias a esta, podía seguir el rastro hasta su dueño... Finalmente, aquella revelación no resultaba ser un problema, sino una solución. Cuando vio la daga penetrar en la negra herida, comprendió de inmediato que aquella imagen resumía su propia situación —un indicio que le sentaba como anillo al dedo, una culpa que serviría a sus planes.

Primero, identificar al culpable y guardar el secreto para sí mismo. Sin detenciones, sin informe, nada. Luego, con cautela, susurrar el nombre del culpable al oído de Perninken con la ventaja añadida de una estrategia para resolver este asunto de la forma más discreta posible.

Nadie querría un arresto por asesinato en las SS. Nadie querría ver el nombre de un oficial manchado con tales acusaciones. Todos los miembros de las SS, sin excepción alguna, eran asesinos, pero había formas para hacerlo. Ir a degollar a mujeres en un parque, a las esposas de importantes nazis, eso no era posible.

¿Qué faltaba? Una eliminación discreta... Beewen podía manejarlo, y vaya que sabía cómo hacerlo. Iba a ofrecerle a Perninken ocuparse él mismo del culpable; cerrar el caso, por así decirlo, por su cuenta.

Cerró los ojos y se estiró en su asiento. Finalmente, quizás podría salir de la trampa.

30

Desde su carretilla, Minna von Hassel veía la vida en rosa. Era el tinte del crepúsculo sobre las tierras secas alrededor del asilo de Brangbo (había colocado su sillón improvisado en las afueras del lugar), y los reflejos del coñac que ella había estado bebiendo desde hacía más de una hora.

Hacía un poco de frío y Minna se había enfundado bajo una manta a cuadros. La hora mágica. La hora de la tregua. Los pacientes ya habían cenado, y se iban a dormir. La locura se había calmado un poco. Y por Dios, el día no había sido tan horrible… En cualquier caso, no más de lo habitual.

Había usado su labia para tranquilizar a las familias desorientadas que la visitaban: la guerra se acercaba, las bombas iban a lloverles, ¿qué iban a hacer con los enfermos? Hans Neumann, por su parte, se recuperaba de las inyecciones y se incubaba en su celda. El nido de serpientes había estado bastante tranquilo. En cuanto al padre de Beewen, tenía muchas ganas de verla para explicarle una vez más su historia del gas en las tuberías. Solo rutina...

Se sentía satisfecha, había llegado un nuevo suministro de morfina y pastillas para dormir. Un milagro. Y algunos agricultores locales habían decidido venderle el fruto de su cosecha. Tal vez podría terminar manejando Brangbo como un instituto normal... Ahora estaba allí, estaba bien, sus fosas nasales saturadas por el olor a tierra y hierba cortada, frente a los campos recién cosechados que ofrecían una superficie negra moteada con briznas de paja. Por supuesto, a través de los tragaluces de la muralla circundante, a través de las rejas de la puerta, había unos cuantos enfermos que la miraban, lanzándole obscenidades o frases incomprensibles, pero ya estaba acostumbrada: era parte de su vida diaria. Eran sus pacientes, sus hijos, sus puntos de referencia. De repente, un detalle vino a perturbar la perfección del momento: una nube de polvo se levantó en el horizonte. La diligencia que se aproxima, o una horda de indios cheyene sedientos de sangre. Menos mal que Minna llevaba aún puesta su chamarra vaquera.

La columna de humo se aclaró. Salió de su carretilla, escondiendo la botella de coñac entre los pliegues de su cobertor. Con la mano sobre sus cejas, divisó la escena, esperando ver qué saldría de la nube.

Distinguió con sorpresa un sidecar, un BMW R12, modelo militar, más como de una primera juventud. Primero entró en pánico: las SS caían sobre ella. Pero al mirar más de cerca, vio que ni el piloto ni el pasajero llevaban casco militar. Al fin se encontraban a solo unas decenas de metros de distancia, llegando entre un tumulto de sonidos de motor y humo.

El primero apagó la marcha y el segundo se desprendió con trabajo de la cesta del sidecar. Era un hombre fornido, de poco más de un metro y sesentaicinco centímetros de estatura. Se levantó las gafas de moto y se quitó el casco de cuero. Llevaba, como el hombre a cargo, un largo abrigo negro y eso no presagiaba nada bueno —uno de los atuendos favoritos de la Gestapo.

Mientras se asentaba el polvo, el hombre se quitó el abrigo de piel y lo dobló para meterlo en la parte inferior del asiento del pasajero. Iba vestido con una chaqueta militar abierta sobre el vientre, pantalones de montar y botas desteñidas por el polvo. Con cuidado, se colocó unos pequeños lentes y se enfiló hacia ella.

Caminaba como un toro, con las piernas arqueadas, los hombros pesados, la cabeza gacha como si llevara un yugo. Cincuentón, con un estómago que valía su peso en chucrut, era pelirrojo y lucía un aire jovial que parecía incorruptible.

Debajo de sus lentes redondos que parecían dos burbujas de vidrio, se podría haber pensado que se trataba de un personaje de un libro infantil. La tez de zanahoria, el aspecto de felicidad que ostentaba, en medio de una cara regordeta enmarcada por anchas patillas, una nariz abultada que curiosamente terminaba en una bolita más oscura, casi morada.

Él la saludó como si se conocieran desde siempre, con una sonrisa flotando de oreja a oreja.

—¡*Fräulein* Von Hassel!

Ella dio un paso adelante, con movimientos vacilantes —vaya que había abusado del coñac.

—Soy yo.

Optó por un largo apretón de manos, un gesto sorprendente para un militar, incluso para uno desaliñado. En aquellos tiempos, se prefería el saludo donde se estiraba el brazo con una fuerza tal como para desenganchar el hombro.

—Soy el profesor Ernst Mengerhäusen.

—¿Qué puedo hacer por usted?

Sintió su propia mano, flácida en la garra del animal. Ahora, él estaba a solo unos centímetros de ella. Detrás de sus gafas, sus ojos negros y móviles evocaban las pepitas de una sandía.

—Dirijo el Comité de Higiene y Ética de los Hospitales del Reich.

—No sé lo que es.

El hombre dio un paso atrás y, al igual que Minna momentos antes, ocupó su mano a manera de visera como para detallar mejor el campo en ruinas que ella insistía en llamar «instituto».

—Somos los responsables de verificar las condiciones sanitarias de los hospitales en Brandeburgo.

—¿Usted son... alienistas?

—En absoluto —se rio entre dientes—. ¡Ginecólogo y obstetra!

—No veo la conexión con...

—Es sencillo. En un principio, empezamos con los departamentos de obstetricia de hospitales públicos y maternidades privadas. Ahora las autoridades del Reich nos han confiado la inspección de otros sitios.

Ahora, Minna estaba completamente sobria. Siempre había temido una visita de este tipo. Era imposible que la dejaran así, sola, en su agujero. Iban a cerrar Brangbo.

Por reflejo, miró al motociclista, quien se encontraba fumando, apoyado en su máquina. Un verdadero hombre del cuartel, tipo guardaespaldas, pero con cabeza de intelectual, lentes cristalinos y un mechón bien peinado hacia un costado. Estos dos visitantes eran extraños.

—¿Desea usted... entrar?

—Le agradezco, pero no. Los informes que hemos recibido hablan por sí solos.

—¿Los informes?

—Padres de internos, principalmente.

Minna sofocó una maldición: ella, que sudaba sangre y agua para ofrecer una vida digna a sus pacientes, que recibía todos los días a estas familias llorosas, ella, había sido denunciada como una vulgar contrabandista de cigarros a modo de agradecimiento.

Mengerhäusen seguía sonriendo. Su abundante cabello y sus altísimas patillas formaban una suerte de espuma alrededor de su rostro como si se tratara de cerveza roja.

—No se desilusione —le dijo en un tono afable—. Las familias siempre son ingratas. Solo ven el vaso medio vacío.

En su caso, el vaso llevaba ya mucho tiempo roto y este hombre le iba a decir que solo le quedaban unos cuantos días para barrer los fragmentos.

—Le he traído algunas fotos —agregó, sacándose un pañuelo arrugado de debajo del brazo.

Primero se encargó de desempolvar la cartera y luego la sopló. En tanto aparecía poco a poco el color gamuza, a Minna le llamó la atención la similitud en el tono de su cabellera. *Un hombrecito de cuero.*

Metió la mano en la cartera y sacó una serie de imágenes. Representaban un edificio imponente, de inspiración barroca, plantado en medio del campo.

—¡El castillo de Grafeneck! —exclamó él—. Cerca de Gomadingen, Alta Suabia.

—¿Y qué con ello? —preguntó ella con frialdad.

—La providencia me ha enviado, Minna. Puedo llamarte así, ¿no? Inicialmente, el castillo era un centro de acogida de discapacitados, pero lo hemos reformado por completo para recibir nuevos pacientes.

—¿Qué tipo de pacientes?

Mengerhäusen señaló con la barbilla la muralla en ruinas cuyas claraboyas parecían adornadas con gárgolas naturales —los locos que, a través de los barrotes, se desenganchaban para intentar ver qué ocurría.

—¡Enfermos mentales!

Minna no respondió. Su cabeza daba vueltas. Sentía que la angustia se expandía en su interior y la impregnaba poco a poco. Este hombrecito era un mensajero de la muerte.

—Finalmente, aceptaré su invitación.

—¿Mi invitación?

—Vayamos adentro.

Autoritariamente tomó las imágenes de sus manos y se dirigió hacia el recinto. Minna hizo lo mismo. Esperaba que la mayoría de los pacientes ya estuvieran en la cama y que la huerta no tuviera el aspecto habitual de la Corte de los Milagros. Por desgracia, muchos enfermos todavía estaban allí, deambulando entre los arbustos mal podados y las plantas abandonadas.

Mengerhäusen pareció no verlos. En cambio, vio una mesa de jardín de hierro pintado de blanco, cuyas patas estaban medio hundidas en la tierra blanda. Tomó una silla de metal para acomodarse. Minna lo imitó.

—¿Quiere usted un café o alguna otra cosa? —preguntó dubitativa.

—Gracias, estoy bien.

Ya había colocado sus fotografías en la mesa frente a él.

Por el rabillo del ojo, Minna percibió a otros dos pacientes, sin camisa, caminando con la nariz en el aire.

—Esperamos ropas nuevas —aventuró.

Pero nada de aquello parecía interesar a Mengerhäusen en absoluto. Que el Asilo Brangbo era un pozo negro e inmundo apenas apto para el ganado, era un hecho aceptado. Esta siniestra farsa era cosa del pasado. Había venido a hablar del futuro.

—Te he traído una lista —confirmó él, sacando algunas hojas engrapadas de su cartera.

Con dos dedos, ella tomó el documento y lo miró. Inmediatamente reconoció los nombres.

—Pronto organizaremos un primer traslado. A estos pacientes los recogeremos en unos días, en autobuses especialmente diseñados para tal fin.

—¿Va a transferirlos a… (señaló las imágenes sobre la mesa)… su castillo?

—Exactamente. Vivimos en una época especial, Minna, no es ningún secreto. Si se declara la guerra, tendremos que proteger a nuestros pacientes. Es nuestro deber como médicos. ¡Después de todo, no ha olvidado su juramento hipocrático!

La escena resultaba casi grotesca. El grotesco nazi, de quien cada palabra significaba su opuesto, donde cada gesto, cada expresión era consumadamente cómica, excepto que el tema del espectáculo era siempre el mismo: la muerte.

—Estarán mucho mejor en Grafeneck. Mire. Cómodas habitaciones. Baños impecables. Enfermeras sonrientes. ¡Sin mencionar una comida saludable y deliciosa!

—¿Va a matarlos?

La frase se le había escapado. Los peores rumores volvían ahora a su memoria. Los nazis odiaban a los lunáticos. A sus ojos, solo había una solución para ellos, y esa solución era definitiva.

Mengerhäusen mostró franca sorpresa, una expresión estudiada que constaba en cejas vueltas pequeños puentes y una boca en «o». Luego se echó a reír, sacudiendo la cabeza, como si dijera: «Nunca me habían preguntado tal cosa».

Palpó los bolsillos de su chaleco, sacó una pipa larga de marfil amarillento y una bolsa de tabaco, luego, con gestos pacientes y suaves, comenzó a prepararla.

—¿Fuma usted?

—Un poco.

—Usted se equivoca. —Encendió su pipa, levantando densas nubes de humo, luego continuó en tono de alerta—: Pero, ¿qué está buscando, *Fräulein* Von Hassel? Son asombrosas las ideas que circulan en su linda cabeza.

Las primeras bocanadas de tabaco parecían haber acentuado su tez de zanahoria. Por un segundo o dos, se quedó mirando la pipa entre sus pequeños dedos.

—Bonito objeto, ¿no? —fijó sus negras pupilas en Minna—. Lo tallé del fémur de un soldado francés en las trincheras, entre uno y otro asalto, teníamos que mantenernos ocupados...

Minna se quedó estupefacta, sin saber qué responder. Este hombre actuaba como un rápido veneno. Con cada segundo, su efecto tóxico incrementaba.

Se rio de nuevo y se golpeó el muslo con alegría.

—Es broma, por supuesto.

Recobrando la seriedad, de repente tomó un tono grave:

—Sin embargo, su comentario es interesante. Existe esta hermosa idea de que todas las existencias son iguales. Es hermosa, pero errada. Por ejemplo, ¿de qué vale un destino sin meta, sin realización? ¿O, peor aún, una vida de sufrimiento, sin esperanza de mejora? Aquello no vale nada, Minna. Más aún, cuesta… Les cuesta a otros, a quienes trabajan, a los que forman una familia. ¿No sería una especie de deber atajar tanta inutilidad, tanto dolor?

Los matarán. Todos los rumores son ciertos…

—Es a Dios a quien le corresponde decidir sobre la muerte de los seres humanos —respondió ella—. Estamos aquí para preservar la vida, sostenerla, mejorarla. El juramento hipocrático, lo ha mencionado usted. Es nuestro deber absoluto, y además, coincide con el mensaje de amor de las Sagradas Escrituras.

—Sus convicciones cristianas la honran, Minna. No esperaba menos de una von Hassel. Pero precisamente retomo la palabra. ¿No se lee en el Evangelio de San Mateo: «Bienaventurados los pobres de espíritu, porque de ellos es el reino de los cielos. [...] Bienaventurados los mansos, ¿porque ellos heredarán la tierra...?». ¿Acaso no es nuestro deber acortar este sufrimiento en la Tierra, acelerar la liberación de este pueblo desdichado? Les espera una feliz eternidad...

Minna se sintió pesada, entumecida. Como suele suceder a veces cuando se bebe alcohol en el almuerzo. Ahora estaba experimentando una segunda ola; ya no una intoxicación, sino una especie de languidez del cuerpo y del alma. Ella solo quería dormir, allí, ahora, tal vez incluso debajo de la mesa.

—Mire el archivo —continuó Mengerhäusen, como si sintiera que estaba perdiendo a su interlocutora—. Considere las fotos. Lea el folleto. (Paseó su mirada por los jardines desolados que los rodeaban.) Creo que sus pacientes se sentirán mejor allá que aquí.

Como una puntuación perfectamente sincronizada, la motocicleta afuera comenzó a petardear. Mengerhäusen se levantó y recogió su cartera. Ni una palabra sobre el número de sus pacientes o las patologías tratadas entre estos muros. Ninguna curiosidad sobre los métodos o resultados de Minna.

Había venido a advertirle, eso era todo.

—La mantendré informada —aseveró—. Estamos en proceso de alquilar autocares. Todo sucederá como sabemos hacerlo. ¡A la perfección!

Lo vio irse, encorvado, con las piernas arqueadas, agitando la mano como si se despidiera de un niño en el andén de una estación de tren.

Lo vio de nuevo, a través de las puertas del pórtico, desaparecer en una nube de polvo; él, su moto, su enigmático piloto y sus funestos proyectos.

Miró a su alrededor y se dio cuenta de que había bastantes personas enfermas deambulando por los jardines. Le llamaban a aquello el «paseo nocturno». Pronto, Albert y sus acólitos iban a sonar su retirada.

Un día más, un día menos en el hospital de Brangbo.

Consideró la lista que aún tenía en sus manos. Y se echó a llorar.

31

MIRIAM WINTER
WERNER STEIN
HANS SCHUBERT
CONRAD GROTH
KATRIN DISSEN
ALEXANDER HOFFMANN
RUDOLF GOETTER
SEBASTIAN RITSCH
LUDWIG WERNINGER…

La lista seguía así, despertando recuerdos, imágenes y mucha desesperación. Esta recapitulación de treinta nombres incluía esquizofrénicos, personas con síndrome de Down, retrasados, paranoicos... Su manicomio no era un hospital psiquiátrico en el sentido clásico del término, sino un cajón de trebejos o incluso, si se prefería la maldad, un basural... La vocación del manicomio no era atender a estos enfermos y menos curarlos, simplemente mantenerlos apartados.

Después de secarse las lágrimas, Minna razonó consigo misma. Lo que estaba pasando ahora había estado en el aire durante años. Aquella campaña para aniquilar a los enfermos mentales había salido de la nada desde 1935, y las Leyes de Nuremberg pugnaban explícitamente por la esterilización de los discapacitados, de los dementes, de todos aquellos a quienes los nazis consideraban anomalías de la naturaleza. Entre la esterilización y la ejecución, solo había un paso. Uno muy pequeño...

En el cine, Minna había visto esos cortometrajes de propaganda que pasaban antes de la película, y cuyo mensaje era claro. *Leben ohne Hoffnung* («Vida sin esperanza»), que exhibía aturdidos monstruos, risueños seres deformes con la cabeza rapada, aferrados a la valla de los recintos, como en un zoológico. *Opfer der Vergangenheit* («Víctimas del pasado»), que proyectaba obscenamente atrofiados rostros de enfermos, colocándolos en paralelo con jóvenes atletas de las Hitlerjugend (Juventudes Hitlerianas).

Lo que resultaba aterrador era la absoluta falta de piedad, de benevolencia, de aquellas imágenes. O incluso de vergüenza, ante ese deseo declarado de acabar con toda esa gente. A los ojos del poder, estos desafortunados ya estaban muertos.

Volvió a considerar la lista: el protocolo de eliminación estaba comenzando, y sobre ella recaía la tarea. *¡Scheiße!*

Se preguntó qué opción podría tener. ¿El Instituto Göring? Probablemente era esta asociación misma la que supervisaba el plan. ¿El Ministerio de Salud? Ahora estaba adscrito al Ministerio del Interior, ya que ahora todo estaba bajo el control del poder de las SS. Pensó en algunos de sus antiguos maestros; sin embargo, o bien eran judíos y habían desaparecido, o bien eran arios y se habían dado la vuelta en el 33.

«Las violetas de marzo...»

De repente, un nombre cruzó por su mente: Franz Beewen.

Era el único nazi que conocía y probablemente tenía algo de poder. En la Gestapo se sabía todo, se podía hacer todo.

Pero, ¿cómo convencerlo para que la ayudara?

Había presentido desde hacía ya bastante tiempo que ella era del agrado del centinela, pero esto no bastaría.

Volvió a mirar la serie de nombres y tuvo una idea.

Sí, era la única manera...

32

—Hola, queridito.

Simon Kraus, que se había acomodado en el atestado bar del Nachtigall, se dio la vuelta: Willy Becker, todo huesos y lentejuelas, estaba de pie frente a él. Un metro ochenta, cincuenta kilos que podían con todo, una carne larga y dura como la madera. Llevaba un esmoquin entallado de tafetán color vino con cuello de chal negro. Sus párpados estaban maquillados con kohl hasta la parte superior de las cejas.

—Si pudieras no llamarme así.

Willy colocó su larga garra en su hombro.

—Siempre con tu complejo liliputiense. ¿Qué has ordenado?

—Un Cosmopolitan.

Willy se reclinó —podía percibir un fuerte aroma a sándalo mezclado con otro aroma, indefinible, algo poderosamente masculino.

—Hermano, no debería decirte esto, pero esa es una bebida de maricas.

—Por eso lo sirven aquí, ¿no?

Willy hinchó el pecho, que estaba ahuecado y probablemente aún se encontraba infectado por la tuberculosis.

—Pero ¿qué crees tú? A mí me gustan los hombres, los de verdad, los duros, los tatuados.

Simon se echó a reír. El poeta, en el ojal de su vestimenta, había colocado una orquídea. En su chamarra burdeos brillante, esta flor sensual tenía algo de mortificante.

—Te conseguiré uno de esos —dijo, abriéndose paso entre la multitud.

En la década de 1920, Berlín había sido la capital europea del arte, del *music hall* y del libertinaje. En ningún otro lugar se podían encontrar tantos genios, cabarets o burdeles. Y todo esto a pesar de la miseria y el caos circundantes. Los golpes de Estado y las hambrunas podían haber llovido como granizo, pero cuando llegaba la noche, la ciudad caía en conmociones, transgrediendo toda moralidad en el proceso.

Durante sus estudios, Simon había experimentado el final de aquel periodo. Hoy, el nacionalsocialismo había pasado por encima y los héroes de la noche habían regresado a sus cuevas. Pero los incendios mal extinguidos persisten...

La Nollendorfplatz, en el distrito de Schöneberg, aún ocultaba algunas pepitas sombrías. El Nachtigall, por ejemplo, un lugar para homosexuales que había sobrevivido, solo el diablo sabe cómo, a la sombra del metro aéreo de la plaza principal.

Su dueño, Willy Becker, valía por sí mismo la visita al lugar. Bailarín, actor, escritor, homosexual, drogadicto, proxeneta y sinvergüenza. En otras épocas, había pasado sus horas doradas en cabarets literarios, actuado en películas de terror, bailado en multitud de espectáculos, escrito poemas en revistas oscuras, antes de convertirse en el representante de Anita Berber, famosa artista a la que le gustaba bailar desnuda dondequiera, y quien terminó muriendo en la pobreza, drogadicta y alcohólica hasta la médula.

La leyenda: Willy, borracho como un cerdo y tuberculoso como un poeta, había asistido al entierro medio desnudo, llorando bajo la lluvia, con una flor entre los dientes. En aquellos tiempos, había sido la comidilla de todo Berlín...

Pero, ¿por qué el pequeño Simon había arrastrado su linda y pálida apariencia a ese cabaret crepuscular aquella noche? Porque, tras la muerte de Anita Berber, Willy había encontrado una nueva pareja en la persona de Leni, también bailarina, menor de edad, pero no menos atrevida. Entre ambos debieron haber estafado a numerosos burgueses, hasta que Leni se sacó la lotería con el banquero Hans Lorenz.

Incluso ahora, las dos aves nocturnas formaban una sociedad, y una bastante sólida, puesto que era el viejo banquero quien financiaba el club del tuberculoso.

—Aquí tiene, señor —dijo Willy, dejando el vaso frente a Simon—. ¡Un *cosmo* cuidadosamente preparado para un invitado tan distinguido!

Sus grandes ojos de gato-búho observaban a Simon, quien reflexivamente encogía la cabeza entre sus hombros.

—Gracias.

—¿Qué te trae por aquí, mi polluelo? ¿Buscas alguna lindura?

—Quería ver cómo estaba Leni.

El otro respondió con un puchero desdeñoso.

—No la he visto en estos días, nos peleamos.

—¿Qué ha ocurrido?

—El hombre de los despojos, perdón, de los anteojos.

—Deberías comprenderla un poco —aconsejó Simon—. Todo el mundo sobrevive en Berlín lo mejor que puede y Leni no lo ha hecho tan mal.

—De todos modos, ese banquero… Su pene debe ser tan pequeño como un pfennig gastado.

—Quizás ese sea el gusto de Leni.

Tomó un sorbo. Ginebra, Cointreau, zumo de limón, sirope de frambuesa… Verdaderamente un asco.

Los músicos subieron al escenario. Saxofón, contrabajo, guitarra, platillos. Los artistas, que habían pasado de los cuarenta, vestían el uniforme de las Hitlerjugend. Camisa café, brazalete con esvástica roja, cinturón con cabeza de águila, pantalón corto y calcetas altas.

En verdad, Willy no conocía el miedo. Hoy en día, aquel tipo de bromas podían ponerte frente a un pelotón de fusilamiento.

—Despreocúpate —sonrió el dueño del lugar al notar la expresión ansiosa de Simon—. La mitad de los *warme Brüder* aquí son nazis. Es una vieja tradición que viene de las SA. Si Hitler tiene la necesidad de algunos gallos para defender su espacio vital, que venga a buscarlos aquí.

El Nachtigall era de hecho uno de los pocos lugares en Berlín donde se podía uno olvidar de los campos de esvásticas y las siniestras cortes de las SS.

—¿Entonces, ninguna noticia? —volvió a preguntar Simon.

—No.

—¿Desde hace cuánto tiempo?

—Una semana, diría yo.

Willy frunció el ceño de repente —era difícil distinguirlo bajo el telón de fondo de su maquillaje de cuarzo negro.

—¿Debería preocuparme?

—Para nada. Es solo que ella no asistió a su última sesión.

Volvió a probar el elixir de rosas. Willy tenía razón, en definitiva: la bebida de una mariposa. Demasiado dulce e, incluso, al final, francamente repugnante.

—Debe estar cansada de contarte historias obscenas y pagarte al final del *show*. Algo está mal con el psicoanálisis. Cuando uno va al teatro, es el espectador el que se queja, no el actor.

Simon asintió con benevolencia: si tuviera que escribir todas las críticas que se le hacían de frente sobre el método de Freud, podría haber llenado una biblioteca entera.

—De todos modos, todavía me gustaría verla. Como amigo.

—Vaya. Hablando de lobos...

Willy acababa de ver nuevos clientes atravesando las gruesas cortinas de terciopelo negro que cubrían la puerta principal.

—Discúlpame. Tengo que atender a la Casa Parda.

Simon siguió la mirada de Willy y reconoció, o creyó reconocer, figuras del régimen. Rostros que regularmente tenían el honor de aparecer en las páginas de los diarios comprados como el *Völkischer Beobachter* o *Der Stürmer*. Pero no había manera de recordar sus nombres. Había tantos...

Willy le gritó entre la multitud:

—¡Que lo pases genial a mi salud!

En aquel momento, el Hitlerjugend arrancó con *It Don't Mean a Thing If it Ain't Got that Swing*, desafiando cualquier cosa que pudiera tocarse en Berlín en aquel momento. Después del *Tar Paper Stomp* de la tarde, era realmente su día de jazz.

De inmediato, dandis de traje, señoras de pantorrillas fornidas, cabos de cuello marinero y pompones bermellón, andróginos de cejas depiladas y lápiz labial negro improvisaron una diminuta pista de baile entre las mesas para gesticular al compás de la música. Los gritos de júbilo se mezclaban con la estridencia del saxo.

Simon había arrastrado sus polainas por estos círculos el suficiente tiempo como para reconocer cada casta: los «chicos de piso», que se apresuraban en grupos entre los vestíbulos de los hoteles, los «chicos malos», vestidos con colores chillones, con los bolsillos llenos de afrodisiacos, los «chicos salvajes», sin un centavo o sin hogar, que merodeaban por el Museo Anatómico, cerca del Pasaje de los Tilos, y a los que se podía comprar por unos cigarrillos...

Se deslizó hacia las escaleras que conducían a los baños, yendo contra la corriente de las apretadas filas que se apresuraban hacia la pista de baile.

Becker no había escatimado en la decoración. Había tomado elementos de los cabarets de los veinte y había tratado de armonizar aquellos fragmentos en un *kitsch* puro. Paredes de lentejuelas evocaban vías lácteas, violentamente iluminadas por focos azules o morados, balcones moriscos ocultaban apartados, recortes de estuco en forma de cúpulas y minaretes sobresalían de las mesas, manteles bordados en oro y montones de cojines salpicaban la estancia. El Nachtigall quería ser moro, o turco, o árabe —o, en todo caso, lascivo y exótico—... Simon bajó al sótano. Una zona peligrosa para los chicos guapos. A ambos lados del corredor adornado con raso rojo, cuartos oscuros llenos de alcobas, colchones, hombres encimados...

—¿Qué demonios estás haciendo aquí? —eructó una voz, mientras el puño de un gorila lo inmovilizaba contra la pared.

Le tomó un segundo reconocer al mismísimo *Hauptsturmführer* Franz Beewen. El Koloss había cambiado su uniforme rúnico de las SS por un muy buen esmoquin negro y muaré, probablemente robado a algún judío. También se había hecho un peinado en capas, con sus rubios mechones cubiertos por una tonelada de brillantina.

—¡Responde! —gritó el Hércules de feria, con el puño en alto.

Simon apenas logró, si bien no respirar, al menos sonreír.

—¿Sabes que decía Freud? «La violencia es solo falta de vocabulario».

Más fuerte que el miedo, más fuerte que la razón, su manía por jugar a ser más lo había alcanzado de nuevo. Beewen soltó su puñetazo. Simon cerró los ojos. El choque se produjo cerca de su oído. Abrió los párpados. El nazi hacía una mueca de dolor tras golpear la pared.

El casi-tuerto lo soltó como quien devuelve un pez al mar.

—¿Qué estás haciendo aquí? —repitió—. ¿Eres un marica?

Simon se enderezó la chamarra.

—No demasiado, no. A mi parecer, los dos estamos aquí por la misma razón.

—¿Es decir?

—Leni Lorenz.

—Leni está muerta, pendejo.

Kraus lo resintió. Lo presentía ya desde esa misma tarde, pero la noticia le provocó un dolor agudo, en alguna parte de la región del hígado.

—¿Asesinada?

Franz Beewen asintió y apretó sus mandíbulas con fuerza. Parecía como si estuviese mascullando su «sí» como una nuez entre los dientes.

—¿Susanne Bohnstengel también? —preguntó Simon.

El ojo del Cíclope se iluminó con un feroz destello.

—Creo que tenemos cosas que hablar, tú y yo.

33

Después de quitarse los zapatos, se acomodaron en una alcoba tenuemente iluminada al borde de la gran arena sexual, una sala circular ocupada en el centro por una pista de baile. A su alrededor, se esparcían numerosos nichos, sobre los cuales colgaban pequeñas lámparas de aceite que evocaban luciérnagas obstinadas y viciosas.

Simon y Beewen, sin consultarse, habían vuelto la espalda a la pista y a las alcobas vecinas. Los muchachos se besaban de lleno en la boca, se tomaban en fila india o se saboreaban los unos a los otros, tal y como se saborea una serie de bastones de caramelo en el parque de atracciones.

Kraus prefería no imaginarse el cuadro que ofrecían estos dos juntos: un enano y un titán, ambos de esmoquin y zapatos de vestir, tiesos como candelabros, rodeados de homosexuales que fornicaban felizmente entre el olor a urinarios.

—¿Por qué mencionaste el nombre de Susanne Bohnstengel? —atacó Beewen.

—Porque ella también soñó con el Hombre de Mármol.

—¿Qué?

—Digo que ella también soñó con el Hombre de Mármol.

Simon se explicó. Si realmente quería seguir adelante con su investigación, necesitaba ayuda, y solo el hombre de la Gestapo podía darle un impulso tal.

Un gramófono tocaba canciones de Marlene Dietrich en alguna parte. Siempre había existido un vínculo entre aquellos melosos romances, cantados por una mujer con voz de hombre, y la melancolía homosexual. No habría sabido explicar cuál.

Ich hab' noch einen Koffer in Berlin,
Deswegen muss ich nächstens wieder hin.

Cuando Simon terminó sus explicaciones, estaba sudando. Hacía un calor sofocante, saturado por miasmas y maullidos. Supuso que Beewen no había entendido su hipótesis: un hombre que inicialmente se les aparecía a sus víctimas en sueños y luego las asesinaba en la realidad.

No tenía sentido. Pero, ¿cómo creer que solo se trataba de una coincidencia? De todos modos, Kraus había hablado ya, era ahora el turno de Beewen. ¿Iba a jugar el juego? Los de la Gestapo rinden culto al secreto.

Simon tuvo que tirar un poco de la oreja:

—Tú también necesitas ayuda. Estás hecho para esta investigación como yo estoy hecho para marchar con el uniforme nazi.

La boca de Beewen se torció, era difícil saber si la idea le disgustaba o si le causaba gracia.

Finalmente, tomó una decisión y descartó todo lo que sabía sobre la ola de asesinatos. Los nombres. Las fechas. El modo de operación. Y, sobre todo, la pieza central de las pistas: el arma homicida era una daga nazi.

Simon estaba en un estado de aguda excitación. Juntos, estaba seguro, podrían identificar al asesino. Beewen tenía a su servicio la logística de la mejor policía del mundo. Mientras que él navegaba por el mundo de las víctimas (y sin duda del asesino) como pez en el agua.

Aun así, las teorías de ambos resultaban incompatibles. Para Beewen, el asesino era un oficial nazi que había reparado en sus víctimas en alguna gala. Para Simon, era una criatura medio fantástica que surgía de los sueños para infligir un castigo.

Por un lado, la pragmática. Por otro, lo onírico.

Pero Simon tenía un argumento para hacer que todo el mundo estuviera de acuerdo:

—El Hombre de Mármol puede informarnos sobre su oficial nazi.

—¿Cómo?

Probablemente este era el lugar menos propicio en el mundo para proponer una explicación psicoanalítica del funcionamiento de los sueños, pero Simon se aventuró:

—Durante el día, tu cerebro se detiene por un breve momento en un detalle. Este detalle se almacena en tu memoria a corto plazo, un compartimento donde se colocan elementos aparentemente inocuos. Sin embargo, por la noche, son este tipo de recuerdos los que el sueño utiliza para desarrollar sus escenarios. Este fragmento se convierte en el vector de expresión de la angustia. ¿Me entiendes?

—No muy bien, no. Dame un ejemplo.

—Es el final del invierno. Caminas por Berlín y notas que las petunias en los balcones están floreciendo temprano este año. Este pensamiento ocupa tu cerebro por una décima de segundo. Pero durante esa décima, esta idea reina totalmente en tu mente y trasciende tus preocupaciones habituales. Esto le da especial importancia.

—¿Y entonces?

—La noche siguiente, sueñas que tienes catorce años. Perteneces a las Hitlerjugend y estás muerto de miedo porque el Führer va a pasar revista a tu unidad. En esta ocasión, debes regalarle un ramo de flores, un ramo de petunias. A lo largo de este sueño, esta planta transmitirá tu ansiedad. Es el elemento portador.

—Muy entretenido.

—No estoy bromeando. La figura del Hombre de Mármol, en nuestra historia, juega el mismo papel. Las víctimas han visto esta figura en alguna parte: una escultura, un grabado o incluso un hombre quien, por algún detalle, se asocia con la piedra.

—¿De qué manera esto interesa a la investigación?

El roce de la carne, los alaridos y gemidos les llegaban como el oscuro gorgoteo de un pantano.

—Revisando las fechas de mis sesiones, las Damas de Adlon habían soñado con el Hombre de Mármol la semana anterior a sus asesinatos. Esto significa que, cada una a su turno, vio un detalle que provocó este sueño.

—Aún no logro comprender.

—Hay que volver sobre sus agendas de la semana anterior a los asesinatos y visitar los lugares a donde fueron: el asesino se esconde en uno de estos lugares. Tal vez en una iglesia o en un museo, o simplemente en una boutique…

Beewen no parecía convencido. Si bien contaba con Simon para informarse acerca del Wilhelm Club, no confiaba en dirigir la investigación hacia este tipo de desvaríos.

—Tienes demasiada imaginación —respondió finalmente.

—Entonces tengo algo en común con el asesino.

Simon se puso de pie. El cuello de su camisa estaba empapado, el hedor del sótano azotaba sus fosas nasales. No podía permanecer más tiempo en semejante cloaca.

—Te avisaré si descubro algo —concluyó—. Y, un consejo: sigue vistiéndote de civil para llevar a cabo esta investigación. El uniforme de las ss no es precisamente útil para la discreción.

El cíclope lo agarró por la muñeca.

—Muy bien, pero nunca olvides una cosa.

—¿Qué?

—A mis ojos, sigues siendo un sospechoso.

—Puedes registrar mi casa. No tengo una daga nazi.

—No, pero eres el único que se ha acostado con las tres víctimas.

Simon se quedó congelado.

—¿Como lo sabes?

—Mera intuición.

El psicoanalista prefirió deshacerse de la amenaza a través del humor:

—Tienes razón. ¿Quién sabe? Tal vez soy yo, el hombre con el pito de piedra.

—Es cierto, siempre se ha dicho que los enanos lo tienen enorme.

34

Saliendo del Nachtigall, Franz Beewen decidió ir con las putas. Una urgencia: quería deshacerse de todos estos olores de macho que se le pegaban a la piel.

Encontró su coche —había dado el día libre al conductor— y se dirigió hacia el suroeste, hacia Neukölln, donde se encontraba la Clara Haus, lugar muy conocido por los oficiales de las SS. No se trataba de un burdel en el sentido estricto, sino de un bar fundado en torno a una manía nazi desenfrenada, donde las chicas no te pedían dinero ni sentimientos con tal de que llevaras el uniforme.

Beewen estaba mareado —no por la bebida, sino por las revelaciones de Kraus, que lo habían confundido más que ayudado—. Cuando por fin había encontrado una pista sólida, el hombrecillo le hablaba sobre los sueños y el inconsciente... Tras partir, interrogó a Willy Becker. El tipo era sospechoso, incluso sumamente sospechoso, pero no podía haber matado a esas pobres chicas, y mucho menos mutilado a Leni Lorenz, quien, a todas luces, era su mejor amiga.

Sobre sus cartas y sus cuentos, Becker se había mantenido evasivo; sin duda por algún tipo de trato, sin interés para su investigación, pero que lo sorprendía de todos modos en tanto provenía de una mujer materialmente realizada. Era lo que se conocía como «tener el vicio en la piel».

Beewen había disfrutado de su pequeña charla. Willy era un marica empedernido, que le recordaba los días de las SA. Hubiera complacido a Röhm y su camarilla de desviados rompehocicos. *Paz en sus almas...*

Se había ido con remordimientos en el corazón: no le había contado la muerte de Leni. Su deber de reserva era prioritario.

Desde Nollendorfplatz, Neukölln estaba a un buen tramo —al menos seis terminales—. Pero la noche era tranquila en Berlín y desierta. Con su Mercedes, cubrió la distancia en menos de una hora. Pronto estuvo a la vista la Clara Haus.

Si bien odiaba el lugar, no tenía esposa ni tiempo libre para lidiar con este tipo de problema. Le sentaría bien, de una forma u otra, atravesar esas puertas.

Mientras aparcaba, volvió a pensar en el Nachtigall, en aquel magma de hombres entrelazados que tanto le había disgustado. Le habían dicho que en la época de los antiguos griegos —en ese antiguo apogeo de la cultura— todos eran sodomitas. *Hola, civilización.*

Tomó la Rykestraße, luego la callecita perpendicular donde Clara y sus hijas se habían instalado. El umbral de la casa, calafateado, estaba custodiado por centinelas uniformados. Ciertamente un club muy privado.

Tuvo que mostrar su medalla para entrar —todavía estaba vestido de civil—. Una vez dentro, se dijo que Simon Kraus tenía razón: estaba de lleno en esta investigación. Se aferraba a esta daga porque era una pista material. No estaba intentando averiguar los motivos del asesino porque no podía hacerlo. Era nada más que un campirano reciclado en la maquinaria. Para comprender a un asesino así y olfatear su estela, habría que ser como Kraus. Complejo, vicioso, familiarizado con las psicosis.

Al entrar en la sala principal tuvo su pequeño efecto. Era el único que vestía esmoquin. Eso podría haber sido una ventaja, pero no en un tugurio donde las chicas se mojaban exclusivamente ante casquetes cortos y hojas de roble. Afortunadamente, su rostro era el más reafirmante de los uniformes.

No recordaba que el lugar fuera tan lúgubre. Era una gran sala de paredes grises, en la que se había instalado una barra a la izquierda y mesas en círculo para crear una pista de baile al centro. Un humo espeso se estancaba en el techo y un hedor a cerveza, tirando a orina, lo velaba todo. Los muebles eran baratos, las ventanas estaban recubiertas por mantas sucias, el suelo brillaba con manchas de humedad. Al fondo, una escalera conducía a los dormitorios.

Beewen se acercó a la barra, tratando de recuperar el aliento en medio del hedor. El humo era tan denso que apenas se podía ver a tres metros de distancia. Pidió un aguardiente y se dio la vuelta, apoyándose en el mostrador, para evaluar la escena.

Realmente horrible. Un oficial borracho acosaba a una rubia pequeña, intentando saber si se tiraba pedos cuando orinaba, otro desaliñado le escarbaba la entrepierna a su compañera tratando de desenfundar con la otra mano —parecía dudar entre su bragueta y la funda de su arma—. Algunas parejas semidesnudas bailaban, o más bien se tambaleaban al son de una canción subida de tono. Se trataba de cazadores y comadrejas, pero la calidad del gramófono era tan mala que no se podía entender la letra de las canciones.

El comentario de Lorenz, el pequeño banquero con espejuelos, volvió a él: el amor ya no existía en Alemania. Cuando el viudo pronunció aquellas palabras, el hombre de la Gestapo casi se rio ante tanta ingenuidad. Sin embargo, decía la verdad. Incluso el odio, su propio odio, que protegía como un tesoro, había perdido intensidad. Todos los sentimientos, buenos o malos, ahora yacían recubiertos por un lodo inmundo.

Arrojó una moneda sobre la mesa y se dirigió a la salida. No valía la pena permanecer allí, no conseguiría ni siquiera un minuto de sueño. Cuando abría el pretil de la puerta, un recién llegado le dio un empujón.

—¿Qué estás haciendo aquí? —exclamó, reconociendo a Dynamo.

—He venido a buscarte.

—¿Cómo sabías que estaba aquí?

—Espiar a su jefe, para alguien de la Gestapo, es un reflejo profesional.

—¿Qué quieres?

—Han encontrado al *Hauptmann* Max Wiener.

—¿Dónde?

—En un campo de papas. Lo enterraron no muy profundo.

35

Dos cadáveres en un día, incluso para alguien de la Gestapo, era bastante.

Condujeron durante media hora y pronto se encontraron en pleno sur, a campo abierto.

Beewen conocía los ciclos de la tierra. Cuando salió del vehículo, la pestilencia que le dio la bienvenida no lo sorprendió en absoluto. Se encontraba en terreno familiar. Después de la cosecha, los restos de paja se enterraban para acelerar su descomposición. También se araba la tierra para airearla y se enriquecía con fertilizantes, de ahí el hedor que circundaba en el lugar.

—No sé cómo se las arreglan los muchachos de aquí para aguantar esta peste —comentó Dynamo.

—¿Dónde está el cuerpo? —espetó Beewen.

Hölm señaló con el dedo y se pusieron en marcha, hundiéndose en la tierra suelta. El equipo de la Gestapo había jugado con discreción. En total, solo una camioneta estaba estacionada al costado de la carretera, con las luces apagadas. Unos cuantos hombres vestidos de civil se desplazaban a pie en las cercanías. Se les habría confundido con ladrones de verduras...

Dynamo había hablado de un campo de papas, pero no tenía ni la más mínima idea al respecto. Aquí se cosechaba la cebada o el trigo, nada que ver con aquello. De cualquier manera, esto no cambiaba gran parte del problema.

—¿Por qué la Gestapo y no la Kripo? —preguntó de repente Beewen.

—Un golpe de suerte. Un campesino descubrió el cuerpo al final de la tarde mientras araba. Inmediatamente informó al líder de las SS en el pueblo. El tipo no sabía a quién llamar. Hablaron con el alcalde, un nazi que tiene un primo trabajando con nosotros, en la Gestapo. Finalmente lo llamaron, y aquí estamos.

Aún caminaban pesadamente, y nada como este esfuerzo le procuraba a Beewen una secreta satisfacción. Entre esta arcilla revuelta, era su infancia entera la que resurgía. Y también esta idea: había conseguido escapar de ahí. *Maldita sea.* Había dejado atrás toda esa mierda y aquella vida de esclavo.

—Por allá —exclamó Dynamo.

A cien metros a la izquierda se distinguía una lona gris extendida entre dos arados. Los policías habían colocado piedras en las cuatro esquinas de la tela para evitar que saliera volando. En verdad rudimentario.

Dynamo apartó la tela y encendió su linterna, una Daimon Telko Trio de la que estaba muy orgulloso. Bajo la luz verdosa apareció el cuerpo desnudo. De inmediato, Beewen detectó los signos de tortura. Arrebató la linterna de entre las manos de Hölm y se arrodilló para mirar más de cerca.

Uñas de manos y pies arrancadas. Dedos de los pies quemados: sin duda se había deslizado algodón entre ellos antes de prenderles fuego. Marcas de cigarrillo en el cuello y alrededor de los pezones. Estigmas de electrocución en la zona de los genitales. Moretones en legión. Todos los huesos de la cara parecían haber sido destrozados.

—¿Cómo supieron que se trata de Wiener?

—Uno de los muchachos enviados a la escena es un exmiembro de la Kripo. Él lo reconoció.

Beewen se puso de pie y se demoró con la linterna sobre su cara hinchada.

—Vaya que tiene un ojo, tu chico. Con todas estas heridas...

—De todos modos, hay una buena posibilidad de que sea él, ¿no crees?

—¿Se conoce la causa de la muerte?

Hölm recuperó su lámpara y le dio la vuelta al cuerpo usando su talón. Dos marcas de bala en la nuca.

—Obra de un profesional.

Sin duda estuvo a punto de agregar «obra de nuestra casa», pero se abstuvo.

Además, no tenían necesidad de hablar. Estas torturas, ambos las conocían de memoria. También la técnica de eliminación. Los métodos de la Gestapo —que se practicaban todo el año, a coro y a solas.

Al fondo del campo aparecieron faros, nivelando la superficie de arcilla. Entrecerrando los ojos, Beewen reconoció el Merco negro de Perninken.

—*Scheiße.* ¿Quién le advirtió?

Hölm se contentó con reír entre dientes mientras pateaba un terrón.

Beewen tenía definitivamente la sensación de ser siempre el último en enterarse de todo, como los cornudos. En la Gestapo, una investigación siempre se duplicaba con otra, la que concernía a los propios investigadores. La Geheime Staatspolizei no era más que una red de topos, de informantes, de soplones. Un nido de víboras que se devoraban unas a otras.

Hölm sacó un frasco de su bolsillo.

—¿Un trago de aguardiente antes del gran oral?

—Suena bien, gracias.

Miró hacia el cielo e inhaló el aroma de las sombras. Un olor a mierda, seguro, pero familiar. Sobre él, las estrellas brillaban en el índigo del cielo. Cualquiera se habría maravillado ante la majestuosidad de esta pintura. No Beewen. De niño, la bóveda celeste lo aplastaba, lo mareaba, incluso lo aterrorizaba.

Siempre había percibido a las estrellas como señales de angustia que venían de otro mundo. Un universo que no se podía imaginar, que ni siquiera se podía pensar. Un abismo en el que, un día u otro, él también se hundiría.

En aquellos momentos, se prometía volver a la iglesia, hablar con un cura, único consuelo para las mentes limitadas como la suya. Se rio desde su cuello cerrado. ¿Un sacerdote? Cada día que pasaba lo acercaba más al Infierno...

Perninken avanzó hacia ellos, vestido, a la una de la madrugada, como si asistiese a un desfile en el Olympiastadion.

—Déjame en paz —resopló Beewen.

Sin una palabra, Hölm volvió a colocar las piedras en la lona que ocultaba a Max Wiener y se escabulló.

Al ver el atuendo de Beewen, Perninken siseó sarcásticamente. Ironía seca la de los oficiales de la Gestapo.

—Explíquese —ordenó.

El *Obergruppenführer* ya lo sabía todo, y tal vez incluso un poco más, pero Franz cumplió con su deber. Resumió la información que acababa de darle Hölm, de manera bastante sucinta.

Perninken no pidió ver el cuerpo. Con su gorra sobre la cabeza, se veía privado de la mitad de su personalidad: su cráneo real.

Beewen, para provocarlo, describió el *modus operandi* de la ejecución —porque de eso se trataba— y dio detalles de las torturas sufridas por el desafortunado policía.

El *Obergruppenführer* no se inmutó. Mantenía la cabeza baja, apenas a un metro de Beewen, a quien le era imposible distinguir los rasgos de su rostro. Por otro lado, sus insignias, grados y medallas brillaban a la luz de la luna.

—¿Cómo explica que un oficial de la Kripo pueda encontrarse enterrado aquí, abatido por dos disparos en la nuca después de ser torturado?

Eso mismo le pregunto a usted, estuvo a punto de responder Beewen, pero tal insolencia no habría servido de nada.

—Demasiado pronto para decirlo, *Obergruppenführer*, pero la investigación…

—No habrá ninguna investigación —interrumpió el oficial con voz serena. Encendió un cigarrillo y se entregó a su manía de pasearse. No era fácil en este terreno. Al verlo tropezar, Beewen miró a su superior con otros ojos. Nunca le había parecido tan real… y tan vano.

—La verdadera pregunta es: ¿quién ha dado el golpe?

—Sí, ¿quién? —repitió Beewen en un tono teatral, a su pesar.

—Podría haber sido usted, podría haber sido yo —exclamó Perninken sin inmutarse—. O esos bastardos de la SD. O incluso, por qué no, la propia Kripo.

—La investigación…

—Le repito que no habrá nada de eso. Nadie perderá el tiempo con un caso que, de todos modos, será enterrado. Si Wiener está aquí, a nuestros pies, solo puede culparse a sí mismo. Los caminos del Führer son... impenetrables.

No había ironía alguna en esta reflexión. Entre las SS se sabía bien: Adolf Hitler era un dios.

Beewen prefirió cambiar de tema:

—He visitado a *Herr* Koenig esta tarde.

—Lo sé. Me ha telefoneado.

—¿Por qué le ha permitido que me diera la información sobre la daga?

—No veo cómo podría usted realizar la investigación sin tener todos los elementos del expediente.

Esta vez casi gritó: *¡No insultes mi inteligencia!* Pero prefirió adoptar un tono sumiso, casi cauteloso, para responder:

—Sin embargo, es la primera vez que oigo hablar sobre este crucial elemento. No se menciona en...

—Primero teníamos que asegurarnos de su fidelidad.

—¿En qué sentido?

—Se le ha estado observando durante los últimos días, Beewen. Ahora pensamos que, antes de aprehender al asesino, sabrá cómo reaccionar de forma adecuada.

—¿Dejándolos matarlo?

Beewen había sido demasiado brutal. Incluso en la Gestapo, había que preservar las formas.

—Si arresto a este hombre —retomó—, nadie tendrá interés alguno en un juicio o una condena. Una historia como tal empañaría mucho la imagen del Reich, sin mencionar a la prensa extranjera.

Perninken no hizo ningún comentario. En el fondo de ese silencio había un asentimiento.

—Por supuesto que podríamos resolver el asunto de la manera más discreta posible, dentro de los muros —continuó Beewen—, pero eso también haría ruido. La desaparición de un oficial de las SS no pasaría desapercibida. Los rumores comenzarían...

—Vayamos al grano, *Hauptsturmführer*.

Beewen tomó aire y saltó hacia lo desconocido:

—Hay un lugar donde un oficial de las SS podría desaparecer de la manera más natural en el mundo.

—¿Cual?

—La guerra, el frente polaco.

—¿Qué es exactamente lo que tiene en mente?

Él dejó ir sus pensamientos de golpe:

—Encuentro al asesino, le doy su nombre y usted lo envía al frente. Allí, podría ser discretamente... ejecutado. ¿Qué podría ser más natural que morir en un campo de batalla?

—¿Y quién se encargaría de esta... ejecución? ¿Usted?

—Exactamente.

Perninken sonrió en el claroscuro.

—Siempre esa obsesión suya por la movilización.

—Ya habíamos hablado de esto, *Obergruppenführer*, nosotros...

—Lo referiré a los altos mandos —interrumpió Perninken—. Pero todavía carece de la pieza central de su plan: la identidad del asesino.

—Tendré pronto un nombre, *Obergruppenführer*.

—Eso espero, por su bien.

Otto Perninken reanudó su laborioso deambular entre los terrones de arcilla. Probablemente no se dio cuenta de la ironía en sus palabras cuando agregó:

—Pero tenga cuidado por dónde pisa, Beewen.

—Seré prudente.

—Me recuerda usted a un oficial de las SS que conocí. Pensó que podía usar el régimen nazi para, digamos, su beneficio personal.

—¿Qué fue de él?

El general miró los campos que se perdían en la oscuridad.

—Si no me falla la memoria, está enterrado no muy lejos de aquí.

36

La entrevista con Ernst Mengerhäusen no había salido del todo bien, ni tampoco su continuación. Después de llorar, su alma entera había soñado con llevar a sus «hijos» más allá de los mares y del nazismo, Minna von Hassel se había quedado dormida, como un ebrio, en su carretilla. No se despertó sino hasta las once para vomitar un tanto —con el coñac, siempre terminaba así, noqueada por náuseas agudas y bilioso ardor.

Contra todo pronóstico, sonó el teléfono del hospital...

El distrito de Moabit, situado al oeste de Berlín-Mitte, había sido conocido por dos cosas a partes iguales, su prisión y sus ideas rojas. Sin embargo, después de seis años de nacionalsocialismo, el balance había cambiado: ya no había ninguna idea comunista en el horizonte y las cárceles estaban saturadas por presos políticos.

Moabit era una gran isla bordeada por el Spree al sur, el canal de Charlottenburg al oeste, el canal de Westhafen al noroeste y el canal de navegación Berlín-Spandau al noreste y al este. Una especie de mundo autónomo nacido de la industrialización del siglo XIX, cuyas viviendas para los obreros, atiborradas hasta el tope, encontraban aún inquilinos adicionales por la noche; unos cuantos marcos un colchón de paja.

Baste decir que, a la una de la madrugada, en la zona norte de Moabit, cerca del puerto fluvial de Westhafen, no había ni una sola luz encendida ni el más mínimo temblor en los callejones. Los trabajadores dormían el sueño de los justos.

Entonces, era Ruth Senestier quien la había llamado. Hacía al menos dos años que no tenía noticias suyas. Pintora, escultora, izquierdista y lesbiana, todo el mundo se preguntaba siempre cómo sobrevivía bajo el nacionalsocialismo.

—¿Qué te has hecho?

La mujer no respondió. Simplemente le pedía encontrarse con ella lo antes posible en el Gynécée, un antro sáfico ubicado a lo largo de una de las cuencas del Westhafen. *Era urgente.*

En dos segundos, Minna se había duchado, vestido y abordado su viejo Mercedes Mannheim. Una hora aún para llegar a la civilización, es decir Berlín-Mitte, luego había seguido los muelles del Spree hasta la central térmica de Moabit (HKW).

Una vez aparcado al pie del imponente complejo, con su torre en forma de campanario y sus chimeneas que recordaban a obuses gigantes, tomó por numerosos callejones torcidos y se deslizó hacia la arteria principal que estaba buscando. Los pabellones de ladrillo lo alineaban ahí como rebanadas de pan de jengibre. Sin farolas, el camino polvoso: un desierto afilado como un machete.

Minna no estaba del todo a gusto. Rezaba para que la confundieran con un hombre. Pantalón ancho, chaqueta de pana, sobre la que se había puesto una gabardina ceñida a la cintura. Sin olvidar la famosa boina de pintor, *a la francesa*... Aquello podría dar la ilusión.

Finalmente, apareció el almacén que albergaba la Gynécée. Las ventanas estaban tapiadas y no había ninguna señal que indicara la entrada. Solo una linterna —una luz nocturna— alentaba la vista. Un golpe de genialidad el haber instalado este lugar cerca de los muelles. Nadie habría ido a buscar a aquel coro de homosexuales de Berlín entre las cajas de madera y los tatuados estibadores del puerto.

En realidad, bajo el Tercer Reich, las lesbianas no habían sido perseguidas como los hombres homosexuales. En aquella época, el párrafo 175 del Código Penal alemán solo condenaba las relaciones sexuales entre hombres. El delito de lesbianismo no existía. Pero bueno, no se podía ser demasiado cuidadoso...

Minna llamó a la puerta. Un ojo en la claraboya, un cerrojo deslizándose, una cortina alzándose y estaba en el interior. El lugar le pareció más pintoresco de lo que recordaba. Paredes de ladrillo lacado en blanco, mesas iluminadas por lámparas colgantes que funcionaban con gas de carbón. Las llamas de los candiles retozaban en el aire lleno de humo como fuegos fatuos. Como añadido, pequeñas velas a ras de los manteles...

Ruth no se encontraba en la primera sala. La artista no le había dado explicación alguna. Ninguna palabra sobre el motivo de este misterioso encuentro, ningún comentario sobre esta «urgencia». Pero Minna la conocía lo suficientemente bien como para saber que no se trataba de un capricho.

Más pequeña, la segunda sala estaba compartimentada en alcobas cerradas por cortinas blancas, sobre las cuales los ocupantes proyectaban hechizantes sombras chinas. La rada parecía poblada por fantasmas.

De repente, una de las cortinas se abrió y apareció Ruth Senestier, con una amplia sonrisa iluminando su rostro de muñeca envejecida. Llevaba la misma boina que Minna.

—¡Hola, *Fräulein*! —dijo con un tono afectuoso.

Minna se deslizó detrás de la mesa y anunció con una carcajada:

—¡Cuánto gusto de verte!

—Vaya que ha pasado tiempo, digo. ¿Aún en la campaña con tus locos?

Minna no respondió, pero su rostro, a su pesar, dio muestras del golpe.

—Bien —dijo Ruth, mientras se ponía de pie—, iré a buscarnos un poco de absenta.

Desapareció entre el sonido de las telas. Minna contempló a la asidua clientela a través de la cortina entreabierta: mujeres en esmoquin, apaches con aceitada cabellera, criaturas semidesnudas con máscaras de pájaros o zorros, y muchas otras curiosidades, como estas parejas mujer-mujer que se afanaban en entrelazar sus lenguas.

—*¡La señora está servida!*, exclamó Ruth en francés mientras se deslizaba en el apartado.

Traía en una bandeja de plata una botella de absenta, una jarra de agua helada, dos cucharas caladas, un azucarero y dos pequeños vasos grabados.

Se decía que la mejor absenta se servía en Berlín; pero, por lo que sabía Minna, era el único lugar donde aún se podía encontrarla.

Observó a Ruth realizar el famoso ritual. Primero una dosis de alcohol en los vasos sobre los que colocó la calada «pala», previamente remojada en absenta. Puso un trozo de azúcar en cada una y vertió encima lentamente el agua helada. A medida que el azúcar se derretía, la absenta en el fondo de los vasos se volvía turbia.

Al observar las nubes opacas que se formaban en el verde alcohol, Minna pensó en el destino de Ruth. La había conocido en los años veinte, en el Hospital de la Caridad, cuando comenzaba sus estudios, mientras que la artista aún esculpía máscaras de cobre para los desfigurados de la Gran Guerra. Minna se había enamorado al instante de su arte, de su persona.

A sus ojos, Ruth, diez años mayor que ella, era un modelo a seguir. Creativa y altruista a la vez, se mostraba como todo lo contrario del artista solitario encerrado en su torre de marfil. Para sobrevivir, durante mucho tiempo había publicado dibujos en revistas como *Die Dame* o *Simplicissimus*. Por otra parte, esculpía en su taller unos curiosos animalitos que empezaban a tener éxito en el extranjero.

Ruth Senestier parecía haber ido en el sentido contrario del decadente Berlín. Cuando la ciudad era la de todas las perversidades, doblándose bajo el peso de sus pecados, Ruth llevaba una existencia monástica, dedicada a su arte. Luego, cuando el nazismo consiguió que todo el mundo estuviera de acuerdo, ella había reconocido sus propias tendencias y se orientó hacia el safismo. Hoy, Ruth coleccionaba aventuras femeninas. Una manera muy suya de marcar su rebeldía y su singularidad como artista.

Le tendió a Minna una copa de donde escapaba un fuerte aroma a anís.

—¡*Na zdarovie!* —gritó al estilo ruso—. ¡Por nosotras!

Minna asintió y dio un trago, echando la cabeza hacia atrás. No era muy asidua a aquella dulce bebida, pero cada vez que se acercaba al hada verde, tenía la sensación de ser catapultada al París de finales del siglo pasado, el de sus poetas favoritos, Baudelaire, Verlaine, Rimbaud…

Dejó su vaso con cuidado, sujetándolo entre el pulgar y el índice, y preguntó:

—Entonces, ¿cuál es la emergencia? Cuéntamelo todo.

37

Ruth Senestier no había tenido tiempo de abrir la boca cuando las cortinas volvieron a abrirse. Apareció una cabeza de zorro, cuyas grandes orejas estaban delineadas por un cabello alborotado de color arena. El hombre —perdón, la mujer— apretaba entre sus dientes una pipa como hace el personaje de Popeye. Estaba tan borracha que su propio aliento parecía ser su único punto de equilibrio.

—¡Te hemos estado buscando por todas partes! —gruñó la intrusa con un fuerte acento eslavo.

—Lárgate.

Lejos de hacerlo, la mujer se deslizó tambaleándose en el apartado.

—¿No me vas a presentar a tu novia?

Sujetándola por el brazo para que no se cayera sobre la mesa, Ruth le susurró a Minna:

—Ivana Kuokkala, pintora rusa.

La mujer de paja se sonrió. Llevaba un abrigo con el cuello levantado.

—¿Y tú como te llamas?

—Minna von Hassel.

Tenía una sólida práctica con los lunáticos y sus impredecibles comportamientos. Además, solía estar completamente borracha o drogada la mitad del tiempo. A pesar de ello, la proximidad con una persona ebria todavía le incomodaba.

—¿A qué te dedicas?

—Dirijo un manicomio.

Ella había respondido de la manera más seria del mundo. Frente a los borrachos, sentía una vergüenza sorda; por ellos, por ella, por la humanidad. Esa súbita emancipación del decoro no parecía una libertad o una victoria, sino una liberación de las entrañas, un caudal de aguas residuales.

—¿Cómo los matas?

—¿Perdón?

—A tus pacientes, ¿cómo los matas?

Minna palideció.

—Fuera de aquí —repitió Ruth.

—¿Gas o radioactividad?

—¡Te digo que te largues!

Con una patada, Ruth empujó a la artista fuera del lugar. Minna se sintió mal: así que el plan de eliminación era de conocimiento común. La visita de Mengerhäusen no había sido un presagio, sino una confirmación.

—Primero los locos —se mofó la pintora desde detrás de la cortina—. ¡Después los artistas!

—Olvídate de esa perra —dijo Ruth—. No es mala, pero le sienta mal el vino.

Minna asintió y tomó un trago. Se sentía como si estuviera tragando un licor fosforescente. No debía ceder a su propia angustia y, además, no estaba allí para eso.

—Entonces —repitió haciendo un esfuerzo—, ¿por qué me has llamado en medio de la noche?

—Necesitaba hablar.

—¿De qué?

Ruth vaciló. Miraba el fondo de su vaso como buscando en él el valor. Tenía una cara redonda que le daba un aire de eterna juventud. Hoy, a pesar de todo, la manzana parecía marchita y su tez amarillenta como el interior de un hueso roto a la mitad.

—He hecho algo estúpido.

—¿Qué cosa?

—Vi a alguien que no debí haber visto.

Minna trató de bromear:

—Ja ja ja. ¿Una nueva pasión en Berlín?

—No. No se trata de eso. Para nada.

—¿Entonces qué?

Ruth se encogió de hombros, como si se tratara de cubrirse de una lluvia.

—En realidad, no puedo hablar de eso.

—¿Por qué?

—Demasiado peligroso.

—¿Está relacionado con la banda de Hitler?

—Si solo fuera eso...

Minna empezaba a preocuparse de verdad: no había nada que pudiese ser peor que la amenaza de las SS.

Ruth se sirvió de nuevo. Esta vez, la ceremonia se despachó a toda marcha. Era necesario beber; beber lo más rápido posible.

—No sé por qué te hice venir hasta aquí. Es muy egoísta. Solo tenía deseos de cambiar...

Minna tomó su mano.

—Siempre estaré aquí para ti.

Ruth trató de sonreír, pero el mecanismo, como el de un reloj, pareció atascarse de repente. Minna se percató de que iban vestidas exactamente igual. No solo la boina sobre el pelo corto, sino también la chamarra y el pantalón de hombre. En el asiento de cuero sintético, reparó en la gabardina que completaba el atuendo.

Minna pensó que, en ese cubículo, una era el reflejo de la otra. Volvió a tomar su vaso y dejó que la absenta se derramara en su pecho. Le pareció que su cerebro se licuaba.

—Tomé un encargo… —murmuró Ruth, su voz vuelta áspera por el alcohol—. Fue un error.

—¿Una escultura?

—Una suerte de escultura, sí.

—¿Quién te la encargó?

Ruth soltó una sonrisa como cuando se tira el jabón, la toalla y el bebé junto con el agua del baño.

—El diablo.

38

Cuando dejó el cabaret, Minna estaba borracha de nuevo. Dos veces en una noche, estaba rompiendo su propio récord. Sin embargo, no se arrepentía de su periplo nocturno. Ruth la había llamado buscando ayuda y, al final, era ella quien salía de allí consolada. Realmente no había conseguido entender el problema de su amiga, pero con la ayuda de los vapores herbáceos de la absenta, finalmente habían recuperado el buen humor juntas. Durante dos horas habían arreglado el mundo sin preocuparse por los espectáculos que el Gynécée, a intervalos regulares, ofrecía a estas damas.

Ahora, localizar su auto. Si recordaba bien, todo lo que tenía que hacer era seguir el camino de tierra delimitado por estos pabellones rojizos. Al fondo, la torre de la central térmica se destacaba contra el cielo. *Sin problema.*

Minna conocía este barrio. Moabit era un proveedor para nada despreciable de chiflados y depresivos, obreros de cadenas de montaje que habían perdido toda fuerza o razón de vivir, habiendo asimilado tan bien los nazis las lecciones del taylorismo. Hombres-máquina que fácilmente perdían la cabeza apretando tornillos. El juego de palabras la hizo reírse sola: una señal clara de que estaba bastante ebria.

Las casas de los obreros, todas parecidas, repetían sus lúgubres fachadas entremezcladas, a veces, con un pequeño jardín oscuro que evocaba un foso mortuorio. Todas las ventanas estaban tapiadas. La noche parecía haber expropiado a los habitantes. Solo había un olor presente, notas pesadas y mefíticas amplificadas por el verano. Empezó a sentir miedo. Sus pasos, absorbidos por la arcilla que cubría el suelo, parecían desvanecerse a medida que avanzaba.

De repente, se dio la vuelta. Un sobresalto, más bien una contracción, le había advertido: la estaban siguiendo. No había nadie. Aceleró el paso. No era fácil, con la cabeza dando vueltas, y sus zapatos de muñeca. La torre se acercaba. En unos cuantos cientos de metros, llegaría a su coche.

De nuevo, la señal. Esta vez, ella sorprendió a una sombra furtiva. Eran más de las tres de la mañana. Pensó en esa horrible pintora, la Popov, quien la había insultado, pero la chica estaba demasiado borracha para seguir los pasos de cualquiera...

Vamos, más rápido. Al llegar a las inmediaciones de la central, giró a su derecha, luego a la izquierda, sin estar segura de acercarse a su objetivo. Los techos de los pabellones, cerrados ahora, obstaculizaban su vista. No había manera de ver el Kraftwerk. Muros ciegos, persianas cerradas, puertas negras...

Vamos, avanza y encuentra los muelles. Bastaría con ascender por las dársenas. Se dio la vuelta de nuevo, en realidad por intuición. El suelo nunca le había parecido tan duro, tan plano.

De repente, movida por una nueva intuición, lanzó una mirada por encima de su hombro y lo vio. Abrigo con cinturón, manos en los bolsillos, sombrero calado sobre los ojos. Caminaba justo enfrente de ella, en su dirección.

Minna ahogó un grito y se quitó los zapatos. Se los guardó en los bolsillos y echó a correr descalza sobre la tierra apisonada. El contacto con el frío le sentó bien. Aumentaba la velocidad mientras sentía que su lucidez regresaba con la adrenalina.

Dio un *sprint* y, de golpe, se detuvo. Los rieles bloqueaban su camino. Rieles hasta donde alcanzaba la vista, anudándose y desanudándose como una red de anguilas bajo la luna. Al fondo, las masas oscuras de estaciones de clasificación, almacenes, hangares. *Las dársenas están más allá de las vías*. Saltó sin pensarlo. Cada paso le arañaba los pies: ya no era tierra sino grava, rocas desprendidas con bordes afilados.

Se deslizó entre dos vagones y se arriesgó a mirar de nuevo a sus espaldas. El hombre permanecía tras de ella. Con las manos en los bolsillos, caminaba muy rápido, con pasos irregulares. Hombros anchos, aliento de sobra.

Volvió a calzarse los zapatos y corrió hacia las masas negras de los hangares. Tropezaba con las camas de piedra, pero al menos, ya no se infligía más heridas. Mientras corría, tuvo como desde arriba, una visión de sí misma. Una figurita tambaleante, con gabardina y boina, torciéndose los tobillos en un laberinto de vías de tren.

Por un momento, no vio nada. Un agujero negro con regusto a óxido. *¡Scheiße!* Se había roto el cuello. Se incorporó y escupió sangre. Tal vez un trozo de labio. *Vamos, levántate.* Él todavía estaba allí, más cerca, como si nada pudiera frenar sus pasos. En unos segundos, estaría encima de ella, y, sin duda, le cortaría la garganta de un golpe.

Quería gritar, pero no podìa. Quería pensar, aún menos. Se arrastró, cojeando, escupiendo, gimiendo, hacia los almacenes. En cualquier momento, un cuchillo se encajaría en su espalda o se enrollaría alrededor de su cuello como una bufanda en forma de navaja.

El suelo tembló. Los rieles comenzaron a vibrar, la grava a moverse. Un tren. Un tren llegando. Por una vía que debía estar unos metros adelante de ella. O detrás. Todavía podía correr y escapar del laberinto de rieles. Sería por un pelo, pero debía intentarlo. La masa retumbante y silbante del convoy cortaría el camino del asesino.

Ella comenzó a correr. Sus tobillos en suplicio, su pecho torturado... El ácido láctico la inundaba, la carcomía. Sin suficiente oxígeno, demasiada azúcar consumida por sus células. Ella no era doctora por nada. Sabía que estaba en vías de fermentarse como la leche.

Cayó de nuevo. La alternativa: morir bajo los golpes del asesino o bajo las ruedas del tren. Una nube, casi una convulsión de humo, capturó la luz de la luna. Ahora era el cielo el que parecía fisurarse, agrietarse en un brumoso relámpago. Y el repiqueteo de las ruedas que seguían una cadencia ensordecedora...

Había perdido un zapato. Tanteando, palpó el balasto, viendo repentinamente en aquella desaparición la señal de su pérdida, de su muerte... Su mano aferraba el cuero cuando, por fin, sus ojos dejaron la locomotora para mirar a su diestra. El hombre se encontraba a unas cuantas decenas de metros, las manos todavía en los bolsillos. Vio el ala de su sombrero cortando el vapor y la luz, una hoja circular que atravesaba todo obstáculo, toda barrera...

El tren estaba ahí. Todo lo que consiguió hacer fue rodar sobre su costado, cerrando los ojos. Un ritmo ternario monstruoso sacudió la tierra, un silbido loco cubriéndolo todo, el espacio y el tiempo. En aquel momento, solo existía esa cadencia que parte el mundo en chorros de vapor, respiraciones profundas y cadencias de acero...

El hombre no había tenido tiempo de pasar. Ella estaba a salvo. Cojeando, siguió avanzando mientras trataba de ponerse el zapato. Finalmente, la muralla de los hangares de las locomotoras. Sin duda alguna, las dársenas estaban detrás.

Encontró un pasaje y obtuvo confirmación. El agua. Los muelles. La luz. Focos incandescentes destacaban cada elemento: grúas móviles, cabrestantes, ganchos de elevación, barcazas... A pesar del pánico, no había olvidado su objetivo, el Kraftwerk.

Ninguna torre a la vista. ¿Izquierda? ¿Derecha? Era doble o nada: un extremo de la dársena se unía al canal de navegación que conduciría a la central. Giró a la derecha y redujo la velocidad, jadeando por aire. Sin pensar en lo que acababa de pasar. No sin antes estar en su Merco. No hasta estar de vuelta en el camino.

De repente, la silueta apareció frente a ella, al pie de una grúa. El abrigo. El sombrero —un fedora, podía distinguirlo—. No tuvo tiempo de gritar ni de pensar: giró sobre sus talones y huyó en dirección contraria. La fatiga iba a matarla. Iba a rendirse, por falta de sangre, de fuerzas, así de simple. Vencida por el abandono.

Parecía aguardar la hoja del verdugo como un alivio, cuando vio un coche. El suyo no, un Mercedes 170 V. Un carro de policías, de soldados, o cualquier cosa con insignias.

Quería gritar, pero sus cuerdas vocales se habían quemado por el esfuerzo. Un hombre uniformado estaba apoyado contra la carrocería, fumaba como si viviera en otro mundo, despreocupado, inofensivo. Parecía estar observando algo a través de un agujero de una empalizada rota.

—¡*Herr Offizier*! —finalmente gritó ella—. ¡*Herr Offizier*!

El hombre agitó su cigarrillo. Llevaba la cabeza descubierta, lo que a ella le pareció extraño. No había manera de discernir el color de su uniforme —verde, negro, gris. Orpo, ss, Wehrmacht... De cualquier manera, los confundía a todos.

Ella siguió avanzando. En el hangar, dos soldados, de espaldas, estaban rematando a un hombre en camisa. De rodillas, cubierto de sangre, parecía tener la mandíbula inferior dislocada. Fragmentos de cristales de gafas brillaban profundamente en sus ojos como mica.

Ya el conductor estaba arrancando. Como una pesadilla, se dio la vuelta y emprendió la retirada.

—¡Deténgase! —gritó el hombre—. ¡Deténgase!

Vio una torre, vio una puerta entreabierta, la atravesó corriendo. Escalera de caracol, hedor pestilente. Ella estaba en un horno. Después de unos cuantos pasos, bajó la mirada. El nazi estaba allí, Luger en mano, inspeccionando el lugar antes de aventurarse.

Conteniendo la respiración, lo vio empezar a bajar las escaleras. Por reflejo, miró hacia arriba y no vio nada más que los escalones que desaparecían entre las sombras. Una vez en la cima, se vería obligada a saltar al vacío o recibir una bala en el vientre.

Subió de todos modos, bordeando la pared circular como si pudiera encajarse en ella, perderse en ella. El olor acre iba en aumento. Se acercó a un péndulo, a una máquina. *Tic-tac-tic-tac…* Era algo parecido a un reloj, pero muy poderoso, que tenía una sola vocación, dar la hora de su propia muerte.

Se agachó de nuevo y pudo ver una mano sujetando la barandilla. ¿Jugarse el todo por el todo, bajar la cabeza y hacerse la tonta? El hombre tendría tiempo de apretar el gatillo.

Ella se movía hacia atrás, su cráneo saturado por el sonido del mecanismo que se había convertido en una cuenta regresiva. 10-9-8-7... De repente, a sus espaldas, desapareció la pared haciendo que casi cayera de frente para compensar.

Se dio la vuelta y se percató de que estaba apoyada contra los bordes de un nicho... un conducto de aire o algo parecido. Se subió y se puso en cuclillas en el agujero.

Las botas se acercaban, a contratiempo con un chasquido cada vez mayor. Una persona razonable habría dejado pasar al nazi rezando para que no se fijara en ella. Minna no era una persona razonable. Cuando vio el uniforme, tan cerca que podía distinguir su cinturón brillando en la oscuridad, estiró las piernas, empujando al soldado contra la barandilla. No tropezó como ella esperaba. Solo tuvo tiempo de salir del nicho, arrodillarse y sujetar las pantorrillas del nazi entre sus brazos.

Ella gritó mientras se levantaba, pero menos fuerte que el hombre que se precipitaba hacia el vacío. Ni siquiera se molestó en comprobar la extensión de los daños. El tipo había caído al menos diez metros, levantando una espesa nube de polvo alcalino. Bajó las escaleras, saltando los escalones de tres en tres, agarrándose a la barandilla como en una atracción de feria.

Ni una mirada al cuerpo. Ni una mirada hacia atrás. En el andén encontró el aire fresco con euforia, comprobando igualmente si otros hombres no le pisaban los talones. Nadie. Tomó una dirección al azar, sin importarle a dónde iba exactamente. Lo urgente era poner la máxima distancia entre ella y los asesinos. Llevaba unos segundos corriendo así cuando una mano la atrapó violentamente y la atrajo hacia el recoveco de una estructura metálica.

No era un nazi sino su asesino, su rostro aún oculto por su sombrero. Minna se dijo a sí misma, estúpidamente: «No es un fedora, sino un homburg». Él alzó la mirada y presionó su daga contra la garganta de Minna. En cierto modo, este segundo resultaba emocionante para un psiquiatra. ¿Qué piensa uno en el momento de la muerte? Ni la sombra de una vida pasó ante sus ojos, ni el más mínimo pensamiento para sus seres queridos —*¿perdón?*, *¿quiénes?*—. Nada más que una expectativa en blanco, un deslumbramiento, una especie de muerte, pero invertida.

Entonces, sucedió algo extraordinario. El hombre detuvo su movimiento, bajó su daga, soltó su agarre. Al segundo siguiente, había desaparecido.

Minna se deslizó por un pilón de acero y se encontró cayendo con el trasero sobre los adoquines mojados. Estaba sollozando. De alegría, de alivio, de humillación. No comprendía nada. Sin embargo, a través de sus lágrimas, un elemento flotaba. Un elemento asombroso, que casi barrió con la pesadilla de la persecución.

El rostro del hombre.

No había conseguido verlo con claridad; ciertamente, estaba oscuro; pero, de todos modos, no cabía duda: aquel rostro era de mármol.

II
EL HOMBRE DE MÁRMOL

39

La lluvia lo despertó. Ningún recuerdo de cómo había llegado a casa, pero al menos estaba en su cama. Ni el más mínimo rastro de un sueño tampoco; y eso no le gustaba. Había dormido como quien hunde la cabeza en una solera de cemento fresco que inmediatamente se «fija» en las sienes...

El Nachtigall, alcohol, Beewen... Simon había oído demasiadas cosas la noche anterior como para recordar algo. Por el momento, todo se reducía a un magma confuso, sin la menor coherencia. Se incorporó en la cama y, estirando el brazo, logró abrir la ventana.

La lluvia sobre Berlín.

Una lluvia de verano, ligera, aireada, fragante, una invitada sorpresa que atrae todas las miradas, haciéndose del día con su singular encanto. Aguzó el oído, oyendo el repiqueteo claro de las gotas sobre los adoquines, la resonancia más larga de aquellas que resbalaban sobre los techos o de las más apagadas, más graves, que crepitaban sobre los capós de los coches aparcados en la calle. También escuchó el susurro estridente y serpenteante de las salpicaduras en las copas de los árboles: un ruido verde, laqueado, alegre, que parecía abrirse camino hacia el cielo.

Finalmente todo volvió a él. Tres asesinatos. Susanne Bohnstengel. Margarete Pohl. Leni Lorenz. Tres pacientes. Tres amigas. Tres amantes... Ellas habían venido a su consultorio, se habían tendido en su diván, para derramar sus corazones. Todas ellas habían soñado con «el Hombre de Mármol»...

Se levantó y se dirigió a la cocina. No tenía idea de qué hora era. Una mirada al reloj sobre la estufa se lo dijo. Las once de la mañana.

Nada grave. No tenía citas, y las muertes violentas tenían este poder: descalificaban todos los demás acontecimientos de la existencia.

Café. Molino. Cafetera. Con un gesto distraído, encendió su pequeña radio con marco de baquelita; un VE 301 (*Volksempfänger*), un modelo barato desarrollado por Joseph Goebbels, por ello, al artefacto se le había dado el apodo de «la boca de Goebbels».

De repente, todos los granos de café se derramaron por el suelo. El molino se le había escapado de las manos bajo el impacto de la noticia. Esta mañana, al amanecer del 1 de septiembre de 1939, Alemania atacaba Polonia. O más bien había respondido a un ataque de acuerdo con un transmisor de radio en Gleiwitz. Ante este acto de provocación, la Wehrmacht reaccionaba con amplitud, respondiendo desde el norte, sur, oeste y ya marchando hacia Varsovia. *Solo eso.*

Nadie creería jamás en esta historia de la estación de radio, probablemente fabricada desde cero por Himmler y su camarilla. Era solo un detalle. El hecho principal era que Alemania entraba en la guerra...

Como hipnotizado, Simon se quedó mirando los granos de café esparcidos por las baldosas. La voz monótona proseguía con sus comentarios sobre esta «intolerable agresión por parte de Polonia» y el «legítimo derecho de Alemania a tomar represalias».

La guerra. Recordó que Francia e Inglaterra habían prometido su apoyo a Polonia; esto significaba que aquellos dos países aliados intervendrían en el conflicto bélico.

Por Dios, en esta mañana del 1 de septiembre, la Segunda Guerra Mundial acababa de estallar.

Abrió más la ventana. El frescor del aguacero, la imagen azul grisácea de la ciudad empapada, resplandeciente como la pizarra, lo tranquilizó. Recogió su café, tomó su molinillo y se preparó un poco de néctar con su cafetera Bialetti Moka Express.

De repente recordó que había quedado de almorzar. Greta Fielitz. El Bayernhof. Doce y media. No había manera de cancelar. Al contrario, este encuentro inauguraría su investigación: Greta conocía bien a las víctimas.

Vació su taza de un golpe y se dirigió a toda velocidad hacia la ducha.

40

Afuera, el aguacero había cesado. Ahora era el calor del día lo que se anunciaba. En el aire todavía húmedo, se podía sentir esa masa pesada y pegajosa rodando sobre Berlín, como intentando sofocarla.

Tan pronto como Simon puso un pie en la calle, los aviones zumbaban en el cielo. La guerra. Por Dios. Imposible olvidarlo. En Potsdamer Platz, vio pasar tropas yendo hacia el este: vehículos blindados, camiones de movilización, vehículos de plataforma... Todo había sido requisado para transportar a los soldados a Polonia.

Bajo el cielo todavía tormentoso, esta procesión resultaba magnífica. Como a propósito, el sol ahora se abría paso a través de las nubes, golpeando precisamente el convoy lustroso por la lluvia. El dedo de Dios...

En las calles, esperaba ver una verdadera algarabía; ya fuera de pánico o de entusiasmo. Ni lo uno ni lo otro. Nadie leyendo el periódico de pie en medio de la calle, en estado de conmoción. Ninguna multitud donde los ánimos se calentaban o donde el tono se elevaba. Y sin duda alguna, ninguna manifestación frente a las embajadas enemigas. O los berlineses no se lo creían, o se lo creían demasiado, y el tedio era su respuesta.

A las 12:30 en punto, el pequeño Kraus irrumpió en el Bayernhof. A pesar de todo, se había tomado el tiempo de cuidar su apariencia y había elegido un *homburg* adornado con el *Gamsbart*, la «barba de gamuza» que decoraba los sombreros de los bávaros. Era ahora o nunca para portar un aspecto patriótico.

El Bayernhof, en Potsdamer Straße 10-11, databa de principios de siglo. Era un restaurante enorme, a la antigua, más cercano a la curiosidad histórica que a una dirección gastronómica eficiente. Jardines con fuentes de piedra, una sala tan espaciosa como el vestíbulo de una estación de trenes, colosales candelabros, mosaicos en el techo que representaban juglares y otros trovadores de las cortes germánicas...

Greta Fielitz ya estaba allí. La notó, erguida en su silla, a la sombra de la chimenea. Caminó por una de las tres filas de mesas alineadas como fichas de *backgammon*. Todas estaban ocupadas y el alboroto ambiental recordaba el estruendo de una fanfarria, salpicada por el chasquido de los tenedores.

Greta sonrió. Su carita de frutos rojos estaba oscura, como si la temporada hubiera pasado para esta cereza. Su boca redonda, esos famosos labios que enloquecían a todo Berlín, se encontraban apretados, los ojos velados y —sacrilegio— arrugas demarcaban las esquinas de sus párpados. Desde donde estaba, podía ver el polvo acumulado entre aquellos pliegues. Pensó, y se culpó a sí mismo, en el polvo de una máscara egipcia.

—No te ves muy bien —dijo él, tomando su asiento.

—¿Has escuchado las noticias?

—Era algo que ya se esperaba, ¿no?

—De todos modos… ¿Qué pasará?

La joven sacó una polvera de su bolso, que abrió con un toque de su pulgar. Se miró en el espejo y se recorrió nerviosamente la cara con la borla como si estuviera secando una herida ensangrentada.

Simon no estaba listo para lanzarse con vagos comentarios geopolíticos y ese no era el tema del almuerzo. Mirando a Greta con el rabillo del ojo, se preguntaba cuál sería su relación con Susanne, Margarete, Leni... En el Club Wilhelm, ellas pretendían ser todas amigas, pero sus lazos eran más complejos. Cada una de ellas a menudo hablaba de ello en el diván. Una mezcla de celos, rivalidad, admiración y… deseo.

Pensó en lo disgustada que estaría Greta si se enterara de sus muertes… *Mucho más violenta que la noticia de hoy, créeme.* Su garganta estaba seca. Tomó la botella de Adelholzener, el agua gasificada favorita de los berlineses, llenó su vaso y tomó un sorbo largo y burbujeante.

Primero optó por su número habitual, una mezcla de bromas, cotilleos y halagos que solía surtir efecto. No aquel día. Greta no estaba de ánimos. Se percató de que ella tenía otra razón distinta para estar tan hosca. Era ante todo una Dama del Adlon, para quien la política era nada más que un telón de fondo anecdótico.

Llegó el mesero. Greta ordenó su *Kartoffelsalat* —como de costumbre— y Simon la siguió en este asunto frugal.

—¿Qué pasa? —preguntó en un tono benévolo—. Puedes contarme lo que sea. Sigo siendo tu psicoanalista.

—¡No empieces!

Simon se quedó en silencio. Ella era madura. Todo lo que quedaba por hacer era esperar a que cayera la fruta.

—Durante dos noches —comenzó ella— he estado teniendo un sueño… horrible.

Simon se estremeció.

—Veo una oficina… Estoy allí, temblando, con mi certificado de arianidad en la mano. Un hombre me mira. No se mueve, no dice nada, pero puedo sentir su poder...

Simon se acercó a ella, empujando sin darse cuenta su plato y volcando su vaso.

—Este hombre —preguntó, devolviendo el vaso a su lugar—: ¿qué aspecto tiene?

—Preferiría… no hablar de ello.

—Trata de recordar. Es importante.

Ella levantó su mirada. Sus cejas, delicadamente depiladas, tan claras como su cabello, dibujando dos ensenadas de mimbre sobre su frente de porcelana.

—¿Qué quieres decir?

—Descríbemelo.

Volvió a bajar la cabeza e hizo un movimiento obstinado, un «no» malhumorado, y espetó:

—Llevaba una máscara. Una máscara... aterradora.

Simon apretó los puños. *Dios, no es posible...* Distinguió en sus pupilas finísimas muescas de plata. Con un poco de imaginación, se podían ver runas de las SS allí.

—Una máscara de mármol —continuó ella—. Con vetas blancas y negras y…

—Discúlpame un momento —Simon ya se había levantado—. Vuelvo enseguida.

Atravesó la sala a toda velocidad. Esta lujosa cantina donde la gente bebía mientras acababa de estallar la guerra le parecía repugnante.

En la entrada, pidió llamar por teléfono. Le indicaron una cabina. Dio su número y se apresuró a entrar.

—¿Qué? —respondió simplemente Beewen, después de que Simon le explicara la situación.

—Ven. Estamos en el Bayernhof. No hay tiempo que perder.

—Mejor vengan ustedes aquí.

—¿A la Gestapo? Ciertamente no. Ella no diría una palabra más.

Beewen parecía estar reflexionando. Simon imaginó la cabeza de aquel gigante, con su ojo entrecerrado, ante esta investigación que excedía tanto su inteligencia como su imaginación.

—Voy para allá —dijo finalmente.

—Ven vestido de civil —agregó Simon—. No empeores tu caso.

De vuelta en la mesa, Simon era todo sonrisas, sin forma alguna de despertar las sospechas de Greta.

Ahora tenía que ganar tiempo —y, sobre todo, no dejarla hablar más—. Cada palabra de su testimonio debía ser escuchada por Beewen. No supo cómo lo había logrado, pero consiguió ocupar media hora de charla insulsa y balbuceo sin el más mínimo interés.

De repente, Greta se puso rígida.

—¿Llamaste a la policía?

Sus ojos estaban fijos en la entrada de la sala. Simon se volvió y vio a Beewen buscándolos. Se había puesto un traje de verano, pero eso no engañaba a nadie. Era como si le hubieran estampado en la frente letras que decían «GESTAPO». Y centelleaban, una y otra vez.

Simon tomó la mano de Greta.

—No te preocupes. Todo va a estar bien.

41

Simon levantó el brazo y el hombre de la Gestapo finalmente los vio. Al pasar, entre los comensales hubo un murmullo, un temblor imperceptible. Beewen era el tipo de persona que podía causar solo terror. Y en Berlín, en septiembre de 1939, este siniestro poder parecía multiplicarse por diez.

Greta ya se había puesto de pie.

—¿Qué significa esto? ¿Cómo pudiste hacerme esto a mí?

Estiró su mano hacia su bolso, pero Simon la sujetó y la retuvo con la mayor naturalidad del mundo.

—Este es Franz Beewen, un amigo mío. No hay nada que temer.

Greta no apartaba sus ojos del gigante. Su miedo le concedió una arrogancia inesperada.

—¿Es usted un SS? —le preguntó como escupiéndole en la cara.

Simon miró alrededor del restaurante, todos los ojos estaban puestos en ellos. Tomó una silla de la mesa cercana y le indicó a Beewen que se sentara.

—Soy de la Gestapo —confirmó Beewen mientras se acomodaba—, pero he venido aquí como amigo.

—No tienes nada que temer —repitió Simon.

Greta se hundió en su asiento, luciendo exhausta. Estaba sonrojada y su pequeño mechón trenzado parecía vibrar en su frente.

—Lo que me gustaría —continuó Franz con voz cálida— es que hablemos aquí, ahora, entre nosotros, y de manera informal.

—¿De qué?

—De su sueño. Del Hombre de Mármol.

Greta buscó la mirada de Simon.

—No comprendo.

Simon añadió en un tono reconfortante:

—Es bastante simple. Este sueño nos interesa. No me pidas que te explique por qué, pero este Hombre de Mármol está jugando un papel importante en una investigación en la que participo.

—¿Qué papel?

—Greta, relájate. Y solo descríbenos a este personaje…

Ahora ella jugaba nerviosamente con su tenedor, los ojos bajos. Los segundos parecían arder en esta atmósfera de aguda tensión.

—Para comenzar —continuó Simon, como para evitar que dudara—, dinos exactamente cuándo empezaste a soñar con él.

—Anteayer. El día que nos vimos.

—¿Y lo volviste a soñar el día de ayer?

—Esta noche, sí.

—Su rostro es de mármol, ¿no es así?

—No. Te lo he dicho antes, lleva una máscara. Una especie de antifaz, biselado, que deja al descubierto la parte inferior del rostro... La piedra es lisa, verdosa...

—¿Cómo consigue ver?

—Lleva una apertura a la altura de los ojos…

—¿Te dice algo?

—No. Parece un simple funcionario. Él es... indiferente.

—Me hablaste de una oficina. ¿Recuerdas detalles en la decoración?

—Junto a él hay una caldera.

—¿Te refieres a una estufa?

—No, una caldera de fundición, como en la cabina de una locomotora. Su puerta está abierta y se pueden ver las llamas retorciéndose allí, crepitando. En mi sueño, esta boca de incendios no es un calentador, es un bote de basura. El hombre tal vez tirará allí mi certificado, o tal vez a mí misma si considera que no soy una buena alemana…

Breve silencio. Llega un camarero e inquiere a Simon con la mirada: nadie había tocado su plato. El psiquiatra le indica que se deshaga de todo.

—¿Y después? —insistió Simon, cuando el camarero hubo desaparecido.

—Es todo. La escena se repite, llego, el Hombre de Mármol me pide mi certificado de arianidad, mi sueño no va más allá. No sé si mi documento es válido o no, si yo misma soy válida o no. Miro la caldera y me imagino ardiendo viva...

Kraus lanzó una mirada a Beewen. Impasible, incluso inflexible, parecía observar a Greta con curiosidad: posiblemente no solía encontrarse con mujeres tan hermosas como *Frau* Fielitz.

—¿Tienes idea de dónde has visto ya a este «Hombre de Mármol»?

—¿Qué quieres decir?

Simon se precipitó a una de esas breves explicaciones de las que tenía el don:

—No creo que este personaje haya sido inventado por tu subconsciente. Fue tu miedo, tu angustia lo que lo colocó en el centro del escenario. Pero, en mi opinión, esta figura está inspirada en un recuerdo. Has visto recientemente una escultura, o una imagen...

—No lo recuerdo.

—Piénsalo. ¿Dónde podrías haberte encontrado con un individuo tan extraño?

¿En un libro? ¿En un museo? ¿En un hotel?

—Yo no me paso la vida en hoteles —protestó ella en tono ofendido.

—¿Una galería?

—Te repito que no lo sé.

Simon deslizó su mano debajo de su chamarra y sacó una pluma de émbolo marca Dia. Con un gesto apartó los vasos, la botella de agua, las servilletas.

—Retomemos. Vas a describir a este hombre a detalle y yo voy a hacer un dibujo.

42

Detestaba esta investigación. Por Dios, la odiaba. Una vez más, esta mañana, al despertarse, todo parecía haber comenzado bien. Incluso con un tercer asesinato en las manos y un cadáver de policía que había que olvidar con urgencia. Pero, finalmente, se había identificado el arma homicida. El perfil de un sospechoso se iba concretando. Un asesino de las SS no era una buena noticia, pero se podía solucionar el problema. Beewen había encontrado una posible solución y Perninken no parecía oponerse.

Solo que ahora el enano había vuelto a hacer de las suyas, sacando de la chistera a una nueva «soñadora», quien tenía toda la pinta de una víctima potencial. Greta Fielitz. Treinta y un años. Casada con Günter Fielitz, un aristócrata sajón pronazi. Y, por supuesto, miembro del Club Wilhelm.

A la deriva en su Mercedes, miró el dibujo que sostenía entre sus manos. Beewen tenía que admitirlo: Simon Kraus tenía un gran talento. Así que parecía tener todos los dones, este idiota.

Concéntrate. El hombre en un traje serio, sentado detrás de un escritorio, llevaba una especie de casco que recordaba a los yelmos medievales con abanico, con su visera perforada que descendía sobre el rostro e insinuaba un pico. En este caso, no había agujeros para permitir el campo de visión, sino una rendija horizontal que atravesaba la pared biselada.

Absurdo. Tanto más absurdo en cuanto que Simon, siguiendo las instrucciones de Greta, había dado sustancia a la máscara dibujando en su superficie las vetas marrones y blancas características del mármol...

Beewen quería tirar aquella aberración por la ventana. Así que este era su sospechoso, o al menos el pasajero de los sueños que solía anunciar su ejecución inminente a la víctima...

Bueno, no había treinta y seis soluciones. O bien, alejándose del campo de lo racional, este personaje realmente escapaba de los sueños para destripar a sus víctimas, o, según la teoría de Kraus, estas mujeres habían visto al Hombre de Mármol durante una visita a un museo, una cena, una película o un paseo con amistades.

Lo convencía más esa segunda hipótesis, pero no completamente. Incluso si se admitía que Susanne, Margarete, Leni y Greta habían estado en los mismos lugares, juntas o separadas, que habían visto la misma figura y que la recordaban para alimentar sus sueños, ¿qué decía esto sobre el asesino? Absolutamente nada.

—Estamos llegando, *Herr Hauptsturmführer*...

Beewen había decidido tomar un desvío a su departamento. Después de su macabro paseo nocturno, había vuelto directamente a la Gestapo, se había puesto un uniforme y rebuscado en su expediente de investigación, tratando de leer entre líneas para adivinar qué era lo que había descubierto Wiener como para recibir dos balazos en la nuca.

—Me esperas aquí. Vuelvo en diez minutos.

Beewen se dirigió al decrépito edificio que fungía como su domicilio. Siempre se había negado a vivir en barracones; quería su independencia, su propio cuartel. Así, con su magro salario, solo había podido permitirse una habitación en esta pensión ruinosa, dentro de Prenzlauer Berg. Toda aquella zona estaba dominada por una cervecería cuyos tanques de fermentación exhalaban sus vapores día y noche. El hedor había jugado un papel importante en la reducción de los alquileres... Y en el verano, Señor, se debería haber regalado el lugar a los inquilinos, pues los hedores eran asfixiantes.

Beewen abandonó por un momento la investigación para concentrarse en la noticia del día, la real: se había declarado la guerra. Y vaya que él estaba listo. Pronto podría alistarse y transmutar su rango de la Gestapo en galones de la Wehrmacht. Primero el frente polaco, luego Francia. ¡Por fin!

Sin embargo, no había sentido alegría ni interés en este evento trascendental. *Mein Gott*. Mil veces había imaginado esta guerra. La había concebido, pacientemente, hasta los más mínimos detalles. La había moldeado como un metal caliente fundido a mil grados. Conocía los resortes más pequeños, las posibilidades más mínimas... Y ahora, no le importaba en absoluto, o casi nada. Era esta investigación lo que lo obsesionaba. Arreglar este archivo era lo más urgente. Se ocuparía de la guerra más tarde.

Beewen compartía el baño con los inquilinos de su piso, pero a aquella hora —casi las tres— la vía estaba despejada. En aquel baño había un lavabo, una ducha, incluso un bidé… Pero nada funcionaba, el suelo estaba helado y la humedad rezumaba por todas partes, salvo por los grifos o el área de la regadera.

Aquel día, un goteo salobre respondió a sus esperanzas. Colocándose debajo, pudo lavar y reproducir el final del encuentro con Greta Fielitz. Frente al Bayernhof la habían empujado dentro de su coche con chofer tratando de tranquilizarla. Beewen ya había decidido protegerla colocando hombres de la Gestapo pegados a sus faldas.

Antes de separarse, le había preguntado a Kraus:

—¿Conoces a una psiquiatra llamada Minna von Hassel?

—Claro. Estudiamos juntos en la universidad.

—¿Qué piensas de ella?

—Nada.

—Lo dices como si te costara trabajo tragar tus palabras.

—No me gustan los pequeños burgueses que juegan a hacerse los santos.

—¿Prefieres a las esposas de los banqueros nazis?

Kraus lo miró sombríamente.

—Si bien Leni o Margarete no estaban curando locos en un instituto devastado, todo lo que tenían lo habían conseguido luchando. Minna von Hassel nació con una cuchara de plata en la boca y se da los aires de una mártir.

—Ella te admira mucho.

Simon frunció el ceño.

—¿Tú la conoces?

—Ella cuida de mi padre.

Beewen no sabía por qué había dejado escapar esta información. Siempre había considerado la enfermedad de su padre una desventaja, un secreto vergonzoso.

Simon era demasiado listo como para hacer preguntas.

—¿Sabías que hizo una tesis sobre asesinos reincidentes? —continuó Beewen.

—Toda una referencia en el campo, parece, pero no la he leído. No es mi área en absoluto. Me parece recordar que trabajaba con un psiquiatra que estudió los casos de varios asesinos en serie e incluso pudo entrevistarlos.

—Y a este psiquiatra, ¿dónde puedo encontrarlo?

—En ninguna parte. Es judío. Está muerto, sin duda.

Se deslizó en su habitación y sacó su mejor uniforme, con insignias plateadas, hombreras brillantes, daga de honor al final de su cadena.

Al volver a su Mercedes, percibió la mirada de los transeúntes posándose sobre él, medio asustados, medio admirándolo. Adoraba aquello. De repente, escuchó la voz del pequeño Kraus en el Nachtigall: «Y si puedo darte algún consejo, sigue vistiéndote de civil para llevar a cabo esta investigación. El uniforme de las SS no va bien con la discreción».

¿Vestir de civil? ¿Y luego qué más?

43

Se sentía bien en su uniforme, se sentía bien en el número 8 de Prinz-Albrecht-Straße. Este gran edificio de piedra tallada —casi un museo— era su verdadero hogar. Un abrigo que lo envolvía y protegía. Uno tiene la familia que se puede, y él aceptaba esta verdad con fatalismo: pertenecía al campo de los malvados.

Cada vez que llegaba allí, Franz pensaba en lo que había sido este edificio antes de que los nazis se apoderaran de él: talleres, aulas, biblioteca... Todo saturado por obras de arte, teorías estéticas y esperanzas de artistas. Era el mundo de Kraus y Minna el que había dado paso al de Beewen. ¡*Lugar para los jóvenes*! ¡Ja ja ja!

Contrariamente a la creencia popular, los sospechosos eran interrogados en las oficinas y no en las celdas del sótano. Mientras se subía podían oírse los gritos, los gemidos, los fuertes golpes y las súplicas… Durante mucho tiempo, Beewen no les había prestado atención. Como él, la mayoría de sus colegas eran antiguos SA y todos estaban acostumbrados a esos siniestros ruidos. Eran el crujido de las drizas y el batir de las velas del barco.

Un siseo de admiración lo sacudió de entre sus pensamientos. Había llegado a su piso, sin siquiera darse cuenta, y Grünwald, ese frustrado hijo de puta de las SS, todavía estaba en su puerta, con las manos a la espalda, fingiendo estar deslumbrado por su uniforme.

—Te has puesto guapa.

—No todo el mundo puede andar paseando con mierda en el culo.

Grünwald y su equipo eran conocidos por su suciedad y descuido personal. Beewen los imaginó al frente, errando, desaliñados como espantapájaros. Iban a disolverse allá, muy lejos, entre el frío y las bombas...

—Ten cuidado con lo que dices.

Beewen sonrió. Quizá hubiera sido mejor para ambos ajustar cuentas en el patio de una vez por todas, a puñetazos y porras, en lugar de perseguirse por los pasillos como funcionarios timoratos. Dio un paso hacia el hombre del bigote y renunció, haciendo un gesto de laxitud. Había algo más urgente.

En el 56, Dynamo yacía desplomado en su propia silla. Había puesto un morral grasiento cerca de la máquina de escribir de Beewen.

—¿Qué es esto?

Hölm se levantó emitiendo un exagerado suspiro de cansancio, tomó dos esquinas de la lona y tiró hacia arriba: una cascada de puñales se derramó sobre el escritorio, tirando al suelo carpetas, blocs y bolígrafos.

—¡Ho, ho, ho, cálmate! —gritó Beewen, tratando de limitar el daño.

—Esto es lo que querías, ¿o no? —se rio el otro—. Te he traído muchas dagas de las nuestras, pero en realidad todo esto es para hacerte feliz. No hay nada para pescar allí.

—Explícate.

—Llamé al Reichszeugmesterei (RZM), a la oficina de control del material de nuestras tropas.

—Lo sé, gracias.

—Al contrario de lo que tú creías, es común que nuestros muchachos rompan sus dagas, las dañen, las extravíen, incluso las revendan, pero no se lo digas a nadie. La administración sigue las órdenes, las entrega e intenta localizar a los culpables. Pero sería lo mismo que buscar una aguja en una caja de agujas.

Beewen se quedó mirando el revoltijo de cuchillos esparcidos por la bandeja de cuero. Había de todo: empuñaduras, guardas, cuchillas, vainas, sujetadores, cadenas; todos estos detalles presentaban ínfimas diferencias.

—Tenemos aquí dagas de las SS modelo 33 y modelo 36, ejemplares de las SA, de la Wehrmacht, de las SS-TV, dagas de honor, piezas de colección, algunas están firmadas por Ernst Röhm o el mismo Heinrich Himmler… Pero todo eso no sirve de nada. Lo único que nos importa es la forma de la hoja y las marcas en la empuñadura. Sin embargo, desde este punto de vista, todas estas dagas poseen las mismas características.

Beewen observó aquellos objetos homicidas con pretensiones artísticas y vio en ellos el naufragio de su única pista: imposible rastrear el más mínimo indicio de las heridas de las víctimas.

—Me puse en contacto con varios expertos en Solingen. Jacobs, Carl Eickhorn, Karl Böcker… Han sido formales. Imposible distinguir uno de estos puñales a partir de una herida. Salvo por algunos microdetalles, todas las hojas son idénticas.

En retrospectiva, esta pista ahora parecía demasiado obvia, demasiado teatral. Y aquel gesto del patólogo que había clavado su propio puñal en una de las heridas... Todo eso no servía para nada. Un asesino que ningún testigo había visto nunca, que no dejaba rastro y que parecía ser capaz de desmaterializarse cuando se le ordenaba, nunca le habría entregado una pista tal en una bandeja de plata.

Volver al punto de partida.

Beewen extendió su brazo y metió todo el material en su envoltorio original.

—Tengo una misión para ti —dijo, enderezándose—. Tienes que poner a dos tipos tras los pasos de una mujer, Greta Fielitz. Seguramente tenemos un archivo sobre ella.

—¿Es sospechosa?

—No, está amenazada. Tenemos que protegerla.

—¿Cómo sabes que está en peligro?

—Si te lo dijera, no me creerías...

Alfred asomó la cabeza por la puerta entreabierta después de tocar.

—Un mensaje para usted, *Hauptsturmführer*.

—Lo veré después.

—Es un mensaje personal, una mujer...

Dynamo se mofó, en tanto Beewen se puso más rígido.

—¿Una mujer?

Aún en el umbral de la puerta, Alfred leyó su pequeño pedazo de papel. Usaba anteojos de montura delgada que evocaban las antenas de un saltamontes.

—Minna von Hassel. Dijo que se trataba de su padre.

44

Los acordes resonaron debajo del quiosco de música. A su alrededor, mesas, sillas blancas y enrejados formaban un círculo bajo globos suspendidos. En medio, las parejas bailaban el vals con una ligereza sonriente, satisfecha, como imbuida de sí misma. Reinaba allí una embriaguez veraniega llena de perfumes de flores y olores de cerveza.

Habían pasado años desde que Beewen había puesto un pie en un *Biergarten;* estas cervecerías al aire libre nunca le habían llamado la atención. A sus ojos, esa mezcla de sol, música, cerveza y embutidos no encajaba. A la naturaleza le importaban un carajo estos ritmos de vals y estos ritmos lentos de *flammekueches.* Los árboles, con su noble altura y su frondoso follaje, le parecían mirar con lástima a estos pequeños humanos que se agitaban como insectos en la pista de baile o se atiborraban en una esquina de la mesa.

Este *Biergarten,* ubicado al norte del Tiergarten, no era una excepción a la regla, pero Franz había quedado impactado por la multitud y el júbilo en general. Se acababa de declarar la guerra, el apocalipsis estaba en marcha; sin embargo, bajo los castaños, todos estaban allí, girando, saltando, galopando al ritmo ternario de Josef Lanner.

Beewen estaba molesto porque Minna lo había citado en aquel lugar. Sin duda se trataba de una consideración de su parte, pues no tendría que viajar hasta Brangbo; pero este lugar repleto le recordaba esos lugares públicos que uno elige para no encontrarse con su interlocutor a solas.

La notó, sentada sola en una mesa, como fuera de lugar con su chamarra de gamuza y su boina; parecía una mancha de mostaza sobre un mantel blanco.

Apartando los globos, esquivando a los camareros y a los bailarines ansiosos por unirse a la pista, Beewen se dirigió hacia ella. Con su uniforme negro, el pecho lleno de insignias y su daga tintineante, él mismo no estaba en sintonía con la pequeña fiesta campestre.

—¿Qué es esta mierda? —preguntó a modo de saludo.

Minna daba vueltas a la cucharilla dentro de su taza con tanto nerviosismo que hacía que el café se desbordara. Tenía los ojos vidriosos y la piel casi gris. Parecía completamente drogada.

—Tome asiento —ordenó ella.

—¿Le parece que este es un lugar apropiado para hablar de mi padre enfermo?

—Su padre está bien.

—¿Qué? Su mensaje…

—Fue para hacerlo venir aquí.

Beewen estaba contrariado y confundido. La habría metido en una celda solo para enseñarle cómo mentirle. Al mismo tiempo, se sentía aliviado de que le hubiera mentido; al menos su padre se encontraba bien. En el fondo, admiraba las agallas de esta mujer que hacía uso de todos los «medios posibles y necesarios» para lograr sus fines.

—Cree que no tengo nada más qué hacer —dijo, sentándose de mala gana—. ¿Tomando café en un *Biergarten* a media tarde?

—Quería hablar con usted de varias cosas, con urgencia.

Beewen miró su reloj.

—La escucho, pero le juro que si me ha hecho venir aquí para…

—¿La ley del 14 de julio de 1933 significa algo para usted?

—No voy a jugar a las adivinanzas.

—La ley de esterilización forzada.

—¿Esterilización de quién?

—De inválidos, enfermos incurables, enfermos hereditarios, los simples de espíritu, los locos…

Él dio un vistazo a su alrededor: los bailarines no se tomaban ni un respiro. Los músicos —una fanfarria de instrumentos de viento—

ahora atacaban a todo galope. Cabalgata bajo los árboles al ritmo de acordes contrapunteados y chirridos cobrizos. Sonaba como una danza macabra saturada por sarcásticas burlas.

—¿Me ha traído aquí para hablar conmigo sobre eso?

—No. Quería saber si había oído hablar de otro programa.

—¿De qué tipo?

—Un programa más... radical, que tendría como objetivo eliminar a los enfermos mentales.

Por supuesto que había oído hablar de él. Un mero rumor, como aquellos que se atribuían a los nazis sobre la intención de exterminar a todos los judíos o de ahogar a los gitanos frente a las costas de Kiel.

—Chismes de pasillo.

—¿Conoce usted a un hombre llamado Ernst Mengerhäusen?

Aquel nombre le sonaba vagamente, pero no podía decir dónde o cuándo lo había escuchado.

—No —prefirió responder—. ¿Quién es?

—Un ginecólogo. Vino a verme ayer con una lista.

—¿Una lista?

—Pacientes que las autoridades nazis quieren trasladar a un hospital modelo en la Alta Suabia. El castillo de Grafeneck.

Había llegado el mesero. Beewen pidió un café. El chico asintió y colocó con cuidado unos cuantos *Mohrenköpfe* frente a Minna. Ella se abalanzó sobre ellos como si no hubiera comido en varios días. Había algo repugnante en verla masacrar con su cuchara estas bolas de bizcocho rellenas de crema inglesa.

Franz despidió al chico con un movimiento de la barbilla y retomó:

—Estará en el castillo de Grafeneck. Bastante buenas noticias, ¿no lo cree?

—Usted es decididamente ingenuo para formar parte de la Gestapo. Los pacientes serán tratados mejor allí porque no permanecerán en el lugar por mucho tiempo.

—¿Cómo?

—Serán eliminados.

Beewen se revolvía en su asiento. Pensaba en la investigación, en el tiempo que se le acababa. ¿Qué diablos hacía allí, escuchando la mierda de una psiquiatra disfrazada de vaquera?

—¿Tiene pruebas de lo que está diciendo?

—No. Por eso le he pedido que viniera. Solo usted puede averiguarlo.

Seguía devorando su *Mohrenköpfe*, no como una pequeña niña golosa, sino como una drogadicta, una persona desequilibrada que se olvida de comer la mayor parte del tiempo, pero que ocasionalmente tiene un antojo irracional.

—Lo siento. No tengo tiempo.

—Es importante.

—Ahora mismo, créame, hay muchas cosas que son importantes.

—Quiero decir, para usted.

—¿Para mí?

—Su padre está en la lista.

Beewen se quedó mudo. La noticia no lo sorprendía. En el seno del Tercer Reich, ¿qué hacer con un náufrago delirante como su padre? Suprimirlo, por supuesto.

Peter Beewen no merecía ningún trato preferencial: durante veinte años le había estado costando dinero al Estado, pero había pagado en gran parte su deuda, cuando la Gran Guerra. Ahora, lo mejor era finiquitar el trato...

—Veré qué puedo hacer —dijo, poniéndose de pie.

En cierto modo, había estado esperando esta situación desde hacía mucho tiempo. El Orden al cual servía pronto se convertiría en su enemigo. O, para ser más justos, él iba a convertirse en el enemigo de la patria. Porque nunca permitiría que sus propios colegas se llevaran a su padre para inyectarle un producto letal en algún lugar de la Alta Suabia.

Estaba dándose la vuelta cuando Minna lo sujetó por la manga.

—¿Lo investigará?

—Ya le he dicho que…

—Hay que darse prisa. Mengerhäusen me ha hablado de coches, de transferencia. ¡Debe usted impedirlo!

Beewen bajó la mirada: Minna no soltaba su brazo.

—Siéntese —repitió ella—. Por favor. No he terminado.

Él obedeció.

—¿Qué más?

—Anoche me atacaron.

—¿En el instituto?

—No. En Moabit, cerca de un club llamado Gynécée.

—Lo conozco.

Minna se percató de su sorpresa. Beewen estuvo a punto de añadir: «La Gestapo lo conoce todo», pero se abstuvo. El hecho de que Minna von Hassel fuera lesbiana no le sorprendió.

—Tenía una cita con una amiga.

—Claro.

—Esa no es mi tendencia, si esa es la pregunta.

—Yo no pregunté nada.

—Debo haber entendido mal, entonces.

—¿Y qué pasó?

—Eran como las tres de la mañana, un hombre me siguió…

—¿Un ladrón?

—No. Un asesino.

Beewen estaba dotado de una facultad de adaptación razonable, pero en ese momento, aceptó que estaba abrumado. ¿Qué venía a hacer este intento de asesinato en la imagen?

—Me estaba esperando a la salida del club y me persiguió hasta los muelles de Westhafen.

—¿Consiguió eludirlo?

—No. Me acorraló en los muelles, pero en el último momento, me perdonó.

—¿Por qué?

—Creo que…

—¿Sí?

—Me confundió con otra persona. Al estar cara a cara, se percató de su error.

—¿Con quién pudo confundirla?

—La amiga con la me encontré en el Gynécée. Estábamos vestidas exactamente igual.

—¿Tiene alguna otra razón para creer que ella era el objetivo?

Minna vaciló. Había devorado su bizcocho y bebido su café.

Sin embargo, seguía dando vueltas a la cuchara dentro de la taza. La agresión podría explicar su nerviosismo, pero su actitud general delataba más bien una falta de él; en su expediente quedaba claro que la pequeña burguesa era alcohólica, pero también consumía otras sustancias.

—No lo sé. Ruth… esta amiga… me había llamado para contarme un problema, pero al final no me dijo mucho. Por otro lado, parecía muy inquieta. Se sentía amenazada...

Beewen no esperaba esto en absoluto. Pues ya que el régimen nazi era el más peligroso del mundo para los que no se alineaban correctamente, la villanía ordinaria casi había desaparecido de las calles de Berlín. Cuando los asesinos estaban en el poder, los matones prácticamente no tenían razón para existir.

—¿Pudo ver a este tipo de cerca? ¿Podría describirlo?

Ella tomó su cabeza entre sus manos. Debajo de su pequeña boina, parecía un trozo de madera flotante —gris y hueca.

—Eso es lo más descabellado...

—¿Qué cosa?

—Su rostro… Su rostro era de mármol.

Beewen, el único hombre que parecía de luto en esta asamblea de tontos felices inconscientes, casi se cayó de la silla.

—¿QUÉ?

—Se lo juro. Llevaba una máscara que parecía de mármol. Es... una locura.

Con mano torpe (tuvo que intentarlo dos veces y finalmente consiguió quitarse los guantes), Beewen sacó del bolsillo el dibujo de Simon Kraus.

Desdobló la hoja delante de Minna:

—Ese hombre, ¿se veía así?

Del gris opaco, Minna pasó al blanco medicina.

—¿De dónde sacó usted este dibujo? ¿Ya hay una investigación sobre él?

—Él se veía así, ¿sí o no?

—Sí. Es él.

45

Minna no esperaba tanto. Sin darle ninguna explicación, Beewen la metió de inmediato en su Mercedes y le ordenó que lo llevara con Ruth Senestier. Minna había imaginado que el nazi se asustaría de que su padre estuviera en la lista negra y que apenas escucharía su historia sobre la agresión. Había sucedido exactamente lo contrario.

Beewen ya sabía de la existencia del asesino de mármol —¡incluso tenía su boceto en el bolsillo!—, Minna lo había bombardeado con preguntas, él no respondió ni una sola.

¿Era buena idea acompañar a este torturador con Ruth la rebelde, a quien le gustaba coleccionar problemas con el poder? Sí. La prioridad era protegerla. No de los nazis, un mal recurrente, sino de este asesino que sin duda había querido matarla la noche anterior...

—Hábleme de su amiga —ordenó Beewen.

Habían rodeado el Tiergarten por el lado del jardín zoológico, luego habían descendido hacia el sur y habían pasado Kaiser-Wilhelm-Gedächtnis-Kirche («la Iglesia Memorial del Emperador Guillermo») hasta llegar a Kurfürstendamm, que todo el mundo solía llamar Ku'damm.

Antiguamente, esta avenida de más de tres kilómetros era sinónimo de alegría y elegancia, pero hoy en día, tras la Noche de los Cristales y todas las agresiones que allí habían sufrido los comerciantes judíos, solo era un lugar de vergüenza y envilecimiento. Se podía aún lamer las ventanas, pero había que probar la sangre.

—Hábleme de Ruth Senestier —repitió el oficial de las SS con impaciencia.

—La conozco desde finales de los años veinte. En aquellos tiempos, yo todavía era estudiante. Nos conocimos en el Hospital de la Caridad. Yo era aprendiz al servicio de los Kriegstraumas, los soldados de la Gran Guerra que padecían trastornos mentales. Ruth trabajaba en el departamento contiguo.

—¿No me había dicho que ella era artista?

—Sí, pero en aquel momento colaboraba con la Cruz Roja. Fabricaba prótesis faciales para soldados desfigurados.

—¿Son amigas cercanas?

Minna respondió sin dudarlo; se alegraba de poder hablar sobre Ruth. La pintora había sido, y seguía siendo, una suerte de madrina espiritual.

—Muy cercanas. Fue ella quien me impregnó el espíritu de Berlín.

—¿Cuál espíritu?

—Olvídelo.

—¿Ella es comunista?

—No exactamente, no.

—¿De qué vive?

—No realmente de su arte, al menos no de sus pinturas ni de sus esculturas. Colaboró durante mucho tiempo en revistas donde dibujaba bocetos de moda, caricaturas, pero tuvo que dejarlo...

—¿Por qué?

—¿Por qué? —repitió Minna en tono de desprecio—. Porque la casa editorial de *Die Dame* es de origen judío y no ha dejado de ser perseguida desde 1933. Porque *Simplicissimus* ha tenido que alinearse con la línea ideológica nazi y Ruth no quería tener nada que ver con ello.

—¡Vaya que es toda una mujer! —comentó sarcásticamente Beewen.

Minna estuvo a punto de responderle, pero se contuvo: suficiente tiempo perdido. Además, a Beewen parecía importarle poco.

—¿Por qué tiene un apellido francés?

—Es el de su marido. Ella hizo sus estudios en París, específicamente en la Académie Julian.

—No la conozco.

—Es una de las mejores escuelas de arte en Europa. Pintores como Pierre Bonnard o Emil Nolde fueron alumnos allí.

—Tampoco los conozco.

Minna suspiró:

—Y parece orgulloso de ello. Al final, Ruth se casó con uno de sus profesores de dibujo, André Senestier. Por supuesto, aquello no funcionó.

—¿Por qué por supuesto?

—Ruth prefiere a las mujeres.

—Ya veo.

Minna reprimió un suspiro de irritación. Con su aire de complicidad, Beewen empezaba a ponerla nerviosa. Se las daba de gran especialista en la vida berlinesa, pero con su trabajo de matón y su uniforme grotesco, estaba completamente fuera de la jugada.

—Sobre esa amenaza de la que le habló, ¿qué le dijo exactamente?

—Ya se lo dije. Se arrepentía de haber aceptado un encargo.

—¿Una pintura? ¿Una escultura?

—Eso es lo que yo pensaba, pero parecía ser otra cosa.

—¿Qué?

—No lo sé.

—¿No le dio ningún otro detalle?

—Sólo llegó a decirme que el solicitante era... el diablo.

—Bueno, con eso...

Minna se volvió hacia Beewen y levantó su voz más de lo que le hubiera gustado:

—¿Es usted idiota o qué? ¡Estoy segura de que Ruth está en peligro!

Se culpó a sí misma por ceder a su irritación y se echó hacia atrás en su asiento, murmurando un «lo siento» demasiado débil como para que Beewen lo oyera. En realidad, Minna estaba exhausta. Tras la agresión, ella había vuelto a su auto y regresado a la villa de sus padres. Allá solo había conseguido dormir un sueño roto.

Al despertar, recordó que había escondido, como un pájaro en el bosque, provisiones por toda la villa: éter por aquí, morfina por allá... Se había dejado inconsciente a sí misma con aquellas sustancias, se había vuelto a dormir y luego se había despertado en uno de los sofás del salón después de las dos de la tarde...

—Minna —atacó Beewen sin mirarla—, si de verdad desea que la ayude, déjese de provocaciones y haga a un lado ese tono de pequeño burguesa revolucionaria. Parece que no está usted al tanto, pero Alemania ya no tolera este tipo de fantasías. Y créame, ni su nombre ni su dinero podrán protegerla para siempre.

—¿Me está amenazando?

Él se contentó con sonreír.

—Estamos llegando, ¿no?

46

Minna salió al sol y respiró el aire libre cargado por el aroma de los árboles y el humo de los coches. Cerró los ojos con placer. Esta felicidad bien valía haber viajado en un Mercedes nazi y ser escoltada por un ss de poco entendimiento.

Ella tenía que estar de acuerdo: a pesar de la ignominia de la que el Ku'damm había sido escenario, la arteria conservaba su encanto. Ese ruido de carros, de transeúntes, de follaje, era la vida misma que se iba instalando en las venas. Unos pocos miligramos de Ku'damm al día y se podría (casi) olvidar a los nazis. Ruth había heredado este departamento de una tía lejana.

Una verdadera ganga. ¡El Ku'damm, no era poca cosa! Un edificio en buen estado y un espacio de al menos cincuenta metros cuadrados divididos en un salón y un taller. Ruth no necesitaba un dormitorio, dormía en el suelo, a los pies de sus esculturas.

Al atravesar el patio con el otro coloso pisándole los talones, Minna estaba encantada de encontrarse en este lugar tan hermoso, el cual no había visitado en al menos dos años. De hecho, enclaustrada en Brangbo, ya no solía disfrutar Berlín.

La escalera serpenteaba alrededor de un tragaluz. Subir por ella parecía como irse envolviendo en un manto de sol. Un sueño de vida, una vida de ensueño, estilo bohemio, con pocas necesidades y muchos deseos. Aquella era la vida de una artista que fantaseaba una hija de familia, pero una existencia no tan alejada de la vida cotidiana de Ruth.

El departamento estaba en el quinto piso, en el ático del inmueble.

—¿Está segura de que está en casa?

—Estoy segura. Conozco su itinerario. Por la tarde, se dedica a sus obras personales.

—No me ha hablado sobre lo que pinta, lo que esculpe.

Ya verá.

Avanzaron por un pasillo estrecho. No las grandes comodidades, ni mucho menos. El retrete estaba en el rellano y Minna recordó que la cocina era tan pequeña que solo se podían preparar crepas en ella. El verdadero lujo estaba en otra parte: vivir en las alturas del Ku'damm, practicar su arte con entera libertad, observar a los berlineses desde lo alto de su ventana y percibir la agitación de la multitud bajo sus pies...

Tocaron varias veces más a la puerta. Sin respuesta.

—Solo nos queda esperarla. Estoy segura de que no tardará mucho. A menos que vuelva abajo y le pregunte al conserje. Nosotros…

Beewen acababa de sacar un puñado de ganzúas del bolsillo de su elegante uniforme. Sin una palabra, atacó la cerradura, como lo hiciera un ladrón común.

En aquella escena, Minna observó la profunda verdad de todos esos nazis endomingados. Un grupo de matones despreciables, que habían tomado el poder y ahora estaban saqueando el país del cual eran amos.

—Listo —exclamó Beewen, incapaz de reprimir una pequeña sonrisa de satisfacción.

El nazi entró en el departamento, pero Minna, por un pudor inexplicable, lo empujó a un lado y pasó delante de él. Ruth Senestier siempre solía decir: «Cuando la policía es el criminal, el más mínimo rastro de inocencia se convierte en culpabilidad».

Ella se apresuró hacía la pequeña sala de estar y tuvo que detenerse en seco. En la pared que tenía enfrente —una pared donde Ruth había enmarcado algunas de las caricaturas de las que estaba más orgullosa— un largo rastro vertical de sangre subía hasta el techo.

Abajo, el cuerpo de Ruth, enteramente retorcido junto a la mesa de centro. Su garganta había sido cortada. Su carne violentada reía con una risa terrible, cuyos dientes habrían sido sus cervicales, que se podían ver al fondo de la herida. La cabeza, a punto de desprenderse, ya no se sujetaba al resto del cuerpo salvo por la nuca.

Ruth parecía haberse quedado congelada en una convulsión: las piernas pegadas al pecho, el brazo derecho en su espalda, una mano extendida, la otra descansando en un ángulo perpendicular al torso en el charco de sangre extendida en un radio de más de un metro.

—No toque nada —ordenó Beewen.

No había necesidad: Minna estaba paralizada. Recorriendo con los ojos la sala como si allí pudiera encontrar una fuente de consuelo —o de negación: todo era una pesadilla—, vio el abrigo y la boina colgando de un gancho. Era Ruth a quien el Hombre de Mármol quería matar la noche anterior. Y había regresado para completar lo que se había propuesto el día anterior.

Minna se derrumbó en el suelo.

—Contrólese, por el amor de Dios. ¿Es Ruth Senestier?

Ella solo pudo asentir. Él la sujetó por el brazo y tiró de ella para ponerla de pie de un tirón.

—Siéntese y no se mueva. Le traeré un poco de agua.

Mientras notaba que él había sacado su arma, ella se dejó caer, impotente, sobre una silla. En el fondo, no se había dado realmente cuenta de lo que le había pasado, de lo que había escapado. El cadáver de Ruth estaba allí para poner sus ideas en orden.

De vuelta con un vaso, Beewen se detuvo en seco.

—¿Qué es eso?

El oficial miraba directamente hacia la puerta entreabierta.

—Su taller.

—Me refiero a la pared.

Él le extendió el vaso y se acercó. Minna tomó un largo sorbo y siguió su ejemplo. Se detuvieron en el umbral. La habitación no era muy grande y estaba abarrotada por un montón de obras más o menos acabadas, que yacían entre los trapos y las lonas del suelo.

Sobre caballetes, pinturas, o más bien bocetos, representaban mujeres pálidas, incluso diáfanas, esbozadas con un trazo ligero. Las esculturas eran de un estilo completamente distinto: animalitos de yeso, de bronce, de madera pintada, encaramados en sus pedestales y como prisioneros de su vértigo.

Pero Beewen miraba otra cosa: en la pared colgaban una serie de máscaras de yeso. Rostros de hombres desfigurados, con la carne perforada, agrietada, devastada. Amasijos monstruosos de piel, músculos y huesos destrozados, invertidos, amalgamados.

—Le he dicho que Ruth trabajaba para la Cruz Roja —repitió Minna—. Son moldes de soldados desfigurados.

—Me habló de prótesis…

—Exactamente. A partir de estos moldes, ella fabricaba máscaras de cobre para...

—¿Volver a darles un rostro humano?

—Sí, eso.

Minna podía ver, de una forma simple, los pensamientos que circulaban a mil kilómetros por hora de la cabeza de Beewen. Supuso que, cuando ella había mencionado las prótesis, el nazi había imaginado pliegos de goma, varillas de metal, complicados mecanismos que permitían a los discapacitados recuperar el uso de la mandíbula o un somero equilibrio de su rostro.

—¿Puede caminar? —le preguntó de repente.

—Sí, creo que sí.

—Entonces podrá ayudarme.

—¿A qué?

—Se lo explicaré —susurró él, entregándole un par de guantes.

47

—¿Qué hacen aquí?

Bajo el umbral de su puerta yacían Beewen y la pequeña von Hassel, quien, a pesar de su ropa de artista de pacotilla, seguía tan hermosa como siempre.

—¿Está con una paciente? —preguntó el nazi.

—Claro que sí. ¿Por qué?

El oficial lo empujó para entrar.

—Despídala. Tenemos que hablar.

Simon observó a Minna seguir dócilmente al hombre de la Gestapo. Parecía aturdida, como si acabara de ser alcanzada por un fragmento del Reichstag en la cabeza. Beewen parecía un tanto descolocado. ¿Qué querían estos dos pájaros de mal augurio con él a las seis de la tarde?

—A la sala de espera —ordenó.

Despidió a su paciente, una neurótica de Charlottenburg cuyas confidencias ni siquiera registraba —con eso bastaba para saber cuán interesante era.

Cuando estuvo de vuelta, miró hacia abajo y pudo advertir las grandes botas del nazi aplastando su alfombra cubista y los zapatos de muñeca de Minna flotando sobre las formas simétricas.

—¿Qué ha pasado? —preguntó.

No estaba de humor para ofrecerles café ni nada. Ninguno de los dos respondió.

—Síganme.

Se dirigieron a su oficina. Automáticamente, Beewen se instaló en el sillón y Minna se acomodó, con mucha ligereza, en el diván.

Optó por una posición modesta, las rodillas juntas, las manos entre los muslos. Había envejecido, pero no demasiado. En realidad, se podían constatar más que nada los estragos del alcohol y las drogas en su tierna piel.

Simon no pudo resistir la tentación de fastidiarla un poco:

—¿Cómo está nuestro mártir de Brangbo?

—Muy bien gracias. ¿Y el gigoló de estas damas?

—Me pregunto cómo sobreviven tus pacientes con tratamientos tan bárbaros.

—Al menos yo sí trato de curarlos. No los extorsiono.

—¡Hey! —interrumpió Beewen—. ¿Pero qué edad tienen? Hay cosas más urgentes que ver, créanme.

Sentado en su escritorio, Simon encendió un cigarrillo y puso los pies sobre la superficie; quería dar a entender que estaba en casa y a gusto. Pero tal vez se estaba excediendo.

Diez minutos después, sus pies habían vuelto a caer por sí solos y su Muratti, olvidado, se había vuelto cenizas a solas en el cenicero. Beewen acababa de contarle una historia inverosímil en la que se entremezclaban un intento de asesinato de la persona de Minna von Hassel, un asesino con cabeza de mármol (muy real), otro asesinato (ese sí exitoso) que había puesto fin a los días de una mujer llamada Ruth Senestier, artista de profesión, quien alguna vez había hecho prótesis faciales para las mandíbulas rotas de la Gran Guerra.

Si se añadía a esto el testimonio, unas horas antes, de Greta Fielitz, cuarta víctima potencial, era lo que se solía llamar un día ajetreado.

—Anoche —continuó Beewen como si pensara en voz alta—, Ruth le dijo a Minna que se arrepentía de haber tomado un encargo. «Una especie de escultura». ¿Por qué no, la confección de una máscara?

—¿Habría fabricado ella la máscara del asesino?

—Ruth agregó que quien había hecho el encargo era el diablo.

Minna tomó la palabra:

—Quizás este «diablo» sea un hombre desfigurado que Ruth conoció cuando confeccionaba aquellas prótesis. Tal vez había vuelto para pedirle que hiciera una máscara en «imitación de mármol».

—Quizá Hitler tenga bigote postizo y sea mujer.

Beewen lanzó a Simon una mirada fulminante. El psiquiatra encendió otro Muratti y consideró a sus dos interlocutores: el coloso de uniforme negro (había retomado su vicio) y la pequeña psiquiatra, tan hermosa, tan brillante, pero disfrazada ese día, quién sabe por qué, de trampera canadiense.

—¿Cuál es su idea? —preguntó él finalmente—. ¿El asesino sería un soldado desfigurado de la guerra entre el 14 y el 18?

—Es una hipótesis plausible.

—¿Y por qué habría matado a Ruth?

—Porque estaba a punto de hablar. Casi lo hace con Minna...

Simon soltó una bocanada de humo que pareció quemarle no solo la garganta, sino el cerebro.

—En el estudio de Ruth, ¿encontraron rastros de este trabajo? —preguntó, retomando—. Quiero decir, ¿detalles que prueban que ella había vuelto a trabajar en la hechura de máscaras?

—No.

—Las prótesis se fabricaban en un lugar específico —explicó Minna.

—¿Y tú cómo sabes eso?

—Conocí a Ruth en el Hospital de la Caridad, en los años veinte.

—En los veinte, apenas comenzábamos nuestros estudios de medicina.

—Yo ya estaba tratando de ser útil.

—Por supuesto. Siempre el síndrome de San Bernardo.

—Tú, durante ese tiempo, fabricabas anfetaminas para vendérnoslas y te acostabas con viejas condesas que…

—¡No vuelvan a empezar! —gritó Beewen mientras se ponía de pie. Dio unos cuantos pasos en silencio.

—Ruth trabajaba en aquel tiempo en el Studio Gesicht —continuó Minna—. No sé si todavía existe, pero bastaría con contactar a la Cruz Roja.

—¿En qué consistía exactamente este trabajo?

Beewen se sentó como se sienta un maestro de escuela para dar la palabra a uno de sus alumnos.

—En la elaboración de este tipo de prótesis —comenzó Minna—, primero se debe tomar una impresión del rostro desfigurado. Luego se reconstruyen los rasgos a partir de fotografías o de lo que se deduce de los «restos» de la figura. Con la pasta para modelar, Ruth reponía los huesos, los músculos y la carne que faltaban. Después de esta etapa, hacía un nuevo molde de cera y practicaba la operación de galvanoplastia.

—¿Qué es eso? —preguntó Simon.

Todavía en el sofá, Minna había liberado los dedos y agitaba las manos; manos tan finas que parecían alas.

Simon prefirió no mirarla demasiado. Su belleza le hería el corazón. Primero, porque no la había poseído. Segundo, porque siempre había sentido en ella, hacia él, un desprecio sordo, una posición altanera que lo mortificaba. La joven baronesa nunca había andado por sus rumbos. Nunca había escuchado sus grandes discursos de genio en ciernes. Ella nunca le había comprado su producto, cuando ya era una drogadicta notoria. Y, por supuesto, nunca lo había considerado un pretendiente serio.

Él era un enano, un paria, un bufón.

—Para cubrir la máscara, se debe sumergir en un baño de sulfato de cobre alimentado por una corriente continua. Bajo el efecto de la electricidad, las partículas de cobre se adhieren a la superficie. Una vez realizado este paso, se obtiene la epítesis, es decir, la prótesis facial. ¿Me sigues?

—No soy tan idiota. ¿Y el tipo llevaba esta cosa en la cara *ad vitam æternam*?

—No hay otra opción. Ruth pintaba el material cuidadosamente. Encontraba el tono exacto, añadía detalles, como los poros de la piel o el pelo de la barba. La ilusión era extraordinaria. Las pestañas estaban cortadas de metal delgado, los ojos fabricados con vidrio o madera. Para terminar, a menudo agregaba un bigote o una barba falsos. Al final, ella fijaba la máscara con hilos metálicos muy discretos, o mediante las varillas de gafas integradas en la máscara. En aquel tiempo, ella fabricó decenas de estas.

Hubo un silencio. Simon estaba soplando lentamente el humo de su cigarrillo hacia el techo. Toda esta historia estaba poniendo su cabeza patas arriba. En primer lugar, no estaba demasiado acostumbrado a ver los cadáveres multiplicarse a su alrededor, incluso bajo el régimen nazi. Además, las pistas que ahora se abrían eran más delirantes que los propios asesinatos. En cuanto a encontrarse con la pequeña baronesa von Hassel sentada allí, en su diván, jugando a los detectives amateurs, ni siquiera para hablar de ello...

—Entonces —retomó él en un tono sarcástico—, un asesino desfigurado ronda por Berlín. No hace mucho, volvió a ver a quien le confeccionó la máscara después de la guerra, Ruth Senestier. Por alguna razón desconocida, ordenó una nueva, esta vez con aspecto de mármol.

—Es solo una hipótesis —comentó Beewen.

—Por qué había hecho un pedido tal?

—Un capricho de asesino.

Simon hubiera preferido imaginarse al hombre de la Gestapo incómodo en un universo así. Pero parecía haber encontrado su lugar. Lo que Kraus sentía en lo profundo: el gigante nazi estaba emocionado de formar equipo con Minna von Hassel.

—Y por qué Ruth Senestier habría aceptado?

—Uno puede imaginarse cualquier cosa —exclamó Minna, levantándose.

Estos dos le parecían drogados con anfetaminas. Pero tal vez se trataba únicamente de la descarga de adrenalina. Después de todo, acababan de descubrir un cadáver. La secuencia de eventos los había sumido en un estado cercano al trance.

Minna se acercó al escritorio y, con un gesto, abrió la pitillera de Simon. Sacó un cigarrillo, lo encendió con su propio encendedor y se fue como había venido.

Simon se cruzó de brazos.

—Todo eso no me explica por qué están aquí, ahora, contándome sus embrollos.

Beewen y Minna intercambiaron una rápida mirada. Simon leyó una complicidad que lo exasperó. Habían pasado años desde que había visto a Minna von Hassel, y ahora la encontraba guiñándole un ojo a un campesino nazi.

—Queremos crear contigo un equipo de investigación —afirmó Minna.

48

Reconsideró a sus dos visitantes. Un coloso nazi medio ciego, como encallado en su sillón, y una niña de papá febril paseándose detrás de él. Lo cierto era que, para dar caza a un asesino serial en Berlín, solo hacía falta un psiquiatra corrupto montado sobre tacones.

—Para un caso como este —justificó Beewen—, no hay necesidad de enviar a mis muchachos.

—Les pasaría por encima, eso es seguro.

—¿Estás con nosotros o no? —preguntó Minna.

Volvió a recordar a Susanne, a Margarete, a Leni. Pensó en Greta, ella misma amenazada. Sus pacientes, sus amantes, sus víctimas: a ellas les debía su éxito, su comodidad, sus mejores momentos en Berlín. Les debía su silencio. Ellas nunca lo habían denunciado.

—¿Por qué yo? —se contentó con responder.

—Tienes tus contactos entre las Damas del Adlon. Eres un especialista en sueños.

—No veo la relación.

—Ya la encontraremos. Esta es una de las claves de la investigación.

Simon se devanaba los sesos para no aceptar tan secamente.

—No soy policía.

—Minna tampoco. Los necesito como asesores. Para lo demás, confíe en mí. La Gestapo tiene todos los medios necesarios.

Por un instante, Simon observó a Minna, quien pretendía leer los lomos de los libros de la biblioteca. Aquel detalle le retorció el estómago. Probablemente había leído todos esos libros. Compartían los mismos conocimientos, la misma pasión por la locura, la misma vocación por este margen de la mente. ¿Por qué nunca se habían entendido bien? ¿Por qué nunca habían logrado tener una conversación tranquila, sin bromas mordaces ni ácidas reflexiones?

La lucha de clases, pensó estúpidamente. En verdad, había sido él, con sus sórdidas aventuras, pero también con su actitud siempre desafiante, quien había abierto una brecha entre ellos. El complejo de su tamaño. El complejo de sus orígenes…

Sus pensamientos se convirtieron en ira.

—Y tú —le preguntó a Minna—, ¿qué será de tus harapientos de Brangbo?

—Me esperarán. Me has repetido frecuentemente que son incurables. Ahora mismo quiero encontrar al asesino de Ruth. Esa es mi prioridad.

Tomó su decisión. En la época de la dictadura nazi, de la injusticia en cada esquina, en un momento en que la guerra estaba a punto de azotar Europa, tenía que dejar de preocuparse solo por la elección de su sombrero o por el dinero que sustraía de sus pacientes.

—Estoy dentro —dijo finalmente—. ¿Cuál es su plan?

—Desde esta noche —respondió Beewen—, voy a ir a la Cruz Roja para consultar los archivos del Studio Gesicht y enlistar a los pacientes atendidos por Ruth Senestier.

—¿Por qué no Minna?

—Ni siquiera la dejarían entrar. Desde la Gran Guerra, la situación ha cambiado mucho dentro de la Cruz Roja Alemana.

—¿Quieres decir que son todos nazis?

—Más o menos, sí.

Simon se dirigió a Minna, quien había recuperado su lugar en el diván.

—¿Y tú? Es posible que encuentres desfigurados. Los incurables son lo tuyo.

—Comenzaré por investigar en mis propios archivos —respondió en voz baja, ignorando la ironía de Kraus.

—¿Los de Brangbo?

—Los de mi tesis. Puede que no lo recuerdes, pero trabajé en...

—Lo recuerdo. Eso no te convierte en una especialista en ese tipo de asesinos.

—No. Pero durante mis estudios consideré muchos perfiles, hablé con psiquiatras, jueces, guardias de prisiones. Incluso había elaborado, en aquellos tiempos, una lista de los asesinos psicópatas que habían plagado Alemania desde principios de siglo. Tal vez algunos de ellos fueron puestos en libertad. Vale la pena verificarlo.

Simon volvió a tomar un cigarrillo y los atrapó a ambos en una sola mirada mientras se hundía en su sillón.

—¿Y yo?

Minna fue la más rápida en responder:

—Te dejamos la parte mundana de la investigación.

Quería abofetearla. Pero no era de los que golpeaban a las mujeres.

—Contamos contigo para rastrear al asesino entre la gente del Club Wilhelm —explicó Beewen—. Por alguna razón que se me escapa, todo comenzó allí. Nuestro chico conoce a estas mujeres y puede acercarse a ellas sin ningún problema.

—Lo cual resulta incomprensible —agregó Minna—, si admitimos que está desfigurado.

Simon ya no escuchaba. Se estaba cansando de sus teorías, de sus consejos: demasiadas palabras, desmedidas suposiciones. Si le daban una misión, tenían que dejar que él la hiciera como quisiera.

Se puso de pie para avisarles que la recreación —perdón, la presentación— había terminado. Ya había escuchado suficiente.

En el umbral de su estudio, advirtió a Beewen:

—Una última cosa, no moveré un dedo sin haber leído el expediente completo de la investigación.

Sacar informes de investigación y dárselos a un civil era un verdadero ultraje a la soberanía de la Casa de las SS. Una blasfemia, en el sentido religioso del término. O, si se prefiere, un tabú, en el sentido freudiano.

—Lo tendrás mañana a primera hora.

49

Una vez solo, Simon fue a prepararse un café. Necesitaba reflexionar. Los había dejado divagar sobre la máscara eléctrica, sobre la artista ejecutada por su cliente, aquel soldado desfigurado capaz de deslizarse entre las mujeres más bellas de Berlín, como un príncipe encantador.

Todo aquello no tenía pies ni cabeza.

En realidad, estaban descartando el aspecto más emocionante de la historia: ¿por qué este Hombre de Mármol aparecía en los sueños? Mientras el hombre de las SS y el psiquiatra deliraban en torno a Ruth Senestier y la galvanoplastia, se le había ocurrido otra idea. Si se resumía el asunto, ahora había dos líneas de investigación: por un lado, el oficial de las SS y su daga asesina (Beewen parecía haber dejado de lado esta pista), y, por el otro, el asesino desfigurado y su máscara.

Simon estaba interesado en una tercera línea: un asesino capaz de anunciarse en sueños. Desafiando toda probabilidad, se dijo a sí mismo que, con un poco de suerte, podría soñar con el Hombre de Mármol. Después de todo, los sueños son de todo el mundo...

Extrajo su oscuro jugo y se apresuró hacia el cubículo donde escondía sus tesoros: sus grabaciones, pero también, debajo de los estantes, un dispositivo por el cual tenía un gusto particular. Lo llamaba su «máquina para leer los sueños». Lo cual resultaba muy presuntuoso, ya que el dispositivo solo producía electroencefalogramas durante el sueño.

El dispositivo había sido inventado en los años veinte por un psiquiatra alemán llamado Hans Berger, a quien Simon había tenido la oportunidad de conocer durante sus estudios. Por desgracia,

Berger se había convertido en un *förderndes Mitglied der* SS, un FM-SS, un benefactor de las SS, una suerte de mecenas que dedicaba su tiempo y su dinero al NSDAP.

Adelante. Desde 1930, Simon había tenido la idea de utilizar esta máquina capaz de transcribir la actividad eléctrica del cerebro (gracias a electrodos colocados en múltiples puntos de la zona craneal) en sujetos dormidos. Incluso había perfeccionado la máquina para que también registrara los movimientos de los músculos de la cara y los de los globos oculares, así como la respiración y el ritmo cardiaco.

Gracias a estos experimentos, Simon había podido observar, casi desde dentro, el sueño de sus pacientes. Había distinguido varias fases. Después de quedarse dormido, el sujeto caía en un sueño ligero, el cual iba siendo cada vez más profundo, caracterizado por ondas lentas y desincronización del cerebro. Finalmente, arribaba lo que él había dado en llamar «sueño transversal», que era el espacio de lo onírico. Cada noventa minutos, más o menos, el hombre soñaba; su actividad cerebral se intensificaba, sus ojos se movían, su voz se elevaba, su temperatura corporal, su presión arterial, su respiración, todo se alteraba... Luego volvía a la calma con el siguiente ciclo...

Instaló su máquina y se equipó antes de acostarse. Dormir con electrodos en la cabeza lo tranquilizaba: se sentía vigilado, casi protegido. Si alguna vez el Hombre de Mármol lo visitaba, él guardaría registros de ello en su papel milimétrico...

Se acostó y apagó la luz mientras pensaba en sus dos visitantes. Vaya que hacían una pareja. Que ellos dieran caza al criminal desfigurado. Él llevaría a cabo su misión como espía dentro del Wilhelm Club, tal como lo había prometido.

Pero estaba seguro, era casi una intuición científica, de que una revelación surgiría de las profundidades de la noche.

Iba a encontrarse con el Hombre de Mármol. Al otro lado del sueño...

50

La Cruz Roja se dividía en dos. La matriz suiza, el CICR (Comité Internacional de la Cruz Roja), y la Cruz Roja Alemana que, desde la llegada de Hitler, se había convertido en un nido de nazis, patrocinado por el Führer en persona. Ambas instituciones desconfiaban la una de la otra y, dado que los suizos habían pedido visitar los campos de concentración alemanes, se habían tornado enemigos declarados. *Crimen de lesa majestad.*

Cuando Beewen llegó a la sede de la Deutsches Rotes Kreuz no se encontró fuera de lugar. La institución se había instalado en un edificio de estilo guillermino que podría haber albergado un ministerio del Reich o incluso a la propia Gestapo. Sobre todo, porque, en el patio empedrado que se desplegaba frente al edificio, a su vez rodeado por un muro ciego, estaban estacionados camiones con plataformas cubiertas, todos de aspecto militar. Hombres con chaquetas grises cargaban cantimploras metálicas, cajas sobre los tablones, bolsas de lona.

Se partía hacia Polonia. La Cruz Roja no era más que un departamento de la enfermería de la Wehrmacht; era poco probable que los soldados polacos llegaran a ver cualquier ayuda de esta Deutsches Kreuz.

En el interior, el aire familiar continuaba: se podría haber estado en el vestíbulo de la sede del Sicherheitsdienst (SD) o en el de las oficinas del Reichsführer-SS. Siempre lugares de estas dimensiones que otrora habían cobijado actividades gloriosas y que ahora se veían reducidos a albergar una banda de bárbaros.

Sobre esta pista del soldado desfigurado, Franz no estaba del todo seguro. Pero desde el inicio de la investigación, no había estado seguro de nada. ¿Había sido mandado por la psiquiatra? Ella no había inventado su ataque del día anterior y, en efecto, habían descubierto el cuerpo de Ruth Senestier. Las Damas del Adlon. La máscara de mármol. El asesinato de la escultora. Todo formaba parte de un conjunto. Era necesario cavar...

Franz no tuvo que mostrar su placa. Bastaba con su uniforme. Un sonoro ¡*Heil Hitler*! le informaba que estaba en terreno familiar. Pidió ver los archivos y, muy amablemente, fue conducido a la bodega. Escalones negros, olor a humedad, luego una gran sala de una sola pieza, cuyas luces de neón parecían inclinarse para leer las miles de carpetas y archivos que se amontonaban sobre desvencijados estantes.

No faltaba una pieza en la decoración. Ni siquiera el archivero de camisa gastada que dormita en un rincón. Ningún papel sobre su escritorio, y mucho menos basura en la papelera. Obviamente, este guardián del templo se iba a ir como había llegado, con las manos en los bolsillos todo el día.

Beewen se presentó y entendió que había dado con el primer hueso. El hombre, de unos sesenta años, apenas levantó una ceja y el uniforme negro parecía no darle ni calor ni frío.

El tipo probablemente pertenecía a los pacifistas de los primeros tiempos. Seguramente era un veterano. Esas viejas carnes —del mismo cuero que su padre— habían sido las únicas que no se dejaron engañar por el nuevo régimen. La sangre derramada o la cruz de hierro que habían ganado los hacían inmunes ante la lepra nazi.

—Estoy buscando los archivos de Studio Gesicht —anunció Beewen.

—Historia antigua.

—¿Están aquí o no?

—Están aquí.

Beewen suspiró.

—¿Dónde exactamente?

—Te mostraré.

El tuteo demostraba su ausencia de miedo. Mientras esperaba, no hizo el menor movimiento. Sus pies cruzados sobresalían del escritorio y parecían estar entreteniéndose con las botas lustradas de Beewen.

—¿Qué estamos esperando?

—¿Por qué quieres verlos?

Beewen no estaba de humor. Sin embargo, este hombre todo gris (desde la camisa hasta las patillas) le inspiraba simpatía. Su padre, si no hubiera perdido la cabeza, podría haberse convertido en este tortuoso funcionario.

—Estoy buscando a un criminal —explicó—. Fue desfigurado durante la Gran Guerra y el Studio Gesicht le fabricó una máscara de cobre.

—¿Está hablando de un verdadero criminal o de lo que ustedes llaman un «enemigo de la patria»?

—Va por el asesinato de su cuarta mujer.

El hombre siseó con fingida admiración.

—Te está dando competencia.

El hombre de la Gestapo se limitó a sonreír. El archivero finalmente se dignó a ponerse de pie. Caminaron por los pasillos lentamente, uno detrás del otro; los estantes limitaban el espacio.

Entonces, habló el hombre. Como esperaba Franz, era un verdadero prodigio de memoria, de esos que conocen la historia de la Cruz Roja Alemana como la punta de sus dedos manchados de tinta.

—La gente del Studio Gesicht hizo un buen trabajo —reconoció—. De 1920 a 1929 produjeron cientos de máscaras. El taller estaba dirigido por un extraordinario cirujano, una especie de genio de origen lituano, mitad científico, mitad artista, de nombre Ichok Kirszenbaum.

—¿Sabe qué ocurrió con él?

El archivero pasó los dedos por las carpetas de lomos rojos y bronce, produciendo un leve chasquido.

—Desapareció. Él era judío. Hoy en día muchos judíos están desapareciendo. ¿Te has dado cuenta?

—Ruth Senestier, ¿te dice algo el nombre?

—Claro. Una lesbiana que le ayudaba a hacer las máscaras.

Beewen se detuvo en medio de un pasillo.

—¿Cómo sabes todo esto?

—En esos tiempos, yo era el mensajero. Yo hacía los viajes entre la sede y el taller. Llevaba los expedientes de estos pobres muchachos cuyos rostros habían dejado en las trincheras. El estudio estaba en Lindenstraße 11, en el distrito de Kreuzberg. Te puedo decir que pedaleaba en serio.

Habían llegado al final del pasillo. Beewen ya estaba a punto de desplazarse al siguiente cuando su anfitrión pateó una caja de hojalata en el suelo.

—Todo está ahí.

—Puedes ayudarme a llevarlo?

—¡Qué va! De aquí no sale nada.

—Me refiero a llevarlo a tu oficina.

Cinco minutos más tarde, Beewen estaba enterrado en los archivos polvorientos. De un vistazo, varios cientos. Incluso en sus sueños más optimistas, no podría haber soñado con un archivo mejor ordenado. Además, los archivos estaban clasificados según el escultor que había tratado a los pacientes.

Tres álbumes de tapa dura incluían los de Ruth Senestier. Cada página de la izquierda tenía una foto del soldado, la de la derecha recuperaba su nombre, edad, lugar, fecha y circunstancias de su lesión. También se podía leer un resumen del diagnóstico, probablemente extraído del expediente médico. Por último, se dedicaban unas líneas a las precauciones que se debían tomar al realizar la máscara (modelado, ajustes).

La letra de Ruth —con pluma y en tinta morada— era estricta, rígida, sumamente legible, lo que agradó a Beewen. Se tomó el tiempo para hojear uno de los álbumes y mirar las fotos. Nunca había visto algo tan abominable. Una especie de labrado sobre la carne, un trabajo sin sentido sobre los tejidos blandos y los huesos duros, algo que carecía de nombre. La metralla y los impactos de la explosión habían dejado al descubierto los músculos y los tejidos, a la manera de una reja de arado, los habían ahuecado, volcado, desgarrado. Pero ya nada más podría crecer ahora desde estos rictus de horror.

Beewen, cuando visitaba a su padre en al hospital, se había encontrado con muchas personas desfiguradas, pero por lo general se escondían bajo sus vendajes. Recordó que la mayoría estaban equipados con una bolsa submentoniana para recolectar su saliva. A Franz, entonces aún niño, le llamaba la atención su parecido con los caballos de la granja que engullían su avena en una bolsa que colgaba de sus cuellos.

Puesto que había leído multitud de libros sobre el 14-18, entendía el motivo de estas lesiones. Aquel conflicto había sido una guerra de trincheras que expuso principalmente las cabezas, es decir, los rostros de los soldados. Una especie de juego de masacres, pero de ochocientos kilómetros de largo. Los progresos en la artillería habían hecho el resto.

Franz recordó de pronto que el bastardo de Clemenceau, en el momento de la firma del Tratado de Versalles, exigió la presencia de cinco franceses de rostro destrozado, como si aquellas heridas fueran prerrogativa exclusiva de los soldados. *Franceses hijos de puta.* No podía esperar para ir al frente y mostrarles...

Cerró los archiveros. Enviaría los documentos. Junto con Hölm y Alfred, enumerarían todos los nombres de los heridos tratados por Ruth y comprobarían, en primer lugar, si alguno de ellos había tenido problemas con la justicia. O simplemente un expediente en la Gestapo. Era algo vago, pero era un comienzo.

Se escabulló, evitando al archivista, con sus carpetas bajo el brazo. Una vez más, se dijo a sí mismo que la pista de Minna era muy débil. Pero después de la decepción de las dagas nazis, era la única.

51

Por la noche, la sala de la Gestapo estaba débilmente iluminada. Quedaban la piedra, el silencio, las sombras de las rampas sobre las losas. Resultaba sorprendente su semejanza con la intimidad de una iglesia desierta o de un castillo dormido donde uno se divierte, como niño, paseando por los muros, respirando el olor a escombro húmedo, sintiendo bajo las suelas las losas mal ajustadas...

En aquellos momentos, Beewen se olvidaba por completo de la naturaleza maldita del lugar. Se decía a sí mismo que estaba en su casa, que era un señor (o un obispo, ya que estábamos en eso) y que rumiaba importantes secretos en su soledad de comendador.

Por lo general, ocurría en instantes como ese que dos hombres de la Gestapo se presentaran con un hombre ensangrentado, que una puerta se cerrara con un golpe o que un grito desgarrara los pisos, ese tipo de detalles que ponen las ideas en su lugar. Ni señor ni comendador, solo inquisidor, si se quiere mantener la rima.

Se desplazó a su piso. Bajo las puertas, rayos de luz. No hay descanso para los torturadores. No se conocía el ocio en la Gestapo. Se podrían reprochar muchas cosas a los soldaditos del Reich, excepto la falta de celo.

A su pesar, Beewen caminó de puntillas con sus botas para no hacer chirriar el suelo de parqué frente a la puerta de Grünwald, evitando ver aparecer su cara descarnada y blanca. Abrió su cubículo, tiró su gorra en el perchero (le gustaba ese gesto, a la manera americana) y pateó las botas de Dynamo, quien dormía en su propio sillón, con los pies sobre el escritorio.

Hölm gruñó. Beewen empujó sus piernas hacia atrás y colocó los cuadernos de Ruth Senestier sobre la bandeja de cuero.

—¿Qué es esto?

—Archivos de la Cruz Roja.

—¿Y qué con eso?

—Quizá allí esté nuestro asesino.

Con un dedo cauteloso, Dynamo abrió uno de los cuadernos y miró entre las páginas.

—¡Puaj! ¿Qué son estos horrores?

—Soldados desfigurados de la Gran Guerra.

—Pues vaya que les queda el saco.

—No hables así. Estos tipos son víctimas y tú bien lo sabes.

—¡Héroes! —dijo Hölm en tono burlón.

—Exactamente.

Dynamo levantó los brazos en señal de enmienda —sabía que no se podía bromear sobre este tema con Beewen.

—¿Estará nuestro cliente entre estas caras de jamón?

—Puede ser.

Hölm suspiró sonoramente, estirándose.

—No sé qué estás haciendo en esta investigación.

Franz no pudo evitar reírse.

—Yo tampoco. ¿Te encargaste del cadáver del Ku'damm?

De camino a la oficina de Kraus, Beewen había tenido tiempo de telefonear a Dynamo y darle los detalles. El fiel ayudante se había encargado de hacer una llamada telefónica anónima a la Kripo para que su gente fuera a «descubrir» el cadáver que se les estaba sirviendo en bandeja de plata.

Franz no quería que nadie estableciera un vínculo entre esta muerte y los asesinatos del Adlon. Con la ayuda de Minna, había borrado todas sus huellas dactilares, registrado el taller y verificado si algo, cualquier cosa mínima, podía relacionar esta muerte con Minna von Hassel o alguna mujer del Wilhelm Club. No había encontrado nada. Tanto mejor. Tanto peor.

Pero no perdía las esperanzas de que la Kripo descubriera un detalle que pudiera serles útil. Le había pedido a Hölm vigilar la investigación —Dynamo conocía a todo el mundo.

—¿Has llamado a tus camaradas de la Kripo?

—No tienen nada. Pero estos chicos son nulos.

Beewen no estaba de acuerdo. Aquellos oficiales habían sido descartados, eso era todo. En un estado como el del Reich, donde la idea misma del asesinato civil no podía existir, no hacía falta una policía criminal, que se convirtiera en una sombra de sí misma. Desde 1933, los nazis habían invadido sus filas y solo se preocupaban más que de perseguir a los inocentes.

Beewen guardó dos archivos para él, le dio dos más a Hölm y le explicó de qué se trataba, antes de enviarlo de regreso a su oficina para que comparara los nombres de los soldados que habían sido cuidados con sus archivos internos. Si la Gestapo en verdad tenía archivos sobre todo mundo, tendrían algo sobre estos muchachos.

Solo una vez, Franz se derrumbó en su sillón, exhausto. La tarde había pasado tan rápido que no había tenido tiempo de retomar la increíble coincidencia que había marcado la investigación de hoy. Minna von Hassel, la psiquiatra que atendía a su padre, le había dado una nueva pista. Era increíble y Beewen, que era supersticioso, percibía en ello más que una coincidencia: una mano amiga del destino.

¿Había hecho bien en asociarse con estos dos psiquiatras que no se soportaban? Ya vería. Esta parte de la investigación era clandestina y, en cualquier caso, nadie sabría jamás que había buscado ayuda fuera de los muros de la Gestapo.

Su mente se dilató unos segundos en Minna, quien había resultado ser vivaz y brillante. Aquello lo sorprendía, pero no estaba lejos de pensar como Kraus: ¿por qué, cuando era extremadamente rica y baronesa, inteligente y médico, se enterraba en un hospicio de muerte como Brangbo?

Esta última idea le recordó a su padre y la lista de la que Minna le había hablado. Ernst Mengerhäusen. El Castillo de Grafeneck. Había olvidado por completo ese primer problema. Qué pobre hijo era...

Estiró la pierna y golpeó varias veces el mamparo con el talón. Segundos después, Dynamo se materializó en la puerta de su oficina.

—¿Qué pasa?

—¿Averiguaste algo sobre Ernst Mengerhäusen?

—¿Quién?

—El médico del que te hablé esta tarde. Un ginecólogo.

—No he tenido tiempo.

—¡Hazlo ahora mismo! Debemos tener algo sobre él aquí.

Hölm gruñó:

—Deberías decidirte: ¿me ocupo de tus desfigurados o de tu médico?

—Dynamo, voy a confiarte un secreto: el cerebro tiene dos hemisferios.

—Así es, y yo tengo dos de estos en el pantalón.

52

Los padres de Minna habían construido su mansión en la localidad de Dahlem, en el distrito de Zehlendorf, al oeste de Berlín. Una zona a la vez universitaria y residencial que había experimentado, desde 1933, una gran afluencia de aires nuevos: todos los judíos ricos habían sido expulsados y las celebridades del mundo nazi habían ocupado su lugar. Martin Bormann, Heinrich Himmler, Leni Riefenstahl...

Los von Hassel no se habían esperado para construir, en los años veinte, su «templo» según los preceptos de la Bauhaus. Como buenos intelectuales revolucionarios, se interesaron prontamente por arquitectos geniales que habían decidido acabar con las obras maestras del estilo guillermino.

Los von Hassel no habían podido obtener los servicios de los «maestros» Walter Gropius y Ludwig Mies van der Rohe, por estar demasiado ocupados desarrollando su escuela, pero habían contratado a uno de sus discípulos. El arquitecto había creado, entre pinos y abedules, un bloque de hormigón armado. Revestimientos de ladrillo, inmensas ventanas saledizas, techos-terraza en asfalto: la edificación era pura y magnífica.

Entonces, Minna se encontró con una villa de estilo *entartet* (degenerado) entre sus manos, evolucionando a solas en un entorno fantasmal; todos los muebles, obras maestras de Mies van der Rohe o Wilhelm Wagenfeld, yacían cubiertos con sábanas blancas, las largas colgaduras diseñadas por Anni Albers estaban tapadas de moho y las ventanas con dibujos geométricos de Josef Albers evocaban los barrotes de una prisión.

Los principios de la Bauhaus se habían seguido al pie de la letra y las paredes de hormigón armado habían permanecido en bruto. Por otra parte, las líneas resultaban desconcertantemente simples. No más formas florales y curvilíneas. Olvidados, el *Art Déco* y el *Art Nouveau*. Solo contaban la forma, el material, el color...

Cuando era joven, Minna temía a esta casa, pero ahora se sentía bien allí, acurrucada en el hueco de este hogar de bloques como una marta en el tronco de un árbol.

Antes de embarcarse hacia el Nuevo Mundo, sus padres le habían dado estrictas instrucciones en torno al mantenimiento e incluso le habían dejado unos ahorros para pagar el salario de los sirvientes. Minna se había apresurado a invertir aquel dinero en diversas drogas y en coñac. Había despedido al personal y contemplado cómo las telarañas ganaban terreno. Solo Eduard, el mayordomo, luchaba contra la decadencia ambiental.

De cualquier manera, Minna sentía que estaba allí como en un tiempo prestado. Uno de aquellos cuatro señores del nacionalsocialismo, se percataría de que un espacio sustancial —más de cuatrocientos metros cuadrados de terreno— estaba vacante en uno de los distritos más chic de Berlín. Establecerían allí un ministerio o alguna entidad administrativa. *¡Que se descorche el vino!*

Cuando Minna salió de su auto, se sobresaltó: en la oscuridad del garaje, un hombre alto y pálido la esperaba inmóvil.

—¿Eduard? Me asustaste.

—Me alegro de verla, señora baronesa.

Eduard había estado al servicio de los von Hassel desde el reinado de Guillermo II, es decir, formaba parte del mobiliario. Incluso si la villa estaba desierta, él se presentaba diariamente, a fin de encargarse del avituallamiento y la limpieza.

—Yo también —espetó ella (su presencia silenciosa la horrorizaba).

Eduard, atenido al protocolo, vestía una chaqueta blanca y una pajarita metida debajo del cuello; le recordaba a los camareros de los bares elegantes por los que había vagado durante tantas tardes antes de embargarse en la locura de dirigir el instituto Brangbo.

Sostenía entre sus manos una especie de redes negras, que evocaban una compacta nube de moscas contra su chaqueta blanca.

—¿Qué es eso? —preguntó ella.

Gasa, señora baronesa, para sus faros. Los están repartiendo en el ayuntamiento. Probablemente ya sabe que anoche Alemania atacó a Polonia. Hay toque de queda. A partir de esta hora, no debe haber luces encendidas en Berlín. Y todos los faros deben apagarse.

Aquel simple detalle le hizo darse cuenta de la situación: era probable que Berlín no tardara en ser golpeada desde lo alto por bombas de aviones franceses o ingleses. Se había olvidado por completo de aquella noticia. *Tenía que ocurrir.*

Minna vio una docena de bidones de gasolina de veinte litros cada uno.

—La gasolina está racionada, señora baronesa —continuó el enterrador—. Solo queda una docena de gasolinerías abiertas en Berlín. Pensé en abastecernos de combustible.

—Has hecho bien —dijo ella para complacerlo.

—También he hecho un buen abastecimiento de linternas y...

—Está bien, Eduard, ya me lo explicarás más tarde.

Al salir del garaje, vio una serie de máscaras de gas colgadas de una percha. Emprendió la huida. No quería que Eduard, con su cabeza fantasmal y sus anuncios de Cassandra, le volviera a enumerar las compras.

Sin luz, atravesó el salón y se dirigió hacia la cocina. Allí se preparó un poco de té —el coñac tendría que esperar un poco más— en la famosa tetera de cristal templado de Wilhelm Wagenfeld.

Tenía pocos recuerdos en esta gran barraca. Cuando la familia se mudó allí, ella comenzaba sus estudios de medicina y pasaba la mayor parte del tiempo en su habitación, estudiando. Recién ahora estaba descubriendo estos espacios deshabitados, donde el polvo limitaba levemente la resonancia y donde todo le recordaba la naturaleza desastrosa de su futuro. Con un poco de suerte, ella moriría en este santuario, ya fuera bajo las bombas, ya por una sobredosis de éter o un coma etílico.

Una vez reposado el té, tomó su globo de cristal transparente y fue a sentarse en el suelo, al lado, irónicamente, de una silla larga firmada por Mies van der Rohe que, al parecer, valía una fortuna, pero que los nazis habrían vuelto alegremente leña para el fuego.

Sosteniendo su taza entre ambas manos para calentarse, llamó con todas sus fuerzas a un milagro que arribó casi de inmediato: un aguacero. Era, en esta casona, lo que a ella más le gustaba: escuchar la lluvia resonar en los cuatro rincones del espacio, variando sus ritmos y timbres, pero siempre entonando el mismo tema: el de la vida, el de la fertilidad, el de la purificación.

Cerró los ojos. La lluvia en Berlín... En ese momento, recuperó la esperanza. La fuerza vital estaría allí, insuflando nueva energía a los sobrevivientes de este desgarrador periodo y barriendo con la turba nazi. Era lo que veía detrás de sus párpados cerrados, esa era su esperanza.

De repente, se percató de que la muerte de Ruth se estaba convirtiendo de un hecho real en nada más que una parte de la búsqueda. Tenía que admitirlo: esta investigación la excitaba. Casi había olvidado el peligro que se cernía sobre Brangbo...

Tomó otro sorbo de té, un té inglés, es decir indio, recolectado en las estribaciones del Himalaya, más preciado en estos días que el vino francés. También comprendió, con un efecto retardado, que se había alegrado de volver a ver a Simon Kraus. Aquel hombre bajo tan obsesionado con su tamaño que había ocultado todas las razones que poseía para crecer más. El tipo que preferiría usar tacones que escribir ese libro crucial que tenía al alcance de la mano. Un enano engreído, sarcástico, pretencioso, fumador empedernido de Muratti y vestido con trajes de una calidad de la que ni diez berlineses podrían presumir...

Sí, estaba feliz de buscar a un asesino a su lado, sin tener que realizar una investigación psiquiátrica con él. En realidad, se trataba en esencia de un poco lo mismo y estaba contenta de poder codearse con esta mente brillante. Quería encontrar al asesino de Ruth, pero también quería estar a la altura de su compañero de equipo, un bufón que no era el loco del rey sino el rey de los locos.

Se puso de pie, diciéndose a sí misma que tenía que sacudirse. Como siempre, al caer la noche, se encontraba en una encrucijada: el trabajo o la droga, la concentración o la deriva… El coñac esperaría aún más: para esta noche, tenía algo planeado.

53

Subiendo al primer piso, al pasar, un espejo capturó su reflejo. Qué cabeza tenía... Esa cara alargada, esas ojeras, más oscuras que laca, y esa tez, ¡Dios mío! Un rosa pálido rayando en gris, ceniza entre los dedos del crepúsculo...

Llegó a un cobertizo que servía de desván. Sin dificultad, desenterró las cajas que contenían sus archivos personales: desde sus primeros diarios hasta las notas que había escrito durante sus estudios. Encontró la documentación acumulada sobre asesinos alemanes para su tesis. Había rastreado juzgados, revisado anales de periódicos e informes psiquiátricos.

Había sacado a relucir una extraña instantánea de las primeras décadas del siglo XX en Alemania. A la sombra de la Gran Guerra, donde se contaban los cadáveres por millones, se habían producido muchos otros crímenes. Los ataques, los asesinatos de crápulas, y una especie de pepitas negras: asesinatos cometidos por el mero placer, o bajo la influencia de un impulso incontenible: los homicidios cometidos por psicópatas.

Allí estaban las estrellas: Peter Kürten, el «Vampiro de Düsseldorf», que en los años veinte había matado y violado a niños y adultos. Condenado a muerte (y ejecutado) en 1931, tras haber cometido ochenta crímenes y confesado haber bebido la sangre de sus víctimas, pasó a la posteridad ese mismo año gracias a la película de Fritz Lang, *M le Maudit*, inspirada en sus crímenes.

Fritz Haarmann, el «carnicero de Hannover» (a los alemanes les encantaba poner apodos a estos monstruos), quien entre 1918 y 1924 había matado a casi treinta hombres, la mayoría prostitutos.

¿Por qué «carnicero»? Se afirmaba que había vendido trozos de carne humana en el mercado negro. Fue guillotinado en 1925.

Karl Denke, apodado «Papa Denke», el hombre amablemente ofrecía una comida caliente a las personas sin hogar. Lo que los desafortunados no sabían era que su propia carne constituiría la mayor parte de su próxima comida. Durante los registros, se encontraron varios dientes y huesos en su casa, así como restos humanos enlatados. Ahorcado en su celda poco después de su arresto, en 1924, nunca tuvo tiempo de explicar sus gustos caníbales.

Exhumando estos documentos, Minna seguía sorprendida por la enorme cantidad de criminales que habían matado, mutilado y devorado a sus víctimas en Alemania durante estas tres décadas. Estaba asombrada —y conmovida— por su letra de colegiala. Parecía el diario escrito a mano de una adolescente, cuando el tema trataba de monstruos asesinos, un tema que, tenía que admitirlo, siempre le había fascinado. En particular, a quienes ella llamaba los «asesinos puros», estos hombres que sustituían el amor por la muerte, el deseo sexual por el deseo asesino...

Hojeando viejos recortes de periódicos, se encontró con un caso interesante. Albert Hoffmann, nacido en octubre de 1894, había matado a dos mujeres entre 1911 y 1912 en Berlín. Seña particular: les había robado los zapatos.

El menor ya había sido encarcelado dos veces por agresión sexual e intento de violación (sobre su propia madre). Liberado en 1910, había matado a Martha Weber, de veintisiete años, sombrerera. Le cortó el cuello, la destripó y le robó los zapatos en el Tiergarten. Como también le había robado el dinero, los investigadores no prestaron atención a los pies descalzos de la víctima. Al año siguiente, Hoffmann lo había hecho de nuevo: mató a Helena Koch, de veintidós años, costurera, a orillas del Spree, en el extremo norte de la Isla de los Museos. Mismo *modus operandi*, pero esta vez no tocó el dinero de la víctima.

A pesar de los puntos en común entre los dos asesinatos —la evisceración, el robo de los zapatos— los investigadores no tienen pistas. Fue un golpe de suerte lo que les permitió, en 1913, ponerle las manos encima al asesino. En julio, un hombre fue atrapado en la morgue del Hospital Católico de St. Hedwig, en el distrito de Spandau, tratando de abrir el abdomen del cadáver de una mujer.

Arrestado, Hoffmann confiesa los asesinatos de Martha Weber y Helena Koch. Revela ciertos detalles que solo la policía conoce, o que ignora, como las circunstancias exactas en las que sorprendió a las jóvenes.

La guerra aún no ha llegado. La máquina administrativa alemana camina a paso lento. Hoffmann es juzgado. Tiene diecinueve años. No es condenado a muerte. Veinte años encerrado. Fin del caso.

Minna no sabía nada más sobre el triste hombre. Este caso había quedado entre sus notas marginales, junto a toda esa masa de información recogida al principio de la investigación y que al final no se utilizó. Había interrogado a numerosos asesinos, registrado las prisiones de Berlín e incluso de toda Prusia. Pero nunca conoció a Albert Hoffmann, quien en aquel momento cumplía su condena en la prisión de Moabit.

Minna volvió a leer el artículo. Luego otro, y otro más. Los zapatos. La evisceración. Los lugares de los asesinatos: el Tiergarten, la Isla de los Museos... Si sus cálculos eran correctos, Albert Hoffmann debió haber sido liberado en 1933. Sin embargo, ¿cómo podría el asesino haber sido herido en el frente, si estaba cumpliendo su condena en una prisión de Berlín?

Miró su reloj: las diez de la noche. Sentía las piernas hormiguearle y chispas en la cabeza. ¿Sería posible que ya hubiera dado con su asesino? *Demasiado fácil, querida.*

Pensó en el único lugar que aún estaba abierto esa noche; porque, paradójicamente, estaba siempre cerrado. La prisión de Lehrter Straße, al noroeste de Berlín, en el distrito de Moabit. Era allí donde se perdía todo rastro de Albert Hoffmann. Era ahí donde tenía que ir.

54

Eduard tenía razón: el toque de queda había sido implementado en Berlín. Ni una sola luz en la ciudad. Las farolas, los neones de los restaurantes, los monumentos habitualmente iluminados, todo yacía sumido en la oscuridad. Circulaban pocos coches y, con las luces apagadas, resultaba difícil discernirlos. Los autobuses no tenían más que una linterna azulada para guiarlos y las luces del tranvía estaban envueltas en una gasa negra. En cuanto a las ventanas de los edificios, todas estaban veladas por telas o mantas.

Los peatones, y eran muchos (nadie creía todavía en un bombardeo), usaban linternas de bombilla azul. El resultado era una especie de Vía Láctea de color zafiro, una miríada de piedras preciosas esparcidas aquí y allá al pie de los edificios de Berlín, girando como luciérnagas.

Minna tomó la dirección del distrito de Moabit.

La idea de volver allí no le atraía, tras la persecución del día anterior y la muerte del soldado. Pero Lehrter Straße se encontraba lejos de las ensenadas de Westhafen y, gracias a lo ajetreado de su jornada, apenas había tenido tiempo de pensar en el ataque del día anterior.

Condujo con cautela. Durante el día se había tenido la precaución de pintar de blanco los bolardos de las esquinas y las aceras para que los coches y los peatones pudieran orientarse. Minna tenía la impresión de seguir un laberinto dibujado con tiza en una enorme pizarra negra.

A Berlín no le hacían falta prisiones: estaba la Columbia Haus, la prisión de Spandau, el cuartel de Lichterfelde y la mayoría de las torres de agua donde, en cada distrito, las SA habían instalado su centro de interrogatorios. Por no hablar de lugares como la Gestapo o la SD que poseían sus propias cárceles...

La prisión de Moabit ocupaba un lugar especial. Modelo de modernidad, era la única en ofrecer celdas individuales; aunque, a estas alturas, cada una estuviera saturada hasta el techo de presos políticos.

Seis hectáreas en una sola construcción, a pocos pasos de la estación central de Berlín, divididas en cinco alas «panópticas». La idea: construir un recinto circular, en el centro donde una torre permitiera a los guardias vigilar todas las celdas al mismo tiempo. Mejor aún (o peor), los reclusos nunca sabían cuándo estaban siendo vigilados. Un concepto inglés, «dejar la vigilancia a los vigilados», es decir, hacer creer a los detenidos que estaban siendo siempre espiados.

Aunque la prisión había sido construida hace casi un siglo, su espíritu y lógica se correspondían perfectamente con los preceptos del régimen nazi que, en cierto modo, era un estado panóptico. Era precisamente el objetivo de Hitler, Göring, Himmler y demás: dar la impresión a todos los ciudadanos del gran Reich de que estaban siendo vigilados constantemente.

Minna se estacionó no muy lejos del edificio y pudo admirar el lugar. Desde el exterior, la prisión evocaba una inmensa fortaleza de ladrillo formada por varias corolas al aire libre, donde se arremolinaban infinidad de celdas. En el centro de cada círculo, un faro encendía su reflector, no para guiar a los marineros perdidos, sino para mantener a los prisioneros en una inquietante paranoia.

Gracias a su carnet de médico, ingresó a la prisión sin problema alguno. Después de pasar la primera puerta, se encontró aguardando en una sala de cemento pintado con algunas sillas y una mesa cubierta por láminas de plástico. Las paredes eran de un obsceno color carne. La textura era singular: una especie de revestimiento demasiado grueso que cubría ininterrumpidamente las paredes, el suelo y el techo de toda la pieza. Ese material daba la impresión de estar en una cavidad tallada en un solo bloque de piel humana.

—*¡Heil Hitler!*

Un hombre con uniforme de las SS la aguardaba de pie en el umbral de la caverna. Vestido de negro, se destacaba muy claramente contra las paredes color beige.

—Minna von Hassel —dijo, poniéndose de pie y entregando sus papeles.

—¿Quién exactamente la ha solicitado? —preguntó el SS, después de observar cuidadosamente su cédula de identidad y el certificado médico.

—Sebastián Lieberman.

Se había aprendido algunos nombres antes de venir.

—Qué extraño. Se retiró hace tres años.

Su técnica estaba condenada al fracaso. Todos los guardias que había conocido en aquellos tiempos fueron reemplazados por nazis de la nueva administración. Una treintena que habían mamado de las Hitlerjugend y jurado lealtad al Führer por cincuenta años.

—Disculpe, debo haberme confundido. ¿Carl Janowitz?

El hombre frunció el ceño y apretó en la cintura ambos puños. Probablemente un gesto que había aprendido en la escuela de oficiales.

—¿La ha contactado el día de hoy?

Un golpe de suerte. El tipo no solo seguía trabajando aquí, sino que estaba allí esta noche. Puesto que la felicidad nunca viene sola, al pronunciar su nombre le volvió a la cabeza su imagen: un hombrecillo regordete de cabello rubio que se le esponjaba sobre el cráneo.

—Llamó por teléfono a mi instituto. Deseaba hablarme sobre uno de sus... reclusos.

—Tenemos nuestros propios médicos.

—Soy psiquiatra. Él desea mi opinión sobre un prisionero...

—¿Cuál es su nombre?

—No me lo ha dicho. Sólo me pidió que me diera prisa. Pero vengo de Brangbo y...

—Aguarde aquí.

Ahora recordaba con precisión al guardia, un veterano desilusionado que se había ganado una cruz de hierro en las trincheras y que, a pesar de todo, seguía sonriendo. Su esperanza: que triunfara la curiosidad y que el hombre llegara tan lejos como para ver qué quería de él esta psiquiatra...

—Minna von Hassel.

Carl Janowitz estaba frente a ella. Su cabello, aunque escaso, todavía formaba sobre su cabeza una nube brumosa, como algodón de azúcar. De rubios habían pasado a blancos, pero era el mismo espíritu: una ligera niebla se cernía sobre una cabeza deforme. Más abajo, facciones redondas barradas por un bigote denso y autoritario.

No se movía, con los pies juntos, las manos a la espalda. Su uniforme parecía demasiado pequeño, como si hubiera conservado el que usaba cuando pesaba unos cuantos kilos menos. Con sus dorados botones y sus botines barnizados, parecía un soldadito de plomo al que le hubieran dado un martillazo en la cabeza.

—¿Usted... usted me recuerda?

Él esbozó una sonrisa que parecía una brida.

—No se ven mujeres a menudo por aquí. ¿De qué va esta historia de un recluso que necesita un psiquiatra?

—Quería verle con urgencia. He inventado esa historia.

—Urgente, ¿eh? —repitió él en un tono a la vez seco y pensativo.

El hombre era del tipo comprimido. No solo por el traje sino por la disciplina, la prisión, los años de vigilancia. Daba la impresión de ser su propio guardia.

—¿Un café? —le ofreció, finalmente, sacándose las manos de la espalda.

Sostenía una jarra de cerveza de porcelana con tapa de peltre y dos vasitos de ron. El heterogéneo conjunto evocaba los allanamientos que los guardias solían realizar en las celdas

—Con mucho gusto.

Se sentaron juntos y Janowitz sirvió su café. En la taza de porcelana estaban dibujados un hombre con pantalones cortos y una mujer con un *Dirndl* cuyos grandes pechos desbordaban el corpiño. Bailaban un frenético *Schuhplattler*.

Bebieron sus tazas en silencio, una bebida deliciosa, pero más espesa que el alquitrán.

—Minna von Hassel —repitió con el mismo tono soñador—. La pequeña estudiante...

Levantó la vista como si de repente se hubiera percatado de que su recuerdo estaba sentado frente a él.

—¿Qué ha sido de usted?

—Soy psiquiatra. Dirijo un asilo para enfermos mentales en Brangbo.

Él se rio discretamente, bajo su gran bigote.

—Sabía que tendría éxito.

—¿Y usted? —preguntó ella por cortesía.

—Pues yo… sigo aquí, en esta enorme cárcel. Si bien los muros no se han movido, todo lo demás está al revés.

—¿A qué se refiere?

Les sirvió otro trago de café.

—En el pasado, los malos estaban tras las rejas y los buenos los vigilaban. Hoy es todo lo contrario.

Janowitz debía considerarse a sí mismo a salvo de cualquier represalia nazi. Su vacuna la tenía colgando de su pecho. Su cruz de hierro, que brillaba como una estrella solitaria sobre la tela oscura de su chamarra.

—Señorita —continuó después de un silencio—, es casi medianoche. No ha venido hasta aquí solo para ver cómo estoy. ¿Qué quiere?

—He venido a preguntar por uno de sus prisioneros. Albert Hoffman.

—Conozco al menos a dos de ellos, solo en esta ala.

—Fue condenado en 1913 por asesinato.

—¿En 1913? ¡Pero si será Matusalén! Ni siquiera yo trabajaba todavía aquí.

Su historia se remontaba a hacía veintiséis años y, desde entonces, había ocurrido la Gran Guerra, la República de Weimar, el Nacional Socialismo...

—Le estoy hablando de un criminal muy peligroso. En aquellos tiempos, fue arrestado por el asesinato de dos jóvenes mujeres.

—¿No fue condenado a muerte?

—Era menor de edad. Lo condenaron a veinte años.

Ella se reclinó hacia él. Todo esto no iba nada bien, pero esta mesa cubierta de plástico, estas paredes pegadas con pintura demasiado espesa, el olor a masilla que flotaba en el aire de repente le parecieron cálidos, reconfortantes... portadores de esperanza.

—Escúcheme, *Herr* Janowitz. Tengo motivos para creer que Hoffmann ha vuelto a matar. Hace poco. Al mismo tiempo, creo que participó en la Gran Guerra.

—¿Qué quiere decir con eso?

Ella se acomodó en su silla y abrió las manos:

—Contaba con usted para encontrar las respuestas.

Janowitz bajó la cabeza. Su barbilla se plegó contra su cuello como si fuera una cortina de seda. Su postura parecía reflexiva; pero, también hay que decirlo, una buena siesta del guardia.

—Espéreme aquí —dijo por fin, poniéndose de pie.

Desapareció con un paso brusco, y Minna se encontró sola en esa pieza desnuda y vacía. Mientras esperaba al soldadito, observó el espacio y notó que todo estaba limpio, incluso impecable. Aquel simple hecho la llenó de tristeza: incluso los prisioneros del nazismo se encontraban mejor que sus propios pacientes.

—Tenía usted razón —confirmó el guardia, ya de regreso.

Llevaba sobre los brazos cruzados una carpeta de cartón sobre la que estaba colocada un pequeño saco de lona. A su vuelta se sentó frente a ella, y Minna tuvo que hacer un gran esfuerzo para no lanzarse sobre el archivo y abrirlo de golpe.

—Su Albert Hoffmann fue movilizado en 1917 —dijo, desatando el cordel del archivo.

—¿Cómo es eso posible?

Janowitz se humedeció el dedo y hojeó las páginas.

—Aquel año, a las tropas alemanas les hacían falta hombres. Enrolaron a niños, reformados, enfermos mentales. Pura carne de cañón. A los presos se les ofreció ir al frente a cambio de reducciones en sus sentencias. ¿Por qué no? Se la pasaban aquí haciéndose los tontos mientras nuestros pequeños eran decapitados por obuses franceses.

—¿Eso fue lo que ocurrió con Albert Hoffmann?

Janowitz plantó su dedo índice en una hoja manuscrita.

—El 10 de marzo de 1917, sí. Fue movilizado, pero no tuvo suerte. (El guardia de la prisión pasó a otra página.) Murió en la Batalla de Arras el 22 de abril siguiente. Estuve allí. Caían proyectiles explosivos y metralla por doquier. Un verdadero desastre. Los chicos se desplomaban como moscas.

Minna sintió que esta información confirmaba y contradecía sus suposiciones. Hoffmann estaba vivo: estaba segura de ello.

—¿Cómo murió? —preguntó ella.

—No hay información al respecto —continuó el guardián—. La mayor parte del tiempo, ni siquiera sabíamos cómo les iba a los muchachos. En el caso de Hoffmann, tampoco hay detalles sobre el lugar donde fue enterrado. Hay que tener en cuenta cómo era la situación en aquel momento. Eran miles de cuerpos al día...

—¿Qué es esta pequeña bolsa?

Ella no podía apartar los ojos del saco de lona que Janowitz había colocado junto a la carpeta.

—Sus efectos personales. No tenía familia. Nos fueron devueltos aquí a Moabit.

—¿Puedo?

Janowitz asintió. Minna tomó la bolsa y la abrió. Extrajo su contenido sobre la mesa: un encendedor, un medallón de la Santísima Virgen, la placa de identificación del asesino muerto en acción. Se podía leer con claridad, grabado en la hoja de zinc:

ALBERT HOFFMANN
BERLÍN
15-9-1898
1067543914
Ersatzdivision, IX. A.K.
Reservekorps : R.K.

Minna sostuvo la pequeña placa ovalada entre sus dedos temblorosos.

En lo profundo de su cerebro, algo estaba tomando forma... Janowitz empujó el archivo, la bolsa y su contenido hacia la psiquiatra.

—Un regalo —exclamó, luciendo feliz.

—Quiere usted decir...

—Sírvase con ello. Si este chico le interesa, esto le servirá más que a nosotros.

—Gracias, señor Janowitz. No sé cómo...

—Vaya, no es nada, y déjeme ya volver a dormitar. ¡Me ha alegrado mucho verla de nuevo, *Fräulein*!

55

—¿Duermes con goma para el cabello?

—No es goma.

Bajo el umbral de su puerta, Simon estaba pegajoso y despeinado. Apenas despierto, sus ojos se hundían en sus cuencas como remaches.

—¿Qué es? —preguntó Minna.

—Gel para electrodos.

—¿Electrodos?

—Son las dos de la mañana. ¿Qué quieres?

—Creo que he identificado al asesino.

Entró con autoridad. En la oscuridad, vio los bocetos de Paul Klee, la alfombra cubista. A ella le agradaba el departamento. Una combinación de gusto y audacia. Un último bastión para el arte del mañana.

—Beewen ya está en camino. ¿Nos prepararías café?

Una hora más tarde, los tres estaban instalados en el consultorio. Los mismos y se vuelve a empezar: Simon detrás de su escritorio, Beewen en el sillón y Minna en el diván, con las manos en los bolsillos, haciéndose la reservada porque ella detentaba la revelación de la noche.

No había tenido problemas para encontrar a Beewen: aún estaba en la Gestapo. Ella incluso llegó a preguntarse si él tenía un departamento de verdad.

Simon se había tomado unos minutos para vestirse y asearse: tenía el pelo engominado hacia atrás como un bolo pintado, vestía un jersey azul cielo y un pantalón de lona que daba la impresión de que su velero estaba atracado no muy lejos de allí.

En unas cuantas palabras, Minna resumió su descubrimiento. Albert Hoffman. Su perfil coincidía con el del asesino. Su movilización. Su desaparición.

—¿A dónde vas con esto? —preguntó Simon, molesto; les había preparado café, sin mostrar entusiasmo alguno—. Si tu chico está muerto, ¿qué significa eso para nosotros?

—Justamente. Creo que no está muerto.

—¿Y entonces qué?

—Hoffmann desapareció en la Batalla de Arras. Una verdadera carnicería. Le habría sido fácil cambiar su placa con la de un cadáver.

—¿No sientes que lo estás llevando demasiado lejos?

—Déjala hablar —ordenó Beewen, quien parecía mucho más interesado que Simon en su teoría.

Minna finalmente se puso de pie y comenzó a caminar detrás de Beewen. Se sentía como si estuviera paseándose a la sombra de una colina.

—Me imagino la escena —dijo en un tono que le hubiera gustado menos pretencioso—. Un proyectil le arranca la cara a Hoffmann. Sobrevive al impacto. Todo el día se queda en el barro.

—¿Por qué «todo el día»? —preguntó Simon, mientras encendía un Muratti.

—Porque los camilleros solo podían recoger a los heridos durante la noche —intervino Beewen—. Durante el día, les disparaban como si fueran conejos.

Simon alzó las cejas: mitad «no lo sabía», mitad «queda por demostrarlo».

—Entonces —prosiguió Minna—, se está muriendo entre el barro y el frío. Esto es lo que se dice a sí mismo: si sale de ahí, tendrá un rostro nuevo. En cualquier caso, un rostro diferente. Pero, ¿qué le espera al final de la guerra? La prisión. Por supuesto, tendrá una reducción de su sentencia, por los servicios prestados a su país, pero no escapará de unos cuantos años más tras las rejas. Por no hablar de su triste notoriedad como asesino de mujeres. ¿Qué hace entonces? Toma la placa de uno de los soldados muertos cerca de él y se la mete en el bolsillo. Esta carnicería es una oportunidad inesperada para cambiar de identidad. Y de existencia.

Beewen tomó la palabra. Parecía estar de humor para apoyar a Minna, fuera lo que fuera.

—En mi opinión, aquello ha sucedido más de una vez. En el caos de los campos de batalla, muchos desertaron o se hicieron pasar por muertos. Cuando estás en el infierno, no tienes nada que perder.

Simon pareció mirar al hombre de la Gestapo con sorpresa —tales reflexiones, con un toque de empatía en su voz, resultaban muy lejanas para el oficial inflexible que conocía.

Minna casi se sonrojó: esta noche tenía un aliado. Beewen la apoyaba, aunque sentía que él no estaba siendo enteramente objetivo.

—De cualquier manera —prosiguió ella—, él elige a un compañero de la misma talla o con el que guarda un vago parecido e intercambia con él su placa de identidad. Ni visto, ni conocido. Se convierte en otro, ciertamente desfigurado, pero con un registro en blanco.

—¿Y entonces? —preguntó Simon, que fumaba con una suerte de ostentosa agresividad.

—Entonces Albert Hoffmann está de nuevo en circulación en Berlín, desfigurado y con un nuevo nombre.

Simon escupió:

—Todo esto no es más que una novela. No tienes pruebas de lo que dices.

—No tengo pruebas, pero sí podemos verificar algo.

Minna se puso de pie, metió su mano en su bolso y colocó la medalla ovalada de zinc sobre la mesa.

—La placa de identidad de Albert Hoffmann. Con su número de servicio y el número de su batallón.

—¿Y qué?

—Y que Franz ha recibido esta noche la lista de los heridos que atendió Ruth Senestier.

—Aún no logro comprender.

—Hay que compararlo con el del batallón de Hoffmann. Si encontramos allí un nombre en común, entonces no habrá duda: será él quien escogió Hoffmann para cambiar su identidad.

Hubo un silencio. Minna no estaba segura de que entendieran el juego de manos de Hoffmann. Se había hecho pasar por un soldado muerto y, bajo este nuevo nombre, se había hecho hospitalizar. Había acabado recalando en Studio Gesicht donde Ruth Senestier, en los años veinte, le había fabricado una máscara.

Un nombre nuevo. Un rostro nuevo.

—Está bien —concedió Simon—. Sigamos más allá con tu razonamiento.

—No sé qué haya hecho Albert Hoffmann durante todos estos años, pero sus ganas de matar despertaron y quiso volver a atacar usando una máscara específica. La del Hombre de Mármol. Volvió con Ruth y le pidió que se la fabricara. Por eso Ruth me dijo que había aceptado un encargo «peligroso» y que su cliente era el «diablo». Albert Hoffmann, con su nuevo nombre y su rostro remendado, seguía siendo un asesino amenazante.

—Sigue pareciéndome una novela —concluyó Simon. Beewen se levantó bruscamente de la silla.

—Minna tiene razón, hay una manera muy fácil de verificarlo. Recuperamos la lista de soldados del batallón de Hoffmann y la comparamos con la de los «operados» de Ruth. Si aparece un mismo nombre, tenemos a nuestro hombre. Un tipo que murió junto a Hoffmann y de cuya identidad este se apropió...

Minna sonrió: no podría haberlo dicho mejor. No sentía orgullo por haber encontrado esta pista, ni irritación frente a Simon quien se empeñaba en negarla con cuatro hierros. Lo que ella quería era identificar al bastardo. No le importaba quién hacía qué. No le importaba cómo se contara la historia más tarde.

Beewen la miró con el ojo abierto —el otro parecía estar llegando a su noche.

—Minna, le habría ido formidable en la Gestapo.

—Dios no lo quiera. Pero puedes hablarme de tú.

Espectador de este complaciente intercambio, Simon Kraus puso los ojos en el cielo.

—Vaya a dormir, Minna —susurró Beewen, cada vez con más dulzura—. Se lo tiene bien merecido. Nosotros iremos a los archivos.

Kraus pareció despertar de su abatimiento:

—¿Nosotros? ¿Qué archivos?

—¡Los de la Deutsches Heer!

56

Simon Kraus navegaba en plena pesadilla. Primero había llegado la pequeña pretensiosa, ahí, que lo había despertado a las dos de la mañana, excitada como un electrón. Luego el coloso que se había presentado para, al parecer, beberse las palabras de la baronesa. Más tarde, esta absurda historia de un asesino serial encarcelado, luego liberado, luego muerto, luego resucitado. *Ya qué importa.*

Pero la pesadilla continuaba. Ahora conducía el Mercedes de Beewen, un medio de transporte cien por ciento nazi, con águilas y esvásticas por todas partes, en dirección del distrito de Kreuzberg, donde, según la Gestapo, se encontraba la NSKOV, la asociación nacionalsocialista de víctimas de la guerra. Tan solo el acrónimo le daba dolor de cabeza.

Decir que estaba de mal humor era un eufemismo. Cuando Minna llamó a su puerta, él debió haberse arrancado los electrodos, el sensor de pulso y el de los párpados, sin siquiera tomarse el tiempo de mirar sus diagramas. Ignoraba en qué momento del ciclo de sueño lo había interrumpido, pero no recordaba ningún sueño. *¡Scheiße!*

Aguantó sus elucubraciones tirando de sus Muratti como si fueran una bomba de oxígeno. Algo andaba mal con esta investigación. Que Minna o incluso él mismo quisieran ser útiles, estaba bien. Pero que Beewen, *Hauptsturmführer* de la Gestapo, no hubiera encontrado otra ayuda mejor que dos psiquiatras marginales, sin la menor experiencia en investigación criminal, era un absurdo. El oficial les estaba ocultando algo. Simon estaba seguro de ello: Beewen estaba corriendo por sus propios colores, a escondidas y en la oscuridad...

—Hemos llegado —dijo el otro, golpeando la ventanilla con sus dedos enguantados.

Descubrieron un edificio sin luz, desde el cual se extendía, frente a su fachada, un extenso césped. Cuando sus ojos se acostumbraron a la oscuridad, tuvieron una sorpresa: cientos de cajas de madera, de cofres, de cantimploras yacían esparcidos por el suelo, dejando apenas un camino hasta los escalones del edificio. Todo permanecía custodiado por dos centinelas somnolientos.

—Están en plena movilización —explicó el ss, saliendo del auto y encendiendo su linterna.

Dos millones de muertos ocupan bastante espacio. Nombres, fechas, circunstancias de la muerte, aquello llenaba kilómetros de estanterías, de archivadores, de papeles garabateados, firmados y sellados. A ello se sumaban los cuatro millones de heridos que habían tenido derecho a su ficha, a su balance, a su historial. Todo esto pudo haber ocupado varios pisos, constituido una colina de papel, pero los «muertos por la patria» y otros sobrevivientes del 14-18 yacían en este patio bajo la forma de un montón de cajones almacenados a toda prisa, como los muelles de Westhafen.

Beewen encontró a un archivista de guardia, con quien conversó en un lenguaje codificado que incluía números, fechas, nombres de regimientos, batallones, escuadrones. Simon no entendía nada, pero no le importaba. Sencillamente se sentó en una caja, como un niño que mira pasar los trenes.

Mientras el ss y su nuevo compañero de juegos recorrían los callejones improvisados (se podían ver los rayos de sus linternas entrecruzándose), Simon comenzó a sentirse oprimido por todos estos muertos encerrados entre sus tablones de madera. Imaginó trincheras rebosantes de sangre, barro y dolor, plagadas de ratas y mosquitos, el agua contaminada con fragmentos de carne, el aire infestado de tifus, tuberculosis. Vio rostros mugrientos con el pelo y las cejas llenos de piojos, rostros devastados por la metralla, mandíbulas asfixiadas por el barro...

Le pareció escuchar el silbido de las bombas, el estruendo de las explosiones, la cadencia de los disparos automáticos... Y todo resonaba entre estas cajas y cofres apilados como en el fondo de un túnel.

No era un especialista en historia, pero sabía lo que todo el mundo sabía. Lo que pomposamente se había dado en llamar «guerra de posición» se había reducido a tipos que lanzaban granadas o explosivos empacados en latas de conserva, atados al extremo de una raqueta. Podría resultar gracioso, pero era así como los pobres cabrones, que no habían pedido nada a nadie, habían visto sus cuerpos explotar y sus rostros volar en pedazos.

—¡Lo tengo!

Entre dos pilas de cajas, Beewen blandía un expediente que le parecía, en ese preciso momento, tan precioso como el Grial.

—¡Todos los muertos y heridos del 22 de abril de 1917 en el batallón de Hoffmann! —gritó mientras se acercaba.

Parecía disfrutar de tanta sangre en tan pocas páginas. Sujetando el archivo con su puño enguantado, lo agitó bajo la nariz de Simon, a quien le resultaba difícil compartir su entusiasmo.

—Podremos comparar los nombres con los desfigurados tratados por Ruth y…

—Sí, ya lo he comprendido.

El hombre de la Gestapo cambió de expresión (aún sostenía su linterna en la otra mano, iluminándose desde abajo, a la manera de un film mudo expresionista).

—¿No lo crees?

—Creo en ello como los niños creen en Papá Noel. Es una historia hermosa, o más bien siniestra, pero francamente, hay que estar de muy buen ánimo para tragársela.

Beewen dio otro paso hacia él. Sin ponerse de pie, Simon se echó hacia atrás de todos modos, como medida de precaución.

—He explotado todas las pistas. He aplicado todos los métodos de investigación y, antes que yo, la Kripo había hecho lo mismo. El KTI, el mejor laboratorio de ciencia criminal de Europa, lo ha examinado todo. Nadie ha encontrado nada. Minna es la primera persona que me ofrece algo nuevo.

—Minna… —repitió Simon, sonriendo—. ¿Qué con ella?

—No, nada.

Beewen deslizó su archivo bajo el brazo y alumbró brutalmente a Simon con su linterna; algo muy agresivo, que bien debía de haber sido una práctica de la Gestapo.

Simon esperaba recibir un golpe en la cabeza, cuando Beewen preguntó con voz tímida:

—¿Crees que tengo alguna oportunidad?

—¿Qué?

Beewen apagó su lámpara.

—Con Minna, ¿crees que tengo alguna oportunidad?

Simon permaneció incrédulo durante unos cuantos segundos. Después fue más fuerte que él: en respuesta, se echó a reír.

57

Cuando sonó el teléfono, Simon pensó que no había tenido tiempo de dormir. En realidad, eran las siete de la mañana. Por lo tanto, había dormido dos horas...

—¿Hola?

La voz de Beewen, al rojo vivo. La voz de un drogadicto. Simon se preguntó a sí mismo si el nazi tomaba una sustancia en particular. Tenía la pinta de poder ser voluntario para probar una nueva anfetamina *made in Germany*.

—¿Qué pasa?

—¿Qué pasa? —repitió Beewen más fuerte—. ¡Resulta que he encontrado al asesino! ¡Lo he identificado y localizado!

Simon, con un sabor amargo en la garganta, pensó en sus sueños. Esta vez sí podía recordarlos. Había tenido tiempo de completar todo un ciclo —somnolencia, sueño ligero, sueño profundo… —La llamada telefónica lo había sorprendido en pleno sueño.

Por supuesto, no la sombra de un Hombre de Mármol.

—Te daré la dirección. Alcánzame ahí.

—¿Qué?

—Es en Meyers Hof, 132, Ackerstraße, en el distrito de Wedding.

Simon no comprendía esta voluntad de involucrarlo en cada etapa de la investigación. Posiblemente podría ayudar a Beewen a interrogar a las Damas del Adlon o a estudiar el perfil desde la psicología del asesino, pero no a arrestar a un tipo desfigurado bajo la lluvia. Un aguacero azotaba las ventanas.

Quizás se trataba del espíritu de equipo, heredado de las

Hitlerjugend, pero Beewen era demasiado viejo como para haber estudiado con esos horribles niños exploradores.

—Te estaré esperando en la acera de enfrente.

—Pero... ¿vamos a ir solo los dos?

—También estarán mi adjunto, Dynamo, y un asistente, Alfred.

No valía la pena discutir. No se puede detener un *Kriegslokomotive* lanzado a toda velocidad. Simon se vistió rápidamente —cosa que nunca hacía—, se puso la gabardina, tomó un sombrero al azar y ¡a toda marcha, Helmut!

Berlín, en este final del verano, amaba la lluvia. O a la inversa. En cualquier caso, a Simon le encantaba. Pero esa mañana, mareado, exhausto, no se encontraba aprovechando al máximo el júbilo del aguacero.

Bajo su paraguas, corrió hacia la Alte Potsdamer Straße con la esperanza de encontrar un taxi, pero no había ningún automóvil a la vista; desde el día anterior, y ya con la guerra en marcha, los taxis escaseaban.

Divisó una carreta tirada por un caballo que avanzaba con la cabeza baja, indiferente al aguacero, a los automóviles, a los transeúntes. Le hizo señas al hombre somnoliento que conducía el carruaje.

La carreta se detuvo: una plataforma cubierta bajo la cual se amontonaban nabos o papas en una montaña polvorienta. Simon le pidió que lo llevara a Wedding por un puñado de marcos. Un poco más de cuatro tramos, al trote, era factible en cuarenta minutos.

El tipo, apenas más hablador que su caballo, aceptó, y Simon se encontró a su lado, protegido del diluvio. Reír o llorar, vaciló. Bajo el aguacero y entre el olor terroso de las verduras, al ritmo apacible del repiqueteo de los cascos, se dirigía a su primera detención. Sin embargo, bajo la lona martillada por las gotas, una curiosa sensación de bienestar se apoderó de él. Los pequeños saltos ante los adoquines, las sacudidas por los baches, la inquietante cadencia del trote..., todo comenzaba a arrullarlo. Sus párpados caían.

Ofreció al campesino un Muratti y fumaron en silencio, viendo la larga Bellevue Straße traqueteando frente a ellos. Simon reflexionó sobre el sueño que había tenido esa mañana, fragmentos del cual aún flotaban en su cabeza como escoria en el agua. Sus sueños siempre habían sido tormentosos, complejos, dolorosos. Se despertaba exhausto, como exprimido, preguntándose de qué manera, después de tales pruebas, su espíritu podría comenzar de nuevo.

Esas dos horas de sueño no habían faltado a la regla: había visto su piel tornarse blanca, hasta brillar como la madreperla, y que le crecían escamas. Entre sus dedos, aletas conectaban sus falanges. Sin saber cómo ni por qué, se encontró en una mesa de operaciones, cegado por una poderosa lámpara quirúrgica. No podía distinguir a los médicos ni a las enfermeras, pero lograba percibir el chasquido de los instrumentos...

Bajando la vista, vio manos enguantadas retirando con cuidado algunas escamas. Aquello le dolía y le hacía cosquillas al mismo tiempo. Sobre todo, se sentía humillado, como si un vergonzoso secreto suyo hubiera sido expuesto repentinamente para que todos lo vieran. Yacía desnudo, vulnerable, monstruoso. Vio que los alicates retiraban las manchas blancas, barnizadas como uñas, y las colocaban en un recipiente «para análisis». Lo más horrible era que esas partes sueltas le seguían doliendo cuando las tocaban, incluso a la distancia.

—¿Cómo va, señor?

Simon se sobresaltó. Acababa de volver a soñar. Estaba temblando y sentía que el sudor le corría por la espalda; a pesar de la tormenta, hacía ya mucho calor. Le ofreció otro cigarrillo a su chofer. Se sentía aliviado de estar vivo. A su pesar, se miró las manos: ninguna escama...

—Hemos llegado.

Simon pagó al campesino y se adentró en la lluvia.

58

Los Mietskaserne eran edificios construidos a finales del siglo XIX para albergar a las familias pobres que acudían por millares a la capital. Estas «barracas de alquiler» no tenían nada que ver con la comodidad ni con la más mínima preocupación sanitaria. Pura especulación inmobiliaria fundada en un concepto simple: cómo acomodar el máximo número de personas en un mínimo de espacio. Aquello dio lugar a estas barras de edificios de hormigón, organizados en torno a patios —los *Höfe*— que evocaban una interminable, fragmentada y laberíntica Corte de los Milagros.

Si se estaba de un humor marxista, se podría decir que estas jaulas de conejos plagadas de ventanas y adoquines, donde las cloacas confluían con los conductos de ventilación de los sótanos habitados, eran obra de un Minotauro llamado capitalismo. Si se tenía prisa, simplemente uno podía volverse loco tratando de encontrar el camino a través de este laberinto de bloques, hileras de patios, portales idénticos...

El Meyers Hof era sin duda uno de los Mietskaserne más famosos de Berlín. Y uno de los más grandes. Más de dos mil personas se concentraban en apenas doscientos cincuenta departamentos, lo que hacía una media de ocho ocupantes por vivienda. *Nada mal.*

Beewen aún no había llegado. Según lo acordado, Simon se plantó en la acera de enfrente y, bajo su paraguas, encendió un Muratti. ¿Qué diablos estaba haciendo allí, por el amor de Dios?

Observó su cigarrillo consumirse dolorosamente en la punta de sus dedos, pensando en su destino, en su carrera. Todo ese camino para encontrarse allí, con los dos pies en un charco, esperando voluntariamente a una banda de gente de la Gestapo... Estaba bastante lejos de su próspero consultorio, de sus investigaciones sobre «los sueños y la psique humana», de su partida hacia Estados Unidos…

Beewen llegó. Lo acompañaba un tipo corpulento de piernas cortas y un espárrago alto con anteojos enormes. Iban vestidos de civil. ¡Por fin! en ropa de civil... Abrigo largo de cuero y sombrero holgado, el disfraz estándar del uniforme de la Gestapo.

En un tono apresurado, el de las SS presentó a sus tropas: el hombre con aspecto de caja fuerte se llamaba Dynamo y el larguirucho Alfred. Apretón de manos bajo el diluvio.

—Nos sigues y cierras la boca —ordenó Beewen.

Simon asintió mecánicamente.

—¿Tienes un arma?

—… Por supuesto que no.

Beewen miró a Dynamo, que llevaba colgando una cartera larga en donde podría haber metido varias liebres muertas. Sacó una pistola, una Luger PO8. Simon conocía este modelo porque se había acostado con una condesa que coleccionaba armas.

—No quiero un arma.

—No te hagas el idiota —ordenó el nazi.

Tomó el objeto de las manos de Dynamo y lo colocó con autoridad en las de Simon.

—¿Sabes disparar?

—No.

—Muy bien. En caso de problemas, sacas tu arma y la agitas. Eso será suficiente.

Simon sintió las cachas de madera cuadriculada en su palma. El objeto era pesado y tranquilizador. Su cañón evocaba una pequeña chimenea de fábrica llena de energía funesta.

—El nombre de nuestro chico es Josef Krapp.

—¿Cómo lo sabes?

Beewen miró su reloj. Parecía un oficial teniendo que dar nuevamente explicaciones a sus tropas antes de una operación.

—Joseph Krapp fue herido la noche del 22 de abril de 1917 en la Batalla de Arras. La misma noche que supuestamente murió Albert Hoffmann. Pertenecían al mismo batallón.

—¿Y entonces?

El de las ss suspiró, metiendo nerviosamente sus manos en los bolsillos.

—Entonces fue Krapp quien murió esa noche. Hoffmann, herido en el rostro, tomó su placa de identificación y se convirtió en Josef Krapp. *¿Verstanden?*

—¿Eres consciente de que toda esta historia no se sustenta en nada? Es nada más que la teoría de una niña de papá que ha leído demasiadas novelas.

—Cierra el pico. Josef Krapp vive en este Mietskaserne. Lo arrestamos y lo interrogamos. En la Gestapo sabemos cómo hacerlo.

Simon volvió a asentir, sin el menor asomo de ironía. La emoción que percibía en los tres muchachos comenzaba a contagiarlo.

—Vive en el edificio a la derecha del tercer patio, justo enfrente de nosotros. En el segundo piso. —Beewen dio un paso atrás y se dirigió a sus tres interlocutores—: Simon y yo subiremos. Dynamo y Alfred, quédense abajo para recoger al pájaro en caso de que salte por la ventana.

El hombre de la Gestapo se expresaba como un héroe de una novela de Karl May, un vaquero que nunca habría cruzado el Rin.

—Simon, carga tu Luger de todos modos.

Kraus no tuvo ocasión de pedir más información al respecto, solo tuvo tiempo de imitar el gesto brusco del nazi, quien también tenía su arma en la mano. Un fuerte tirón en la recámara, que curiosamente subía y bajaba como un brazo mecánico, y listo: una bala se había deslizado en el cañón.

Los otros dos los imitaron y, nuevamente, al escuchar el clic de las armas, Simon se estremeció. Ahora sí, verdaderamente deseaba subir allá.

59

La lluvia era su oportunidad; se podía ver, mirando hacia los patios contiguos, que todo estaba desierto. Por lo general, una Mietskaserne era una ciudad en sí misma. Se vivía, se comía, se dormía y se trabajaba allí. La mayor parte del tiempo al aire libre, en los patios. Artesanos, comerciantes, proveedores de todo tipo que se habían instalado ahí, almacenaban sus equipos y mercancías en sus departamentos. Una auténtica cloaca que apestaba a hierro candente y a verdura podrida. A esto se sumaban hordas de niños y ratas...

Pero hoy, *nichts*.

Todo el mundo había buscado resguardo. Cruzaron un primer patio, luego un segundo. La resonancia de la lluvia era increíble, pesada y grave en los pórticos, clara y repiqueante en los jardines. Cada patio no excedía los treinta metros cuadrados. Simon recordó que esa era el área mínima para poder manejar una manguera contra incendios...

En el borde del tercer *Hof*, Beewen se detuvo y su tropa con él. Ya estaban mojados hasta los tobillos. Mirando hacia abajo, Simon vio su reflejo: tres hombres con abrigos de cuero y otro con gabardina, todos ensombrerados; eran toda una escena.

Beewen escudriñó las fachadas, las ventanas, las casuchas cerradas. Con una señal con la cabeza, instó a Simon a que lo siguiera. Los otros dos se quedaron a cubierto.

Cruzaron el patio de forma oblicua y se dirigieron hacia la entrada del edificio. El olor los detuvo. Un hedor a orina, a basura, a descomposición que formaba una barricada e impedía el paso. Simon tardó varios segundos en acomodar su visión. Una decena de pares de ojos los miraban en silencio. Niños sentados en los escalones de las escaleras, en cuclillas en el suelo, apoyados en la barandilla. Rostros diminutos, constreñidos por el hambre y el aburrimiento, pálidos como tubérculos.

Con una patada, Beewen despejó varios en su camino —buenos y viejos reflejos de las SA— y avanzó hacia los escalones. Simon se dijo a sí mismo que esta escalera nunca resistiría el impacto de los 120 kilos de aquel hombre, pero las estructuras resistieron. Simon no supo cómo.

Unos pocos pasos más y los niños fantasmas habían sido olvidados. El nuevo obstáculo era la oscuridad. No había fuente de luz en esta casucha. Nada más que el latido incesante de la lluvia que golpeteaba las fachadas, las ventanas, y que parecía fluir hacia adentro del inmueble. A tientas, avanzaron escaleras arriba. Simon se sintió como ascendiendo por un pozo invertido.

Primer piso. No se molestaron en mirar por el pasillo que se abría a izquierda y derecha. Más pasos. Simon subió tras el nazi, Luger en mano, totalmente incrédulo.

El segundo. En ese momento vio los zapatos de Beewen frente a él: unos derbies de color café claro, los cuales contrastaban con sus pantalones negros. La imagen de este campesino tan mal vestido, quien decidía sobre la vida o la muerte de un buen número de berlineses le arrancó una risa nerviosa.

Beewen hizo una señal explícita: a la derecha. Salieron al pasillo y tuvieron, a su pesar, un momento de vacilación. El espectáculo que les aguardaba no se parecía a nada que hubieran visto antes, a menos que hubieran sido un troglodita en una ciudad bombardeada.

El yeso de las paredes se estaba desmoronando, los agujeros estaban recubiertos con cartón; el corredor mismo, atestado de cadáveres de bicicletas, de plantas muertas, estaba cubierto de cubos que recogían las aguas del cielo.

Beewen pasó por encima del primer recipiente y dio un paso adelante. Simon lo seguía de cerca.

—Krapp vive en la parte de atrás —espetó Beewen, sosteniendo una especie de mapa deslavado en su mano izquierda.

Atravesaron los primeros alojamientos, que yacían con las puertas abiertas. Allí estaba resguardada la cuantiosa población del edificio, apiñada en grupos de cinco, seis, ocho, diez... con sus camas, sus muebles, sus recuerdos y sus orinales...

El disparo los tomó por sorpresa. Beewen se arrojó a su izquierda, a una habitación. Simon levantó su arma, cerró los ojos y disparó. Un gesto increíble, que había surgido de la nada y que tuvo el efecto deslumbrante de un reflejo olvidado, el de sus antepasados guerreros o cazadores.

Entonces lo vio: Luger empuñada, uniforme de las SS, las dos terceras partes superiores de su rostro cubiertas por una especie de tul negro, un velo de luto que dejaba descubierto un solo ojo. Un ojo de pesadilla que te observaba desde el fondo de las trincheras, desde el rechazo a la muerte, desde la carne arada. Simon disparó de nuevo.

Krapp había desaparecido.

Tomado, o más bien poseído, por la violencia del momento, Simon salió corriendo en tanto Beewen emergía de su recoveco. Chocaron. El psiquiatra fue lanzado hacia la derecha, a una habitación desde donde no se podía ver nada. Ruido de cacerolas, el respaldo de una silla cayendo sobre su cabeza y una serie de pequeños zuecos, niños que apenas habían tenido tiempo de apartarse para esquivar a este adulto con gabardina catapultado dentro de su hogar.

—¡*Scheiße!* —gritó Simon, levantándose.

Tenía un pie en una carriola, un bebé lloraba, un anciano parecía muerto en una cama hecha de cajas, mientras los niños pululaban por todas partes, como ratas en el fondo de una bodega.

Simon escapó del caos y corrió por el pasillo. Beewen se le había adelantado en la persecución del asesino. Todo lo que encontró fue una ventana abierta, torcida en su marco, cortinas ondeando, y la lluvia, inmóvil, corriendo allí como una ola en un camarote.

Saltó y se aferró a la barra de la cornisa.

Beewen acababa de saltar hacia el vacío, cayendo sobre el techo de zinc de un cobertizo. Tras el impacto, sus piernas se doblaron violentamente hasta el punto de hundirle las rodillas en la barbilla. Al ese mismo instante, Krapp ya desaparecía en el pasaje.

—¡Beewen! —gritó Simon, mientras las piernas del nazi, en una reacción puramente mecánica, se volvían a estirar y lo impulsaban hacia adelante.

Después de un magnífico salto mortal, aterrizó de espaldas en una carretilla cubierta. Alfred, con pistola en mano, parecía paralizado. Dynamo se encontraba tras el rastro del fugitivo por el corredor que conducía al siguiente patio.

Simon salió de la habitación, tropezó con un balde, retrocedió en la dirección opuesta; las detonaciones habían tenido el efecto de una patada en un hormiguero, los niños corrían por todas partes, las mujeres gritaban, los hombres se empujaban unos a otros, armados con palos o cuchillos.

Simon disparó de nuevo al aire, a riesgo de derribar el techo ya empapado, y alcanzó las escaleras. Perdió el equilibrio, resbaló y bajó de espaldas por un piso entero. Se detuvo en el descansillo y logró ponerse de pie. Sus huesos aún parecían estar en su lugar, la Luger seguía en su mano derecha. Se la pasó a la mano izquierda y se sujetó de la barandilla para completar el descenso.

Bajo la lluvia, Alfred ayudaba a Beewen, quien seguía maldiciendo. Todo el mundo estaba en sus ventanas. No todos los días sc podía ser testigos de un espectáculo así, un bastardo de la Gestapo atrapado en una carretilla.

Simon no estaba asustado ni herido, ni nada. Una oleada de adrenalina lo enardecía y, en ese momento, se preguntó a quién estaba persiguiendo exactamente. Al asesino de Hoffmann o tal vez a sí mismo, un Simon Kraus un poco menos bastardo que de costumbre, un hombrecillo valiente que quería algo, y que iba a salirse con la suya.

Tomó la misma dirección que Dynamo. Las paredes del pasaje eran azotadas por las ráfagas. Detrás de él, escuchaba los gritos de Beewen: «¡Simon!». Pero esa voz le parecía lejana, irreal, mientras que las inflexiones de la lluvia se volvían pruebas íntimas de verdad.

Simon cruzó un patio y luego otro. Ahora, en cada puerta, grupos de niños asomaban sus narices como pequeños y curiosos animales. Todavía no conseguía ver a Dynamo, y mucho menos a Krapp/Hoffmann. ¿Se habían metido en un edificio? ¿En un sótano?

Sonó un disparo. Comenzó a correr de nuevo, provocando un verdadero desbordamiento de canaletas frente a él: el agua acumulada en el ala de su sombrero.

El patio. Una vez más, no logró comprender de inmediato lo que estaba viendo: plantado en la fachada, una viga de elevación. Al final de esta viga, una soga, y al final de esta soga, Dynamo, con la cara sangrando, gesticulando mientras trataba desesperadamente de aflojar la soga que lo estaba matando.

A la derecha, el asesino aseguraba la cuerda a uno de los anillos de amarre engastados en la pared. Primer gesto de Simon: disparar al asesino. Errar el tiro. En cambio, Josef Krapp, Albert Hoffmann para sus allegados, lo tuvo a la vista y Simon pudo adivinar, por la forma en que el hombre apuntó su arma, que, para él, estaba lejos de ser esta una primera vez. Retrocedió hacia el pasillo y, de manera natural, se tumbó en la cuneta, sintiendo de inmediato una masa de agua colándose entre su piel y sus ropas.

Con dificultad, se puso de pie. No estaba pensando en Dynamo, que se estaba muriendo. Ni en Beewen llamándolo, en alguna parte, desde las profundidades del laberinto. No pensaba en nada. *Él veía.* El ojo: el ojo del Monstruo, del Mal, envuelto en su mortaja negra. El cuerpo de este hombre, su rostro hecho trizas, su alma rota, todo pertenecía a ese ojo. Era él quien mandaba y concentraba toda la violencia del instante, como un pararrayos que atrae el relámpago.

El hombre aún podría haber disparado, pero giró sobre sus talones y desapareció en el siguiente pasillo. Simon se precipitó hacia adelante. Dynamo todavía se agitaba. Simon tomó un barril que hizo rodar hacia él. De un empujón lo colocó verticalmente, justo debajo del ahorcado, quien inmediatamente recuperó el equilibrio. Estaba a salvo.

Simon recogió la Luger y se dirigió de nuevo hacia el callejón: solo quedaba un patio. Krapp se encontraría acorralado allí. Lo único que encontró fueron tres fachadas arrasadas por el aguacero, umbrales negros como agujeros de topos, un muro perimetral que sin duda ocultaba otros terrenos, otros inmuebles...

Simon cayó de rodillas: habían perdido a la Bestia. No solo hoy, sino para siempre; el depredador estaba en guardia.

60

Las explicaciones de Dynamo eran confusas: el asesino lo había esperado y lo había emboscado en un patio, lo había golpeado con un tablón, lo había arrastrado hasta la cuerda y... Beewen no lo había escuchado. Estaba demasiado ocupado revolviendo la habitación de Josef Krapp.

Unos veinte metros cuadrados con un techo ennegrecido por el humo de una estufa que estaba entronizada en medio del lugar. Una cama, una mesa, una silla, un armario, una cómoda, y eso era todo. No era precisamente una suite real. Menos aún un nido de amor. Una mísera habitación para un soltero desfigurado, quien sin duda sobrevivía gracias a una pensión de las SS...

Pero eso era antes de la visita del *Hauptsturmführer* Franz Beewen. Ahora la habitación estaba deshecha. El oficial, loco de rabia, había volcado todos los cajones, tirado al suelo el contenido de cada estante, levantado y desgarrado el colchón. Había desmantelado el cajón del colchón y atacado el pequeño fregadero que servía de cocina. Lo había arrancado de la pared y lo había hecho añicos, dejando escapar un fino hilo de agua por el desagüe abierto. Había apuñalado con su daga los libros que había encontrado, había destrozado papeles, fotos, folletos...

Con patadas y puñetazos, había sondeado las paredes en busca de un posible escondite. Como resultado, todos los objetos, fragmentos de vajilla, jirones de tela que estaban esparcidos por el suelo ahora se encontraban como escarchados por el yeso.

Quizá, en la jerga nazi, se llamará a esto registro, pero para el ciudadano promedio podría parecer más una crisis de demencia.

Simon, apenas recuperado de sus emociones, observó al animal en acción. ¿Cuántos departamentos había destruido de esta manera? ¿Cuántas parejas había despertado en medio de la noche con el haz de una linterna en los ojos? ¿Cuántos padres golpeados frente a sus hijos? ¿Cuántas mujeres arrastradas por el pelo a través de sus departamentos?

Ahora el oficial nazi dirigía su furia hacia el parqué, arrancando los tablones con sus propias manos y dejando al descubierto las vigas. Ayudándolo, Dynamo y Alfred los apilaban a lo largo de las paredes.

De repente, Beewen dejó escapar un aullido de triunfo. Acababa de descubrir zapatos de mujer escondidos bajo las vigas que sostenían el piso. Comenzó a sacarlos de su escondite, dejando escapar pequeños gritos de satisfacción. Los balanceó detrás de su espalda en una especie de alegría histérica.

Los había de todo tipo: botines, de salón, sandalias, de baile, azules, negros, rojos, modelos en piel, en ante, en lona, tejidos…

Tras el asunto con la Luger, este hallazgo confirmaba la verdadera identidad de Josef Krapp. ¿Pero era entonces él el Hombre de Mármol?

Para Franz Beewen, en cualquier caso, era a él a quien mejor le quedaba la camisa.

61

Mientras ascendía por la escalera principal del cuartel general de la Gestapo, sintió como si estuviera subiendo al patíbulo. Diez de la mañana, pero la mirada de sus compañeros decía mucho: todo el mundo ya estaba enterado. Y los *¡Heil Hitler!* dirigidos a él sonaban como despedidas, no particularmente cargadas de empatía.

Recorrió el pasillo a paso rápido, evitando más miradas de desaprobación, o incluso el sarcasmo de sus rivales habituales, Grünwald a la cabeza, y llegó a su oficina sin desencuentros.

De repente, Hölm saltó detrás de él, lo empujó hacia adentro y cerró la puerta con cuidado.

—¿No se suponía que debías permanecer en el Meyers Hof? —preguntó Beewen.

Dynamo, con un vendaje en la sien, hizo caso omiso del comentario.

—Lo delegué. No es necesario que interrogue a pordioseros que no han visto ni oído nada. —Sin tomar respiro, continuó—: Nos robaron el archivo.

—¿Cuál?

—¿Cuál crees?

—¿Alfred regresó contigo? Él quizás lo...

—Alfred está escondido debajo de su escritorio. Teme por él y su familia. Nos van a matar a todos, Franz, y todo por tus brillantes ideas.

—Tranquilo, hemos estado en peores.

—Esta vez es la última.

Dynamo decía la verdad: su equipo no iba a sobrevivir a semejante fiasco. Improvisar un arresto sin informar a sus superiores.

Además, involucrar a un civil. Dejar escapar al objeto de la intervención. Los errores de Beewen eran innumerables...

—No te preocupes —aseguró—. Me encargaré de todo.

—Tú hablas. Estamos en el mismo barco y ya no tenemos remos.

—Espérame aquí.

Beewen salió de su oficina y se adentró en la de Perninken con unos pocos pasos.

Después de lanzar un *¡Heil Hitler!* que sonaba como un grito de batalla, atacó con la misma brusquedad:

—*Obergruppenführer*, ¿dónde está mi archivo de investigación?

Incluso aquí, en esta casa de asesinos, la ofensiva podía convertirse en la mejor defensa. Perninken se puso de pie, sin dejar traslucir la menor emoción. Ni sorpresa, ni descontento, ni... nada.

—Lo hice transferir.

—¿A dónde?

—Le aseguro que no lejos.

—¿Me está retirando de la investigación?

El *Obergruppenführer* se tomó el tiempo necesario para caminar alrededor de su escritorio y, con las manos a la espalda, miró a Franz. No parecía ofendido por la insolencia de su oficial. Se puede ser magnánimo con un condenado.

—Cuénteme más sobre lo que pasó esta mañana en el Meyers Hof.

Beewen trató de tragar: su garganta le parecía sonar como una cuchilla contra una piedra de afilar. En pocas palabras, resumió la situación. Omitió varios hechos importantes: el asesinato de Ruth Senestier, el Hombre de Mármol y su máscara, la sustitución de personalidades, la participación en la investigación de dos psiquiatras civiles.

—¿Es todo? —inquirió el *Obergruppenführer*, después de que Beewen hubo monologado durante cinco minutos.

Perninken sabía reconocer las tonterías cuando se las servían.

—No —se apresuró Beewen—. Hemos encontrado zapatos de mujer en la casa de Josef Krapp.

—¿Y eso es suficiente para pensar que se trata de nuestro asesino?

—Huyó cuando llegamos, *Obergruppenführer*.

—Todo el mundo huye cuando llegamos.

—Estaba armado, *Obergruppenführer*. Es un oficial de las SS. Utiliza su daga para eliminar a sus víctimas.

Perninken empezó a pasearse delante de Beewen, tieso como un portaestandarte. Su pequeño paso habitual. Franz percibía los efluvios de plomo. Siempre esos trucos de magnetizador. Siempre ese olor a dentista.

—¿Así que fue esta mañana a arrestar a Krapp?

—Exactamente.

—Sin avisarme.

—Actué con premura, me equivoqué.

—Sin un mínimo de hombres que lo acompañaran.

—Quise intervenir lo más discretamente posible.

—¿Para detener a un asesino de este calibre? ¡Debería haber llevado consigo un batallón!

Beewen inclinó la cabeza con un golpe seco. En lenguaje nazi, era la expresión de contrición.

—Repito: fue un error. —Se arriesgó a justificarse—: Pero en esta investigación, las órdenes han sido siempre actuar con reserva.

—Como resultado, el sospechoso se le ha escapado. ¿Cuántos eran ustedes?

—Yo, mi adjunto, Günter Hölm, y mi asistente, Alfred Mark.

—También me han informado de un civil…

¿Quién lo estaba espiando? ¿Su chofer? ¿Lo habían seguido otros hombres de la Gestapo? Beewen habría apostado por el *Blockleiter* del Meyers Hof.

—No sé de quién me habla —mintió con convicción.

—Dejémoslo. Su sospechoso, ¿sabe dónde está ahora?

—No.

—¿Cómo planea encontrarlo?

Beewen eligió jugar limpio, tomando en cuenta la situación en que se encontraba...

—El problema es su cara, *Obergruppenführer*. Josef Krapp está desfigurado.

—Será mucho más fácil de encontrar.

—Lleva una máscara.

—¿Una máscara?

Franz prefirió permanecer evasivo:

—Ciertas lesiones faciales fueron beneficiadas con un servicio de la Cruz Roja: les colocaron una prótesis de cobre para tornarlos presentables.

—¿Cuál es exactamente el problema?

—No sabemos cuál es el aspecto de esta máscara.

Beewen esperaba que el hacha cayera, pero Perninken se conformó con decir:

—Josef Krapp es un oficial de las SS. Desfigurado o no, no debería ser demasiado difícil de encontrar.

Detrás de esa observación, despuntaba una esperanza: Beewen todavía estaba en la carrera.

—Estoy de acuerdo con usted, *Obergruppenführer*. Pero después de esta operación tan… desafortunada, Krapp se esconderá y…

—Nadie puede escapar a la Gestapo.

Beewen hizo sonar sus tacones y casi dejó escapar un *¡Heil Hitler!* para expresar su aprobación.

—Pero tiene razón, la investigación ahora es más compleja ya que, gracias a su estupidez, ha perdido la ventaja de la sorpresa. Es por eso que he decidido sumarle otro equipo. Estará dirigido por el *Hauptsturmführer* Grünwald.

Beewen casi soltó un grito. En el orden de las posibles malas noticias, esta era la peor.

—Sé lo que piensa de Grünwald —continuó Perninken en un tono casi entretenido.

Detrás de su aspecto mortecino, flotaba la expresión de un niño que se divierte agitando un trapo rojo frente a un toro... detrás de la cerca, claro.

—Sin embargo, es un oficial devoto y concienzudo. Aportará a su investigación el rigor que tanta falta le hace.

—¡Sí, *Obergruppenführer*!

—Mientras hablamos, él se encuentra estudiando el expediente. Los espero a ambos al mediodía para hacer un balance y decidir las maniobras que se llevarán a cabo.

—Sí, *Obergruppenführer*.

Beewen intentaba inyectar el máximo vigor posible en sus movimientos de cabeza. De hecho, sentía el recorrido helado del sudor bajando por su espalda. En aquel expediente no había nada, absolutamente nada, sobre las razones que le habían hecho sospechar de Josef Krapp.

Grünwald no tardaría ni cinco minutos en darse cuenta de que había otra investigación, oculta, realizada con civiles, además psiquiatras.

—Le doy otras cuarenta y ocho horas —concluyó Perninken—. Llévese a los hombres que necesite, patrulle Berlín, corra la voz entre nuestras filas, interrogue a los *Blockleiters* y, sobre todo, mantenga la transparencia con Grünwald. Quiero equipos solidarios.

—*Obergruppenführer*, eso significaría que ambos estaremos al tanto de…

Perninken golpeó su escritorio con el puño; por lo general, era tan tranquilo y frío que parecía un bloque de hielo rosado, pero todos sabían que era capaz de tener rabietas que rayaban en el trance.

—¿No comprende que es demasiado tarde, *Hauptsturmführer*? Si Grünwald confirma la solidez de sus investigaciones, no lanzaremos al gran juego.

Beewen volvió a ver al hombre de uniforme, con el rostro velado de negro. Una sombra, un fantasma.

—Ha cruzado la línea —remarcó Perninken—. Si el caso sale a la luz, será culpa suya. Esperemos poder evitar que el escándalo se extienda fuera de nuestros muros. Llévese a algunos hombres, ponga a trabajar a sus informantes, devuélvame a Berlín y tráigame a este monstruo aquí, a esta oficina. Y no lo olvide: lo quiero vivo.

—¿Y… las del «Wilhelm», *Obergruppenführer*?

El hombre se lo quedó mirando sin comprender.

—Esas mujeres que han fundado un club, ya sabe, en el Hotel Adlon. El asesino parece elegir a sus víctimas de entre ellas y...

—No les diga nada. Los maridos de las víctimas están al tanto, y eso ya es más que suficiente. ¡No lleve consigo el pánico a ese aviario!

Beewen pensó en Greta Fielitz. Ya le había pedido a Hölm que organizara una protección constante. Lo peor de todo sería otra víctima.

Perninken había recuperado la compostura:

—¡Concéntrese en Krapp, *mein Gott*! ¡Una persecución del hombre por Berlín, eso debería emocionarle!

62

Franz Beewen no había aguardado a que Grünwald terminara de «estudiar» su expediente y viniera a hacerle preguntas viciosas. Le explicó la situación a Dynamo y le ordenó que se hiciera el tonto hasta que él estuviera de vuelta. Después subió a toda velocidad por una de las escaleras de servicio (discretas, polvorientas, oscuras, todo lo que necesitaba) y atravesó el patio interior, omitiendo blandir sus habituales *¡Heil Hitler!*

Se subió a su Mercedes (había elegido confiar en su chofer, no había otra opción) y dio la dirección del cuartel del SS-*Untersturmführer* Josef Krapp, en el distrito de Friedrichshain.

Había sacado su expediente de los archivos y ahora se sumergía de lleno en él. Debería haberlo hecho mucho antes: verificar el pedigrí del hombre, descubrir que era un SS; por lo tanto, estaba armado; conocer mejor su pasado, etc. Krapp, el verdadero, había nacido en 1895 en Leipzig. Hijo de funcionarios. Casado en 1914. Movilizado en 1915. Herido en 1917. Su única experiencia de la adultez había sido en las trincheras. Después Hoffmann había hecho el relevo. Había sobrevivido y sanado, con el Studio Gesicht y la máscara de Ruth Senestier mediante...

Durante años, Krapp/Hoffmann había vivido en el hospital de Dresde, en la sala de inválidos. Luego regresó a Berlín y se reincorporó a las SS-Verfügungstruppe. El hombre tenía madera: después de lo que había soportado durante el 17, elegir convertirse en SS resultaba verdaderamente valiente. Cuando estallara la guerra, desfigurado o no, sería el primero en ir al frente. Sin contar con que era un veterano. Ya fuera que se llamara Krapp o Hoffmann, el hombre tenía más de cuarenta años y, para un hombre de las SS, eso significaba ser un anciano.

—Estamos llegando, *Herr Hauptsturmführer.*

En tanto *Untersturmführer*, Krapp debería haber vivido en cuarteles, pero sin duda había obtenido, a causa de su enfermedad, una dispensa. Con su pensión de invalidez y su sueldo de soldado, pagaba el destartalado departamento que habían visitado por la mañana. Beewen tenía la intención de entrevistar a su superior inmediato, el *Hauptsturmführer* Hermann Fuchs, y sacarle la sopa. Sin duda conocía a fondo a su lugarteniente. Beewen cerró la carpeta: entre las hojas no había ninguna foto. No era reglamentario, pero una vez más, se le había concedido un favor a Krapp, el pobre soldado desfigurado. Con un Mercedes como el suyo, no tuvieron dificultad para entrar al cuartel. Los edificios, que formaban una herradura en torno a una amplia explanada, eran todos negros.

A pesar de los esfuerzos del nazismo, los edificios de Berlín todavía poseían rastros de las dos décadas anteriores. Años de hambruna, años de miseria, cuando se quemaban restos de carbón en departamentos superpoblados donde todo el mundo moría de hambre y frío. Los cuarteles no habían sido la excepción. Negros como montones de escoria, estas fachadas horadadas por innumerables ventanas daban la impresión de haber sido construidas con roca volcánica.

¿Era mejor vivir en la *Mietskaserne* de esa mañana o en esta especie de guarniciones oscuras? Él, tiempo atrás, había hecho su elección. No era una opción unirse a los soldados de la Schutzstaffel, que se veían obligados a vivir en comunidad.

Para él, el mundo de las SS no era ni una corporación ni un ejército. Más bien un lugar de crianza.

Heinrich Himmler, criador de pollos de formación, lo había querido así: había que alimentar, educar, reproducir a sus polluelos según único modelo, el que él había imaginado. No se buscaba la reproducción de hombres, sino de superhombres.

Por el lado de la formación, se conocía bien la tonada: las Hitlerjugend para los más jóvenes y, para los demás, formaciones, sesiones de entrenamiento, seminarios. Cursos que pretendían ser lecciones universales, pero que no hacían más que refrescar los delirios racistas del *Mein Kampf.*

El entrenamiento físico era el punto de unión. Las SS eran atléticas, sin duda, y seguían el adagio «mente sana en cuerpo sano». El único problema era que las ideas nazis no eran muy saludables y la mayoría de estos pequeños soldados estaban drogados con anfetaminas. *Pasemos.*

La comida era otro problema. Se terminó el café por las mañanas, se había restablecido, en los cuarteles, el buen desayuno alemán: leche y cereales. Los menús de comidas y cenas eran diseñados por expertos en eugenesia, y no eran, por decirlo amablemente, expertos en gastronomía.

El último empujón, las mujeres. El maestro Himmler pretendía regular las uniones de sus pequeños. Ningún matrimonio sin la aprobación del *Hauptamt*, es decir, de la dirección central. La futura esposa tenía que probar su ascendencia aria y pasar exámenes médicos, demostrar que era atlética y de perfecta constitución física, así como serían los pequeños arios que le iba a dar a su marido de las SS. Además, ella tendría que seguir un entrenamiento «filosófico» basado en el racismo y la megalomanía y atiborrarse, en un nivel completamente diferente, con cursos de puericultura, de cocina y de economía doméstica. Una buena esposa tejía, cocinaba y abría las piernas y punto.

Los SS eran conejillos de indias humanos y lo más increíble era que estaban orgullosos de serlo.

Por todas estas razones, Beewen, que deseaba más que nada ir a la guerra, había preferido la Allgemeine SS a las SS-Verfügungstruppe, cuya vocación era ir al frente.

No quería ser un pollo alimentado con granos. Y menos uno al cual se le imponen sus gallinas.

—*Herr Hauptsturmführer*, *Herr Hauptsturmführer*: lo están esperando.

El mundo militar no temía las repeticiones... Beewen siguió al soldado por una estrecha escalera —también negra— hasta el primer piso. Un aire de familia: encontraba aquí el mismo ambiente neutro y quisquilloso que en la Gestapo. Suelos de parqué que crujen, escritorios estrechos, papel secante manchado, lámparas pequeñas y escasas. A la sombra de águilas soberanas y esvásticas colosales, se podía encontrar la misma topografía mezquina, los mismos muebles baratos, el mismo aire viciado de oficiales firmando y sellando.

Finalmente llegó a la oficina de Hermann Fuchs. Se presentaron uno con el otro y chocaron los talones con júbilo. Por otra parte, en cuanto al saludo a Hitler, Beewen tuvo que contenerse: el *Hauptsturmführer* solo tenía un brazo.

63

Desde un principio, Fuchs le agradó. El hombre, de unos cincuenta años, no tenía cabeza de SS sino de guerrero. Un cráneo cuadrado, un corte de cabello de un gris cepillado como lana de acero, y debajo un manojo de arrugas y una boca arqueada con finos labios similar a una sonrisa invertida. Por alguna razón inexplicable, Fuchs olía a vinagre.

—Conozco bien a Krapp —comenzó sin cuestionar en lo más mínimo la investigación de Beewen (obviamente, no estaba al tanto sobre la avanzada en Meyers Hof). Cuando no está teniendo un mal día, está teniendo un día de desgracia.

Fuchs le tendió una silla al hombre de la Gestapo: tenían un largo camino por recorrer. Franz se instaló y decidió olvidarse de Grünwald, de Perninken y de sus historias de ponerse al tanto a mediodía. Que se las arreglaran sin él.

—Krapp fue herido en Arras. Recibió nada menos que cuatro alcances de metralla en el rostro. Usted es demasiado joven para haber conocido la guerra del 14-18.

No tan joven, pensó Beewen.

—Los camilleros no lo recogieron, porque pensaron que lo habían decapitado. Su cabeza había desaparecido bajo el lodo.

Fuchs aguardó unos segundos a que sus palabras surtieran efecto. Sin embargo, en torno a este tipo de abyección, Beewen era un fino conocedor.

—Krapp no podía gritar. Con la boca llena de barro, la nariz arrancada, los músculos faciales hechos jirones, encontró fuerzas para levantarse y arrastrarse hasta las trincheras, sosteniendo su rostro ensangrentado.

Y para robar la placa de identidad de su compañero, casi agregó Beewen.

Fuchs continuó con su historia, pero Beewen apenas lo escuchó. Otro hecho lo había fascinado: sin duda el oficial había perdido un brazo en combate y estaba hablando de un soldado que había dejado su rostro allí mismo, pero nada ayudaba. Se notaba que a Fuchs le encantaba la guerra. Hablaba de ella como si se tratara de un poder que debía de ser respetado, de ser venerado.

En sus ojos claros, como fundidos en el mismo acero que sus cabellos, se podía leer el pavor, así como una irresistible atracción por el combate, por la destrucción, por el exceso de vida que constituye la guerra.

Por instinto, Beewen supuso que Albert Hoffmann, alias Josef Krapp, era del mismo tipo. Estaba ansioso por regresar al frente, y, mientras esperaba, masacraba a las Damas del Adlon.

—He leído que Krapp se casó en 1914…

—Cuando su esposa vino a verlo al hospital, salió corriendo. Se divorciaron al año siguiente. Después de la guerra, hubo miles de casos semejantes. Las mujeres ya no querían saber nada de los monstruos en los que se habían convertido sus maridos.

Beewen siguió leyendo los subtítulos: para Hoffmann, ese rostro hecho trizas era el mejor disfraz. Este le había permitido, verdaderamente, empezar de nuevo su existencia desde cero.

—¿Cuál es su trabajo aquí?

—Tareas administrativas, principalmente. Pero cuando seamos movilizados a Polonia, créame, él no será el último en la fila.

—¿Cómo es él? Quiero decir: ¿cómo es su personalidad?

—Es un solitario. Evita el contacto, pero es un oficial concienzudo.

—¿Nunca ha tenido algún problema con él?

El silencio de Fuchs era el comienzo de su respuesta. Beewen esperó.

—Hemos recibido quejas —espetó finalmente el *Hauptsturmführer*, como a su pesar.

—¿De qué tipo?

—Las mujeres… O más bien sus maridos. Krapp supuestamente las había agredido.

—¿En qué forma?

Fuchs parecía repentinamente cansado. Su rostro se hundió, sus arrugas se hicieron más profundas.

—Nunca hubo ninguna prueba formal…

—¿En qué consistieron estas agresiones?

—Caricias, acoso… Pero es difícil separar las cosas. Cuando tienes ese tipo de rostro, cualquiera puede fácilmente acusarte de lo peor...

—¿Ha presentado usted un informe?

—Preferimos calmar el asunto, reprenderlo, sin hacer olas.

—¿Cómo reaccionó él?

—Lo negó, por supuesto, alegando que no podía dar un paso en la calle sin sembrar el pánico.

—No comprendo. Josef Krapp usa una máscara, ¿no?

—¿Se ha encontrado con él alguna vez?

La silueta en uniforme, el ojo atravesando el velo negro. Un puro ángel de la muerte.

—No —mintió.

—Su máscara puede guardar la ilusión de lejos, pero de cerca… Uno de sus ojos está hecho de madera, la máscara es de cobre pintado, usa unos lentes para mantenerlo todo unido y todo está completamente fijo.

—¿Tiene una foto de él?

—No. Siempre hemos respetado su renuencia a ser fotografiado.

Este empático discurso resultaba conmovedor, pero Beewen sabía la verdad del mundo de las SS: los nazis estaban protegiendo a los suyos. En la época de las SA, Franz ya no podía contar las violaciones, las extorsiones, los asesinatos que había tenido que encubrir. Todos los líderes de las SS habían ya pisado la cárcel. Su concepción del derecho era particular…

—También había una historia sobre la pista de hielo.

—Cuénteme.

—Krapp fue sorprendido en el vestuario de mujeres robando zapatos.

Beewen sintió una oleada de calor en sus venas. Así fue como Krapp había obtenido su colección de zapatos. Los vestuarios. Pistas de patinaje, piscinas, centros deportivos…

De repente, prefirió ir directo al grano:

—Tratamos de arrestarlo esta mañana.

—¿Por qué motivo?

—Conoce las reglas: no puedo decir nada.

Fuchs asintió con la cabeza. Para este tipo de militar, «secreto» y «respeto» eran sinónimos.

—¿Se les escapó?

—Sí.

—No me sorprende. A pesar de su discapacidad y de su edad, Krapp sigue siendo un muy buen SS. Rápido, intuitivo, siempre en guardia. Es difícil sorprenderlo.

Uno siempre está en guardia cuando ha asesinado a cuatro mujeres.

—¿Tiene idea de dónde podemos encontrarlo? ¿Amistades con las que pudiera esconderse? ¿Algún colega?

Fuchs se puso de pie. Su manga derecha, doblada y sujeta con un imperdible, colgaba como una bufanda en una percha.

—Se lo repito, es un solitario. No tiene amigos, ni familia, ni dinero. La pensión que recibe del Estado es irrisoria y su paga como oficial tampoco es mucho. En realidad, Krapp solo nos tiene a nosotros. La SS-Verfügungstruppe.

—¿Cree que podría venir a esconderse aquí?

—Lo dudo. Nuevamente, no es un SS ordinario. Es experimentado, inteligente. Además, su rostro lo ha llevado en repetidas ocasiones a esconderse, a encontrar trucos para mantenerse discreto.

—Su rostro y sus vicios.

—Si usted lo dice.

—¿De verdad no tiene alguna idea?

—Una.

Beewen le había hecho la pregunta sin esperanzas. No esperaba una respuesta positiva.

—Mañana domingo se organiza un desfile de veteranos en Wittenau. Una demostración de solidaridad para nuestros chicos en Polonia.

—¿Cree que Krapp estará allí?

—Sin duda alguna. Desde que lo conozco, nunca se ha perdido uno de estos desfiles.

—No pienso que se arriesgue a tanto.

—¿Tiene su descripción física?

—No.

—Entonces desfilará.

64

—He ahí una buena mujer para ti.

—¿Quién?

—No sé. Creo que es la chica que llamó ayer.

Beewen sujetó a Dynamo por el brazo y lo empujó hacia la primera oficina que encontró.

—¿De qué estás hablando?

—Te lo juro. Llegó hace media hora. No sé qué les dijo a los chicos de abajo, pero logró subir. La mandé a tu oficina. Todo se está poniendo feo, Franz. Grünwald ha venido tres veces y…

Beewen salió furioso de la oficina y entró en la suya aún más violentamente.

—¿Qué estás haciendo aquí? —dijo con un grito.

Había recurrido al tuteo sin siquiera pensarlo. Minna se puso de pie de un salto desde su silla, con una mirada de pánico en sus ojos. A pesar de su enojo, Beewen logró captar señales contradictorias: llevaba un vestido de día plisado con diminutos patrones en zigzag y lápiz labial que era a la vez color sangre y cereza. Al mismo tiempo, su rostro se veía demacrado, como si hubiera estado llorando durante horas.

—Se los llevaron, Franz.

—¿A quiénes?

—Se los llevaron y yo no estaba.

—¿De quién diablos estás hablando?

—¡De la lista! ¡La lista de mis pacientes! ¡Vinieron a buscarlos esta mañana en carros especiales!

Beewen tuvo que esforzarse para rebobinar la película. Brangbo. La lista. Mengerhäusen. Grafeneck.

—¿Está mi padre con ellos?

Estaba de pie frente a él, medio arreglada, medio devastada, y no le llegaba al pecho.

—Te mentí, Franz —dijo ella, bajando la mirada.

—¿Qué quieres decir?

—Tu padre nunca estuvo en esa lista.

Beewen no tenía ya más energía para volver a gritar.

—¿Por qué lo has hecho?

—Para motivarte. —Lo sujetó por las dos solapas de la chamarra. Hay que detenerlos, ¿me entiendes?

El hombre de la Gestapo se liberó de su agarre y suavemente la devolvió a su asiento. Debajo de su vestido de verano, su cuerpo enclenque parecía a punto de derrumbarse.

Beewen fue detrás de su escritorio y preguntó:

—¿Sabes a dónde los llevaron?

—A Grafeneck, creo.

Podía hacer llamadas telefónicas. Tal vez ralentizar la máquina, pero de ninguna manera impedir su movimiento. Él mismo era uno de los engranajes.

—Veré qué puedo hacer.

—Ya me dijiste eso una vez. ¿Has sabido algo sobre Mengerhäusen?

—Todavía no.

—Bastardo.

—Estoy en eso. Pedí su expediente. Encontraremos una manera de...

—Mientes.

Beewen guardó silencio. Su ira ya se había desvanecido. Minna llevaba un sombrero que él solo podía notar, una especie de cofia de lona ligera, quizás de lino, ricamente bordada. Era un llamado a la mirada, para hacerlo descender hacia ese rostro delgado. Una languidez que provenía de algún harén...

—Te propongo un trato —dijo ella de repente.

—¿Un trato?

—He telefoneado a Kraus. Me contó sobre tu expedición de esta mañana.

—¿Y qué con eso?

—Entiendo que el tipo se te escapó y no sabes qué aspecto tiene.

—Exacto.

—Tengo una forma de conocer su rostro.

—¿Qué quieres decir?

—Los moldes del taller de Ruth. Estoy segura de que podemos encontrar sus registros e identificar el molde de Krapp de entre los que cuelgan de la pared.

Un nuevo ataque de ira.

—¡Pero eso qué importa! —rugió—. ¡Eso es solo la huella de su rostro desfigurado! ¡Lo que necesitamos es su máscara!

—Conozco a alguien que, a partir de esta huella, puede reconstruir la prótesis que lleva hoy.

—¿Quién?

Minna no respondió. Su determinación borró las huellas de las lágrimas y la angustia. Era tan hermosa como una Dama del Adlon.

—Prométeme que irás a ver a Mengerhäusen.

—Minna, no juegues conmigo.

—Prométemelo.

Franz pensó en el tiempo que pasaba: Perninken a punto de destituirlo, Grünwald listo para saltar sobre su espalda, el *Veteranenparade* al día siguiente, y Krapp que iba a desfilar ante sus narices entre miles de lisiados y desfigurados...

—Te lo juro.

—¿Hoy mismo?

—Minna, no puedes...

Ella se puso de pie y tomó su bolso.

—¡Hoy mismo! —exclamó él—, te lo juro.

Ella volvió a sentarse y fijó su mirada en la de él.

—En aquellos tiempos, en el Studio Gesicht, Ruth Senestier trabajaba bajo las órdenes de un cirujano muy talentoso, quien era escultor en su tiempo libre.

Beewen comprendió que Minna se refería al «genio» de quien les había hablado el archivista de la Cruz Roja. Ella le traía la solución en bandeja de plata.

—¿Sabes dónde se encuentra?

—Sí.

Miró su reloj.

—¿Podría reconstruir la máscara en menos de veinticuatro horas?

—No lo sé. Tendremos que preguntarle.

—¿Dónde está, Minna?

—En cuanto a Mengerhäusen, ¿tengo tu palabra?

Apretó los puños: hacía mucho tiempo que un civil no se atrevía a hablarle de esa forma. Quizás incluso nunca.

—La tienes.

Abrió su bolso como si fuera a sacar su polvera. En cambio, sacó un pequeño trozo de papel doblado y lo deslizó sobre el escritorio en dirección a Beewen.

Lo abrió y leyó. Esta era la dirección del hombre que necesitaba.

—¿Es esto una broma?

—No.

Él se puso de pie.

—Necesito cambiarme. Espérame aquí.

65

Era un mundo de trueques y descuentos. Una especie de mercado de pulgas, donde siempre se vendía a pérdidas. En los últimos años, habían surgido varios guetos judíos en Berlín. Se desplazaba a los *Juden*, se les recluía en áreas aisladas del mundo ario. A los pies de estos edificios, las paredes yacían cubiertas de anuncios, subastas improvisadas, liquidaciones salvajes... Todo el tiempo había puestos, toldos, alfombras extendidas por el suelo, donde estos marginales involuntarios entregaban sus mercancías a precios irrisorios en un intento de huir de Alemania.

Estos mercados resultaban incluso más patéticos hoy en día, ya que los judíos no tenían ninguna posibilidad de salir de Alemania: desde el 1 de septiembre, las fronteras del país se habían cerrado. El profesor Ichok Kirszenbaum no vivía exactamente en el *Scheunenviertel* (el «distrito de los graneros»), cerca del suburbio de Spandau, sino cerca, a unas cuantas calles de distancia. Minna y Beewen acudieron primero al taller de Ruth Senestier y no tuvieron dificultad para encontrar la máscara correcta; cada prótesis tenía un número, registrado en un cuaderno y asociado con el nombre de un herido.

A Minna le había sorprendido el estado del departamento de Ruth. Todo estaba en su lugar. Se preguntó si la Kripo, después de haber recuperado el cuerpo, habría realizado el más mínimo registro. Hubiera preferido encontrar un taller deshecho, eso hubiera sido una señal de interés policial. En realidad, a nadie le importaba.

De camino a Spandau, Minna había rememorado el perfil del profesor, un genio de cirujano plástico —según Ruth—, capaz de reconstruir un rostro en arcilla y de hacer prótesis faciales extraordinarias. Para encontrarlo, no había tenido que ir muy lejos: tenía muchos amigos judíos, algunos llevaban una especie de registro paralelo, anotando las nuevas direcciones de cada familia, de cada comerciante, de cada médico... Un libro que a la Gestapo le habría encantado tener entre sus manos.

Pensaba en el traslado de sus pacientes. ¿Cuánto tiempo seguirían con vida? ¿Qué método de eliminación utilizarían sus torturadores? Y no era solo eso. Hans Neumann, su paciente tratado con fiebres, finalmente había muerto de malaria. Algunos dementes, asustados por la llegada de las furgonetas de las SS, habían huido y no habían podido dar con ellos. Sin duda, este era el final de Brangbo.

Y mientras tanto, ella estaba en Berlín, con un vestido en zigzag (un modelo francés), tras la pista de un asesino junto a un torturador tuerto. Absurdo. La vida se le escapaba. Al principio, la idea de encontrar al asesino de Ruth Senestier le había parecido un deber, una obligación moral. Pero ahora... Ella misma ya no estaba tan convencida de su propia historia sobre la suplantación de identidad y temía haber puesto a Beewen en el camino equivocado. Por su parte, el hombre de las SS coleccionaba errores y parecía atascado en esta investigación como una mosca en el pegamento.

—Es aquí.

El lugar no era un edificio en ruinas como ella lo hubiera pensado, era una casa de vecindad, bastante decorosa, cuya piedra blanca aún brillaba al sol. Las esquinas del edificio se destacaban, muy claramente, contra el azul del cielo.

El interior era una historia diferente. En el vestíbulo, todo había sido robado o arrancado, despojado. Las paredes carecían ahora de adornos. El polvo de yeso se acumulaba en el suelo, de donde se habían retirado las losas de mármol. Ninguna luz en el hueco de la escalera, ningún pasamanos, ni adornos ni decoraciones por ningún lado.

Nada, salvo maletas por todas partes. En el suelo, a lo largo de las paredes, en los escalones. El edificio en sí parecía estar construido con baúles de hierro, equipaje de cuero, cofres de madera... Las hebillas de plata brillaban en las sombras, los cinturones despedían reflejos en tono beige, las bolsas parecían dormitar en las esquinas. Vidas aglutinadas, con las manillas mal atadas, los recuerdos atados fuertemente como trozos de carbón envueltos en arpillera...

Y, por supuesto, los hombres, las mujeres, los niños que las acompañaban. Rostros demacrados, facciones rotas, ojos muy abiertos. Estos seres pertenecían a un éxodo en forma de callejón sin salida, sin meta ni horizonte. Los edificios de los guetos parecían muelles, pero sin un solo barco atracado.

Con una señal, Minna ordenó a Beewen que se quedara donde estaba. Su complexión, su apariencia, había causado ya revuelo en el vestíbulo. Preguntó, mostrando al tiempo su carné médico: Ichok Kirszenbaum vivía en el tercer piso, departamento 34. Subieron las escaleras. Maldijo la idea de haberse puesto un vestido; cualquiera de esos parias podría haber visto sus bragas. Pero nadie levantó la vista. El cansancio lo aplastaba todo. La desesperanza y las renuncias estaban por todo el lugar.

En el segundo piso, Minna miró por encima de su hombro. Beewen la seguía. Lo que ella pudo leer en su mirada la sorprendió: no había el menor remordimiento ni la menor compasión. Se trataba de una especie de miedo subterráneo. Como si temiera que lo reconocieran o que el peso de sus pecados lo envolviera, aquí, entre estos pasajeros que no iban a ninguna parte, pero de quienes él o alguno de sus compañeros había firmado la orden de salida.

En ese momento, tuvo sentimientos encontrados por Franz Beewen. Había algo entrañable en este coloso, algo de encanto y de fragilidad. Pero no había manera de olvidar su brutalidad, su ceguera, su indiferencia. Como todos los de las SS, Beewen era una figura del mal.

En el tercer piso, el mismo escenario: fantasmas codo a codo, maletas apiladas, objetos acumulados. Giró hacia su derecha, tratando de avanzar sin molestar demasiado. Detrás de ella, escuchó los pesados pasos de Beewen balanceando las tablas del suelo.

Por fin, el 34. Estaba a punto de tocar cuando se abrió la puerta. Un anciano, dos niños y una adolescente salieron en fila india. Se hizo a un lado para dejarlos pasar y los vio deslizarse entre los demás. Ya había comprendido que los habitantes de este departamento debían contarse como pinzas para la ropa en un hilo.

Sin mirar a Beewen, entró en el departamento.

Después del mundo de las maletas, descubrió el mundo de las sábanas.

66

El departamento debía tener cuatro o cinco habitaciones —la antigua sala de estar de una familia adinerada—, pero cada pieza había sido dividida en dos o tres apartados con sábanas colgando. Era un laberinto de mantas blancas, a veces cobertores, que delimitaban pequeños refugios de paredes blandas, cada uno de los cuales ocultaba un mundo específico: una familia, muebles, baratijas.

—¿Profesor Kirszenbaum? —gritó ella.

No hubo respuesta. Avanzaron por el pasillo y se cruzaron con rostros, más maletas, zapatos.

—¿Profesor Kirszenbaum?

—Aquí.

La voz provenía de una habitación a la derecha. Minna se deslizó entre las paredes claras y las cajas de cuero, escuchando siempre a Beewen seguir sus pasos; sus anchos hombros trastornaban este universo tan frágil como un castillo de naipes.

Levantó una sábana remendada y descubrió a un hombre sentado con una camisa azul claro, preparándose un té en una parrilla. Ella recordaba al profesor, especialmente su belleza.

Seguía siendo hermoso; incluso tal vez más, con su cabello emblanquecido y las arrugas que delineaban sus impecables rasgos. En su memoria, el cirujano era alto, delgado y… astuto. Siempre llevaba una sonrisa burlona en los labios que parecía decir: «He atravesado los horrores de la guerra, las amputaciones abiertas, la pesadilla de los hospitales en el frente, así que no me vengas con eso».

Privilegios de anciano, había podido instalar su colchón cerca de la estufa. En el verano, no hacía gran diferencia. Por el contrario, tenía que dormir entre los olores de las cenizas frías y los miasmas del carbón. Pero en invierno, aquel lugar resultaría ser estratégico. Claro, si es que aún estaba allí para disfrutarlo.

—Buen día, profesor. Soy Minna von Hassel, ¿me recuerda usted?

La sonrisa creció en fervor.

—Por supuesto, Minna... Qué amable de su parte venir a verme a mi nuevo retiro. Un poco abarrotado para un ermitaño, pero hay que adaptarse... ¡Han pasado tantas cosas desde nuestro último encuentro! ¿A qué debo el placer de su visita?

La voz del doctor se acompasaba con la suavidad de sus facciones. Con Kirszenbaum, todo se deslizaba, todo se derretía, miel al fondo de la garganta.

Minna no tenía tiempo para preámbulos y demás reverencias. Ni siquiera se molestó en presentarle a Franz, quien estaba atrapado en el cordón donde colgaba una sábana; luchaba con la cuerda como una morsa en una red.

En pocas palabras, resumió la situación —y su urgencia—. Sacó el molde de yeso envuelto de su bolso. Kirszenbaum observó el devastado rostro con ojo experto.

—En resumen —concluyó él—, ¿quieren que los ayude a identificar a un asesino de mujeres nazis?

—Exactamente.

—Y usted —le preguntó a Beewen, finalmente liberado—, ¿qué pretende hacer para detener a los asesinos de mujeres y niños judíos?

Franz no se dignó contestar. Tenía la expresión aturdida de un verdugo que de repente ve que comienza a hablar una cabeza cortada desde su canasta. Minna nunca debería haber venido con él. Efecto cien por ciento negativo.

—Ustedes están solicitando mi ayuda —prosiguió el cirujano—. ¿Pero qué me ofrecen a cambio?

—Nada —dijo Beewen.

El coloso dio un paso adelante. Su rodilla ya estaba golpeando la estufa y estaba a solo unos cuantos centímetros del cirujano.

—No le estamos ofreciendo nada, porque todo lo que podríamos ofrecerle sería mentira.

Kirszenbaum sacudió suavemente su bonita cabeza blanca.

—En ese caso, me temo que no puedo ayudarles.

—Por otro lado, puedo acelerar las cosas —continuó Beewen en voz más alta—. No sé cuánto tiempo lleva usted aquí, pero puedo decidir su destino mañana mismo. Una palabra mía y...

—¿Amenazas? —Kirszenbaum se rio a carcajadas—. Mi querido señor, se pueden usar amenazas con alguien que todavía tiene algo que perder. No con muertos vivientes como nosotros. Cree usted que le tememos, pero ya estamos muertos, y el mundo en el que creíamos también está muerto.

Minna intervino —el tono fuerte de Beewen no tenía ningún sentido—, probando con un nuevo argumento:

—Profesor, el asesino que buscamos asesinó a Ruth Senestier. Ella le había hecho una máscara nueva. Es la que usa cuando elimina a sus víctimas. Mató a Ruth para silenciarla.

La sonrisa seguía allí, pero congelada, suspendida, marchita. Minna aprovechó su ventaja:

—Usted no me conoce muy bien, profesor, pero yo lo conozco desde hace mucho tiempo. Cuando trabajé en el Hospital de la Caridad, lo vi manos a la obra, salvando cientos de pacientes, de rostros. Pude mirar por mí misma su compasión, su generosidad. Sea cual sea la situación actual, no puede negarse a ayudarnos. Usted es nuestra única esperanza.

Kirszenbaum estaba reflexionando. Recogió el molde de yeso y lo miró de nuevo.

—Ya no tengo taller.

—Puede usar el de Ruth.

La idea se le había ocurrido espontáneamente.

—Necesito una semana. Al menos.

—Tiene una noche.

—¿Perdón?

—Mañana, al mediodía, este hombre participará en un desfile de veteranos. Necesitamos conocer su aspecto para entonces. Solo así podremos detenerlo.

El doctor puso sus manos sobre sus rodillas puntiagudas y se puso de pie, apoyándose en ellas. Era tan alto como Beewen.

—Llévenme al taller de Ruth. Y que nadie me moleste por ningún motivo.

67

Para no quedarse inactivo (era sábado, no tenía citas), Simon Kraus había decidido jugar a los guardaespaldas con Greta Fielitz.

Después de la persecución de Meyers Hof y la crisis de Beewen en el departamento de Krapp, Simon se había ido a casa. La persistente imagen del asesino, con su velo negro sobre el rostro y su uniforme nazi, lo seguía atormentando.

Había tomado una ducha, luego dos, luego tres... Toda la mañana había tratado de deshacerse de estas imágenes. El criminal de rostro devastado, Dynamo colgando de su patíbulo, él mismo blandiendo una Luger, listo para sembrar la muerte y el desastre a su alrededor...

A las once de la mañana, Simon había vuelto a su pista favorita: incluso si Albert Hoffmann/Josef Krapp era verdaderamente su asesino, ¿qué relación había entonces con el enigma de los sueños? ¿Cómo se explicaba que el asesino apareciera ante sus víctimas mientras dormían?

De vuelta a su primera teoría: el Hombre de Mármol se había «sedimentado» en la mente de las Damas del Adlon, después de que estas hubieran visto un objeto o una imagen con esta apariencia. Era demasiado tarde para entrevistar a Susanne, Margarete y a Leni, pero Greta quizás recordaba algo.

Sobre todo, ella podría guiarlo por Berlín y los lugares que frecuentaba, en busca de una pista. Pero Simon había omitido un hecho importante: Greta ya no salía de su casa. Justo el día anterior, él y Beewen la habían convencido de que estaba en peligro de muerte. En consecuencia, la mujer había decidido atrincherarse en su villa.

Al mismo tiempo, Beewen le había asignado dos cerberos que se paseaban bajo sus ventanas.

Simon había tenido ya un primer rechazo al teléfono. Pero no se dejó desanimar y partió a toda velocidad a su domicilio, una mansión cerca del Ku'damm.

—¿Recorrer las tiendas —había gritado Greta— cuando estoy bajo la amenaza de un asesino? ¡Ya te dije que no!

—Estaremos protegidos por tus guardaespaldas. No arriesgas nada.

—¿Por qué quieres hacer esto?

Simon había tomado sus manos entre las suyas; estaban muy calientes. Fiebre tal vez.

—Estoy seguro de que antes de que soñaras con él, tú ya habías visto al Hombre de Mármol en alguna parte.

—¿Y qué con eso?

—Para encontrarlo, tenemos que repetir tus desplazamientos de rutina y...

—*Mein Gott*...

Se llevó la mano a la cara como si las palabras de Simon fueran suficientes para recordarle el horror de la situación.

—Te hará bien —insistió él—. No puedes quedarte enclaustrada aquí.

—Mi esposo nunca estará de acuerdo.

—¿Ahora tu marido tiene voz y voto?

Greta se vio obligada a reír.

—Espérame un minuto.

Simon había aguardado pacientemente por media hora, pero la espera había valido la pena.

Greta se cambió de pies a cabeza. Un vestido de tarde en crepé rosa, cuello calado en georgette bordada, zapatos de lona abiertos, acordonados en estilo clásico. Como víctima potencial, vaya que le iba bien la pose.

En el auto, la joven había murmurado:

—No he podido dormir en toda la noche. Anoche Himmler me llamó por teléfono.

—¿Heinrich Himmler?

—¿Conoces algún otro? Es amigo de mi marido.

—¿Qué te dijo?

—Me llamó para tranquilizarme. Según él, el asunto está bajo control. Todos los departamentos de policía del Reich están en ello. Pero me aconsejó ser precavida.

Si necesitaba alguna confirmación, esta llamada lo era: el asunto del Adlon era de la máxima preocupación para el Estado. Paradójicamente, por ello mismo Beewen realizaba su investigación con la más absoluta discreción, es decir, ocupando civiles que no tenían el más mínimo rango.

—¿A dónde vamos? —preguntó Simon.

—A la peluquería.

Él expresó asombro.

—¿Quieres dar una vuelta por mis lugares de costumbre, sí o no?

Después del salón, habían ido a los grandes almacenes y a un puesto de pretzels. Habían recorrido el centro de Berlín en todas direcciones y Simon lo había observado todo, el más mínimo escaparate, el más mínimo rincón de la galería, la más mínima columna de carteles... Ninguna imagen, ni siquiera una silueta que recordara al Hombre de Mármol...

—¿Y ahora?

—Manicura.

Simon no esperaba un periplo cultural, pero de todos modos... Conocía bien a Greta. Ella había sido su paciente durante cuatro años y habían dormido juntos de vez en cuando, solo para «desatar los últimos nudos gordianos de sus neurosis». Al menos eso era lo que él le había vendido.

La joven era inteligente, pero de una inteligencia animal, aplicada a las pequeñas cosas que componen tanto a la vida cotidiana como a las relaciones humanas. Greta era muy perspicaz cuando se trataba de ayudar a los demás. Para lo demás, resultaba prácticamente analfabeta.

Por eso la amaba. Los intelectuales como él a menudo se encontraban cansados de sí mismos y de sus palabrerías. Cuando llegaba a encontrarse con un pequeño animal del tipo Greta, perfectamente adaptado a su biotopo, solía saborear su sencillez, su espontaneidad que nunca se molestaba con circunloquios.

—¿Te gustan?

Ella le tendió sus manos donde lucían unas uñas delicadamente barnizadas.

—Increíbles.

Era sincero. Greta cuidaba su belleza de manera semejante a como un soldado afila sus armas, y tenía razón en hacerlo. Después de todo, Beewen, cada noche, debía desarmar su Luger y lustrarla pieza por pieza.

Subieron al auto y el chofer, tan silencioso como una guantera, se puso en marcha.

—¿Siguiente parada?

Greta, que realmente se había recuperado, fingió quedarse reflexionando:

—Hmmmmm... Mi jornada está llegando a su fin.

—¿No hay por lo general una última parada?

—El Café Kranzler.

68

Situado en la esquina de Unter den Linden y Friedrichstraße, el café Kranzler era uno de los más populares de Berlín y Simon estaba sorprendido de que a Greta le gustara aquel lugar —demasiado vulgar para un miembro del Club Wilhelm.

A Simon en verdad le gustaba el lugar; por su cartel luminoso, con sus letras ribeteadas sobre un fondo de rayas verticales. Lo pensaba como una promesa de alegría y ligereza, a pesar de los eternos estandartes con esvásticas que flotaban arriba.

Se habían instalado en la terraza y Simon observaba plácidamente a los transeúntes rodar por la avenida como guijarros en el fondo de un río. Uno habría pensado que, a la sombra de todas estas águilas, estas esvásticas, todas estas columnas en forma de horca, los berlineses bordearían las murallas con una apariencia exangüe.

En absoluto.

Avanzaban en todas direcciones, se carcajeaban en el crepúsculo, mientras los pesados tarros de cerveza golpeteaban uno contra el otro al son de los despreocupados *¡Prost!...* Toda la terraza parecía beber el verano en largas ráfagas de luz.

Los soldados iban y venían, pasaban furgonetas cargadas de equipo militar, pero lejos de oprimir a este pequeño mundo, aquellos signos de guerra parecían tranquilizar a los berlineses. El orden estaba allí. Todos estos autómatas, negros, verdes y grises los protegían. *Ya se vería lo que se vería.*

—Preferiría quedarme en casa que andar arrastrando a un sepulturero así —exclamó Greta.

Simon frunció el ceño.

—¿Perdón?

—No has dicho una palabra.

—Discúlpame.

—¿En qué estás pensando?

—En que he perdido mi tiempo.

Ella se miró las uñas con desdén.

—Qué encantador.

—En cuanto a la investigación, quiero decir.

—¿Porque ahora eres un investigador, cierto? ¿Qué esperabas? ¿Ver al chico de mis sueños surgir de un pórtico?

—¿Estás segura de que no has paseado por ningún otro lugar en las últimas semanas?»

—Siento mucho no ser más divertida.

—Piénsalo bien. Esta peluquería, estas tiendas, ¿estás segura de que todas solían ir allí?

—Más o menos. Tenemos nuestros hábitos, pero cada una tiene sus preferencias. Yo te he llevado a los lugares obligados.

Tomó un sorbo de su Löwenbräu; el paseo la había revigorizado, ya no parecía temer al asesino, ni siquiera pensaba ya en sus amigas asesinadas.

—Tengo que volver. A Günter no le gustará no encontrarme en casa a su regreso.

Simon asintió, dejando algunos marcos en la mesa.

—Me despido aquí —advirtió él con voz cansada—. Caminaré de regreso.

—¿Quieres que echemos un vistazo en el Paseo de los Tilos?

—¿Por qué?

—Porque *siempre* lo tomo para ir de vuelta a casa.

El psiquiatra se encogió de hombros.

—Si quieres.

Se pusieron en marcha, siempre seguidos de cerca por los guardaespaldas; habían terminado por olvidarse de ellos.

El Paseo de los Tilos estaba irreconocible. Antiguamente era una especie de galería polvorienta en la que se multiplicaban los escaparates sucios, los pilares desgastados, los falsos ornamentos renacentistas. Había ahí un sombrío ambiente que daba la impresión de estar entrando en una falsa cueva de Alí Babá.

Todo había sido renovado. La marquesina que cubría el camino de entrada era impecable, un revestimiento de mármol conformaba la unión entre los ventanales demasiado iluminados. La galería se había convertido en una especie de Palacio de Espejos, centelleante y saturado de reflejos.

De repente lo vio.

En el escaparate de una tienda que vendía carteles de películas, Simon vio el de una película de ciencia ficción, *Der Geist des Weltraums* («El fantasma del espacio»), protagonizada por Kurt Steinhoff. Detrás del perfil del alto actor sobresalía un monstruo que llevaba un casco verdoso que se parecía a la máscara que él había dibujado.

Estaba convencido de que tenía razón. Si las Damas del Adlon habían pasado por allí, también se habrían encontrado con este «fantasma del espacio». Su casco, atravesado por un surco horizontal, abombado como un pasamontaña de aviador, parecía esculpido en un mármol precioso y lo que se percibía en la parte inferior de su rostro no resultaba muy atractivo: labios negros, anchos y gruesos como una fruta oscura, mandíbulas en tenazas, que parecían compartir la dureza mineral del casco.

Simon sujetó a Greta por el brazo.

—Mira este cartel. ¿Te recuerda a algo?

—*Mein Gott*... —susurró ella—. ¡Es él... el hombre de mis sueños!

—¿No recuerdas haberlo visto antes?

—No.

Simon miró a su alrededor. Una sastrería de hombres. Una tienda de aves. Un comerciante de pipas. Más adelante, la entrada al Museo Anatómico, que se había convertido, desde hacía algunos años, en el «Museo del Superhombre». Un restaurante que servía salchichas y cerveza de barril. Una librería que parecía especializarse en libros antiguos...

¿Trabajaría el asesino en alguno de estos negocios? ¿Un repartidor? ¿Un guardia de seguridad? ¿Un oficial nazi cuya oficina estaba cerca? En cualquier caso, él también había visto este cartel. Y sin duda alguna, había visto a las Bellas del Adlon verlo... *Josef Krapp, ¿en serio?*

—Espérame aquí —le ordenó a Greta.

Entró en la tienda y compró el cartel, interrogando, sin que se percatara de ello, al comerciante. ¿Era esta una copia única? ¿Había vendido alguna otra? ¿Había alguien con un interés particular en esta película o en la imagen? El hombre respondió de manera distraída, y sus respuestas resultaban aún más distraídas. *Der Geist des Weltraums* era una película de serie B de 1932. Una incursión inédita del cine alemán en el terreno de la ciencia ficción. Había destacado este cartel porque le parecía mucho mejor que la película; la cual tenía, en cualquier caso, un verdadero poder de sugestión.

Simon estaba de acuerdo. Incluso había «sugerido» más allá de toda expectativa. Mientras el hombre enrollaba el pequeño documento (la reproducción no tenía más de setenta por cuarenta centímetros), Simon seguía mirando a su alrededor. Tenía la impresión de estar robando un objeto sagrado, de estar haciéndose del Vellocino de Oro.

Un espejo se encontraba colocado detrás del mostrador de madera. Simon podía observar a Greta esperándolo afuera, los indiferentes espectadores... Buscaba una silueta, una mirada. Se imaginó a un asesino al acecho viendo con horror cómo su fetiche se alejaba volando.

De repente, vio, apoyado contra un pilar decorado con adornos de estuco, a un hombre que lo observaba desde la sombra de su sombrero. Llevaba un abrigo de piel y era semejante a una pancarta: la Gestapo. ¿Había puesto Beewen a otro guardaespaldas detrás de Greta? No, al hombre no le interesaba la bella berlinesa que estaba a unos cuantos metros de él.

Él miraba sin parpadear a Simon con su traje de franela.

Era él quien estaba siendo observado.

69

—No entendí nada de tu informe.

Con sus mechones ondulados, sus bigotes hacia arriba y su figura arqueada, Grünwald pertenecía a otra época. Además, le encantaba adoptar la pose de un oficial prusiano, con ambas manos a la espalda, la pierna derecha en apoyo, la otra flexionada. Con sus grandes botas de charol, recordaba a un jinete de 1870 que habría dejado su caballo afuera para pavonearse en la corte de Guillermo II.

En su apariencia, el *Hauptsturmführer* no recordaba en absoluto a un nazi. Era en su cabeza donde florecía la locura criminal. Ahí sí, sin duda alguna, pertenecía a la Casa Parda.

Era uno de los oficiales más violentos de la Gestapo, y esta distinción era fuertemente disputada. A él, por ejemplo, se le debían los primeros intentos de tortura eléctrica. También le gustaba tocar canciones de cabaret durante las sesiones.

—Tendrás que explicármelo.

Esfuerzo malgastado. En primer lugar, porque la inteligencia de Grünwald podía escurrirse bajo las puertas con facilidad. Luego, porque el informe de la investigación era una colección poco convincente de múltiples documentos: fragmentos de la investigación de Max Wiener, verificaciones estándar de la Gestapo, confidencias del *Blockleiter*, testimonios poco interesantes...

Lo más importante estaba en otra parte.

Lo más importante estaba siendo investigado de manera discreta por Beewen, Minna y Simon. Lo más importante era aquello que no podía decir que los había llevado a él y a sus compinches al Meyers Hof aquella mañana.

—Interrógame —dijo, en un tono conciliador—. Yo te explicaré.

Grünwald se tomó la molestia de sujetar la carpeta de lona con dos dedos y la dejó caer con desdén sobre su escritorio.

—Solo tengo una pregunta: ¿de dónde sacas que Josef Krapp es nuestro asesino?

El «nuestro» no dejaba lugar a dudas: Grünwald se había subido a bordo. Tal vez incluso se había hecho del timón. Con paciencia, Beewen explicó, o trató de explicar, que había investigado del lado de los fetichistas del calzado. Josef Krapp estaba a la cabeza del pelotón.

—Ah, ¿sí? No he leído nada al respecto aquí.

—Conservo los documentos importantes en un lugar seguro.

—¿De qué estás hablando? No hay lugar más seguro que el cuartel general de la Gestapo.

Para abreviar, Beewen decidió ponerlo nervioso:

—¿Te has preguntado qué pasó con Max Wiener, el *Kriminalinspektor* a cargo de la investigación?

—Fue despedido. Los chicos de la Kripo son todos unos incompetentes.

—Wiener era uno de los mejores elementos del servicio. No fue despedido. Desapareció.

Los bigotes de Grünwald temblaron.

—Me dijeron que lo habían trasladado.

—Sí, a dos metros bajo tierra.

El *Hauptsturmführer* dio acuse del golpe. En la Gestapo no estaba uno sentado en un asiento eyectable, sino más bien en la propia tumba.

—Wiener está muerto porque fracasó en su investigación. Al Reich no le gustan los perdedores.

—Prefiero pensar lo contrario.

Grünwald, que no había inventado el aguardiente, se retorció de nuevo, como si su uniforme lo estuviera arañando por dentro. No le gustaba esa forma de hablar. En paradojas, en misterios...

—Wiener está muerto porque descubrió algo que no debería haber descubierto.

—¿Quieres decir que, si tenemos éxito, acabaremos sirviendo de abono?

—Es eso mismo lo que me gustaría evitar, pero *a priori*, esta investigación es un juego de perder-perder. Si fallamos, terminaremos en la KZ. Si tenemos éxito, será el campo de papas.

Silencio de Grünwald. Su bigote destacaba contra su boca como dos pequeños cuernos de novillo. Lo único que le hacía falta era el monóculo.

—¿Tienes alguna idea de qué puede ser tan peligroso?

—No. Pero hay un escándalo detrás de todo esto que no se debe revelar.

—No podría tratarse del hecho de que Krapp sea uno de nosotros.

Beewen estuvo de acuerdo: un nazi asesino de mujeres, eso ya resultaba bastante malo. Pero no era el fin del mundo.

Grünwald dio unos pasos, con la cabeza gacha, la mano derecha sobre la empuñadura de su daga. Una exitosa imitación de Perninken, quien a su vez se inspiraba en el amado Führer.

—¿Cuál es tu plan? —preguntó finalmente.

—Tenemos que lanzar avisos de búsqueda. Desplegar a todos nuestros hombres en el lugar. Informar a los *Blockleiters*. Krapp no puede escaparse de entre las redes de la Orden Negra.

Grünwald no parecía convencido. Beewen había sembrado la duda en su mente.

—Y si lo arrinconamos —preguntó—, ¿qué harás entonces?

—Llevarlo ante la justicia para que tenga derecho a su debido juicio.

—Estoy hablando en serio.

Lo último que querría hacer era revelar su plan de llevar a cabo la ejecución en el frente polaco. *Asuntos personales*.

—Dispararle como a un perro y rezar para que no tengamos la misma suerte.

Grünwald todavía caminaba, luciendo desconcertado. Las tablas del suelo crujían bajo sus suelas.

—Desde que has estado investigando este asunto —continuó—, ¿no has tenido ni la menor idea de lo que hay detrás?

—No. A menos, por supuesto, que Krapp no sea nuestro asesino.

—¿Qué?

Grünwald repentinamente levantó la cabeza, desconcertado. Luego se recompuso, frunciendo el ceño de nuevo.

—Es una posibilidad —admitió—. Yo mismo estoy trabajando con otras pistas.

Era el turno de Beewen para sorprenderse:

—¿Cuáles?

—Lo sabrás muy pronto.

No podía dejar pasar tal subestimación:

—¿Acabas de leer el expediente y ya piensas en explorar otras alternativas? ¿Te surgieron las ideas así, de repente, con solo leer los informes?

La sonrisa del mezquino se ensanchó.

—¿Qué creías? ¿Que de buenas a primeras comenzamos a interesarnos en este caso? ¿Que nadie te ha estado observando desde que comenzaste a trabajar en él?

Beewen a veces era un poco lento. Claro: desde el principio, Grünwald había sido su *Doppelgänger:* una sombra que seguía sus pasos.

Beewen tragó la bilis que le quemaba el esófago. Pensó en Minna y en Simon. ¿Qué sabía exactamente esta escoria de trinchera?

—¿Cuáles son tus otras pistas? —insistió—. Tenemos que trabajar en equipo en este caso. Es eso lo que Perninken espera de nosotros.

—Te informaré a su debido tiempo —respondió Grünwald con un aire de misterio.

Beewen miró su reloj: estaba perdiendo el tiempo con ese idiota. Que hiciera lo que quisiera...

—Voy a volver a mi oficina —dijo, haciendo sonar sus talones—. Cuando decidas ser más claro, ya sabes dónde encontrarme.

70

Beewen le había hecho una promesa a Minna y tenía que cumplirla. Así, había presionado a Dynamo para obtener el archivo «Ernst Mengerhäusen».

—Un nazi de los de antaño —explicó Hölm—. Participó en el golpe de la Brasserie. Disfruta mostrándole a todo el mundo su tarjeta del partido, es la número 16. Ya conoces el tipo.

—¿Ejerce como médico?

—No. Es más un investigador. Muy brillante, si he entendido bien.

—Dime más.

Hölm, sentado frente al escritorio de Beewen, sacudía sus cuartillas.

—Tiene cincuenta y cuatro años. Es un *Volksdeutsch* puro. Originario de Karlsruhe, estudió medicina en la Universidad de Heidelberg. Inicialmente se formó como obstetra-ginecólogo, pero ya no trabaja en hospital alguno. Enseñó en la Universidad de la Caridad y realizó una investigación en torno a las hormonas, en colaboración con la compañía farmacéutica Schering-Kahlbaum, a principios de los años treinta. Esta investigación dio lugar al... —Dynamo tuvo que detenerse para leer siguiendo con el dedo—. Progynon y Proluton.

—¿Qué es eso?

—Productos para tratar la infertilidad. Muy famosos por su eficiencia, al parecer. Este tipo es realmente un pionero.

Mengerhäusen, que parecía tener tanta prisa por eliminar las «bocas inútiles», había trabajado en un primer momento para dar vida. Esto no resultaba del todo contradictorio, todo dependía de la vida en cuestión.

—Hoy en día es una especie de fantasma en el mundo de las SS. Va y viene en su sidecar y nadie sabe exactamente lo que hace.

—¿A qué organización está afiliado?

—Posiblemente a la KDF (la cancillería del Führer), pero no estamos seguros.

—¿Qué título posee hoy en día?

—Tampoco lo sabemos. Se cree que es el creador del programa *Gnadentod.*

—¿De qué trata?

—La «muerte concedida por piedad» o «muerte misericordiosa». Los nazis quieren acabar con los discapacitados, los enfermos mentales.

Beewen estaba estupefacto. Minna. La lista. El Castillo de Grafeneck. Todo esto ya era (casi) de conocimiento público.

—¿Hay un programa oficial?

—Conoces a las SS. Son nombres que circulan bajo la mesa, pero Ernst Mengerhäusen parece estar involucrado en este proyecto, sin duda.

—¿Es todo lo que has obtenido sobre él?

—No. Antes de este asunto de la muerte misericordiosa, trabajó mucho en torno a la esterilización de enfermos mentales y de gitanos. Un tipo realmente loco. A raíz de las Leyes de Nuremberg, realizó numerosas operaciones… —Dynamo empezó a leer de nuevo su expediente—: Ligaduras de trompas, vasectomías, castraciones, histerectomías… Pero lo suyo, al parecer, es la radiación. Exponer los números de serie defectuosos a rayos gamma, al radio, y hacer arder todos esos peligrosos genitales. Un chiflado, te digo.

Un nuevo demente en la escena, no lo suficiente como para romperle la pata a un águila de las SS, pero este se encontraba merodeando alrededor de Minna, de su padre...

—Debe tener una oficina, ¿no?

Dynamo sacó un pequeño trozo de papel de su bolsillo.

—Aquí está la dirección. Un comité consultivo, no sé qué. Como siempre, el título suena rimbombante: «Comité del Reich para el Censo Científico de Enfermedades Hereditarias y Congénitas Graves». Pero para los de confianza, se llama el «Comité Reich». En realidad, no posee una existencia oficial, pero la sede está en esta dirección. Dicen que tiene una oficina allí.

Beewen abrió la hoja y leyó: 13, Enkircher Straße, en Frohnau. Suburbio al norte de Berlín. A más de quince kilómetros de distancia. Iba a perder al menos dos horas para hacer el viaje de ida y vuelta, pero no tenía elección: una promesa es una promesa.

Deslizó la dirección en su bolsillo.

—Te encargo la tienda. Sigue investigando a Krapp y sus hábitos.

—Sin problema.

—¿Tienes amigos en el equipo de Grünwald?

—Tan amigos como dos hombres de la Gestapo pueden serlo.

—Está siguiendo una pista distinta en el caso del Adlon. Intenta averiguar de qué se trata.

Beewen estaba a punto de abrir la puerta cuando Hölm lo llamó:

—Una última cosa.

—¿Qué?

—Mengerhäusen tiene un guardaespaldas, Hans Wirth. Una barricada con cara de maestro.

—¿Y qué...?

—Se trata de un tipo de Stuttgart. Un exmiembro de la Kripo. De hecho, un fanático, tan frío como un apretón de manos de Hitler.

—Ya conocemos a los de su tipo, ¿no?

—Sólo quiero advertirte. Lo conozco. Realmente es peligroso.

Si bien Dynamo no era de los que solían dramatizar o exagerar las cosas, Beewen de inmediato hizo caso omiso de esta nueva amenaza. Iba a sacudir un poco a Mengerhäusen, luego volvería al redil.

71

Para llegar a Frohnau, en el extremo norte de Berlín, prefirió tomar el tren. Sin chofer, sin soplón. Además, le agradaba la idea de mezclarse, vestido de civil, con el mundo ordinario de los berlineses que regresaban a casa después de un paseo. Él mismo había hecho un esfuerzo en cuanto a su apariencia: pantalón bombacho, camisa blanca, corbata corta y chaqueta de *tweed*.

Ahora recorría la línea nórdica, la que te lleva al Mar Báltico y que propicia escalofríos incluso estando sentado allí. Desde la infancia, Beewen amaba los trenes. El traqueteo de los vagones, los bancos de madera (que le parecían extrañamente elegantes), el ruido de las ruedas... Todavía podía sentir, en el fondo de sí mismo, la emoción del viaje —cosa tanto más paradójica, cuanto que nunca había viajado.

A medida que pasaban las estaciones, sus pensamientos se ensombrecieron. El perfil de Mengerhäusen le preocupaba. Él solo representaba el odio absoluto de los nazis hacia todo lo que estaba fuera de lugar. Minusválidos, dementes, asociales… Sin embargo, él, con su padre loco y su sangre muy posiblemente corrupta, no valía mucho en la balanza del NSDAP. Tal vez él mismo ya estaba en alguna lista…

Frohnau era una ciudad jardín al norte de Reinickendorf, cuya construcción había comenzado a principios de siglo. Más tarde, con la guerra, los golpes de Estado, las crisis políticas, se había olvidado el proyecto, del que solo quedaba un gran bosque salpicado de villas, dominado por una torre cuya función Beewen desconocía.

Una cosa era cierta: esa noche, el crepúsculo le concedía un aire encantado a este pequeño pueblo. Se sentía como si se estuviera muy lejos de Berlín, en la Selva Negra o en Baviera. Eran casi las ocho, era sábado, y Beewen se preguntaba si tendría alguna posibilidad de encontrar a alguien en las oficinas del «Comité del Reich».

Como era de esperar, el 13 de Enkircher Straße era una villa de paredes blancas y techo rojo, con ese gran aspecto teutónico, tez pálida y mejillas rubicundas. No una casa de muñecas, una muñeca de casa...

Se fijó en el sidecar aparcado en el jardín. Buena señal. Sin centinelas. Ni siquiera una bandera nazi. Mengerhäusen jugaba a mantener un perfil bajo. Era el hombre invisible, el espíritu puro cuyo nombre no aparece en ningún organigrama. Había sido necesario todo el talento de Dynamo, un auténtico perro buscador de trufas cuando se trataba de encontrar pistas, para conseguir desenterrar esta información.

Llamó a la puerta, mostró su identificación y entró en una pequeña sala de espera, como si se tratara de un consultorio médico. Se preguntó cuántas familias habían venido aquí para discutir cómo deshacerse de su hijo deforme, ya fuera siendo citados o anticipándose a la cita, sin soportar la idea de criar a un niño discapacitado bajo la mirada reprobatoria del Reich.

—¡*Haupsturmführer*! —tronó de repente una voz que sonó como una corneta y un claxon al mismo tiempo.

Un pequeño pelirrojo, casi tan ancho como alto, se materializó en la habitación. Llevaba una bata abierta y blanca sobre una chamarra militar raída.

—En cierto modo, lo estaba esperando. Sígame.

Mengerhäusen parecía sacado de un cuento infantil. Su pelo rojo, muy espeso, peinado en ondas tormentosas, se extendía por dos gruesas patillas que le llegaban hasta la barbilla. Había algo alegre, algo amistoso, en sus rasgos rubicundos.

Beewen siguió al hombre por un pasillo, pasando por oficinas donde todavía se laboraba. Por el momento, se trataba de menos de una decena de burócratas. Pronto, serían más de cien. Entonces el servicio se expandiría y sería responsable de la muerte de miles, si no es que de millones. A pesar de sí mismo, estaba fascinado por esta burocracia diligente y metódica, que había sustituido la barbarie vociferante por una crueldad pacífica, con puños enguantados y anteojos pequeños.

Se instalaron en una habitación que parecía oscilar entre un consultorio de médico y una notaría. Una mesa de exploración, una lámpara de quirófano, una vitrina con instrumentos cromados desde lo médico. Pilas de archivos, una enorme máquina de escribir y una biblioteca de derecho (algunos lomos incluso tenían títulos en latín) desde el lado de la ley.

Mengerhäusen se sentó detrás de su escritorio y sacó una larga pipa de marfil del bolsillo del pecho. Beewen ya había renunciado a intentar intimidar a este energúmeno quien seguramente se tuteaba con Heydrich o Himmler, incluso con Hitler mismo.

El médico puso sus pequeñas y regordetas manos sobre su máquina de escribir, la cual evocaba a un organillo bávaro.

—¿A qué debo el placer de su visita, *Herr* Beewen?

—Me han informado de numerosos traslados de pacientes…

—Jo jo jo, veo que las noticias viajan rápido.

—*Herr* Mengerhäusen, pertenezco a la Gestapo. Mi papel…

El pelirrojo lo detuvo levantando su pequeña pata.

—Dudo que las transferencias que menciona se relacionen con sus asuntos.

—No hay nada en Alemania que no concierna a la Gestapo.

—Excepto cuando las órdenes están, cómo decirlo, por encima de usted.

Se había dictado la misa: Mengerhäusen no iba a perder el tiempo justificándose ante un oficial subalterno.

Llenó su pipa y le dedicó una sonrisa, a fin de aligerar un poco la amenaza que subyacía a esta reflexión.

—No me malinterprete —dijo, encendiendo su tabaco—. Estamos en vísperas de un vasto operativo ordenado por las máximas autoridades del Estado. Y por supuesto, todo es totalmente secreto. Por lo tanto, comprenderá que no puedo ahondar en el tema...

Beewen creyó haber hecho el viaje para nada. ¿Qué iba a decirle a Minna?

—Sin embargo —prosiguió Mengerhäusen, poniéndose de pie—, haré un esfuerzo por usted.

Un respiro.

—¿Por qué? —preguntó Beewen, interesado.

—Su padre.

Franz tragó saliva. Los expedientes. Los jodidos expedientes de la Gestapo que conformaban el tejido invisible de la vida cotidiana del pueblo alemán. De repente tuvo una visión irreal: un mundo donde la gente ya no proyectaba sombras en las aceras, sino un crujido de papel, un reflejo mecanografiado que se adjuntaba a cada uno de sus pasos.

Dijera lo que dijera, hiciera lo que hiciera, el *Hauptsturmführer* Franz Beewen siempre sería el hijo de Peter Beewen, un soldado condecorado, sin duda, pero también un enfermo mental que languidecía en un manicomio.

—No tiene nada de qué preocuparse —dijo el médico, al notar la expresión de Beewen—. Su padre nunca estará en nuestras listas. Sabemos hacer excepciones cuando está en juego un interés superior.

—¿Así que va usted a matar a todos los demás?

Mengerhäusen sonrió, asemejando el mecanismo de un pequeño reloj de oro.

—Ya he tenido esta conversación con su amiga, Minna von Hassel.

Beewen asintió con la cabeza. Tenía que convencerse a sí mismo: la Gestapo no le informaba sobre Mengerhäusen, esta le informaba a Mengerhäusen sobre él.

Un respiro.

—Es necesario acabar con la sempiterna piedad cristiana y esta idea de un necesario amor al prójimo —prosiguió el médico, levantándose.

Dio la vuelta a su escritorio y se apoyó en él, cruzando sus pequeños brazos sobre su barriga.

—Debemos incluso admitir que Dios, en su infinita obra, podría haber cometido errores. Después de todo, Él no puede pensar en todo. Además, ¿no dice el Génesis que Él creó al hombre a Su imagen? Cuando la réplica ya no se parece a su modelo, ¿no resulta loable eliminarla? ¿acabar con su sufrimiento?

—La famosa «muerte misericordiosa»...

Beewen había adoptado un tono sarcástico del que se arrepintió de inmediato. No había nada de qué reírse.

—Debemos restaurar las leyes del Creador y aceptar la selección natural —afirmó Mengerhäusen—. Es en esta selección que se expresa el espíritu de Dios, no en cada criatura. Depende de nosotros tenderle una mano amiga.

Sin dejar de fumar su pipa, señaló algunas bolsas de correo tiradas en un rincón de la oficina.

—¿Qué podrían contener estas cartas? Solicitudes de eutanasia, dirigidas a nuestro Führer. Todos los días recibimos cientos de ellas. Padres que estarían felices de ser liberados de la carga de un niño anormal. Familias rezando porque este «peso innecesario» tenga una «muerte sin sufrimiento»...

Franz observó las bolsas de lona pensando que Alemania se había extraviado por completo. El anhelo por la perfección de la sangre se había apoderado de todos los cerebros, como un veneno tóxico.

Mengerhäusen se incorporó y rodeó el asiento de su interlocutor.

—El espíritu *völkisch*, Beewen. Los ciudadanos del Reich saben que, más allá de sus sentimientos, de su apego a su descendencia, está en marcha un propósito ulterior.

Se inclinó sobre su hombro como para susurrarle al oído:

—La eugenesia es una ciencia, amigo mío. Mejorar la natalidad, eliminar los residuos... Nosotros consideramos al Estado como un cuerpo humano, cuyos elementos indeseables constituyen un verdadero peligro. Hemos empezado con la esterilización. Ahora debemos actuar de una manera más radical. Los parásitos habitan en el cuerpo de la nación. Nosotros somos el antídoto. ¡Nosotros somos el remedio!

Beewen se puso en pie de un salto y se volvió hacia él.

—¿Cuál es su papel en todo esto?

A su pesar, Mengerhäusen retrocedió; no le llegaba ni al nudo de la corbata al hombre de la Gestapo.

—No tengo ningún título, ninguna responsabilidad... oficial. Soy más bien un iniciador... (agitaba sus pequeñas manos), un poeta, una fuente de inspiración...

Franz lo sujetó por ambos lados de la bata y lo levantó como si no pesara más que un algodón de azúcar. La pipa cayó al suelo lanzando chispas.

—Manténte alejado de Brangbo y de Minna von Hassel.

—Jo jo jo —se burló el otro, quien se estaba tornando rubicundo—. Sospecho un apego irrazonable...

—Estoy seguro de que conoces mi historial de servicio.

Con las piernas en el aire, Mengerhäusen se jactó de nuevo:

—Por supuesto. Un asesino puro. Un bruto fuera de nivel. ¡En una sociedad ordinaria, habría usted languidecido en prisión durante mucho tiempo!

Beewen inmovilizó al pelirrojo contra la pared y habló de un golpe:

—Pertenecemos al mismo sistema, tú y yo. Una dictadura que nos ha dado, por un tiempo limitado, un poder extraordinario. No soy gran cosa frente a ti, pero si me decido, encontraré la forma de saldar cuentas contigo, de hombre a hombre. Y el Reich no podrá hacer nada al respecto.

Mengerhäusen había pasado a un tono como de remolacha.

—¿Qué... quiere?

—Tachas a Brangbo de tu lista y te olvidas de Minna von Hassel.

—Le repito que su padre…

Soltándolo con una mano, Franz le dio un puñetazo en la nariz, lo aplastó de nuevo contra su pequeña biblioteca notarial.

—No estoy hablando de mi padre, sino de todos los pacientes en Brangbo. Enfócate en otras cosas, eso es todo.

Mengerhäusen estaba escurriendo sangre por las fosas nasales. Aquel color le hizo pensar en Minna y sus labios escarlata. «Ni sangre ni cereza», luego envió a Mengerhäusen volando contra su máquina y sus archivos, que colapsaron sobre su cabeza. Cogió unos papeles (probablemente los archivos de los próximos residentes del castillo de Grafeneck) y se limpió las manos con ellos. Mengerhäusen había buscado resguardo en un rincón de la habitación.

—¡Y no olvides devolver a sus huéspedes de regreso a Brangbo!

Beewen se fue sin mirar atrás. En el pasillo, se cruzó con los funcionarios que se apresuraban hacia la oficina, pero inmediatamente retrocedieron al verlo.

Su reacción había sido de locura. Peor que locura, una sentencia de muerte. ¿No podría la Orden Negra impedirle saldar sus cuentas? ¡Ja ja! ¡Vaya broma! Mañana mismo sería arrestado y fusilado.

Una vez fuera, respiró hondo el aire rojo oscuro. La vida, la verdadera, seguía allí, indiferente a la Alemania nazi, rodando sus estaciones sobre este montón de inmundicias.

Su única oportunidad de perdón era arrestar al asesino de las Damas del Adlon y ofrecer sus restos al Führer.

En la calle, el sidecar seguía allí. A horcajadas sobre la máquina, un hombre fumaba un cigarrillo. Un hombre de cuartel al estilo de Beewen, pero con una curiosa cabeza de intelectual. Rasgos cuadrados, anteojos pequeños de montura dorada, mechón rubio, como untado con mantequilla, y una sonrisa de dulzura que desarmaba. La sonrisa de un poder pacífico, de una indiferencia asesina.

Beewen lo reconoció sin haberlo visto nunca. Hans Wirth, expolicía de la Kripo, guardaespaldas que venía de Stuttgart.

Franz entendió el mensaje. Si quería matar a Mengerhäusen, primero tendría que pasar por él. Y si bien Beewen podía estrangular al ginecólogo con una sola mano, le resultaría más complicado con este gigante de rizos dorados. Se saludaron al pasar; de regreso a la estación, Beewen sintió que la mirada del otro lo seguía como la mira de un Mauser.

Pensó en el desfile militar del día siguiente.

Arrestar a Josef Krapp.

Era eso o morir.

72

Alrededor de las diez, el timbre volvió a sonar en la casa de ella.

«Volvió» puesto que, dos horas antes, Franz Beewen ya había llegado allí. Con sus pantalones bombachos y su chaqueta de *tweed*, solo necesitaba la pipa de espuma de mar, el Langhaar, para dar su caminata por la Selva Negra.

—Ya no tienes que preocuparte por Mengerhäusen —le advirtió.

—¿Qué quieres decir?

—Él no volverá a acercarse a Brangbo.

—Pero… ¿y los otros asilos? ¿Existe un programa de eutanasia?

—Sí.

—Tenemos que parar esto, tenemos que...

—Me estás fastidiando.

Habían bebido schnapps. Él, con sus calcetines altos y su moral a media asta. Ella, ya bastante borracha —tras su visita sorpresa a la Gestapo, no había tenido las agallas para volver a Brangbo.

Beewen no tardó mucho en quedarse dormido en un sofá. Ella le había traído una manta (a cuadros, a juego con su chaqueta de *tweed*) y lo miraba dormir mientras seguía bebiendo.

Pero ahora Simon Kraus estaba de pie en su puerta, brillando como un centavo nuevo.

—¿Cómo has dado con mi dirección? —preguntó ella.

—Todo el mundo sabe que los von Hassel, la rama comunista, viven en una villa Bauhaus en Dahlem.

—Entra.

—¿Interrumpo? —preguntó, al percatarse de Beewen en el sofá.

—Sé serio. ¿Qué quieres?

—Tal vez lo mismo que él —dijo, guiñándole un ojo.

Minna prefirió guardar silencio.

—¿Tienes algo de beber?

—Siempre.

Le sirvió una copa de coñac de color ámbar pálido.

—Beewen ha estado tratando de comunicarse contigo toda la tarde.

—He estado de paseo.

—Posiblemente encontramos una manera de acorralar a Josef Krapp.

Ella resumió los acontecimientos de la tarde. El desfile militar. Kirszenbaum. La posibilidad de tener el rostro de Krapp a tiempo para identificarlo. Simon siseó con admiración, una admiración en gran parte cargada de ironía.

—¿Qué es eso? —preguntó, notando el tubo de cartón debajo de su brazo.

Él bebió otro trago y sacudió la cabeza como un caballo que resopla. Era encantador. Ella siempre se cuidaba de dar demasiada importancia a la belleza física, ella, Santa Minna-des-Siphonnés. Pero, de cualquier manera, este rostro... La exquisita proporción de los rasgos, estos ojos que brillan suavemente bajo la sombra de las cejas arqueadas cuales signos de caligrafía japonesa...

Sin una palabra, él sacó el contenido del tubo y desenrolló el cartel a color de una película de ciencia ficción de los años 30. *Der Geist des Weltraums.*

Ella tardó unos cuantos segundos en comprender. Detrás del perfecto perfil de Kurt Steinhoff en primer plano, la mayor estrella del cine alemán de la época, hacía su aparición un extraterrestre verdoso que parecía amenazar al mundo con la ira de su planeta.

El Hombre de Mármol.

Exactamente la misma máscara, cubriendo la parte superior de la cara de manera oblicua, sobre un fondo de venas blancas y negras. Aquella de su atacante en el Westhafen.

—Por Dios…

—¡Estaba seguro! —exclamó Simon, aplaudiendo fuertemente.

Minna le indicó que bajara la voz: no quería despertar a Beewen. En primera instancia, para dejarlo descansar. En segunda, para que no interviniera en las explicaciones de Simon, que prometían ser complicadas.

Y en efecto: le contó su tarde con Greta, su descubrimiento del cartel, su hipótesis según la cual cada víctima había visto esta lúgubre cabeza, posteriormente reciclada en sus sueños...

—¿Y el asesino?

—Probablemente también vio este anuncio.

—¿En la galería?

—O en otra parte. Esta película ha inspirado su aparición.

—¿No estás adelantándote un poco?

—No ha sido a mí a quien ha atacado esta cara de piedra.

—¿Entonces el sueño de las víctimas no tiene ninguna relación con el asesino?

—Ninguna, excepto la máscara, que quizás no sea nada más que una coincidencia.

La historia de Simon no se mantenía en pie, pero como siempre ocurría con él, su inteligencia, su elocución, su vivacidad la hacían bastante digerible e incluso convincente.

—¿Pero entonces, Josef Krapp?

Simon tomó otro sorbo de coñac.

—Ese es el problema. Si se acepta mi teoría, pero se le añade un soldado desfigurado, comienza a parecer mucho. Excesivo, de hecho...

—¿Podría Krapp ser el asesino?

—No lo sé… Finalmente, todo ha comenzado con tu doble suposición de que Hoffmann era nuestro asesino y que había usurpado la identidad de Josef Krapp. Pero, básicamente, no tenemos pruebas directas de que esta sea la verdad.

—Krapp es un oficial nazi, tiene una daga.

—Como todos los oficiales nazis.

—¿Y los zapatos?

—Tal vez Krapp y Hoffmann sean una misma persona, de acuerdo, pero nada nos indica que sea el asesino de las Damas. Además, con su cara, no veo cómo podría haberse acercado a ellas. Yo las conocía bien. No eran del tipo que sale de paseo con cualquiera.

—Krapp huyó cuando lo encontraron.

—¿Darías la bienvenida a un tipo como Beewen llamando a tu puerta? Se trata solo de sentido común.

—Intentó matar a Dynamo.

—Legítima defensa.

Debería haber perdido la calma frente a este hombrecillo engominado que desmantelaba pieza por pieza su razonamiento. Por el contrario, estaba feliz de encontrar a alguien con quien hablar. Un hombre de poderosa inteligencia, que siempre estaba un paso por delante de los pensamientos de los demás y que poseía una comprensión innata de cada personalidad.

Esa noche, al llegar Beewen, ella había admirado su fuerza física y sentido una atracción magnética por este bloque de mineral en bruto. Ahora se daba cuenta de que el pequeño Simon era en realidad mucho más fuerte que el hombre de las ss. Por mucho que ella dijera, por mucho que hiciera, por mucho que jugara a que le agradaban los depravados atraídos por la bestialidad, seguía siendo una persona cerebral. Nada más seductor a sus ojos que una inteligencia virtuosa. Nada es más fascinante que un pensamiento superior.

—De todos modos —concluyó Simon, guardando su cartel—, mañana tendremos nuestra respuesta.

—¿Quieres decir… cuando arrestemos a Krapp?

—¿No lo crees así?

—Beewen no le ha dicho nada a sus superiores —respondió con una voz meditativa—. Todavía quiere intentar una operación comando.

Simon miró al nazi que yacía tendido bajo su manta a cuadros.

—No puedo entender a este tipo… ¿Por qué implicarnos hasta este punto? ¿Por qué no mejor llamar a sus amigos de la Gestapo? Apenas nos conoce...

—No lo sé, pero estoy totalmente de su lado. Han asesinado a Ruth y yo quiero la piel del asesino.

—Claro. Pero, a veces, no basta con apretar tus pequeños puños burgueses para ser eficaz.

Minna lo miró con curiosidad.

—A ti tampoco, jamás te he comprendido… En la universidad, eras el mejor de nosotros. Tenías los ingredientes correctos para ser el chef de toda la cocina.

—Has olvidado cómo se considera a los psiquiatras en Alemania.

—Podrías haber hecho avanzar la ciencia, curado a miles de...

Él la detuvo con una mirada. Se podía percibir un polvo de plata en el fondo de sus pupilas.

—Demasiado tarde para cambiar el curso de las cosas, querida. Hoy, en Alemania, todo lo que puedes hacer es dejarte llevar. Querer proteger a los que ya están condenados es un lujo que no me puedo permitir.

—¿Entonces qué? ¿Bajamos los brazos?

Simon suspiró. Bajo su cabello engominado, realmente tenía una cabeza de muñeca, grácil, delicada. Pero con esta atormentada sombra en la mirada que hacía estremecer. Las palabras que le vinieron a la mente eran «vuelo felino». Aquello no significaba nada.

—Tú naciste del lado del poder, del dinero, de la aristocracia. Nunca has luchado por nada y, en cierto modo, tus fuerzas de combate están intactas. Pero nosotros, tipos como yo o Beewen, hemos tenido que usar toda nuestra energía para subir de rango.

—¿Es eso lo que los ha vuelto indiferentes, cínicos, insensibles? ¿Es esa su excusa?

—Cuando un pobre lucha por salir adelante, siempre tiene la razón, está en su derecho: el derecho de los pobres, de la justicia, de los humillados.

—Eso es sin duda lo que Hitler se dice a sí mismo.

Simon sonrió y ella sintió que se derretía como un caramelo bajo la lengua.

—Había olvidado tu habilidad para responder.

—Es porque solo escuchas a los tuyos.

Él levantó su copa.

—¡Brindemos por nuestras causas perdidas!

—¿Quieres dormir aquí?

—¿Contigo?

Ella sonrió con nerviosismo, torpemente, pero supuso que él solo bromeaba a medias y que sus propios escalofríos tampoco eran falsos. Se estaba hundiendo en el alcohol, en esa cálida tranquilidad donde nada importa, donde los deseos se expanden hasta el punto de aniquilarlo todo.

—Mejor ve a tu casa —se las arregló para decir—. ¿Vendrás al desfile mañana?

—Nunca me perdería una fiesta prometedora.

Ella lo acompañó a la entrada y se apresuró a abrir la puerta. Él desapareció en la noche —tenía un andar saltarín, casi baile—, con su cartel bajo el brazo.

Minna volvió a cerrar la puerta y liberó de sus pulmones el aire que había estado reteniendo a su pesar durante varios segundos. Kraus o Beewen: en ambos casos, muy mala idea...

73

Dos horas más tarde, no conseguía aún conciliar el sueño.

Se puso un abrigo. Era hora de calentar el Mercedes e ir a visitar a una de las únicas personas en Berlín que, como ella, todavía estaba despierta. Tomó el rumbo del Ku'damm, atravesando avenidas desiertas. Ya no había faros tenues ni luces azuladas. Contra el cielo índigo, solo águilas y esvásticas se destacaban como sombras sólidas, señales amenazantes que aguardaban su momento.

Incluso el Kurfürstendamm, a esas horas, estaba muerto. El toque de queda daba solo un anticipo de lo que pronto sería la vida de los berlineses: viviendo en el eco de los enfrentamientos y las masacres perpetrados en todos los rincones de Europa, hasta que estas carnicerías, volviendo a su fuente, se las llevaran a su turno.

Minna no estaba tranquila. Todo mundo sabía que el apagón favorecía los robos, las violaciones, los asesinatos. No habría nadie para ayudarla si alguien la asaltaba... y ella ya había tenido una experiencia aterradora en la materia.

Bajando por la avenida, divisó algunas putas, cuyas linternas azules imprimían sus estelas de estrellas fugaces entre las tinieblas. Aquella imagen le dio tranquilidad. No estaba sola en Berlín.

El edificio no tenía ninguna luz encendida, pero Minna sabía que al menos un departamento seguía iluminado. Aparcó y luego subió al quinto piso.

Llamó suavemente a la puerta de Ruth Senestier y esperó. Después de unos segundos, Ichok Kirszenbaum abrió la puerta, sin mostrar la menor sorpresa. Iba vestido con una bata, no de médico sino de artista, una especie de gran vestido gris cerrado por un lazo en forma de moño. A Minna le pareció un hombre de la ley. Un abogado de la dignidad humana y de los rostros restaurados.

—No he terminado —advirtió él.

—He venido a darle ánimos.

Se hizo a un lado para dejarla entrar. Había colocado cubiertas pesadas sobre las ventanas para que nadie fuera a notar la luz desde el exterior. Minna lo siguió hasta el taller, evitando el charco de sangre que se había secado en la alfombra de la sala.

El rostro de Krapp estaba casi completo. En el molde de yeso, Kirszenbaum había restaurado la cuenca del ojo derecho, no montándole una masa de arcilla moldeada, sino añadiendo, toque tras toque, músculos, ligamentos y, sin duda, el equivalente de huesos que ella no podía ver. Luego había colocado dos ojos de vidrio intensamente centelleantes. Había algo inquietante en su brillantez, en su concentración, como la mirada de animales disecados que parecen petrificados y a la vez prestos para abalanzarse sobre uno.

También había devuelto su volumen a las mejillas, reconstruido la nariz, formado los pómulos. A unos metros de distancia, la ilusión era impresionante, excepto que el rostro era bicolor, rojo y blanco, arcilla y yeso, como si se tratara de un paciente con una afección en la piel.

Instalado en su puesto, Kirszenbaum había reanudado el trabajo. A sus pies, una maleta abierta rebosante de pelucas, barbas, gafas... El artista-cirujano había guardado su equipo de antaño.

—He avanzado más rápido de lo esperado —explicó—, confiando tanto en mi experiencia como en mi memoria. Recuerdo el trabajo que hacía Ruth en aquel momento. Una ardua tarea, porque el medio de la cara, en el sentido literal del término, ya no existía...

Minna se quedó mirando la cabeza, que parecía desafiarla de vuelta: yacía tan tranquila y quieta como la de los soldados heridos cuando posaban para los escultores.

—De hecho, no he reconstruido el rostro de Krapp sino la máscara que Ruth le había hecho. Eso es lo principal, ¿no?

—Absolutamente.

—Así que estoy en el camino correcto. Ruth tenía un enfoque... poético respecto a su misión. Cuando reconstruía un rostro, también hacía expresarse a un alma.

¿Qué alma podría haber detrás de un cerebro enfermo como el de Krapp/Hoffmann?

El cirujano, arqueado en su taburete, daba los toques finales a su trabajo con unos cuantos golpes de espátula. Minna, fascinada, lo observaba como quien admira a un músico virtuoso o a un acróbata que da piruetas en el aire. Ya había abierto un pequeño bote de pintura beige y unificado el conjunto, dándole el color de la carne.

—La ventaja de esta pintura es que se seca en segundos y…

—Disculpe —interrumpió Minna de repente.

Sin dar explicación alguna, giró sobre sus talones y comenzó a buscar un baño. Se percató rápidamente: no había ninguno. Salió tambaleándose al rellano, sintiendo que su estómago se agitaba como una ola negra y helada.

Incluso para ella, la medida del coñac había sido excedida esa noche.

Al final del pasillo, encontró lo que servía de retrete común para el piso. Buenos y viejos baños turcos en agrietado esmalte, enmarcados por tres paredes de cemento. El hedor interrumpió todo pensamiento, toda consideración.

Cerró los ojos y flexionó las piernas, con la cabeza gacha y las manos entrelazadas en el regazo. Vomitó todo lo que le había ocurrido aquella tarde, palabras, efusiones y golpes de haber comprendido demasiado —las copas de coñac aún chocaban en su cerebro. Bajo sus párpados ardientes, se sentía como si estuviera exorcizando a un demonio.

Cuando Minna estuvo de vuelta en el taller, ya se encontraba sobria.

Y el milagro había sucedido. Josef Krapp se mantenía frente a ella, cejas y anteojos completando la escena.

—¿No le agregará una barba?

—No creo que lleve una. La parte inferior de su rostro está intacta: no tiene motivo para esconderla.

Minna estaba confundida. Sin máscara, el exsoldado ya no tenía rostro. Pero con esta, tampoco poseía ninguno. Su rostro era tan banal, tan ordinario, que podría pasar absolutamente desapercibido, en una multitud, en una oficina, en la noche...

—Es magnífica —murmuró ella, refiriéndose al trabajo del artista.

Kirszenbaum no pudo ocultar su orgullo.

—¡No he perdido mi toque! —exclamó, limpiándose los dedos en su bata—. ¿No mencionó usted fotos?

Minna tomó su bolso y sacó una Voigtlander Avus 9×12 de fuelle. Su segundo tesoro después de su Mercedes. Apuntaron los focos hacia la cabeza y buscaron la mejor exposición.

Ella tomó varias capturas. Mientras presionaba el obturador, saboreó la sutil ironía de la situación. Estaba tomando fotografías de una máscara para poder encontrar al hombre escondido debajo de la misma.

En la villa de sus padres tenía un laboratorio fotográfico. Todavía le quedaban algunas latas de revelador y ácido acético. También había guardado papel argéntico negro y plata. En menos de una hora, podía preparar los baños, el revelador y el fijador, y reactivar todo su laboratorio. Su objetivo secreto: revelar las fotos antes de que Beewen despertara...

Cuando terminó, Kirszenbaum, por su parte, ya había empacado: bata, postizos, espátulas, todo estaba en su pequeña maleta. Ahora se encontraba envolviendo su cabeza en una toalla.

—Un regalo —dijo, entregándole el extraño objeto.

Minna no supo qué responder. Él había recuperado su sonrisa maliciosa y ella ya había comprendido que ese breve momento de compartir, en el corazón de la noche, entre una aria y un judío, había terminado.

—Guárdela como recuerdo —insistió Kirszenbaum—. Quizás algún día, cuando todo esto termine, se ría de ello.

Ella sujetó la cabeza, que pesaba menos de lo que esperaba.

—Eso me extrañaría.

—A mí también —sonrió él—. En cualquier caso, nuestros caminos se separan aquí. Espero que atrapen a su asesino.

Le hubiera gustado encontrar algunas palabras de consuelo para él, pero, francamente, nada le venía a la mente.

Él sonrió de nuevo y le dio un apretón amistoso en el brazo.

—Vuelva a su pesadilla. Yo haré lo propio con la mía.

74

Frente al ayuntamiento del distrito de Reinickendorf, a lo largo del Rathauspark, no lejos del distrito de Wittenau, se había erigido un monumento dedicado a los muertos de la guerra del 14-18. Tradicionalmente, los veteranos elegían este lugar para desfilar, con la bendición de los nazis, quienes ocupaban este cenotafio con fines de propaganda bélica.

Era una especie de arco de ladrillo que albergaba a un soldado sólidamente acampado, el cual expresaba una fuerza y agresividad impresionantes —nada como un monumento a los caídos en llanto—. Todo tenía algo de oriental, de esotérico, como si este soldado de hierro fundido, con casco y armado, fuera una deidad india o un oráculo persa capaz de predecir un futuro de furia y victoria.

Era mediodía y el sol golpeaba todo el barrio con igual violencia: no habría nadie celoso. Como de costumbre, Simon Kraus se preguntaba qué estaba haciendo allí. Beewen había vuelto a caer en su vicio, organizando una nueva operación con su equipo habitual: Dynamo, su adjunto, Simon, su mascota, y ese día Minna, en el papel de musa.

Lo recogieron a las diez en punto y se dirigieron hacia el norte a aquel distrito de fábricas y lotes baldíos, un área desolada donde flotaba de cualquier manera el nuevo edificio del ayuntamiento y este extraño monumento a los caídos.

Con este sol, y a pesar de la guerra, muchos berlineses ya debían encontrarse de paseo por el Tiergarten o bañándose en los lagos que rodeaban la ciudad, pero ellos no. Estaban esperando el desfile semanal de veteranos que este domingo amenazaban con echar la casa por la ventana, solo para apoyar a las fuerzas vivas de la nación que marchaban sobre Varsovia.

Una vez más, Minna von Hassel había sido más rápida e inteligente que sus colegas. Esa mañana, cada miembro del equipo tenía un retrato del asesino en el bolsillo, lo cual bastaba para distinguirlo entre la procesión de rostros destrozados.

Había una multitud y Beewen, Simon, Minna y Dynamo se habían colocado a ambos lados del eje por donde iban a desfilar los soldados de antaño, a fin de poder arrinconar a Krapp cuando apareciera.

Pronto, se escuchó la música. Algo cobrizo, aflautado y, al mismo tiempo, puntuado por bajos apagados e inquietantes. En sus estudios sobre los sueños, Simon Kraus había dedicado un lugar específico a la música. ¿Era sonoro el mundo de los sueños? En algunas pesadillas, eso sí, se escuchaba música disonante, viciosa. Música como la que se aproximaba... Una fanfarria desafinada y mal entonada, minada por ruidos férreos, puntuada por un *bum-bum* que no toleraba la réplica.

Simon reconoció la *Erika*, la marcha militar del Tercer Reich. Una leve modificación respecto al himno oficial nazi, *Horst Wessel Lied*, una musicalización de un poema de Horst Wessel, un pequeño proxeneta asesinado a quien el Reich insistía en presentar como un mártir político.

Bajo un florecimiento de banderas negras y amenazantes águilas, avanzaba una fuerza elemental, una fuerza enferma. Simon reconoció por vez primera a los hombres de la NSKOV: uniforme azul, camisa café, corbata negra, gorra estampada con la insignia de la Nationalsozialistische Kriegsopferversorgung, la asistencia social para veteranos, espada en el cinturón...

En las películas de propaganda, los desfiles nazis siempre poseían la misma apariencia: hermosos, rubios, fuertes, cada extra parecía haber sido elegido por Leni Riefenstahl en persona. La realidad era distinta. Simon solo podía ver hombres enfermizos, siluetas atrofiadas, rostros repulsivamente feos. Sin ofender a Hitler, así se presentaba la joven guardia de las SS: adolescentes nacidos en medio del hambre, de constitución magra y ojos débiles. Vaya que eran hermosos, los arios...

Pero he aquí los veteranos del frente...

Ochocientos mil amputados, eso es mucha gente. Por suerte, no eran todos. Pero los que avanzaban seguían siendo una gran masa. Una multitud, incluso un oleaje, que contaba una sola cosa: el sufrimiento.

Primero, los hombres rodantes. Carros, sillas, triciclos, cualquier cosa con tal de que ruede… Hombres-tronco, mitad carne, mitad ruedas, que no vestían los uniformes actuales, el famoso vestuario firmado por Hugo Boss, sino las ropas de la Gran Guerra, del color del barro y la derrota.

Al otro lado de esta zarabanda de ruedas chirriantes, cadenas grasientas, y muñones colgando, Simon pudo distinguir a Minna, escondida detrás de sus gafas oscuras y su inevitable boina. Un poco más allá, Beewen, vestido de civil, con su ojo en temblor. Kraus se mordió la mejilla por dentro: esta vez no habría lugar para el error.

Después de las ruedas, las prótesis: aquellos aguantaban en pie, pero seguían siendo hombres truncos. Evocaban historias de miembros arrancados, cercenados, amputados… Simon pensó en el cuadro de Otto Dix, *Los jugadores de skat*, que representaba a pobres criaturas improvisadas, ajustadas, jugando a las cartas usando los dedos de los pies.

Finalmente, aparecieron los «faciales». Simon recordó las fotos que había visto en los archivos de la NSKOV, pero la realidad era otra cosa. La mayoría escondía sus heridas. Cintas para la cabeza, vendas, bufandas, a veces blancas, a menudo negras, surcando sus rostros devastados, velando lo insoportable.

Otros usaban máscaras, como Josef Krapp, y se veían mejor. Pero una vez que hubieron pasado los primeros instantes, comenzó la incomodidad. Las figuras yacían congeladas. La carne estaba seca. Los ojos no parpadeaban... Simon pensaba en el cartel de *Der Geist des Weltraums*. En cierto sentido, también eran extraterrestres.

De repente, la música se cortó y los locutores tomaron el relevo para dar la noticia. Inglaterra acababa de declarar la guerra a Alemania y Francia no tardaría en unírsele. Todas las negociaciones habían fracasado. El amado Führer partía hoy para el frente...

En aquel instante, apareció Krapp.

No hacía falta recuperar la foto de su bolsillo: estaba impresa en la cabeza de Simon. El médico-escultor no se había equivocado en demasía: era el mismo rostro. Una figura tristemente banal y, al mismo tiempo, petrificada como una máscara mortuoria. Sus rasgos comunes, pero ligeramente descentrados (el ojo de vidrio brillaba de forma anormal detrás de los cristales de las gafas, las cejas parecían crines de caballo) podían resultar engañosos siempre y cuando no se mirara demasiado cerca.

Por reflejo, Simon miró a Minna y Beewen: ellos también lo habían visto. Podía sentir su propias emoción en sus nervios —y sin duda ocurría lo mismo con Dynamo, quien estaba de su lado, pero a quien había perdido de vista.

Krapp ahora estaba llegando a donde ellos. Beewen parecía estarse preguntando: ¿saltar sobre él ahora mismo? Simon se enfureció. ¿Por qué este idiota estaba vestido de civil? En uniforme, podría haber intervenido. Sus galones habrían sido autoritarios. O al menos le habría dado tiempo para explicarse. Pero, ¿en ropa de civil? El servicio de seguridad lo aporrearía en el acto o incluso le dispararían —ya no se estaba para tales cosas en 1939…

Beewen se puso de pie de un salto, pero Josef Krapp ya había desaparecido, como disolviéndose entre los monstruos y autómatas del desfile. Sin pensarlo, Simon corrió hacia el frente, cortando las filas de los desfigurados. Las máscaras cayeron, revelando rostros sin mandíbula o mentón. El psiquiatra quiso gritar, pero otro rostro, con llagas amoratadas y en ciernes, le cortó el intento. Él cayó. Arrodillado en el suelo, con la cabeza gacha, vio figuras meciéndose encima de él, ojos de madera rodando en el polvo.

De repente, una mano fuerte lo sujetó por el cuello y lo levantó como si fuera una liebre, y todo a su alrededor dio vuelta. Le tomó un segundo percatarse de que una medalla de la Gestapo se alzaba como una antorcha para abrirles camino. Otro segundo para darse cuenta de que era el mismo Dynamo, rojo como un ladrillo, empujándolo a través de las filas asustadas de la audiencia violentada por el sol.

Unos segundos más y estaban fuera de la muchedumbre, corriendo detrás de Beewen y Minna, quienes perseguían a Josef Krapp.

Entonces la voz se elevó en el aire soleado. La voz rugiente del Führer, radiotransmitida en las cuatro esquinas de la plaza:

«LO HEMOS INTENTADO TODO PARA EVITAR LA GUERRA…».

75

Krapp corría por el terreno baldío hacia los autos estacionados en el otro extremo de la explanada —¿tendría un vehículo?—. Tras sus pasos, Beewen iba ganando terreno. Detrás de él, Minna avanzando rápidamente con pequeños pasos de jerbo. Quedaban los otros dos: Dynamo y Simon, no muy altos ni el uno ni el otro, cabalgando con sus cabezas bajas, uno como si fuera un jabalí, el otro más a la manera de una pelota vasca.

Por encima de ellos, como el vuelo de un ave siniestra, revoloteaba la voz del Führer:

«INGLATERRA HA RECHAZADO TODAS NUESTRAS PROPUESTAS…».

Simon estaba a solo unos cuantos metros de la carretera. Krapp acababa de cruzar la línea de autos. Beewen y Minna se deslizaban entre las defensas. Cuando Kraus y Hölm llegaron a dicho lugar, estaban en el mismo estado: sin aliento, con los pies ardiendo, ahogándose en su propio sudor.

De repente, de entre una nube de polvo, una ambulancia se precipitó hacia ellos. Apenas tuvieron tiempo de hacerse a un lado. Simon levanto su mirada y pudo ver el rígido rostro detrás del volante: Josef Krapp sin velo.

«¡ALEMANIA NO PUEDE SOPORTAR TALES HUMILLACIONES!»

—¡Mi coche! —gritó Minna.

Los demás se miraron: Beewen, doblado en dos, envainando ciegamente su Luger, Dynamo, con el culo en el suelo, sin aliento, Simon, interrogando al cielo, a la luz, al momento, sobre la decisión a tomar. Sin consultarse, dieron media vuelta y retomaron la marcha detrás de los pasos de Minna.

Los soldados los detuvieron junto a la fila de vehículos —el desfile de ancianos no podía ser interrumpido impunemente—. Blandiendo su placa de la Gestapo, Beewen comenzó a vociferar órdenes, o insultos, Simon no estaba seguro. No entendía en absoluto a este alemán de combate, espetado en letras góticas. Los soldados se retiraron y los dejaron seguir su camino.

«¡ALEMANIA NO DEJARÁ QUE SU LEY SEA DICTADA POR PAÍSES EXTRANJEROS!»

Siempre la voz gutural de Hitler, que era más eructo que habla, más vómito que pensamiento...

Cuando dieron alcance a Minna, ella ya había encendido el motor. Entraron de un salto y vieron pasar el ayuntamiento de Reinickendorf, flanqueado por su campanario con su techo gris verdoso.

—Debo haberme perdido de algo —dijo Simon, sentado en la parte trasera—. ¿A dónde vamos?

—Ni idea —respondió Beewen.

—Yo sí lo sé —espetó Minna, arribando a un costado de la estación de Wittenau.

La ambulancia de Krapp estaba aparcada allí. Salía un tren.

—Se ha subido —aseguró la joven—. Esta línea va directamente a la estación de carga de Eberswalder Straße, cerca de Gesundbrunnen. Con un poco de suerte, no saltará con el tren en marcha y podremos atraparlo a su llegada.

«NUESTRA FUERZA DE ATAQUE ES INCOMPARABLE. NADIE PUEDE...».

Tal vez no estaban del todo convencidos, pero nadie tenía una idea mejor. Minna se apresuró de nuevo a su auto. Siguieron conduciendo así, agarrándose con todas sus fuerzas, mientras el chirrido de los neumáticos y el furioso sonido del claxon de Minna fungía cual banda sonora. Conducía a veces por las aceras, a veces en sentido contrario, pero siempre sin disminuir la velocidad.

Todos los tripulantes pensaban en lo mismo: no habría una tercera oportunidad. Lo habían perdido en el Meyers Hof. Lo habían perdido en Wittenau. La estación de carga sería su última oportunidad.

Cruzaban ahora por un puente de hojalata. El Nordbahnhof de Berlín ofrecía una llanura lacerada por rieles que se extendía desde Bernauer Straße hasta Ringbahn, otra línea que rodeaba la ciudad como un anillo de Saturno.

—Ya viene el tren —advirtió Minna, que había detenido el coche en el puente.

Los cuatro pares de ojos se enfocaron en el enorme entramado de rieles y vagones —solo una rama se movía, pesada, lenta, en el extremo izquierdo de la pintura—. Efectivamente, era el tren que se les había adelantado en Wittenau, algunos de sus vagones estaban pintados de rojo y los vagones cisterna llevaban marcadas las iniciales KAT.

Minna aceleró de nuevo. Al salir del puente, viró a la derecha y tomó un camino pavimentado y perpendicular que daba hasta el patio de vías. En el Merco, todo el mundo se sujetaba de donde podía. Los baches en el camino los sacudían como dados dentro de una taza.

Minna no bajaba la velocidad. Simon ignoraba que la pequeña von Hassel se pensaba a sí misma como toda una Bernd Rosemeyer. Zigzagueando entre autos y carretas, la psiquiatra cargaba hacia adelante, con el puño en el claxon. Ahora se trataba de sobrevivir a esta persecución que se había convertido en una carrera de obstáculos. Los trabajadores del ferrocarril se apartaban maldiciendo, los caballos se encabritaban relinchando, Minna volanteaba hacia un lado, hacia el otro, aceleraba, todo en medio de una polvareda terrible.

Simon tardó un rato en comprender sus intenciones —más allá de los trenes detenidos y las locomotoras estacionadas, su mirada seguía al convoy de vagones rojos que aún avanzaba—. Si lograba mantener su trayectoria, podrían atrapar a Krapp cuando bajara del tren.

Minna ya ni siquiera buscaba una ruta libre y estaba atravesando directamente por los rieles tan pronto como había descubierto un espacio entre los vagones, saltando pesadamente por encima de las vías solo para chocar con el balasto tras un derrape.

Por fin estaban alcanzando la altura de la rama, que ahora se movía muy lentamente y estaba a punto de dar el golpe final. Resonó un silbato: un jefe de estación invisible estaba a cargo de la maniobra. Minna frenó súbitamente. En un solo movimiento, los cuatro integrantes del equipo descendieron del auto. La locomotora se alzaba sobre ellos, negra, enorme, envuelta por largas bufandas de vapor blanco.

Con una señal, Beewen ordenó a Simon y Dynamo que cruzaran al otro lado para inspeccionar el flanco opuesto. Comenzaron a correr hacia el tren, con las armas en la mano, buscando al asesino.

Simon todavía se decía a sí mismo que todo esto no llevaba a ninguna parte. Krapp podría haberse bajado sobre la marcha antes de la estación, o al comienzo de la estación, a varias millas de distancia. También podía haberse quedado escondido en uno de los vagones —el tren tenía como mínimo unos treinta—. Tal vez ni siquiera había estado nunca en este convoy. De repente, un destello amarillento atravesó las nubes de vapor. Un disparo siguió inmediatamente después. O antes. Las sensaciones eran tan violentas que la mente de Simon no podía identificarse en ellas.

Llamó a Hölm. Sin respuesta. No veía nada. Vapor. Lágrimas. Estado de *shock*.

Chocó contra un cuerpo. Hölm estaba acurrucado entre los travesaños, doblado en dos, con las manos cruzadas sobre el estómago. Simon se arrodilló y le abrió la chamarra. Una bala le había alcanzado en el flanco izquierdo. Se quitó la chamarra y presionó la tela contra la herida.

—¿Es grave?

Beewen acababa de aparecer, saltando entre dos vagones.

—Hay que pedir apoyo.

—¿Dónde está ese bastardo?

Simon volvió mecánicamente la cabeza hacia el solar baldío que se abría a su izquierda. Un hombre uniformado corría a toda velocidad. A la distancia, parecía una «giratoria», una de esas plantas secas que ruedan sin fin en el desierto.

Minna se unió a ellos. Quería echarle una mano a Simon pero Beewen no le dio tiempo.

—Vuelve al auto —ordenó, arrojándole su credencial de la Gestapo—. Vuelve a la estación, avisa a los *schupos* en tu camino y encuéntrate conmigo en la estación Eberswalder Straße. Esta vez no se nos escapará.

Simon vio a Minna desaparecer entre los topes y los fierros del enganche, mientras Beewen partía en dirección contraria. Bajó sus ojos hacia Dynamo, buscando en su mirada una respuesta.

—¡Avanza! —murmuró el hombre de la Gestapo.

Simon se levantó y echó a andar a toda velocidad tras los pasos de Beewen. No había comprendido el porqué de sus órdenes hasta que llegó a la estación. La línea de metro, la U-Bahn 2, estaba al aire y ofrecía una estructura arqueada gigantesca. Un puente de cuerdas arqueadas visible desde todos los rincones del vecindario; Minna no tendría problemas para localizar a Krapp... si se dirigía hacia allí.

Alcanzó a Beewen al pie de las columnas del viaducto. Sobre sus cabezas, el metro pasaba con un ruido de terremoto. Los autos amarillos evocaban un rayo de sol compacto y denso, una masa de estrellas en fusión arrastradas por su propio impulso.

—¿Y ahora? ¿Qué hacemos?

—Allá abajo.

Simon volvió la cabeza y vio a Josef Krapp, vestido de gala, subiendo las escaleras hasta el andén. Su rostro —su máscara— apareció en toda su fijeza. Simon y Beewen conocían el aspecto original del soldado, o lo que la guerra había perdonado de este. La máscara le daba un aspecto diferente de terror. Una apariencia fija, altiva, inhumana.

Corrieron hacia la entrada de la estación: Minna no estaba aún allí. Después de haberle dado su placa, habría tenido que discutir con los controladores. Su rostro era su mejor activo, los chicos del U-Bahn se dejarían convencer.

—Ahora, nada de estupideces —ordenó entre sus labios apretados, ligeramente echado hacia atrás en una expresión de furia—. Tomas la plataforma de la izquierda, yo tomo la de la derecha. Lo quiero vivo, yo...

El rugido sobre sus cabezas anunciaba la llegada de un nuevo tren. Salieron corriendo, cada uno por su lado, subiendo las escaleras de cuatro en cuatro. Simon sintió que la Luger que llevaba en el bolsillo golpeaba contra su cadera. Escuchaba resonar la última frase de Beewen: «Lo quiero vivo». Vaya que tenía bastantes...

Debajo de la bóveda cerrada del andén, los berlineses entraban o salían de los vagones. Muchos uniformes: en este hermoso domingo, Berlín estaba llena de oficiales en su treinta y uno. Simon notó que

Krapp subía, a unos doscientos metros de distancia. Solo tuvo tiempo de subirse al primer coche que se le presentó. ¿Dónde estaba Beewen?

En aquel instante, a través de la ventanilla del vagón, una escena lo dejó sin aliento. En el andén de enfrente, a pesar de que llegaba un convoy en sentido contrario, el hombre de la Gestapo acababa de tirarse al foso y cruzaba las vías. La luz del dosel parecía sobreexponerlo, aislándolo en una blancura irreal.

El tren comenzaba a partir. Simon aún mantenía la cara presionada contra el cristal. No podía ver nada excepto el tren que venía en sentido opuesto y entraba en la estación. ¿Había sido aplastado Beewen? ¿Se las había arreglado para sujetarse del coche guía? Simon debía alcanzar a Krapp, punto. Tal vez podría simplemente seguirlo a una distancia segura, sin ser notado.

Se adentró en el vagón, a empujones. Recibía golpes en la cara, en la espalda, en los hombros y en las fosas nasales el olor a axilas de todos los que se sujetaban, con el brazo levantado. *Maldito sea el mundo de los pequeños...*

Al llegar al fondo del vagón, alcanzó la manija de hierro, abrió la esclusa de aire y se enfrentó al golpe del exterior. El ruido de las estructuras temblorosas lanzadas a toda velocidad resultaba ensordecedor. Volvió adentro y cerró la puerta con su dorso.

Nuevamente se abrió paso entre una multitud cada vez más compacta y apestosa. Estaba a punto de llegar al otro extremo del vagón cuando el metro se detuvo con un siseo de furia. Los carteles del andén le informaban: *Schönhauser Allee.*

Los asientos se vaciaron y Simon pasó por una nueva esclusa de aire. Las puertas del tren ya se estaban cerrando. Según sus cálculos, Krapp debía ir en el siguiente vagón. Ahora tenía que proceder con mucho cuidado. Avanzó, tratando de mantener el equilibrio, aferrándose a las manijas y concentrándose en el panel de cristal del fondo. Una parada más y...

La puerta se abrió, petrificando a Simon en pleno desplazamiento. Josef Krapp estaba allí, con el rostro inmóvil, pero con la boca jadeando, babeando. Por lo tanto, Beewen había logrado subir a bordo. Había sido más rápido que él y había avanzado por todos los vagones hasta acorralar al fugitivo.

Krapp tenía su Luger apuntando hacia el suelo, pero la blandió tan pronto como logró reconocer a Simon. Sin dudarlo, disparó, indiferente a los pasajeros y sus gritos. Simon se derrumbó: se había ido de espaldas por puro reflejo, no había sido alcanzado. Se arrastró detrás de los bancos de madera y logró sacar su arma. Recordó el mecanismo de la Luger y cargó una bala con un golpe seco.

Justo cuando el cañón hizo clic con la munición, una sombra lo cubrió. Levantó la vista: Krapp encima de él, listo para dar el tiro de gracia. Cerró los ojos. Sin detonación. En cambio, un aullido de bestia. Algo agudo, visceral y aterrador.

Tuvo que parpadear varias veces para convencerse de lo que veía: Beewen acababa de arrojar a Krapp boca abajo contra la ventana y estaba tratando de desarmarlo. En medio de la pelea, la máscara del asesino había sido arrancada, revelando un cráter orgánico rodeado de carne pobremente ramificada.

Lo peor fue lo que Simon entendió, o creyó entender: Krapp no gritaba por la boca sino por el agujero que tenía en la cara. El bramido escapaba de entre estos cartílagos desnudos, de esta boca de sombra situada por encima de sus labios.

Krapp disparó. La bala se perdió en el techo. Los pasajeros huían a gatas, escondiéndose bajo los asientos con chillidos de animales en pánico. Simon se preguntó si debía intervenir, pero el duelo entre el gigante y el monstruo pertenecía a una dimensión que le era inaccesible, Teseo contra el Minotauro, Perseo contra la Medusa... No había manera de deslizar ni un dedo ahí.

Otra detonación. Esta vez, Beewen pareció recuperar el impulso, o el aliento, y procedió a golpear el cristal de la ventana con la cabeza desfigurada de Krapp/Hoffmann. Parecía querer romper el cristal con esta calavera y lo había por fin conseguido.

La ventana explotó, el rostro desapareció, un estallido de luz y un largo chorro de sangre complementaron el momento, todo en un brutal desencadenamiento de ruido y de viento.

Justo cuando la cabeza de Krapp atravesaba la ventana, un tren que venía a toda velocidad en sentido contrario, en dirección a Pankow, había decapitado al asesino y puesto fin, como una guadaña, a la investigación de las Damas del Adlon.

76

Una vez en su casa, Simon Kraus se percató de que estaba cubierto de sangre.

No sabía cómo se las había arreglado para volver (en taxi, seguramente). Recordaba solo hasta el momento en que Beewen lo había arrojado fuera del tren en la siguiente estación, susurrándole: «Desaparece». El gentil hombre de la Gestapo quería cargar a solas con las consecuencias de la carnicería de la mañana. *Bien por él.*

En un estado cercano al trance, Simon había encontrado su despacho. Con un paso mecánico que recordaba a los trabajadores de *Metrópolis* de Fritz Lang, se dirigió al baño, se metió a la bañera y abrió el chorro de la ducha. Le tomó varios minutos darse cuenta de que se había olvidado de desvestirse.

Se puso de pie, todavía bajo el agua, y, con gran dificultad, se quitó el traje —un corte de lino que se había arruinado para siempre—. Desnudo, volvió a sentarse en el fondo de su bañera, percibiendo que no valía más que esos pobres locos que se quedaban días enteros en agua tibia y sucia.

Fue la falta de agua lo que lo detuvo.

Salió de su sarcófago y tomó una bata de baño. Solo quería una cosa: dormir. Sin sueños ni electrodos. Sencillamente quedar noqueado por unas cuantas horas de coma. Quién sabe, tal vez ese abismo negro borraría, o al menos atenuaría, la violencia de lo que acababa de vivir.

Fue cuando cerró los ojos que se dio cuenta de que le ardían los párpados. No, no sus párpados: su cerebro, sus pensamientos. Era como si le subieran por los ojos, calientes por la fiebre y el miedo. Él aguantó. A menudo había practicado la autohipnosis. Otro truco del Maestro Sigmund.

Terminó por quedarse dormido, incluso rápidamente, pero sonó el timbre. Abrió los ojos, experimentando ese extraño sopor que acompaña un despertar repentino. Por un breve momento, lo había olvidado todo, la investigación, las Damas del Adlon, a Krapp siendo decapitado, pero cuando se levantó, los aterradores recuerdos ya estaban de vuelta.

Se ajustó la cintilla de la bata y se dirigió a la puerta. No esperaba a nadie. Unos pocos pasos más fueron suficientes para generar bastantes preocupaciones. Todo lo que obtuvo fue un uniforme negro. Una hermosa tela prusiana, sombría como una acuarela oscura, profunda como el terciopelo. Simon Kraus suspiró... Beewen ya se las había gastado y no estaba de humor para responder preguntas.

El hombre, que iba acompañado de dos uniformados del mismo estilo, tendió su placa. Simon ni siquiera se molestó en mirarla.

—*Hauptsturmführer* Grünwald —anunció el visitante—, Geheime Staatspolizei. Está usted bajo arresto.

—¿Perdone?

—No hagas un escándalo. Vístete.

Solo entonces Simon tuvo a bien mirar el rostro del hombre. Un rostro tan largo como una piedra de afilar, con bigotes agudos que se elevaban como comas hasta los pómulos. No tenía el físico de su empleo. Más bien tenía el de una bailarina de la alta sociedad de la *Belle Époque*.

—¿Puede al menos decirme de qué se me acusa?

—Cámbiate. No tenemos tiempo.

—Tengo derecho a...

—Te encuentras acusado de los asesinatos de Susanne Bohnstengel, Margarete Pohl, Leni Lorenz. ¿Qué tal te parece eso?

—¿Qué? Pero…

Grünwald lo abofeteó con todas sus fuerzas, lo que lo impulsó contra sus cuadros de Paul Klee. Con los labios sangrando, Simon fue a su habitación y acató la orden. Incapaz de organizar sus pensamientos. Se decía que el nombre de Beewen tendría todas las virtudes. Él les explicaría su error, él...

En la entrada, encontró a los tres tipejos, incluido el líder quien, con manos a la espalda, parecía disfrutar de los bocetos de Klee. No tenía la expresión de un conocedor, sino la de un depredador que se regocijaba con su futuro botín.

—El *Hauptsturmführer* Franz Beewen se los explicará todo —murmuró Simon.

El hombre de la Gestapo se echó a reír.

—¿Qué le resulta tan gracioso?

—Tú. Él. ¡Realmente me ha alegrado el día, *Herr* Simon Kraus!

77

—Hemos contado unos veinte heridos... entre los discapacitados de guerra, hay que decirlo. Varios negocios y tiendas sufrieron daños. Y me refiero a tiendas alemanas, no judías. También hay equipamiento público, propiedad del Reich, que ha sufrido deterioro. Por no hablar de la destrucción de equipos de la U-Bahn.

El *Obergruppenführer* Perninken contenía el aliento. Con su tez sonrosada, sus cejas en líneas de carbón y su cabeza descubierta, tenía el aspecto de un dibujo infantil. De pie frente al escritorio, Beewen parecía un culpable en el banquillo de los acusados.

—Y detrás de esta larga serie de problemas, ¿con quién nos encontramos? Con ustedes.

—*Obergruppenführer*...

—Cállese. Somos un poder por encima de la ley, por encima del pueblo, por encima de la economía. Somos el orden y la autoridad. Si estamos seguros de nuestra causa, es decir, de la protección de la patria, podemos permitírnoslo todo. Pero, ¿cuál es exactamente la causa aquí?

Beewen tragó saliva y aventuró una respuesta:

—El asesino de las Damas del Adlon ha sido neutralizado.

—Solo he escuchado hablar de una víctima discapacitada, un miserable desfigurado de la Gran Guerra, a quien usted decapitó arrojándolo a las vías del U-Bahn.

—*Obergruppenführer*...

—Tengo a los muchachos de la NSKOV en mis espaldas, afirmando que ha usted maltratado a los veteranos, a los lisiados, a los enfermos. Tengo a los jefes de las SA a cargo del servicio de orden del desfile: golpeó a sus miembros. Tengo a la policía de tráfico que se ha presentado, porque su persecución ha creado problemas de tráfico... y a la policía ferroviaria que considera que usted ha infringido la ley de múltiples formas en su área. ¿Continúo? Incluso particulares se han atrevido a dar un paso al frente y a demandar una indemnización. ¡A la Gestapo!

Perninken suspiró y deslizó los pulgares en su cinturón.

—Puede usted presumir de haber conseguido que todos estén de acuerdo. Quieren su cabeza.

Hasta ahora, ninguna mención de Simon y Minna. Por lo menos eso.

—*Obergruppenführer* —atacó—, todo sugiere que Josef Krapp era de hecho nuestro hombre. En realidad, su nombre era Albert Hoffmann y…

—¿Dónde está su evidencia? Cuando los asesinatos ocurren y se arma un lío como el de hoy, hay que tener algo concreto, algo sólido...

—Tengo más que suficiente, *Obergruppenführer.*

El bluf, la única salida posible.

—Eso espero, por su bien. ¿Cómo va Hölm?

—La herida es superficial. Los médicos dicen que se recuperará pronto.

Breve silencio, de naturaleza amenazante. Beewen sintió que iba a recibir otro golpe en la cara.

—¿Quién es la mujer?

—¿Qué mujer?

—No se haga el tonto, Beewen. ¿Quién conducía el Mercedes?

—Una consejera.

—¿Una consejera? —repitió Perninken, poniéndose de pie. La ira volvió a calentarle la sangre. Su rostro sonrosado tomó el color de una remolacha muy jugosa—. ¿En dónde cree que está? ¿En una comisión de expertos?

—Es médico. Ella me dio su opinión como parte de la investigación.

—¿Y me informa sobre esto ahora?

—Sus aportaciones solo han dado frutos en los últimos días.

—¿Qué tipo de médico es?

—Psiquiatra.

Perninken hizo una mueca.

—Me han hablado de un hombre de baja estatura.

—Otro consejero, psiquiatra también.

—¿Qué es este circo?

Beewen notó que Perninken sostenía delante de sí el expediente de las Damas del Adlon. En una situación como esta, solo hay una solución, el ataque.

—*Obergruppenführer* —murmuró, aproximándose hacia el escritorio—, no se detiene a este tipo de asesinos con la ayuda de las SA y algunas pistolas oxidadas.

Perninken levantó la vista.

—Espero su informe mañana por la mañana.

78

Beewen llamó a su chofer y partió a toda prisa hacia el Hospital de la Caridad, donde habían trasladado a Hölm. Unas pocas palabras en un corredor muy blanco fueron suficientes para tranquilizarlo. Dynamo había sido operado y aún estaba inconsciente. Pero el médico parecía optimista —este viejo barril saldría de esta.

Beewen le dio vueltas a algunas ideas en su cabeza como un *crupier* que tira de su ruleta y que tiene que enfrentarse a los hechos: ni rojo ni negro, ni par ni impar, su tarde terminaba en forma de la nada. El único compromiso era volver a la oficina, encerrarse y completar kilómetros de papeleo en un intento de explicar cómo el caos de esta mañana había sido un éxito.

Muy poco para él.

De ninguna manera quería ponerse a echar raíces frente a su máquina como un burócrata de rostro muerto, como lo eran todos. Le confiaría esta tarea a Alfred, pero solo cuando tuviera sus ideas suficientemente claras como para explicárselo todo.

Regresó a su Mercedes, le dio una patada en el culo a su conductor —ahora ya estaba seguro de que su esclavo era un topo de Perninken— y se dirigió a la villa de los von Hassel. Después de todo, Minna le parecía la mejor compañera para tomar un trago y afrontar, directamente a los ojos, las innumerables preguntas que aún surgían.

Llamó, golpeó, caminó alrededor de la mansión. Minna se había ido, probablemente a Brangbo. Partió hacia allá, de buen humor. El crepúsculo bañaba su ruta como un lago de sangre caliente. Había dejado el Mercedes con la capota abajo. El viento, el calor… Esta expedición solitaria (en una carretera construida por la familia von

Hassel) le recordaba un extenso corte de tijera sobre un lienzo escarlata, cuando la trama de la tela da paso al metal. Él era la hoja de plata. El relámpago en el magma púrpura.

Una tarde de verano en la idea de Beewen, con sangre todavía en las manos, donde uno se detenía en un campo para cambiarse, quitarse el maldito uniforme y colocarse un rostro humano. Metió su equipo militar y su arma en el maletero, experimentando con ello un extraño alivio.

Inhaló profundamente el olor a tierra y abono que lo rodeaba y sintió —era extraño— un verdadero júbilo. No el de la memoria, ciertamente no, sino el de la liberación, del mero aire fresco. Era bueno sentirse pequeño, un eslabón en una cadena donde no es más que un engranaje en un sistema siniestro que se comprendía demasiado bien.

Se fue en un torbellino de polvo. Había comprado una botella de coñac, una vergonzosa concesión al vicio de Minna, pero que carecía del menor motivo oculto. Por principio, porque en aquel pequeño juego la joven le ganaría fácilmente, y él sería el primero en rodar bajo la mesa. Además, si alguna vez ocurriera algo entre él y ella, no sería en este horrible manicomio o cerca de la celda de su padre.

Llegado a las afueras de Brangbo, otro olor familiar se apoderó de él, el de lo quemado. Hacia el final del verano, los campesinos solían arrancar las hierbas secas y quemarlas antes de esparcir las cenizas por la tierra para enriquecerla.

A Beewen le agradaba aquel aroma, pues no era el de la destrucción, sino por el contrario el de una promesa de fertilidad. Cada vez que lo percibía, se estremecía. Veía en él una especie de condensación de las varias sensaciones que la naturaleza podía ofrecerle, unidas y exacerbadas en el fuego. Atravesaba la sangre, saturaba la garganta y provocaba gritar de alegría. Un verdadero fuego de júbilo.

Muy pronto, distinguió en ese olor, vuelto aún más denso por la velocidad (le abofeteaba, le subía a la cabeza como un soplo de éter), indicios que nada tenían que ver con lo que pensaba. Alquitrán derretido, piedra carbonizada, queroseno e incluso el hedor de carne quemada...

Aceleró al darse cuenta de que el crepúsculo se espesaba; su color rojo tornándose un pigmento oscuro y compacto. Cuando llegó al pequeño camino que conducía al instituto, no tuvo dudas: era el manicomio lo que ardía.

79

Los edificios habían sido consumidos casi por completo. Los techos se habían hundido, los alféizares de las ventanas reventados, los muros parecían haberse hundido como ríos de asfalto. Los últimos crujidos dentro del recinto evocaban luchas internas, algo violento y muy privado que se desarrollaba más allá de la vista.

A cien metros de distancia, apenas se podía respirar. Espesas nubes de pliegues oscuros se elevaban lentamente y daban la impresión de que la zona del manicomio se había convertido en una gigantesca olla nauseabunda, de la cual escapaban los vapores de una sustancia tóxica. La negra nebulosa estaba tomando por asalto el cielo rojo y... era hermoso.

Beewen conocía el fuego. Cuarteles de sospechosos, edificios de judíos, sinagogas, había quemado montones de ellos. Empezando por el propio Reichstag, que había iluminado por sí mismo. Sintió que este incendio no se trataba de un accidente. Aquí se habían producido múltiples focos de incendio, simultáneos y premeditados, que no habían dado oportunidad alguna ni a los edificios ni a sus ocupantes.

Sin hablar de su padre (ya no tenía esperanzas de encontrarlo con vida), imaginó a esos pobres diablos, a los que había llegado a reconocer e incluso a estimar, retorciéndose entre las llamas, cocinándose en sus camisolas, gritando tras las rejas. El colmo de la abyección. Atacar a los más débiles porque, precisamente, eran los elementos deficientes de la sociedad.

Con el antebrazo cubriendo su boca, avanzó hacia el patio. Lo que descubrió fue de gran sorpresa. Las hermanas, ennegrecidas de la cabeza a los pies, corrían cargando baldes, los enfermeros tambaleándose vomitaban, asfixiados por el miasma. Ni la sombra de un enfermo en la huerta carbonizada. La escena hablaba por sí sola. Todo lo que quedaba era el armazón de los edificios a punto de derrumbarse y burbujeando entre el humo. Y ese olor a cerdo cocido que saturaba el aire de la tarde...

Vio a Albert, postrado en los escalones de un invernadero cuyas ventanas habían estallado.

—¿Qué ha pasado?

El enfermero se volvió hacia él sin parecer reconocerlo. Sus ojos llenos de hollín lo hacían parecer un actor de cine mudo.

—¡Maldita sea, dime qué pasó!

La última fachada del edificio se derrumbó, mezclándose con el cristal derretido que rodeaba el refugio.

—Llegaron a primera hora de la tarde… Eran como unos treinta… Camionetas, carros, sidecares, perros… Muchos perros… Encerraron a todos los enfermos… Tenían lanzallamas…

—Los soldados, ¿cómo eran?

—Como usted.

Beewen quiso llamarle la atención, pero un paquete de humo se le trepó por la garganta, haciéndolo toser.

—¿Estaban vestidos de civil?

El otro asintió con la cabeza, sofocado.

—Hombres uniformados… sin uniforme.

Beewen se miró las ropas, un lamentable disfraz para ocultar lo que realmente era. Uno como aquellos que habían llegado por la tarde, capaces de arrasar con lanzallamas a tipos con camisas de fuerza o arrinconados en bañeras rotas.

—¿Y después?

—Eso fue todo. Evitaron que los enfermos salieran mientras todo ardía. Fue... como una ejecución.

Beewen imaginó a los muchachos armados con sus Flammenwerfer 35, un nuevo modelo que seguramente causaría estragos en la guerra que se avecinaba. Los veía, eso sí, con sus dos tanques a la espalda (uno de combustible, el otro de gas propulsor), apuntando con su estridente lanza que escupía a más de veinte metros una muerte llevada a más de mil grados.

—¿Mi padre?

Albert señaló el establecimiento central, cuyas ventanas todavía babeaban saliva negra. Los últimos fragmentos habían entrado en una lenta combustión. A veces, de una puerta, de una ventana, volaban fragmentos carbonizados que volvían al suelo en largas estelas de chispas.

—Cuéntame más detalles —insistió, como quien insiste en su propia herida.

El enfermero murmuró unas palabras sobre una motocicleta.

Entonces las cosas se aclararon: el líder era un hombre pelirrojo, de unos cincuenta años, pasajero de un sidecar, que se había quedado observando la escena mientras su piloto daba vueltas en el patio.

Mengerhäusen.

Dejándose llevar por un cinismo lúgubre, Beewen no pudo evitar reírse al pensar en la pobre Minna temiendo una operación encubierta. Pero el nazismo no necesitaba una agenda oculta o acciones encubiertas para eliminar los parásitos de su territorio. Todo lo que tenía que hacer era enviar una banda de matones para destruirlo todo. Más tarde, sería sencillo pensar en un accidente, un sabotaje, una falta profesional.

Era Perninken quien lo había dicho: «Somos un poder por encima de la ley, por encima del pueblo, por encima de la economía. Somos el orden y la autoridad. Si estamos seguros de nuestra causa, es decir, la protección de la patria, podemos permitírnoslo todo». El nazismo era juez y parte, el medio y el fin.

No se podía sobrevivir a este sistema salvo con una condición, respetar las reglas del soberano y nunca provocarlo. Tal había sido su error: Beewen había golpeado a Mengerhäusen, lo había amenazado, había cometido un crimen de lesa majestad: él, y solo él, era responsable de este desastre.

Miró a su alrededor en busca de Minna. Solo consiguió ver a las monjas que seguían luchando, enfermeros demacrados con batas sucias y algunos enfermos muriendo entre la hierba.

Finalmente, la vio, acurrucada en su carretilla como una estudiante castigada en un armario. Tono sobre tono, parecía un montón de trapos que se llevaban a la lavandería. Incluso su rostro, entintado en carbón, ya no se distinguía de sus grises ropas.

Él se acercó. Ella no estaba llorando. Su rostro estaba tan seco como las paredes desmoronadas detrás de ellos. Sus ojos oscuros, húmedos a pesar de la acritud del aire, sobresalían de aquel teñido rostro. Ojos de negro, desconcertados, estupefactos, sin la menor conexión con el mundo que le rodeaba.

Irónicamente, estaba fumando un cigarrillo, de espaldas al auto de fe.

—Minna…

Sin respuesta.

—Minna, lo siento mucho.

Ella levantó la mirada, como si recordara, no la de él, sino su propia existencia.

—Mengerhäusen… —susurró—. Me dijo cuando partía: «Puedes agradecerle a tu amigo Beewen».

80

Se quitó sus zapatos y los de Minna, una especie de bailarinas de tacón corto, como suele decirse de un arma: de cañón corto. No encontró la luz, pero la luna al exterior los iluminaba lo suficiente: los espacios, los muebles cubiertos por mantas, los ventanales que enmarcaban los cuidados jardines y las esculturas incomprensibles, todo dibujado con precisión, con tiza azul.

Subieron las escaleras. Beewen con paso firme, apoyando a Minna mientras ella se deslizaba, arrastrando cada paso con sus pies descalzos. Entre sus brazos, ella resultaba tan suave como una muñeca de salvado y tan solo un poco más pesada.

La metió al primer baño que encontró y, sin pudor alguno, ni la menor idea de pudor, la desnudó. No prestó atención a aquel cuerpo frágil, casi esquelético. Notó los lujosos detalles de la decoración —azulejos en blanco y negro, griferías estilizadas, probablemente de cobre, pero que, para él, con sus ojos de pobre, parecían de oro, toallas tan gruesas que en otras casas serían tomadas por mantas... En la bañera, la duchaba como se lava un traje de buceo impregnado de agua de mar. Su piel gris y sucia recuperó su blancura natural, pero no su esplendor. Minna le recordaba a una escultura de vidrio esmerilado. Una transparencia opaca que parecía albergar una vida secreta, sofocada. Y sin embargo resultaba dura, obstinada.

La secó, concentrándose en las manchas de hollín que aún resistían. El cuerpo de Minna no era decepcionante ni emocionante —simplemente *era*, deteniéndose en seco, como un golpe de cuchillo, todo deseo, todo fantasma.

En realidad, Beewen estaba pensando en su padre.

La muerte del viejo.

Comprendía que estaba totalmente equivocado acerca de sus sentimientos. Esta muerte, que tanto pensaba que temía, en realidad la había estado esperando. Visitando a su padre, gastando todo su salario en hacer sobrevivir a este anciano, había vivido su devoción como un pequeño buen germano, con la «docilidad de un cadáver». Sin cuestionar nunca sus propias emociones. Con la cabeza baja, el corazón calcificado, el cerebro reducido a la mínima expresión: para el alemán, el sentido del deber eclipsaba todo lo demás.

Justo ahora no estaba molesto. Ni siquiera triste. Aliviado, eso sí. Este padre, quien había convertido su infancia en una pesadilla y su adolescencia en una revuelta, este padre que se había convertido en una carga, escandiendo su existencia y aplastándola un poco más con cada visita... No, no sentía pena ni carencia. Como solía decir Hitler, era hora de conquistar su propio espacio vital.

Encontró la habitación de Minna, ubicándola no por los objetos íntimos, sino por los archivos acumulados. Despejó la cama de aquel revoltijo de polvo y depositó a la joven en bata con las precauciones de un príncipe de cuento de hadas.

La miró, pero vio a su padre en su lugar. Ese rostro escayolado, estriado, maléfico que lo había perseguido en su juventud. Jamás podría ir a rendir sus respetos ante los restos de Peter Beewen, cruz de hierro y cráneo de piedra, convertidos en humo. No más mal. Incluso podría haberse inventado pensamientos emocionales, reflexiones solemnes y todo eso habría sido en vano.

Minna durmió como si estuviese drogada, sin la sombra de un movimiento o expresión. Como muerta. En el fondo, estaba durmiendo por la conmoción, por la tragedia abominable y, sin duda, también por el vacío que se avecinaba. Él tenía la esperanza (para ella) de que no se embarcara en una cruzada contra Mengerhäusen o, peor aún, contra el estado nazi. Cualesquiera que fueran las acusaciones o los testimonios que pudiera presentar, sería aplastada por la maquinaria administrativa con tanta seguridad como por un Panzer IV. Más bien, se trataba de rogar que no fuera acusada de negligencia o mala praxis por este «desafortunado accidente».

Minna ya no tenía presente, y él ya no tenía futuro. Su padre muerto, su ira amainando su gran deseo —la guerra, la venganza—

volviéndose estéril. ¿A quién exactamente iba a vengar? ¿Un soldado del *Deutsches Heer* que había inhalado gases alemanes? ¿Un veterano enloquecido y luego quemado por los nuevos representantes de la armada alemana?

Todo esto era un absurdo. Aunque estaba sentado, se sintió tambalear. Sus pensamientos se desbordaban: podía ver ante él abrirse un vacío mucho más vasto que las escasas perspectivas de Minna. Ahora se daba cuenta de cuánto la guerra por venir ya no era su guerra. La conquista del espacio vital, la destrucción de las razas inferiores, el advenimiento de una raza de superhombres nórdicos… En todo eso, él no tenía nada a combatir.

Arropó a la joven y se dirigió a la puerta. Tuvo que sujetarse de un mueble y ahogó una carcajada. Pensó en los dibujos animados estadounidenses que todavía se podían ver en el cine —y que lo hacían tan feliz. Siempre estaba este personaje que se detenía más allá del precipicio, corriendo con los pies en el vacío. Siempre pasaban unos segundos antes de que se diera cuenta de lo que le estaba pasando.

Después era la caída.

Y el gran estallido de risa en la sala.

Justo allí se encontraba su existencia.

No más padre, no más asesino, no más guerra: podía aún patalear por unos segundos más, pero la caída era inminente...

81

Un primer objeto casi lo golpea en la cara. Un portapapel secante que acabó estrellándose contra la puerta. Un segundo, un grueso Código Civil, voló y destrozó la ventana de una biblioteca. El tercero, una carpeta que Perninken había tomado con ambas manos, se estrelló contra la pared.

Todo había sucedido muy rápido.

Tan pronto como llegó a la Gestapo, le dijeron que Perninken quería verlo, de inmediato. Beewen no había tenido tiempo de preocuparse ni de preguntarse el motivo. Tocó, entró y esquivó el primer proyectil.

Ahora, el *Obergruppenführer* proseguía con un abrecartas, portabolígrafos, un teléfono... Se decía a sí mismo que, cuando no tuviera nada más que lanzarle que el retrato del Führer, se calmaría solo.

Las rabietas de Perninken eran legendarias. Bien podría tener una cabeza de caricatura satírica, pero cuando se dejaba llevar, no había nada en absoluto de qué reírse. Su piel se tornaba violácea, grandes venas le sobresalían de la frente, sus ojos inyectados en sangre y su voz se convertía en una especie de sonido rasposo que se podía comparar solo con los discursos de Hitler. En esos momentos, la voz parecía salirle por los ojos y el corazón por la boca. Sus cejas, reunidas sobre su nariz, se retorcían como una oruga negra en una parrilla. Se le había henchido tanto la garganta que se podría haber pensado que de repente le había crecido un bocio o un flemón, que acumulaba fardos de rabia o litros de hiel.

Beewen, que ya había visto demasiado durante el día, exclamó:

—*Obergruppenführer*... ¿me puede explicar?

—¿Explicarle?

Con movimientos apenas sincronizados, Perninken comenzó a hurgar en los archivos que quedaban en su escritorio, provocando nuevamente vuelos de papel, caídas de lápices.

Finalmente, encontró un sobre café y derramó su contenido. Esta vez, Beewen pensó que se desplomaba para siempre.

Las instantáneas mostraban el cuerpo de Greta Fielitz al pie de un árbol, retorcido en una última convulsión de agonía. Una especie de collarín negro —como aquellos que se solían usar en el siglo XVI— le recorría la garganta. Su vestido estaba abierto, desgarrado desde el ombligo, y dejaba ver una cavidad repugnante: entrañas, músculos, fibras...

Sin zapatos.

—Qué es...

—¿Qué es qué? —gritó Perninken—. ¡Lo ha hecho de nuevo, ese mierda! Mientras corría usted persiguiendo a lisiados, mientras irrumpía en un desfile de veteranos y sembraba el pánico en el metro de Berlín, ¡el asesino, el verdadero, estaba ejecutando a una cuarta víctima! ¿Cómo se le ha escapado esto? ¡Le ordené proteger a Greta Fielitz!

—Lo hacía, *Obergruppenführer*...

—Cállese, maldita sea.

Se derrumbó en su silla, repentinamente abatido, y Beewen habría deseado imitarlo. Pero antes de tenderse y percatarse de la medida de su fracaso, quería estar completamente seguro de la situación.

—¿Se sabe a qué hora la mataron?

—Esta tarde.

—¿Al principio o al final?

Perninken se pasó la mano por la cara.

—¿Qué diablos podría importar eso, de todos modos? Usted ha matado, sí, digo que usted ha matado, a un pobre diablo alrededor del mediodía, a un hombre inocente que probablemente nunca estuvo cerca de estas mujeres. Y mientras tanto, el verdadero asesino continuaba con su trabajo.

Sobre todo, no quebrarse. No gritar. No golpear el escritorio o, ya que estábamos en eso, al mismo Perninken. Se había equivocado en todo y el peso de su error le estaba hundiendo literalmente la cabeza entre los hombros, como una camisa de fuerza invisible.

—¿Dónde están Hiller y Markovics?

—En la celda. Los puse en la sombra para hacerlos reflexionar.

—¿En calidad de qué, *Obergruppenführer*?

—En calidad de sospechosos, ¿qué tal le parece eso? Estos dos idiotas son las últimas personas que vieron a Greta con vida. Hemos ejecutado a gente por menos que eso. ¡E incluso aquí mismo!

Conocía a los dos tipos, no eran del tipo distraído... Tenía que hablar con ellos.

—En verdad lo siento —dijo finalmente, no muy inspirado.

—Yo también lo siento —respondió Perninken—. Por usted. Está degradado.

Esta medida, digna de una corte marcial, era desproporcionada. Pero sabía que, a su manera, Perninken le estaba haciendo un favor con ello: bien podría haber terminado en la KZ. O en un terreno baldío, al lado de Max Wiener.

—Recoja sus cosas lo antes posible. Le informaremos de lo que suceda mañana. Por ahora, se integrará al servicio de los *Kochmieder*. De efecto inmediato. ¡Quehaceres de muertos, Beewen!

En la ya mediocre escala de la Gestapo, el grupo de los *Kochmieder*, los *Totengräber*, «los sepultureros», estaban en lo más bajo.

Cuando ya partía, Perninken volvió a llamarlo:

—¿Dónde estuvo esta noche? ¡Lo hemos estado buscando por todas partes!

—Estuve en el manicomio de Brangbo.

—¿A razón de qué?

—Mi padre ha muerto, *Obergruppenführer*.

Perninken hizo un gesto de cansancio, como diciendo: «Por el camino en el que estás...».

82

Cuando entró en la villa, el silencio le pareció de una naturaleza singular.

—¿Minna?

Ninguna respuesta. Sin duda, todavía estaba durmiendo. Pero una voz le susurró al oído: «No, es otra cosa...». Subió las escaleras y se dirigió a su recámara.

—¿Minna?

Yacía arqueada sobre su cama como una estatua en suplicio. Inmediatamente reconoció aquella posición, rostro pálido, boca abierta, abierta a la muerte que había tomado posesión del lugar.

Suicidio.

En su profesión, se encontraban ya acostumbrados a este tipo de situaciones. Algunos judíos, sabiendo lo que les estaba aguardando, habían preferido acabar con todo lo antes posible. Ya no se podía llevar la cuenta de los ahorcados, las víctimas del gas, los envenenados...

Pero, a primera vista, Franz vio que no todo había terminado para Minna. Corrió, le tomó el pulso, trató de hallar lo que había ingerido. Encontró varias cajas de pastillas en la mesa de noche —esos nombres no significaban nada para él.

Una de dos, o ella realmente había decidido dar una última reverencia y, con su conocimiento en tanto doctora y su pasado de drogadicta, no había riesgo de que se equivocara. O todo se trataba de un bluf, o lo que se conoce como una llamada de ayuda, versión extrema.

Beewen tomó la decisión: aún podía ser salvada.

Era necesario actuar; es decir, sobre todo, no hacer nada. No darle nada de beber. No hacerla vomitar. No actuar de manera alguna sobre la digestión del veneno.

La única cosa urgente era transportarla al hospital.

Le parecía mucho más pesada que cuando habían regresado de Brangbo —sin duda, el peso de la muerte se asentaba—. Bajó las escaleras, evitando golpear su cabeza contra las paredes o contra estos extraños muebles que no comprendía. Unos cuantos pasos más y estaba en su Mercedes, aún sin capota, y se alejaba, sin volver a mirar a la villa que, con unas cuantas ventanas aún encendidas, parecía observarlo.

Conducía a buena velocidad, pero sin forzarlo demasiado. En el fondo, sentía que Minna aguantaría. Se sonrió. El hombre de la Gestapo, el bastardo, estaba ayudando a la pequeña drogadicta, la psiquiatra perdida que había visto arder todos sus sueños bajo el fuego de los lanzallamas.

No sabía nada de hospitales. La Gestapo no era el tipo de boutique donde uno se apresuraba a atender a sus clientes. En el número 8 de Prinz-Albrecht-Straße, los médicos adjuntos al departamento de interrogatorios tenían una sola función: hacer que el sospechoso durara lo suficiente como para que pudiera hablar.

Este último pensamiento le dio una idea: allí había siempre un médico de guardia, para los interrogatorios nocturnos. Un tipo que solía salvar a los suicidas que intentaban evadir la tortura. Tomó la dirección del distrito de Wilhelm.

Le parecía que Berlín le abría sus plazas, sus calles, sus avenidas. Esta fluidez en el suave aire nocturno le parecía poseer la misma lógica que todo lo demás: todos estaban de acuerdo en que él salvara a Minna. Y, en cierto modo, que se salvara a sí mismo.

Empezó a tararear al viento una vieja canción de una película de principios de los treinta, *Das Lied einer Nacht*:

Heute Nacht oder nie sollst du mir sagen nur das Eine: Ob du mich liebst…

«Esta noche o nunca debes decirme una sola cosa: que me amas...»

Su estado de ánimo era extraño, de una ligereza incomprensible. En cuestión de horas, había perdido a su padre, su trabajo y toda esperanza de ir a la guerra. Y acababa de enterarse de que su investigación había sido el mayor fiasco de su vida: había consagrado todas sus fuerzas para dar caza a un inocente, o al menos a alguien que no era su culpable. Mientras tanto, el verdadero Hombre de Mármol continuaba su carnicería.

Sin presente, ningún futuro: ¿quién da más?

Miró a Minna, quieta a su lado, su pelo corto oscilando nerviosamente en el tibio viento de la noche.

Otra sonrisa: iba a salvarla, estaba seguro.

Y eso, eso era lo más importante.

83

Cuando despertó, pensó que había sido arrestada. Cuatro paredes de cemento, una tosca litera, una manta sucia. Una bombilla desnuda en el techo arrojaba una luz blanca y hostil. ¿Estaba en la Gestapo? ¿Prisionera? ¿Pensionista?

Un suero colgando de su brazo. El olor a vómito también se lo indicó. Se habían ocupado de ella. La habían purgado. La habían limpiado. Pero este hospital realmente tenía un aspecto extraño.

Y todo volvió a ella.

El fuego. Los medicamentos. El coma. Beewen debió pensar que ella se había intentado suicidar. Solo había tratado de dormir bien... Olvidar todo... y nunca despertar.

Bien, mejor no jugar con las palabras.

Había visto arder su instituto. Había oído cómo la carne se resquebrajaba bajo las mordidas del fuego, cómo los huesos estallaban ante el incremento de la temperatura. Los hombres de Mengerhäusen la habían retenido. Ella había padecido una especie de crisis nerviosa y luego se había derrumbado en su carretilla. Sin moverse, sin pensar. En catalepsia. Y el manicomio que seguía ardiendo...

Pero ¿por qué habían hecho aquello?

«Puedes darle las gracias a tu amigo Franz Beewen».

A pesar de su noche en forma de coma, no había podido olvidar esa frase. Entonces era su culpa...

Justamente, era él quien estaba durmiendo al lado de su cama, sentado en el suelo, apoyándose con un codo en su litera, con la cabeza acurrucada en su interior. Su sueño le recordaba al de un animal. A la vez profundo y ligero, reparador y alerta.

La verdad es que no podía culparlo. Era ella quien lo había contactado para pedir su ayuda, ella quien lo había empujado a enfrentarse con Mengerhäusen. Además, todo eso se remontaba mucho más atrás y, para ser honestos, los superaba por completo. Estaban siendo arrastrados por una corriente de horrores, vilezas, y cualquier cosa que hicieran parecería el vano esfuerzo de un hombre que se ahoga.

—¿Estás despierta? —preguntó Beewen, levantando la cabeza.

—Desde hace un momento, sí. ¿En dónde estoy?

Su ojo bueno estaba apenas un poco más abierto que el otro.

—En la Gestapo.

—¿Por qué?

—Aquí por lo menos tenía un médico a la mano. ¿Cómo te sientes?

—Mejor que tú, según parece.

Recuerdos, en jirones. Los gestos benévolos de Beewen, el Mercedes, el aire en la cara...

—¿Cómo supiste que no debías hacerme vomitar?

—En las SS nos dan nociones de primeros auxilios.

—¿Para sus víctimas?

Él sonrió. Ella sonrió. Había, en este trozo de instante, algo dulce, furtivo, semejante a una breve felicidad retenida por un espejo.

—¿Qué has creído? —le preguntó ella de repente, eligiendo romper el hechizo—. ¿Que intentaba suicidarme?

—No he creído nada.

—No he intentado suicidarme.

—Está bien, de acuerdo.

Él había retomado su tono irónico que tenía el don de molestarla.

—Tú no sabes nada al respecto —dijo ella con desdén.

Él se acercó y se atrevió a tomar sus manos.

—Escucha. Vamos a decir que no te suicidaste, pero que sí querías hacerlo. Nunca se está a salvo de una buena sorpresa.

—De todas formas, gracias.

Los destellos de las llamas la asaltaron: los gritos, los crujidos, cuando el techo se hundió en una lluvia de brasas. Mengerhäusen la había forzado a mirar. La había acorralado manteniéndola de frente a su responsabilidad, a su imprudencia, a su arrogancia. Nadie se oponía al Tercer Reich. Nadie frustraba los propósitos de Dios.

«Puedes darle las gracias a tu amigo Beewen».

El hombre de la Gestapo se había puesto de pie y se sacudía para hacer caer la suciedad de entre los pliegues de su chamarra y de sus pantalones.

—Iré a traerte un poco de café.

—Preferiría coñac.

—No está en el menú.

—Solo bromeaba.

—Seguro. Una broma de borrachos.

Él dijo esto en un tono áspero, cargado de reproche. Si ella lo dejaba acercarse demasiado, él sacaría todo su arsenal de comentarios, de prohibiciones, de odiosa benevolencia. Muy poco para ella.

—¿Puedes caminar? —preguntó él.

—Creo que sí.

Beewen recogió un trapo color café del suelo y se lo extendió. Le tomó unos segundos reconocer su famosa chaqueta Davy Crockett, chamuscada en los bordes, con un agujero en el medio.

—Vamos a la morgue —dijo—, eso te hará pensar en otra cosa.

84

Lunes por la mañana en Berlín.

Se desplazaban con el cabello al viento y el día prometía ser hermoso. El sol ya se deslizaba sobre los tejados, barnizando la ciudad a la manera encáustica. Todavía aturdida, Minna se dejaba flotar en el contraste de los tonos del alba. En las calles, cada objeto, cada detalle parecía despertar y combatir por su existencia en el día que nacía.

Minna cerró los ojos y se pensó a sí misma en la India. Nunca había estado allí, pero había visto fotografías; fotografías a color. Había llegado a la conclusión a partir de estas de que todos los hombres y mujeres eran negros, que vestían atuendos coloridos y que siempre llevaban flores entre sus manos. Deslumbramiento de los sentidos. Un baño de pétalos con putrefacto olor. Volvió a abrir sus párpados: esta mañana, ella veía a Berlín de esa manera.

Entre los dueños de los cafés con delantales blancos barriendo la acera, los letreros centelleando bajo el sol, las mujeres trotando hacia su trabajo, ella estaba sorprendida por los mismos contrastes. Rostros envueltos en sombras, estallidos de color por todas partes, iluminados por el amanecer, como para mostrar que el nazismo no había aún teñido todo de gris.

Beewen, con la vista fija en el camino, repasó su resumen de los últimos hechos, lo cual era aparentemente su especialidad. Otra mujer había sido asesinada. Josef Krapp/Albert Hoffmann nunca había sido el Hombre de Mármol. Había muerto por nada, al menos no por ser culpable de esta serie de asesinatos. Eran los peores investigadores que la Tierra hubiera jamás visto, con Minna a la cabeza, quien había sido el origen de esa fábula en torno a Hoffmann.

Beewen había sido retirado de la investigación y estaba condenado al bajo mundo de la jerarquía de las SS. Ella y Simon iban a regresar a sus trabajos como psiquiatras —más o menos, ya que ella se había quedado sin instituto—. Habían tenido su oportunidad y la habían desperdiciado. La Gestapo se valdría de otros sabuesos para identificar al culpable.

Cerca del Hospital de la Caridad, Beewen aparcó y expuso la situación:

—No tenemos derecho alguno de venir a ver al forense. Y yo no lo llamaría amigo mío. Pero Koenig, así se llama, no puede saber que me han dado de baja de la investigación. Necesitamos obtener la mayor cantidad de información posible hoy mismo. Esta es nuestra última oportunidad.

Minna apenas escuchaba. ¿Cuál sería su reacción ante aquel cadáver? Su especialidad eran los dementes malnutridos. Esta nueva víctima, sin duda tan hermosa como las otras, bien alimentada, delicadamente proporcionada, iba a ser mucho peor de contemplar que sus cadáveres habituales. La muerte sacrílega, aquella que viola la belleza y la juventud...

Beewen se volvió hacia ella, con un codo en el respaldo de su asiento y una mano en la palanca de la caja de cambios.

Apestaba a ceniza, apestaba a sudor, apestaba a la blanca noche.

Y, Dios mío, a ella le encantaba eso.

—Acabemos con el incendio —ordenó él—. Anteayer fui a sacudir un poco a Mengerhäusen. Lo amenacé. Lo golpeé. Grave error. Sigo razonando como si estuviéramos en un mundo normal, donde mis puños pueden asustar a cualquiera. Pero no con tipos como Mengerhäusen. Ellos han creado el miedo, ellos me han creado a mí y a los otros imbéciles de las SS.

Esta forma de presentar las cosas incomodaba a Minna.

—No hablas más que de ti mismo. Me importan un comino tus estados de ánimo de SS. Si naces en el estiércol, no te sorprendas si despiertas con la cabeza cubierta por este. Mis pacientes están muertos. Nadie puede traerlos de vuelta.

—Estaban condenados, lo sabes bien. Se ha promulgado un programa de eliminación. Desconozco cómo lo harán exactamente, pero te han dado una pequeña probada con su castillo en la Alta Suabia. Los centros de exterminio crecerán por toda Alemania.

—¿Es Mengerhäusen quien está a cargo de ello?

—Más o menos. Posee un estatus sumamente oscuro. Él está allí sin estar allí. Inspira las decisiones, pero no dirige nada. En mi opinión, está involucrado en muchas otras actividades, cuyo propósito es siempre el mismo.

—¿Cuál?

—Eliminar las anomalías, consolidar los vínculos fuertes.

—¿Como es eso?

—No quisiera avanzar por ese camino. Lo mejor es olvidarse de toda esta basura.

Beewen tenía razón; pero ¿cómo se borra a un bastardo con su pipa de hueso humano? ¿Cómo se borran los gritos de los enfermos a través de las llamas?

—¿Tienes algo de beber?

—Esa definitivamente no es la solución.

—Responde a mi pregunta.

Con un golpe abrió la guantera: una botella de whisky a manera de reserva oculta. Ella la abrió y bebió directamente de la botella.

Primer sorbo de alcohol a las ocho de la mañana. Ya antes había hecho cosas peores. El ardor le hizo cerrar los ojos y dejó caer su cabeza hacia atrás.

—¿Estás mejor ahora?

Ella no respondió. No podía pensar más allá de ese trago con caramelizado regusto. La existencia ideal. Un punto de vista animal sin conciencia ni reflexión. Vivir el instante, y si el instante era un trago de alcohol, era aún mejor.

—¿Dónde está Simon? —preguntó de repente.

—No tengo idea. Después del asunto del metro, se fue a su casa. En estado de *shock*. Espero que la Gestapo no lo moleste.

—¿Saben ellos que estuvo contigo en el U-Bahn?

—Ellos lo saben todo. Otro tipo está a cargo del archivo. Philip Grünwald. Es tan estúpido como cruel. Una verdadera amenaza pública. Después de esto, iremos a donde Kraus para ver si todo va bien.

Caminaron a través de los jardines. Minna había deslizado su brazo por debajo del de Beewen, aferrándose a él. Tomaron pasillos, cruzaron puertas. Finalmente, se encontraron con un pequeño anfiteatro cuya pared trasera estaba vidriada. La sala de anatomía, Minna la conocía de memoria.

—Los estaba esperando —dijo el hombre de la bata blanca.

Se acercaron. Koenig apartó la sábana y dejo el cuerpo al descubierto. Inmediatamente, el médico en Minna despertó. No se detuvo en la herida abierta que ofrecía abominables torceduras, ni en el rostro angelical que parecía congelado como el de una cariátide.

Se concentró en el conjunto del cuerpo. La textura de la piel, la proporción de las extremidades... Vio, primero, en las caderas, las finas grietas de las estrías. Luego los diseños, apenas más marcados, de varices emergentes en la parte interna de las piernas.

Vio los edemas que se marcaban en los muslos y las rodillas.

Se abrió camino hasta su rostro y percibió los cloasmas en las sienes —manchas de sol.

—Esta mujer estaba embarazada —declaró.

Koenig la miró con desconfianza al principio, pareció relajarse. Había reconocido en ella a una colega, una iniciada. La serpiente alrededor de la varita de Esculapio es el vínculo más fuerte entre los médicos. Son todos hermanos, o al menos compañeros.

Abrió sus manos enguantadas en un gesto de evidencia.

—Por supuesto —dijo sobriamente—. Al igual que las otras tres.

III
LAS CUNAS

85

Simon Kraus no tenía idea alguna de lo que le había ocurrido. Había seguido a los SS sin discutir, se había encontrado en una furgoneta dentro de una celda de la Gestapo. Ya no respiraba, ya no pensaba, esperando en cualquier momento recibir un golpe o, por qué no, una bala en la cabeza.

No había pasado nada.

Incluso el lugar era menos impresionante de lo que había esperado. Se imaginaba sangre en las paredes, gritos en los pasillos, explosiones en el patio. Nada. Esa noche, en las cárceles de la Geheime Staatspolizei, todo permanecía en calma.

Sin embargo, él no había conseguido dormir. Encaramado en un rincón de su mazmorra, había esperado. El miedo había hecho el resto, paralizando su cuerpo, pudriendo cada uno de sus pensamientos. Toda la noche había saltado, espiado, temblado.

Fue solo hasta el amanecer que su razón tomó las riendas. Con los primeros rayos del día —su prisión tenía una claraboya, ubicada en lo alto— había comenzado a analizar mejor la situación. Algo había salido mal. Aquel llamado Grünwald le había dicho que se encontraba acusado por los asesinatos de las Damas del Adlon. Eso sí, tenía un buen perfil: analista (y amante) de cada víctima, había sido invitado frecuente del Wilhelm Club. Un hombre como él podría haber llevado sin ningún problema a Susanne, Margarete o Leni a la Isla de los Museos o a lo profundo del Tiergarten... Pero, ¿cómo se podía seguir sospechando de él, cuando el verdadero asesino, Josef Krapp, había muerto ante sus ojos esa misma mañana?

Ahora que lo reflexionaba, Grünwald debía haber sido el rival que los superiores de Beewen le habían impuesto. Pero, ¿en qué consistía su contra-investigación? ¿Por qué lo atacaban a él? Solo quedaba rezar para que Beewen demostrara con claridad la culpabilidad de Krapp...

Aquella fue su suposición cuando fue liberado en las primeras horas del día. Sin una palabra de explicación. Simon se encontró afuera, todavía reflexionando sobre sus suposiciones. Beewen tuvo que escribir un informe a sus superiores. La muerte de Krapp/Hoffmann había cortado de golpe cualquier sospecha. Simon había sido absuelto. Estaba casi decepcionado. Había pasado una noche en un terrorífico lugar y no tenía absolutamente nada que contar al respecto...

Y aquí estaba él paseando, en el Berlín del amanecer.

Llegó a su consultorio por instinto, a la manera de un viejo caballo que lleva anteojeras de cuero. Ducha. Ropa. Café. Su conciencia empezó a identificar cada objeto, cada detalle como señales positivas: había escapado a la tortura, a la muerte. Había evitado lo que más temía todo berlinés: acabar bajo los golpes de la Gestapo o colgado de las alambradas de un KZ. ¡Se había salvado! Habría podido abrazar a su cafetera italiana, a sus bocetos de Paul Klee, a sus muebles con marquetería...

Cerraba los ojos, como un gato grande, recostado en uno de sus sillones cuando sonó el timbre. Había hablado demasiado rápido. Con el corazón apesadumbrado —no más grande que un trozo de carbón tibio— se dirigió a abrir la puerta, preguntándose si debería llevar consigo una maleta.

Beewen y Minna esperaban en la entrada, tomados del brazo —sin embargo, era imposible confundirlos con una pareja. Físicamente y, digamos, estéticamente, no podrían encontrarse más lejos de ello. Él, en sus ropas de civil, parecía haber asaltado el cadáver de un vagabundo, ella, con su cazadora quemada (quién sabe por qué) y con su rostro tan atractivo, pero tan lánguido, que parecía haber reducido aún más su volumen.

La idea de que habían venido a abrir el champán —la de la victoria— cruzó por su cabeza y sintió un aviso de migraña. A las ocho de la mañana, realmente no se encontraba preparado para eso. Pero sus rostros desmentían cualquier triunfalismo. ¿Qué había pasado ahora?

Se sentaron y optaron por un café. Él se apresuró a relatar su arresto. El nombre de Grünwald no parecía agradar a Beewen.

—Pero me liberaron, ¿no? —dijo Simon con tono de trompeta—. Pensé que tú les habías presentado un informe y...

—No he presentado nada de nada y, si te soltaron, es porque ha surgido algo nuevo…

Diez minutos más tarde, era Simon quien yacía encogido en su silla. Él, que creía tener la anécdota de la noche con su arresto... El instituto de Minna se había incendiado. Bien. La chica von Hassel había caído en coma. *Un milagro que no le ocurriera aquello más a menudo.*

Pero, por encima de todo, se había cometido otro asesinato. Greta Fielitz, la última mujer que soñó con el Hombre de Mármol, la cuarta de la lista, estaba muerta...

Greta, mi querida Greta… La guardó en un rincón de su mente para poder llorarla más tarde, solo y en silencio.

Se habían equivocado en todo hasta el momento.

Simon ni siquiera tuvo tiempo de saborear la ironía de la situación: mientras esperaba su ejecución en una celda del número 8 de Prinz-Albrecht-Straße, Beewen y un médico estaban tratando a Minna a unas pocas puertas de distancia. *¡Vaya broma!*

Pero sus visitas habían dejado lo mejor para el final: Greta Fielitz, al igual que las otras tres víctimas, estaba embarazada.

Curiosamente, lo que sopesó era cuánto se habían burlado de él estas cuatro mujeres. Las había escuchado, analizado, las había seducido, manipulado, las había hecho cantar… pero él desconocía aquel hecho crucial: en los últimos meses se habían metamorfoseado, iban a dar a luz y él seguía amenazando con denunciarlas a la Gestapo.

Siempre fuera de lugar... Pero, ¿por qué habían venido a las sesiones? ¿Por qué aquellas confidencias truncas? No habían inventado esos sueños amenazantes. Tal vez esa era la clave. Estaban embarazadas. De sus maridos. De sus amantes. Eso les pesaba... Pero el Hombre de Mármol había venido a visitarlas en sus sueños. Y su terror explicaba sus frecuentes visitas: ellas querían librarse de él. Aguardar a sus hijos en paz. Purificar sus almas...

—¿Exactamente, que es lo que quieren? —preguntó a fin de cortar con sus propios pensamientos.

—Reanudar la investigación desde cero.

86

Simon no estaba seguro de querer estar de viaje. El cuarto asesinato, si había entendido bien, había ocurrido durante su detención. Por ello su liberación aquella mañana. Pero había visto pasar el hacha muy cerca... Ya no quería provocar al mundo de las ss.

Beewen no lo dejó reflexionar:

—Con Minna, pensamos que estos embarazos son el móvil de los asesinatos.

—¿Qué quieres decir?

—De acuerdo con el forense, el asesino ha robado el feto en cada ocasión.

Simon recordó las imágenes que había visto. El asesino había hundido sus manos en los vientres de sus víctimas. Las había masacrado, aplastado, profanado. Pero no se trataba de mera crueldad o de un rito abyecto: estaba buscando los fetos.

—¿Se tratará de un ginecólogo? —aventuró Simon.

—Tal vez —respondió Minna—. En cualquier caso, sabe operar, cosa que no se le da a todo el mundo.

—¿Por qué está haciendo esto?

—Ni idea —respondió Beewen—, pero estaba informado de estos embarazos que, no obstante, eran un secreto bien guardado.

—¿Qué te hace decir eso?

—Tú.

—¿Por qué yo?

—¿Tú lo sabías?

—No.

—Si ni siquiera su analista sabía algo al respecto, es decir, estas mujeres realmente no querían decírselo a nadie.

Minna encendió un cigarrillo y dijo en tono serio:

—Después de todo, puede que se trate de su propio ginecólogo.

—La prioridad es que verifiquemos quién las consultaba —dijo Beewen—. Hay probabilidad de que se trate del mismo médico.

Simon se deslizó detrás de su escritorio y tomó un Muratti. Estos dos estaban comenzando a ponerlo nervioso. ¿Habían olvidado ya lo equivocadas que resultaron ser sus primeras suposiciones? ¿Que un hombre había muerto a causa de sus delirios? El cadáver apenas se enfriaba, y ellos estaban ya colocando la tapa...

—Esperen un minuto —los detuvo—. Arrojan demasiado rápido por la borda todo lo que ayer tomábamos como dinero contante y sonante. Entonces, ¿el asesino ya no es un asesino fetichista de zapatos? ¿Ya no se siente atraído por el *Spree*? ¿Ya no tiene importancia alguna su máscara?

Minna se puso de pie y fingió observar, como la primera vez, los lomos de los libros de psiquiatría alineados en la biblioteca.

—No estamos arrojando nada en absoluto —dijo Beewen—, pero ya hemos visto a dónde nos ha llevado todo esto. Ahora debemos aferrarnos a estas nuevas pistas. El asesino sabía que estas mujeres estaban embarazadas. O era su médico, o era un pariente, o, por qué no, era el amante mismo. Hay que cavar de este lado...

Minna se volvió hacia Simon.

—¿Quién sabe? Puede que tú fueras el padre...

Él ya había pensado en ello. Resultaba imposible en los casos de Susanne y Leni, con quienes no había tenido encuentros desde hacía al menos un año. Con Margarete, había sido hace seis meses... En cuanto a Greta… No, Greta tampoco.

—¿Por qué los padres no pueden ser simplemente sus maridos?

De hecho, era Simon el mejor posicionado para responder: entre el industrial Werner Bohnstengel, que debía pesar más que una carga completa de rieles, el general Hermann Pohl, perpetuamente en sus maniobras, y el banquero Hans Lorenz, que había superado los setenta y cinco años, ninguno tenía realmente el perfil del padre ideal, pero al fin y al cabo...

Quedaba Günter Fielitz, un aristócrata cincuentón, sin duda presto para asumir su deber como esposo. Pero Greta no parecía realmente satisfecha en dicho aspecto. A decir verdad, cuando aquellas cuatro le hablaban de su vida sexual, en el diván de su consultorio, o incluso en su propia cama, siempre repetían que no pasaba nada.

—¿Cuál es entonces su idea? —preguntó él de nuevo—. ¿Cuatro mujeres tenían el mismo amante y él se ha divertido recuperando lo que había olvidado en sus vientres? ¿No tienen algo más inteligente que sugerir?

No hubo respuesta. En aquel silencio se acumulaban sus fracasos individuales, su propensión a lanzar hipótesis fáciles, su frivolidad en sus sospechas, hasta su derrota común..., la muerte de Josef Krapp.

La historia era hermosa, eso sí. Minna poseía un verdadero talento para construir un castillo de cartas y Beewen, el matón de turno, parecía siempre dispuesto a seguirla sin dudarlo. En el fondo, Simon no tenía nada que envidiarles: sus suposiciones en torno a un hombre que podía pasar indiferentemente del sueño a la realidad tampoco eran malas.

—Una cosa es cierta —dijo finalmente el de las SS—, esta historia de embarazos no puede ser una coincidencia. Tenemos que partir de ahí. Encontrar a los padres. Interrogar a los ginecólogos. Esto tiene que tener forzosamente una conexión con los asesinatos.

—Ellas no querían hijos.

—¿Qué? —preguntó Minna sobresaltada.

—Estas mujeres no querían hijos —repitió Simon—. Estaban cumpliendo con su deber marital, tomando sus precauciones, eso es todo. Tenían miedo del futuro, del mundo que Hitler quiere construir. Ellas no querían eso para su descendencia.

Beewen se encogió de hombros.

—Sencillamente te mintieron. Tengo la impresión de que no te tenían plena confianza.

Sal en una herida abierta.

—Hablando de confianza —contraatacó—, ¿cómo explicas que el forense solo te haya informado de estos embarazos hasta el cuarto asesinato? Y, ¿sería porque Minna estaba allí para notarlo?

El exoficial hizo una mueca.

—Koenig, el forense, me confió que tenía instrucciones. Ni yo ni Max Wiener debíamos estar al tanto de este hecho esencial.

—¿Por qué?

—Ni idea. Quizás mis superiores consideraron que se trataba de otro escándalo más. En el mundo nazi, no se toca a las *Mütter*.

Simon se puso de pie, rodeó el escritorio y encendió otro cigarrillo, apoyándose en una esquina de la superficie.

—Continúen si así lo desean con sus historias fetales, yo prefiero concentrarme con la máscara.

—¿Qué quieres decir? —preguntó Minna, con un tono que revelaba una verdadera curiosidad.

—Recuerda —le respondió—. Has sido tú quien nos dijo que Ruth Senestier trabajaba en el cine.

—Es cierto. Fabricaba decoraciones, objetos.

—¿Y si fue ella quien confeccionó la máscara de *Der Geist des Weltraums*? Ruth conocía al asesino, no hay duda de ello. Y ella es la única que ha sido asesinada por razones objetivas. Querían silenciarla. Hay una verdad que aprender de los escenarios de las películas.

Beewen se golpeó los muslos con ambas manos, en un gesto campesino que no encajaba con aquello en lo que se había convertido, pero que le sentaba extrañamente bien.

—Bien. Volvamos a ello de inmediato. Estoy de servicio a partir del mediodía, pero hasta entonces, puedo avanzar.

—¿Qué servicio?

—Un nuevo trabajo en la Gestapo. Preferiría no hablar de eso.

—Otra noble tarea…

—Incluso peor de lo que crees. Pero primero iré a recuperar mi expediente de investigación a la central.

—¿Te permitirán hacerlo? —preguntó Minna.

—Claro que no. Solo fotografiaré las partes principales y tú podrás revelarlas después.

Beewen y Minna intercambiaron una mirada de complicidad. Simon apretó los puños. *Por Dios, no es posible...* Estos dos idiotas no solo se pensaban finos sabuesos, sino que tal vez incluso pensaban que estaban enamorados.

Simon seguía apoyado en su escritorio, con su mirada fija en la puerta —clara invitación a despejar el lugar.

—Después —prosiguió Beewen, como si no se hubiera dado cuenta de su gesto—, Minna irá a buscar a los ginecólogos de las víctimas.

Simon recordó repentinamente que era lunes y que tenía citas durante toda la tarde. Si quería investigar en torno a Ruth Senestier y los estudios cinematográficos, tendría que cancelar. Maldición, esta historia lo iba a dejar en la ruina.

Con las manos en los bolsillos, se dirigió a la entrada para acompañarlos.

—Una última cosa —advirtió Beewen—, cuidado con Grünwald. Él no es del tipo que suelta a su presa de esa manera.

—¿Qué puedo hacer? ¡Si no soy el asesino de Greta, él no puede hacer nada contra mí!

—Solo no bajes la guardia, eso es todo.

Para que un profesional del terror le diera un consejo como este, quería decir que el nazi del día anterior era realmente aterrador. *Ya se vería.*

Cerró la puerta al partir sus visitas y procedió a hundirse en uno de sus sillones. Siempre volvía a la misma idea, a la misma humillación: las mentiras de sus pacientes. ¿Cómo pudo haber pasado por alto aquello? ¿Cómo no había presentido nada? Los amantes. Los embarazos… Pensó en sus registros, su «templo de la verdad». Dejó escapar una amarga risa.

Lo que no lograba comprender era la razón subyacente a estas mentiras. ¿Por qué acudir a consultarlo si solo era para servirle mentiras, para ocultarle la verdad? Sin duda lo habían manipulado. Pero, ¿por qué? ¿Se había tratado de un actuar concertado?

Se dijo a sí mismo que necesitaba otro vaso de *schnapps*, pero no se levantó de su sillón. Acababa de quedarse dormido como un cadáver en el fondo de un lago.

87

—Avanza un poco más.

—¿Hasta dónde?

—Un poco más adelante. Regresa por mí en media hora.

—¿Será eso suficiente?

—No te preocupes. Para.

Beewen salió del Mercedes, tomó el Voigtlander Avus 9x12 y le concedió a Minna un breve saludo con la cabeza. Trotó por la Prinz-Albrecht-Straße, pasando frente a los guardias, quienes no le dirigieron ninguna mirada sospechosa ni susurros a sus espaldas. Tal vez, después de todo, la noticia de su destitución aún no había hecho su rondín, o quizás la muerte de Krapp aún no era oficial. Extraño.

Atravesó el pasillo lleno de luz y se dirigió hacia los anchos escalones. Esperaba que el cuartel general de la Gestapo le resultara extraño, incluso hostil. Para nada. Esta buena y vieja escuela de bellas artes siempre lo había acogido como a un príncipe en su castillo.

En el segundo piso, Beewen apresuró la marcha, sin despertar la menor mirada. La puerta de su oficina estaba cerrada con llave. En ese momento, el joven Alfred apareció con su paso ligero; parecía más un coleóptero que un soldado con botas de hierro.

—¿*Haupsturmführer*? Pero qué...

—He olvidado algunas cosas. ¿Tienes las llaves de mi oficina?

—Sí, pero…

—Adelante, abre.

Alfred obedeció.

—No me molestes —ordenó, como si aún estuviera a cargo.

Arrebató el llavero de la mano de Alfred, cerró la puerta, echó llave. Finalmente, tomó un respiro, con la espalda contra la pared. Incluso se tomó el tiempo para sentarse —no en su lugar de costumbre, detrás del escritorio, sino en la silla de los sospechosos—. ¿Echaría de menos este lugar? Ciertamente, no. ¿Sus responsabilidades? Incluso menos. ¿Sus condecoraciones? Al final, estas historias de distinciones no eran más que quimeras. En cierto modo, uno cumplía con su deber, más seguramente en la parte inferior de la escalera. La gloria de los sin rango... Tomó la cámara de Minna. Grünwald aún no había enviado a sus secuaces a asaltar su archivero. Seleccionó rápidamente los principales documentos: no tenía tiempo para fotografiarlo todo y, de todos modos, Minna solo le había proporcionado tres rollos de veinticuatro exposiciones cada uno.

Extendió las hojas sobre su escritorio y se puso manos a la obra.

Empapado en sudor —el calor, el miedo, la manija que podía girar en cualquier momento— hizo su trabajo a toda prisa. Cuando terminó, miró su reloj: veintitrés minutos. Se había adelantado al plan que le había señalado a Minna. Reacomodó los archivos y aventuró una mirada hacia afuera. El camino estaba despejado.

Se guardó los rollos en los bolsillos, escondió la cámara debajo de la chamarra y partió. Los pocos uniformados con los que se cruzó no parecieron notarlo. Tal vez se había vuelto invisible.

Le devolvió las llaves a Alfred y reanudó su camino. Llegó a las escaleras cuando una voz lo interpeló:

—Beewen.

Se dio la vuelta para encontrar a un tipo fornido que lucía apretado en un uniforme lleno de arrugas. Su rostro era del color de un nabo (y su forma también). Tenía despeinado el cabello y sus vidriosos ojos ostentaban un tinte color gris claro. Uno de ellos estaba velado por un sudario blanquecino: la mirada de un ciego. Este gentil hombre no podía ver mucho.

—Soy el *Untersturmführer Kochmieder*. Tu nuevo jefe, mi amigo.

El hombre le apretó la mano como intentando arrancársela.

—Encantado —respondió Beewen.

El hombre rio con fiereza —sus dientes imponían el silencio—: cualquier ruina, sea la que sea, merece respeto. El «encantado» de

Beewen tenía un valor de provocación. No se hablaba así en las SS.

—No empieces haciéndote el idiota —respondió Kochmieder—. El camión está detrás, en el patio. Partimos en diez minutos.

—¿Cuál es la misión?

—Te digo que no te hagas el idiota.

Beewen se quedó mirando al *Untersturmführer*. Era con este tipo de desamparados con los que iba ahora a pasar sus días. Los *Totengräber*. Los recolectores de cadáveres. Los carroñeros de las SS.

—No ha respondido a mi pregunta.

Kochmieder tomó aliento y adoptó un tono sentencioso:

—Diría que nuestra misión de hoy será muy similar a la de ayer y a la de mañana —su expresión de repente se tornó carnívora—. Vamos a recoger todos los jodidos fiambres judíos que están tirados por todo Berlín. Esto es lo que vamos a hacer.

—Un servicio postventa, en suma.

Kochmieder le guiñó un ojo —el blanquecino velo desapareció bajo un pálido párpado.

—Tengo la sensación de que me vas a agradar —dijo el nazi, escupiendo en el suelo—. Harás exactamente lo que te ordenen y olvidarás tus aires de grandeza. Eso se acabó. Además, te me vas a quitar esas condecoraciones a toda prisa. Ahora me pisas los talones y ruega al cielo que no te pida que comiences a lamerlos.

Beewen taconeó.

—¡De acuerdo, *Untersturmführer*!

—Eso es todo, imbécil —replicó Kochmieder—. Pero te voy a decir otra cosa: ya no es el momento de hacerte la duquesa. Los *Juden* no siempre están muertos allí cuando llegamos. Estamos aquí para acabar con ellos, ¿me entiendes? Cuando amamos no contamos.

De repente, un recuerdo volvió a él en un destello: una novela de aventuras de su juventud que transcurría en la India, se trataba de una casta particular (de hecho, ni siquiera una casta), los intocables, los únicos que pueden tocar los cadáveres... y quemarlos a un lado del río.

Se había unido a los intocables del nazismo. *Bravo Beewen.*

—Abajo en cinco minutos. *¡Heil Hitler!*

No se tomó la molestia en responderle. Giró sobre sus talones y bajó corriendo las escaleras —ahora llevaba tres minutos de retraso—. Minna no podría esperarlo mucho tiempo frente a la Gestapo. Decir que estaba prohibido estacionarse frente al número 8 de la Prinz-Albrecht-Straße resultaba un pleonasmo. Incluso los más valientes evitaban pasar frente al lugar…

Cuando salió a la acera, el Mercedes se movía lentamente. Cruzó la calle y rodeó el vehículo. Minna apenas redujo la velocidad. Él saltó adentro.

—¡Es la tercera vez que doy la vuelta a la manzana! —reclamó ella con un chillido—. ¡Estaban listos para dispararme!

Beewen le puso los rollos fotográficos en la mano y le devolvió la cámara.

—¿Cuándo crees tener listas las impresiones?

—Esta misma tarde.

—Te veré en tu casa esta noche.

Ella dio media vuelta en el cruce y volvió al número 8 de Prinz-Albrecht-Straße. Cuando se detuvo frente a la puerta, Beewen le sonrió y salió con un salto. Cuando volvió a entrar en el lugar, recordó que los guardaespaldas de Greta, Hiller y Markovics, yacían encarcelados en el sótano.

Sin pensarlo, tomó aquella dirección y se encontró en el estrecho corredor de las cárceles. Hizo que abrieran la celda. Habían estado encerrados juntos, encadenados entre sí, como las dos partes de un balero.

—¿Están orgullosos de sí mismos? —atacó a Beewen.

—La perdimos, *Hauptsturmführer* —dijo uno de ellos, con un tono de contrición—. No hay nada más que decir.

La mención de su rango hizo que su entrepierna se calentara.

—¿En dónde?

—En el Hotel Adlon.

Siempre se volvía al mismo lugar, a la misma lógica. ¿Por qué no había podido nadie sacar nada de este maldito club que era el nicho del asesino?

—¿A qué hora?

—Alrededor de las siete.

—¿Por qué «alrededor»?

—Greta Fielitz llegó a las seis. Alternándonos, junto con Markovics, la vigilamos. La puerta no estaba cerrada. Se podía ver claramente lo que estaba ocurriendo en el interior.

—¿Y después?

—Nada. Cuando las Damas del Adlon abandonaron la escena, Greta Fielitz ya no estaba.

Era tan simple que le irritaba los nervios, como un escozor de dientes o un dolor de muelas. A Greta sencillamente la habían arrastrado a través de otra puerta.

Si tanto les había costado rastrear las últimas horas de las víctimas, era porque todas ocultaban algo. Quizás incluso eran cómplices de su de-predador.

Pensó en los embarazos —sin duda la pista más fuerte hasta el momento—. ¿Cuál es el vínculo entre estos (todos secretos) y su desaparición? ¿El asesino era ginecólogo? ¿Un amante? ¿El progenitor? ¿O, por el contrario, un hombre al que ellas mismas habían contactado para deshacerse de su «paquete»?

Durante varios años, la política demográfica del Reich había sido drástica. Era necesario tener tantos hijos como fuera posible —este era el camino real para invadir Europa y establecer su poder—. Baste decir que un aborto en Berlín, en 1939, resultaba una idea tan atinada como una conversión al judaísmo.

Un hacedor de ángeles... Quizás una pista.

—¿Vamos a ser liberados? —preguntó Hiller.

Beewen tocó en la puerta de hierro para que se le abriera.

—Ya veremos eso —espetó, como si poseyera aún algún poder.

Avanzó por el pasillo, subió las escaleras, corrió al patio trasero. Llegó justo a tiempo. Estaban pasando lista, como en la escuela.

Himmler, para los trabajos más despreciables, había liberado a una serie de presos comunes, en particular de las SA quienes, a fuerza de violaciones, asesinatos y saqueos, habían terminado tras las rejas.

Aquí reaparecían, frescos como bebés en pañales, con la boca deformada por una mueca de muerte, reconfortados por el régimen en sus vicios y su brutalidad. Más que nunca antes, tenían el viento en popa y carta blanca para acabar con todo aquello que no les gustaba.

Eran tal vez una docena. Uno de ellos era muy joven, casi un niño, el pelo casi blanco, el uniforme tan polvoriento que parecía haber justo salido de un saco de harina. Otro llevaba un abrigo de cuero que le caía hasta los pies —un vicio, con este calor— y botas de asalto con hebillas. Un tercero tenía su chamarra abierta sobre el torso desnudo y encrespado, luciendo una cadena de plata de *Zuhälter*, al más puro estilo de los potros de la Ku'damm.

—¡Oh, vaya, ahí estás! Ponte en fila, como todos los demás. *¡Schnell!*

Con sus ojos color vodka, Kochmieder no veía tan mal después de todo.

Beewen acató la orden. Había encontrado el momento de arrancarse sus grados y sus galones. Con su uniforme descosido, empapado en sudor, en el fondo no maldijo.

Los intocables.

La escoria de la escoria.

Y él en el medio.

88

A pesar de las instrucciones de Beewen, Minna no se había ido directamente a la villa para revelar las fotos. Había preferido ir a toda prisa hacia Brangbo para ponerse al tanto con Albert, el enfermero poeta.

Cuando descubrió las ennegrecidas ruinas del instituto, le asaltaron nuevos sollozos y permaneció varios minutos llorando como una niña en su auto. Las monjas habían desaparecido, Albert había reunido a los campesinos locales para limpiar los escombros y lo que quedaba de los edificios.

Finalmente, le explicó la situación (estaba tan negro como un deshollinador): ningún cuerpo había sido identificado y, de cualquier manera, no tenían los apellidos completos de los asilados. Los archivos se habían quemado. Los locos habían desaparecido para siempre, física y administrativamente. Misión cumplida para los nazis. Para haber sido un primer intento, se había tratado de un golpe maestro.

Minna pensó en los padres. ¿Cómo darles la noticia? Ella no tenía recuerdo alguno de sus apellidos, mucho menos de sus direcciones. Tendría que esperar a que se aparecieran, lo cual rara vez sucedía. Brangbo, el asilo de los olvidados, un punto borrado del mapa.

Desesperada, le pidió a Albert que hiciera arreglos con el pueblo: un buzón, un número de teléfono, las familias terminarían escribiendo o llamando. Luego se les explicaría la «situación».

¿Debería organizarse una ceremonia fúnebre en memoria de todas estas almas perdidas? Ella decidió que sí y, al mismo tiempo, ante esta misma idea, sintió que sus fuerzas la abandonaban.

Le dio un abrazo al bueno de Albert, quien iba a tener que encontrar un nuevo trabajo en otro instituto o que, incluso, por qué no, quizás en uno de esos nuevos institutos de Grafeneck. Más cómodo, mejor pagado, el trabajo tendría sus ventajas. Y si quemaban o gaseaban, sería en cuartos aislados, lejos del «personal de atención».

Antes de subirse a su Mercedes, tragó saliva de nuevo. Un sabor a quemado saturó su garganta. Se sentía como si estuviera chupando un carbón. Escupió en el suelo, se colocó tras el volante y se alejó sin volver la vista atrás.

Llegó a la Villa Bauhaus rayando las cinco. Después de aquella lúgubre expedición, se sentía muy dichosa de encerrarse en su laboratorio y consagrar, botella en mano, varias horas a trabajar con los rollos bajo la atmósfera de la luz inactínica.

La primera etapa requería oscuridad total, eso era lo que a ella le gustaba más, actuando como un ciego, perdiendo uno de sus sentidos, cuando los otros ya estaban empañados por el alcohol. Se sentía como si estuviera haciendo algo semejante a un trabajo artesanal mientras iba a la deriva en un abismo.

A tientas, rebobinó cuidadosamente los rollos en un carrete que luego colocó en una tina cilíndrica. Una vez aisladas las imágenes de esta forma, se podía volver a encender la luz. Vertió el revelador. Dada la sensibilidad DIN (*Deutsches Institut für Normung*) de las películas utilizadas por Beewen, era necesario revelarlas a veinte grados durante ocho minutos y medio.

Empezó a sacudir el cilindro como un cantinero sacude su coctelera. De vez en cuando lo golpeaba contra el fondo del fregadero para eliminar las burbujas del interior.

La comparación con la coctelera le dio sed y se permitió unos segundos para beber un trago de whisky. Sintió el delicioso ardor concentrándose en su garganta, como un pecado susurrado en un confesionario. El placer le hizo cerrar los ojos.

Recupérate. Cuando hubieron transcurrido los ocho minutos, sacó las películas y las enjuagó con agua del grifo para detener los efectos del revelador. Las sumergió en un baño de fijador. Finalmente, revisó los negativos. Perfectos. Al menos, Beewen había logrado tomar fotografías nítidas.

Previamente había encendido la estufa para que un intenso calor se propagara por toda la habitación. En un hilo, colgó las imágenes con pinzas para la ropa. Salió de aquel horno como una brasa proyectada desde la chimenea y recordó su otra misión: investigar a los ginecólogos de las cuatro víctimas.

Para un médico, la tarea era sencilla. El NSDAP se había hecho cargo de la Seguridad Social alemana, creada a finales del siglo anterior. Al llamar por teléfono a la Oficina Central de Salud Popular, logró encontrar un interlocutor en el departamento de registro. Entre los nazis todo quedaba registrado, particularmente todo aquello que tenía que ver con la natalidad, la médula espinal del Reich. Cada mujer en el archivo se encontraba asociada con el nombre de su ginecólogo.

Minna había corrido con suerte: encontró a una mujer complaciente que parecía decidida a no colgar el teléfono hasta que ella tuviera la información que deseaba. En realidad, todo se resolvió rápidamente: ni Susanne Bohnstengel ni las demás tenían un ginecólogo tratante. Un disparate para las mujeres adultas, especialmente aquellas embarazadas.

Minna no insistió y volvió a su horno, perdón, a su laboratorio. Apagó la estufa y abrió la puerta para ventilar la habitación que hervía. Instaló la ampliadora y deslizó los negativos en el marco bajo la lente. Finalmente, volvió a cerrar la puerta y encendió la luz de seguridad, cuyo rojo resplandor no poseía ningún efecto químico sobre las sales de plata. Fijó el papel fotosensible debajo con los alimentadores y comenzó a proyectar las fotos en este. Ya había preparado los tres baños, exactamente igual que para el revelado de los negativos: revelador, agua, fijador…

Otro paso que le encantaba: dejar flotar el papel impreso y ver aparecer los detalles de la imagen bajo la luz escarlata, como los cabellos de una mujer ahogada volviendo a la superficie del agua.

Sin ginecólogo… ¿Qué significaba eso? Seguramente habían sido atendidas por una luminaria del Reich, quien no aparecía en los registros. ¿Ernst Mengerhäusen? No. ¿Por qué el pelirrojo estaría interesado en estas cuatro mujeres de la burguesía? Además, él ya no practicaba...

Ella había optado por un formato 13×18. El primer baño sería suficiente para desarrollar una treintena de fotografías. Observó cómo se formaban las imágenes; se podían leer claramente los informes mecanografiados y los resultados de las diversas pruebas, se podían ver las imágenes de los cadáveres.

Una vez más, se encontraba inmersa en la investigación… Prefirió no insistir en ello. Por ahora, las tareas manuales eran más que suficientes para ella. Las imágenes estaban listas, había hecho un buen trabajo. Dejó que terminaran de secarse y salió al jardín a tomar una bocanada de aire fresco.

Caminó hasta el borde de la piscina. Una silla larga. Whisky. Sol. Lanzó una sonrisa hacia el cielo. Hiciera lo que hiciera, dijera lo que dijera, siempre sería una niña de papá aislada bajo una campana de *Reichsmarks*.

89

Sus llamadas telefónicas a los estudios de cine no habían arrojado nada. Claramente había cosas más urgentes que responder a sus preguntas. En cuanto a Ruth Senestier, hacía meses que nadie la había visto. ¿La lista de películas en las que había trabajado? Habría tenido que desplazarse para consultar los registros de Universum Film AG (UFA), su principal empleador.

Simon no insistió y se dijo que, al final de esta tarde, era preferible dirigirse al Adlon a tomar la temperatura del salón más frívolo de Berlín.

Se arregló y, cosa rara, eligió un traje ligero de lino. Quería darle un toque más al asunto de «ligero y despreocupado». El tipo aquel que no habría oído hablar de la invasión de Polonia o del hecho de que ahora no solo el Reino Unido, sino también Francia, Nueva Zelanda y Australia se habían enrolado en la guerra contra Alemania. Un tipo realmente distraído.

Así, aquel día, el baile del té tenía un extraño sabor. Un sabor a velatorio.

Todo el mundo estaba vestido de negro. Simon, con su panamá blanco y su traje azul cielo, desentonaba notablemente. Parecía un hombre que, habiendo pensado asistir a una boda, se encontrara en un funeral.

En la sala requisada por las Damas, el ambiente era de lágrimas y susurros. Simon se aproximó y, después del primer asombro, aún se tomó un momento para maravillarse ante su destino: unas horas antes, languidecía en las cárceles nazis y ahora se encontraba rodeado de las flores más hermosas del Reich, en una atmósfera de lujo y refinamiento única en Berlín.

Tales altibajos estaban relacionados, sin duda alguna, con el clima de la Alemania nazi. Un clima hipercontinental, muy seco, sujeto a variaciones bruscas de temperatura…

Sonja se abalanzó sobre él. Ella aún llevaba el sombrero calado sobre los ojos.

—¿Qué piensas al respecto?

—Oh…

—¿Qué será de nosotros? ¡El mundo entero está contra nosotros!

Simon sonrió con benevolencia, como para tranquilizar a un infante. Admiraba la libertad que reinaba en el Club Wilhelm. Estas Damas, que nada sabían de política y que apenas sabían dónde estaba Dantzig, podían dudar, preguntarse, criticar —y, de manera general, hacer comentarios que la Gestapo habría calificado de «antipatrióticos»— sin temor a la más mínima represalia.

Mejor aún, si querían a Goebbels «*Kopf und Schwanz*» («de la cola a la cabeza») porque tenía amantes en todas partes, o si querían imitar a Hitler metiéndose el dedo índice por debajo de la nariz, podían hacerlo. No se les podía reprochar nada. Estaban en el corazón del círculo, donde el poder nunca podía volverse contra ellas.

Por el momento, Sonja se había enfocado en un inquietante discurso sobre la guerra, el cual Simon apenas escuchaba. Entonces, ¿nadie se había dado cuenta de la ausencia de Greta?, ¿o de ninguna de las demás? ¿No se hacían pregunta alguna? Estas mujeres tenían muchas otras razones para preocuparse, además de la guerra...

Vio a Magda Zamorsky sentada en un rincón, con aspecto incómodo. Todavía se sentía atraído por esta diosa de cabello blanco y, al mismo tiempo, intimidado, como si fuera necesario mantenerse a cierta distancia.

—¿Crees que tengo la razón?

Sonja lo miraba con ojos negros. Debajo de su sombrero, su mirada de tinta parecía retener una copia al carbón de cada momento.

—Creo que es demasiado pronto para embarcarse en este tipo de análisis —aventuró él.

—¿No tienes una opinión?

Simon se echó a reír y se puso de pie.

—¡Exactamente! Discúlpeme.

Fue a sentarse al lado de Magda y colocó una copa de champán en el brazo de su silla.

—¿No tienes mejor una cerveza?

Simon corrió inmediatamente al bar. El rostro de Magda lo acompañaba, agitando su corazón y sus nervios. Ella parecía aún como recién salida del agua fresca, lo que daba un tono aperlado a su cabello blanco y hacía que sus ojos grises destellaran.

—¿Te parece bien esta? —preguntó él, en tanto volvía con una Löwenbräu.

—Me voy de Berlín —respondió tras tomar unos sorbos.

Una finísima línea blanca marcaba sus labios, como espuma. Además de princesa, Magda Zamorsky era una de las viudas más ricas de Berlín: su marido había sido un poderoso FM-SS hasta su muerte, benefactor del partido nazi. Había financiado, desde el comienzo, las Secciones de Asalto y el Partido Nacionalsocialista a través de un consorcio de bancos de aspecto americano. Incluso se solía decir que había realizado transferencias a cuentas privadas de dignatarios nazis, incluido Hitler.

—¿Por qué partes?

—Pronto no será bueno ser polaco en Berlín.

—¿Vas a regresar allá?

Magda le dirigió una mirada de consternación.

—Si vuelvo a Varsovia, dirán que soy alemana. Si me quedo en Berlín, la gente dirá que soy polaca. Y todos olvidarán rápidamente los millones que mi esposo le otorgó a Hitler.

Magda, a quien siempre había conocido por ser frívola y risueña, parecía haber ganado puntos en cuanto a profundidad y sagacidad. Sus temas favoritos solían ser las estolas y los trajes de baño.

—¿A dónde irás?

—A Estados Unidos. —Hizo una mueca de desprecio.— Como si fuera una judía.

Siempre se habían escuchado entretenidas historias que circulaban en torno al antisemitismo polaco el cual, se decía, era incluso peor que el de los alemanes.

—¿Greta no está aquí? —preguntó él, paseando una mirada distraída alrededor de la concurrencia.

—¿Cuál Greta?

—Fielitz.

—Aparentemente no. —Ella sonrió, sus ojos estaban secos ahora.— ¿Querías verla?

—Me hubiera hecho feliz, sí. Últimamente no he visto mucho ni a Susanne ni a Leni.

—Están de vacaciones, en el Báltico, creo.

Era necesario atacar de una manera más directa:

—Me he enterado de algo curioso sobre Greta. Tú sabías... En fin, me han dicho que estaba embarazada.

—¿Greta? —replicó Magda, sonando genuinamente sorprendida—. Me extrañaría.

—¿Por qué?

—Tú la conoces, ¿no? No es del tipo que se revienta las costuras de la falda con un guante en el armario.

La situación no podría haberse resumido de una manera más pragmática.

—A menos que… —susurró ella.

—¿Se te ocurre algo?

Magda lo miró fijamente y luego, como por reflejo, tomó sus gafas oscuras. Sus ojos eran frágiles. A menudo, los bordes de sus párpados se enrojecían. Otras veces, el blanco estaba inyectado en sangre.

—Greta no es del todo como nosotros.

—¿A qué te refieres?

—Está mucho más... convencida.

—¿Convencida de qué?

Magda hizo un gesto hacia la puerta entreabierta de la sala de estar. Simon siguió su mirada, o al menos la pantalla negra de sus gafas. Los oficiales nazis se encontraban hablando, de pie, arqueados como sementales en pleno ruedo.

—¿Es ella nacionalsocialista?

La pregunta no tenía sentido alguno: en Berlín, en 1939, todo el mundo era nacionalsocialista. Pero Greta pudo haber sido una activista, incluso una fanática. En el diván, nunca se le había escapado una palabra sobre sus puntos de vista políticos. Parecía someterse al nazismo como a una peligrosa fatalidad, de la cual se mantenía alejada gracias a su frívola existencia y… a la fortuna de su marido.

Greta quizás le había ocultado aquello... Cuanto más avanzaba, más le parecía su actividad como psicoanalista una mascarada. Sus sesiones, sus grabaciones, no habían atrapado nada más que viento. La pequeña Fielitz y las demás le habían representado una comedia. Pero ¿con qué propósito?

—¿Qué tiene que ver eso con su embarazo?

—¿Alguna vez has oído hablar del *Führerdienst*?

—¿El servicio del Führer?

No se trataba estrictamente de una ley sino de una regla muy fuertemente recomendada: toda mujer debía concebir un hijo especialmente para Adolf Hitler. A menudo, el menor. Una especie de «esfuerzo por la paz» que se sumaba a una ya considerable afluencia de mocosos.

—¿Quieres decir que Greta habría tenido un hijo para… el Führer?

Magda no respondió. Parecía haber percibido un detalle interesante, o un recién llegado, al otro lado de la sala de estar. La joven viuda tenía muchas otras preocupaciones además de los exabruptos de Greta por Hitler y sus demonios.

—Magda...

La princesa de gafas oscuras pareció acordarse de Simon.

—Lo mejor —concluyó ella, mientras se ponía de pie—, es que vayas a las vísperas.

—¿Las vísperas?

Tomó una libreta con las iniciales de Hotel Adlon y garabateó una dirección.

—Capilla Kampen, cerca de Alexanderplatz. Todos los días, al final de la tarde, hay una misa. Ve mañana. Entenderás.

—Pero…

Magda le puso una mano en el hombro a modo de despedida y se acercó a otro grupo. La audiencia había terminado. Él se quedó mirando la hoja entre sus dedos durante unos segundos, la guardó en su bolsillo y luego terminó la cerveza de la viuda polaca.

Al salir del Adlon, Simon se quedó atónito. Su paso danzante se había convertido en un pesado bamboleo, el sol de la tarde se hundía en las cuencas de sus ojos como cera caliente y su cerebro estaba tan seco como la piel de un escorpión.

Greta Fielitz embarazada de un enigma.

Greta Fielitz una fanática nazi.

Greta Fielitz una católica devota.

Se quedó observando a Unter den Linden, que ahora parecía haber sido tallado en un glaciar ligeramente azul. Las águilas. Las esvásticas. Las sombras. La guerra le resultó de repente como una ola ineludible e inminente, un maremoto que iba a arrasar con todo a su paso.

Su Berlín ya no existía.

Y el de Hitler nunca existiría.

Entre estos dos vacíos permanecía aún la investigación. Al no poder evitar la Segunda Guerra Mundial, Simon y sus cómplices podían al menos aún detener a un asesino de mármol que resultaba implacable ante aquel escuadrón de bellezas.

No estaba tan mal.

90

—Busca ahí abajo —gritó Kochmieder—, tu chico está vivo.

El hombre no se movía, sangraba del rostro. Un ojo se le había desprendido un centímetro, mientras que el otro era nada más que un bulto. La nariz se había roto en varios lugares. Sus labios temblorosos producían un curioso silbido entre sus dientes destrozados. Antes de eliminarlos, a los *Totengräber* les encantaba «preparar» a sus judíos, es decir «meterles sus putas narices en sus inmundas caras».

—Mira, te digo. Todavía puedes salvarlo.

El hombre estaba parado frente a la plataforma de un camión lleno de cadáveres. La sangre corría sobre la superficie. Fluía por entre las ranuras. Se desbordaba en los costados de las paredes. A sus pies, el barro era rojizo, los charcos bermellón. Beewen nunca había visto tanta sangre al mismo tiempo, y no era un principiante en el asunto.

—¡Vamos, te digo! ¡Tu hijo está aquí!

Kochmieder sujetó al hombre por la nuca y lo obligó a pasar por encima de las pilas de cadáveres. Sin decir palabra alguna, el preso intentó por primera vez apoyarse en la bandeja, pero resbaló. Grandes carcajadas cuando cayó tendido en el barro.

Tras intentarlo varias veces, finalmente logró aferrarse a los miembros de las víctimas y trepar por la fosa común. Los SS miraban con deleite al pobre hombre, a cuatro patas sobre el montículo de cadáveres. En medio de las risas, resonaban los ánimos y los insultos.

Beewen no estaba fuera de lugar. Le recordaba a sus antiguos trabajos, cuando era miembro de las SA, donde la tarea era golpear a cualquiera que no estuviera vestido de negro, intentando pintarlos con rayas azules. En aquellos tiempos, este tipo de tortura era una rutina. Pero ahora se podía sentir una motivación distinta en estos verdugos. Ya no se luchaba como en los días de la milicia, simplemente se limpiaba. Esto era un terreno ya conquistado.

Al comienzo de la tarde, el primer trabajo los había llevado a una zona pantanosa, cerca de un lago, al norte de Berlín. Debían cargar una docena de cadáveres que habían dejado allí. La tarea se había retrasado por atrevidos judíos que habían venido a regatear por los cuerpos de sus familiares. Kochmieder, como de costumbre, había negociado en silencio, como un tratante de caballos en una feria de ganado. A razón de varios cientos de marcos, los padres podrían llevarse uno o dos cadáveres...

Beewen nunca había sido antisemita, pero empezaba a convertirse en antinazi... Sin decir una palabra, él y sus colegas habían enterrado aquellos anónimos cadáveres en una fosa común, cuyo suelo, blando y viscoso, provocaba infames sonidos de succión con cada golpe de pala.

No habían sido los primeros en llegar al lugar. Cada vez que su bota se hundía, enjambres de moscas salían de la tierra pegajosa. Beewen podía sentir bajo sus plantas los rostros, los hombros, los torsos de otros sospechosos enterrados allí, a centímetros de la superficie.

La siguiente tarea había sido desalojar a los judíos de un edificio marcado como «*Juden*», y arrastrarlos a la Estación Central para apilarlos en un tren de carga. Además del hedor a sudor —el miedo, el verano—, el olor a plomo tibio resultaba sofocante. Delante de cada vagón, un trabajador ferroviario esperaba el final de la operación para sellar las puertas con metal fundido. Ahora estaban terminando su día en Hellersdorf, en el patio de ese edificio donde un hombre medio vivo buscaba a un niño medio muerto entre una pila de cadáveres. Sonaron los aplausos, el hombre había encontrado al niño.

Con las rodillas apoyadas en dos dorsos inertes, redobló sus esfuerzos para sacar al pequeño cuerpo de la refriega. Ninguno de los bastardos había hecho el menor movimiento. Al contrario. La escena literalmente los había puesto duros.

Cuando por fin el hombre logró sacar al niño de entre los brazos y piernas que lo sujetaban, se le quedó observando... y solo entonces un brillo destelló en su ojo bueno. Un resplandor opaco y velado: no era su hijo.

Sin una palabra, sin un grito, empujó al niño, lo hizo rodar hasta el borde de la plataforma. A pesar de sus esfuerzos, el pequeño se le escapó de entre las manos y se estrelló al pie del camión.

El hombre descendió a su vez, tambaleándose, demacrado.

—Pareces decepcionado, amigo —comentó Kochmieder—. No es él, ¿verdad? ¿Me equivoqué?

Ya había desenfundado. Al segundo siguiente, estaba disparando a quemarropa en la sien del niño.

—Lo siento, hombre. Ni siquiera puedo decirte que intentaré hacerlo mejor la próxima vez porque no habrá otra ocasión.

El hombre cayó de rodillas, esperando el tiro de gracia. Kochmieder se volvió hacia Beewen.

—¡Se lo dejo a usted, camarada!

Franz había estado temiendo esta terrible prueba desde el comienzo de la tarde.

El bautismo de fuego. O más bien de sangre.

Sacó su PO8, cargó una bala en la recámara y disparó. El cráneo del hombre se hizo añicos. En el vacío dejado por la detonación, el hombre de la Gestapo se creyó caer por un abismo. Pensó en las Damas del Adlon y se percató de que lo único que le quedaba era la investigación. Quizá se trataba de una excusa para su cobardía, en todo caso, resultaba una verdadera razón para seguir con vida.

Disparó otra bala al hombre ya muerto por Susanne.

Otra por Margarita.

Otra por Leni.

Otra por Greta.

Kochmieder rio:

—¡Vaya contigo, muchacho, parece que no te gustan mucho los judíos!

91

—Prepárate. Salimos esta noche.

Beewen se encogió de hombros y entró en la habitación de Simon. Su ropa aún estaba manchada de sangre. Apestaba a carroña y el barro lo cubría desde la cabeza hasta las rodillas.

—¿Qué con este extraño atuendo?

A su pesar, Simon se había hecho a un lado, tanto para dejarlo pasar como para evitar el pestilente olor.

—Mi ropa de trabajo. ¿Puedo darme un baño en tu casa?

—Eh… sí, por supuesto.

Beewen sostenía una bolsa adornada con dos runas nazis. Había tenido tiempo de ir al cuartel general de la Gestapo para tomar un atuendo de noche. Todavía tenía acceso al vestuario. No había ido a casa durante varios días —y se vestía, cuando no usaba su uniforme, con la ropa de los muertos. No parecía un vagabundo. Él era uno, a la sombra de la esvástica y la Puerta de Brandeburgo.

—¿Dónde está el baño?

Simon no respondió de inmediato, parecía aterrado. Quizá ya estaba dormido: eran solo las diez, pero tenía la cara arrugada como una de esas cartas que los judíos les enviaban todos los días pidiendo noticias de su familia. Cartas que Beewen tiraba a la basura sin leerlas.

Finalmente, su anfitrión lo guio. Beewen se metió en la ducha, cuidadoso de no romper nada. El baño de Simon era incluso más refinado que el de Minna. Baldosas inmaculadas que le recordaban a las del metro, herrajes oscuros, mármol por todas partes. El lavabo y la bañera le recordaban imágenes de templos griegos que había visto hacía mucho tiempo y los grifos eran tan elaborados como nudos de corbata.

Lavó su cuerpo pensando en que Simon probablemente había robado este baño (y el departamento mismo) de alguna familia judía. Era exactamente igual a él, en otra escala: Beewen vestía el traje de los desaparecidos, Kraus vivía en el departamento de los deportados. Dos parásitos, dos hienas viviendo de los restos de los perseguidos.

—Te hice un poco de café.

—Gracias.

Beewen se había puesto el esmoquin que había traído. Acababa de percatarse de que su chamarra tenía dos agujeros de bala con contornos quemados, en la espalda, a la altura del corazón.

—¿Y ahora qué con este traje?

—Te he dicho que saldríamos esta noche.

Simon había preparado dos tazas de porcelana adornadas con un ribete de oro. Beewen tenía ánimos de destrozarlo todo aquí: este era el botín de guerra de un hombre que ni siquiera había combatido.

—¿A dónde vamos?

—Al Nachtigall.

—¿Por qué?

Franz dejó su taza, apretándola con demasiada fuerza. El mango de porcelana se quedó en su mano.

—Lo siento.

—No hay problema. Tengo más.

Por supuesto. Servicios enteros, todos robados a familias inocentes con la boca llena de tierra.

—¿Por qué el Nachtigall? —repitió Simon.

—Quiero mostrarte algo.

92

—¡Una mesa para tres!

Beewen había emitido su orden como si gritara: «¡Fusílenlos!» El *loufiat* —un efebo disfrazado de paje— se apresuró a cumplir. Habían recogido a Minna —cuantos más, mejor…— y se habían dirigido al cabaré de Willy Becker a las dos de la madrugada. La hora del tiro en el lugar de la Nollendorfplatz. Se bailaba sobre las mesas, se bebía, se tendían los cuerpos en los sofás, se besaba con la lengua, como si se fuera a morir mañana, lo cual, para la mayoría de estos homosexuales, resultaba cierto.

Se acomodaron en uno de los palcos que parecía un balcón morisco y admiraron la decoración. El espíritu del lugar era el de *Las mil y una noches* o el de *Alí Babá y los cuarenta ladrones*. Los reflectores se mantenían girando como los cañones antiaéreos del FLAK (el fuego antiaéreo de la Wehrmacht). Candelabros en forma de las lámparas de Aladino, trabajadas y caladas, enviaban ráfagas de luz a los cuatro rincones de la habitación.

—Franz, ¿qué estamos haciendo aquí? —preguntó Simon con un grito (un acto de *striptease* masculino era acompañado por una fanfarria en auge).

Beewen lanzó una mirada entretenida a la multitud: las alfombras se deslizaban sobre el suelo pulido como ranas en agua hirviendo. Algunos se aparecían con la frente lacada y esmóquines resplandecientes (muy semejantes al suyo), otros habían cruzado el Rubicón y estaban completamente vestidos de mujer. Otros más usaban máscaras: picos de pájaros, blanco y negro, antifaces, muecas. *Qué importa el gitón con tal de que uno este ebrio…*

Tras el día que acababa de soportar, esto era realmente la apoteosis. La última carcajada de la pesadilla. De hecho, a Beewen, después de todas esas horas pasadas con los *Totengräber*, le hubiera gustado acostarse con una losa sobre la cara a modo de almohada, pero uno de sus *Blockleiters* le había dejado un mensaje. Nueva información que quería verificar por sí mismo.

Beewen incluyó a sus cómplices —digamos, a sus socios. Comenzaban a agradarle. Aunque no estaba demasiado familiarizado con esta palabra, era consciente de que la atención que les brindaba resultaba especial. A Simon le concedía una mezcla de desdén y afecto que bien podría haber reservado para un hermano menor. Un bajito al que se le perdonan muchas cosas, porque el daño que causa siempre es menor que la emoción que sabe suscitar, ya sea con una mirada o con una sonrisa.

Minna, ella era otra cosa. Se sentía atraído por ella, por supuesto. Atracción física, banal, e incluso intelectual, por una mujer de rostro misterioso y mente compleja. Pero esta atracción se había vuelto más abarcadora, más plena de lo que le hubiera gustado. Ya no podía evitarlo y sentía que se estaba perdiendo.

Una voz sonó por encima de ellos —el ulular de un ave rapaz nocturna.

—¿En qué puedo servirles, mis pajaritos?

Levantaron la vista y descubrieron a Willy Becker, con un esmoquin blanco con cuello de muaré, cuyos bordes festoneados dibujaban notas musicales. Su rostro se presentaba agudo, como de costumbre, a la sombra de las cuencas de sus ojos color carbón. Dos alas negras en cuyo fondo miraban ojos de hematitas como los de una antigua máscara.

Beewen soltó un billete sobre la mesa.

—*Schnapps* para todo el mundo.

—¿Dónde crees que estás, muchacho? —respondió Becker, cambiando su tono— ¿En la cervecería de Múnich? Nazi o no, aquí solo servimos cócteles. La elegancia tiene sus deberes.

Franz consideró la variopinta fauna a su alrededor.

—Ciertamente estamos en un club de élite.

—Exactamente. No debes olvidar a la antigüedad griega, amigo. A menos que un banal idiota como tú nunca haya oído hablar de esta, lo cual es muy probable.

Beewen apretó los puños, mas no era ahora el momento de ceder a la ira. Optó por sonreír para hacer desaparecer cualquier tensión.

—Te dejo la elección a ti. Harás honor a tu nombre.

Willy Becker encontró en lo más profundo de su rostro de águila un aire de inesperada bonhomía.

—Será un placer, mi señor —dijo, simulando una reverencia.

De repente las luces se apagaron. El propietario desapareció como un desagradable recuerdo. Se encendieron nuevos haces de luz y se enfocaron en la escena: Beewen se regocijó, con una alegría enfermiza, ante el escándalo creciente de sus compañeros.

Ahora una mujer se columpiaba en el escenario, con un corpiño, un liguero y un sombrero a juego. Una curiosa Marlene Dietrich que tarareaba, entre idas y venidas, la famosa canción de *Der blaue Engel*:

Ein rätselhafter Schimmer
Ein je-ne-sais-quoi
Liegt in den Augen immer
Bei einer schönen Frau…

Marlene nunca había tenido una voz tan grave, ni pantorrillas tan gruesas. El hombre que desempeñaba este papel no se parecía en nada a ella, aparte del vestuario. Su rostro estaba recubierto de blanco. A pesar de la espesura del maquillaje, sus rasgos negroides realmente destacaban y su boca —enorme, provocadora, transgresora— se abría como el pico de un pelícano para cantar con una voz de bajo:

Doch wenn sich meine Augen
Bei einem vis-à-vis
Ganz tief in seine saugen
Was sprechen dann sie?

Llegaron las bebidas y Beewen, con la vista en el escenario, vació su copa de un trago. Los transexuales siempre lo habían incomodado y este espectáculo no le ayudaba mucho. Las piernas peludas, moldeadas por las medias blancas de una joven novia, su cintura excesivamente delgada realzada por una especie de tutú, sus manos nudosas, complicadas, aferradas a las cuerdas del columpio, todo le ofrecía un espectáculo siniestro, antinatural, mortífero.

—Vas a explicarnos qué estamos haciendo aquí, ¿verdad? —preguntó Simon de nuevo, en voz baja.

Beewen sonrió y levantó su copa en dirección a Lola-Lola.

—Les presento a Günter Fielitz, el marido de Greta.

93

En los tiempos de Ruth Senestier, Minna solía visitar a menudo los palcos de cabaret. Una época distinta. Berlín se encontraba literalmente explotando bajo la presión de los sentidos y de la creación. Las bailarinas aparecían desnudas, los artistas eran todos adictos al éter, los hombres se reencontraban con los goces de Eros y terminaban tísicos, interpretando a *La Dama de las Camelias* en hoteles desvencijados, mientras las mujeres bebían coñac de la botella y se besaban unas con otras abiertamente. Libertinaje, sí, pero no solo eso. Los más grandes pintores de Europa oficiaban en buhardillas, el expresionismo se ilustraba por doquier, el cine daba la palabra al inconsciente y a los sueños...

Minna había experimentado esta cola de cometa, y lo había hecho entre bastidores. Cuando acompañaba a Ruth tras bambalinas, tras haber quedado maravillada por una obra de teatro o un espectáculo (sobre todo el baile le parecía mágico), descubría una sórdida realidad. Un mundo de miseria y abandono, donde los artistas se drogaban en una esquina de la mesa y donde las botellas de aguardiente rodaban por el suelo como por sobre la cubierta de un barco a la deriva.

Era exactamente la misma emoción que sintió esa noche mientras seguía a Beewen y Simon a través del laberinto de pasillos pintados de negro. Vivía esta escapada nocturna como un túnel sin ton ni son —los dos hombres habían venido a buscarla, Simon estaba impecable con un esmoquin hecho a la medida, mientras que Beewen casi explotaba con el suyo.

Se había atiborrado del siniestro número de Günter Fielitz, quien parecía, disfrazado de Lola-Lola, la última víctima aristócrata de un mundo asolado por el desenfreno y el cinismo, un mundo que se había consumido a sí mismo desde dentro, a fuerza de vicio y desprecio.

La pregunta implícita de Beewen era clara: con un marido así, ¿quién había embarazado a Greta? Y la pregunta también resultaba válida para las otras tres damas.

Antes de abrir la puerta del vestidor, Beewen se dio un puñetazo en la palma de la mano (se había puesto guantes).

—Esta noche, jugamos el juego a mi manera.

Toc, toc, toc, Beewen empujó la puerta sin esperar respuesta. Envuelto en una bata de seda, Günter Fielitz, sentado frente a un tocador cuyo espejo estaba enmarcado por pequeñas bombillas, acababa de quitarse la peluca, dejando al descubierto un cráneo cubierto por pelo alisado, sujeto por una red de pesca.

Su rostro ya no expresaba la más mínima feminidad. Más bien, era el drama íntimo de un payaso triste. Un rostro trágico, incapaz de hacer reír a la gente, demasiado lamentable como para hacer llorar a la gente. En su ceja derecha se habían corrido trazos de lápiz, como en la cara de un augusto.

—¡Hola! —exclamó Günter con voz de fagot—, ¿qué pasa?

Sus labios gruesos bordeaban su estrecho rostro como un molusco, su nariz chata lucía enmarcada por dos líneas profundas y polvorientas de amargura. En cuanto a los ojos, parecían hundidos en sus cuencas, sudando kohl y rímel.

Beewen dejó entrar a Simon y Minna y luego cerró la puerta a su espalda.

—Hemos venido a ofrecerle nuestras condolencias, Fielitz.

—¿A qué se refieren?

Beewen sacó su placa de la Gestapo y la guardó inmediatamente. Imposible leer lo que estaba grabado en esta. Pero el mensaje había llegado.

—¡Somos de la *Reichszentrale*, camarada!

94

La Oficina Central del Reich para la Lucha contra la Homosexualidad y el Aborto, creada a mediados de los años treinta, había sido la pesadilla del medio artístico-literario de Berlín. Desde 1936, la búsqueda de maricas se había redoblado bajo el ímpetu de Himmler, quien los odiaba de manera particular, primero como anomalías de la naturaleza, después como frenos en la reproducción de la raza aria.

Cuando esta brigada caía sobre alguien, significaba su destierro inmediato de la sociedad. En el mejor de los casos, perdería todo y su vida se desmoronaría. El peor de los casos era el campo de concentración, o la castración domiciliaria, durante una visita sorpresa a su casa.

—No saben con quién están tratando —respondió Fielitz con autoridad, hinchando su pecho.

Pero con su maquillaje de bufón, la postura no resultaba para nada imponente.

—Lo remitiré al Führer y…

—Deja a nuestro amado Führer donde está. Él tiene otras cosas para entretenerse por el momento.

—Ustedes… —comenzó Fielitz, poniéndose de pie.

Con una mano, Beewen lo obligó a sentarse de nuevo.

—Sabes que, junto con mis amigos, creemos que tienes una forma muy divertida de llevar tu duelo.

—Mi pena es solo mía.

—¿Tu pena? ¿Tu esposa acaba de ser masacrada por un loco sádico y tú te contoneas disfrazado de mujer frente a un montón de maricas?

Beewen ocupó su mano para retorcerle los genitales. Fielitz gritó. El hombre de la Gestapo le aplastó la cara con un golpe de la mano abierta.

El hombre se aferró al tocador y Minna pudo ver el anillo de sello que llevaba puesto, un pequeño engaste con el escudo de la familia Fielitz grabado en él.

Beewen le hizo levantar la cara: bajo el polvo, la piel del travesti estaba visiblemente enrojecida.

—Escúchame, *Schwanzlutscher*, puedes chupar cuantas vergas quieras, nos importa un carajo. Hemos venido a hablar contigo sobre tu difunta esposa.

Fielitz empezó a toser para vomitar unos chorros de bilis rosada. Su lápiz labial corría por las comisuras de sus labios, pareciendo una herida abierta.

—Respondes a nuestras preguntas y desaparecemos en cinco minutos. Pones tu cara de estúpido y te encontrarás en la Gestapo, donde te aplastarán con porras.

Beewen le acarició la cabeza, como en una parodia de un gesto lánguido.

—Créeme, un triángulo rosa te sentará bien.

A Minna se le revolvió el estómago, al tiempo que estaba impresionada por esta ciencia abyecta en la que Beewen había resultado ser todo un experto. La ciencia de la violencia y la humillación. De la palabra que hiere y del golpe que descoloca. Cada sílaba era una puñalada a los cimientos de la dignidad humana.

En tanto psiquiatra, Minna observaba con interés el estado mental de Beewen. Era del orden del precipitado químico. En el fondo del alma del hombre de las SS, se había cristalizado una mezcla de negatividad, odio, crueldad. Una fuerza inestable, tóxica y corrosiva.

Fielitz finalmente murmuró:

—Ustedes no saben quién soy...

—Sabemos perfectamente quién eres y, como decimos en mi pueblo, cuanto más alta la caída, más se rompe uno el culo. ¿Has oído hablar del párrafo 175, cariño?

Beewen se reclinó hacia él.

—Lo hemos enriquecido considerablemente, puedes confiar en nosotros. Hoy en día, cuando uno se toma por un caballero respetable, no es bueno andar chupando vergas, créeme. Himmler ha hablado de castrarlos a todos. Seguro que ya lo conoces personalmente, así que no tengo que hacerte un retrato: cuando se le mete una idea a la cabeza, a nuestro criador de pollos, es difícil sacársela.

Fielitz murmuraba palabras ininteligibles, con la cabeza aún agachada entre los muslos apretados por las ligas.

Beewen lo sujetó por el cuello del albornoz.

—¿Que dices? ¡No puedo oírte!

—Deja a Greta donde está y vete a la mierda. Ella ahora descansa en paz. Dios…

—¿Dios?

Beewen le hundió los pulgares en los ojos.

—¿Dios? ¿Qué hace esta palabra en tu boca de mierda? Maldito hijo de puta, no eres más que una blasfemia en movimiento, una ofensa al cielo, ¡una escoria!

Beewen apretó aún más sus pulgares, haciendo que los ojos se le salieran de las cuencas como si fueran almejas.

—Dinos lo que sabes, maldito imbécil. ¡De lo contrario, voy a experimentar contigo todas las ideas de Himmler sobre la castración!

Lo tiró al suelo, derribando todos los accesorios de maquillaje. Por reflejo, Fielitz se hizo un ovillo para esquivar los golpes que se avecinaban.

—Pero ¿qué quieren que les diga? —gimió.

—Cómo quedó embarazada tu mujer, por ejemplo. ¡Seguro no fue con tu culo al aire que la dejaste preñada!

Fielitz levantó la cabeza: sangre y lágrimas se mezclaban en su blanco rostro, dibujando riachuelos rosados.

—¿Greta? ¿Embarazada?

—¿No sabías eso?

—Pero… ¡nunca en la vida! ¡Ella nunca quiso saber nada de niños!

—Pues contigo a su lado, no había nada que reprocharle. ¿Cómo explicas este milagro?

En aquel momento, la puerta se abrió, asomándose un bailarín, quien dejó escapar un pequeño grito de terror. Beewen, decididamente sobreexcitado, desenvainó y apuntó su arma al visitante.

—Lárgate.

El hombre no se movió. Temblaba como una película antigua en la puerta entreabierta. Beewen disparó a la puerta.

—¡LÁRGATE TE DIGO!

El hombre desapareció. Pasaron los segundos. Suficientes como para que todos entendieran que ni un ruido cabía en esta caja de resonancia. Fielitz, aún arrodillado en el suelo, se mecía hacia adelante y hacia atrás, golpeándose la cabeza contra la pared. Parecía haber perdido la cabeza.

—Greta, embarazada —repitió el aristócrata sajón con una mueca.

—¿Eso te da risa?

Levantó su rostro de mártir.

—¡Embarazada! —rio con incredulidad. Beewen lo abofeteó.

—¿Ella tenía amantes?

Fielitz no respondió. Ya no se podían ver sus pupilas. Solo el blanco de los ojos sobresalía entre los párpados bordeados de negro. Una repulsiva mirada de un chamán en trance.

—No —espetó finalmente.

—¿Qué más sabes?

—Yo... lo sabía todo sobre mi esposa.

Al decir esto, Fielitz miró al pequeño Simon con dureza. Minna se percató de que Simon había estado durmiendo con Greta y de que su esposo lo sabía. *¡Vaya equipo!*

—¿Qué quieres decir con que «lo sabías todo»? ¿La hacías seguir?

—No era necesario. Su chofer me informaba todos los días. Greta no tenía amantes… Al menos no en los últimos meses.

—Estaba embarazada, hijo de puta. ¡Ha sido necesario que alguien la dejara así!

—Es imposible.

—Es un hecho. El forense ha sido claro. Sus tripas estaban al aire en la mesa de autopsias. No quedan secretos cuando uno está así.

—Ella no se veía con nadie. Lo sé.

—Sobre su asesinato, ¿qué puedes decirme?

El rostro pálido pareció quedarse congelado por un segundo, luego, se hizo añicos como un jarrón de porcelana. Se echó a llorar.

—¡Responde! —Beewen gritó.

—¡No sé nada!

Acabas de decirme que lo sabías todo.

—Pero no sobre el asesinato de Greta.

—Ella estaba siendo vigilada por dos de mis muchachos. Desapareció en medio del hotel Adlon, ¿cómo explicas eso?

—No puedo explicarlo.

—¿Había expresado ella algún temor en los últimos días? ¿Te contó algo que le preocupara?

—Déjame...

—¿Qué te deje qué?

—Con mi pena.

Beewen se echó a reír.

—No has terminado de llorar, cabrón. Entre tú y el *Reichszentrale* hay más de un hilo. Tu próximo destino de vacaciones será la KZ.

El de las SS puso una rodilla en el suelo y ordenó:

—¡El chofer, dame su nombre!

—Weber. Hans Weber.

Beewen sacó una pequeña libreta y anotó el apellido cuidadosamente.

—Él no te dirá nada —murmuró Fielitz—. Él es mi hombre, él es...

Beewen le dio un puñetazo en la mandíbula.

—¡No me digas que le estás metiendo la verga en el culo! —gritó enfurecido.

Le escupió encima y dio la vuelta sobre sus talones. Parecía haberse olvidado por completo de Simon y Minna, quienes lo siguieron.

—Embarazada, Greta… ¡Embarazada! —gritó Fielitz.

Su desesperada risa se ahogaba ahora entre un gorgoteo de sangre.

—¡Es la Santísima Virgen!

95

Después de dejar a Simon, Minna tomó el camino de regreso a la villa. Beewen, que se había quedado en el Mercedes, fumaba cigarrillo tras cigarrillo, con expresión hosca. El hombre de la Gestapo vivía en el distrito de Prenzlauer Berg; no del todo cerca. Le había pedido que lo dejara frente a su casa. Se las arreglaría para volver por su cuenta.

Minna estaba disgustada. Beewen no era más que un bruto, doblemente asesino. ¿Pero qué podía esperar? Había sido miembro de las SA, luego de la Gestapo.

Había ascendido en las filas de una asociación criminal. Su primera y última naturaleza era la violencia. Sangre por sangre, reglas de la brutalidad. Era el lobo de las fábulas, el asesino de las malas novelas, el bastardo que amamos odiar. Una vacuna radical contra cualquier atisbo de apego o amistad.

¿Cómo podía haber buscado su apoyo? ¿Cómo podía haberle pedido ayuda y haber sido seducida por su apariencia de ogro tuerto?

Cuando llegó a Dahlem, comenzaba a llover. Se detuvo frente a su puerta para recolocar el capó con la ayuda de Beewen. Iba de un lado a otro sin abrir los dientes, todavía temblando de una cólera mal digerida.

Mientras no me pida que me quede a pasar la noche...

Beewen hizo algo mucho peor: intentó besarla. Después de su repugnante comportamiento en el Nachtigall, era lo último que debió haber intentado.

Minna lo empujó suavemente, sacudiendo la cabeza. Este movimiento, a pesar de su gentileza restringida, estaba saturado de desprecio e incluso de consternación. *Nada de eso entre nosotros.*

Beewen sofocó una maldición que venía de muy lejos. Un gruñido en el que expresaba toda su amargura, toda la acritud de una vida —incluso, tal vez, el resentimiento inmemorial del hombre hacia la mujer.

—Ni siquiera tú te quieres a ti mismo —susurró ella para calmarlo.

—¿Tú qué sabes?

—Has estado pensando en esto durante semanas, y justamente has esperado a la noche en que has golpeado a un pobre tipo inocente para actuar.

—¿Me consideras un imbécil?

Minna sonrió.

—Comienza por considerarte a ti mismo. Ya hablaremos.

Nueva maldición, pero una que era solo un eco de la primera. Más ligera, menos convencida.

—Estoy cansado de los intelectuales —murmuró él.

—Deberías de cansarte de jugar al tonto. No hay vergüenza alguna en reflexionar. Menos aún en tener principios y respetarlos. No puedes seguir siendo toda tu vida el secuaz del poder podrido.

Beewen soltó una risa siniestra.

—Ese poder no durará mucho.

—Eso espero. De todos modos, no puedes seguir siendo un sepulturero.

—¿Cómo sabes a lo que me dedico?

—El olor.

Metió los pulgares detrás de las solapas de su esmoquin, en una postura paródica. Todavía estaban de pie frente al umbral del patio de la villa, bajo una fina lluvia.

—¿Incluso a través de mi traje de noche?

—Todos los poros de tu piel rezuman muerte.

Un escuadrón cruzó la oscuridad, muy alto en el cielo. Siempre esta amenaza, esta sensación de que grandes movimientos estaban ocurriendo sin su conocimiento. Un terremoto en movimiento.

Él asintió consternado.

—Realmente llegué al fondo de… lo humano.

—No. Justo ahora es momento de mostrar algo de humanidad.

—Me das asco. Juegas con las palabras. Para ti, nada importa. Todo es hablar. Suenas como la niña de papá que siempre tuvo opción. ¿Tu instituto y tus pacientes se incendiaron? ¿En qué va a cambiar eso tu vida?

Minna no se apartó de su tono de dulzura:

—Olvídame. Olvida tu ira. Actúa en el presente. No pienses en el pasado ni en el futuro.

—Me estás fastidiando.

Metió las manos en los bolsillos como si su chaqueta de esmoquin se hubiera convertido en una parka militar común y corriente y giró sobre sus talones. Minna se quedó observando su alta constitución que se confundía con la oscuridad como si se estuviera ahogando bajo sombrías oleadas. Acababa de sorprenderla con una fragilidad, una vulnerabilidad bajo la piel de la bestia, recordándole la de sus locos, tanto violentos como impotentes, agresivos y desvalidos.

—¡Espera!

Él se dio la vuelta. Ella le sonrió en la oscuridad.

—Si quieres, puedes dormir aquí.

Volvió sobre sus pasos, con la cabeza entre los hombros y las manos en los bolsillos. No muy adecuado para los bailes de la aristocracia berlinesa, pero vaya que habría hecho temblar a más de una.

—¿De verdad? —preguntó desde las profundidades de su cuello vencido.

—De verdad. Pero no pasará nada.

Beewen terminó por sonreír.

—Pasará que dormiremos bajo el mismo techo.

—¿Decepcionado?

—Para mí, eso vale más que cualquier otra cosa.

96

Por su cara aún escurría la lluvia, pero estaba en su cama. El cielo estaba repleto de miles de millones de gotas, pero él estaba en su habitación. Los relámpagos desgarraban sus sábanas, convirtiendo sus pliegues en grietas azuladas, como atrapadas en la luz de focos de aluminio. Por supuesto, estaba soñando. Pero soñaba con tanta violencia que su cuerpo se retorcía como una víbora bajo el tacón de una bota, que su cabeza golpeaba la almohada con tanta fuerza como un martillo sobre la piedra. Por Dios, esta tormenta en blanco y negro, con estas grietas de luz y estas ráfagas de lluvia, tenía el poder de un hecho real que requería todos sus sentidos...

De repente abrió los ojos y se sentó en la cama. La tormenta estaba allí. El trueno sacudía las ventanas, los relámpagos deslumbraban la calle.

En ese instante, lo vio.

De pie en el umbral de la puerta, la gabardina escurriendo y un *homburg* de ala ancha, permanecía inmóvil, con las manos en los bolsillos. Con cada destello, aparecía su máscara. Verdoso, biselado, macabro. Un antifaz de mármol que escondía sus ojos.

Estatura promedio, complexión mediana, el asesino no se parecía a nadie conocido. Mitad humano, mitad extraterrestre, evocaba una criatura androide a la cual se le habían injertado fragmentos de carne, reatazos de organismo vivo. O al revés...

Simon padeció tanto terror como asombro. ¿Estaba soñando? ¿Había logrado finalmente atraer al Hombre de Mármol a las redes de sus sueños? ¿O era solo una alucinación causada por la tormenta?

Se pasó la mano por la cara como se pasa la página de un libro para saber qué ocurre más adelante. La aparición se había esfumado. Simon saltó de su cama, arrancándose los electrodos pegados a su cabeza. Pasó a la habitación contigua, la sala de espera: nadie. Nadie en su oficina.

Corrió hacia la entrada y vio una silueta que huía por la puerta abierta. Simon estaba a punto de seguirla cuando se percató de que estaba en ropa interior. Por algún estúpido automatismo, condicionamiento moral o lo que sea, volvió a su habitación para ponerse un atuendo decente.

Afuera, el chubasco era peor que en su sueño. La calle pareció levitar, desmaterializándose en un aguacero crepitante. No se sabía si las gotas golpeaban el suelo o si una marea de charcos, arroyos, caudales, levantaba la suciedad como una alfombra común.

Ni un coche, ni un transeúnte —y, por supuesto, ningún Hombre de Mármol. Reducido ya a un estado líquido, Simon se aferró a la razón y rechazó las ideas que lo asaltaban, aberraciones donde una quimera pasaba del sueño a la realidad, antes de desvanecerse por una calle de Berlín.

Dio algunos pasos por la vía desierta cuando notó, entre dos autos estacionados, una tapa de alcantarilla abierta cuya placa de hierro fundido descansaba sobre la acera.

El Hombre de Mármol se había metido en este pozo. Había huido por esos túneles llenos de aguas embravecidas. Apoyado en los bordes de la cavidad, Simon dejó que sus piernas colgaran en el vacío, hasta encontrar una escalera de crinolina. Dio media vuelta, se sujetó a los montantes y descendió, atrapado entre el aguacero y la burbujeante creciente que ascendía desde el fondo. Entendía ahora lo inconcebible: él había penetrado, físicamente, en los sueños de las Damas de Adlon.

El contacto helado le entrecortó el aliento; lo sujetó por los tobillos, por las rodillas, haciéndolo sentir como si una sierra estuviera desgarrando sus huesos. Sumergido medio cuerpo, poco a poco, se fue adaptando al tremendo ardor del frío.

Creyó distinguir una figura a doscientos metros de distancia. Sí, algo se movía más allá, al final del túnel: los chapoteos, la espuma... Simon, olvidando el dolor que lo tenía apresado por la cintura, se alistó y avanzó como un hombre entre los pantanos, con todos sus músculos refrenados por la corriente que iba en su contra. La lluvia se colaba en el agujero a través de los desagües y las rejillas de las alcantarillas. Verdaderas cascadas que llenaban la galería a toda velocidad.

Ahora que sus ojos se estaban acostumbrando a la oscuridad, notó un hecho singular: este túnel era rojo. La bóveda, los muros, enteramente de ladrillo, se habían teñido de escarlata, imprimiendo sangrientos reflejos sobre las olas negras.

Simon progresó con dificultad. El techo era redondeado, el suelo también. Seguía perdiendo el equilibrio mientras luchaba contra la corriente. No estaba ganando terreno, más bien estaba perdiéndolo, pero podía distinguir mejor al hombre del sombrero que avanzaba frente a él.

Ahora flotaba hasta los codos —la masa helada, que se alimentaba constantemente a través de las rejillas, seguía ascendiendo. Iba a perder la carrera por abandono. En unos minutos más, no sentiría ya los pies. Desde su infancia, siempre había sido él el primero en «perder los pies».

Apretando los dientes, se juró a sí mismo que esta noche su altura no sería un impedimento. Impulsándose hacia adelante, comenzó a nadar, así de simple. Su progreso de repente se hizo más fácil, la fuerza de la corriente amainaba en la superficie.

Notó que el otro había hecho lo mismo. Había perdido su sombrero, y Simon pudo distinguir la parte posterior de su máscara, en realidad una especie de casco, que le llegaba hasta la nuca como si se tratara de un casco medieval.

Ahora que estaban nadando, alternando la brazada y el crol, la distancia entre ambos se hizo más amplia. El Hombre de Mármol era un atleta excepcional, lo cual confirmaba lo que siempre había sospechado: el asesino había operado cerca del Spree —Isla de los Museos, Parque Köllnischer, el norte del Tiergarten— o cerca del lago Plötzen para escapar con mayor facilidad nadando. El agua era su elemento, su reino.

Al agua y los sueños...

El flujo subterráneo se estaba convirtiendo en una indomable afluente... Simon elevó su cabeza para no perder de vista a su presa.

En ese mismo momento, esta desaparecía hacia la izquierda, arrastrada por un poder invisible. Solo le tomó unos segundos llegar al mismo lugar y ser arrastrado de la misma manera, como una hoja de periódico en una cloaca. Una galería perpendicular llevaba hasta este cruce otras aguas de escorrentía, burbujeantes y de amarillentas espumas, que arrastraban consigo todo a su paso. Simon ya no tenía frío. Estaba luchando en un torrente, absorbido, tragado, sumergido por la rompiente de las olas.

A lo largo de las paredes, pudo ver los tubos del sistema neumático —el orgullo de Berlín—, las líneas telefónicas, los cables eléctricos… Dio un respingo y logró sujetarse a uno de los cables. Ya no le importaba el Hombre de Mármol. Debajo de la bóveda, el agua le llegaba hasta la boca. A cada brazada se atragantaba, escupiendo, tosiendo, expectorando… Y el agua seguía subiendo, concediéndole solo unos centímetros de aire libre.

De repente, pensó en los desagües. Tomó un trago de oxígeno y soltó la manguera. Inmediatamente fue llevado hacia el fondo, pero se obligó a mantener los ojos bien abiertos. Incluso en esta opacidad, podía discernir el vago resplandor que se filtraba a través de las aberturas...

De repente, un halo. Simon extendió la mano y encontró la cornisa de cemento. Se sujetó fuertemente a sí mismo y se detuvo ante el arrastre de la corriente. Con un tirón, volvió a la cavidad y aspiró el aire entre los hilos del aguacero. Oh, no, solo una pizca, lo suficiente como para no morir de inmediato.

Cerró los ojos, respiró hondo y se dejó ir. Tan pronto como fue succionado, abrió los párpados, siempre buscando la siguiente apertura. La apnea se iba apoderando de sus pulmones. ¿Cuánto tiempo podría durar así? No había calculado (ni siquiera había pensado en ello) la distancia entre dos desagües.

Una luz, o más bien una penumbra menos densa…

En un segundo, la ranura estaba en su mano. Una vez más, logró que su muñeca se atascara en el orificio. Sus dedos se aferraron y ladeó la cabeza, mientras toda el agua del mundo se precipitaba en ese espacio, en su boca. Levantó la barbilla y logró tragar unos cuantos mililitros de aire.

Era la vida misma lo que él succionaba allí, con los labios abiertos, con la boca erguida como un animal acorralado. Las olas de la alcantarilla se le derramaban por la cara, por los oídos, por los ojos... pero podía respirar. Y él no dejaría ir su última esperanza. A lo largo del túnel, por encima de él, tarde o temprano aparecería una rejilla. Y entonces sería capaz de empujarla y escapar de este infierno.

Tomó una bocanada de oxígeno y volvió a la corriente. Una vez más, se dejó llevar como una partícula. Era casi estimulante flotar así, en su propia muerte. Después de todo, ¿para qué resistirse?

Finalmente, una rejilla. Simon logró sujetarla y metió la boca entre los barrotes. Manos apretadas sobre el metal, sus labios buscando la vida. Estaba bebiéndose a tragos la noche, lamiendo los barrotes de hierro como un borracho su botella vacía.

Comenzó a sacudir la reja con ambas manos. Nunca se habría creído poseer tanta fuerza, con tan poco aire como combustible, pero era eso o morir. *Mientras haya esperanza, hay vida*. Golpeó, empujó, hizo presión con los puños, con la cabeza, con los hombros. Peleaba con la energía de los que no tienen nada que perder.

De repente, un movimiento. Volvió a insistir y, esta vez, fue la buena. La rejilla saltó. La empujó y tomó una gran bocanada de aire empapado.

Él se había salvado.

Estaba vivo.

Él era la lluvia y la vida.

Él era el aire y la noche.

97

De regreso a casa, temblando, demacrado, exhausto (lo que le había parecido una agotadora carrera hasta el final de la noche, solo lo había desplazado a trescientos o cuatrocientos metros de su casa), Simon se metió directamente en una ducha a máxima temperatura.

Bajo el chorro ardiente, reflexionó en torno a las revelaciones de la noche.

Primero, el Hombre de Mármol no era ni Josef Krapp ni un ser imaginario surgido de los sueños. Era un hombre enmascarado, de estatura media, con sombrero e impermeable, que podía entrar a la casa de uno sin su consentimiento.

Simon se secó (sus temblores se atenuaron) y fue a prepararse un café. Eran las tres de la mañana, pero su emoción podría haber dado cuerda a todos los relojes del barrio.

Otros datos: el asesino era un excelente nadador. Desde este punto de vista, aunque Simon solía entrenar —a menudo los domingos iba a los lagos Müggel, Weißen, Schlachten, Plötzen...— no había sido rival para un atleta de este calibre.

Así, el Hombre de Mármol había llevado a sus víctimas al borde del Spree o del Plötzen para poder emprender la huida a nado. Esto no era un componente de su psicosis criminal, era una estrategia. Sencillamente eso.

Este índice no resultaba decisivo; especialmente en una Alemania que propugnaba por el ejercicio físico y los placeres al aire libre. En estos tiempos, la mitad de Berlín retozaba todos los domingos en los innumerables lagos y ríos de la capital. El nazismo era una dictadura saturada de vitalidad, que hacía gimnasia todas las mañanas.

Arábica. Molino. Cafetera moka. Encadenaba sus movimientos con alegría. Nuevamente, como tras su liberación, sentía una vaga gratitud universal por todo lo que lo rodeaba, desde el piso de baldosas de la cocina hasta la llama azul de la estufa. Se sentía en deuda con el cielo y con la tierra que lo habían acogido fuera de la cloaca. Maldita sea: estaba vivo. Todavía estaba funcionando...

Pero cuidado. Después de haber sobrevivido a las cárceles de la Gestapo y de escapar a ahogarse, su capital de la suerte se había visto muy afectado —pronto podría quedarse sin cupones...

De repente, recordó algo más. Su máquina. Su *Elektroenzephalogramm*. Dejó la taza de café y volvió a su habitación. Con un gesto nervioso, tomó los metros de papel recubiertos de sinuosidades que resumían, desde el punto de vista de las ondas cerebrales, la visita del Hombre de Mármol.

Estas líneas expresaban una verdad capital: cuando apareció el visitante, Simon no estaba soñando. Estaba en un estado de sueño profundo, lo que significaba que no había soñado con la tormenta ni con el Hombre de Mármol: los había visto... Los truenos lo habían despertado y, consciente a medias, había amalgamado los elementos de la realidad con su sueño...

Entonces logró comprender cómo el Hombre de Mármol había aparecido en los sueños de sus víctimas. Sencillamente las había visitado durante la noche. Las había despertado, quizás por una fracción de segundo, para grabar su imagen en sus cerebros (demasiado pesado, demasiado adormilado como para despertarse por completo). Él se había deslizado, en una falla de sus conciencias. La mente de estas mujeres había hecho el resto. El hombre con su antifaz de mármol había crecido como una semilla en el fondo de sus mentes...

Había procedido exactamente igual con Simon. La tormenta, el relámpago, la silueta, todos estos elementos se habrían colado en sus sueños si no se hubiera despertado y dejado que el asesino entrara en su cerebro. Pero era él, por el contrario, quien se había arrancado del sueño para unirse a su atacante en la realidad...

¿Por qué esta visita? ¿Quería asesinarlo el Hombre de Mármol? ¿Quería asustarlo? ¿O ponerlo en algún camino?

Todavía sostenía su cinta de electroencefalograma, considerando distraídamente las curvas de su actividad cerebral, cuando se percató de que algo había estado mal desde su regreso a su departamento.

Un detalle, un elemento hizo la alarma, pero no podía atinar a cuál. Salió de su habitación y se dirigió a la sala de espera: todo estaba en orden. En la cocina, aparte del olor a granos de café quemados, nada que reportar. Regresó al pasillo, donde no había nada más que su ropa empapada, la cual aún no había recogido y era un desastre.

Finalizó con su consultorio, pensando en sus grabaciones: el Hombre de Mármol podría haberle robado algunas de estas. No, el armario todavía estaba cerrado.

¿Entonces qué?

Dio media vuelta y fue recorriendo lentamente con la mirada cada objeto del consultorio: el diván, la biblioteca, los cuadros, la bandeja de madera barnizada sobre la que estaban extendidas sus estilográficas, sus secantes, su diario, su libreta...

Todo estaba en orden.

Todo salvo un elemento.

Este descubrimiento lo hizo casi gritar y no habría sabido decir si de angustia o de triunfo. El tubo de cartón en donde había guardado el cartel de *Der Geist des Weltraums* había desaparecido.

Era este objeto el que el Hombre de Mármol había venido a buscar. Su fetiche. Su modelo. Así que Simon había tenido razón: la imagen de la pequeña tienda del Pasaje de los Tilos era objeto de veneración para el asesino. Por discreción, o incluso por un sagrado temor, no lo había comprado. Había preferido admirarlo a través de la vitrina, como un icono en el fondo de una iglesia.

Todavía dudaba: ¿gritar victoria o gemir de fastidio (había perdido su única prueba)?

Simon optó (o más bien sus mandíbulas) por una tercera opción. Se echó a reír, sin poder, a su pesar, reprimir los sollozos.

Estaba verdaderamente agotado, el pequeño Kraus. Agotado, pero aún vivo...

98

Se habían levantado al amanecer y, de común acuerdo, habían ido a ver a Günter Fielitz en Charlottenburg. No para volver con la intimidación de La Loca de Berlín, sino para interrogar al chofer de Greta, aquel llamado Hans Weber. Los sirvientes les habían dicho que, desde la muerte de su señora, el hombre había regresado a vivir con su madre, cerca de Wandlitz, al norte de Berlín.

Estaban ahora en modo de observación, el Mercedes escondido en una esquina del camino de terracería que conducía hasta la finca, esperando la aparición del hombre del día. Beewen conocía las costumbres del campo. Sabía que Weber ya llevaba varias horas en el trabajo y que, antes de tomar su desayuno campirano, iría a asearse a la entrada de la barraca.

La decoración se asemejaba a un grabado tradicional, de esos que colgaba de las paredes de su finca natal. Bajo la luz anaranjada del amanecer, se distinguía una típica granja de Brandemburgo contra la llanura, con su techo de paja abuhardillado, sus tejas cubriendo la fachada, sus ventanas enmarcadas por troncos. Todos los elementos estaban bañados en los mismos tonos: cafés, grises, rojos, siena… La paja que se acumulaba al pie de los muros, los baldes tirados por doquier, las herramientas oxidadas, el barro mismo y sus charcos… todo tenía tono desvanecido a cáscara de nuez.

Minna le había prestado uno de los trajes de su padre, quien era tan fornido como él. Un poco apretado quizás, pero estaba bien. Secretamente, a Beewen le impresionaba usar un traje así: seda de espiga, solapas cosidas, pantalones de cintura alta. Casi se sentía avergonzado de ponerse la ropa del barón von Hassel y, por una vez, no llevar el traje de un muerto.

A las ocho en punto, apareció Hans Weber, con pantalones de montar y una camisa gruesa, cargando su peso con gruesos tirantes de lona.

—Beewen —advirtió Minna—, hoy seré yo quien dirija el interrogatorio. No quiero verte poner tus manos sobre ese chico.

Franz dio un gruñido mientras asentía, preguntándose cuál podría ser la estrategia de Minna. *Más tiempo perdido...*

Weber llenó un cubo en el pozo y luego se acomodó cerca del umbral de la granja. Sentado en un taburete, hundió su cabeza en el agua fría. Cuando la levantó, Minna von Hassel y Franz Beewen estaban de pie frente a él.

Hans era un joven de rostro tierno y figura esbelta. Una auténtica cara de idiota sobre un cuerpo andrógino. Franz habría hecho del asunto un trabajo rápido con una mariquita como esa, pero había dejado que Minna actuara. Siempre habría tiempo para recurrir a los buenos métodos antiguos.

Sin una palabra de presentación, Minna ordenó:

—Síganos.

Con asombro, Beewen notó que ella estaba apuntando al chico con una Luger. ¿De dónde había sacado esa pistola? Los métodos de la baronesa no diferían tanto de los suyos.

Un árbol solitario se alzaba en lo alto de la pequeña colina que dominaba la granja. Un tilo de tronco ceniciento y hojas pálidas. Tomaron esta dirección. Beewen esperaba ver salir a la madre en cualquier momento, pistola en mano. Pero no, debía de haber estado ocupada ordeñando alguna vaca en la parte trasera de un granero.

—Siéntate ahí.

Hans obedeció, colapsando al pie del árbol.

—¿Quiénes son? —preguntó, con voz tímida—. ¿Qué... qué me van a hacer?

Seguía lanzando miradas de pánico a Beewen, el corpulento hombre tuerto que no decía nada, pero que golpeaba cuando era necesario. Luego miró a Minna y pareció aún más aterrorizado: acababa de sacar un esterilizador de su cartera y estaba preparando una inyección.

Weber comenzó a llorar como un niño. Frágil y delicado, el campirano chofer debió haber estado más a gusto bajo las sábanas de Günter Fielitz que arando.

—¿Qué van a hacerme? —repitió entre lágrimas.

Minna enroscó una aguja en la jeringa y rompió el extremo de un vial. En un movimiento muy fluido, que destilaba calma y experiencia, clavó la aguja y bombeó el producto. Luego expulsó unas gotas para sacar todo el aire de la jeringa.

Beewen la observó proceder. La sustancia perlada era espesa como el aceite, púrpura como la pulpa de una fruta.

—Álzale la manga —ordenó Minna.

Esta vez, fue Beewen quien cedió a la curiosidad:

—¿Qué es eso?

—Algo que evitará que lo golpees.

El otro apenas forcejeó cuando Beewen le desnudó el antebrazo... no opuso más resistencia que un niño en el dentista.

Beewen odiaba las inyecciones. Esta aguja que atravesaba un tejido graso o que se clavaba en una vena le parecía más violenta que todas las torturas que solía infligir la Gestapo.

Sin embargo, mantuvo la concentración —era el asistente de Minna, no había manera de que apartara la mirada. Weber estaba temblando. La atmósfera bucólica se sumaba a la extrañeza de la escena. Las aves cantaban, el rocío brillaba, el follaje susurraba. Se anunciaba un día espléndido.

Sosteniendo la jeringa entre sus dientes, Minna apretó un torniquete de goma alrededor del bíceps del «paciente». Dándole pequeños golpes en el pliegue del codo para hacer que sobresaliera una vena, ordenó:

—Cuenta.

—Pero ¿qué me están inyectando?

Empujó la aguja en la vena azul, que sobresalía bajo la piel.

—Cuenta.

Weber ahogó un gemido. El dolor le hizo arquear la espalda y su nuca golpeó contra la corteza del tilo.

Fue presa de violentos temblores y comenzó a dar de saltos en la hierba como un motor de combustión interna. Beewen lo sometió mientras Minna seguía haciendo avanzar el émbolo. Conforme el producto desaparecía en el surco azulado, Beewen lo imaginó circulando por el cuerpo de Weber, adentrándose en su red venosa.

De repente, el cuello del hombre se puso enteramente rígido y su pecho se congeló. De su rostro congestionado brotó un chorro de sudor, tan violento como un ataque de lágrimas.

Un poder interior parecía haberse apoderado de su pecho para ascender hacia su cerebro. Beewen percibió que aquella fuerza tóxica le atravesaba la garganta, la cara, como una serpiente viscosa que empujaba sus tejidos y lo ahogaba.

Minna retiró la aguja y presionó una bola de algodón en el pliegue del codo.

—Cuenta —repitió de nuevo, aparentemente indiferente al martirio de Weber.

La mirada del chico se nubló. Sus ojos se pusieron en blanco y desaparecieron bajo sus párpados a medio cerrar.

—¡Cuenta! —ordenó Minna, cambiando de brazo.

Volvió a colocarse la jeringuilla en la boca y ató el torniquete con la velocidad del rayo. Un segundo después, la aguja había encontrado una nueva vena.

Los temblores se reanudaron. Beewen pensó que unas cuantas bofetadas habrían sido mejores que esta tortura química, pero Minna parecía tener confianza en ella.

Finalmente, Weber se relajó.

—Cuenta —dijo por vez última.

Con voz sepulcral, Weber comenzó:

—Eins, zwei, drei…

Beewen contempló, fascinado, la metamorfosis. Con ambas manos apoyadas en la hierba, con las palmas mirando hacia el cielo, Weber pareció fundirse con la luz del día.

—Vier, fünf, sechs…

No fue más allá: se había quedado dormido.

—Maldita sea —murmuró Beewen—, ¿qué es lo que le has inyectado?

—Tiopental sódico, ¿eso te dice algo?

—No.

—¿Pentotal?

—Tampoco.

—Es un anestésico. A ciertas dosis, deprime el sistema nervioso central, destruye la resistencia de la voluntad. Lo llamamos el «suero de la verdad». Me sorprende que no lo hayan usado en la Gestapo.

No se atrevió a responderle que sus métodos solían ser más... rudimentarios. Sin embargo, había escuchado hablar en la Geheime Staatspolizei del uso de productos químicos para hacer entrar en razón a los más recalcitrantes. Minna habría sido una asesora de primer nivel en el número 8 de Prinz-Albrecht-Straße.

Ella abofeteó violentamente a Hans Weber y le habló suavemente, simulando una complicidad añeja. El hombre parecía apenas consciente. Las lágrimas corrían por su rostro. Sus ojos, temblorosos, expresaban un profundo alivio.

—¿Estás bien?

Sin respuesta. El cuerpo de Weber aún se licuaba en la luz, convirtiéndose en un flácido charco de energía, lánguido y rojizo.

—¿Estás bien?

—Sí —susurró él finalmente.

—Somos tus amigos. Estamos aquí para ayudarte.

Weber hizo un esfuerzo por mirarlos, pero no parecía estarlos viendo.

—¿Vas a decirnos todo lo que sabes?

—Sí…

99

—¿Como te llamas?

—Hans Weber.

—¿A qué te dedicas?

—Chofer.

Minna no tuvo tiempo de hacer una nueva pregunta, Weber volvió a hablar, esta vez voluble:

—Lo que importa es el reglamento de circulación. ¡Tienes que saberte el reglamento de principio a fin!

—¿Lo conoces?

—Mejor que nadie.

—¿Qué coche conduces?

Weber no respondió. Parecía estar jadeando por aire, abriendo la boca como un pez fuera del agua. Un hilo de baba se secaba en las comisuras de sus labios.

—Es el reglamento de circulación —repitió, más suavemente.

—Claro. Háblame de Greta Fielitz.

Las moscas revoloteaban ante sus ojos. Algunas se posaban en su rostro sudoroso.

—Los reflejos también... —continuó, como si no hubiera oído a Minna—. Tras el volante, los reflejos son clave...

Su voz se apagó. Beewen esperaba el momento en que el pobre tipo se derramara sobre la hierba como un balde volcado.

—Hans.

Weber se había vuelto a dormir.

—¡Hans!

Nueva bofetada. El hombre volvió en sí. Sus pupilas, que una vez más habían desaparecido, cayeron de sus párpados y miraron al horizonte.

—Háblame de Greta Fielitz.

—Mi patrona.

—¿Qué puedes decirme de ella?

—Ella está muerta. Asesinada.

Por lo tanto, el conductor era de confianza —sin duda debido a su relación «privilegiada» con el marido. ¡Qué maraña de problemas!

—¿La llevabas a todas partes en Berlín?

—A todas partes.

—¿Tenía amistades?

—Muchas.

—¿Mujeres u hombres?

Weber se rio entre dientes. Su risa, ligera y dispersa, parecía provenir del follaje del tilo, del cielo que se iba tornando azul marino.

—De ambos...

—¿Dónde los veía?

—Hotel Adlon, café Zigler...

Continuó enumerando nombres en voz baja. Su discurso era tan confuso que resultaba casi ininteligible.

—¿Ella iba a veces a su casa?

—A veces.

—¿Ella tenía amantes?

—No, nada de amantes.

—¿Estás seguro?

—Completamente.

—¿Por qué estás tan seguro?

Hans Weber echó la cabeza hacia atrás. A la distancia, se habría pensado que estaba recordando un poema, moviendo apenas los labios, los ojos levantados hacia la copa del tilo iluminada por el sol.

Beewen percibió en el calor creciente una especie de letargo. Verdaderamente una escena extraña. Un interrogatorio que se prolongaba, al aire libre, a la hora en que la naturaleza se despierta. Nada que ver con las musculosas sesiones de su despacho.

—Prohibido…

—¿Por su marido?

Se rio de nuevo, y extendió su brazo derecho sin fuerzas, en una parodia de un saludo hitleriano.

—¡Por el Führer!

La psiquiatra no se había dado cuenta: había que dejar que se desarrollaran las divagaciones del hombre y captar las respuestas correctas a medida que salían sobre la marcha. Beewen supuso que Minna era una experta en este tipo de audiciones. Sin duda ella había rastreado, con el uso de este barbitúrico, viejos traumas, síntomas ocultos en lo más profundo del inconsciente de sus pacientes.

Hans levantó su dedo índice y agregó:

—Muy serio, nuestro Führer…

—¿Y si te dijera que Greta estaba embarazada?

Él volvió la cabeza y miró a Minna. Parecía decepcionado. Por su ignorancia. Su estupidez. O simplemente su inocencia.

—Ustedes no saben nada. Hitler quiere que todas las mujeres tengan hijos. Tienes que tener hijos.

—Sabemos, tú y yo, que el padre no era Günter Fielitz.

—Claro que no.

—¿Sabes quién era?

—No.

—Entre sus amistades, ¿hay algún hombre al que haya visto con más frecuencia? ¿Recuerdas haberla llevado a un lugar especial algún día?

Weber se echó a reír. Minna se mordió el labio inferior. Incluso ella estaba empezando a perder la paciencia. De Beewen, ni hablar. Escuchar los delirios de un chofer drogado le parecía un sinsentido. Con sus puños, habría logrado resultados más rápidos.

Hans continuó con sus payasadas. Se llevó el dedo índice a los labios.

—Shhhh —dijo—, es un secreto.

—¿Greta tenía un amante? ¿Sabes el nombre de este amante?

—Ningún amante. En Alemania, hoy, no se necesita de un amante o de un marido para tener un hijo.

Minna lanzó una breve mirada a Beewen. No comprendían el significado de esta oración, pero comprendieron, intuitivamente, que yacían al borde de una revelación.

Hans ahora susurraba:

—Solo se necesita decir la palabra mágica…

—¿Qué palabra?

—*Lebensborn*…

100

Heinrich Himmler tenía un problema. La Gran Guerra había diezmado a la población alemana y luego, durante la República de Weimar, la miseria, las pésimas condiciones de vida y el pesimismo en el ambiente habían provocado un verdadero descenso de la natalidad —las parejas se resistían a tener hijos, el número de abortos nunca había sido tan elevado…

Con la llegada del Tercer Reich, otro peligro amenazaba a la nación: la guerra. Sin contar los innumerables asesinatos del régimen, los conflictos por venir causarían millones de muertos. Por lo tanto, el Reich de los Mil Años debía encontrar una manera de redoblar sus filas. No habría dominación nazi sin un activo esencial: los números. Para invadir Europa, incluso el mundo, tenía que haber muchos alemanes, así de simple.

Ya en 1933, Heinrich Himmler había lanzado una campaña de propaganda para alentar la procreación. Carteles, mensajes de radio, películas, pero también leyes, beneficios, subsidios... El objetivo: cuatro hijos por familia, incluido uno especialmente concebido por Adolf Hitler. El *Führerdienst*, el «servicio del Führer».

Esta estrategia no había bastado. Después del derramamiento de sangre de la Gran Guerra, Alemania, en los años treinta, tenía muchas más mujeres que hombres. Pero todas estas *Mütter* en potencia tendrían que procrear. Himmler había hecho a un lado los sacrosantos valores burgueses y cristianos. Matrimonio, fidelidad, hogar, todas esas tonterías egoístas y antipatrióticas. El *Reichsführer-ss* ahora abogaba por el adulterio, la poligamia y el intercambio de parejas. ¡Tenían que coger, *Mensch Meier*! Solo eso importaba.

Las madres solteras representaban una particular dificultad: estas jóvenes embarazadas, abandonadas por el progenitor, no dejaban de transmitir su error. Había una necesidad urgente de detener esos abortos.

Himmler tuvo así la idea de los Lebensborn; un nombre que asociaba «Leben» (vida) y «Born», un antiguo término que significa «fuente» u «origen». Estas «fuentes de vida» fueron diseñadas para acudir en ayuda de las madres solteras, las mujeres adúlteras y de quienes pudieran haber tenido la mala idea de interrumpir sus embarazos.

Creadas en 1935, bajo los auspicios de la Oficina Central de Razas y Asentamiento, estas clínicas ofrecían atención prenatal, asistencia durante el parto y seguimiento posterior al nacimiento del niño. Así, la Lebensborn ofreció una alternativa seria a las mujeres que no querían criar o reconocer a su hijo —el Reich estaba ahí para ellas, o más bien para ellos, estos infantes sin padres: los reconocía y los hacía, en el sentido estricto, «niños de la nación».

Eso era, más o menos, todo lo que Minna sabía en torno a aquellos lugares envueltos en misterio. Porque Himmler había cometido un error —se había negado siempre a realizar una campaña de información clara sobre estas clínicas. Como resultado, los rumores circulaban.

—¿Sabes lo que son los Lebensborn? —preguntó Minna, ya en el camino de vuelta.

—A menudo hablamos de eso entre colegas —se mofó tontamente Beewen—. Son una especie de burdeles, creo. Burdeles para las SS.

Beewen a veces era tan predecible —tan ridículamente predecible— que resultaba conmovedor.

—¿Así que Greta era una puta?

—No soy yo quien lo ha dicho.

—¿Y, por qué no, también Susanne, Margarete, Leni?

El hombre de las SS no respondió. Hans Weber simplemente les había explicado que, en secreto, había llevado varias veces a su patrona a un Lebensborn ubicado al sur de Berlín, la clínica Zeherthofer.

Su información no era muy precisa —ese era el inconveniente del Pentotal— pero revelaba un punto decisivo: Greta Fielitz se había contactado con una fuente de vida *antes* de su embarazo, a finales de marzo o en abril.

Este último hecho quizás confirmaba un rumor persistente en torno a los Lebensborn. Se decía que estas clínicas especializadas a veces proporcionaban un padre a las candidatas a la maternidad. De ahí las leyendas que asimilan estas casas a burdeles… ¿Había ido Greta a la clínica Zeherthofer a buscar un padre, en vista de que su marido homosexual no podía fecundarla? ¿No tenía algún amante que le prestara —voluntariamente o no— este servicio? ¿Simon Kraus, por ejemplo?

—Detengámonos ahí —ordenó Beewen.

Todavía no habían llegado al número 8 de Prinz-Albrecht-Straße, pero el hombre de la Gestapo no quería que se le viera acompañado en un Mercedes Mannhein WK10 por una mujer de pelo corto. Tenía que jugar un perfil bajo.

Minna se detuvo y se volvió hacia él. Solo entonces se percató de su expresión devastada, como si estuviera en camino de un infierno específico, conocido solo por él. Se había vuelto a poner el uniforme sin rayas ni distinciones, apestando a fiambre y a sangre coagulada. Parecía un vagabundo asesino.

—¿Cómo estás?

—Déjalo.

—¿De qué va este nuevo trabajo?

—Déjalo, te digo.

Imposible sentir pena por sí mismo. Para Minna, en esta Alemania nazi de mierda, la cosa era *bastardo un día, bastardo siempre*. Beewen había estado golpeando a judíos, comunistas, gitanos, homosexuales durante años. ¿Estaba repentinamente arrepentido? ¿No podía soportar matar fríamente a hombres inocentes, en un estado de perfecta vulnerabilidad?

No sería ella quien lloraría por su destino. Sin embargo, a pesar de este disgusto, de esta repulsión que a veces se apoderaba de ella hacia él, se encontró a sí misma asintiendo cuando él murmuró:

—Hasta esta noche.

Casi parecían una pareja de ancianos.

Vaya broma.

Ella arrancó sin aguardar a que él cerrara la puerta.

Ahora, tenía que aprender un poco más sobre los Lebensborn.

Nada más sencillo.

Ella conocía a uno de los principales mecenas de la Orden Negra. El *förderndes Mitglied* en jefe de estos señores. Este generoso donante, benefactor oculto de los nazis, no era otro que su tío, el hermano de su padre —quien había sido apodado por la prensa alemana como «el barón del asfalto».

O, si se prefiere, dentro del clan von Hassel, «tío Gerhard».

101

Gerhard von Hassel vivía en una gran mansión no lejos de la villa Bauhaus, al borde del bosque de Grunewald. Al igual que los padres de Minna, no había esperado a que el distrito de Dahlem estuviera de moda para instalarse allí. En realidad, esta casa había sido construida por su padre a principios de siglo. En lo profundo de un sombreado parque recubierto por árboles de crujiente follaje, una de las mayores fortunas industriales de Alemania prosperaba en silencio. Nada ni nadie, y mucho menos el nazismo, podría sacudir al tío Gerhard en lo profundo de su fortaleza.

Cuando era niña, Minna le tenía miedo a esta casa. Este edificio, neogótico o neorrenacentista, imposible decirlo, estaba enmarcado por dos alas con numerosas ventanas y torreones. El conjunto entero se asentaba con todo su peso sobre la tierra, reflejándose en un lago de grava cuyo chirrido aún temblaba bajo los pies de Minna.

Había una fuente en el centro, donde los ángeles parecían estar subiendo en escalera entre las aguas murmurantes. A lo largo de una de las dos alas, una galería con columnas de madera albergaba establos donde los caballos vivían como reyes. Era el único recuerdo feliz que Minna tenía de la casa de su tío. Largos paseos a caballo por los terrenos de la familia, tan extensos que se podría llegar a creer que uno estaba en plena campiña.

Minna no se había anunciado, pero conocía los hábitos de Gerhard. El hombre, viudo o divorciado, ni siquiera ella lo recordaba, gustaba de quedarse en casa por las mañanas, de gobernar su reino por teléfono, cables, telegramas y demás cartas selladas. La voz de

Gerhard no era la de un dictador, sino la de un dictáfono, en cilindros de cera, si así se quiere ver.

Desde la entrada, se penetraba en la Edad de Mármol. Dureza y reflejos eran las palabras centrales. Piso de mármol recubriendo una amplia escalera, cuyos peldaños yacían con idéntica frialdad. Paneles de mármol para enmarcar este salón que se presentaba helado como una tumba. Los pasos parecían hacer resonar allí la propia sentencia de muerte.

Pero Minna no se encontraba del todo intimidada: había desgastado sus zapatos de niña en aquellas superficies lacadas, se había deslizado allí, jugado a la rayuela, montado en bicicleta...

La puerta de cristal de la sala de estar se abrió para revelar a un mayordomo, cuyo nombre había olvidado. El personal de estas grandes casas se encontraba en la encrucijada del ser humano y del autómata. Algo rígido, mecánico, los animaba a todos, tan precisos como los engranajes de un reloj de cómoda.

Minna era una niña rica. Se encontraba apegada a estas personas de casa (tanto a las de su tío como a las de su propia familia), pero como uno se apega a las baratijas, a los objetos, a los detalles de una casa familiar. A veces eran reemplazados. Después de unos días, ya los había borrado de su memoria.

—*Herr* Von Hassel la recibirá.

El sirviente se dirigía a ella como si fuese un diplomático extranjero que visita a un soberano. No se merecían tanto: ni ella, una psiquiatra desempleada, ni su tío, un industrial del alquitrán que cada día se comprometía un poco más con los nazis.

La sala de estar recordaba el vestíbulo del Adlon: las mismas bóvedas bávaras, las mismas pinturas siniestras en las paredes, la misma apariencia de cueva sacada de una leyenda wagneriana. A manera de toque personal, Gerhard había añadido algunas armaduras antiguas y colgado alabardas en los muros. Oportunamente, había una chimenea a la derecha, tan grande que se podría haber cocinado un caballo en ella. Sillones de cuero, mesas de roble y alfombras turcas completaban esta decoración en colores sombríos y oxidados.

—Querida mía —se escuchó de repente una voz profunda, que sonaba en aquel lugar tan familiar como la campana de una iglesia.

El Bendito Gerhard. Un cuerpo grande y poderoso tomaba por asalto el espacio, un rostro cuadrado con ángulos duros, como tallado por un cincel. La palabra que venía a la mente era «densidad». Todo su ser exudaba una intensidad particular, como si estuviera compuesto de un magma cuyo enfriamiento hubiera provocado un fenómeno de retracción. Al mirarlo, Minna pensó en los corazones de las estrellas muertas, de los cuales se decía (se preguntaba quién había hecho los cálculos) que una cucharadita de su materia pesaba lo equivalente a un Mercedes.

Su rostro, como prisionero de su propia masa, tenía la solemnidad de un desfile militar. Sus expresiones eran bastante curiosas al observarlas, no se sucedían de manera fluida sino en chasquidos, como si su rostro no estuviera compuesto de carne y músculo sino de acero y ruedas dentadas. Su risa, sobre todo, boca de lobo, dientes destellantes, permanecía siempre una décima de segundo de más, lo justo para causar miedo.

Sus ojos claros expresaban una particular agilidad, donde cada emoción, cada sentimiento, brillaba con fluidez. No era una mirada fría, sino ardiente, cuyo azul recordaba el final de las llamas, donde se encuentran las temperaturas más altas.

Lo que resultaba agradable del tío Gerhard era su profunda cohesión física y social. Parecía, hasta la más mínima costura de su traje, lo que era: un hombre sólido, uno de los industriales más influyentes del Tercer Reich, cuyas decisiones podían sacudir a la economía de Alemania.

Nada que ver con aquellos líderes nazis que, no contentos con aplicar sus principios incoherentes y asesinos, eran físicamente usurpadores. *¿Cómo reconocer al ario ideal? Fácil. Es rubio como Hitler, alto como Goebbels, esbelto como Göring.*

Minna no era ninguna adivina, pero, frente a este hombre todo sonrisa, quien le abría los brazos, tuvo la sensación de que la familia von Hassel sobreviviría al nazismo, a la guerra, a la debacle. Una vez, no hace mucho, Gerhard le había dicho: «Trabajamos para otro Führer, querida, mucho más poderoso que el hombre del bigote. Un dios que está por encima de todos estos patéticos intentos de cambiar el curso de la historia: el dinero. El mundo está fundado sobre el primer capitalista de la historia: el hombre. Es el mejor valor, nunca en declive, nunca deficiente: el egoísmo enloquecido del ser humano».

—¿A qué debo el placer de tu visita?

Él la abrazó con tanta fuerza que hizo que le dolieran los hombros. Tenía un olor curioso, una mezcla de sándalo, lavanda, pero también aromas de desayuno: café, sándwiches tostados...

Sin darle tiempo a contestar, prosiguió:

—¿Cómo va tu hospital?

La pregunta no era irónica. En toda gran familia hay un marginado, un artista, un excéntrico, el lindo pecado que existe en toda dinastía que se precie de serlo. Entre los von Hassel, era Minna.

No tuvo valor para explicarle que el instituto se había incendiado, ni que los autores del crimen habían sido precisamente financiados con donaciones de los von Hassel.

—Todo bien.

Puso sus manos sobre sus hombros —la diferencia de estatura era prodigiosa. Ella le llegaba al pecho y se podrían haber deslizado cuatro o cinco como ella, ciertamente de perfil, en su chaqueta.

—¿Un coñac?

Gerhard conocía los vicios de su sobrina. Ella aceptó con entusiasmo. Eran las once de la mañana.

El industrial se aproximó a un aparador lleno de botellas y licoreras. Yacía de espaldas a ella, haciendo que Minna pudiera admirar la cohesión del momento: la complexión ancha, la decoración en bronce, el profundo sonido del descorche contra el tintinear del cristal del cuello de la licorera.

Se encontró a sí misma imaginando el licor fluyendo transparentemente, espeso como el ámbar. Sintió una oleada de deseo que le hizo hormiguear todo el cuero cabelludo.

—¿Entonces, querida? ¿Qué te trae por aquí?

Entregándole un vaso, la hizo sentarse en un sillón.

—He venido a preguntarte sobre los Lebensborn —dijo ella con voz confiada.

102

—¿Los Lebensborn? —repitió él, con asombro—. Espero no hayas hecho nada estúpido.

—Es para una amiga.

—Eso es justo lo que se dice cuando se ha hecho algo estúpido.

—Te juro que no se trata de mí. Mi amiga se ha puesto en contacto con la clínica Zeherthofer, cerca de Berlín. Quiero asegurarme de que no corre ningún riesgo. He escuchado todo tipo de cosas sobre estos lugares. Estoy segura de que tú sabes la verdad.

—Me halagas, cariño.

Se dejó caer pesadamente en el sillón frente a ella. Los tonos de su traje, café, verde botella, chocolate, daban ganas de acomodarse en él y ahí mismo quedarse dormido. El buen tío, tan cálido y peligroso al mismo tiempo.

—Probablemente has asumido que yo financio estas buenas obras, y asumes bien. De hecho, todos los miembros de las SS están obligados a contribuir para el Lebensborn. El futuro del país depende de ello, ¿me entiendes?

Siempre ese tono irónico. Llevaba un broche ovalado de plata en la solapa de su cuello. Seis hojas de roble subrayadas por la inscripción: «En agradecimiento de las SS por la fiel ayuda en los años de combate». Una distinción reservada para los donantes previos a 1933. En aquellos tiempos, von Hassel había tenido que financiar tanto a los nazis como a los comunistas. En caso de que…

—¿Por dónde quieres que empiece?

—Por el principio, no me parece mal.

Él le dio un sorbo a su coñac y después atacó con su voz de barítono:

—Al principio eran simples salas de maternidad iniciadas por las SS. Hogares que prestaban ayuda a las madres solteras para dar a luz discretamente. Una alternativa al aborto, si así se quiere, muy común en aquella época. La originalidad de los Lebensborn era que, de ser necesario, se ofrecían a quedarse con el infante. Luego se lo daban a una buena familia alemana que tuviese problemas de infertilidad. Todos felices.

—¿Es todo?

—No, no del todo. El fenómeno cobró impulso cuando Himmler comenzó su propaganda en torno al *Führerdienst*. Sabes que Alemania es el país donde más se coge, ¿verdad?

Minna, a fin de poder estar lo más lúcida posible, intentaba no tocar su vaso. Pero sentía ya hormigas en los dedos.

—El país se encuentra ahora en las garras de una verdadera histeria sexual. Cogemos como Hitlerjugend. Cogemos en el Bund Deutscher Mädel. Cada reunión del *Reichsarbeitsdienst* se convierte en una orgía. ¡Y todo esto de buena gana! Creemos que es para complacer a nuestro Führer...

Difícil discernir entre la verdad objetiva y el gusto por la provocación de su tío. Minna seguía sin moverse. Su bebida la miraba fijamente y sus labios estaban casi pegados por la resequedad.

—Hoy, los Lebensborn están floreciendo. Hasta ahora hay unos 20, creo. En Baviera, en Sajonia, en Brandeburgo… Los nazis pronostican quinientos nacimientos por año por maternidad. Himmler piensa más en términos militares, e imagina a Alemania, dentro de veinte años, enriquecida con seiscientos regimientos. En los años ochenta, según sus cálculos, ¡ciento veinte millones de alemanes gobernarán el mundo!

Finalmente, Minna tomó un trago. La dulzura del alcohol, tanto acre como suave, la hizo temblar de pies a cabeza.

—A veces los Lebensborn se quedan con los niños, ¿no?

—Cada vez más a menudo, sí.

—Supongo que entonces siguen un… ¿aprendizaje particular?

—Todo está diseñado para producir pequeños y buenos nazis. Además, el proceso comienza desde antes, al momento de seleccionar a las futuras madres. No todas son bienvenidas. Tienen que ser rubias, tener ojos azules y cumplir con muchos otros criterios físicos de selección. Himmler nunca ha abandonado su idea de una raza aria. ¡Repoblar Alemania, sí, pero con colosos rubios y *Fräulein* atléticas!

—¿Cómo se hace la selección?

—Los especialistas de la raza reciben a las chicas embarazadas. Se les toman medidas, se les examina, se les interroga. Se investigan sus orígenes y los del progenitor (el cual siempre está identificado). Solo se quedan con los casos en los que el infante tiene posibilidades reales de pertenecer a la raza nórdica.

—Debe haber bastantes rechazos, ¿no?

Gerhard rio entre dientes.

—¡Especialmente en Baviera, donde los alemanes son pequeños y morenos! Lo que Himmler no quiere entender es que su modelo es más bien sueco o polaco. En mi opinión, cuando Alemania haya conquistado estos países, es de allí de donde sacaremos ayuda. Lo cual es bastante irónico. Alimentar la sangre de los vencedores con la de los vencidos.

—¿Y la propia educación?

—Himmler ha pensado en todo. Supervisa los menús, los discursos para adoctrinar a los niños, los libros que deben estudiar. Sabes que criaba gallinas antes de liderar las SS, ¿verdad? Todo esto sería irrisorio, si no fuera tan... trágico.

La posición exacta de Gerhard era decididamente incierta. En la intimidad de la familia siempre había mostrado un profundo desprecio por los nazis, pero trataba con ellos y había construido con celo sus carreteras.

—¿Has hecho tu propia investigación? —inquirió ella.

Él volvió a llenar sus vasos. No se sentía ofendido por el alcoholismo de Minna. A sus ojos, esta adicción era parte de la «originalidad» de su sobrina.

—Me gusta saber a dónde va mi dinero. He contratado detectives para que husmeen un poco.

—Bastante peligroso.

—Se les paga en consecuencia.

—¿Qué más has sabido?

Gerhard cruzó las piernas, tan cómodo en su sillón de piel de pitón como en su traje que parecía de fieltro, y luego se echó a reír.

—Todo esto es una fachada. En realidad, como todo lo que hacen los nazis, los Lebensborn son un caos absoluto. A fuerza de despedir a todos los médicos judíos y desanimar a quienes se mantienen fieles a su juramento hipocrático, no encuentran quién dirija sus fuentes de vida. A veces, el jefe de la clínica es tan solo un dentista. Las madres también son especiales. La mayoría son fanáticas ilustradas. Algunas chicas, al dar a luz, contemplan en lágrimas el retrato de Hitler como si se tratara de un dios. Otras tienen meros embarazos psicológicos provocados por su obsesión por prestar «servicio» al Führer. Otras, por el contrario, no siguen el juego, ni bien han dado a luz, escapan con su bebé bajo el brazo hasta la primera iglesia que encuentran para bautizarlo. O solo se hacen presentes para aprovechar el régimen preferencial del que se disfruta en dichas clínicas. Café y chocolate a raudales… Por su parte, las enfermeras y puericultoras se roban las medicinas, las sábanas, saquean las reservas, roban las medias de los residentes, sus joyas.

»Mis muchachos han quedado estupefactos. Detrás de la apariencia de orden y rigor, es un caos total. Se confunden los bebés al registrar sus nacimientos. Se hallan clavos en las papillas, ratas debajo de las camas. Los guardias intentan violar a las madres, antes o después del parto. Sus perros se vuelven locos cuando llegan las menstruaciones de las mujeres. Me han hablado de bebés olvidados bajo el sol, asfixiados en sus camas, o de epidemias que han diezmado tandas enteras de mocosos... Ahí se resume todo el nazismo: un delirante proyecto llevado a cabo por una banda de matones analfabetas. Los hombres del Reich pueden pavonearse con finos uniformes y repartir medallas, pero nunca superarán las rancias cervecerías de las que proceden.

La misa había concluido.

Quedaba la gran pregunta:

—Algunos rumores —retomó Minna— describen a los Lebensborn como burdeles para oficiales de las SS. Lugares donde irían mujeres de manera voluntaria para ser poseídas por gigantes arios. ¿Qué piensas de ello?

Gerhard sacó un cigarro del tamaño de un obús del bolsillo de su pecho. El encenderlo le tomó más de un minuto. Minna había estado esperando este ritual desde su llegada. Siempre había recordado a su tío rodeado de una espesa nube de humo.

—Perenemente estos rumores… —dijo finalmente entre un humo azulado—. No se pueden evitar.

—¿Son falsas esas historias?

—Mis detectives no encontraron nada que apuntara en esa dirección, pero no se puede excluir una «procreación dirigida».

Von Hassel soltó una bocanada de humo junto con otra carcajada.

—Vaya que solo Himmler sería capaz de inventar tal cosa. Un lugar de crianza humana, donde las mujeres arribarían para quedar preñadas por un *Zuchtbullen*, un toro semental... Creo que ese sería su sueño, su pasión secreta. ¡Crear una raza suprema!

Gerhard se puso de pie y abrió los brazos —un poco de teatralidad no podía hacer daño alguno.

—Después de todo, ¿por qué no? Si todo el mundo está de acuerdo...

—Me gustaría que apoyaras mi candidatura.

Aquella frase se le había escapado, sin que ella se hubiera tomado el tiempo para reflexionarla.

—¿Perdón?

—Me gustaría ofrecerme como voluntaria para encontrar a un progenitor ario.

—Pero ¿qué pasa contigo, cariño? ¿Te hace falta? Si es así, puedo presentarte una legión entera de jóvenes herederos llenos de ases, eso sí que sería un cambio respecto a tus conmovedores artistas...

—No. Deseo ponerme en contacto con esta oficina oculta de los Lebensborn.

Gerhard agitó su mano como si intentara mecer sus estandartes de humo azul.

—¡Te acabo de decir que no es más que una hipótesis!

—Esta oficina existe, lo sabes tan bien como yo. Quiero conocer a los hombres que supervisan este... este criadero. Quiero ofrecerme para una fecundación.

Las cejas del aristócrata se fruncieron.

—Pero ¿qué ocurre contigo? ¿Quieres hacer un niño con uno de esos idiotas de las SS? Eso no va contigo.

—No voy a ir hasta el final del asunto, pero quiero saber de qué trata.

—¿Por qué?

—Porque mi amiga se fue por ese camino, estoy segura.

Sus pensamientos se iban poniendo en orden. Greta no habría tenido necesidad ni de un amante ni de su marido para quedar embarazada. Había visitado a los Lebensborn. Un día de marzo de 1939, había ido a una clínica en las afueras de Berlín y se había ofrecido a llevar consigo a un «niño Hitler».

Tal suposición no encajaba mal en el perfil de Greta. Sin embargo, Minna sentía que estaba tocando una verdad allí. *Frau* Fielitz había querido contribuir a la repoblación de Alemania…

—No entiendo nada —exclamó Gerhard, sentándose de nuevo—. Si crees que eso es lo que ha hecho tu amiga, ¿por qué no mejor le preguntas?

—Porque está muerta. Ella ha sido asesinada.

A través del humo, el barón adoptó una expresión contrariada.

—Ten cuidado donde pisas, querida. Berlín se ha convertido en una ciudad muy peligrosa. Uno se puede morir fácilmente allí.

—Quiero saber qué le pasó.

—¿Crees que su muerte está relacionada con los Lebensborn?

—No lo sé. Pero quiero ponerme en contacto con esta gente.

El tío se dejó caer en su silla.

—Lo siento, Minna, no puedo ayudarte.

—¿No puedes o no quieres?

—Es demasiado arriesgado, lo siento.

—¿En qué sentido?

—Con tipos como Himmler, uno nunca sabe lo que puede pasar.

Se puso de pie, sin insistir. Ya se las arreglaría. Le pediría ayuda a Beewen y, por qué no, a Simon.

Su tío la acompañó de regreso al salón de mármol, parecía preocupado.

—Esta amiga, ¿cuál era su nombre?

—No te preocupes —respondió ella, besándolo en la mejilla—. Olvida toda esta historia. No es tan importante.

Cruzando el patio donde aún arrullaba el sonido de la fuente, subió a su Mercedes. La invadió un calor especial, que nada tenía que ver con el coñac ingerido a primera hora de la mañana. Tenía una pista, estaba segura de ello.

El móvil de los asesinatos estaba vinculado con los Lebensborn.

103

Los estudios de Babelsberg estaban ubicados en Potsdam, un suburbio al suroeste de Berlín. Eran los únicos en Europa que podían competir con Hollywood y ahí se estaba escribiendo la leyenda del cine alemán. Era ahí donde se habían filmado *Nosferatu el Vampiro* y *Metrópolis*.

Una idea generalizada era que los estudios habían ralentizado su actividad desde la llegada del nazismo. Nada más incorrecto. El poder del Reich se había apropiado de la producción cinematográfica no para extinguirla, sino todo lo contrario. Desde 1933, los estudios de Babelsberg funcionaban a toda máquina y producían casi un centenar de películas al año.

Se pensaba que todos los talentos habían huido del nazismo: otro error. Por supuesto, Fritz Lang, Robert Wiene, Marlene Dietrich, Peter Lorre o Samuel Wilder se habían alejado. Pero quedaba un número significativo de actores y directores. Adoptando los valores nazis o bien por simple oportunismo, trabajaban como nunca y, en territorio alemán, seguían siendo adoradas estrellas. Emil Jannings, Lil Dagover, Kurt Steinhoff, Gustav Fröhlich habían estado siempre ahí y directores como Georg Wilhelm Pabst o Veit Harlan tampoco descansaban...

Simon conocía bien el cine alemán. Primero, porque le encantaba el cine. Aquel increíble placer de admirar a estos seres gigantes, semidioses de plata, que expresaban sentimientos universales sobre un fondo de espléndidos paisajes y música romántica... También, porque había tenido muchos actores y otras figuras del medio entre sus pacientes. Como siempre, no había respetado una de las reglas elementales del psicoanálisis —mantener a sus pacientes a distancia— y había aceptado felizmente sus invitaciones para asistir de visita a los estudios de Babelsberg o los de la UFA en Tempelhof.

En este día no estaba ahí para pasar el rato. Flanqueado por Minna, buscaban a Sylvia Müthel, diseñadora de vestuario de la UFA desde hace mucho, quien particularmente había hecho un trabajo notable en la película de Albrecht Wegenner, *Der Geist des Weltraums* («El fantasma del espacio»), estrenada en 1932.

Neubabelsberg era una gran llanura salpicada de gigantescos hangares con paredes ciegas, los estudios propiamente. De acuerdo con su información, *Frau* Müthel estaba trabajando en el plató de *Ça ne replies pas, monsieur*, una película de canciones y ballets como las que se producían por aquel entonces.

Otra idea común: los nazis solo hacían películas de propaganda. Por el contrario, preferían embrutecer a su público con comedias sentimentales y operetas con aroma a agua de rosas. Por cada película como *Triumph des Willens* («El triunfo de la voluntad») de Leni Riefenstahl o *Hitlerjunge Quex* («Quex, el joven hitleriano») de Hans Steinhoff, había legiones de películas ligeras donde todos los problemas se resolvían en canciones.

El plató de *Ça ne replies pas, monsieur* se había instalado en el tercer estudio a la izquierda. Tomaron el camino principal, pasando camiones de plataforma que llevaban reflectores o algunos soldados con cascos con púas de la Guerra de 1870.

Simon y Minna habían llegado por la mañana, cada uno con su revelación bajo el brazo —uno había perseguido al verdadero Hombre de Mármol, la otra se había asegurado de que Greta había pasado por un Lebensborn para quedar embarazada. ¿Quién da más? Primicia contra primicia, los dos colegas se habían enfrentado. Sus noticias se habían cancelado la una a la otra y ninguno había ganado el prestigio que esperaba. Es importante destacar que sus hallazgos no mostraban conexión alguna. No había forma de elaborar un todo coherente.

Llegaron al mentado estudio. La puerta estaba abierta y entraron en la inmensa oscuridad del hangar. Solo estaba iluminado el escenario, el cual, en ese gran espacio de tinieblas, parecía una maqueta de balsa, cosa que más o menos era. Tropezaron (siempre se tropieza en un estudio) con cables y cajas ligeras.

Pidieron disculpas, en tanto solicitaron ver a Sylvia Müthel —a su pesar, hablaban en voz baja como si estuvieran en la iglesia. Un asistente les indicó un vestidor dispuesto en el rincón más alejado del estudio, una especie de caravana perdida en la oscuridad.

Tocaron a la puerta, no hubo respuesta, después entraron. El espacio estaba dividido por apretadas hileras de ropa —atuendos de la corte de Federico II, trajes medievales, levitas de la aristocracia rusa... Un extraño olor flotaba por el lugar, una mezcla de aserrín, polvo y moho. Un olor a muerte y olvido.

Se deslizaron entre dos bastidores y llegaron a las mesas de corte y costura. Una mujer estaba trabajando, manipulando una pila de telas cerca de una máquina de coser tan grande que parecía una pieza de artillería.

—Buenos días.

—¿Y eso por qué?

Sylvia Müthel parecía una maestra. Frente alta, anteojos grandes, cabello gris atado en un chongo sobre la nuca. Llevaba una camisola de pintor con las mangas muy holgadas, la cual recordaba a aquellas que solían usar los encantadores en los cuentos de hadas.

Se presentaron. Dos psiquiatras en busca de información sobre el rodaje de *Der Geist des Weltraums* y el papel de Ruth Senestier en la confección de la máscara del fantasma.

—¿Por qué quieren saber todo esto?

—Porque Ruth Senestier está muerta —respondió Minna sin dudarlo—, porque era mi amiga y estamos convencidos de que su desaparición está ligada, de manera misteriosa, a esta película y a la máscara que el Fantasma usó en ella.

—¿En calidad de qué están llevando a cabo esta investigación?

—En tanto amigas. En nombre de la memoria de Ruth.

—¿Qué quieren saber?

—Cualquier cosa que pueda recordar.

—Lo recuerdo todo. Solíamos apodar a aquella película como *La Gran Maldición*.

104

—Se trató de un rodaje particular —comenzó—. El escenógrafo había ideado un sistema que imitaba un cielo estrellado y nos obligaba a rodar en la oscuridad todo el día. Luego, los actores que interpretaban el papel de navegantes espaciales usaron cascos que amplificaban su respiración. En el set, siempre se podía escuchar este aliento inquietante, que reverberaba en las paredes del estudio...

—¿Es por eso lo de «maldición»? —preguntó Minna.

—No. Desde el comienzo de la filmación hubo accidentes. Un set es como un barco. La sospecha de mala suerte se propaga muy rápidamente. Solo se necesitan uno o dos eventos dramáticos para que todos se convenzan de que el mal de ojo está sobre la película.

—¿Qué ocurrió? —preguntó Simon.

Estaban de pie, frente a la mesa, escuchando a esta mujer sentada en medio de un revoltijo de telas y muestras. El olor a polvo tornaba la atmósfera espesa, casi material. En algún lugar se escuchaban los suspiros de una plancha de vapor.

—Primero hubo un asistente al que se le cayó un foco caliente en la cabeza. Su pelo flameaba como estopa. Después, un electricista cayó desde más de cinco metros. Ambas piernas rotas. No hizo falta nada más para que comenzaran los rumores.

—Pero, ¿por qué «maldición»? —insistió Minna.

Sylvia Müthel hizo un gesto de descuido.

—El mundo del cine es muy supersticioso, repito. Siempre hay historias de fantasmas, de mala suerte, que van de aquí para allá por los estudios. Es parte del folclor. Pero lo que acabó con todos fue el personaje de Edmund Fromm.

—¿Quién es él?

—El actor que interpretó al Fantasma junto a Kurt Steinhoff, el héroe cosmonauta, nuestra estrella nacional.

Kurt Steinhoff era un joven líder que había derretido a generaciones de mujeres alemanas con su rostro de torero y su corte de pelo engominado hacia atrás. Simon no conocía a Edmund Fromm. Sin duda un desagradable rostro entre tantos. Pero ante la mención de este actor que llevaba la máscara del Fantasma, sintió un hormigueo en la nuca. Se vio de nuevo a sí mismo, en la noche anterior, vadeando las alcantarillas saturadas por el agua de lluvia. Todo iba demasiado rápido.

—¿Qué tenía de especial? —preguntó Minna.

—Por principio, su rostro. Fromm siempre ha interpretado a monstruos o fantasmas, a menudo sin maquillaje. En la época del expresionismo, encuadraba perfecto con las decoraciones anamórficas y las luces en claroscuro.

—¿Eso es todo?

—No. Su personalidad era bastante... especial.

—Explíquese.

—Jamás se quitaba la máscara.

—Espere —interrumpió Minna—. Primero necesitamos dejar algo en claro. ¿Fue Ruth Senestier quien hizo esta máscara?

—A partir de una escultura realizada en su estudio. Luego utilizó la técnica de la galvanoplastia. Es algo que se usó después de la guerra para...

—Sí, lo sabemos.

La diseñadora de vestuario hizo una mueca, no le gustaba que la interrumpieran. Pero siguió con el mismo tono seco, describiendo estos hechos sin el menor matiz o inflexión que pudiera traicionar un sentimiento.

—Ella había confeccionado esta máscara, absolutamente aterradora, debo decir, para que Fromm pudiera usarla durante varias horas seguidas. Por ejemplo, había creado agujeros para la ventilación y los había forrado con fieltro para absorber el sudor. Todo estaba perfecto, excepto que Fromm nunca se quitaba su máscara. ¡Incluso se la llevaba puesta a casa por la noche!

Simon y Minna se miraron: tras lo ocurrido con el caso de Krapp, había que tener precaución de no abalanzarse sobre el primer sospechoso que apareciera, pero un tipo raro que se identificaba con un Hombre de Mármol seguía siendo un buen candidato.

—¿Tenía algún otro... comportamiento extraño? —preguntó Simon.

—Estaba completamente pirado, se podría decir. Ha sido comparado con Max Schreck, el actor que interpretó a Nosferatu, pero les puedo asegurar que Schreck era un tipo encantador. Por otro lado, no me sorprendería que Fromm fuera un verdadero vampiro.

—¿A qué se refiere?

Sylvia Müthel suspiró, como si estuviera a punto de intentar explicar algo... inexplicable.

—Nunca salía de su camerino y cuando lo hacía era con la máscara sobre su rostro. Los rumores comenzaron a correr. Y luego estaban esos olores extraños...

—¿Qué tipo de olores?

—Algo orgánico y ferroso, como la sangre. Un día, un gerente fue a echar un vistazo más de cerca. Encontró frascos llenos de sangre en su camerino, y una especie de puré de órganos.

—¿Restos de animales?

—Eso es lo que dijo Fromm, sí. Le explicó al jefe de producción que eran los restos de su gato. Un gato que adoraba. Pero, en otra ocasión, dijo que se trataba de un conejo. En otra ocasión, afirmó estar siguiendo una dieta de carne cruda. Un pasante incluso juró haberlo visto beber la sangre del frasco...

Silencio. Nueva mirada entre los dos visitantes.

—Fromm —preguntó Minna—, ¿dónde está él ahora?

—Está muerto.

—¿Desde cuándo?

—Fue en el 33 o en el 34, no sé. Se suicidó. En los estudios, nadie sintió pena por él. Aquel tipo era muy raro...

Otro golpe para nada. Apenas un sospechoso había mostrado la punta de la nariz cuando un golpe de pala lo devolvía al fondo.

—Cuéntenos sobre Ruth —continuó Simon.

—Era una buena amiga —dijo la costurera —ella no había preguntado cómo había muerto la artista, esas preguntas ya no se hacían en la Alemania nazi—. Una gran profesional y una gran compañera. Con el corazón en la mano, siempre dispuesta.

—Sobre la máscara del Fantasma, ¿qué nos puede contar?

Müthel volvió a encogerse de hombros en su blusa —una vacilación que era ya una respuesta.

—No gran cosa. Ruth era especialista en trampantojos, la imitación de minerales. El aspecto fuera de mármol, o algún tipo de mármol, porque era de otro planeta, ¿saben el tipo? Lo recuerdo bien: Ruth había pintado cuidadosamente las nervaduras que afloraban. La ilusión era perfecta. En verdad un gran trabajo.

—Esta máscara, ¿sabes dónde está hoy?

—Fue destruida. Como todos los accesorios de una película cuando acaba el rodaje.

Fromm muerto, la máscara desaparecida. Este interrogatorio era un callejón sin salida. Aun así, Simon no pudo evitar imaginar a este actor bebedor de sangre caminando por el set con su yeso pintado, biselado como la hoja de un cuchillo.

—¿Recuerda alguna relación particular entre Ruth Senestier y Edmund Fromm? —preguntó él.

—Sí.

Simon se sobresaltó: no esperaba una respuesta positiva.

—Ruth se compadecía de él. Todos en el set lo evitaban. Era una especie de paria. Ruth no estaba para tales cosas. Ella siempre estaba disponible para él. Recuerdo que siguió constantemente trabajando con su máscara, repasando los detalles... Con paciencia, pintaba nuevas líneas de mármol falso, pulía un ángulo, retocaba otro...

Simon de repente tuvo otra idea:

—Usted nos ha dicho que solían filmar en plena oscuridad. ¿Alguna vez se quedaron dormidos los miembros del equipo?

Por vez primera, Sylvia Müthel pareció animarse:

—Está claro que no conocen el oficio. Se grita tanto que tendrías que ser sordo para quedarte dormido.

—Pero, ¿nadie tomaba descansos de vez en cuando?

—¿A dónde va con esto?

—¿Nadie llegó a soñar con el monstruo del espacio?

De repente, ella se echó a reír:

—¡Ya les he dicho que nos ponía los pelos de punta, pero tampoco es que estuviéramos obsesionados con el Fantasma a tal punto!

105

Después del interrogatorio al chofer de Greta, Beewen había ido al hospital de la Caridad para enterarse del estado de Dynamo. El adjunto se notaba mucho mejor. Incluso había encontrado fuerzas suficientes para decir algunos chistes y ofrecer consejos. Cosas como: «Sobre todo, hazte pequeño» o: «No te metas más en este puto negocio». Dynamo, detrás de sus melódicas arrogancias, tenía la razón: habían jugado, habían perdido. El juego había acabado. Volver allí era sencillamente un suicidio.

Beewen había asentido para guardar las formas. Dynamo iba a estar bien, esa era la buena noticia. No solo escaparía a la degradación, sino que su herida le concedía una suerte de protección. Tal vez incluso recibiría una condecoración...

No te metas más en este puto negocio. Sin embargo, se encontraba allí, en el segundo piso del cuartel general de la Gestapo, no lejos de su antiguo cuartel general.

—No tienes nada que hacer aquí.

Se dio la vuelta —el *Hauptsturmführer* Grünwald..., acampando en el umbral de su oficina como un conserje en el vestíbulo.

—He venido a visitar a mis antiguos compañeros.

Grünwald se limitó a reír entre dientes. Con el pecho hundido, el bigote aceitado y el pelo color excremento, parecía un cepillo de baño.

—Ya no tienes amigos aquí, Beewen. Eres persona *non grata.*

Beewen se le acercó. El otro fingió sollozar.

—¿No crees que de repente algo huele raro? Una especie de olor a carne requemada...

Se reclinó hacia Beewen y susurró:

—Oh, lo siento... Tengo la impresión de que tus nuevos deberes te persiguen... Ya tienes un aliento de chacal.

Beewen dio un paso atrás y jugó con la idea de acabar con él allí mismo, de inmediato, y colgarlo de un perchero. No. Jerárquicamente, no podía caer más bajo, pero, aun así, sería arrestado y tenía mejores cosas que hacer.

—Al menos deja que sean mis antiguos compañeros quienes decidan eso.

—Ya no queda nadie. ¿Qué has creído? Tal vez en tus tiempos, todos se hacían los tontos, pero bajo mi mando, la investigación avanza.

Beewen abrió la boca para responderle, pero Grünwald fue más rápido:

—Es una pena, ni siquiera podrás despedirte de ellos.

—¿Despedirme?

—Te vamos a enviar pronto a Polonia, cabrón, a recoger carretillas de cadáveres judíos. Allí sí que van a necesitar de especialistas como tú.

Escupió a sus pies.

—En el fondo, nunca has valido nada más.

Beewen sonrió. A su manera, Grünwald estaba mostrando cierto coraje. Beewen debía pesar el doble que él y el espadachín no tenía experiencia alguna ni en la violencia ni en las calles. Era un funcionario de corazón, que había mamado de la mina de un lápiz desde su nacimiento. Pero Grünwald confiaba, por sobre todas las cosas, en la jerarquía nazi. Beewen no podía levantarle la mano a uno de sus superiores. Era simplemente imposible.

Dio otro paso hacia el oficial, el otro retrocedió (de cualquier manera).

—De todos modos —susurró—, he logrado salir con vida. Lo cual no será igual para todo el mundo. Acuérdate de Max Wiener.

—¿Y bien?

—Esta investigación es peligrosa, Grünwald. Condena a quienes se ven involucrados con ella.

Vio la glotis del espadachín saltar como una moneda lanzada al aire. Franz se dio media vuelta y lo dejó plantado allí, manteniendo sus puños cerrados, pero bajos.

—Por cierto, Beewen…

Franz se volvió.

—Siento mucho lo de tu padre. Pero no debe haber sufrido mucho. Los viejos prenden como leña seca y...

Philip Grünwald no terminó su frase.

El puño de Beewen acababa de romperle el puente de la nariz, enviando todo el paquete —cabello lacado, bigote, uniforme, botas lustradas— volando a toda velocidad hacia la elegante oficina del *Hauptsturmführer*.

106

Estaba bajando la gran escalera central cuando se encontró con Alfred —era a él a quien estaba buscando hace un momento. Al verlo, el joven oficial retrocedió, sin duda temiendo que Beewen volviera a robar sus llaves o que le exigiera un favor que lo comprometiese.

Franz lo tomó por el cuello y lo condujo debajo de los escalones de piedra, fuera de la vista y los oídos de la Gestapo.

—¿En qué va la investigación?

—Pero…

—Te has unido al equipo de Grünwald, ¿verdad?

—Sí.

—¿Entonces?

—No va hacia ninguna parte. Grünwald ha hecho entrevistar a decenas de testigos en la zona del lago Plötzen. Nadie ha visto nada.

—¿Cómo justifica estos interrogatorios?

—Encuesta y censo. Pero, en general, cuando llegamos nadie suele hacer preguntas.

Grünwald, al parecer, era menos estúpido de lo que pensaba. Había utilizado el poder del terror de la Gestapo para ir de puerta en puerta sin preocuparse por las consecuencias. Después de todo, la Geheime Staatspolizei husmeaba en todas partes, todo el tiempo.

—¿Qué más?

—Grünwald ha estado investigando el área donde se encontró a Greta Fielitz. Espera descubrir un objeto, o una pista...

El *Hauptsturmführer* estaba perdiendo el tiempo. En cada escena del crimen, se había llevado a cabo la misma búsqueda, se había requerido al KTI para investigar el más mínimo indicio y hacer análisis completos. Todo en vano.

—¿Y del lado de los allegados a Greta?

—Más difícil. Ella solo frecuentaba a la élite del poder. Pero Himmler ha dado carta blanca a Perninken, quien ordenó a Grünwald que no tomara más precauciones. Nuestros oficiales están entrevistando a todos sus amigos, parientes... y eso es mucha gente.

—¿El marido?

—No ha dicho nada. Está abrumado por el dolor, al parecer...

Beewen volvió a ver a Günter Fielitz meciéndose en su columpio, con su traje de Marlene Dietrich… *Sigamos adelante.* Grünwald dirigía la investigación como una gran maniobra y lanzando una amplia red. ¿Por qué no, después de todo? Su técnica, concentrada en unos cuantos hechos, apoyada únicamente por dos civiles, no había dado ningún fruto.

—¿Es todo?

—No. El *Obergruppenführer* ha visitado al *Reichsführer* dos veces el día de hoy.

Beewen no podía soportar más todos esos rangos de mierda de las SS. La información por recordar: a pesar de la guerra, a pesar de los innumerables casos con los que «trataba», Himmler no había dejado de lado a las Damas del Adlon —y Beewen lo comprendía, cuatro víctimas prestigiosas, sacrificadas y evisceradas, por así decirlo, bajo las narices de la dictadura de las SS, estaba fuera de orden.

Miró su reloj —las dos. Pase de lista. Debía reunirse con los *Totengräber.*

—Regresaré a verte —le dijo a Alfred, apretando su brazo.

Cruzó el vestíbulo de piedra y tomó la escalera, que descendía a los sótanos, a los viejos almacenes de obras de arte ahora compartimentados y vueltos sombrías cárceles. Beewen entró en el vestuario donde la escoria de las SS bebía, resoplaba y se tiraba pedos mientras se contaban siniestras anécdotas, entremezclando historias de faldas con detalladas circunstancias de tal y cual ejecución.

Kochmieder explicaba un método que él mismo había creado para desechar restos. El jefe de los carroñeros quería ser un «inventor». Ya se había distinguido, en junio de 1933, por arrojar cadáveres al fondo del río Dahme en bolsas cosidas y lastradas que él mismo había confeccionado.

Imaginaba una manera de colocar la cabeza del cadáver en un estuche de madera y rellenarlo con cemento. Al cabo de unos minutos, se tendría un cuerpo cuyo cráneo pesaba unos cinco kilos.

—¡A la mierda —se burló—, ya verán los resultados!

Los demás asintieron, admirando tal ingenio.

Cuando el *Untersturmführer* notó que Beewen trataba de aparecer con discreción, saltó sobre él.

—Hoy variaremos un poco los placeres —advirtió.

—¿Es decir?

El oficial de mierda abrió sus manos como un mago que pretende hacer aparecer una mascada o una paloma.

—¡*Zigeuner*!

107

Hitler detestaba a los judíos. Pero tampoco le agradaban mucho los *Zigeuner* —los gitanos romaníes—. Al principio, en la época del *Mein Kampf*, el Führer no se interesaba en demasía por estos nómadas, pero con el paso de los años, los gitanos habían podido convencerlo de que representaban uno de los peores ejemplos de etnia marginal, asocial, degenerada. A partir de entonces, se encontraron en el punto de mira de los nazis y todos los pretextos eran buenos para perseguirlos.

Los *Totengräber* avanzaban ahora con su camión de plataforma, el de la fosa común del día anterior, balanceándose como sacos de patatas entre el olor a sangre y carne seca. Por suerte, la lona había sido retirada. Potsdam. Michendorf. Seddiner See. Pronto estarían atravesando por una campiña plagada de sol y calor. Olía a heno cortado y a hierba quemada.

Beewen se había agazapado al final de la plataforma e intentaba acercarse al vacío. La investigación. El trabajo. El pasado... Todo eso tenía que quedar fuera del alcance de sus pensamientos. Medio adormilado, prefirió dejarse sacudir por los baches del camino a la espera de descubrir el programa.

—¿Cuál es la historia de hoy? —preguntó finalmente a quien iba a su lado.

—Gitanos que se hacen los idiotas.

—¿Es decir?

—Se han resistido a un allanamiento. Las SS han abatido a todos los hombres. —Puño cerrado, el hombre extendió el dedo índice y levantó el pulgar, figurando un arma.— ¡Fin del barrio!

—¿Cuándo pasó esto?

—El día de ayer.

—¿Los cadáveres se han quedado allí durante veinticuatro horas?

—¿Qué otra cosa podría ser, carajo? ¡No irán muy lejos!

El camión viró hacia un camino de tierra. Beewen sintió una siniestra aprensión. En el fondo de esta magnífica campiña, les aguardaba una pesadilla. Una verdadera porquería al estilo de las SS, viciosa y repulsiva.

Llegaron a un amplio claro rodeado de maleza. Arbustos en flor iluminaban el contorno de los bosques, flotaban pesados perfumes, la más mínima hoja parecía saturada por jugo, savia y vida. Pensó en picnics, en paseos en lancha, en tardes en traje de baño, escuchando melodías de jazz en un gramófono. Tantas cosas que nunca había hecho y que seguramente no iban a estar en el orden del día.

Cuando el camión se balanceó mientras se detenía en las zanjas, las cosas se aclararon. Las caravanas carbonizadas exhalaban vapores negruzcos a través del aire limpio. Una gran pila de trapos esparcida sobre el prado, luego, más lejos, justo contra el inicio del bosque, se alzaba un montículo de lodo.

Unos metros más y Beewen pudo ver con más claridad. La pila de telas era en realidad un grupo de personas —mujeres, niños, vestidos con harapos de colores— que estaban arrodillados, hombro a hombro, cantando, bramando, llorando. El montón de tierra oscura había resultado ser un montón de cuerpos desnudos, putrefactos, hinchados por el calor, asediados en todas partes por torbellinos de moscas.

Beewen entrecerró los ojos e incluso pudo ver las cabezas de los muertos, erguidas, ladeadas, incrustadas unas en otras como un rompecabezas de terror puro. Unos sonreían, otros hacían muecas, los rasgos distendidos por la hinchazón de la carne, por los gérmenes que pululaban bajo los músculos. La mayoría estaban cubiertos de moscas que oscurecían aún más el color de su piel. Se podían distinguir las heridas: buen trabajo el de las SS, una bala en la sien o en la frente, a veces en el pecho.

El coro trágico continuaba y ahogaba el rugido del camión que derrapaba entre la tierra y el estiércol de vaca. Los soldados, de pie sobre la plataforma, se aferraban a la barandilla y observaban a estas mujeres que soltaban alaridos entre sí.

Sus voces eran abrumadoras e insoportables. Una especie de llanto que entristecía el corazón y que, sin poder explicar la razón, resultaba reconfortante. Voces roncas y estranguladas que llegaban hasta lo más profundo del ser y que arrancaban emociones en forma de un sangriento esputo.

Una mujer en pie, sin edad (cabello negro intenso, rostro cubierto por una fina red de arrugas), fungía como solista, proyectando sus cánticos sobre el coro, mientras las demás mujeres y niños se agrupaban a su alrededor como una tribu suele hacerlo alrededor de su tótem. Lo más sorprendente era que este coro vestido con harapos, con múltiples fragmentos de oro y plata, miraba directamente a los ojos a los cadáveres —a los maridos, a los hermanos, a los padres, cuyos vientres se hinchaban ya visiblemente y cuyas mejillas, al borde del color verdoso, ya habían estallado, dejando al descubierto encías atestadas por hormigas.

Flores trenzadas se habían acomodado y dibujaban un arco alrededor del grupo.

—¡*Herrgott*! —murmuró su compañero—. ¿Qué carajo es este lío?

Beewen no respondió. Parecía una ceremonia sagrada, algo aterrador, inexplicable, algo que se relacionaba con dioses antiguos y espíritus invisibles.

El camión se detuvo, los sepultureros saltaron al suelo. Los soldados se deslizaron por el barro negruzco, teniendo conflictos para mantenerse en pie. Se encontraron con los SS encargados de supervisar este pequeño mundo.

—*¡Scheiße!* —gritó uno de ellos—. ¿Qué demonios estaban haciendo? ¡Hemos estado aquí desde la mañana, respirando ese hedor y sintiendo cómo va llenando nuestras bocas! ¡Podemos hacer algo mejor!

Beewen notó las flores trenzadas.

—¿Les han dejado tejer sus coronas?

—Claro que no, amigo. Ese es su trabajo. Son recolectores.

Como cualquier campesino, Beewen temía a los gitanos. Tenía la cabeza llena de leyendas, de supersticiones. Estas personas mantenían relaciones secretas con un mundo oculto, poderoso e inquietante. De nada servía cazarlos, perseguirlos, ellos eran los más fuertes.

—¿Por qué los han matado?

El soldado se encogió de hombros, su casco cayéndole sobre los ojos. Beewen notó que su Mauser 98K ni siquiera estaba cargado.

—No hemos sido nosotros —explicó—, sino el batallón de ayer. Se negaron a seguirlos, o no sé qué. De cualquier manera, si mueren aquí o en un campo, da lo mismo. Esto nos ahorra el transporte.

—¿Los niños y las mujeres?

—Marzahn.

Desde los Juegos Olímpicos de 1936, el NSDAP había hecho limpieza. Todos los gitanos de los suburbios de Berlín habían sido trasladados al campo de Marzahn, en la meseta de Barnim, al noreste del valle del Spree.

Franz notó entre este caos —niños llorando, mujeres cantando, los sepultureros golpeando con palas para silenciarlos— un detalle de crueldad suplementaria. Entre los cuerpos putrefactos, varios hombres aún vivos yacían adheridos a los cadáveres. Beewen había oído hablar de esta tortura practicada en la KZ, una broma a los ojos de las SS.

Al ver a estos hombres desnudos, atados a aquellos restos, convirtiéndose ellos mismos en carroña por la contaminación, sintió que un viento maligno se levantaba dentro de él. Tanta práctica infecta, tanta crueldad inútil, en verdad no era posible...

Dejó caer su pala y sacó su cuchillo, una fina daga nazi que había guardado de sus días de gloria. En unos cuantos pasos, estuvo cerca de la fosa común y cortó las ataduras de un tipo bajo, todo negro, concentración pura de músculos trenzados con piel sedosa, luego liberó a un tipo grande que gemía y a un último que parecía más muerto que vivo.

En la conmoción, un niño saltó del coro y se arrojó a los brazos del tipo grande. No hacía falta hablar la lengua de los *Zigeuner* para entender que el padre y el hijo se habían reencontrado.

En ese instante, un *Totengräber* irrumpió levantando su pala, listo para aplastar el cráneo del niño. Beewen lo tomó por el cuello y le apuntó con su daga a la garganta. Estupefacto, el SS dejó caer su herramienta en el barro.

—Vete. Ve a cavar tu hoyo y olvídate de ellos, de lo contrario te juro que seré yo mismo quien te entierre.

El hombre recogió su pala y huyó.

Kochmieder, que había visto la escena desde lejos, gritó:

—¡Tómatelo con calma, Beewen! Aquí ya no eres tú quien hace la ley.

Franz recogió un par de pantalones y una camisa de entre aquellos que yacían tirados por la hierba y se los arrojó al hombrecito a su lado, esculpido en madera negra.

Mientras se vestía, el gitano comenzó a soltar una jerga incomprensible, de la que Beewen solo logró captar fragmentos de palabras:

—Mis cojones no me olvido de lo que han hecho allí hoy primo esos cabrones mi novia esos pendejos te digo mis cojones pagarán toda su mierda un día…

Escupió en el suelo, no lejos de las botas de Beewen.

—Disculpe «mis cojones», pero no entiendo lo que dice.

—No es cosa grave, primo, te lo digo amigo, te lo compensaré.

Beewen no podía ver cómo este palo de corteza, con su cabeza de vago y pantalones que le colgaban hasta sus pies descalzos, de camino a algún KZ, podría hacerle algún favor algún día. Aun así, sonrió, y aquel hombre le devolvió la sonrisa: los dientes de oro brillaban en lo profundo de sus encías color malva.

Confusamente, Beewen comprendió que el gitano decía la verdad: él lo compensaría.

108

La Capilla de Kampen, en el distrito de Alexanderplatz, era un modesto edificio de piedras de cantera negra. No alcanzaba para convertirlo a uno, pero sí poseía un encanto discreto y apacible que contrastaba con el ruido ensordecedor del entorno.

Simon no se había explicado claramente, pero había sugerido que Minna fuera al servicio de las seis. Minna se había dejado convencer.

Tras su visita a Sylvia Müthel, en los estudios de Babelsberg, habían conseguido realizar una proeza: proyectar *Der Geist des Weltraums* en una de las salas habitualmente utilizadas para ver los adelantos de las películas.

Simon depositaba grandes esperanzas en el descubrimiento de esta película —sin duda esperaba encontrar en ella una pista, un mensaje o simplemente una clave para comprender mejor la obsesión del asesino. Pero no habían obtenido nada salvo una banal película de ciencia ficción. Guion académico, actores sin carisma, decorados de cartón… Hasta el Fantasma parecía inofensivo. Ver a este monstruo espacial entrar en su nave con un montón de sombras sugerentes y acordes dramáticos, solo provocaba ganas de reír.

Habían decidido gastar la hora que les quedaba en un pequeño café con ventanales esmerilados, no lejos de la capilla de Kampen. Una vez más, habían reelaborado toda la historia, revisado cada detalle, construido hipótesis una y otra vez, sin avanzar ni un ápice.

Ahora era el momento de asistir a esta misa casi secreta, que prometía arrojar nueva luz sobre las Damas del Adlon —en cualquier caso, eso es lo que Simon le había vendido a ella, él mismo bajo la influencia de una de estas damas, llamada Magda Zamorsky.

Al entrar en la capilla, Minna se sintió intimidada. No estaba acostumbrada a lugares de culto tan modestos. Sus padres, incluso cuando deseaban expresar su humilde condición de pecadores protestantes, habían optado por los grandes monumentos de la capital: la Catedral de Berlín, un monstruo de tres cúpulas en la Isla de los Museos, el templo francés de la Friedrichstadt o la Iglesia Memorial del Kaiser Wilhelm, a la entrada del Ku'damm... Pesados, macizos, alemanes. Edificios pomposos que se ajustaban a la contradictoria fe de los von Hassel, a la vez sencillos y altivos, sobrios y extremadamente opulentos.

Solo las primeras filas estaban ocupadas y el altar, en el centro del coro, brillaba como un pesebre iluminado. Simon y Minna se deslizaron hacia la derecha y avanzaron por las filas de reclinatorios hasta alcanzar un sitio detrás de una columna de piedra.

Minna se encontraba confundida por los frescos en los muros —entre los protestantes, no existía el gusto por las vanas representaciones bíblicas. Allí, los ángeles volaban hacia la bóveda ahogados en sombras, los santos cerraban los ojos y juntaban las manos en oración, Cristo cargaba su cruz, medio desdibujada por el desgaste de las edades y las miradas.

Estiró el cuello para ver al sacerdote que oficiaba y apenas pudo creer lo que veía. Por encima del tabernáculo, se había extendido una bandera con la esvástica, y las runas de la Orden Negra rasgaban la parte inferior del ábside, como una doble fisura que permitía al propio Führer observarlo todo. El águila del Reich estaba allí, con las garras clavadas en la madera del altar. Solo faltaban unos cuantos puñales y antorchas para hacer pensar en una de esas ceremonias paganas que tanto gustaban a los nazis.

Casi todos los hombres iban de uniforme. Verdes, negros, grises. Minna no había hecho el intento por distinguirlos. Las mujeres pertenecían al mundo de la elegancia. Nunca había visto a las Damas del Adlon, pero estaba segura de que la mayoría de estas eran seguramente miembros del club. *Las mujeres más bellas de Berlín...* Estaban allí, con la cabeza reclinada, párpados cerrados, en recogimiento y silenciosas. Pero, ¿a qué Dios le estaban orando?

—¿Las reconoces? —preguntó Minna en voz baja.

Simon asintió con la cabeza. Al igual que ella, parecía abrumado por estas vísperas que parecían una misa negra.

—Hermanos míos, hermanas mías…

El sacerdote llevaba a cabo su ceremonia sin inmutarse, como si este sacrílego escenario fuera cualquier cosa. Sus palabras mismas entremezclaban citas bíblicas y máximas del Führer. «Sincretismo» fue la palabra que acudió a Minna, pero no se trataba aquí de asociar dos cultos, sino una religión y un credo político, que resultaban en una curiosa mezcla.

Minna volvía siempre a las mujeres —contra el fondo de cirios y cruces, parecían en éxtasis. Su fe casi les dibujaba un halo de luz alrededor de sus cabezas. Esto no era ya fanatismo, sino una exaltación de iniciados, una iluminación de visionarios.

Llegó el momento del sermón y el oficiante, con voz suave y serena, describió la invasión de Polonia en una versión crística donde el Führer tenía que usar su fuerza sobrenatural para responder a los viciosos y furtivos ataques de estos degenerados eslavos:

—Porque no hemos emprendido una lucha contra la sangre y la carne, sino contra los gobernantes, contra las potestades, contra los príncipes de este mundo de tinieblas, contra los malos espíritus en las regiones celestiales.

Minna conocía este extracto de la Epístola a los Efesios de Pablo de Tarso y se preguntaba qué estaba haciendo allí. En la boca de este sacerdote, las palabras parecían instar a los alemanes a marchar sobre Europa y destruir todo cuanto no fuera ario.

—¡Hermanos míos, oremos! —ordenó, levantando los brazos.

Los párpados volvieron a bajar como cerrojos amartillados en un pelotón de fusilamiento. Se pasaba al ataque. Se iba a invocar al Señor con todo el fervor posible —para que Él no se olvidara de Su elegido, de Su instrumento, y quizás incluso, por qué no, de Su hijo...

Aterrada, Minna lanzó una mirada a Simon. En la penumbra cargada de incienso, pudo ver que estaba descompuesto. Tenía el aspecto de un criminal engañado, de aspersor regado. Aquel que, durante años, había hecho sus jugarretas con sus pacientes, en realidad había sido engañado. Desde esposas temerosas hasta coquetas superficiales, las Damas del Adlon formaban las filas de las apasionadas más fanáticas del Führer.

Minna estaba menos sorprendida que el psicoanalista. Siempre le había interesado la relación que tenían las mujeres alemanas con el nazismo. En 1933 habían votado en masa por el NSDAP y la NS-Frauenschaft (Liga Nacional Socialista de Mujeres), la cual, que para 1935 tenía dos millones de miembros, hoy contaba con más de diez millones.

Por un misterio inexplicable, Hitler, con su físico taciturno y su ridículo bigote, había logrado encantarles, como si fuera una estrella de cine. Podía eructar en su micrófono, usar gestos escandalosos, parecer un lunático digno de ser encerrado, pero les había transmitido una pasión, un entusiasmo, una ceguera que no cesaba. *Hitler, el generador eléctrico de estas damas.*

A Minna no le sorprendía que en los niveles más altos de la sociedad berlinesa se pudiera hallar el mismo fenómeno. Detrás de su aire de gran frivolidad, estas Damas constituían, sin duda alguna, una secta exigente, totalmente entregada al amo del Reich.

—Será mejor irnos, ¿no? —sugirió Simon.

—Tienes razón —exclamó ella, dándole un toque con el codo—. Hemos escuchado suficientes estupideces por hoy.

109

De regreso en la villa, Minna desenterró un mapa de Berlín que desenrolló sobre la larga mesa de la sala de estar, una enorme pieza extensible en madera de rosa y palisandro. Usando algunos libros, alisó las esquinas del documento. Tomó un puñado de *pfennigs.*

Decidió comenzar toda la historia desde cero —*No me pregunten por qué.* Los dos hombres —Simon, que todavía se encontraba de mal humor, y Beewen saliendo de la ducha— dieron seguimiento, con bastante indiferencia, a su presentación.

—El viernes 4 de agosto de 1939, el cuerpo de Susanne Bohnstengel fue descubierto aquí, en la punta de la Isla de los Museos.

Colocó una moneda en el sitio de la isla, justo al lado del Bode-Museum.

—Dos semanas después, el sábado 19 de agosto, se encontró a Margarete Pohl en Köllnischer Park, cerca del foso de los osos. El sitio se encuentra cerca de la Isla de los Museos, lo que llevó a la Kripo a pensar que al asesino le gustaba esta área. Primera pista falsa.

Colocó otro *pfennig* a orillas del *Spree.*

—Doce días después, los caminantes avistan el cuerpo de Leni Lorenz al noroeste del Tiergarten, cerca del castillo de Bellevue.

Simon fue el primero en explotar:

—Ya sabemos todo esto de memoria. ¿A qué quieres llegar? —Minna lo ignoró. Otro *pfennig.*

—El pasado domingo, una cuarta víctima. Greta Fielitz. Asesinada a orillas del lago Plötzen. A pesar de la multitud, el cadáver solo es notado hasta mediodía.

Esta vez, fue Beewen quien intervino:

—¿No tenemos algo mejor que hacer?

—No —replicó ella, poniendo un último *pfennig* en el punto azul que representaba el pozo de agua—. Porque el asesino sigue una lógica, y tenemos que intentar comprenderla.

Simon se cruzó de brazos con una especie de sarcástica ferocidad.

—Está bien, te escuchamos.

—Lo primero que podemos remarcar es que la tasa de homicidios se está acelerando. Se han aproximado entre sí sus ataques de locura, o bien el asesino se siente presionado por algo, un hecho externo.

—¿Como qué?

—La guerra. El final del verano. El ciclo de la luna. La migración de las aves. ¿Qué sé yo? Pero este asesino se está apresurando a concluir con el trabajo que se ha propuesto...

—Digamos que es cierto. ¿Y entonces?

—El otro hecho —continuó, evadiendo la pregunta—, es que él siempre logra acercar a sus víctimas a un río o a un lago. Probablemente porque el agua pertenece a su ritual asesino.

Simon levantó el brazo: la fiebre de la investigación volvía a ganarle.

—Se trata de algo más sencillo que eso. El Hombre de Mármol es un nadador excepcional. Mata cerca de un punto de agua para poder escapar a nado. Eso es todo.

Minna se puso de pie y se dirigió a la barra, un mueble oriental con paredes lacadas donde serpenteaban dragones u orquídeas. Abrió la puerta y sirvió una copa de coñac a cada uno. Los alcohólicos o drogadictos lo llaman «compartir», pero siempre se trata de corromper, de atraer a los demás al abismo propio.

—¿Qué podemos suponer acerca de este asesino? —reanudó ella—. Conoce a sus víctimas. Se las arregla fácilmente para convencerlas de que lo sigan al lugar de su elección.

Beewen hizo un gesto de negación.

—Tanto la Kripo, como después la Gestapo, han investigado a todos los conocidos, a todos los parientes de las víctimas, sin hallar nada.

—Quizá estemos equivocados. Quizás el asesino posee otro medio de persuasión.

—¿Cómo?

—Un uniforme.

Franz repitió su gesto, dejando notar un asomo de fatiga.

—Otra pista en la que hemos reparado. Un oficial nazi. La daga. Etc. Otro callejón sin salida. Además, no creo que un tipo de uniforme hubiera «secuestrado» a estas mujeres. Primero, ellas no se habrían sometido tan fácilmente. O bien, habría sido necesario un *Obergruppenführer* para hacerlas obedecer. En cada ocasión se han evaporado en el aire, con toda discreción. Y esto no encaja con las brillantes insignias y el repique de las botas.

Minna apoyó ambas manos sobre la mesa.

—Muy bien. La otra gran incógnita es la máscara. ¿Por qué este asesino usa una máscara cuando mata?

—Hemos hablado de esto mil veces —intervino Simon—. Tú y yo ya vimos hoy la película y resultó en nada. Este hombre está obsesionado con esa máscara, y con los sueños, eso es todo lo que podemos decir. Él se considera a sí mismo un sueño. Un sueño asesino.

Beewen comentó con mal humor:

—¿Por qué insistir en todo esto? Sabemos que este tipo está enfermo, pero eso no nos dice cómo atraparlo.

Minna pareció recuperar el aliento.

—Así que lo único que nos queda es el Lebensborn.

—¿A qué te refieres?

—Hay amplias posibilidades de que Greta Fielitz haya sido fecundada en la clínica Zeherthofer. ¿Por qué no las demás?

—¿De qué hablas?

La psiquiatra fijó sus ojos negros en el ojo de cíclope de Beewen.

—Con Simon, hemos ido esta noche a una misa extraña. Nazis iluminados que rezan sin cesar para que nuestro Führer gane su espacio vital.

—No comprendo.

—Podemos suponer que, a pesar de las apariencias, Susanne, Margarete, Leni y Greta pertenecían a estos fanáticos. ¿Por qué no que buscaban ofrecer un hijo a Hitler?

—Admitámoslo. ¿Qué tiene esto que ver con su asesinato?

—No lo sé, pero tenemos que investigar más en torno al Lebensborn.

—No hay forma de que entremos allí —interrumpió Beewen—. Son auténticos búnkeres.

—Tengo un plan.

Beewen resopló. Simon suspiró. No parecían del todo preparados para una nueva vuelta en el carrusel de von Hassel.

—No importa —respondió ella frente a sus rostros indiferentes—, me las arreglaré por mi cuenta.

—¿Qué quieres decir?

—Haré como las Damas del Adlon. Voy a pedir que me preñen en esta clínica.

Beewen, dando vueltas a su coñac en su mano, hacía manifiesta su sorpresa:

—¿Y después qué?

—Podré acceder a los archivos para verificar esta hipótesis y saber si todas se pusieron en contacto con este Lebensborn y quiénes eran los progenitores de los fetos.

—¿Y la conexión con los asesinatos?

—Tal vez se trate del mismo... padre. Tal vez él sea el asesino...

Simon aplaudió, como si estuviera celebrando semejante tontería.

—¡Cada vez mejor! ¿Y por qué el padre sería el asesino?

—Esta es otra de mis hipótesis.

—¿Por qué no un médico? ¿Una enfermera? ¿O el conserje, si estamos en eso?

—En todo caso, una vez allí, podré anotar algunos nombres, conocer las identidades. Yo…

—Las candidatas de los Lebensborn están sujetas a una drástica selección —espetó Beewen.

—¿Y qué con eso?

—No quiero ofenderte, Minna, pero no tienes ninguna posibilidad de que te tomen en cuenta.

—¿Por qué?

—Ellos buscan principalmente mujeres rubias y atléticas. Lo cual, honestamente, no es tu perfil.

—Te olvidas de lo más importante, mi sangre. Puedo ser baja y trigueña, pero soy una von Hassel. Mi genealogía es probablemente la más pura de todo Berlín. Mi familia se remonta por lo menos al siglo XII y somos una estirpe aristocrática de primera clase. El Reich de los Mil Años no puede rechazar tal candidatura.

Era el turno de Simon de sonreír.

—Hablemos de tu sangre.

Se reclinó sobre la mesa y le quitó el vaso de la mano.

—Si realmente quieres intentarlo, debes seguir una dieta seca. Tus venas están saturadas de alcohol. No pasarás ni la primera etapa del examen.

Minna deglutió: ni rastro de saliva.

—¿Te sientes capaz de hacerlo? —preguntó Simon.

—Sin problema.

110

Simon había decidido volver a casa caminando por el Landwehrkanal y seguir el Spree hasta Potsdamer Platz; cinco kilómetros a marchas forzadas le sentarían bien.

Había sido la pequeña von Hassel quien se había llevado la pieza. Enfocándose en el Lebensborn y su proyecto de infiltración. Otra forma de hacerse la interesante. Ningún interés en la máscara y en la película *Der Geist des Weltraums*... Sin embargo, ¡era desde este lado donde se había hecho visible al asesino! Un hombre desequilibrado (actor, director de escena, tramoyista, cualquier persona en el set) había sido hechizado por esta máscara. Ocho años después, cuando su impulso asesino se había tornado irresistible, contactó a Ruth Senestier y se preparó...

Al pasar por la Shell-Haus, un edificio muy reciente cuya fachada reproducía el movimiento de una ola, tomó una resolución. Una vez más, continuaría su investigación por cuenta propia —visitando los sets de filmación de Babelsberg, encontrando otros carteles, recuperando los nombres de los miembros del equipo de *Der Geist des Weltraums*...

Todavía se encontraba haciendo una lista mental de todos los pasos a seguir cuando llegó a su calle. La vía era el escenario de un bullicio particular —y, al mismo tiempo, tan familiar en el Berlín del 39.

Estaban echando a los judíos.

Los muebles volaban por las ventanas, los vidrios se quebraban, las telas flotaban en el aire... Hombres uniformados, pero también otros, vestidos de civil, observaban las maniobras, en esa posición característica de un guardia, con los pies separados, las manos a la espalda —cuidaban que el desalojo se llevara a cabo según las reglas.

Unos pocos pasos más y se dio cuenta de que era su propio edificio el objetivo. Otro parpadeo y reconoció, entre los escombros del asfalto, una consola de Marcel Breuer, exactamente el mismo modelo de la que adornaba su habitación, luego una mesa de café de doble tablero, una lámpara de pie que le resultaba familiar… ¡Sus propios muebles!

Empezó a correr mientras buscaba sus papeles en el saco.

—Oiga, no hay paso.

Un oficial de la Gestapo vestido de civil le cerró el paso.

—Yo vivo en este edificio —tartamudeó Simon. Se palpó los bolsillos, no había manera de encontrar sus papeles.— ¡Están saqueando mi departamento! ¡Debe tratarse de un error!

El nazi —con el cuello levantado y el sombrero calado— esbozó una sonrisa.

—Siempre se trata de un error.

Finalmente, Simon encontró su tarjeta de identificación. Con una mueca, el policía lo dejó pasar. En el momento en que arribaba a su pórtico, tuvo que hacerse a un lado para no recibir en la cabeza sus marcos de Paul Klee.

Subió los escalones de cuatro en cuatro y vio que su alfombra enrollada con el diseño de Kandinsky se deslizaba por el centro de la barandilla y aterrizaba en la planta baja.

En el umbral, soldados y policías se lo pasaban a lo grande. Habían arrancado el empapelado, hecho añicos las sillas, cortado los cuadros. Esta vista lo calmó de inmediato. Se encontró imaginando su propio cráneo bajo las botas de estos brutos.

Entró en su devastado departamento y se acercó a uno de los hombres vestidos de civil con la mayor cortesía posible. Mostró sus papeles, recordó que tenía conocidos dentro del NSDAP y...

En respuesta, el hombre rebuscó en su bolsillo, sacó una hoja y la arrugó entre sus manos.

—Estás siendo expropiado, pendejo. Guarda el documento como recuerdo.

Simon tomó la hoja con un gesto de rabia y se derrumbó de repente. Estaba en el suelo, con la espalda contra la pared. Lo sacudían temblores incontrolables. Tras los muebles y las alfombras, era él quien iba a salir volando por la ventana.

El hombre —olía a ajo, a cuero, a sangre— se le acercó y le susurró al oído:

—Nos estamos cansando de pequeños especuladores como tú. Es la guerra, hombre, y ya no hay lugar para gigolós de tu tipo. ¡*Bastardo*!

Simon sufrió una oleada de sudor que lo empapó en un segundo. A través de una puerta entreabierta pudo ver su estudio sumido en el caos —su escritorio volcado, sus archivos desparramados, las hojas blancas volando como plumas de pájaro.

Entre las botas y los abrigos de cuero, descubrió algo aún peor: los intrusos habían derribado la puerta de su armario secreto y saqueado sus grabaciones —tantos años de esfuerzo, de investigación, de indiscreciones… Su gramófono estaba en partes. El pabellón había sido aplastado y formaba un ridículo triángulo en el suelo.

Se fundió en lágrimas.

Nadie le prestó atención. La destrucción, cuando se hace conscientemente, es un trabajo que acapara. Se secó los ojos y se arrastró hasta el umbral de su habitación: los bastardos habían perforado las chapas de los armarios, acuchillado su preciado biombo, pero por alguna razón desconocida, no habían reparado en un objeto del que sin duda desconocían su uso, su «máquina para leer sueños», en la cabecera de su cama.

De un salto, se puso de pie y se precipitó hacia este. Desenchufó el tomacorriente, enrolló el cable y los múltiples cables que estaban conectados a los electrodos alrededor del cuerpo central de la máquina y salió de la habitación, con el dispositivo bajo el brazo.

En la entrada, se encontró de frente con el hombre de la Gestapo que había visto abajo.

—¿Quién les ha ordenado hacer esto? —reclamó Simon, olvidando su propio miedo.

El hombre volvió a esbozar una sonrisa, parecida a una herida infectada. Sin responder, se agachó para recoger la hoja que Simon había tirado al suelo unos minutos antes. La desdobló lentamente.

—Para ser médico, no eres muy observador. Está asentado aquí, pedazo de mierda. «Por orden del *Hauptsturmführer* Grünwald».

El hombre de los bigotes afilados. El nazi que lo había arrestado y le había prometido los peores tormentos. ¿Por qué se ensañaba con él?

El hombre de la Gestapo hizo una bola con el documento y se la metió en la boca. Sujetándolo por los hombros, lo hizo dar la vuelta y lo pateó escaleras abajo.

Ahogándose con el papel en la parte posterior de su garganta, Simon se sujetó lo mejor que pudo a la barandilla, resbaló, cayó de espaldas y bajó por los escalones hasta el primer piso, con la máquina balanceándose sobre su cabeza.

Medio asfixiado, escupió la bola de papel. Si alguna vez se había preguntado cuánto valía su persona ahora en el mercado de Berlín, había encontrado ya su precio: la patada de una bota en el culo y una risotada como despedida. Ni siquiera una ejecución sumaria en plena calle o un boleto de ida para la KZ...

Aquello habría sido incluso demasiado hermoso para un enano de su clase.

111

No le quedaba nada. No más consultorio, no más casa, no más pacientes. Archivos desaparecidos, registros reducidos a la nada. Todas las puertas frente a él ahora se habían cerrado. Él, Simon Kraus, quien había mantenido a raya a todos los psiquiatras de Berlín y había poseído a algunas de las mujeres más hermosas de la ciudad...

Desde hace mucho tiempo, se había preguntado cómo se sentiría ser judío en la Alemania de los años treinta. Su situación le concedía una probada bastante clara... y amarga. Una caída libre, sin ninguna mano extendida o la más mínima roca de dónde sujetarse.

Aferrado a su máquina, tomó la dirección de la villa de Minna, el único lugar en Berlín donde podría dormir. Encontrar refugio con una de las familias aristócratas alemanas más célebres, aquello no estaba tan mal para un paria de su clase.

Subiendo por el canal, atravesó parte del Tiergarten y entró en el Ost-West-Achse, una enorme avenida edificada por los nazis, destinada a albergar monstruosos desfiles, con brazos extendidos y pasos de ganso. Simon prosiguió con su camino, a la sombra de los estandartes con esvásticas y las columnas blancas que sostenían águilas doradas.

Su propia soledad y patética circunstancia, al pie de aquellos siniestros patíbulos, arrogantes símbolos de un poder que iba camino de aplastarlo todo ante su paso, le parecían casi cómicos. Su mezquindad, su inconsciencia, su cinismo le estaban devolviendo el golpe en plena cara —todos estos años, se había creído victorioso cuando no tenía nada salvo tiempo prestado...

Quizá debía considerar este declive como una gracia, la oportunidad de volverse útil, de identificar a un asesino de mujeres, de volver a laborar en el hospital...

Pero esta noche, ¿qué carajo le importaba? Sentía como si se le hubiera reventado una vena por debajo del cráneo, haciendo que la sangre se esparciera lentamente entre los pliegues de su cerebro, tinta negra adhiriéndose a su mente...

Llegó a la Ópera de Berlín que los nazis habían bautizado como «*Deutsche Oper*». Otro adorno *neo-algo*, grande y pesado para remitir siempre a un culto al poder en el lugar... Simon se dirigió hacia el sur, deslizándose por la red de avenidas residenciales donde se encontraba la villa de Minna. Finalmente, tuvo a la vista el parque, el fuego alimentado por el follaje y las verdes superficies. Aquella vista le devolvió la calma.

No tuvo que anunciar su llegada: la reja estaba abierta. Atravesó por el césped recubierto por la noche. No le avergonzaba volver desnudo, por así decirlo, al ruedo. Este pequeño hombre que vestía un traje desaliñado, con el cabello engominado hacia atrás, tambaleándose por la fatiga y el aturdimiento, era quizás la imagen más precisa de lo que *realmente* era.

La puerta principal estaba cerrada. Llamó y la única respuesta que obtuvo fue un grito horrible. Una especie de aullido agudo donde se mezclaban la sorpresa y la ira. La voz de una mujer.

La puerta se abrió, revelando el rostro descompuesto de Beewen, y Simon escuchó otro grito, en una versión más aguda y cercana. Venía de arriba.

—¿No podemos dejarte solo una hora sin que empieces a torturar a alguien?

—Vas por el camino correcto —respondió Beewen—. Necesito un médico.

Un nuevo grito. Del sufrimiento animal pasaba ahora a la rabia diabólica, algo así como un demonio que se hubiera encerrado en algún lugar y que ahora escupía su impotencia.

Subieron por las escaleras y se dirigieron a lo que debía de ser la habitación de Minna. Al principio, no la reconoció. Ella se estaba retorciendo en su cama, envuelta en un camisón sucio. Su rostro se había transformado. Su piel ya no tenía ningún color. Sus ojos tenían un brillo enfermizo, infecto. Su boca se había vuelto púrpura y parecía haberse vuelto más grande.

—Tan pronto como te fuiste, ella quiso beber. Conseguí calmarla. Luego se arrojó sobre la barra. Peleamos. Tuvo un ataque de... un ataque de no sé qué... Y la arrastré hasta aquí. Llevo varias horas intentando someterla...

Delirium tremens. El alcoholismo de Minna no era ninguna broma. No podía apartar los ojos de sus labios casi azules, que se resquebrajaban bajo el efecto de una sed indecible.

En el hospital, Simon Kraus había tratado a alcohólicos crónicos que sufrían tanto de cirrosis como de demencia. Un hundimiento físico y mental que conocía de buenas a primeras.

Tal como iban las cosas, Minna no tardaría en comenzar a ver ratas que corrían toda la noche sobre su almohadón o a sentir serpientes arrastrándose bajo su camisón.

—No deja de vomitar. Incluso se ha cagado.

Simon buscó el baño. El botiquín de una adicta como Minna debía de estar lleno de drogas y poderosos psicotrópicos.

Delirium tremens. Realmente no había manera de explicarlo, pero se sabía que el alcohol actuaba como un depresor del sistema nervioso. Al retirarlo repentinamente, se desencadenaba una hiperactividad del cerebro que rayaba en el delirio.

Tal y como esperaba, el armario que fungía como botiquín estaba repleto de viales, frascos, pastillas. Un rápido vistazo podría haber hecho creer que se trataba de un suministro de emergencia, pero se trataba solo de drogas. Cocaína, morfina, hachís, opio, éter…

Simon encontró algunos productos que podrían ser efectivos, pero se percató de que no podía dárselos a Minna. La mínima cantidad de estas sustancias dejaría un rastro en su sangre y destruiría todos sus esfuerzos por parecer estar limpia. Iban a tener que dejar que su cerebro vagara la noche entera, aguardando a que su locura se agotara hasta la obnubilación. Todo lo que podía hacer era satisfacer sus necesidades fisiológicas.

Como prioridad, rehidratar el organismo. En otro armario, acabó por encontrar potasio, magnesio y algunas vitaminas. Halló jeringas, catéteres, frascos que le permitieron improvisar un suero.

Regresó a la habitación con los brazos llenos, para encontrar que la condición de Minna se había deteriorado aún más. La velocidad del proceso era asombrosa.

—¡Ven y ayúdame! —gritó Beewen, mientras Minna daba saltos de cabra sobre su cama.

Simon dejó su carga, se quitó la chamarra y sujetó las muñecas de la joven; su aliento, su sudor, sus lágrimas, todo apestaba a alcohol. El veneno exudaba por cada poro de su piel, empapando sus sábanas, su ropa, su cabello.

Le costaba mantenerla quieta mientras, entre los gritos, alternaba insultos, súplicas, gemidos. Esta intimidad, no con Minna, sino con el monstruo que escondía en su interior, le parecía obscena.

Beewen había vuelto con cinturones de batas, cuendas, correas para maletas... Se puso a atar las muñecas y los tobillos de Minna al marco de la cama, hasta que Simon pudo soltarla, mientras ella aún estaba temblando por los espasmos.

La crisis sin duda pasaría. Mañana por la mañana Minna volvería en sí. La lucha contra la abstinencia comenzaría... si se apegaba a ella. Simon no era optimista al respecto. Una vez aprobado el examen en Lebensborn, estaba seguro de que la von Hassel volvería a la bebida.

Su examen en Lebensborn… Tan solo las meras palabras le parecían absurdas. No podía imaginarse a esta demacrada trigueña irrumpiendo en esa clínica cien por ciento aria y solicitando a un padre como quien pide una receta. ¿Y luego? ¿Iba a tener que acostarse con un oficial de las SS? ¿Todo eso para registrar dos o tres cajones en un consultorio médico?

Simon volvió al baño. Se lavó las manos, la cara y trató de limpiarse las manchas de vómito de la corbata, pero era en vano. Estos gestos le recordaron que no tenía salvo el traje que estaba usando, y que ya no tenía ninguna casa.

Regresó al dormitorio y encontró a Beewen deslizando una toalla entre el colchón y la espalda de Minna. Obviamente, había vuelto a orinarse en sus sábanas. Kraus rezó para que ella no fuera a conservar recuerdo alguno de esta crisis.

Se había quedado dormida. Simon tomó una silla que estaba frente al tocador, le dio la vuelta y se sentó en ella. Solo entonces se dio cuenta de la decoración que lo rodeaba.

Era el dormitorio de una chica alemana, pero no en el sentido clásico. Minna von Hassel, unos años antes, no había soñado ni con bailes ni con príncipes encantadores. Había recubierto sus paredes con carteles de espectáculos oscuros, películas expresionistas, conferencias sobre psiquiatría, literatura francesa o anarquía; todas las cosas que aún estaban vigentes antes de 1933. Notó que en los estantes había libros sobre medicina, filosofía, poesía. Viejos carteles en las paredes, evocando manifestaciones de los *Wandervögel* («Aves Migratorias»), una especie de niños exploradores bohemios que abogaban por el regreso a la naturaleza y el pacifismo. Simon podía imaginar con claridad a Minna como una adolescente soñando despierta durante estas caminatas, leyendo a Rainer Maria Rilke o a Arthur Rimbaud por la noche junto al fuego.

Sus ojos volvieron a posarse en la joven inerte. Tenía el cuerpo de una gimnasta, pequeños muslos de rana bien formados y hombros anchos y huesudos. De repente, ya no vio a la mujer desnutrida, de tez lívida, con un camisón manchado, sino a una niña excesivamente malcriada, la mocosa protegida de una rica familia, con un vestido adornado por volantes y bombachos, corriendo por el parque.

La pequeña niña reía junto a un río, mientras su padre, o su madre, lo que fuera, la tomaba de las manos y la hacía girar, vuelta tras vuelta, sobre el sol y la hierba viva. De repente era soltada, la niña ya no reía, se hundía en el río. Miraba, sin comprender, debatiéndose entre las poderosas aguas del nazismo, a sus padres alejarse, menguando esta promesa de felicidad eterna...

La niña era ahora una joven cadavérica en sus sucias sábanas. Era esta criatura insignificante, impregnada de alcohol y drogas, que pretendía salvar a otros cuando no podía salvarse a sí misma...

112

Barras de chocolate. Pretzels. Pan de masa madre integral. Morillas secas. Encurtidos en escabeche. Caviar del báltico. Aceite de semilla de calabaza. Col roja enlatada. Tarros de mermelada de arándano rojo. Miel de la Selva Negra…

Beewen no podía creer lo que veía. Acababa de despertarse y, al abrir al azar un armario en la cocina, se había topado con la cueva de Alí Babá. En tanto Alemania había entrado en guerra y la comida ya estaba racionada, había ahí suficiente como para alimentar a un ejército de amantes de la comida durante varias semanas... Beewen había perdido el hábito de comer. No tenía estufa en casa y el caldo que les servían en la Gestapo parecía una venganza de los judíos. Babeando abrió con cuidado el tarro de miel e inhaló el aroma. Tuvo la impresión de que todo su sistema gustativo se tornaba tan cremoso y fluido como esta ambarina sustancia.

—¿No te molesto?

Franz casi dejó caer su tarro. Minna estaba detrás de él, se había duchado, lavado, vestido, traía el cabello aún húmedo. Había recuperado el color; las pequeñas mejillas sonrosadas la hacían parecer como si hubiera estado haciendo el amor toda la noche.

Dirigió su mirada hacia el contenido del armario con un gesto de incredulidad.

—¿Pero en qué planeta vives tú?

—En el planeta de mis padres. Sírvete. Con confianza. Hacen nuevas entregas todos los días.

—¿Y el racionamiento?

—Esa es una palabra desconocida para los von Hassel.

Volvió a considerar los estantes sobrecargados.

—¿Y te comerás todo eso?

—Ni siquiera lo tocaré. Solo tomo líquidos, bien lo sabes. Es mi mayordomo quien discretamente se hace de las entregas, al cabo de dos o tres días.

Se acercó a la estufa de gas y puso a hervir un poco de agua. Con pequeños y precisos gestos —estaba en su casa, sin duda alguna— comenzó a moler granos de café en un anticuado molinillo.

—¿Cómo te sientes?

—Deshabitada.

—Ha sido duro.

—Especialmente para mí.

Beewen abrió los cajones en busca de una cucharilla.

—Aquel —dijo ella, señalando el más lejano.

Franz encontró lo que buscaba y, sin preámbulos, probó la miel. La violencia de la dulzura le dobló las piernas y lo hizo caer sobre una silla. Ahora Minna manipulaba una cafetera de vacío, parecida a la máquina de un alquimista.

Lentamente, sirvió dos tazas cuyo olor lo transportó sin previo aviso a un tiempo olvidado, el de la finca, el del café de su madre.

—En todo caso —dijo, con voz lubricada por la miel—, tu sangre ya no tiene alcohol.

—En la sangre, no. Pero en la cabeza...

—Eso no aparecerá en el examen.

Extendió la mano delante de ella para comprobar que ya no temblaba.

—Eso espero.

—¿Cuál será el orden del día?

—Me pondré bonita y me llevarán a Lebensborn.

—¿Tienes cita?

—Confío en una candidatura espontánea.

—El efecto von Hassel, ¿eh?

—Exactamente.

Beewen ya había vaciado la mitad del frasco. Con la boca anestesiada, miró a Minna encender un cigarrillo. Llevaba una especie de pijama china color negro, seguramente de seda, adornada con motivos en dorado.

Franz ya no sabía lo que sentía por esta mujer, ni siquiera lo que había sentido alguna vez. Una cosa era segura: a pesar de todo lo que habían pasado juntos, la respetaba como si se tratara de una figura sagrada.

—¿Dónde está Simon?

—Está durmiendo en algún lugar del salón.

—No lo he visto.

—Debe haberse escondido debajo de alguno de los cojines de un sofá, como un caniche.

—Humor fácil.

—Creo que eso es todo lo que nos queda.

Con unas cuantas palabras, le explicó que habían echado a Simon de su departamento. Su propiedad había sido confiscada. Solo había podido salvar una curiosa máquina y un traje desgarrado. Agregó, para darse importancia (pero también porque era cierto), que el instigador de esta operación, Philip Grünwald, era su rival y que se estaba vengando de él a través de Simon.

—Yo ya no tengo instituto —rio Minna—. Él ya no tiene consultorio y tú ya no tienes oficina…

—Tenemos la investigación.

—La pregunta es: ¿habrá vida después de esto?

La joven no aguardó la respuesta.

—Voy a cambiarme. Partimos a las once.

Ella lo miró fijamente por un segundo: con la miel brillando en sus dedos, estaba aún en su ropa interior sucia (se había derrumbado por el cansancio al amanecer y ni siquiera se había lavado).

—En lo alto de las escaleras, tercera puerta a la derecha. La habitación de mi padre. Conoces el camino. Puedes encontrar ahí un traje nuevo de tu talla. También hay un baño a un lado. Será mejor que te relajes. Apestas a cinco metros de distancia.

Beewen abrió la boca, pero la baronesa lo interrumpió:

—No vayas a decirme que se trata de mi orina y vómito. Esa no es una excusa válida.

El hombre de la Gestapo cerró con cuidado el tarro de miel.

—¿Tienes ropa para Simon? Él tampoco está muy presentable.

—Ahí está el guardarropa de mi hermano.

—¿Conservan la ropa de cuando eran niños?

—Más humor barato.

Beewen sonrió; se alegraba de que ninguno de los dos hubiera hecho mención alguna en torno a la pesadilla de anoche.

—Tienes razón. Voy a dejarlo.

Ella estaba a punto de cruzar el umbral de la cocina cuando él la llamó:

—En cuanto a lo del Lebensborn, ¿estás segura?

Bajo su pelo corto, negro como el tintero de una colegiala, le ofreció su sonrisa más sonrosada, mitad fresa salvaje, mitad flor mundana.

—No, por supuesto que no.

113

La clínica Zeherthofer se encontraba al fondo de un parque cuidadosamente mantenido, vigilado por jardineros con abrigos grises. Hambrientos, lívidos, parecían salidos de un campo de concentración. ¿Qué podría resultar más discreto que estos sirvientes, quienes serían sacrificados como perros en unas cuantas semanas?

Minna von Hassel no tenía cita, pero atravesó la primera puerta sin dificultad: todas las tardes había una consulta abierta para las candidatas que deseaban someterse a la prueba de selección.

El lugar respetaba el principio del frío y el calor. Si bien el parque desplegaba sus verdes maravillas, soldados acompañados de pastores alemanes atravesaban sus caminos. Y si la maternidad tomaba el aspecto de un remanso de paz, una bandera negra, estampada con el doble signo rúnico, flotaba bajo su luz...

Cruzó los jardines con paso seguro, las plantas de los pies aplastando la grava como si se tratase de innumerables insectos de crujientes cuerpos. Estaba confundida y no podía recordar nada de la noche anterior. *Incluso mejor*. La idea de vomitar, mear, gritar, semidesnuda, bajo las miradas de Beewen y Kraus no le resultaba muy agradable.

El edificio era un bloque revestido de yeso blanco con un vago aire de chalé, construido sin duda alguna en el siglo XIX. Nadie de turno. Ninguna señal, ni un solo indicio. Nada más que la negra bandera, con su austera doble S, ondeando al viento soleado...

Minna se detuvo para contemplar el parque salpicado de majestuosos árboles y arbustos hábilmente recortados. La luz recorría el lugar con una especie de alegre generosidad. Este brillo no fluía entre las sombras, como se suele decir en los libros, sino que golpeaba en áreas secas y planas que formaban grandes marcos de claridad, colocando el jardín en la eternidad.

En ese instante, desde lo alto de una pendiente de hierba, vio aparecer una serie de cochecitos, empujados por enfermeras vestidas enteramente de blanco. La visión resultaba impactante: las niñeras inmaculadas avanzando de frente como un batallón de la Wehrmacht.

A su pesar, Minna sonrió: había llegado a *Kinderland*, el país de los infantes.

Entre el canto de las aves, se podían distinguir fragmentos de conversaciones entre las chicas, sonidos muy alemanes, guturales y serios, mezclados con cloqueos y exclamaciones.

—¿Qué buscaba?

Una enfermera había aparecido detrás de ella. Delantal blanco, velo ligero, corpiño con mangas abullonadas: iba vestida como las demás, pero de ella emanaba una autoridad superior.

—Vengo por la consulta.

—Por aquí.

La enfermera giró sobre sus talones y Minna la siguió. Miró por encima del hombro una última vez. Los cochecitos habían desaparecido. Solo quedaban los deportados de rostros demacrados que podaban los setos como si se estuvieran muriendo... Siempre el frío y el calor.

Un vestíbulo. Inmediatamente, llamó su atención el acogedor ambiente que reinaba allí. Paredes blancas, parqué encerado, un pequeño mostrador con flores. Se estaba allí en una auténtica sala de maternidad que ni siquiera olía a desinfectante o medicina. Más bien una mezcla de leche, pastel, ramos en flor.

La única nota inquietante eran las consignas en letras góticas enmarcadas en la pared: TENER MUCHOS HIJOS ES EL VERDADERO SENTIDO DE LA VIDA. TODA MUJER ALEMANA DEBE DAR UN HIJO AL FÜHRER. LA FERTILIDAD ES LA PALABRA CLAVE…

—La sala de espera está al final del pasillo.

Minna la siguió sin inmutarse, mirando distraídamente los demás cuadros: una madre corriendo con sus hijos contra un fondo montañoso, una *Mütter* amamantando o acunando a su bebé con aires de piedad teutónica… Al final del pasillo, un retrato mucho menos alegre aparecía sentado en el trono: Hitler, con el rostro decorado por su pequeño bigote, los brazos cruzados, como si se apoyara en estas tres palabras, inscritas debajo:

KINDER
KÜCHE
KIRCHE

Niños, cocina, iglesia... La fórmula no era nueva: se decía que pertenecía al Kaiser Wilhelm II. Los nazis se habían apoderado de ella, sin insistir demasiado en la última K, la iglesia. La Casa Parda no valoraba particularmente la religión, a menos, por supuesto, que se considerara al Führer como un dios.

En la sala de espera, tomó un asiento y examinó a la concurrencia. Un verdadero ramo de sonrientes flores de primavera, con efluvios de rocío y polen. Todas eran rubias, vigorosas, atractivas. Mujeres nacidas bajo el signo de la energía y el buen carácter.

Con su rostro grisáceo y su mirada ansiosa, Minna parecía una basura, un patito feo. Volvió a acurrucarse en su asiento y miró hacia abajo, evitando el contacto con este clan de tanta altura —o blancura, ya no lo sabía.

—¿Cuánto tiempo tiene usted?

Una de las pacientes le dedicaba una sonrisa franca. Una majestuosa rubia de cuello potente y espaldas anchas bajo una ligera capa. Su enorme barriga evocaba una calabaza apoyada sobre los volantes de su falda.

—No estoy encinta.

La mujer levantó las cejas. Se parecía a Brigitte Helm en *Metrópolis*. Pequeñas muescas lacadas pintaban sus mejillas, y Minna, que estaba decididamente fuera de lugar, pensó que se parecían a las runas nazis.

—Ah, ¿no? —Ella termina riéndose.— ¿Ha venido solo para una pequeña visita?

Esta mujer le parecía alegre y esbelta a pesar de su prominente vientre. Cuando reía, arrullaba, cuando te miraba, movía las pupilas.

Minna eligió pasar a la ofensiva, básicamente, su único modo de comunicación:

—Me he adelantado al llamado. He venido para ser fecundada.

Sin sorprenderse en absoluto, la otra dejó que su sonrisa flotara en sus labios.

—Sí, me han contado que ofrecen ese tipo de asistencia —exclamó ella, en un tono cómplice, casi con lascivia.

Ella dejó escapar otra risa. Esta chica era realmente simpática, siempre y cuando, por supuesto, tuviera uno el gusto por las piedras preciosas de amplios hombros.

—¡Qué no haríamos para prestarle nuestros servicios a Hitler! —agregó Minna.

La otra comenzaba nuevamente a reír, pero la puerta se abrió. Una *Schwester* le dirigió una mirada inequívoca: era su turno. Se puso de pie con dificultad y se dirigió a Minna:

—Le deseo buena suerte.

—A usted también.

Minna se encontró cara a cara con las otras mujeres embarazadas, todas perfumadas y vestidas con vaporosos vestidos. No se habían perdido ni una palabra de la conversación, pero, más reservadas, no se habían atrevido a retomar el diálogo.

Mejor. Minna no estaba de humor. Todavía no estaba pensando en el alcohol; pero la mera idea de que no estaba pensando en ello significaba que el veneno todavía estaba allí, escondido en lo profundo de su cerebro. Un deseo, un vacío que iba creciendo, como un legrado quirúrgico.

En cuanto a la elegancia, ella había hecho un esfuerzo. Un vestido de lino color crema y un sombrero cloche de ala ancha en paja trenzada. Guantes y bolso a juego, siempre en tonos beige, así como sandalias de tirantes.

Sintiendo repentinamente una sensación de carencia o miedo, pensó en Simon y Beewen aguardándola afuera, a una buena distancia de la clínica. Le habían prometido esperarla, sin importar el tiempo que durara la consulta. Por alguna razón desconocida, Franz tenía su día libre y Simon ahora era un ocioso por obligación.

Un calambre le mordió en el vientre, con la agudeza de una víbora, un retorcimiento de escamas serpenteando profundamente en sus entrañas. Ella se removió en su asiento. Estaba sudando profusamente.

Podría haber aprovechado todo este asunto para finalmente dejar de beber. Pero estaba indecisa. Ella había, por el contrario, luchado desde hace mucho tiempo en contra de esa culpa que se imputa a los alcohólicos, la cual no es más que una presión social, una reprobación burguesa. Ella bebía, eso estaba mal, pero, precisamente, no quería dejar que nadie estropeara su placer. Incluso si aquello significaba pecar, bien valdría la pena hacerlo de una manera plena y completa.

Sus manos se aferraban al asa de su bolso. Tenía que aguantar. Tenía que concentrarse en este asesino que permanecía escondido en alguna parte. Seguir su rastro hasta este Lebensborn...

—*Fräulein*, adelante, por favor.

Se percató entonces de que estaba sola en la sala de espera.

Era su turno.

114

Siguió a una nueva enfermera. Atravesaron el vestíbulo una vez más y subieron un tramo de escaleras. La clínica, apenas más grande que la villa von Hassel, inspiraba confianza. Destilaba una impresión de intimidad, comodidad, sencillez: la sensación de estar en familia.

Memoriza la topografía del lugar. La oficina administrativa sería fácil de encontrar. Minna estaba segura de que el Lebensborn compilaba un archivo para cada madre, con sus particularidades físicas y psicológicas, embellecido con el nombre de la progenitora. Todo lo que tenía que hacer era dar con esas carpetas...

En el primer piso, otro pasillo. A través de puertas entreabiertas, pudo ver camas de hierro ocultas por biombos de lona plisada. Frente a cada una de ellas, una cuna parecía estar aguardando a ser llenada. Al fondo, lavabos, azulejos de loza, cambiadores.

Todo era blanco y limpio. Cada habitación era más como una sala de exhibición que serviría a manera de ilustración para algún importante proyecto. Minna pensó que bien podría estar frente a una de esas «vitrinas» por las cuales los nazis mostraban tanto afecto. Muestras irreprochables de planes cuya realización, a todas luces, francamente dejaba mucho que desear.

Otras habitaciones eran más ruidosas. Gemidos, chillidos en el fondo de las cestas, las enfermeras moviéndose inquietas, biberón en mano, la sonrisa en los labios, como si todo fuera cortado de un mismo bloque de paciencia pura. Sus blancas siluetas cruzaban espadas con sus sombras en un nítido duelo, agudo, en blanco y negro. Todo esto parecía muy lejos de las historias del tío Gerhard, con sus institutrices ladronas y sus pedazos de vidrio en la papilla. Más que nunca, Minna consideró que Zeherthofer era un ejemplo de maternidad.

—Por aquí —dijo la enfermera, abriendo otra puerta.

Minna entró en un consultorio médico estándar. Una mesa de exploración, una báscula, una tabla de medir. En vitrinas, complicados objetos de madera o metal: *a priori*, instrumentos de medición, pero con apariencia de astrolabios y relojes de sol de épocas antiguas.

El médico (o simplemente un «conocedor de la raza») la esperaba detrás de su escritorio. Uno de esos expertos capaces de darte un certificado de arianidad o explicarte que tus antepasados germánicos provenían directamente de los glaciares del Himalaya. Alguien que sabía, solo eso.

El burócrata, ocupado en escribir pulcramente con su bolígrafo en un cuaderno, alzó la vista; era pequeño, encorvado, con bigote. Escondido tras sus diversos sellos, tinteros y firmas, evocaba a un animal al acecho, con algo de furtivo y amenazante en su mirada.

Minna ni siquiera tuvo tiempo de sentarse. El hombre se burló por encima de su portaplumas, sin ocultar su desprecio.

—Puede irse a su casa, *Fräulein*. No hay necesidad de perder nuestro tiempo.

—¿Cómo?

Se incorporó y sonrió, acomodándose las gafas.

—Usted no encaja en absoluto con el perfil que buscamos.

Sin desanimarse, Minna se acercó a él, en tanto rebuscaba en su bolso dejando caer en el escritorio sus papeles de identidad.

Por curiosidad, el pequeño roedor les dio un vistazo. De repente, sus ojos parecieron saltar por encima de la montura.

—¿Es usted la hija del barón von Hassel?

—Su sobrina.

El hombre se puso de pie de un salto, extendiendo su patita.

—Soy el *Sturmbannführer* Peter Koch. Le ruego me disculpe por este malentendido.

—¿Puedo hacer el examen?

—Por supuesto.

—¿Qué debo hacer?

—Bueno… —él señaló una pantalla de lona en el otro extremo de la habitación.

Con unos cuantos movimientos, Minna se deshizo de su vestido y su sombrero.

—¿Me quedo con mi ropa interior? —preguntó desde detrás de la división de tela.

—Claro.

Adivinó, por la voz del hombre, que se encontraba sumamente regocijado. Una baronesa. Una von Hassel. Un buen cambio de todas esas campesinas embarazadas que pasaban por sus manos.

Minna salió de su escondite, cruzando por reflejo los brazos a la altura de los senos. Llevaba únicamente el sostén, las bragas, todo cubierto por un negligé de seda.

—Acérquese.

Koch, una vez de pie, era apenas más alto que ella.

—Colóquese en la tabla de medición, por favor.

Tenía un cuaderno y un lápiz en la mano. Si hubiese llevado una camisa gris, habría sido un perfecto vendedor en el departamento de bricolaje en Wertheim. Ella obedeció y el «conocedor de la raza» no pudo reprimir una mueca mientras registraba su altura. Minna apenas medía más de metro y medio, lo cual resultaba un tanto bajo para una madre nórdica.

La pesó, le tomó la presión arterial, la auscultó, comprobó sus reflejos, le palpó el vientre. Hasta aquel momento, el examen clínico no era en nada distinto de una visita a un médico general.

—Tome asiento, por favor.

Él le hizo un gesto para que se sentara cerca de la mesa de examinación y abrió uno de los gabinetes de vidrio que albergan sus extraños instrumentos. Eligió un calibrador de metal, que evocaba una especie de tabla de medir horizontal.

—Primero debo pedirle que firme esta renuncia.

—¿De qué se trata?

—Usted certifica que está tomando este examen por su propia voluntad.

Minna firmó: no tenía tiempo ni ganas de leer el largo formulario. Todo era nada más que una farsa.

—Ahora, no se mueva. Bien derecha contra el respaldo de la silla, por favor.

Koch midió pacientemente el tamaño del cráneo, la altura de

los pómulos, la profundidad de los arcos, la curvatura, el ancho y la altura de la nariz...

Mientras él se afanaba con su utensilio en tomar notas, Minna se quedó mirando los grabados que se exhibían en las paredes. Una reproducción del *Hombre de Vitruvio* de Leonardo da Vinci, dibujos anatómicos de mujeres... Pensó en las Damas del Adlon. Candidatas perfectas para el Lebensborn. Rubias atléticas, de soberana belleza y generosas curvas.

Finalmente, Koch volvió a colocar su calibrador y se sumergió, aún de pie, en su pequeño cuaderno. Ahora parecía un albañil garabateando las medidas de una cocina.

—¿Cuánto tiempo lleva embarazada?

—No estoy embarazada.

—¿Perdone?

—He venido aquí para eso. Para quedar embarazada.

El hombrecillo se le aproximó. Minna recordó los ojos del profesor Kirszenbaum que parecían flotar en sus grandes anteojos. Los de su anfitrión eran todo lo contrario: pequeños, nerviosos, con pupilas que bullían constantemente detrás de sus lentes, como renacuajos atrapados en un frasco.

—El hecho de que usted sea una von Hassel no significa que pueda venir y burlarse de…

—No me estoy burlando de nada. Deseo ofrecer un hijo a nuestro Führer. Y cuento con ustedes para que me encuentren un progenitor.

Él cerró su gabinete de vidrio, luciendo ofuscado, y volvió a sentarse detrás de su escritorio.

—Le han informado mal. Nuestras clínicas dan la bienvenida a mujeres que ya están embarazadas. Estas son maternidades, ¿me entiende?

—¿Podría al menos aplicar? Debe discutir esto con sus superiores. Yo soy una von Hassel. En toda Alemania no hay diez familias de tan alta nobleza. He venido a ofrecerles mi sangre en bandeja de plata. Creo que eso merece alguna consideración.

El *Sturmbannführer* Koch hacía girar un lápiz entre sus dedos, pareciendo preocupado. Finalmente, sujetó con firmeza los apoyabrazos de su sillón y se puso de pie.

—Vístase y venga conmigo.

115

La hicieron esperar de nuevo. En la misma habitación, con otras mujeres embarazadas, cada una mostrando su abultado vientre con un aire de orgullo y beatitud; incluso con un dejo de arrogancia.

Minna no tenía miedo. Por el contrario, se felicitaba a sí misma por estar en aquel lugar. No tenía idea de lo que iba a pasar ahora, pero, después de esta exploración, podía conseguir una nueva cita. Entonces, tal vez podría colarse en la oficina de administración...

Pensó en Kraus y Beewen, quienes todavía la estaban esperando, y la sola idea la tranquilizó. Nada podría pasarle.

Entonces se percató de que no había pensado en el alcohol desde el comienzo del examen. *Muy bien por eso...*

De repente se abrió la puerta y reapareció el pequeño Koch.

—Esta enfermera la llevará a otro pabellón, donde podrá explicarle la naturaleza de sus... expectativas.

—¿A quién?

—Ya lo verá.

Minna no insistió. Se estaba acercando a los responsables del Lebensborn. Nombres, rostros y, finalmente, la lista de «progenitores» de la organización.

Salieron por la parte trasera de la villa. Y después, después nada. El sol, a fuerza de blancura, lo oscurecía todo. Deslumbrada, Minna se llevó la mano sobre los ojos y, poco a poco, pudo divisar las colinas verdes y los perros guardianes.

Siguiendo los pasos de la enfermera, se adentró en un otro parque, un reino sombreado de pastos y copas de árboles, donde los arbustos de color jade y café eran tan compactos como rocas.

Los pájaros aún cantaban, los insectos zumbaban y ella se sentía ligeramente mareada. Una embriaguez veraniega, diáfana, vertical.

Un nuevo edificio. Más pequeño que la maternidad, cubierto de hiedra, evocaba una cabaña de caza o una casa de campo a la manera alemana. ¿El cuartel general del jefe? ¿El departamento de Fertilización? ¿O quizás uno de esos burdeles nazis que estaban en boca de todo Berlín?

Unas risitas le dieron el comienzo de su respuesta… A la derecha, en una terraza resguardada por parasoles, hombres y mujeres cotilleaban mientras bebían refrescantes bebidas. Ellas iban vestidas con atuendos ligeros. Ellos portaban uniformes de oficiales de las SS. Ellas parecían sobreexcitadas. Ellos se regodeaban con sus propios chistes. Cacareos. Limonada. Nada mal para los momentos previos al apareamiento...

Todas estas hermosas personas eran rubias. No trigueñas ni de un amarillo pajizo, sino casi blancas bajo el sol. Las risas estallaban. Minna pensó que les habían blanqueado el cerebro...

—*Fräulein*…

Entraron por el pabellón, donde el frescor la envolvió como si estuviese en una gruta. Otro vestíbulo, esta vez sin mostrador ni paneles. En la penumbra, cuadros brillaban con suavidad. Los sillones de cuero rojo contrastaban con estos. El conjunto se basaba en un cobrizo claroscuro.

—Por aquí, por favor.

Ya no se trataba más de la sala de espera ni de otros pacientes. Iba a encontrarse con la persona a cargo de esta fuente de vida. ¿Era razonable jugar su carta abierta? ¿Que pudieran, a partir de este momento, identificarla? ¿Que pudieran investigarla? Minna no tenía elección, y su instinto la hizo seguir adelante. Estaba en vías de tener éxito en la misión que se había propuesto para sí: penetrar hasta el corazón del dispositivo, infiltrarse al seno de la máquina...

Finalmente, la enfermera abrió una puerta doble, cuya cubierta estaba tapizada en cuero. Minna se encontró frente a la última persona que esperaba ver. Pensándolo bien, no resultaba tan sorprendente...

Ernst Mengerhäusen estaba de pie en la parte trasera de la oficina, más allá de una ventana francesa abierta hacia un balcón que daba a nivel del jardín. Bajo la resolana, su perfil se destacaba como un letrero de hierro forjado: un hombre bajo y barrigudo con el pelo rojo, fumando una pipa de boquilla torneada.

Un segundo después, la enfermera se había ido, dejando a Minna a solas en una oficina de muebles barnizados del siglo XIX, mientras el bastardo aquel fumaba tranquilamente con la nariz al viento.

Le atravesó una idea: matar al monstruo en el acto. Aprovecharse de este momento de intimidad para eliminar definitivamente a esta basura. Sacarle un ojo con una estilográfica o clavarle un abrecartas en la garganta...

—¿Qué es lo que está buscando? —preguntó, mientras regresaba a su escritorio y cerraba la ventana francesa de paso, en tanto sostenía su pipa en la boca—. ¿Un escalpelo? ¿Una pistola?

Se rio complacientemente y se acomodó detrás de su escritorio. Parecía una de esas ilustraciones tradicionales que se pueden comprar en las tiendas de recuerdos de Baviera. No le hacía falta nada, salvo el *Lederhose*.

—Tome asiento, *Fräulein* von Hassel. Y no sea tan melodramática. Quizás ha venido usted aquí buscando venganza, o por otra razón muy distinta. En cualquier caso, todo esto merece una buena conversación.

Ella sintió que su cuerpo perdía toda consistencia y se dejó caer en la silla.

—No sé si ha hecho algo de investigación para encontrarme, pero probablemente le sorprenda encontrarme aquí, en un asunto que nada tiene que ver con el de nuestros primeros encuentros.

Minna guardó silencio.

—Puedo devolverle el cumplido —agregó, agitando su larga pipa hacia ella, como si fuera a regañarla con gentileza.

Recordó que él había afirmado haberla tallado a partir del fémur de un soldado francés. «Estoy bromeando, por supuesto», había agregado en ese entonces.

Eso dices.

—Le explicaré todo —prosiguió en tono conciliador—, y espero de usted una actitud recíproca.

Minna espetó:

—¿Cómo pudo incendiar mi instituto?

—Todo acto tiene sus consecuencias.

—¿Qué acto?

Él la miraba directamente a los ojos.

—Todo este asunto está más allá de usted, y más allá de mí también. No se trata de nosotros, *Fräulein*. Se trata del Reich. Del Reich de los Mil Años, ¿me comprende?

—No veo la relación. ¿Por qué mató a mis pacientes?

Él se puso de pie y comenzó a caminar, con un aspecto pensativo, las nubes de humo enlazando sus pasos.

—La eugenesia es una idea muy antigua. Estados Unidos lo puso en práctica desde principios de siglo. —Él se volvió hacia ella.— Es fácil apiadarse de seres deformes, frágiles, vulnerables. Pero protegerlos, ¿es realmente una obra de caridad, de humanidad? Amar al prójimo, ¿no es acaso soñar con su futuro, para lograr que todos los humanos caminemos juntos hacia una felicidad más saludable, sin fallas ni defectos?

Las rodillas de Minna estaban apretadas y sus dientes aún más.

—Conozco sus tonterías sobre los «semihumanos», los «averiados», las «bocas inútiles»... —alcanzó ella a responderle—. Usted trata con la humanidad como si fuera una reserva de bienes perecederos.

Él levantó sus brazos en señal de impotencia.

—Usted hace las preguntas, yo respondo.

—¿Por qué los hizo arder?

—Por lo general, estamos en favor del camino de la amabilidad. No poseemos interés alguno en recurrir a este tipo de acciones espectaculares. Pero, de nuevo, usted nos provocó.

—¿Yo?

—Su emisario, Beewen.

Minna se mordió los labios.

—No es necesario arrepentirse —continuó—. Sus pacientes estaban en tiempo prestado, de cualquier manera. Ya habíamos planeado trasladarlos a todos, lo antes posible, a Grafeneck.

—Su cinismo me deja... sin palabras.

Él dejó escapar una pequeña risa, casi una tos, entre dos bocanadas.

—Vamos, vamos, estamos hablando entre médicos. Nuestro plan está en marcha. No hay mucho que pueda hacer, salvo inclinarse. A fin de mostrarle nuestras buenas intenciones, estamos en proceso de respaldar una versión «accidental» del incendio de Brangbo. Usted no tiene de qué preocuparse. Hemos escrito a los padres y familiares de sus pacientes para informarles.

—¿Cómo ha conseguido sus nombres?

—Sus registros. Los incautamos antes de... terminar. No somos matones sin sentido. Toda familia debe estar informada. El pueblo alemán nunca será manipulado.

Era inútil intentar hablar con este hombre, y mucho menos conmoverse frente a él. Era como querer razonar con un búnker o enternecer a una ametralladora.

—¿Qué está haciendo aquí? —ella se volvió hacia él, brutalmente exasperada.

—Buena pregunta —sonrió—, que le responderé en un momento. No le estaré diciendo nada nuevo al recordarle que el nazismo no es un programa político, sino un proyecto biológico. Nuestro Führer quiere fortalecer a Alemania, sí, pero también quiere fortalecer a los alemanes. Nuestro pueblo posee un destino. Ya era hora de permitirle encarnarlo.

Distraídamente, golpeó su pipa en un cenicero, y procedió a limpiar el interior del hornillo con un escalpelo.

—Este programa tiene dos caras. Una, desafortunadamente, se basa en la eliminación. Antes de fortalecer a un pueblo, es necesario desnatarlo, purificarlo. Para hacerme entender, siempre uso la metáfora del árbol. El jardinero de domingo cree que ama a la naturaleza mimando el roble que se encuentra en el fondo de su pequeña parcela de tierra. Pero el verdadero jardinero sabe bien que no debe dudar en cortar las ramas dañadas, aunque eso signifique desfigurar el árbol primero, para ofrecerle un mejor crecimiento posterior.

Mientras el hombrecillo divagaba, Minna pensó: los archivos que le interesaban —mujeres fertilizadas, progenitores— debían estar aquí o en alguna de las oficinas cercanas. Volver. Buscar. Encontrar. ¿Cuándo? ¿Esta noche?

—Mejor hábleme sobre la otra cara del programa —dijo ella.

Él dejó su pipa y abrió sus manitas regordetas.

—¡Pero si aquí estamos!

—Los Lebensborn. Las fuentes de vida.

—Exactamente. No se trata solo de mejorar los árboles existentes, ¡se trata de plantar otros nuevos! ¡Muchos otros! Nos hemos conocido, me temo, en el aspecto más duro, más abrupto y menos entendido de nuestro programa, pero estoy feliz de darle la bienvenida hoy a esta maternidad que representa el futuro de nuestra raza.

—No he visto más que una vulgar clínica para madres solteras.

—No juegue a la provocación. Usted ha comprendido perfectamente bien lo que está en juego aquí. Por naturaleza, la mujer alemana es fértil. Pero aún debemos alentarla, estimularla, acompañarla. Ella constituye la matriz de nuestra victoria.

Esta oficina estaba en un primer piso. Forzar la puerta del patio no sería gran cosa. ¿Tendrían Simon y Beewen las agallas para seguirla tan lejos? Sin duda alguna.

—Gracias a una propaganda poderosa y constante —continuó el médico—, hemos creado una auténtica dinámica: las jóvenes mujeres embarazadas están acudiendo. Ya no se trata de amor, de matrimonio o de bautismo, esas tonterías burguesas. Se trata de dar a luz, eso es todo. ¡Repoblar nuestro *Lebensraum*! ¡El espacio vital tan caro para nuestro Führer!

—Pero no presta ayuda a todas las mujeres embarazadas.

—Por supuesto que no. La selección tiene lugar en la fuente. Alentamos y ayudamos solo a las mujeres nórdicas. Esto es lo que llamamos «procreación dirigida». ¡Queremos una generación pura sangre!

—Pobres de las pequeñas trigueñas como yo.

Una amplia sonrisa se dibujó en su rostro. Una zanja hecha por un cuchillo en una calabaza.

—No sea modesta. Usted sabe muy bien que su sangre es más preciosa que cualquier cosa.

—Si usted lo dice.

—Usted le ha dicho eso a mi colega, y tiene toda la razón. Pero eso no responde a la pregunta principal: ¿qué está haciendo usted aquí?

En ese instante, Minna comprendió que ya no tenía sentido hacer el papel de nazi convencida o de candidata a la maternidad. Mengerhäusen no compraría ninguno de estos engaños. Tenían una historia juntos y esta disputa delineaba ahora con claridad sus posiciones. Minna era mucho más creíble en tanto una baronesa encubierta, lista para degollar a su enemigo, que como una simpatizante cualquiera del partido.

—He venido por curiosidad.

—Ha pretendido estar buscando un… progenitor.

—¿Tengo cabeza suficiente como para venir y coquetear en su madriguera —Mengerhäusen se rio entre dientes y volvió a llenar su pipa. El olor a tabaco de los Balcanes le producía un cosquilleo en la nariz.

—Yo también he reflexionado… —dijo, pensativo—. Pero, ¿por qué desempeñar este papel?

—Porque los Lebensborns no parecen particularmente abiertos a los visitantes.

Se cuadró el tubo de hueso entre los dientes.

—¡Pero se equivoca! ¡Nosotros somos felices de abrir nuestras puertas a los curiosos! ¡Especialmente cuando su apellido es von Hassel!

Minna estaba desconcertada: sin importar cuáles fueran sus mentiras, siempre se encontraba cara a cara con esta amable y jovial manzana que tenía la respuesta para todo.

—Venga conmigo. Me gustaría presentarle a unos amigos.

116

Una vez en el exterior, Mengerhäusen guio a Minna hacia el pequeño grupo que disfrutaba bebidas frías bajo las sombrillas. Ella avanzaba con paso vacilante, el sol la cegaba tanto que veía motas negras con cada parpadeo.

—¡Amigos míos! —el doctor pregonó a los oficiales de las SS y sus potrancas en ropa de verano—. Me complace presentarles a la baronesa Minna von Hassel.

Hacía años que no la llamaban así. Entrecerrando los ojos a la luz, sonrió tímidamente y aceptó el asiento que le ofrecían. Los muebles del jardín eran de hierro forjado blanco, y el material le pareció aún más duro en aquella reluciente tarde.

Al darse cuenta de que las jarras de limonada estaban vacías, Mengerhäusen comenzó a ladrarle a un sirviente que estaba de pie en las cercanías —otro tipo famélico en pijama gris. ¿Qué diablos estaba haciendo allí, por el amor de Dios? Ya no entendía nada.

Sus anfitriones no le prestaban demasiada atención. Los hombres habían continuado bromeando con las jóvenes que se retorcían en sus vestidos transparentes como anguilas plateadas en un río.

Minna podía sentir las partículas de deseo flotando en el aire soleado. Estos seres, tan rubios que parecían espejos reflectantes, parecían atraídos entre sí por un poder magnético.

Adivinó la presencia de Mengerhäusen detrás de ella, que vigilaba a sus protegidos como un maestro de escuela, sonriente y bonachón. ¿Qué estaba buscando? ¿Por qué le había impuesto en este encuentro saturado de electricidad sexual? ¿Quería convidarla a una orgía?

Llegó la limonada. Minna se abalanzó sobre esta. Tenía sed, calor y, de nuevo, la necesidad de alcohol, muy dentro de ella, se retorcía como una infame serpiente. Se sirvió dos veces, sin siquiera ofrecerle a los demás. Se sentía quemada por el sol.

Cerrando los ojos, dejó que el frescor descendiera por su interior y se consumiera al contacto con sus órganos febriles. Las voces se cernían sobre ella y ya ni siquiera podía entender el significado de las palabras.

De repente recordó a Simon y a Beewen. Era necesario recuperar fuerzas, conseguir ponerse de pie y partir…

—Sé lo que está haciendo.

Con un sobresalto, se dio la vuelta, aferrándose al respaldo de su silla.

—¿A qué se refiere?

Estaba inclinado sobre ella, con las manos sobre su espalda. Un profesor que te sorprende haciendo trampa a escondidas.

—¿Qué pensaba, *Fräulein*? ¿Que no me he informado sobre usted? ¿Que no la tengo vigilada?

Su garganta ya estaba seca de nuevo. No podía responderle.

—Me agrada, Minna. Por eso le hago esta advertencia. Olvídese de todas esas cosas. Olvídese de Simon Kraus y de Franz Beewen. No es usted rival para esto.

—...No entiendo de qué me está hablando.

Él sonrió como un garfio cortando una gavilla de trigo, pasó a un costado de ella y volvió a llenar su vaso.

Minna parecía ahora hipnotizada por el borde translúcido de la jarra, el chorro de limonada, la masa brillante del desbordante líquido...

Tomó su vaso y bebió a largos tragos. En ese instante, todo se sacudió.

Vio la sombrilla blanca.

El cielo azul.

Después nada.

117

Cuando recuperó la conciencia, todo era negro. Un negro denso, profundo, absoluto. Su primera sensación fue la migraña. Un verdadero dolor de perros. La segunda, calor. El natural, el del verano. Pero ese calor se apoderaba de ella, envolviéndola fuertemente, conspirando con su propio sudor para sofocarla. Por Dios, estaba desnuda. La tercera sensación, aterradora, eran las cuerdas. En las muñecas. En los tobillos. Anchos tirantes de piel. Estaba atada a una cama.

Cerró los ojos de nuevo, agregando un velo más a la oscuridad. Intentó reconstruir sus últimos momentos de lucidez. Se vio de nuevo bajo la sombrilla —una imagen demasiado blanca que estallaba profundamente en su dolorido cerebro—, sonriendo estúpidamente mientras bebía su limonada...

La habían drogado.

¿Cómo pudo haber caído en la trampa tan fácilmente? Se había aventurado en territorio enemigo. Debería haber permanecido en guardia, prestando atención a la más mínima palabra, al mínimo gesto. En cambio, aceptó sin sospechar la primera limonada que se le había presentado. Mejor aún, había bebido hasta tener más sed. Su nivel de vigilancia era el de un niño mimado. No acostumbrada lo suficiente a la adversidad, siempre contando, aunque sea remotamente, con su nombre, con su fortuna, para protegerla...

Intentó tragar y se dio cuenta de que estaba muerta de sed. Su boca parecía estar llena de aserrín. Todo su ser anhelaba un trago, incluso unas cuantas gotas, para romper con esta aridez...

Se esforzaba, a través de sus pensamientos, en seguir una cierta lógica, pero sus reflexiones eran interrumpidas, cortadas por imágenes, destellos, golpes de luz demasiado violentos. La pipa de Mengerhäusen. El escalpelo con el que la había limpiado por dentro. La luminosa jarra de limonada... ¿Por qué la habían encerrado en esta habitación (sus ojos, dolorosamente, acostumbrándose a la oscuridad)? ¿Qué iban a hacerle? El perfil de Mengerhäusen la instaba a imaginar lo peor: tortura, experimentación médica, violación (no por él, ni por otro hombre: por perros, reptiles, máquinas animadas).

Estaba delirando. Tal vez solo se trataba de una prueba. Mengerhäusen la había tomado al pie de la letra. Iba a estudiarla para decidir si era «apta para el servicio». De repente recordó sus esfuerzos (y su noche de horror) para ofrecer a estos bastardos sangre digna de su nombre —y nadie le había dicho nada sobre un análisis de sangre...

El miedo volvió. En el círculo interno de dementes nazis, sin duda alguna Mengerhäusen poseía un buen lugar. Convencido de los valores de la Orden Negra, sin duda él mismo inspiró algunas de esas ideas abyectas, uno podría temer cualquier cosa de él. Podría ser que fuera a extraerle los órganos para analizar su color o su naturaleza... Las vísceras de un von Hassel, piezas selectas... Quizás la iba a esterilizar o, por el contrario, a fecundarla con la ayuda de las técnicas novedosas. Podía ser...

Se abrió la puerta de la recámara, dejando entrar un amplio rayo de luz. Tuvo tiempo de verla: una claridad amarillenta, eléctrica. Así que era de noche. Había dormido durante varias horas. La sombra de un hombre apareció a contraluz. Bajo, fornido, peludo —Mengerhäusen en persona, haciendo su visita nocturna...

Volvió a cerrar la puerta y dejó que su voz se apoderara de la oscuridad:

—Estaba equivocada, *Fräulein*. Terriblemente equivocada...

Imposible responderle. Aún sentía el polvo en el fondo de la garganta.

—Esta tarde, pretendí advertirle, pero ya era demasiado tarde.

Consiguió romper su propio silencio:

—¿Demasiado tarde para qué?

—Para renunciar, para olvidar, para desaparecer.

—¿De qué me está hablando?

Ella podía escuchar sus pasos. Daba vueltas a su alrededor como un depredador noctámbulo.

—Podría haber perdonado su actitud hacia nuestro programa.

—¿Su... programa?

—Deje de hacerse la idiota. El *Gnadentod*, la «muerte misericordiosa». Esta liberación que estamos preparando minuciosamente y que vamos a ofrecer a todos estos desdichados...

Él se detuvo y chasqueó la lengua. Sed, ella tenía sed...

—Se piensa usted moderna, pero pertenece al pasado. La psiquiatría tal y como usted la concibe ya no existe. Este error podría habérselo perdonado. Incluso podría haber tratado de inculcarle nuestros principios revolucionarios... Pero eso no hubiera sido suficiente para usted, tenía que salirse de sus prerrogativas...

—¿Pero de qué está hablando?

Pasos. Su voz, muy cerca.

—Estoy hablando de las Damas del Adlon, *Fräulein*. Le hablo del asesino del río y del lago… Le hablo de este intolerable ataque dirigido contra las esposas de nuestra élite. Este asunto es peligroso. Mucho más de lo que piensa. Tontamente ha permitido que Beewen la reclutara y eso es inaceptable. Beewen solo es un obstinado miembro de la Gestapo, un perro bueno para conseguirnos pistas... Pero usted, no, definitivamente no podemos dejar que actúe así...

Sus pensamientos, en lo profundo de su cráneo, se retorcían como llamas. Ya no entendía nada. Así que estaba atada a esta cama, lista para el sacrificio, no por el incendio de Brangbo o por su intrusión en el Lebensborn, ¡sino por la investigación! Dios mío. Iba a pagar por una información que ni siquiera poseía, en nombre de una verdad que ignoraba...

De repente, tuvo este pensamiento en forma de deflagración —una explosión que le parecía expandirse como un hematoma debajo de su cráneo.

Mengerhäusen era el Hombre de Mármol.

—He decidido tomarle la palabra, *Fräulein*…

—Yo… tengo sed… —logró susurrar.

Hubo una especie de silencio dentro del silencio. Mengerhäusen estaba reflexionando. Luego volvió a dar más pasos. Ella apenas podía distinguir su silueta (ya no vestía su camisa blanca), pero claramente se estaba moviendo en esta habitación como si estuviera a plena luz del día.

Tintineos de vidrio. Gorgoteos de agua. El golpe de la jarra contra una superficie.

—Tenga.

Él deslizó su mano bajo su nuca y le levantó la cabeza. El contacto le recordaba a una serpiente y tuvo una convulsión. Por un breve instante, pensó que había regresado el *Delirium tremens.*

Inmediatamente, sintió que la frescura la alcanzaba como una gracia. Estaba ocurriendo el milagro. La sensación era tan violenta que el agua fría le pareció fisurarle los labios. En retrospectiva, se preguntó cómo había podido aguantar hasta entonces... El agua la saturó de alegría, de serenidad, de gratitud. Le parecía que después de tanta felicidad, bien podría morir...

La sensación se detuvo en seco, puntuada por el sonido del vaso que iba a unirse a la jarra sobre una mesa. A Minna ni siquiera le preocupaba que la drogaran de nuevo. Al contrario. Cualquier anestesia habría sido bienvenida. Era el sufrimiento, con todos los refinamientos de los que era capaz Mengerhäusen, lo que más temía. Siguió entrecerrando los ojos para ver mejor, para discernir formas, para orientarse. Todo lo que había podido distinguir era la figura compacta y negra del médico parado frente a ella, con sus manos a la espalda

—Le he dicho que voy a tomarle la palabra.

—¿Qué… qué quiere decir?

—¿Quería ser fecundada? Pues vamos a ayudarla.

—¿Va a operarme? —logró tartamudear ella.

El hombre ríe.

—¿Pero en qué está pensando? Nosotros solo vamos a fomentar una reunión. Aquí no hacemos otra cosa. ¿Sabía usted que este es un antiguo pabellón de caza? Bastante irónico, dadas las circunstancias, ¿no lo cree?

Minna no podía formar un solo pensamiento. ¿Qué significaba todo esto? ¿Iba a ser violada en esta cama, encadenada como para una operación de vivisección? La idea era casi soportable, comparada con el sufrimiento que había imaginado.

—Usted es una von Hassel —continuó Mengerhäusen—. ¡Necesita lo mejor! Mi elección ha recaído inmediatamente en un hombre de mi entera confianza. Un toro con el que… colaboramos regularmente. La cima de la élite, créame, en todos los sentidos…

—No puede hacerme esto...

Oyó sus pasos retroceder hacia la puerta.

—Cuando sienta cómo crece nuestra obra en el fondo de su vientre, vendrá a suplicarme, de rodillas, que la haga abortar, o incluso tal vez que la mate. Ya veré entonces en qué disposición estaré.

—No…

—Todo va a estar bien. Solo he tenido… comentarios muy positivos.

—Lo denunciaré. Lo referiré a...

—¿A quién exactamente? Recuerde, usted ha venido por su propia voluntad. Incluso ha firmado un documento que nos libera de toda responsabilidad.

Minna no tuvo tiempo de responder.

La puerta ya se había abierto y vuelto a cerrar.

En tanto la luz se desvanecía bajo sus párpados, Minna tuvo una nueva esperanza. Simon y Beewen vendrían a rescatarla. Llevaban horas esperando, debían de estar muy preocupados. Tenían que encontrar una manera de entrar a esta residencia...

El efecto reconfortante de este pensamiento no duró mucho. Ya estaba de regreso la sed —y con ella, la angustia. «¡Necesita lo mejor!», «…un hombre de mi entera confianza»… Ella podía discernir la fuerte ironía detrás de estas palabras. Sin duda había elegido a un violento SS, o a uno con un miembro desproporcionado. Alguien que la iba a hacer sufrir mucho... y que le hiciera pensarlo dos veces antes de entrometerse en los asuntos de otras personas.

Sus pensamientos se descorcharon. En las paredes que la rodeaban, notó el contorno aún más oscuro, aún más denso de un animal: *Stier*. Toro. *Zuchtbulle*. Toro de cría. Ella estaba en un laberinto y estaba a punto de toparse con el Minotauro. Estaba en el foso de una pirámide, acorralada por Apis, el dios egipcio con cabeza de toro...

Empezó a reír… Se estaba volviendo loca. No podía creerlo. Ella…

La puerta se abrió. Una vez más, la luz eléctrica se extendió por la habitación en un amplio arco. El hombre permaneció inmóvil en el umbral. No muy alto, desnudo, su silueta escultural destacaba contra el uniforme amarillo del pasillo. Ella no podía distinguir su sexo o su rostro, pero parecía, en modelo reducido, una de esas monumentales estatuas de Arno Breker o de Josef Thorak que ornamentaban el Estadio Olímpico de Berlín.

Ninguna palabra.

Ningún movimiento.

El coloso observaba a su presa en silencio.

Minna empezó a entrar en pánico. Su pecho se henchía y contraía sin que pudiera gritar. Sus piernas separadas, formando con su cuerpo una cruz de San Andrés, preparada, lista para el apareamiento...

Lentamente, el hombre se dio la vuelta y cerró la puerta. De regreso a la oscuridad. Pero ya no eran las mismas tinieblas. Ahora la habitación entera estaba iluminada por una revelación. En su miedo, Minna había mirado por reflejo sus ataduras. Y, a pesar de su pánico, había notado un detalle. Algo más que un detalle: ¡su tabla salvavidas!

Estas correas, ella las conocía bien. Solían usar las mismas en Brangbo. Cierres de cuero con hebillas de hierro, imposibles de abrir sin ambas manos para quien no esté familiarizado con su uso. Diseñadas para hospitales psiquiátricos, bautizadas *Walfisch*, en honor a su inventor, podían desbloquearse con un solo gesto, como por arte de magia, siempre y cuando se dominara el movimiento adecuado: un rápido adelante y atrás, de derecha a izquierda, una especie de Z en el espacio. Este truco permitía liberar al paciente en caso de emergencia, cuando se había lesionado o necesitaba cuidados de reanimación, por ejemplo…

Correas *Walfisch*. El Señor no la había abandonado. En tanto el hombre daba la vuelta a la llave de la puerta para encerrarlos, ella ya se había quitado los dos brazaletes y tiraba con fuerza de los cinturones que le ataban los tobillos.

En la oscuridad, el hombre no podía ver lo que sucedía, pero se precipitó hacia adelante, adivinando el intento de fuga. Por su parte, Minna estiró las piernas lo más fuerte que pudo y golpeó algo duro, probablemente la barbilla o algún otro hueso de la cara.

Un ruido sordo, después nada. Ella permaneció inmóvil, olvidándose de respirar. Ni el más mínimo temblor. Con prudencia, tiró de sus piernas hacia ella, se dio media vuelta y puso los pies en el suelo. Ahora podía distinguir el cuerpo pálido que yacía tendido.

El hombre ya no se movía. Minna no podía creerlo. No podría haberlo matado con una sola patada.

Ella se puso en pie. Con la espalda contra la pared, se dirigió hacia la puerta. Tanteando, sin apartar la vista del visitante que yacía en el suelo, giró la llave y abrió la puerta.

No para ver el exterior.

Sino para iluminar el interior.

El cuello del hombre estaba en ángulo recto contra un radiador de hierro fundido. Le vino a la mente una expresión cómica: «latigazo cervical». Tenía ganas de reírse y se recompuso. Abrió la puerta un poco más y se aproximó hacia su víctima. No era ni un monstruo ni un toro. Tampoco era un SS del tamaño de un Panzer en plena erección del tamaño de un semental. Era simplemente el hombre más guapo que jamás hubiera visto. Un rostro deslumbrante, irreal, como desligado de las contingencias del tiempo y del espacio.

Un rostro que conocía bien.

Como todas las alemanas.

Kurt Steinhoff. *Kurt der Geliebte. Kurt die Sonne.* La estrella absoluta de la UFA.

Un actor que había brillado en las pantallas de cine durante veinte años y que había pasado por todas las convulsiones políticas sin disparar un tiro. Un nombre que resultaba suficiente, incluso en estos tiempos, para llenar los pasillos. Una estrella que el poder nazi había adorado…

No era el momento para conectar hechos o ideas. Controlando su sorpresa, le tomó el pulso y notó, con alivio, que todavía estaba vivo. Ella solamente lo había noqueado. Otra mano amiga de Dios, un ángel guardián o la suerte... lo que sea.

El hombre había guardado su reloj. Las diez treinta.

Pensó en Kraus, en Beewen. ¿Todavía estarían esperándola?

Aún desnuda, se sentó a horcajadas sobre el cuerpo y aventuró una mirada hacia el pasillo. Nadie. Ni la sombra de un ladrido o de un susurro en la noche.

Una oportunidad que no podía dejar pasar.

118

Primero, encontrar ropa.

Caminó por el pasillo, aún más silenciosa que el silencio. Una lavandería. Trapos. Sábanas. Delantales… Se puso una blusa, salió de nuevo, notó la escalera a la izquierda —estaba en el primer piso del pabellón.

Antes de emprender la huida, tenía que encontrar los archivos de Susanne Bohnstengel, Margarete Pohl, Leni Lorenz, Greta Fielitz: estas mujeres habían sido fecundadas aquí, sus archivos tenían que estar en este lugar.

Recordó que Mengerhäusen la había recibido abajo. Se decidió por las escaleras. ¿Las Damas del Adlon se habían ganado el derecho a las correas y al negro absoluto? Ciertamente no. Este era el tratamiento preferencial para los entrometidos, para los indeseables...

Abajo, la primera puerta reveló una cámara vacía, la segunda una forma dormida debajo de una sábana: ¿una mujer inseminada? ¿a la espera? Finalmente Beewen, con su gran cabeza, había tenido la razón. Esta clínica era una suerte de burdel.

La tercera puerta estaba cerrada; creyó reconocer la del despacho de Mengerhäusen. Constató, petrificada, que estaba ubicada justo debajo de la habitación donde se había encontrado prisionera. ¿Cuántas parejas se habían puesto manos a la obra por encima de su cabeza?

Ya se estaba preguntando cómo forzar su entrada —¿quizás dar la vuelta al edificio y romper una ventana?— cuando, por intuición, intentó con la puerta contigua. Se abrió. Un despacho recubierto por la oscuridad. Superficies barnizadas que parecían languidecer bajo la luna. Armarios, archiveros, una máquina de escribir… Un secreter.

La noche clara le permitió orientarse. Abrió los armarios, encontró todo tipo de archivos, pero no los que buscaba.

Mientras se afanaba, se dio cuenta de por qué el *Stier* había tenido la intención de violarla en la oscuridad. Kurt Steinhoff era una estrella. Venía aquí para fecundar a jovencitas de incógnito. Se procedía con la máxima discreción; incluso las postulantes mismas ignoraban quién las había inseminado. Niñas afortunadas que, de cualquier manera, habían tenido derecho a la semilla del gran Kurt. Kurt el Amado, Kurt el Sol... «¡Necesita lo mejor!» Lo mejor, sí, pero con la condición de no verle el rostro.

Todavía estaba buscando a tientas, sudando debajo de su blusa. Cuadernos, carpetas, registros, y aún ninguna lista de madres transportadoras. No estaba pensando en Steinhoff, quien eventualmente se despertaría. Ni en los centinelas que rondaban los edificios y cuya vigilancia tendría que evadir. Ya ni siquiera pensaba en Simon y en Beewen. Sus manos estaban ahora en las brasas, y no saldría de esta habitación sino hasta que encontrara lo que había venido a buscar.

De repente, un hecho importante cruzó por su mente, como a pesar suyo: Kurt Steinhoff era el héroe de *Der Geist des Weltraums*. No podía tratarse de una coincidencia. El azar era para mentes conciliadoras, no para pequeñas baronesas semidesnudas, ansiosas por alcohol, de rodillas en una oficina en penumbras.

Sale Albert Hoffmann/Josef Krapp, el asesino desfigurado. Sale Edmund Fromm, el actor desequilibrado sospechoso de todos los vicios. Sale incluso Mengerhäusen, de quien se había sospechado brevemente. Era ahora Kurt Steinhoff quien ostentaba el papel principal. Un hombre que había actuado en la película que era el origen. Alguien que había estado cerca de la máscara. Un *Stier* puro vinculado con el Lebensborn que Greta había visitado.

¿Alguna otra conexión?

Ahí estaba: acababa de alcanzar con sus manos la lista de nombres de mujeres recientemente inseminadas en la clínica Zeherthofer. No tuvo que buscar mucho para encontrar el de Greta Fielitz, así como el de las otras víctimas. Entre abril y mayo de 1939, todas habían pasado por el pabellón del fondo del parque. Allí estaban sus nombres. Las fechas también. Y, en una columna en el extremo derecho, el nombre de su pareja, cuidadosamente escrito a mano.

Siempre el mismo: KURT STEINHOFF.

De la convergencia a la coherencia.

De la coherencia a la evidencia.

Kurt Steinhoff, el toro de Zeherthofer.

Kurt Steinhoff, el Hombre de la Máscara de Mármol.

Kurt Steinhoff, el asesino de las Damas del Adlon.

Por alguna razón desconocida, el actor/progenitor había decidido recuperar, de la forma más violenta, sus propias obras: los fetos. ¿Por qué? No era el momento para meditar...

Arrancó las páginas del registro y huyó por la ventana francesa de la oficina de Mengerhäusen.

Bajo sus pies descalzos, la frescura de la hierba le propició el efecto de un bálsamo divino.

119

Simon había pasado el día montando guardia, atrapado en el Mercedes Mannheim WK10 de Minna estacionado a la vuelta del camino principal, con vistas a la puerta de la clínica... una eternidad.

Beewen había tenido que dejarlo a primera hora de la tarde para presentarse en la Gestapo, luego había regresado a las siete de la noche. Sin novedad. Ni el más mínimo temblor en el lado del Lebensborn.

Durante esas horas interminables, Simon había negociado con su propia angustia, jugando al gato y al ratón con sus pensamientos oscuros, sus arranques de optimismo, sus momentos de incomprensión. *¿Qué demonios estaba haciendo?* Había pasado por todas las etapas, había considerado todos los escenarios. Tocar a la puerta de la clínica. Actuar el papel de conductor preocupado. Escalar el muro y entrar por el parque. El calor en el auto era insoportable y debió haber perdido unos dos litros de sudor que se habían disuelto en ansiosos pensamientos.

Afortunadamente, en ningún momento habían aparecido los centinelas merodeando por el coche. Además, la cabina parecía vacía —Simon apenas se percibía por encima del volante. Un simple vehículo estacionado bajo la luz directa del sol.

Cuando Beewen volvió, habían visto en silencio cómo la calle, el muro del recinto, el pórtico se adentraba en las tinieblas del toque de queda. El paisaje se ensombrecía, pero eran ellos los que se estaban hundiendo. Varias veces habían decidido bajarse del auto y acercarse a la propiedad. Nada. Ni un sonido. Ni siquiera un ladrido; sin embargo, este tipo especial de sala de maternidad estaba custodiado por hombres pura sangre de las SS, con rifles Mauser y nerviosos pastores alemanes a su lado.

De pronto, casi a las once, Minna había aparecido en la calle, precipitándose desde el muro perimetral con las nalgas al aire, con una blusa medio rota. Los tres habían corrido hacia el Mercedes y Simon había arrancado a toda marcha.

Ahora lo sabían.

Minna les contó todo y luego se fue a tomar un baño. De regreso, había abierto una botella de coñac sin que ninguno de los dos se atreviera a hacer el más mínimo comentario. Definitivamente se había ganado el derecho a recomponerse. ¿Dejar de beber? ¿En serio? *Para tomar resoluciones, hace falta tener un futuro*.

Los dos hombres no decían nada. Estaban experimentando lo que se conoce, en tiempos de guerra, como el *Bläst*. El efecto de la respiración. Una mezcla de asombro y pavor, que podría compararse con la carne dislocada por la ola de sobrepresión de una explosión. Eran sus certezas las que acababan de ser barridas, dispersadas, reducidas a polvo...

—¿Qué piensas al respecto? —terminó preguntándole Simon a Minna.

Ahora ya conocían sus respectivos roles. Minna era la teórica del equipo. Simon era el investigador, el alquimista. Beewen, el pragmático, el espíritu detectivesco, el que intentaba mantener la cabeza fría y calmar las cosas.

—Las Damas del Adlon —comenzó, copa en mano—, siempre han jugado un doble juego. En apariencia, mujeres chic, bellas y frívolas, que no veían más allá del ala de sus sombreros. En la realidad, nazis convencidas, que tenían que espiar a las altas esferas del partido e informar a la Gestapo; o incluso, por qué no, al SD (*Sicherheitsdienst*), a fin de nutrir los famosos *Stimmungsberichte*, los «informes ambientales» que muestran la temperatura de la opinión pública... Todas casadas con dignatarios o notables del mundo nazi, bien podrían haberse contentado con este rol clandestino, pero querían hacer más. Decidieron dar a luz al Reich. Estaban bien posicionadas como para saber que el Lebensborn podría, de ser necesario, proporcionarles un progenitor: el *Zuchtbulle*. Así fue como contactaron a Mengerhäusen.

—¿Ellas lo conocían? —preguntó Beewen.

—Deben haberlo visto en alguna manifestación del NSDAP.

—¿Le pidieron ellas que les proporcionara una pareja?

—No cualquiera. En el ambiente que frecuentaban, podrían haber encontrado un amante sin dificultad alguna. Los guapos oficiales son legión allí. Incluso podrían haber hecho, en todo caso para algunas, un hijo con su marido. Pero el verdadero servicio a Hitler consiste en dar una magnífica joya al Reich. Un niño ario puro, con rasgos físicos y habilidades intelectuales específicos.

Simon tomó la palabra:

—Así que Mengerhäusen eligió a este actor, Kurt Steinhoff.

—Exactamente. Por lo general, se le considera el hombre más guapo de Alemania.

—Ah, ¿sí?

La pregunta se le había escapado a Beewen y había ahí, curiosamente, un dejo de celos. Este patán no debía ir al cine a menudo y el mundo de las estrellas se le escapaba por completo.

—Steinhoff ha puesto su sangre al servicio de Alemania. Para Mengerhäusen, es la pieza central de su crianza, su *Stier* número uno.

Ella se quedó en silencio durante unos segundos, sin duda asaltada por sus propios recuerdos.

—¿Crees que él es el asesino? —volvió a preguntar Simon.

—Sí. Por alguna razón inexplicable, ha querido recuperar sus fetos y destruir a las mujeres que embarazó.

—¿De dónde sacas esta convicción?

—De la máscara. Steinhoff es el único elemento que conecta a las víctimas con la película *Der Geist des Weltraums.*

—¿Y entonces?

—Debió haberse acercado a la máscara. Se la debió de haber probado. Seguramente estaba como... poseído. Conocía a Ruth Senestier. Ocho años después del rodaje de *Der Geist des Weltraums*, cuando se sintió dispuesto a matar, volvió a preguntar por ella. Era el Hombre de Mármol quien tenía que dar el golpe.

—¿Por qué?

—Por ahora solo podemos especular, pero esta obsesión es el móvil de los asesinatos. Estoy segura de eso. Anoche, cuando estaba frente a mí, sentí algo.

—¿Qué cosa?

—Una corriente pura de sadismo y crueldad. Steinhoff fertiliza las aves blancas del Lebensborn no por diversión ni para contribuir al Reich de los Mil Años. Él tiene otra razón para actuar, y esta razón es quizás este impulso de crueldad. Es un patrón que ha construido mentalmente, le gusta fecundar a las mujeres, dejarlas madurar y después asesinarlas para arrebatarles su dicha… Algo así.

Simon supuso que Beewen ya no los seguía. De repente tuvo otra idea:

—Quizás se trate de algo más sencillo. Un motivo mucho más obvio.

—Te estamos escuchando.

—El asesino podría ser la esposa de Steinhoff.

—¿Qué?

—Piénsenlo un poco. ¿Por qué matar a estas mujeres? ¿Por qué arrancarles a sus bebés en gestación? Por celos.

—Desarrolla.

—Se desconoce la vida privada de Steinhoff. Averigüemos sobre su esposa, si es que la tiene, o sobre una posible amante. No es necesario leer críticas de películas para imaginar que es un hombre de muchas mujeres.

—O de muchos hombres —añadió Beewen, como para complicar las hipótesis que pasaban por sus oídos.

—No nos confundas —lo detuvo Simon—. Una mujer neurótica que no soportaba la idea de que su marido tuviera hijos en otro lugar. Vale la pena indagar, ¿no lo creen?

Minna se sirvió otro coñac.

—Puede ser, pero algo no encaja. Yo vi al Hombre de Mármol. Allí estaba, frente a mí, con su daga reluciente. No se trataba de una mujer. Una mujer no haría eso...

Simon estaba de acuerdo. Él también había visto al asesino. No tan grande, pero fuerte y poderoso. Nada que ver con una mujer. El motivo no hacía que el asesino y Steinhoff encajaran mucho más en el perfil. Un hombre poseído, con la máscara de una de sus películas, acechando a las madres de sus propios hijos. Una especie de Cronos que habría temido a sus retoños hasta el punto de matarlos en sus orígenes...

—¿Qué vas a hacer? —le preguntó de repente a Minna.

—¿A propósito de qué?

—Del Lebensborn. De Mengerhäusen.

—Mmm..., no lo sé.

Beewen intervino:

—Si crees que él va a dejar que ande libre alguien que se ha adentrado en su trampa y avistado sus pequeños secretos, es porque no has entendido al personaje.

—Me basta con pensar en Brangbo para reconocer la naturaleza del hombre.

El tono de Minna era seco, perentorio, con una mezcla de amargura, tristeza y una especie de desprecio: el desprecio del dolor.

Beewen debió tomarlo así porque respondió de inmediato, en un tono aún más duro:

—Te recuerdo que mi padre estaba ahí, en el incendio.

—No es un concurso —espetó Simon, volviéndose hacia Minna.

—Beewen tiene razón, tienes que desaparecer.

—De ninguna manera.

—Lo primero que hará Mengerhäusen será enviar aquí a la Gestapo y luego, si es necesario, perseguirte por todo Berlín.

—¿Qué puede hacerme?

—Matarte, para empezar. O enviarte a la KZ. O torturarte en el sótano de Prinz-Albrecht-Straße número 8. Alguien como Mengerhäusen puede hacerlo todo.

—No se atreverá a tocar a una von Hassel.

—La aristocracia es un valor, el nazismo es un poder.

—Te olvidas de mi tío, que cena con Hitler y Göring.

—No vamos a discutir por horas —resopló Beewen—. Tienes que esconderte, punto.

Minna, como si no tuviera argumentos, los miró a ambos y se sonrió. Sus ojos negros habían adquirido un tono bronce que recordaba las copas de coñac que solía beber una tras otra.

—No tengo miedo. Después de todo, están ustedes aquí para protegerme.

Los dos hombres le devolvieron la sonrisa y una ósmosis empezó a flotar por la habitación, tan lenta y azulada como el humo de sus cigarrillos.

Simon volvió a tomar la palabra para no dejarse vencer por sentimentalismo alguno:

—En todo caso, si admitimos que Steinhoff mata a sus parejas, o que algún asesino tiene como objetivo a las mujeres preñadas por él, es una lástima que no pudieras anotar los nombres de todas las que han pasado por su cama.

—Tendrás que disculparme. Es un milagro ya que diera tan rápido con el registro correcto.

—Y un milagro que hayas salido de ahí con vida —concluyó Beewen.

Simon, repentinamente siendo parte de la minoría, asintió.

—Entiendo —dijo con un toque de fatalismo—. Pero si Steinhoff, asesino o no, se ha acostado con otras chicas del Lebensborn, son ellas las siguientes en la lista...

Notó que Minna cabeceaba, en tanto Beewen se volvía a hundir en su silla. Era hora de dormir.

Sin embargo, agregó todavía:

—En cualquier caso, una cosa es cierta, Mengerhäusen nos ha mandado seguir. Nuestra investigación es su investigación. Él no dejará que masacren a sus *Mütter*.

—¿Y entonces?

—Esta es quizás la única buena noticia de la noche. Hasta que lo encontremos, nos dejará con vida.

120

No había tiempo que perder. A la mañana siguiente, decidieron regresar al Lebensborn. No para derribar sus puertas ni amenazar a Mengerhäusen. Solo para sorprender, con algo de suerte, a alguna enfermera que hubiera terminado su turno de noche.

Tan pronto como hubieron llegado, a las siete de la mañana, una enfermera salía por la puerta. Resultaba una suerte de equilibrio con el día anterior, el más largo de la existencia de Simon. Vestido blanco, delantal con pechera, puños removibles, tocado almidonado: ella aún portaba el uniforme de los ángeles de las fuentes de la vida. Sobre sus hombros, un chaleco sencillo, como para reconectar con el mundo de los civiles. La mujer caminaba hacia ellos.

La escena tenía algo de cinematográfica. El coche aparcó junto a la acera, la figura avanzaba hacia ellos, enmarcada por el parabrisas, la tensión crecía con cada segundo...

—Esta vez —proclamó Beewen—, optaremos por el método rápido. Nada de estupideces psicológicas ni drogas que te amarran la lengua.

Simon no estaba seguro de haber entendido. Cuando la joven —de unos treinta años, regordeta, con un delantal ceñido a la cintura— pasaba junto al Mercedes, Beewen arrojó su metro noventa de estatura justo delante de ella.

La *Fräulein* dio un paso atrás. Estaba a punto de gritar cuando la insignia de la Gestapo le cerró el pico.

—Entra en el coche.

—Pero, ¿por qué? —gimoteó la enfermera, lanzando una mirada de angustia hacia el compartimiento de pasajeros y sus dos ocupantes.

—Entra. No hagas un escándalo.

Unos minutos más tarde, conducían por Berlín. La joven seguía removiéndose en el asiento trasero, aterrorizada por Beewen a su lado. Su respiración parecía colmar toda la cabina.

El oficial no decía nada, dejaba que la situación fluyera. Sabía que el miedo se alimenta de sí mismo. Simon, mientras conducía, había logrado ver el rostro de la mujer en su espejo retrovisor. Sus ojos bien abiertos parecían agrandarse a medida que pasaban los segundos. Él mismo estaba sudando. Con la parte de atrás de su manga, se limpió los párpados ardientes.

Finalmente, el hombre de la Gestapo murmuró entre dientes:

—Kurt Steinhoff. Dime lo que sabes.

—Yo... no lo conozco.

—¿Has ido alguna vez al cine?

—No. Sí.

—Steinhoff, ¿viene a menudo al Lebensborn?

La enfermera no respondió. Beewen, con una extraña calma, desenfundó. Los ojos de la mujer, cada vez más abiertos en el espejo retrovisor.

—Kurt Steinhoff. La clínica. Te escucho.

Cuando la mujer comenzó a hablar, su voz sonaba ahogada por el miedo:

—Viene a veces, sí.

—A veces, ¿cuándo?, ¿cuántas veces al mes?

—Dos o tres veces… no lo sé exactamente. Cuando él llega, todos tenemos que irnos...

—¿Por qué?

—Es un secreto. Nadie debe saber que es uno de nuestros *Stiere*.

—Pero todo el mundo lo sabe.

—Sí.

—Toma a la derecha —le ordenó Beewen a Simon.

Iban hacia el Tiergarten. Con los párpados pegados por el sudor, el corazón latiéndole en la nuca, Simon conducía en modo reflejo. Sus manos jugaban piedra, papel o tijera en el volante mientras temblaban.

—Para.

Simon no reaccionó. Minna, ante el cruce de un camino que se adentraba en la maleza, tomó el volante y devolvió el Mercedes al camino. Simon logró conducir el auto entre los baches, las hojas que azotaban el parabrisas y las ramas que arañaban las puertas.

Finalmente, se detuvo, luego se atascó.

Se hizo el silencio, el canto de los pájaros, la luz del sol. Y de repente la voz de Beewen:

—Debe de haber una enfermera que se queda en el pabellón para prepararlo todo.

—Una, sí.

—¿Tú ya te has quedado?

—Sí.

—¿Cómo ocurre? ¿Quién elige a las chicas?

—No lo sé. Él, sin duda.

—¿Las ve antes? ¿Él habla con ellas?

—No. No sé.

—¿Y luego?

—Todo debe estar apagado.

—¿Es decir?

—Él solo viene cuando todo está completamente oscuro.

—¿Para no ser reconocido?

La enfermera no respondió. Beewen cargó una bala en el arma. La mujer gritó:

—¡No!

—Habla.

—Dicen… dicen que así lo quiere. Quiere... intervenir... en la oscuridad.

—No has respondido a mi pregunta: ¿por qué?

—Dicen… que le gusta violar a las chicas en la oscuridad, forzarlas cuando no ven nada…

—Él tampoco, él no ve nada…

—Sí… Dicen…

—¡HABLA!

Ella rompió en una verborrea apresurada:

—¡Dicen que puede ver de noche! Que recoge la sangre de las chicas y la bebe. Que tiene garras al final de la verga. ¡Lo llaman el *Werwolf*! ¡Todo el mundo le tiene miedo!

Todo lo que Sylvia Müthel, la diseñadora de vestuario de Babelsberg Studios, había dicho sobre el difunto actor Edmund

Fromm era en realidad sobre Kurt Steinhoff. A él se le habían atribuido estos rumores, estas siniestras leyendas, porque ya tenía de por sí una mala reputación y era él quien había usado la máscara durante el rodaje de la película. Él era el *Geist*. El fantasma. El malo. Pero, en realidad, se trataba del héroe, del actor principal, del Apolo de las plateas, el desviado, el loco pervertido que se aprovechaba de sus prerrogativas para abusar de las mujeres y satisfacer su perversidad.

Simon volvió a pensar en las Damas del Adlon. Así que habían vivido esta traumática experiencia y no le habían dicho nada. Se habían acostado con un hombre lobo y no le habían dicho ni una sola palabra. Llegaban para contarle algunos sueños apenas atemorizantes y habían decidido obviar estas violaciones. ¿Por qué esta duplicidad?, ¿esta traición?

—Sal.

—¿Qué?

—Sal, te digo.

—¿Qué van a hacer conmigo?

Beewen abrió la puerta, acomodó su cuerpo —se lo permitía el gran tamaño del Mercedes— y pateó a la mujer con fuerza en el costado. La arrojó hacia afuera, donde logró recuperar el equilibrio sin caer.

Beewen salió y la empujó hacia los árboles. Caminaron sobre la alfombra de hojas muertas como dos marionetas en un escenario de papel. La enfermera no se atrevía a gritar más. Avanzó, medio vuelta hacia su verdugo, lo encaró y retrocedió sin poder apartar los ojos de los de Beewen, quien sostenía la Luger en la mano.

—No podemos hacer esto —protestó Simon.

—Déjalo —dijo Minna, sujetándolo por el brazo; ella lo estaba reteniendo, pero él sentía que ella se aferraba a él—. Está fanfarroneando.

La enfermera había terminado por tropezar con una raíz, su espalda chocando contra el tronco de un castaño.

De repente, Simon se preguntó si Beewen y Minna se habrían acostado. El hombre de la Gestapo apuntaba con su Luger a la mujer caída, quien hundía su cabeza entre las manos. Decía algo, pero estaban demasiado lejos como para escuchar.

Finalmente, logró levantarse y huyó hacia el bosque en medio de un remolino de hojas caídas. Beewen permanecía inmóvil. Minna soltó el brazo de Simon; se dio cuenta de que ella había estado aún más asustada que él.

121

De vuelta a casa, Simon pasó por su consultorio, cerca de Leipziger Straße. Nadie se atrevió a hacer ningún comentario. Pórtico. Escalera. Umbral. La puerta rota estaba entreabierta. Simon penetró en su departamento, el cual tenía el aspecto de un cuerpo desollado. Se lo habían llevado todo. Le habían robado su radio, su gramófono, su cafetera italiana. Le habían quitado sus muebles, sus alfombras, sus cuadros. Destruido sus notas, sus libros, sus registros.

Pero todo eso no le importaba. Corrió a su habitación y encontró el armario en su lugar, demasiado pesado como para moverlo. Abrió ambas puertas y se dio cuenta de que no se había equivocado.

No habían tocado sus atuendos.

Esta victoria se sustentaba en una humillación. No le habían robado sus ropas porque eran demasiado pequeñas. A menos que hubieran querido vestir a sus hijos con trajes de tres piezas y que usaran homburgs con pluma, aquella parte del botín no tenía sentido alguno.

Simon comenzó a recogerlos en brazadas y a apilarlos en el suelo. En una época de carencias, cuando ya se hablaba de racionamiento de telas y zapatos, su vestidor era todo un tesoro. Una mina de la que él era el único que podía disfrutar. Un hombrecillo que había regresado para poner sus manos en su guardarropa de liliputiense. Era su mundo, un tanto ridículo, pero a su alcance.

A través de la ventana llamó a Beewen y a Minna:

—¡Vengan a ayudarme!

Mientras doblaba cuidadosamente sus trajes, Simon fue alcanzado por una visión que volvió a su mente como un portazo. Kurt

Steinhoff, el ave fénix de las mesetas, el *Stier* de estas damas, desenvolviéndose en la oscuridad —sus aguas profundas y naturales—, desnudo, con su máscara de mármol y su sexo de animal henchido de sangre, erizado con púas de hierro u hojas de afeitar.

Una palabra cruzó por su mente: íncubo. Este demonio que entraba por el sueño de las mujeres para violarlas. Figura mitológica —en la antigüedad griega, semejante al dios Pan con sus patas de cabra y su erecto aguijón— que se había convertido en la Edad Media en el amante de las brujas, el demonio nocturno que copulaba con las mujeres dormidas…

Cuando Minna y Beewen vieron las pilas de chaquetas de imitación *tweed*, los suéteres con cuello en V estilo jugador de tenis, las camisas con cuello Oxford, los sombreros Trilby o Borsalino, se quedaron estupefactos.

Simon aplaudió con las manos.

—¡Vamos, entre los tres, podemos subir todo a bordo en diez minutos!

Los cómplices cumplieron la orden sin dudarlo. Mantener sus manos ocupadas les proporcionaba alivio a sus mentes. Pero no había necesidad de apresurarse.

El *Werwolf*, el hombre lobo, los estaba esperando.

122

La investigación finalmente estaba volviendo a la normalidad.

Entramar. Ocultar. Hurgar.

A la manera misma de la Gestapo. Con el testimonio de la enfermera se confirmaba el demoniaco perfil del actor. En la categoría de «sospechosos», Kurt Steinhoff ocupaba ahora la parte central de la cartelera. Ahora tenían que conseguir que no se les escapara Si aquel petimetre era realmente el Hombre de Mármol, terminarían atrapándolo en el acto, lo que valdría por todas las confesiones del mundo.

De vuelta en la villa, habían comenzado por buscar información en torno a Steinhoff. Primero, localizarlo. Obviamente había sobrevivido a su enfrentamiento con Minna: se encontraba filmando en los estudios de Babelsberg. Una comedia ligera, *Rosas en el umbral*. El cine era un mundo en sí mismo. En tanto acababa de estallar la Segunda Guerra Mundial, mientras Polonia ardía en sangre y fuego, mientras Francia e Inglaterra preparaban sus armas, nada se mostraba distinto del lado de los platós de la UFA: se seguía riendo por teléfono y cantando en el balcón.

El plan de Beewen era sencillo, precipitarse hacia el actor y poner su mundo patas arriba. Minna lo había calmado: no sabían nada de él. Tal vez estaba casado y era padre. Tal vez tenía un batallón de sirvientes. Tal vez sus vecinos se llamaran Himmler o Göring, y su calle fuera un anexo de las SS.

Apretando los dientes, Beewen tuvo que esperar a que Minna reuniera información. Manejaba el teléfono como nadie. Engañaba a los operadores y los reclutaba, por así decirlo, para su investigación.

Sabía a quién llamar, qué decir, cómo cambiar de voz, cómo hacerse pasar por tal o cual interlocutor. El teléfono, que todavía solía ocuparse con parsimonia, resultaba entre sus manos un objeto familiar y un arma formidable.

Durante ese tiempo, el hombre de la Gestapo se mordía las uñas en un sillón, multiplicando los cafés, mientras el enano desquiciado arreglaba sus atuendos en el segundo piso, silbando, en una habitación que Minna le había asignado. Verdaderamente una casa de locos.

Por fin, alrededor de las cuatro, Minna sugirió que hicieran un balance. Después de mucho trabajo: muchas llamadas telefónicas —Beewen estaba impresionado de que hubiera podido armar un verdadero archivo tan rápidamente—, esto era de lo que se había enterado.

Kurt Steinhoff nació en Baviera en 1897. Familia burguesa. Educación clásica, salvo que la Gran Guerra lo había retrasado en la obtención de su *Abitur*. En 1918, comenzó a estudiar derecho y se unió a la compañía de teatro de la Universidad Louis-et-Maximilien de Múnich. Su cara bonita había hecho el resto. Se le notaba. Se le requería. Se le llevaba a Berlín. Su carrera adquirió la fluidez de un voluble torrente, aquel que se mofa de los obstáculos y se estremece ante el menor rayo de sol.

Steinhoff no había sufrido por la toma de poder de los nazis. Por el contrario, había sido un simpatizante desde el comienzo. Cuando todos los actores judíos, comunistas o simplemente no nazis abandonaron Alemania a toda prisa, Kurt Steinhoff había ganado su espacio vital. Hoy en día, él era uno de los actores más conocidos en Berlín, y el público, que mantenía su despreocupación como quien alimenta un vicio, se apresuraba a ver sus películas, donde todos eran lindos, tontos y felices al mismo tiempo. Estos largometrajes no dejaron rastro, pero fue esta ausencia de rastro lo que había llenado el vacío en el alma alemana. Esta supuesta levedad era el único antídoto que había encontrado el pueblo germánico para olvidar el apocalipsis que se anunciaba.

En cuanto a lo privado, todo se volvía más confuso. Steinhoff se había casado dos veces. Primero en 1929, con Lili Purzer, una actriz mayor que él, quien había desaparecido con el cine mudo. Después, en el 34, con una maquillista llamada Karin Kaufman, de quien se había divorciado cuatro años después. Los tabloides, que seguían de cerca su vida, nunca habían dado ninguna explicación sobre estos divorcios. Además, todo el mundo estaba encantado: Kurt era el prometido de todas las mujeres alemanas. ¡Tenía que ser libre!

—¿Con quién está ahora? —preguntó Beewen con impaciencia.

—Se le atribuyen muchas relaciones, pero ningún nombre destaca más que otro.

—¿Eso es todo?

—Es todo. Vive a solas en una villa en el distrito de Dahlem, a pocas cuadras de Leni Riefenstahl... y de aquí. Su vida privada es límpida como un espejo. Durante los estrenos y las inauguraciones, siempre es fotografiado en brazos de las más bellas actrices, pero nadie sabe con quién pasa sus noches.

Simon comentó:

—Ese es el tipo de existencia fingida de la que hacen alarde los homosexuales.

—Tal vez —dijo Minna—. Pero no hay evidencia para apoyar esta suposición. Y especialmente tomando en cuenta sus hazañas en Zeherthofer.

Beewen se puso de pie.

—De todos modos, a quién le importa. Ni su vida pública ni su vida privada, si es que tiene una, nos interesan. Lo que debe preocuparnos es su existencia secreta. El asunto del hombre lobo. El asunto del fornicador unido a un criminal...

—¿Tú qué propones? —preguntó Minna, un poco provocativamente.

—¿Está filmando? Muy bien. Nos vamos para su casa y nos atrincheramos…

—Son las cinco. Él estará pronto de vuelta en casa.

—Entonces nos escondemos frente a su casa. ¡Con un poco de suerte, saldrá esta noche y será nuestro turno!

Minna y Simon se quedaron mirando el uno al otro; no parecían convencidos, pero tampoco eran especialistas. Beewen había pasado los últimos diez años removiendo los trapos sucios de la gente de Berlín.

—Estoy contigo —decidió Simon.

Llevaba pantalones beige de cheurón, una camisa polo blanca de manga corta y zapatos brogué color caramelo. Recién peinado hacia atrás, se parecía a esos gigolós que rondan las canchas de tenis de Charlottenburg, en busca de burguesas muertas de aburrimiento.

¿Cómo se podía pasar tanto tiempo bañándose? Realmente, estaba más allá de su comprensión. Sin embargo, confusamente, Beewen podía imaginar tal sensibilidad. Como esas personas que trabajan en una perfumería y que, como los animales, huelen lo que uno no huele, reaccionan ante un mundo que les es inaccesible.

Este pensamiento le hizo pensar en Kurt Steinhoff, quien se suponía padecía nictalopía.

La enfermera no podía haber inventado este detalle: un adulado actor que veía allí de noche como si fuera plena luz del día, un semental que embarazaba a sus parejas bebiendo su sangre, un hombre desnudo que rondaba el pabellón al fondo del parque...

—¿Nos prestas tu coche? —le preguntó a Minna.

—No hay problema. Revisen la gasolina. Hay bidones en el garaje.

—Muy bien. Por tu parte, no olvides cerrar bien todo.

—¿Aún con tus crisis de paranoia?

—No te hagas la tonta, Minna. Te repito que Mengerhäusen no se detendrá.

—Ya soy una niña grande.

—Al menos hazlo por mí. Mientras estés sola en la casa, toma estas precauciones. Es lo mínimo que puedes hacer.

Ella volvió a vaciar su vaso —que se podría haber pensado era una gran burbuja de miel— y luego sacudió la cabeza, exagerando su capitulación:

—De acuerdo.

Beewen salió al pasillo y se volvió hacia Simon, quien no se había movido.

—Una última cosa —dijo.

Simon, con los pies bien plantados y las manos en los bolsillos, parecía listo, con sus pantalones beige y su polo blanco, para jugar un partido con estas damas.

—¿Qué cosa?

—¿No podrías ponerte algo más... discreto?

123

Una vez más, allí estaban, esperando, en el Mercedes Mannheim de Minna, no lejos de una propiedad que se parecía mucho a la Clínica Zeherthofer. El mismo muro que lo circundaba todo, el mismo follaje sobre la fachada, la misma puerta ciega... nada muy llamativo.

Simplemente habían cambiado de distrito, pero la calle lucía igual de desierta, salpicada de parques y viviendas tan muertas como mausoleos.

Apenas apostados, alrededor de las seis, vieron llegar un flamante Hansa-Automobil 1100, con puertas rojas y parrilla negra, conducido por un chofer. Steinhoff salió acompañado de dos hombres a quienes estrechó calurosamente la mano.

Beewen miró con detenimiento. Bajo el crepúsculo resplandeciente, el hombre se le apareció todo cromado: cabello negro engominado con cera, sonrisa fresca de primera, traje levemente muaré que parecía flamear en los destellos del final del día. Kurt Steinhoff era el ario perfecto, un modelo sobre cuyo potencial Hitler o Himmler, antes de irse a dormir, seguramente rumiaban: una promesa en movimiento.

El hombre no era tan alto —poco más de un metro setenta— pero era enorme, con su constitución acentuada aún más por su traje de anchas hombreras.

Beewen dio una segunda mirada al animal. No había olvidado su supuesta reputación como «el hombre más guapo de Alemania». Y, en efecto, Steinhoff jugaba en la corte de los príncipes. Algo en su mirada, bajo sus marcadas cejas, captaba la luz y la devolvía enriquecida, vibrante, como el alcohol en el fondo de una copa. Beewen no era un experto en belleza masculina, pero pudo adivinar cuánto debieron esos ojos azules trastornar los pequeños corazones de las secretarias de Berlín.

Miró a Simon, quien estaba siendo golpeado en la cara por esta belleza. Una verdadera ofensa personal. Con las mujeres, el psiquiatra hacía su cine. Kurt Steinhoff *era* el cine.

Tuvieron bastante tiempo para digerir esta breve aparición. Hasta las diez, nada se movió en la villa. Al menos eso es lo que dedujeron: desde su punto de observación, solo podían ver parte de la planta baja y el primer piso —las luces estaban encendidas, pero no había ni una sombra en las ventanas.

Finalmente, el portón se abrió y un Hanomag 2/10 salió disparado del jardín, con todos los faros apagados, luego viró hacia la izquierda, en dirección opuesta a la de los dos cómplices.

—¿Qué hacemos? ¿Lo seguimos? —preguntó Simon.

—No. Aprovechemos para registrar el lugar. ¡Rápido! Antes de que se cierre el portón.

Empezaron a correr, consiguiendo deslizarse apenas entre las puertas de hierro. Avanzaban encorvados, como si cargaran con la luna en sus espaldas. Por un momento se quedaron así, atentos a las sombras y al silencio. Ningún ladrido de perros, ninguna luz en las ventanas. Ningún rastro de centinelas o sirvientes. Era actuar ahora o nunca.

Se dirigieron al interior de la casa. El jardín no presentaba originalidad alguna: setos podados, árboles majestuosos, cuyo follaje se perdía en el cielo oscuro como humo negro...

La villa no se parecía a la de Minna. Esta era un largo paralelepípedo perforado con muchas ventanas. Sin adornos ni ornamentos en la fachada, pero nada que ver con el estilo que Minna llamaba «Bauhaus». Beewen no sabía nada de arquitectura, pero habría apostado su mano a que esta casa era obra de Albert Speer o de alguno de sus discípulos. Ese estilo nazi que, incluso a la hora de montar una piedra sobre la otra, se cobraba caro.

Subieron los escalones de la entrada y entraron por la puerta principal. Beewen notó que Simon estaba al menos tan interesado en sus movimientos como en la casa misma. Quizá estaba emocionado por esta visita nocturna, o por el ambiguo privilegio de ver a un oficial de la Gestapo manos a la obra.

Sacó su pase. Por lo general, cuando los miembros de las SS llegan a una casa, golpean violentamente la puerta o la derriban. Pero había otra técnica, un tanto menos conocida: el método dulce. La Gestapo sabía ser discreta y entrar de incógnito en las casas de la gente.

La cerradura de Steinhoff no supuso ningún problema: la puerta, ornamentada con dibujos de hierro forjado, era pesada pero tenía una cerradura común y corriente. Descubrieron, como era de esperar, un interior burgués desplegado en grandes espacios decorados por muebles barnizados, un piano, estanterías. Un retrato del Führer colgaba en el comedor y un *Mein Kampf* estaba colocado sobre una mesa de centro, probablemente como elemento decorativo. Beewen no conocía a nadie que hubiera logrado terminar aquel libro.

Instintivamente, ya había comprendido que aquí no encontraría nada: estaban en la vitrina de la existencia de Steinhoff. La vista al sur. Aquella del actor y simpatizante del NSDAP. Lo que buscaban era la vista al norte. El frío, lo sombreado. El punto ciego de esta falsa existencia.

Recorrieron las habitaciones —había tantas habitaciones de huéspedes que parecía tratarse de un hotel— y registraron armarios, cómodas, secreteres. Revisaron debajo de las camas, detrás de los cuadros, en el fondo de los cajones. Daban vueltas por un universo de lujos que hubiera hecho a cualquiera querer quedarse dormido. Todo era marrón y bronce. Las puertas ostentaban una reluciente marquetería, las paredes artesonadas, las alfombras gruesas como colchones y las cortinas pesadas como mantas.

Beewen miró la hora, las once y media. Ni la sombra de una daga nazi ni una colección de zapatos de mujer. Menos aún de una máscara de mármol falso.

Se asomó entre las cortinas y descubrió el gran parque que se extendía en la parte trasera de la casa, interrumpido en el centro por una piscina. A su alrededor se alineaban tumbonas a rayas. Una zona de descanso se adivinaba en la oscuridad, bajo los árboles, con columpio, mesa de jardín y sillones a juego. Beewen entrecerró los ojos y vio, aún más al fondo, un pequeño bloque de cemento que cumplía las veces de vestuario. El hombre de la Gestapo sintió un hormigueo entre sus dedos.

—La pequeña casucha —le susurró a Simon—. Ahí es donde está.

124

De cerca, el pabellón, de unos cuarenta metros cuadrados, asemejaba más un cobertizo para guardar material de piscina. Un bloque de cemento en bruto, sin ventanas, ni siquiera revestido de yeso, algo desagradable que se había optado por esconder bajo los árboles para no ofender la mirada.

Los dos hombres se quedaron en el umbral, conscientes de que allí se estaban jugando su última carta. El olor a cloro para piscina higienizaba el momento e incluso ahogaba los aromas provenientes del jardín.

La cerradura de la puerta de hierro era más sólida y sofisticada que la de la puerta principal. *Ahí es donde está*, se había dicho otra vez Beewen, mientras sudaba a chorros. Después de unos veinte minutos, jugueteando con el cilindro y los cerrojos, logró abrirla.

Se deslizaron dentro y volvieron a cerrar inmediatamente la puerta. Protegidos por los muros ciegos, pudieron encender sus linternas. Lo que descubrieron los tomó por sorpresa, por decir lo mínimo.

Un laboratorio de fotografía.

Contenedores de productos químicos, una bombilla roja colgando del techo, capturas secándose en un alambre, imágenes por todos lados, esparcidas en un mostrador e incluso en el piso.

Los escalofríos de Beewen se redoblaron. Ahora estaba seguro de poder encontrar ahí imágenes de cada asesinato, desde todos los ángulos posibles. Fotos tomadas *in situ*, por así decirlo, en la intimidad del sacrificio, con acercamientos sobre los vientres abiertos y las entrepiernas laceradas, las heridas desbordando el encuadre y los rostros torturados en primer plano…

Sin dudarlo, tiró del cable de la bombilla. Un resplandor rojo se extendió por el espacio, tan espeso y líquido como los que yacían en los contenedores. Advirtió otra fuente de luz: luces de neón a lo largo de la pared, a la altura de los ojos. Alcanzó el interruptor y encendió una luz blanca, mucho más conveniente para hurgar en los detalles.

Se volvió hacia las fotografías alineadas en el mostrador. Decepción. Las fotos no mostraban cadáveres sino, por el contrario, seres muy vivos. E incluso en plena actividad. Cuerpos teniendo sexo, o en la etapa de los juegos previos, caricias, dedos y más caricias, revolcándose en la hierba, en una maraña de miembros, bocas que se succionaban unas a otras como sanguijuelas.

Los dos hombres se aproximaron un poco más y comprendieron mejor de qué se trataba. Parejas clandestinas que se entregaban alegremente unas a otras en un parque, en medio de la noche. Las enaguas subidas, las blusas abiertas, los pantalones abajo, las manos vagando entre la hierba y los encajes, las piernas entrelazadas, los rostros invisibles, como ahogados en su propio placer.

A Beewen no le sorprendían aquellas escenas: ya todo el mundo sabía que los parques de Berlín, por la noche, se convertían en un escenario de fiestas sexuales. A pesar de los esfuerzos de las SS, que habían multiplicado los controles y las patrullas, el instinto sexual había sido más fuerte que el miedo: se izaba entre los matorrales.

Pero, ¿por qué estas imágenes? Beewen había quedado particularmente cautivado por su calidad. Estas no eran fotografías ordinarias. Poseedoras de un brillo lunar, ofrecían a la vista un contraste blanquecino, como un negativo, pero cuyos colores no se habían invertido. Las pieles eran lechosas y los ojos, cuando se los podía ver, resultaban sumamente negros: midriasis en tinta negra, en la que a veces atravesaba un destello de blancura, como la punta de un alfiler.

El autor de estas imágenes estaba usando una nueva película de la que Beewen solo había oído hablar. Fotografía infrarroja. Películas capaces de captar la luz más allá, o mejor dicho, por debajo del espectro visible de radiación.

Ya había visto este tipo de imágenes antes, porque sabía un poco sobre fotografía y porque la Gestapo se había abalanzado sobre este nuevo invento de los laboratorios alemanes, con la esperanza de poder usarlo para espiar mejor a los «sospechosos», es decir, a los ciudadanos.

Beewen se detenía en los detalles. Zapatos pequeños con tiras. Rodillas redondas y sedosas. El nacimiento de una media o los sujetadores de un liguero. Sombrero cloche olvidado entre los matorrales. Estas criaturas fantasmales, como deslumbradas entre la hierba y el follaje, eran en efecto berlineses. Aún mejor, simples transeúntes de la ciudad diurna, convertidos en volutas de la vida nocturna.

Pero estas parejas no estaban solas. Los hombres, escondidos detrás de los árboles, paseando por los arbustos, observaban sus juegos. En las fotos aparecían atrapados en el acto mismo del voyerismo. Incluso más que aquellos que se revolcaban en la lujuria, estos parecían fantasmas flotantes, apariciones demasiado pálidas como para ser reales. Gente viciosa, vigilantes, cazadores, merodeando entre los matorrales y arrastrando sus miradas por entre una arboleda o un bosque. Estaban allí, concentrados, mudos, sostenidos a distancia por su propio deseo...

Beewen lanzó una mirada a Simon, quien parecía fascinado. Al igual que él, Kraus estaba empapado de sudor; el lugar era un horno. Su cuello parecía pintado con mercurio, su garganta y el nacimiento de su pecho evocaban una armadura de metal. Aquellas imágenes parecían haber colocado al psiquiatra en un trance; este voyerismo fantasmal debía de estar complaciendo al buscador de almas que era.

Los rumores sobre Steinhoff volvieron a él. Estas divagaciones eran nada más que distorsiones de la verdad. El actor no era ni un vampiro ni un hombre lobo con nictalopía. Era nada más que un «hacedor de hacedores». Un vicioso a quien le gustaba mirar a los que miraban. Perfectamente equipado para ver de noche. Todas las noches, armado con sus cámaras y películas de última generación, se disponía a sorprender a las parejas ilegítimas que buscaban hoteles y a aquellos que agasajaban comiéndoselos con los ojos.

—Estas fotos no nos dicen nada sobre los asesinatos —dijo Beewen en voz baja.

Procedieron a una inspección general del lugar, revolviendo los cajones, las papeleras, los archiveros, abriendo cada carpeta de papel kraft, revisando una infinidad de negativos, sin molestarse en devolver cada cosa que tomaban a su respectivo lugar.

Nada.

Además de estas orgías nocturnas, con el telón de fondo de los parques berlineses y los pervertidos al acecho.

—Debe de haber otro escondite...

Las fotos de asesinatos eran mucho más peligrosas y comprometedoras que estas tomas de encuentros sexuales a la luz de la luna.

Pero no aquí.

Ni en la villa.

¿Dónde?

Volviendo a las fotografías, Beewen notó algunos detalles que le dieron otra idea. En algunas de estas, se podían ver fragmentos de estatuas —aquellas del Siegesallee (el pasillo de la Victoria) del Tiergarten. Una arteria de casi un kilómetro que atravesaba el parque de norte a sur, desde Königsplatz hasta Kemperplatz, decorada por gigantescas estatuas de mármol de Carrara: los emperadores, los margraves, los antiguos reyes de Brandeburgo y Prusia pertenecientes a la dinastía Hohenzollern.

Sin embargo, muy recientemente, estas estatuas se habían esparcido por el parque, debido a que Albert Speer tenía grandes planes para el pasillo de la Victoria y este había tenido que ser ampliado a fin de dar cabida a gigantescos desfiles. Beewen conocía la nueva ubicación de cada una de estas.

Era su secreto: cuando dudaba de su destino, se dirigía hacia estas esculturas para extraer de ellas una fuerza y una esperanza renovadas.

—Vamos.

—¿A dónde? —inquirió Simon, nadando en su propio sudor.

Beewen aplastó su dedo índice contra la esquina de un grabado que mostraba a Alberto el Oso, Príncipe del Sacro Imperio Romano Germánico en el siglo XII.

125

Arribaron al Tiergarten por la Kemperplatz. En el camino, no habían dejado de apretar los dientes, atónitos ante su descubrimiento, pero decepcionados por no haber encontrado algo más. Berlín estaba absolutamente negro. Ni farolas ni destellos y, pasada la medianoche, ni un solo transeúnte con una lámpara de bombilla azul.

Una noche ideal para acrecentar el horror.

En la oscuridad, el Pasillo de la Victoria parecía una larga cinta de noche abrasada. Las estatuas habían sido repartidas por los alrededores. Beewen, seguido de cerca por Simon, tomó la dirección de aquellas que había visto en las fotos. Las adivinó en la oscuridad, musculosos titanes que llevaban sobre sus hombros el destino de una raza aparte. Caminaron alrededor de cada estatua, hurgando en los arbustos, atentos al más mínimo susurro entre las hojas...

Primero un Otón I de Brandeburgo con su cota de malla, después un emperador Segismundo con su casco alado y Juan II apoyado en su escudo. Todo en vano. Fue cerca de Federico I de Brandeburgo, con su capa y sombrero de ala ancha, donde se encontraron con la primera pareja de merodeadores. Había que escuchar con atención porque todo, absolutamente todo, pasaba a oscuras.

Se acercaron. Esta expedición parecía estarlos sumergiendo, tanto a uno como al otro, en un trance. Estos fornicadores sin nombre ni rostro que se revolcaban entre los helechos les ponían los pelos de punta; casi les hacían olvidar el verdadero objeto de su investigación: Kurt Steinhoff y su cámara.

De repente, Beewen se detuvo: los amantes estaban allí, muy cerca. La mujer, muslos descubiertos, descalza, el rostro oculto por un frondoso arbusto, el hombre, encima de ella, tratando torpemente de quitarse los pantalones. Beewen le hizo un gesto explícito a Simon: ni el más mínimo ruido.

Steinhoff no podía estar muy lejos. Inmediatamente, aparecieron a la derecha otras dos parejas, en posición invertida, chupándose mutuamente, encaramados en el fondo de grandes raíces. Pero ningún fotógrafo amateur…

Reanudaron su paseo y descubrieron a una cuarta pareja en un pequeño claro, donde los árboles inclinados parecían protegerlos. Beewen distinguió de inmediato, no lejos de allí, a un hombre tendido que se arrastraba. Luego otro, que acababa de desprenderse de un tronco y se desplazaba sin mover la menor rama. El hombre de la Gestapo entrecerró sus ojos y escudriñó los matorrales cuidadosamente. Surgió un rostro, luego dos, luego tres...

Los voyeristas.

Estaban allí, invisibles, silenciosos, pero intensamente vivos. Inmóviles, parecían al mismo tiempo al acecho y en un estado próximo al éxtasis.

Nuevo gesto de Beewen: *dejar de avanzar*. El cazador estaba despertando dentro de él. No el miembro de la Gestapo que solía derribar puertas a patadas, sino el pequeño campesino que había aprendido a respirar con el bosque, a sumergirse en él.

Poco después, pensó que estaba siendo víctima de una alucinación. La pareja que habían advertido se estaba metamorfoseando. Él ahora la empujaba con otras manos, con otros pies. Los cuerpos se transformaban en un nido de serpientes donde los miembros se multiplicaban, se retorcían, se entrelazaban.

Los voyeristas habían entrado en la danza.

Acercándose, de manera imperceptible, deslizaban primero una mano, luego la otra, y se enredaban entre caricias antes de meterse de lleno en la refriega, besando lo que pudieran, buscando las zonas erógenas como se busca el oro entre el barro.

El dueto se convertía en una orgía, la orgía se convertía en un amasijo de cuerpos, brazos, piernas, todo sostenido por un soplo interno, un contraflujo que ensanchaba la refriega, haciéndola gemir, maullar...

Beewen y Simon contuvieron la respiración, fascinados por la escena surrealista que evocaba a un animal proteico sorprendido en el fondo de la noche de los orígenes.

Un ruido los devolvió a sus cabales.

El obturador de una cámara. Steinhoff debía estar allí, muy cerca, para capturar estos cruciales momentos. Se agazaparon entre los matorrales y esperaron otro clic que les permitiera localizar al fotógrafo. Cuando advirtieron el sonido, el hombre de la Gestapo se hizo una idea más clara de dónde provenía: a las tres horas, de acuerdo a su posición. Estirando el cuello, entrecerrando los ojos, finalmente notó una figura detrás de una cámara montada en un tripié. Cual verdadero cazador, el hombre vestía una chaqueta oscura y una capucha que ocultaba su rostro.

Con una seña, Beewen le indicó hacia la derecha a Simon: haciendo un amplio bucle, podrían sorprenderlo por la espalda. Caminando con cautela, evitando romper la más mínima ramita, llegaron a la altura del fotógrafo, unos diez metros detrás de él.

Todavía podían acercársele para atraparlo, pero corrían el riesgo de ser escuchados. A la menor señal de advertencia, Steinhoff desaparecería en las profundidades del parque.

Beewen prefirió jugar el papel oficial de la Gestapo. Desenfundó, apuntó y gritó:

—¡STEINHOFF!

Cuando el hombre se dio la vuelta, rayos de luz centellearon, petrificando a los copuladores cuales ciervos ante los faros de un automóvil. Steinhoff se aferraba a su cámara, como un ave rapaz sobre su presa, sin hacer movimiento alguno. Beewen seguía apuntándole, tratando de distinguir quién estaba detrás de las lámparas. ¿Voyeristas? ¿Schupos? ¿Gente de las SS?

No podía creer tal giro del destino: ¡una redada de uniformados, en el mismo momento en que estaban a punto de arrestar a su asesino!

En tanto sopesaba estos pensamientos, la quietud dio paso al pánico. Las lámparas se agitaron, los amantes y los voyeristas corrieron en todas direcciones, los gritos resonaron.

—¿Has traído un arma? —preguntó Beewen a Simon.

—¿Cuál arma? Claro que no.

—Espérame aquí. No te muevas.

—No. Voy contigo.

Corrieron en dirección a Steinhoff, mientras la arboleda era atravesada por los haces de las linternas. Ahora podía distinguir los uniformes: la Gestapo. ¿Qué diablos estaban haciendo aquí, por el amor de Dios? ¿Habían decidido poner fin, precisamente esta noche, a los juegos nocturnos del Tiergarten?

A su alrededor, todos se vestían, tropezaban con las chaquetas y los pantalones, se ponían las bragas y los calzoncillos.

Por increíble que pareciera, Steinhoff no se había movido. Se había tomado el tiempo para volver a empacar su equipo. Unos pasos más. Beewen estaba equivocado. Cuando Steinhoff se enderezó, sostenía una Luger en su mano: había decidido hacerle frente, y de la manera más violenta posible. Beewen redujo la velocidad, haciendo que Simon pasara a su lado; seguramente no había advertido el arma.

En ese mismo momento, los SS llegaron por la derecha, blandiendo lámparas y fusiles. Todo estaba a punto de convertirse en una carnicería. Simon estaba ahora a solo unos cuantos metros de Steinhoff, de quien solo la mirada de lobo se asomaba desde la capucha. El Fantasma del espacio era él, en verdad, e iba a defender su pellejo con todas sus fuerzas.

Beewen se apresuró a retener a Simon justo cuando Steinhoff le apuntaba a la cara con su Luger. Suena una detonación. Simon cayó hacia atrás, arrastrando a Beewen con él. Salió un chorro de sangre: la bala había atravesado la mano del psiquiatra, que gritaba hasta el punto de romperse las cuerdas vocales.

El hombre de la Gestapo se puso de pie y apuntó al enemigo. Beewen contra Steinhoff, a tres metros de distancia. No podía usar su arma: lo quería vivo. Si triunfaba en este golpe, su partida hacia Polonia sería nada más que una formalidad.

Pero un grito de aviso sonó, muy cerca, a su derecha:

—¡Es mío!

Beewen reconoció la voz de Grünwald. Esto no había sido una redada, ni tampoco un patrullaje improvisado. Su rival en la Gestapo nunca había dejado de seguirlo, adivinando que no desistiría en la investigación. Cuando se le informó que el *Totengräber* estaba montando guardia frente a la villa de Steinhoff, él había reunido a sus hombres y seguido al actor hasta el Tiergarten, sospechando que tendría la oportunidad de operar una redada de primera clase.

Cuando Beewen reaccionó, Grünwald estaba ya sobre Steinhoff, acomodándole una bala en el vientre. Llevado por su ímpetu, el SS se lanzó sobre el actor. Los dos hombres rodaron por la hierba. Beewen no podía disparar, pues se arriesgaba a alcanzar a Grünwald; la idea no le molestaba del todo, pero ya tenía suficientes problemas.

Los dos hombres luchaban en la oscuridad, mientras otros oficiales de la Gestapo llegaban, petrificados ante la idea de herir a su líder. Todo lo que podían hacer era iluminar la escena con sus linternas y llevar la cuenta.

Beewen volvió hacia Simon, quien sostenía su mano izquierda mientras gemía: estaba perforada y ensangrentada, pero con todos sus dedos. Se quitó la chamarra para hacerle un vendaje improvisado. De todos modos, ya todo estaba hecho: Grünwald iba a detener a Steinhoff y, aunque perdiera la vida, los laureles serían para sus tropas.

Cuando levantó la mirada, fue para ver a los dos luchadores en pleno combate cuerpo a cuerpo. Grünwald había logrado zafarse del agarre de Steinhoff y apuntarle; no había soltado su arma. Steinhoff, con el vientre empapado de sangre, se había puesto de pie. Con un movimiento, se había quitado la capucha y mordido a su oponente en la muñeca.

Grünwald soltó su Luger. Las SS apuntaron a Steinhoff, al descubierto, y lanzaron una llamada de atención. El actor no pareció escucharlos. En un acto surrealista, había vuelto a su tripié y trataba de guardar su equipo. Grünwald recogió su arma. Steinhoff se dio media vuelta y Beewen se percató de que se había equivocado de nuevo. En tanto que el oficial disparaba, Steinhoff se había lanzado a la carga, empuñando una espada que acababa de sacar de su tripié.

Grünwald asestó el disparo en el pleno rostro de Steinhoff. Steinhoff atravesó a Grünwald con su acero. Los dos adversarios se derrumbaron, bañándose en su sangre entremezclada bajo los impávidos ojos de los hombres de las SS.

Beewen, sosteniendo a Simon entre sus brazos como a un bebé, entendió que este era el final del asunto, y que este final no lo incluía a él ni a Kraus.

126

Minna no había tenido tiempo de preocuparse. Su reunión con su coñac favorito había ocupado su velada entera. Por la alegría, no había contado los tragos ni las horas y había terminado derrumbándose; ya no sabía dónde ni cuándo.

Para despertarla, Beewen tuvo que sumergir su cabeza en un cubo de agua helada. Sin duda la habría dejado dormir, pero la necesitaba. La mano de Simon estaba escurriendo sangre y no había posibilidad de ir al hospital.

Minna, en estado de *shock* hipotérmico, con el corazón desbocado, había vuelto en sí. Una simple mirada había bastado para establecer un diagnóstico, uno que, de hecho, Simon ya sabía. La bala había atravesado la palma de la mano, desgarrando tejidos y tocando una vena metacarpiana.

Aun temblando, pero más o menos alineada, había desinfectado y vendado la herida. Solo entonces se había enterado de su historia. Kurt Steinhoff, el actor, fotógrafo y *voyeur*. El ballet nocturno de los fornicadores. La incursión de la Gestapo. Los muertos. El escape furtivo.

Cuando quiso abrir una nueva botella para, por decirlo así, tener una mente más aguda, Beewen simplemente dijo *Nein*. Ese «no» comprendía el trato exclusivo de casa que él reservaba para los recalcitrantes. Minna, sabiamente, se había dado por vencida, con la garganta seca.

Hay que entender la urgencia de beber de los alcohólicos. No es ni un deseo ni una atracción, sino un justo retorno de las cosas. Los ebrios pertenecen al alcohol, en el sentido orgánico del término. Los átomos pueden establecer vínculos inmateriales entre ellos;

aunque se les separe, volverán a esta conexión primordial. Para Minna era lo mismo. En cierto modo, incluso antes de tomar el primer trago de la mañana, ella *estaba* ya con el alcohol. Sin esta sustancia, estaba incompleta. Permanecer seca iba en contra de su naturaleza. Este magnetismo que la unía irreversiblemente al veneno, lo sentía tan pronto como abría los ojos. Era, por así decirlo, la esencia de su conciencia.

Pero sus pequeños problemas de alcoholismo no pesaban mucho en contra de la historia de Beewen. Una noche de Walpurgis, al estilo nazi, en el Tiergarten. Por Dios. ¿Cuándo terminaría todo esto? Kurt Steinhoff fusilado por un oficial cuyo nombre ya había olvidado —pero a quien ya había conocido en la Gestapo, recordó—, él mismo asesinado por el *Werwolf* de los estudios de Babelsberg...

Espectacular conclusión, que solo podía frustrarlos. Si Steinhoff yacía muerto, nunca obtendrían las respuestas a sus preguntas. Empezando por la más importante: ¿realmente él era el asesino de las Damas del Adlon?

Los dos héroes se habían quedado dormidos en sus respectivos sofás, envueltos en las sábanas que protegían a cada mueble, y Minna, pensativa, había visto despuntar el día. Meditaciones rojas, tono pulpa de sangre.

Steinhoff era un candidato perfecto para el papel del asesino —siempre que se forzaran un poco las cosas. Un fotógrafo voyerista no es un destripador. Un toro reproductor no se encuentra obligado a eviscerar a sus hembras. Un actor egocéntrico que no tenía ningún interés en asesinar en el vientre a sus propios hijos (a quienes nunca habría tenido que reconocer).

Minna ya empezaba a dudar.

Faltaba la reacción. Un simple voyerista no saca una Luger cuando está a punto de ser arrestado —particularmente un voyerista que se tutea con Himmler e invita al mismísimo Hitler a sus estrenos. El actor tenía otras cosas que se le podían imputar, y su reacción había sido prueba de una culpabilidad más grave.

Se quedó dormida jugando con estas ideas, recostada en una tumbona cuyos brazos parecían remos. ¿Y qué hay de ella, en todo esto?

Cuando cayó en el estado hipnagógico —momento a la vez delicioso y perturbador en el que la conciencia se desdibuja y comienza a coquetear con el absurdo— se llevó consigo, en su caída, esta imagen ambarina: un pozo de paredes cálidas y centelleantes que no terminaban, y que no era otro que su propia garganta dorada bajo el toque del alcohol.

127

Tras haber dormido todo el día anterior, Simon Kraus se levantó el sábado 9 de septiembre de 1939 con una sola idea en la mente: comprar los periódicos de la mañana para ver cómo trataba el Ministerio de Propaganda los hechos en el Tiergarten. De acuerdo con Beewen, las ediciones de la tarde del viernes no habían mencionado nada y no había escuchado una sola palabra de la Gestapo en torno a los sucesos en el parque. Claramente, las SS se encontraban preparando una versión presentable del enfrentamiento.

En el quiosco, Simon eligió periódicos relativamente independientes, como el *Deutsche Allgemeine Zeitung* —muy relativamente, siendo la libertad de expresión una palabra desterrada del vocabulario nazi—, pero al menos no utilizaban la lengua de plomo de la propaganda negra, un estilo tan recargado que las páginas parecían pesar entre las manos.

Al paso, notó los triunfalistas títulos de rigor: la Wehrmacht no dejaba de avanzar en Polonia, la conquista de Varsovia era solo cuestión de días —en cuanto a las fuerzas aliadas, Francia y Gran Bretaña, no parecían tener ninguna prisa por inmiscuirse en el asunto.

Aguardó hasta encontrarse en la villa para abrir las páginas que trataban sobre el Tiergarten. Esperaba una versión maquillada de los hechos, pero en su lugar encontró una historia completamente diferente. Palabras que gritaban mentiras e injusticias, y que tendría que tragarse, papel y tinta incluidos:

EL CÉLEBRE ACTOR KURT STEINHOFF
MUERE ACCIDENTALMENTE.

KURT STEINHOFF ABATIDO
POR UN CENTINELA EN PLENO TOQUE DE QUEDA.

LA ESTRELLA KURT STEINHOFF
VÍCTIMA DE UNA BALA PERDIDA...

La versión oficial era entonces que el actor, nadie sabía por qué, había desafiado el toque de queda para acudir al Tiergarten, e ignorando las llamadas de advertencia de los centinelas, había sucumbido ante sus balas.

Sobre la muerte de Grünwald, ni una palabra. Sobre el enfrentamiento entre un actor armado con una tripié-bayoneta y un furioso *Hauptsturmführer*, ni una sola línea. Sobre el asedio de la Gestapo, linternas y fusiles en mano, un silencio radial. Sobre los fornicadores y los voyeristas del parque retozando en sus perversiones, ninguna alusión. En cuanto a la presencia de un psiquiatra sin hogar y un sepulturero de la Gestapo, era como si nunca hubieran estado allí. La historia no conservaría ni sus nombres, ni siquiera su participación en esta apoteosis.

Así terminaba la investigación sobre las Damas del Adlon. Se enterraba al asesino de la forma más aceptable posible —un gran actor víctima de su temeridad—, y siempre habría tiempo para encontrar explicaciones a las muertes de Susanne Bohnstengel, Margarete Pohl, Leni Lorenz, Greta Fielitz... No había habido ningún asesino en serie en Berlín en 1939. Y menos aún un asesino que podía haber sido una adorada estrella que hacía las veces también de voyerista. Se habían sostenido las apariencias y Alemania podía ahora dedicarse al único asunto realmente apremiante del momento: la invasión de Polonia y la Segunda Guerra Mundial que comenzaba.

Simon se percató de que todo estaba tranquilo en la villa. Minna probablemente todavía estaba dormida; no había recuperado la sobriedad desde hacía dos días. En cuanto a Beewen, ya había partido hacia su trabajo con la pala al hombro, como un obrero modelo.

Simon se preparó un café: si bien Minna no poseía una cafetera italiana, su equipo era bastante decente. Mientras hervía el agua, se quedó mirando la mano izquierda vendada. No podía convencerse a sí mismo de que había actuado como un héroe. El coraje físico no era en absoluto su especialidad. Sin embargo, ya había enfrentado a Josef Krapp en la Mietskaserne y no había dudado, al día siguiente, en el metro de Berlín, en seguir a Beewen hasta el final, sin miedo a las balas ni a un combate con armas blancas.

Intentó apretar el puño en señal de resolución: imposible. No había sido una parte insospechada de su carácter la que se había revelado, sino más bien esta investigación y el apoyo de sus comparsas, Beewen, valiente como un soldado nazi, y Minna, totalmente inconsciente, quienes lo habían empujado a superarse a sí mismo y a actuar como si fuese un héroe.

Nueva presión en la mano. Aún dolorosa, pero sanaría rápidamente. En cuanto al deterioro psíquico, esa era otra historia. En el Tiergarten había visto, por así decirlo, la bala salir disparada del cañón de la Luger. En una fracción de segundo, la noche, la sangre, la detonación se habían transformado en un furioso dolor que corría a través de su mano. Al arrastrarlo para protegerlo bajo los matorrales, Beewen, ni más ni menos, le había salvado la vida. En la confusión general habían podido huir y dejar la victoria a los de la Gestapo.

—Hola.

Con un albornoz de seda color vino, tez pálida como papiro, brillantes ojos negros de Delilah, Minna estaba en el umbral. Una «Westique» pura, como solían llamar los nazis a los pueblos mediterráneos a quienes situaban apenas por encima de los judíos y los negros. ¿Cómo podía haber pensado colarse entre las filas de las madres nórdicas?

Señaló los periódicos abiertos sobre la mesa de la cocina.

—Léelo. Todo lo que empieza mal acaba mal.

Minna los ignoró y caminó hacia la estufa, donde la cafetera de presión ronroneaba. Sus movimientos eran seguros y su tez fresca; claro, había pasado cuarenta y ocho horas descansando. Simon se sorprendió de su resistencia: parecía haber estado durmiendo como un bebé.

Se sirvió un café espeso, denso como tinta; taza en mano, se acercó a la mesa. Aún de pie, echó finalmente una rápida mirada, como si estuviera pasando un dedo sobre un cristal para cerciorarse de que no hubiera polvo, a las portadas del *Deutsche Allgemeine Zeitung* y a las de los demás periódicos.

—Aún no ha llegado el día en que Beewen sea condecorado por sus jefes.

—Al menos ha logrado sobrevivir, a diferencia de Max Wiener y Philip Grünwald.

Minna hizo un puchero con altivez: evidentemente, esos nombres no significaban nada para ella. Tomó un sorbo y chasqueó la lengua con resignación.

—Pensamos que lo habíamos perdido todo —dijo ella con voz velada—, pero aún teníamos eso.

Golpeó los periódicos con el dedo índice.

—Ahora es oficial, no nos queda nada.

Simon le sonrió y tomó un sorbo de su café. Se aferraba a cada sensación, viendo en ellas la señal manifiesta de que la vida continuaba.

La única respuesta que le vino a la mente fue:

—¿Podría seguir durmiendo en tu casa unos días?

128

—La Gestapo es una organización que no conoce la piedad.

No, es broma… Beewen se cuadraba frente al *Obergruppenführer* Perninken quien, como de costumbre, caminaba de un lado a otro, con las manos a la espalda.

—Pero es una organización justa.

Beewen no sabía a dónde iba con esto. Tan pronto como había llegado a donde los *Totengräber*, le habían comunicado que el *Obergruppenführer* lo estaba esperando. Había subido las escaleras de cuatro en cuatro con su uniforme de sepulturero, sin rango ni condecoración alguna. Había un toque de humildad cristiana en su mirada desnuda: «Me presento ante Ti para ofrecerte mi vida. Me pongo en Tus manos…».

—Tengo aquí un detallado informe sobre lo acontecido anteanoche en el Tiergarten. Su presencia no ha escapado a nadie. ¿Qué diablos estaba haciendo ahí?

Beewen se sintió casi aliviado: el día anterior, el viernes, en los pasillos de la Gestapo, se había producido una vacilación aún más preocupante que cualquier otra. Nadie mencionaba el asunto de la noche anterior. Nadie lo miraba de reojo. Quizás se suponía que no había pasado nada. O que ya era hombre muerto.

Ya no había tiempo para mentir: expulsó, en palabras breves como bofetadas, la historia oculta del baño de sexo y de sangre del Tiergarten.

—¿Así que continuó con la investigación a pesar de mis órdenes?

—Sí, *Obergruppenführer*.

Se sentía como si estuviera bailando alegremente al borde de un precipicio, deslizando por encima del vacío un pie, después el otro.

—¿Y está usted convencido de que Kurt Steinhoff era el hombre que buscábamos?

—Sí, *Obergruppenführer*.

Perninken guardó silencio durante unos segundos. Arresto. Deportación. Ejecución. Esas palabras se arremolinaban a su alrededor como moscas carroñeras.

—Lo felicito —dijo por fin Perninken.

Vaya sorpresa en la pequeña y sombría oficina de Perninken: los cumplidos eran cosa rara allí. Especialmente a causa de un acto de desobediencia. Pero había que tener cuidado, la Gestapo practicaba el doble golpe. Las buenas noticias podían estar ocultando a las malas...

Sin embargo, el *Obergruppenführer* insistió:

—Espero que tenga usted razón y que este desagradable asunto quede cerrado.

Perninken era sincero —deseaba realmente que Steinhoff hubiera sido esa presa tan buscada. Estaba contento de que Beewen le hubiera puesto las manos encima, pero también estaba contento de haberlo logrado sin descubrir el secreto del actor —el que las SS estaban protegiendo. Lo que Max Wiener había descubierto y que le había costado la vida. *¿Qué?*

—Le pediré que escriba un detallado informe sobre esta faceta de la investigación. No lo firmará. No aparecerá allí en ningún momento. Yo, por mi parte, veré qué puedo hacer ante estas circunstancias. En cualquier caso, el expediente se mantendrá confidencial. Steinhoff no será extrañado más que por unas pocas secretarias frívolas y, ahora, tenemos asuntos más urgentes que atender.

—*Obergruppenführer*...

—¿Qué?

—No sé cuándo podré escribir este informe. Mi misión con los *Totengräber*...

—Olvídese de eso. Usted se encuentra ahora reincorporado a nuestro servicio. Lamentablemente, hemos perdido con este asunto a uno de nuestros más preciados *Hauptsturmführer*. Necesitamos reemplazarlo...

Beewen no podía creer lo que estaba escuchando. Las degradaciones en el número 8 de la Prinz-Albrecht-Straße eran algo común, pero las restituciones no existían.

Ya que estaba en ello, aprovechó su ventaja:

—Mi rango…

Perninken hizo un gesto de enfado.

—Verá usted esos detalles con el departamento administrativo. Le reitero que es reintegrado, en el mismo rango que antes. Ahora, redácteme ese informe y póngase manos a la obra. Hay otra emergencia.

Beewen estaba atento: un asunto para cerrar el pico, como se suele barrer el polvo debajo de la alfombra, y una nueva misión para un *Hauptsturmführer* listo para ensuciarse las manos.

—Me han dicho que recientemente defendió usted a un *Zigeuner*…

Beewen no esperaba aquel comentario.

—Yo no he defendido a nadie, *Obergruppenführer*. Intenté restablecer el orden en una operación que se estaba convirtiendo en un caos. El tiempo de los soldados de las SS es precioso. Tienen mejores cosas que hacer que encarnizarse con gente indigna.

Nuevo gesto de Perninken —menos molesto y más apurado. Barrió con la anécdota como si estuviera ahuyentando a un indeseable mosquito.

—Tenemos nuevas instrucciones. En estos tiempos de guerra, debemos sanear nuestra ciudad y sus alrededores. Nuestros informes atestiguan que todavía hay demasiados *Zigeuners* deambulando por los caminos, particularmente en los terrenos baldíos a las puertas de Berlín. Nuestro Führer desea que continuemos y terminemos con la limpieza que comenzamos en los Juegos Olímpicos de 1936.

Beewen podía leer entre líneas. La guerra había cambiado la situación: ya no se trataba de enviar a los gitanos a los campos, sino de eliminarlos lo más rápido posible. Desde 1933, el régimen nazi tenía las manos manchadas de sangre, pero ahora las cosas iban en serio.

—¿Cuál es mi misión, *Obergruppenführer*?

—Líbreme de estas alimañas. Y comience aquí, en nuestros sótanos. Las SS nos han dejado aquí una armada de ellos. Enemigos del

Estado que podrían habernos informado sobre dónde estaban sus familias. Hablaron, ya leerá usted los informes, ¡pero ahora ya no quiero verlos dentro de nuestras paredes! —Golpeó el suelo con su tacón.— No hacen más que pulular ahí abajo, como ratas.

Su nueva misión no estaba tan alejada de las anteriores. Aún se trataba de hacer desaparecer los cuerpos. Excepto que esta vez estaban vivos. Pero, para el Reich de los Mil Años, este era un detalle insignificante.

129

Apenas había bajado al sótano cuando Beewen se dio cuenta de que Perninken no había exagerado. Reinaba en estas bodegas un auténtico desorden. Las celdas estaban saturadas de cabezas peludas, los pasillos atestados por hombres macilentos de piel oscura con pupilas de carbón. Los hombres de la Gestapo estaban abrumados. Gritaban órdenes en alemán que nadie parecía entender. Empujaban las filas a fuerza de culatazos, pero la manada seguía volviendo siempre.

Tal operación le recordó sus años en las SA, cuando se trataba de drenar y someter a las multitudes en trance ante el Führer. Reconoció algunas caras del lado de las SS y comenzó a gritar órdenes, esta vez dirigidas a los hombres mismos de la Gestapo. Hizo que los gitanos regresaran a las celdas, aunque eso significara comprimirlos hasta asfixiarlos, y ordenó que las puertas se cerraran, sofocándolos.

Al cabo de media hora, ya se podía ver más claramente. Los harapientos estaban encerrados: gitanos nómadas, de Bohemia, Sinti, Kalderash… Aquellos nombres, los había oído muchas veces —en su campiña, los nómadas eran temidos como la peste— sin saber muy bien a quién correspondían.

Al pasar, pudo percibir sus diferencias: sombreros de ala ancha para unos, pequeños sombreros puntiagudos de fieltro para otros… Algunos llevaban bandanas, barbas de ermitaño o bigotes de tratante de caballos… Pero todos compartían un punto en común: heridas en la cara. Los de la Gestapo no habían sido delicados. Se trataba de una población tumefacta y ensangrentada, esta que estaba siendo empujada hacia las celdas —con un poco de suerte, algunos morirían asfixiados y eso haría más espacio en los camiones...

Cuando estuvo seguro de que la «operación asfixia» se encontraba bien planteada, subió a la planta baja y preguntó por furgonetas de las que pudiera disponer. Un verdadero trabajo de manejo —bien podría haber estado transportando papas o cadáveres. Pero en la Geheime Staatspolizei, a aquello se le denominaba «logística».

Cuando volvió abajo, los pasillos habían recuperado su rostro humano —si se puede decir algo así. Algunos gitanos, bajo los golpes, habían colapsado. Otros, de rodillas, rezaban. Sin embargo, por fin los pasillos estaban más o menos evacuados y uno se podía desplazar a través de estos, a condición de pasar por encima de los recalcitrantes y los muertos.

Beewen había planeado sacar a la luz a todas estas hermosas personas, celda por celda, y verificar su identidad. Trabajo de manejo, sí, pero también de funcionario aplicado.

De repente vio una cara familiar. Toni. El lebrel moreno, la trenza de músculos que habían atado a los cadáveres en descomposición. Él también tenía muchas llagas en la cara, pero había mantenido esa expresión dura y astuta que ya había sorprendido a Beewen cuando se conocieron.

—¿Qué demonios estás haciendo aquí?

—Primo, me mudo. Eso, mis bolas nómadas están hechas para moverse.

Al decir estas palabras, comenzó a bailar en el acto, a pesar de las cadenas en sus muñecas.

—¡*Herr Hauptsturmführer*!

Beewen se dio la vuelta y descubrió a Alfred, su antiguo secretario.

El joven SS se ajustó las gafas.

—Me han dicho que ha sido… reintegrado.

—Las noticias viajan rápido.

—Estamos en la Gestapo, ¿no? —aventuró el chico, envalentonado por su propia emoción.

—¿Qué quieres?

A Beewen le resultaba difícil creer que el niño tuviese el celo suficiente como para apoyarlo en esta misión en el sótano.

—Quería decirle lo contento que estoy de tenerlo de vuelta y…

—¿Eso es todo? —interrumpió Beewen, molesto.

—No. Sobre nuestro asunto...

—¿Qué?

Alfred miró a Toni, quien todavía estaba de pie cerca de ellos, con sus heridas y sus cadenas. Beewen respondió con una señal explícita: hablar frente a un gitano o frente a un montón de ladrillos, todo se reducía a lo mismo.

—El *Hauptsturmführer* Grünwald —retomó el secretario— hizo registrar el lugar donde se descubrió el cuerpo de Greta Fielitz, en el lago Plötzen.

—¿Encontraron algo?

—Los zapatos de la víctima.

Beewen digirió la noticia.

—Habían sido enterrados. Al pie de un árbol, a unos diez metros del cuerpo.

—¿Es todo?

—Era miércoles. El *Hauptsturmführer* Grünwald inmediatamente hizo excavar los sitios de los demás crímenes. La Isla de los Museos, el Parque Köllnischer, el Tiergarten.

—¿Y ENTONCES?

—En cada ocasión, los chicos encontraron los zapatos. Habían sido enterrados a pocos metros del cadáver. Sé que la investigación está cerrada y que el asesino ha sido identificado, pero quería informarlo en torno a esto y…

Beewen ya no escuchaba. Intentaba convencerse a sí mismo de que ese detalle no contradecía la tesis en torno a Kurt Steinhoff. Ya no había necesidad de tergiversaciones. Habían encontrado al asesino, comprendido (más o menos) sus motivos, neutralizado a la bestia. *Fin de la historia.*

—Eso es bueno, es bueno —dijo Beewen, con voz como de papel de lija—. Vuelve a tu oficina. Allá me darás más detalles.

Alfred taconeó, espetó su *¡Heil Hitler!* de rigor y desapareció. Beewen se quedó solo con sus dudas, en este corredor que gemía con sombras errantes.

—Tu chico, tu asesino…

Beewen notó que Toni seguía allí, con su cabeza de fauno calcinado.

—Cállate —respondió Franz—. No te pregunté nada.

—Mi amigo, yo sé por qué entierra los zapatos de las chicas que anda matando…

El hombre de la Gestapo lo miró fijamente. Desde donde estaba...

—Continúa.

—Por mis cojones que les quita los zapatos, primo, para que no vuelvan a perseguirlo.

—¿De qué me estás hablando?

Recostado contra la pared, con el cuello empapado en sudor, Beewen ya no tenía fuerzas para ofenderse o alzar la voz.

—Es una cosa de nosotros, amigo, sí. Siempre les quitamos los zapatos a los muertos... para que el *mulo* no pueda volver en nuestros sueños. Es el diablo, amigo... Es la tradición... Tu asesino ahí, cojones, quienquiera que haya cortado a tus cuatro buenas mujeres, es un tipo de casa, un viajero...

Beewen se echó a reír. Era lo mejor que había oído. El asesino era un gitano. Comenzó entonces a retorcerse, a gritar, a ahogarse. Después, una cortina helada cayó sobre sus ojos. Negra. Roja. Palpitando. En este muro había escritas palabras como «zapatos», «sueño» o incluso «venganza».

La idea de Toni, *el amigo*, escapaba de la chistera como un diablo haciendo muecas, pero al fin y al cabo, la hipótesis no resultaba más absurda que cualquiera que ellos hubieran barajado ya.

IV
TRIÁNGULO NEGRO

130

Tal vez se trataba del cansancio, de la fatiga o del alcohol que había estado bebiendo (Eduard, el mayordomo, se encontraba a cargo del suministro), pero Minna no estaba del todo preparada aquella tarde para escuchar las elucubraciones de Beewen.

Había sido ella, con su asesino desfigurado, o Simon, con su criminal que se anunciaba en los sueños, quien se había encargado de alimentar la caldera de las ideas absurdas. Pero ahora Beewen se había involucrado en ello, volviendo de la Gestapo con una nueva teoría confusa sobre el Hombre de Mármol.

—Espera, espera —lo detuvo Minna de inmediato—, ¿no yace ahora toda esta historia en el fondo del Tiergarten? ¿Ya no te parece adecuado Kurt Steinhoff para el papel del asesino?

Beewen tenía sus dudas, sus preguntas, sus pensamientos, y todo lo que había necesitado fue el comentario de un prisionero gitano para alumbrar en él una nueva convicción. Minna hizo a un lado con un gesto de mano la estéril conversación y abrió una nueva botella.

Simon, por su parte, había preferido no involucrarse. En este asunto, lo había perdido todo. Hacía el intento por poner buena cara, pero respecto a la investigación, sentía sin lugar a dudas ya haberle dado más que suficiente. La noche del Tiergarten, le había ocurrido casi de todo. No, el pequeño Kraus no estaba del todo listo para volver a la guerra...

Beewen no lo había dejado ir, enumerando todas las preguntas sin respuesta en torno a Steinhoff. Había subrayado los callejones sin salida, las mentiras, los agujeros negros de la investigación. En su casa no se ha había encontrado objeto o pista algunos que vincularan al actor con la serie de asesinatos. Finalmente, aparte del hecho de que había embarazado a las cuatro víctimas, nada lo vinculaba con el caso del Adlon. Ni siquiera habían podido probar que Steinhoff hubiera usado la máscara de mármol...

Minna y Simon podrían haber admitido estas reservas —también tenían algunas propias— ¡pero de eso a tragarse estos cuentos del gitano! ¿Por qué no los de un turco o de un chino? A manera de argumento, Beewen repetía una historia de zapatos enterrados para evitar que los muertos volvieran a atormentarlo a uno en los sueños...

Por supuesto, ya se le había ocurrido un escenario. Un solitario gitano había atacado a estas mujeres en nombre de un odio visceral, bastante legítimo, por cierto, por todo lo que respiraba y pensaba a la manera nazi.

Al final, a pesar de sus mejores esfuerzos por convencerlos, ni Minna ni Simon aceptaron aquella teoría. No estaban comprando ya nada de un lado ni del otro. *Das Maß ist voll.* Si Beewen quería volver a cavar en el pozo de las verdades, tendría que hacerlo solo...

Además, ¿cómo podría uno imaginarse que un gitano, sucio y moreno, podría siquiera acercársele por un solo segundo a una dama del Adlon? ¿Cómo podría alguien suponer que una de estas personas hambrientas que apestan a estiércol de caballo y fuego de leña, y que apenas tartamudean el alemán, podría convencer a una mujer como Margarete Pohl o Greta Fielitz para que lo siguiera al parque Köllnischer o al lago Plötzen?

Y si aún se quisiera hacer hincapié en el asunto, ¿mediante qué prodigio pudo haber sabido que estas mujeres estaban embarazadas? En cuanto a tener el suficiente conocimiento médico como para extraer los fetos, ni siquiera hablar de eso...

Minna prefería incluso irse a la cama y encontrarse con sus nuevos compañeros nocturnos: Kurt Steinhoff, musculoso y desnudo, de pie en el umbral de su dormitorio, o Ernst Mengerhäusen fumando su pipa de hueso humano al pie de su lecho.

Uno tiene los sueños que puede.

131

Cuando Simon abrió las páginas del *Deutsche Allgemeine Zeitung*, la mañana del martes 12 de septiembre, se encontró con las fotos del funeral del gran actor Kurt Steinhoff. Impresionante. Miles de mujeres se habían reunido para seguir el cortejo fúnebre, el cual había adquirido la apariencia de un desfile como aquellos que solían gustar tanto a Hitler y su camarilla.

¡Que ironía! En el fondo, Simon no estaba seguro de que Steinhoff fuera el Hombre de Mármol, pero tampoco era el ángel de cabello peinado hacia atrás que las mujeres veneraban. En cualquier caso, no solo era eso, era un nazi con aspiraciones retorcidas, fornicador de primera, *Zuchtbulle* de estas damas, y «perverso voyerista con nictalopía, fotógrafo de las orgías rurales»...

Tanto si fuese cierta como falsa, le gustaba la idea de que Steinhoff se había detenido a menudo a mirar el cartel de *El fantasma del espacio* en la Galería de los Tilos y que se había arriesgado a irrumpir en su casa para recuperarlo. Por no hablar de la persecución en el fondo de las alcantarillas... *¡Toda una era!*

Ahora Simon estaba soñando despierto en su gran sillón, jugando el papel del barón von Hassel en la villa de Minna. Aquello comenzaba a gustarle. Ya no trabajaba, lo había perdido todo —excepto, claro está, su cuenta bancaria que no podía haber sido «confiscada» por las autoridades de las SS— y se sentía libre y ligero.

Caza lo natural, vuelve al galope. Con esta mujer sumamente rica, tenía la impresión de estar reviviendo su juventud, cuando solía buscar un mecenas en los pisos relucientes de los salones de baile y él mismo se fabricaba su propia goma para peinar con azúcar y aceite de ricino. En cierto modo, se encontraba de vuelta en el punto de partida.

Se sirvió otro café. Esa mañana vestía un polo de tenis y un pantalón blanco con pliegues rectos. Parecía listo para un paseo en bote por el Großer Wannsee.

No sentía nostalgia alguna por su consultorio, ni siquiera por sus preciosas grabaciones. Los días de análisis y chantaje habían terminado. La guerra estaba allí. Los pacientes iban a esconderse en sus nidos. Ya no era hora de preocuparse por sus sueños o por el régimen de Hitler. Ahora eran las bombas las que marcarían la vida cotidiana de los berlineses.

¿Y él?, bueno, ahí estaba, arropado, con Minna, quien lo toleraba. Con sus trajes, sus derbies, su dinero en el banco. Era un nómada. Un parásito que vivía en el lomo de la bestia. En cualquier caso, el psicoanálisis no tenía aquí ningún futuro. De haber insistido en practicar esta *perversa* actividad, habría terminado por ser deportado. Había sabido detenerse a tiempo, eso era todo. Aunque vaya que se le había ayudado bastante.

Estos últimos días, en tanto hurgaba en la villa, había desenterrado los cigarros de Papá von Hassel. Suntuosos habanos importados directamente desde Cuba. Fue a buscar uno, volvió a su sillón y aplastó lentamente las hojas cerca de su oreja. Delicado resquebrajarse bajo sus dedos... Solo entonces encendió el atado de tabaco con fuertes llamas y humo.

Francamente, se habían visto cosas peores.

En realidad, no estaba tan sereno. A su pesar, vivía al ritmo de sus recuerdos en forma de descargas eléctricas. Imágenes explosivas que le hacían estremecerse como quien se sobresalta justo antes de dormirse, con la impresión de estar cayendo en un agujero. Se veía de nuevo en el laberinto del Mietskaserne bajo el torrencial aguacero, disparando a un hombre desfigurado. Reproducía la escena del metro: la cabeza de Josef Krapp atravesando la ventanilla del U-Bahn, antes de ser arrastrada por el tren que se aproximaba. Se imaginaba a sí mismo, fluyendo en el agua de lluvia de las alcantarillas desbordadas, en plena persecución del Hombre de Mármol. La apnea, un negro latido, aún sonaba dentro de él. Las tinieblas, la asfixia, la muerte...

Pero sus destellos más violentos se los debía al Tiergarten. Esa noche, en forma de orgía pagana, con cuerpos convulsionándose entre las sombras, reptiles de escamas brillantes agitados por el poder del deseo... Y ese actor licántropo sorprendido en su alucinada cacería... Al final, su propio impulso por atrapar al asesino a solas, sin la ayuda de nadie. *No importa.*

Simon se sacudió aquellas imágenes que le provocaban ansiedad y se concentró en el sol que salpicaba las ventanas del salón. Este septiembre estaba siendo sofocante, uno se sentía en aquel lugar como en un invernadero gigante. No se respiraba, se maduraba, se pudría, al ritmo de las malas noticias que caían todos los días.

Polonia ya estaba aplastada. Los caballos polacos no habían resistido mucho tiempo a los tanques alemanes y la conquista de Varsovia era cuestión de días. Rusia se uniría al juego y tomaría una buena parte del país. En cuanto al oeste, nada que informar. Después de que Francia e Inglaterra declararan la guerra, bueno... *nichts.* En Berlín, el hombre promedio había comenzado a hablar de la *Sitzkrieg* (guerra sentada), en contraposición a la *Blitzkrieg*, la famosa guerra relámpago...

Simon abandonó su diario y prefirió reconsiderar, entre bocanadas, la última hipótesis de Beewen. Un gitano asesino. Una venganza étnica... En el fondo, carecía de opinión alguna. Esta investigación había hecho pedazos su existencia. Todavía se encontraba digiriendo estos eventos y estas pocas semanas de caos... No sabía cuánto duraría su convalecencia mental. Cuántos meses, años sin duda, tomaría asimilar tales hechos... Sin embargo, en el fondo, eso tampoco le importaba.

Lo que le importaba eran sus sueños. En ese aspecto, había regresado a su primer amor. Dormía bien, es decir, soñaba, y mucho, pero ni con Josef Krapp y con su velo de tul negro, ni con Kurt Steinhoff y su cámara asesina. Era esto lo que lo emocionaba. Estos eventos de increíble violencia que lo acosaban durante el día no aparecían nunca por las noches. El inconsciente, con toda su complejidad, no estaba ocupando este material para expresarse. Tenía mejores cosas que hacer. Tenía su propio lenguaje, y era él mismo quien elegía su vocabulario: fragmentos de vida, detalles insignificantes, bocetos simbólicos...

—Simon.

El psicoanalista dio un salto, la ceniza de su cigarro cayó sobre su polo.

—¡*Scheiße!*

Se dio media vuelta en su sillón y descubrió a Minna, en bata.

—Alguien te busca.

—¿A mí?

Simon ya estaba de pie, congratulándose por haber salvado su atuendo. Pensó, subrepticiamente, en una cita de Baudelaire: «El dandi debe vivir y dormir frente a un espejo».

—Una mujer —añadió Minna, dirigiéndose hacia las escaleras—. Será de tu agrado.

Un minuto después, estaba de pie en el umbral, peinado, reluciente, inmaculado; listo para disparar.

Quien estaba parada frente a él era probablemente la última persona por la que hubiera apostado. Magda Zamorsky, lentes oscuros y cabello blanco. Irreal a fuerza de belleza.

132

Caminaban por los jardines de la villa. Algo nuevo para Simon, quien odiaba todo lo natural. Así, nunca se había fijado en un invernadero de naranjos al final del parque, como tampoco había visto los senderos de lilas y hortensias que conducían hacia un pequeño lago. Los insectos daban vueltas, los pájaros cantaban, todo respiraba una indiferente alegría que le helaba los huesos.

—¿Cómo has dado conmigo?

—Muy sencillo, fui a tu oficina. Interrogué al conserje, quien, como todos los *Blockleiters* de Berlín, tenía información para vender. Pude obtener la matrícula del auto en el que cargaste con tus disfraces.

—¿Y con un simple número de matrícula puedes hacerte de una dirección?

Magda se rio.

—¡Solo me tomó una llamada telefónica!

Simon olvidaba quién era quién. Para Magda Zamorsky no debía ser muy complicado obtener dicha información.

Se tomó unos segundos para mirarla por el rabillo del ojo. Bajo el sol de la mañana, su cabello, demasiado rubio, parecía desmoronarse, esparciéndose en finos copos. Sus anteojos oscuros escondían sus perlados ojos y sus curiosas cejas, sorprendidas y sorprendentes. Allí estaba la parte inferior del rostro, con una ternura como para derretir corazones de piedra.

Llevaba un vestido claro, ligero, pero eso era todo lo que él podía decir al respecto. Un modelo que le parecía se lo había confeccionado el sol.

—Ha sido amable de tu parte venir a verme.

Ella puso suavemente su mano sobre su hombro.

—¿Te has jubilado o qué?

—Como psicoanalista, tenía las horas contadas.

—¿Qué vas a hacer?

—No tengo idea. ¿Quién sabe? Puede que me movilicen.

El solo pensamiento lo petrificó.

Sin dejar de caminar, Magda metió la mano en su bolso y sacó un cigarrillo. Le ofreció uno a Simon, quien se negó. Todavía tenía su cigarro en su corazón.

Instantáneamente, sacó su encendedor de su bolsillo y encendió el Lucky Strike de Magda. Esta marca americana no era insignificante: ningún conflicto, ninguna frontera podía entrometerse en los gustos de Magda Zamorsky.

Por un segundo, ella tomó su mano y miró fijamente su vendaje.

—¿Qué te ha pasado?

—Me lastimé en la mudanza.

Ella se dio la vuelta y señaló la villa Bauhaus.

—¿Y cómo has llegado aquí? ¡Siempre te las arreglas para salir bien parado! ¡La baronesa von Hassel, nada más que eso!

Ella rio y todo se entremezcló en el momento: voz, cabellera, luz...

—Es una amiga —dijo Simon en tono de excusa—. ¿La conoces?

—Solo de nombre. No somos de la misma generación. Pero la observé cuando llegué. ¡Muy guapa!

A tu lado parece una cucaracha debajo de una piedra, casi respondió él, pero logró contenerse.

Simon se preguntaba qué podría querer esta belleza de él. Una visita extraña, incluso inquietante.

—He venido a hablarte sobre las Damas del Adlon —continuó ella, como si estuviese leyendo sus pensamientos.

—¿Siguen teniendo sus reuniones? —preguntó inocentemente.

—No. En todo caso, no voy más por allá.

—Yo tampoco —dijo él, solo para cerrar el tema.

—Pero estoy interesada en Susanne Bohnstengel y en Margarete Pohl.

Simon se sobresaltó. Este tipo de inconveniente debía ocurrir un día u otro. Pero ya no era más su problema.

—Tengo una amiga que ha pasado todo el mes de agosto en Sylt —continuó ella. Muy mundana...

—¿Y qué con ello?

—No se cruzó con ninguna de ellas. Se suponía que debían estar allí, ¿verdad?

—No tengo idea.

—En cuanto a Leni, nadie sabe dónde está.

Simon no respondió.

—Si les sumamos a Greta…

Él se hundía en su silencio, como un cangrejo en su caparazón.

—Están muertas, ¿verdad?

Habían llegado al invernadero. Simon vio sus dos siluetas en uno de los plafones de vidrio templado. Incluso al lado de esta mujer, que no podía medir más de un metro sesenta, parecía un enano.

—¿Cómo puedes pensar eso? —respondió, a fin de ganar tiempo.

—En los últimos años, la gente muere con facilidad en Berlín… ¿Están muertas?

—¿Cómo puedo saberlo yo?

—Recuerdo que fuiste al club a preguntar por ellas. Estabas realizando algún tipo de investigación...

La garganta de Simon estaba tan seca que su lengua se pegaba a su paladar.

—Incluso fui yo quien te confió sus verdaderas opiniones políticas. Las vísperas de Kampen, ¿recuerdas?

El psicoanalista estaba sudando. Su polo se le pegaba a la espalda como un trapo húmedo. De repente, estaba harto de todas estas tonterías que, finalmente, no llevaban a nada.

—Están muertas, sí —dijo—. Fueron asesinadas.

—¿Por quién?

—No lo sé.

Primera mentira. *A menos que…*

—¿Se ha tratado de atroces crímenes o de eliminaciones políticas?

—Te lo digo, no lo sé.

Segunda mentira.

—¿Tiene algo que ver con sus embarazos?

Simon le dirigió una mirada de soslayo. Magda sabía muchas cosas. ¿De dónde había sacado esta información? Con su piel diáfana, sus lentes oscuros y sus labios de un vivo rojo, daba el aspecto de una misteriosa pitonisa.

—¿Qué quieres? —preguntó irritado.

Ella volvió a poner el brazo sobre su hombro, ya no como un gesto de camaradería. Más bien como una caricia llena de empatía. A pesar de sus lentes opacos, adivinó la benevolencia en sus ojos.

—Tengo curiosidad, eso es todo —exclamó ella, finalmente, deslizando su brazo a través del de él—. Vivimos en un mundo peligroso. Y la guerra no va a arreglar las cosas.

—No sé nada —repitió él, obstinadamente.

Ella apoyó la cabeza en su hombro y habló en voz baja —él podía incluso oler su perfume, derramándose hacia la luz. Una fragancia íntima, soñadora y terriblemente seca.

—Solo quería saber si debo tener miedo…

—¿De qué?

—Yo también soy parte del club.

—Tú no tienes nada que ver con estas mujeres.

—¿Porque no estoy embarazada?

—Tú no eres nazi, ¿cierto?

Ella se echó a reír.

—Para una mujer polaca, esa es una idea sumamente divertida.

Simon aprovechó la oportunidad para cambiar de tema:

—¿Tienes alguna noticia de allá?, ¿de Polonia?

—Los alemanes están destruyendo mi país. Han comenzado las masacres. Tenían listas preparadas, ¿sabes?

—¿De judíos?

—No solo de ellos. Matan a los intelectuales, a los religiosos, a todos los que pretendan impedir que se esclavice al pueblo polaco.

Se dio cuenta, con retraso, de que a ella sí le importaba un poco la invasión de Polonia. Él veía en el sacrificio de este país nada más que el comienzo de los problemas —problemas que terminarían por volar la terraza del café Kranzler y trastornar las pequeñas comodidades de los berlineses…

—¿Y tu partida?

—No lo sé. Las fronteras están cerradas.

Kraus no estaba preocupado por ella. Cuando alguien vale millones de marcos, siempre hay una solución.

Al final, esta reunión lo estaba decepcionando. Cuando había visto a Magda en la puerta, se había puesto a soñar. Quizás la más bella Dama del Adlon se encontraba interesada en él. Su encanto de llavero la había atraído a ella también.

—Estas mujeres no eran las que pensabas.

—Ya me lo has dicho.

—¿Fuiste a la capilla en Kampen?

—Sí.

—Entonces sabes de lo que estoy hablando.

—Eran fanáticas, está bien.

—Más que eso. O menos, no lo sé. Eran… malas personas.

Ella detuvo su paso. El zumbido de los insectos se convirtió en acúfenos, los olores vegetales le propiciaban náuseas. Y el sol… Una lámina de chapa blanca que le golpeaba la cara haciendo que se tambaleara.

—Tú has venido a decirme algo —dijo él con impaciencia—, así que adelante.

Ella tomó aire, vaciló —pequeñas maniobras teatrales.

—Susanne, por ejemplo. He escuchado sobre ella una historia… aterradora.

—Te escucho.

Magda reanudó su camino, llevándolo del brazo hacia la sombra de un gran roble. *Buena idea.*

—Hace un año o dos, su esposo, Werner Bohnstengel, la llevó a visitar un campamento de deportados —la historia no dice cuál—. Susanne preparó una canasta de comida para los prisioneros. Ella llevó consigo una pequeña pistola. Ya sabes, una Browning modelo 1906. La que llaman «pistola de dama».

Simon preguntó:

—¿Un arma americana?

—Se nota que no sabes nada al respecto —dijo ella, burlonamente—. Desde hace años, son los belgas quienes fabrican las Browning.

El calor, esta historia del campamento, el inesperado conocimiento de Magda Zamorsky en torno a las armas de fuego... Él se refugió con alivio bajo el gran árbol.

—La pareja visitó el campamento —continuó Magda—, los pabellones de prisioneros, las cocinas, el hospital, la lavandería… Se encontraron con los prisioneros y Susanne repartió su comida. Una pequeña hada de verdad. Incluso había traído dulces para los niños. Riendo, le pidió a uno de ellos que cerrara los ojos y abriera la boca. Cuando el niño obedeció, ella le soltó un disparo en lo profundo de la garganta.

Volvió a ver el rostro de Susanne Bohnstengel en un instante. Sus ojos almendrados, casi mongoles, sus altos pómulos y esa belleza que siempre parecía mirarlo a uno fijamente, para devolverte a tu impotencia, a tu banalidad.

—No me lo creo ni por un segundo.

—Eso es lo que me han dicho.

—¿Me estás diciendo que Susanne Bohnstengel mató a un niño solo por diversión? No tiene sentido. Habría sido enviada directamente a prisión.

Magda se rozó la mejilla.

—Eres lindo. Realmente no comprendes en qué mundo vivimos. Lo que pasa en los campamentos se queda en los campamentos. Es una zona sin ley. O, mejor dicho, donde todo se vale. La vida ya no tiene ningún tipo de valor. Todos los deportados están condenados.

Simon Kraus temblaba, su cuerpo se movía en sintonía con el susurro de las copas de los árboles sobre su cabeza. Siempre había pensado que era el más inteligente, el que se acostaba con las mujeres casadas más hermosas de Berlín, quien ponía los cuernos a los hombres más poderosos. Pero el cornudo era él. Estas pacientes habían venido para servirle una verdad masticada, pobres víctimas de sus sueños y sus miedos... ¡*Von wegen*! Lo habían engañado, manipulado, lo habían rebozado en harina, sí.

Fanáticas nazis.

Madres sustitutas.

Y, ahora, criminales.

Al menos, una de ellas.

Susanne Bohnstengel, quien juzgaba al mundo como se valora a una mucama antes de contratarla, quien iba a verlo para quejarse de la indiferencia de su marido y de sus perturbadores sueños...

—Pero... ¿por qué haría eso? —continuó él, todavía sin poder creerlo.

—Por nada. Para ver. Hoy en día, hemos cruzado la sagrada línea entre la vida y la muerte, Simon. Podemos experimentarlo todo, sin temor a ser juzgados o castigados.

Ella se acercó a él —ahora su belleza ya no era solo un deleite para los ojos, era un hechizo, un conjuro, algo que lo quebrantaba, que lo aplastaba en su integridad física y moral.

—Somos como niños —dijo ella, apoyando una mano contra el árbol, cerca de su oreja—. Debemos aceptar la pérdida de nuestra inocencia.

Simon tenía deseos de arrancarle las gafas oscuras.

—¿Por qué me estás diciendo esto?

—Para que no llores demasiado sobre la tumba de Susanne.

Ella retrocedió, aún en la circunferencia de la sombra, y lo abarcó con su mirada lacada.

—De nuevo, sé que estás investigando estos asesinatos. No hace falta que te expliques, además yo no te estoy preguntando nada. Pero quería que tuvieras en claro la verdadera naturaleza de una de las víctimas. Las demás no eran mejores, créeme.

Retrocedió un poco más y se fundió con la luz. Inesperadamente, se quitó las gafas de sol. Sus párpados temblaron. Debajo de sus pestañas maquilladas con rímel, sus iris destellaban reflejos de pizarra. Estaba enterrando a todas las Damas del Adlon, tanto a las muertas como a las que estaban vivas.

Simon no entendía nada. Esta visita matinal, esta belleza irreal, esta siniestra historia... Nada encajaba.

—Volveré a visitarte pronto —murmuró ella—. No pareces demasiado abrumado. Tendré otras historias que contarte.

Él la vio irse, con la boca llena de sedimentos, incluso olvidándose de despedirse de ella. Su silueta parecía levantar olas de viento de verano, amplias como los grandes pliegues de la Estatua de la Libertad.

Se quedó debajo del roble por un buen rato. ¿Qué buscaba esta mujer? Parecía como si quisiera, de una manera retorcida, devolverlo a la investigación.

133

No importaba cómo se les llamara. A los ojos de Beewen, los gitanos pertenecían a un género único y universal. Ese género del tipo que roba pollos, que tiene el pelo sucio y los ojos traviesos. Toda su infancia había temblado ante estos misteriosos nómadas que se paseaban por los caminos en sus chirriantes caravanas.

En el fondo, todavía temía a esos salvajes de uñas negras que comían erizos, mendigaban para ocultar sus riquezas y enterraban a sus muertos al borde de los caminos.

El hecho de reencontrarse, al final del camino de las Damas del Adlon, enfrentándose a sus viejos miedos, le resultaba bastante sorprendente. En realidad, no creía en la pista del gitano —solo había expuesto esta idea el día anterior para provocar a Simon y a Minna, pero algo le impedía descartar esa posibilidad por completo—. ¿Qué era? Él no sabría decirlo. Quizá, simplemente, la ausencia de pruebas directas o un motivo específico que acusase a Steinhoff.

Demasiadas preguntas habían quedado sin respuesta: ¿qué con la daga nazi?, ¿dónde estaba la máscara?, ¿por qué atacar siempre cerca de los puntos de agua? O, incluso: ¿por qué un *Stier* como Kurt Steinhoff querría recuperar «sus» fetos? Todo lo contrario, al egocéntrico actor sin duda alguna le hubiera encantado ver crecer a su retoño —niños perfectos, educados cuidadosamente por el Reich…

Beewen, esa mañana, se dijo a sí mismo que podía aprovechar un hueco en su horario para ahondar más en torno a la pista del gitano. Ya no era más un *Totengräber*, pero aún no era el *Hauptsturmführer*, a cargo de múltiples archivos.

Tendría al menos un día libre…

El campamento de Marzahn estaba ubicado al oeste de Berlín. Ya no era la ciudad, pero tampoco los suburbios. En 1936, previniendo los Juegos Olímpicos, los líderes nazis habían limpiado las cosas. Por un lado, se había ordenado a las SA que empaquetaran todos sus carteles y grafitis antisemitas. Por otro, se había acorralado en las calles y en las carreteras todo lo que pudiera parecer un vagabundo o un nómada —ni uno ni dos, sino miles de gitanos se habían encontrado reubicados en Marzahn.

Todavía estaban allí.

Incluso en tanto prisioneros, no valían el menor esfuerzo: «su» campo de concentración era nada más que un páramo rodeado de alambre de púas, apenas vigilado. Ni edificio, ni infraestructura, ni la sombra de un hospital, ni la más mínima oficina. Simplemente se les había empujado allí, eso era todo.

Beewen nunca había visto tantas caravanas y tiendas a la vez. Parecía una feria de ganado, donde solo se vendían hombres, y, de nuevo, no los más frescos. Los gitanos parecían atrapados allí entre el sucio cielo, aún desdibujado por el humo de braseros y chimeneas, y la tierra, fangosa y pegajosa hasta el punto de aprisionar las ruedas de las caravanas y los pies descalzos de los niños.

Beewen hizo que su automóvil se detuviera a unos cientos de metros de distancia; junto con sus insignias, había recuperado su chofer y su Mercedes, pero no hacía falta agregar más a la provocación (es más, se había vestido de civil).

Más allá del alambre de púas, pudo percibirlos. Redescubría los rostros oscuros de su infancia, los rostros de los dolientes que lo habían hecho enfadar unos días antes. Los niños estaban desnudos. Las mujeres, mechones de azabache, abigarrados pañuelos al cuello, cocinaban sobre los fogones —sus faldas parecían telas desvencijadas—. Los hombres, con una larga mata de cabello negro o de cabellera hirsuta, iban envueltos en pantalones diez veces más grandes y presos en ajustadas camisas que realzaban sus pechos como si fuesen bailarinas. También estaban los perros, tan escuálidos que su piel parecía haber sido cosida a los huesos con una áspera sutura a la altura de la columna vertebral.

Beewen casi se puso en marcha de vuelta. ¿Cómo podía haber sospechado de gente tan miserable? Pero había hecho el camino,

Toni Serban estaba en algún lugar de este lugar (ya lo había comprobado en los registros de fichajes), así que mejor ir hasta el final.

Cruzó la puerta sin dificultad alguna, gracias a su placa de la Gestapo. Los guardias parecían haber sido reclutados de las mazmorras de las SS. Chicos desaliñados, con cicatrices, tostados por el sol y el alcohol, que parecían estar aún adormecidos ante el cambio de relevo.

Tomó el primer pasillo. Tablones, llantas, chatarra. Basura por todas partes. En este lugar reinaba una atmósfera de cansancio y de pesado abandono. Un campo vencido, donde se sobrevivía sin ilusiones. Nada que ver con sus recuerdos de la infancia: campamentos donde todo el mundo gritaba, cantaba, reía, donde una especie de orgullo se pavoneaba bajo la suciedad y la ropa.

Mencionó el nombre de Toni entre algunas familias. Le hacían gestos, le gritaban instrucciones en romaní, pero no había forma de saber si eran para orientarlo o para perderlo.

Durante un buen cuarto de hora siguió la red de tablones que lo prevenía de hundirse entre la turba, de perderse en un laberinto de carretas, de rostros curtidos, de enfermizas hogueras. Sobre la marcha, se pudo percatar de los detalles: las monedas de oro cosidas en el cabello de las mujeres, los adornos grabados en la madera de los remolques, los violines, las panderetas, los osos, todo ese bazar de saltimbanquis ahora bien guardado al pie de las carretas.

—Jojojo primo, pero ¿qué haces aquí?

Beewen se dio la vuelta y se encontró frente a Toni, con sus ojos de pizarra y su cara de perro rabioso. Como todos los hombres en el lugar, su oscuro rostro parecía como si hubiera sido carbonizado con ira y amargura. Solo su bigote le concedía cierta amabilidad —el instrumento para hacerse amigo de los *gadjé* para más amablemente deshacerlos de sus billeteras.

Pero era un nuevo Toni el que estaba allí parado —nada que ver con el pesado despojo que había sido atado a los cadáveres, ni con la pila de trapos ensangrentados que había encontrado en la Gestapo. Era Toni vestido de pies a cabeza —pantalones de cintura alta, bufanda de muchachita, un cuchillo metido en el cinturón—. Se veía genial, el Toni, con su camisa estampada en plata.

—Vine a hacerte unas preguntas.

—¿Quieres un poco de *rakija*, camarada?

—Estaría bien, gracias.

—¿Café?

Beewen asintió. A pesar de sí mismo, todavía se encontraba considerando el enlodado paisaje. Se sentía en un delta de miseria, donde el desánimo yacía en todas partes y en ninguna al mismo tiempo, disuelto entre las caravanas y los rostros.

—¿No te parece que estamos aquí bien asentados, amigo?

No había forma de saber si estaba bromeando o si pensaba que de hecho lo estaban haciendo bastante bien. Toni lanzó una mirada —lo cual era una orden— a una mujer cuyo arrugado rostro parecía un semillero de aluviones, una tierra agrietada.

—Mientras llega el café, te voy a dar un recorrido por aquí.

Beewen siguió sus pasos. Todavía balanceándose sobre los tablones de madera, se deslizaron entre dos remolques. Había que pasar por encima de los charcos que brillaban como espejos rotos, evitar los deshechos y los neumáticos viejos que cubrían el recorrido como carroña.

—Estos son los Lovara y esos los Tshurara —explicó Toni—. Somos nosotros. Vendemos caballos, los cuidamos, somos los mejores de lo mejor. Es por eso que tenemos los remolques, por mis cojones. Los remolques son el mismo diablo.

Extrañamente, las ss no habían requisado sus caballos. Era como si los alemanes se hubieran olvidado de estas familias desde 1936.

Beewen esbozaba una sonrisa con cada saludo. En cuanto a los comerciantes de caballos, los Lovara, parecían divertidos. Trajes cruzados relucientes por el uso, pantalones plisados, amplios cuellos de solapa. Un dandismo de mafiosos, con destellos de metal —pendientes, anillos, cadenas…

—Vamos, déjame mostrarte otra cosa.

Se alejaron de la zona de remolques y entraron en un claro cubierto por remendadas tiendas de gruesa lona, con rayas negras y rojas.

—Eso, ese es el Kalderash.

Los hombres esta vez llevaban largas barbas y pequeños sombreros de campana. Sus pechos estaban cubiertos por collares. Todas las mujeres vestían un fichú rojo y dos trenzas largas y brillantes que parecían rosarios de perlas negras.

—¿Por qué tienen las manos verdes? —preguntó Beewen.

—Es por el *zalzaro,* compadre, el ácido que usan para trabajar el metal. Los Kalderash son todos caldereros allí. No hay misterio, por mis cojones. Hierro, zinc, cobre, eso es todo. Ven, mi amigo.

Salieron de este vivac por un parque de carretas cubiertas con una lona grisácea. Los costados de los carros estaban trabajados con líneas, giros, arabescos al estilo árabe. Bueno, al menos así imaginaba Beewen aquel estilo... Todas las mujeres iban vestidas de negro y los hombres, rostros de corteza de acacia, lucían gruesos bigotes bajo sus sombreros de ala ancha.

—Los Sintis. Los Manouches si lo prefieres. Vienen del sur. No entendemos nada de lo que escupen. Salvajes de verdad. Nunca matrimonios. El tipo secuestra a su esposa, bueno, y eso es todo. Después de eso, siempre es la mujer la que manda, primo... Salvajes, te digo.

Beewen no había venido aquí para informarse en torno al inventario de las diversas castas del campamento. Toni pareció sentir que su invitado ya había tenido suficiente. Le dio un golpecito en el hombro y lo condujo de vuelta al lugar de donde habían partido. En el camino, el hombre de la Gestapo, sin embargo, se arriesgó a hacer una pregunta:

—¿Por qué hay tantas mujeres y niños?

Toni soltó una pequeña carcajada, tan alegre como una puñalada en el dorso de un hombre.

—Desde el año pasado no dejan de venir a buscar hombres, amigo.

—¿Adónde los llevan?

—A campos de trabajo. Dicen que el trabajo te hace libre, primo. Una libertad así, se la dejo a ellos. Acabar con la cara entre las piedras, con los huesos en zancos... —Escupió en el barro y deslizó su manga sobre su boca que se torcía con desprecio.— Y un triángulo negro en el pecho.

Era el signo elegido por las SS para los marginados, los asociales. Beewen había visto las órdenes de transferencia para Oranienburg-Sachsenhausen. La fórmula no ofrecía ninguna ambigüedad: «eliminación por trabajo».

Cerca del remolque de Toni, se había formado un círculo alrededor del fuego. Un anciano, hundido en un sillón deshuesado, él mismo cubierto de pies a cabeza en arcilla, chupaba un terrón de azúcar que empapaba una y otra vez en alcohol. Otro accionaba un pequeño fuelle cuya punta reavivaba el fogón. Los niños jugueteaban alrededor de una olla, comían con las manos y luego se limpiaban los dedos en el cabello.

Beewen notó un detalle que lo conmovió: las adolescentes habían encontrado pigmentos quién sabe de dónde y se los aplicaban en las uñas con briznas de hierba seca.

—Aquí, esta es nuestra *kumpania.*

—¿Es decir?

—Nuestra familia, amigo. Hermanos, primos, tíos, todo eso.

—¿Y con los demás? ¿Con los caldereros? ¿Con los Manouches? ¿Sin peleas?

—Eso es el *rabouin* mi amigo. Es el *rabouin*...

—¿Qué es el *rabouin*?

Toni hizo un gesto de faquir, una especie de balanceo, con las manos y los ojos muy abiertos.

—El *rabouin* es todas las manos en la mano. Los viajeros, todos somos hermanos, mi primo. Es nuestra vida, es nuestra verdad: somos los hombres...

Terminó de acomodarse en una caja volcada, cerrando el círculo alrededor del brasero. Los niños seguían cantando, el chupa-azúcar se estaba quedando dormido. Beewen buscó algo para sentarse —no había manera. Toni pateó con fuerza al tipo que dormitaba—. Rodó por el barro, se levantó y se alejó refunfuñando.

Beewen ocupó su lugar en la silla, la cual se hundió unos buenos veinte centímetros bajo su peso. Apareció la mujer del rostro lacerado, con una cafetera en la mano. Sus rasgos parecían grabados en cuero negro. Sus labios formaban un corte en su rostro, sus ojos, untados con kohl, dibujaban allí dos profundos agujeros.

Ella le sirvió café turco en una taza de latón. Cada uno de sus gestos producía un chasquido como de hada oriental. Pendientes, collares —y, sobre todo, monedas de oro, siempre, enterradas en el cabello.

Beewen estaba abrumado. En el fondo de este lodo, de esta miseria, flotaba aún aquel gusto por todo lo que brilla. Tenía que sonar, tenía que valer. Su gusto por el lujo, su elegancia, se refugiaba en estos irrisorios objetos, con su libre brillo —hasta los dientes de oro—, contrastando violentamente con su grisácea cubierta.

La coquetería de una urraca ladrona.

—Bueno —dijo Toni después de beber un trago de jugo—, tus preguntas, ¿cuáles son?

134

—Cuando un gitano mata, siempre le quita los zapatos a su víctima. Eso es lo que me dijiste la última vez.

—A lo mejor hay gitanos que no lo hacen amigo, pero los Lovara, de este lado del Danubio, eso es lo que hacen. Para que el fantasma, el *mulo* ese, no pueda volver en sus sueños.

Beewen se estremeció ante esa última palabra.

—¿Por qué los sueños?

—Sueños, amigo, es el territorio de los *mulos*. Cuando alguien muere, siempre vuelve cuando dormimos. Por eso le damos su nombre a un pequeño. Para que con eso pueda volver. Pero si matas a alguien no es lo mismo. El truco del nombre no funciona. Mejor quitarle los zapatos.

El Hombre de Mármol, por el contrario, se anunciaba a las víctimas en sus sueños. ¿Un vínculo con los gitanos?

Beewen sacudió la cabeza: estaba divagando.

—Imagínate un *Zigeuner* que asesinara a mujeres de la alta burguesía nazi, ¿qué pensarías de ello? —preguntó de cualquier manera.

Toni escupió en el suelo.

—Vaya, yo no iría a llorarles en sus tumbas.

—De acuerdo, pero este asesino, este gitano, ¿por qué haría eso?

Él no dudó:

—Por venganza, mi amigo.

—¿Venganza de qué?

Toni se echó a reír —tenía dientes brillantes, dientes de guepardo.

—Primo, ¿no tienes ni idea?

—Los nazis los tratan como perros, sí, pero ¿por qué ir tras las mujeres? ¿Por qué no intentar matar a un dignatario nazi? ¿Un funcionario de la Oficina de Higiene Racial, por ejemplo?

Toni se echó hacia adelante, apoyando los antebrazos en sus rodillas. Tomó una ramita del caldo y la agitó hacia Beewen.

—Estas mujeres, mi amigo, tal vez tengan algo que nos robaron.

—¿Qué cosa?

—Pueden hacer hijos, primo.

Los discapacitados, los enfermos hereditarios, los asociales (que en la mente de los líderes del NSDAP también padecían una enfermedad congénita), todos habían sido esterilizados.

Entre ellos, los *Zigeuner* encabezaban la lista.

—Primo —continuó Toni—, tienes que entender algo: nos mataron, pero nos dejaron vivir. Nos abrieron el vientre, pero todavía estamos aquí. Todos los días, tenemos que revivir eso, primo, nuestra muerte, nuestra sequía. Si impides que un gitano tenga hijos, amigo mío, es como si le cortaras el camino. No hay futuro, amigo mío, solo la muerte cada mañana.

Las Damas del Adlon estaban todas embarazadas cuando fueron asesinadas. Su feto les había sido arrebatado. Un gesto de rabia, de furia, de desesperación.

Ojo por ojo, Beewen preguntó:

—¿Sabes nadar?

—Vaya, no, mi primo. Eso de flotar es para los peces.

En ese instante, y solo en ese instante, Beewen entendió por qué quería volver a ver a Toni. El detalle decisivo le había vuelto como un relámpago.

—En la Gestapo tú me dijiste: «Ese que descuartizó a tus cuatro buenas mujeres, es uno de nosotros…». ¿Cómo supiste que había cuatro víctimas?

La sonrisa de Toni apareció como una llama más entre las que se retorcían bajo el caldero.

—Nosotros, los gitanos, sabemos mucho sobre los *gadjé*, nosotros…

El pequeño hombre no pudo terminar su frase: Beewen lo había atrapado por el cuello de la camisa, volándole varios botones.

—¡No me jodas! —gritó, estrangulándolo con una mano—. ¿Cómo podías saber eso?

Toni se liberó del agarre del alemán con un movimiento fluido e irrevocable. Una forma de establecer las reglas del juego —de igual a igual.

—Tranquilízate, primo. Estamos hablando entre hombres aquí.

Beewen se metió las manos en los bolsillos para no abofetearlo.

—Escúchame con atención —prosiguió el rapaz—. Esta venganza, los viajeros, no se puede negar, la andamos esperando desde hace años. Sin piedad, por mis cojones. Los nazis la tienen que pagar.

—Responde a mi pregunta: ¿cómo supiste que han habido cuatro víctimas?

Toni se recostó en su caja, una sonrisa en el rostro, y era como si estuviera jalando con sus redes su misterioso conocimiento.

—¡HABLA!

El gitano volvió cerca de las llamas. Su rostro bailaba con los reflejos anaranjados, mientras el sol blanco le rebuscaba piojos en su melena negra.

—Es bastante simple, mi amigo. Sé quién mató a tus gallinas.

—No me jodas.

—Me crees, no me crees, amigo. Tú decides.

Los pensamientos de Beewen daban mil vueltas por segundo. Era un delirio, una alucinación. Pero no podía hacer a un lado tal posibilidad, por nimia que fuera.

—Te escucho —murmuró, sin aliento.

—¿Qué me vas a dar a cambio?

—Comida, ropa…

—Ahora eres tú el que me quiere ver la cara.

El hombre de la Gestapo estalló:

—¿Qué quieres? ¿Dinero?

—Sácame de aquí.

—¿Qué?

—Sácame de aquí, amigo, y te diré lo que sé.

—¿Y los tuyos? ¿Vas a dejarlos aquí?

Sonrisa de nácar.

—Ya me encargaré yo. Eso de levantar el campamento, mi amigo, nos lo sabemos bien.

—Puedes salir cuando quieras. Este campamento está apenas vigilado.

—No. Te hablo de la salida grande, primo, con papeles y todo. Quiero poder unirme con los míos en Silesia.

—Tengo que pensarlo.

Sin una palabra más, Beewen partió. Al menos esa era su intención. En realidad, vadeó miserablemente, tratando de no perder el equilibrio sobre los tablones que salían de las cloacas.

Orientándose hacia la puerta —su cabeza se sentía pesada, zumbaba— pasó junto a un pequeño hombre que no era ni gitano ni de las SS. Seco como un maní, encorvado como una bestia de carga, llevaba sobre la espalda un saco que parecía mucho más pesado que su mísero cuerpo.

Beewen percibió de inmediato el blanco trozo de tela que le mordisqueaba su cuello. ¿Un sacerdote entre los gitanos? Por qué no. Este sitio no era ni un campo de trabajo ni una KZ.

—Disculpe, padre.

Retrocedió sobre la tabla hasta que encontró un promontorio un poco menos fangoso y se hizo a un lado para dejar pasar al clérigo.

—Gracias, hijo mío —respondió con voz fría y grave.

—¿Qué lleva usted? —preguntó Franz con curiosidad.

El cura se echó a reír, con un aire de afectado pudor que irritaba a Beewen. A sus ojos, no había nada más falso que un hombre de Iglesia, alguien que perdonaba todo y no toleraba nada.

—Oh, tres veces nada. Comida, ropa. —Sacudió la cabeza con desaprobación.— Se les ha dejado aquí en la miseria más extrema.

—¿Los conoce usted bien?

—¿A quiénes?

—A los gitanos.

—¡He estado cuidando de ellos durante al menos veinte años! En los caminos, bajo los puentes, en los páramos, siempre me los encuentro.

A sus cincuenta años, el hombre todavía tenía el pelo muy negro, una auténtica mata de apache. Llevaba unas gruesas gafas en la punta de la nariz que parecían estar jalando su rostro entero hacia adelante, como un corcel enganchado a un carro. Sobresalía su largo y curvo cuello, como de avestruz, coronado por una glotis espectacular.

Beewen meditó un momento. En cuanto a Toni, aún no se había decidido. Pero no dejaría escapar esta pista. Tenía que ir más allá, informarse sobre estos Lovara.

El cura era quizás una oportunidad para saber más, y podía hacerlo ahora mismo. Para donde se encontraba, podría haber pensado incluso que era el mismo Dios quien había puesto este negro rábano en su camino.

En un gesto reflejo, sacó su placa de la Gestapo —no tenía ganas de jugar de forma amistosa.

—Tengo algunas preguntas para usted.

El sacerdote sacudió su espalda para indicar su pesada carga.

—¿Puede esperar unas horas? Ahora debo entregar estas cosas a mis amigos.

¿«Mis amigos»? ¿Los moribundos a los que de vez en cuando entregaba ropa andrajosa y comida caducada? ¿Mientras se llenaba el estómago en su presbiterio, a la salud del Niño Jesús?

Beewen se tragó su mal humor y se obligó a sonreír —incluso hizo una reverencia, como si su propia amargura capitulara.

—Por supuesto.

—Entonces, venga a verme a mi parroquia por la tarde.

La Iglesia Heiligen Petrus, en el distrito de Moabit.

135

Incluso el alcohol había terminado por cansarle. Aquel repugnante regusto a azúcar y fruta, aquella quemadura que ya no quemaba nada, la náusea que le subía desde el fondo de la garganta... Enferma, se sentía anestesiada por esos perfumes demasiado ricos, demasiado pesados. En cuanto a los placeres de la embriaguez, ni hablar de ello. Hacía mucho que Minna no deseaba nada más que quedar noqueada, eso era todo. Ni feliz ni triste, buscaba la ausencia, el desapego, una especie de nirvana de alcantarilla.

Cuando Beewen regresó a la villa a última hora de la tarde, apenas había logrado entender lo que le decía. Apresurado, eufórico, el SS les ordenaba que se vistieran: su nueva pista había ganado puntos. Nadie se había movido. Simon estaba tomando el sol en un camastro. Minna dormía en un sofá del cual ni siquiera había quitado la funda.

Habían conseguido que Beewen se pusiera de mal humor y que comenzara a dar de vueltas, gritando por toda la villa —los muros de hormigón armado y los espacios vacíos transmitían bien las voces—. Habían terminado por cambiarse. El hombre de la Gestapo parecía enardecido por su historia de los gitanos. Le había arrojado una chamarra a la cabeza a Simon y le ordenaba a Minna ponerse algo más decente —ella estaba en traje de baño.

Se encontraban en el corazón del distrito obrero de Moabit, al pie de una miserable capilla. Pesada, achaparrada, ruinosa, parecía una celda: ambas puertas de entrada estaban cerradas por una gruesa cuerda. La maleza se marchitaba al pie de los muros, pedazos de cartón tapiaban las ventanas en lugar de los marcos de plomo y los tradicionales vitrales.

Esta parroquia, por sí sola, resumía la indiferencia, incluso la hostilidad, que los nazis sentían por la fe cristiana. No existía lugar suficiente para dos dioses bajo el cielo de Berlín. Católicos y protestantes tenían que seguir una regla a fin de poder sobrevivir: no hacer demasiado ruido. Cerrar el pico, por ejemplo, cuando se esterilizaba a los gitanos o se eliminaba a los judíos a la fuerza.

En el interior, el hundimiento continuaba. Ninguna luz. Los reclinatorios, retorcidos, parecían apoyarse unos contra otros para no caerse. Los cirios se alzaban enterrados dentro de cubos de arena. Andamios podridos se alineaban a lo largo de paredes goteantes. Un olor a yeso y salitre recorría la nave, como si el tiempo, el cansancio y el abandono hubieran acabado por transformarse en moho.

Minna notó a algunos miembros del rebaño —mujeres— que rezaban en silencio. Esta capilla no necesitaba frescos que ilustraran el camino al Gólgota: era en sí misma un camino de la cruz, una agonía dolorosa de ver.

Emergiendo de detrás del altar, un sacerdote salió a su encuentro.

—Bueno —bromeó—, no es exactamente la Ludwigskirche, pero Cristo mismo siempre predicó la humildad.

Minna sonrió con indulgencia. Un chasquido le hizo mirar hacia arriba. Las palomas, aprovechando unos huecos en el techo, atravesaban el coro.

Beewen hizo las presentaciones.

—Vayamos al presbiterio —sugirió el sacerdote.

Caminaron por el pasillo central. Por debajo del fondo de humedad, emanaba un olor a incienso. Este detalle tranquilizó a Minna. Desde pequeña se había sentido apegada a este tipo de fragancias quemadas en los incensarios —extendiéndose en el consuelo de una misa y en el canto—. Minna finalmente pudo tener una mejor imagen. La luz afrutada del crepúsculo, que se filtraba por las grietas de esta ruina, salvaba la decoración. La nave era bañada por la claridad de un icono tan misterioso como un tesoro en el fondo de un sepulcro.

Entraron en una habitación grande, con paredes de cal gris, donde un armario garigoleado y una mesa de labranza fungían como mobiliario.

El hombrecillo los invitó a sentarse alrededor de la mesa. Encorvado como un colegial sobre su copia, seco como una tabla, vestía una sotana desgastada y unas gafas tan grandes como los anillos olímpicos. Su cabeza parecía haber crecido fuera de su cuello como una flor de cactus, y sostenía siempre sus manos juntas en una especie de dibujo de oración —o bien, como alguien que se encuentra a la espera de una buena comida.

Minna se preguntaba acerca de esta nueva «obra maestra» de Beewen. El de las SS no había querido darles explicaciones. Ella no había insistido: todo lo que podía constatar en él eran los signos de una neurosis obsesiva. No se quejaba: ella y Simon sufrían de lo mismo.

—No tengo nada que ofrecerles de beber —sonrió el sacerdote, sentándose al final de la larga mesa—. Solo tengo vino de misa y, aun así, no demasiado.

Apenas habiendo tomado asiento, Beewen atacó de frente. Sin introducción ni preámbulo. Una sola pregunta que parecía emerger de algún tipo de maléfica asociación:

—¿Sabe usted cómo se esteriliza a los gitanos?

136

El sacerdote hizo una leve mueca, y sonrió mientras bajaba la cara. Él tampoco parecía estar de humor para las reverencias innecesarias.

—Las autoridades alemanas han tenido a los gitanos en la mira desde hace mucho tiempo, mucho antes de la llegada del nazismo. Ya bajo el reinado de Guillermo II, habían sido fichados. Se les realizaban estudios antropométricos para identificar a todos los *kumpanias*, a todos los nómadas de las rutas germánicas... Este primer proyecto de taxonomía presagiaba, a todas luces, un plan de eliminación. Fueron los nazis quienes decidieron entrar en acción al ratificar las leyes raciales de Nuremberg, e incluso antes, al promulgar la ley sobre la esterilización forzada el 14 de julio de 1933. Según este nuevo credo, era necesario esterilizar a los asociales, los parásitos de la sociedad alemana. Evitar a toda costa que estas alimañas se reprodujeran.

—No ha respondido a mi pregunta —le interrumpió Beewen—. ¿Cómo son esterilizados?

—Las técnicas quirúrgicas más comunes son la ligadura de las trompas en la mujer y la de los conductos deferentes en el hombre, lo que se llama comúnmente una vasectomía. A veces se extirpa el útero. Todo esto se practica en condiciones inhumanas. Sin asepsia, pésima anestesia.

—¿Se utilizan otros métodos?

—Ha habido investigaciones, experimentos, sí. Un hombre, más que todos, ha trabajado en estos proyectos. Me he encontrado ya con este… doctor. Tenía deseos de presentarle la causa de los gitanos a él, pero...

—¿Cuál es su nombre?

—Mengerhäusen.

—¿Ernst Mengerhäusen?

—¿Lo conoce? Es un investigador sumamente brillante, pero su mente se ha tornado... vaga. Parte de su trabajo ha llevado a grandes avances en el área de la fertilidad, creo. Pero es un fanático nazi. Todo su conocimiento, lo ha vuelto en contra de la especie humana. Ahora es la esterilización lo que le interesa...

Así que, en la pintura, el monstruo pelirrojo todavía estaba allí...

—Según él —continuó el sacerdote—, las operaciones quirúrgicas toman demasiado tiempo. Él ha demostrado que la exposición prolongada a los rayos X o al radio provoca esterilidad. Tras someter a las mujeres gitanas a este tratamiento, las mataba y luego les sacaba los ovarios para analizarlos. Los tejidos expuestos estaban, en efecto, destruidos.

—¿Está usted seguro de lo que está diciendo?

—Me lo ha comentado un médico que ha sido testigo de este tipo de experimento. Y la crueldad del protocolo vaya que cuadra con el tipo. Yo mismo pude leer uno de sus proyectos...

—¿Cómo es esto posible?

—Vaya que es increíble —comentó el sacerdote, remarcando su incredulidad—, pero en tanto especialista de este pueblo, me pidieron mi opinión sobre la factibilidad de un... protocolo. Los nazis no dudan de nada.

—¿De qué trataba?

El hombre de la Iglesia, que vomitaba estos horrores con una voz nasal de fagot, marcó un silencio.

—No son buenos recuerdos...

—Por favor, padre. Es importante.

Se enderezó y tomó aire.

—Gracias a los rayos X, Mengerhäusen tenía la esperanza de poder esterilizar en cadena a los gitanos. Había dibujado los planos de espacios administrativos específicamente equipados con válvulas de irradiación. Los gitanos, que debieran acudir a fin de complementar documentos o responder a preguntas de algún funcionario, habrían sido expuestos, sin su conocimiento, a muy fuertes rayos X. Según él, se podrían esterilizar de esta forma hasta doscientas personas al día. Con veinte instalaciones de este tipo, hasta cuatro mil personas diarias…

Minna digería en silencio estas palabras. La locura de las mentes del Tercer Reich forzaba una especie de admiración inversa. Cada vez más abajo, cada vez más oscuro, aquel era el lema del Reich.

—Este proyecto, ¿en qué estado de desarrollo se encuentra? —relanzó Beewen.

—No lo sé. No me han mantenido al tanto. En aquellos tiempos, me armé de valor para oponerme a tales... maniobras. Pero la opinión de un sacerdote no cuenta. Eso es probablemente lo que me salvó la vida.

Por el rabillo del ojo, Minna observó a Beewen. Podía seguir su línea de pensamiento: cuanto más crecía la lista de atrocidades infligidas a los gitanos, más, en cierto modo, se hacía evidente un móvil, la venganza.

—Según usted, ¿cuántos gitanos han sido esterilizados?

—Difícil decirlo. Cientos. Miles tal vez... Siento que el ritmo se está desacelerando.

—¿Por qué?

—En lugar de esterilizarlos, las ss han decidido eliminarlos, pura y simplemente. Lo cual explica los traslados a los campos de trabajo: los quieren matar con esas labores. Además, el propio Mengerhäusen parece haber pasado a otros proyectos.

Beewen, Simon y Minna intercambiaron una breve mirada: conocían estas nuevas «obras». Una se llamaba *Gnadentod* (muerte concedida por piedad), la otro Lebensborn (fuente de vida). Aquí hay un científico que no estaba ocioso.

—¿Cómo reaccionaron los gitanos a esta política de esterilización?

—Con fatalismo, como siempre.

—¿Pero, todavía?

El sacerdote chasqueó su lengua, emitiendo un sonido similar a cuando se pasa la página de un libro.

—Para ellos, formar una familia es el sentido mismo de la vida. Evita que tengan hijos y los destruirás. Mis amigos «operados» me han repetido muchas veces: «Somos árboles sin frutos», «Estamos vivos, pero ya estamos muertos»… También dicen: «Casa sin niños, cielo sin estrellas».

—¿Cree usted que tal persecución podría provocar una venganza?

—¿Por parte de los gitanos? Por supuesto. Pero, ¿cómo podrían? ¿Y contra quién?

—Mengerhäusen.

El clérigo negó con la cabeza.

—El hombre es verdaderamente inaccesible. Especialmente para los *Zigeuner*.

Beewen parecía ir registrando las respuestas, sin dejar de lado su idea fija:

—¿Presenció usted alguna escena que pudiera haber disgustado a un gitano hasta el punto de empujarlo a buscar venganza?

—¿Está bromeando?

—¿Me veo como si estuviera bromeando?

El sacerdote dejó escapar un breve suspiro.

—He visto mujeres con el vientre y la espalda destrozados por los látigos. He visto hombres cuyos genitales estaban gangrenados al punto de desprenderse del escroto. Otros que desarrollaron peritonitis, que murieron entre fiebres horribles y vómitos. Recuerdo un pueblo, cerca de Dresde, donde Mengerhäusen había instalado su «clínica». Estaba experimentando con un nuevo método: inyectar una sustancia cáustica a fin de obstruir las trompas de Falopio. Después de la operación, las «pacientes» se pudrían en el patio durante días. El olor era indescriptible. Cuando las sobrevivientes comenzaban a curarse, los soldados las violaban para ver si aún podían quedar embarazadas. Las heridas se volvían a abrir, era... una carnicería. Estas escenas podrían haber motivado un proyecto de venganza. Pero, de nuevo, un plan así se encuentra más allá del alcance de los gitanos.

—Tengo otras preguntas, padre…

El hombre de las grandes gafas miró su reloj.

—Dese prisa, las vísperas comienzan a las seis.

—Me han dicho que un asesino gitano tendría la costumbre de quitarle los zapatos a su víctima.

—Si bien eso no siempre es cierto, los gitanos temen que los muertos, los *mulos*, vuelvan a acosarlos en sus sueños. Quitarle los zapatos al muerto implica, simbólicamente, impedirle volver al mundo de los vivos.

—¿Existe esta creencia entre todas las tribus?

—Especialmente entre los Lovara.

Simon se permitió intervenir:

—¿Qué papel ocupan los sueños en las supersticiones de los gitanos?

La pista de los gitanos era idea de Beewen, pero cuando se trataba del mundo onírico, Simon, naturalmente, tomaba la batuta.

—¿Cómo resumirles siglos de creencias? Los gitanos poseen una visión compleja de las interacciones entre el mundo de los vivos y el de los muertos. Los sueños son un puente entre estos dos universos.

—¿Alguna vez ha oído hablar de un asesino que se manifieste en un sueño a sus víctimas antes de atacar?

—Sí. Cuando un gitano teme un ataque, por ejemplo, puede suceder que vea a su atacante en un sueño. Es una especie de premonición.

Simon lanzó otra mirada a sus compañeros. Los tres estaban pensando exactamente lo mismo en aquel momento. Tenían un móvil, la persecución de los gitanos. Un *modus operandi* —la evisceración, el robo de fetos— que apelaba explícitamente al motivo de la venganza: la esterilización. Era la ley del talión, el famoso «ojo por ojo».

Y ahora el papel de los sueños se sumaba a las presunciones. La voluntad del asesino de hacerse presente en los sueños de sus víctimas, la precaución de quitarles los zapatos, apuntaba a un asesino nómada...

—¿Alguna vez ha oído hablar de un asesino gitano que persiguiera a las esposas de los dignatarios nazis? —retomó Beewen.

—Nunca. La idea me parece totalmente irreal.

—¿Conoce a algún gitano que tenga una relación más estrecha con el mundo de los *gadjé*?

—No.

—A veces tienen contacto con las mujeres *gadjé*, ¿no? Por ejemplo, para leerles la fortuna.

—Se trata de breves entrevistas.

—¿Y los hombres? Les venden caballos a los *gadjé*. Les arreglan sus utensilios de cocina, ellos...

—De nuevo, se trata de contactos episódicos, donde predomina la desconfianza en ambas partes. Ningún gitano puede sostener un comercio frecuente con un *gadjé*.

Beewen pareció admitir, a su pesar, este hecho indiscutible.

—¿Le parece plausible la idea de un gitano —prosiguió—, que tuviera conocimientos médicos?

—Se está burlando de mí.

—¿Y que fuese un buen nadador?

—Escuchen… no estoy entendiendo sus preguntas. —El hombre volvió a mirar su reloj.— Tengo que prepararme para la misa. El sacerdote empezó a ponerse de pie, pero Beewen lo sujetó por la manga.

—Como parte de una investigación, he recogido el testimonio de un gitano. Su información ha resultado... inesperada. ¿Cree que puedo confiar en él?

—No.

—¿Por qué?

—Los gitanos mienten. Con Dios por mi testigo, todos los que he conocido nunca han dicho una sola palabra de verdad a un *gadjé*. Es su cultura.

—¿Se mienten entre ellos?

—Nunca. Son muy estrictos al respecto, desde ese punto de vista. Pero los *gadjé* son el mundo exterior. Tienen el deber de mentirnos para que nunca sepamos lo que ocurre entre ellos.

—El gitano de quien le hablo ha sido trasladado a Marzahn. Su nombre es Toni. ¿Lo conoce?

El cura se echó a reír, luego adoptó inmediatamente otra expresión, seria y contrita a la vez, como diciendo: no hay que burlarse de las desgracias ajenas.

—¿Toni? Él es el peor de todos.

137

De vuelta en la villa, se desató una tormenta. Una hermosa tormenta de fin de verano, franca, sonora, de las que hacen temblar los cristales y los nervios. Un levantamiento del cielo que implicaba un movimiento de las profundidades, algo sísmico...

Tras el sonido de los bajos, la irrupción de los agudos. La lluvia, que iba, que venía, por encima y dentro también. Lo que ese rumor tiene para decirle a uno, uno ya lo sabe. Es el murmullo de los orígenes, la voz de la madre por encima de la almohada, el susurro de la vida, repentinamente materializado, que recorre sobre uno de una manera tan franca como la sangre y las lágrimas.

De este rumor, Simon nunca se cansaba. Cuando era niño, podía pasar horas escuchando la lluvia golpear los techos, las ventanas, los autos. Por Dios, vaya que le gustaba. Agitaba su sangre. Lo electrificaba como la víspera de Navidad...

Esta tormenta caía con fuerza —la suficiente como para despejar sus mentes de todas las atrocidades de las que el sacerdote les había hablado—. Simon no entendía del todo qué era lo que Beewen estaba buscando, pero a su lado, siempre las cosas terminaban de la misma manera: en un baño de sangre y vísceras.

Lanzando una mirada hacia el parque empapado, le llegó una idea. El lugar ideal para saborear este aguacero era el invernadero de naranjos que había visto el día anterior, cuando Magda había venido a contarle sus extrañas confidencias.

Tomó un cigarro, una botella de Riesling y encontró una gabardina en el vestuario —esa era la ventaja con los ricos, pensaban en todo—. O más bien, todo, el objeto más nimio, hasta el más insignificante, el menos útil, le llegaba siempre a la grata memoria, como unos cuantos *pfennigs* sonando en el fondo de un bolsillo.

Así equipado, atravesó el parque —el paisaje entero estaba cruzado por el aguacero—. No se trataba de lápiz, ni carboncillo, y mucho menos tiza roja, sino de un color translúcido que recorría sin tregua el jardín y que revelaba su verdadera naturaleza, como en esos juegos infantiles en donde hay que rascar una hoja opaca para ver aparecer la imagen —el verde, el agua, la frescura...

De los prados se elevaba ahora un humo cristalino, una especie de murmullo ebrio, vivaz, desbordante, donde los charcos temblaban y la superficie de las fuentes crepitaba como canicas sobre mármol...

Simon aminoró el paso. Recordó el aguacero que lo había despertado la mañana cuando la radio había anunciado la invasión alemana de Polonia. De cualquier manera, un buen recuerdo. Un íntimo mordisco que lo hacía sentirse como en una profunda conexión con la esencia misma de la vida: el agua.

A pesar de su capa, su ropa empapada la sentía como una segunda piel. Se sentía pesado y ligero. Abrumado, pero alegre. Su cigarro se había arruinado. Entre sus lustrosas manos, solo le quedaba la botella de Riesling. Como lacada por el aguacero, esta le parecía incluso más dura, más llena y totalmente en sintonía con el momento.

Encontró un camino de grandes losas colocadas sobre la hierba que conducía al fondo del lugar. Iba caminando por este sendero cuando resonó un trueno, en el mismo momento en que una lívida luz iluminaba el jardín entero.

Por un reflejo inexplicable, Simon volvió la cabeza hacia un lado, hacia la puerta. Fue cuando la vio: Magda Zamorsky, en un vestido blanco con grandes cuadros negros, ceñido por dos cinturones que le llegaban hasta el pecho. Sobre los hombros, una capa corta de muselina o de algún material similar, más parecida a un suspiro que a una tela. Bajo su paraguas negro, parecía completamente seca. La proa de un barco naufragado, que aún no termina por hundirse.

Simon corrió hacia ella, casi cayendo en varias ocasiones.

—¿Qué haces ahí? —preguntó, arrepintiéndose instantáneamente de su tono estridente.

Pero era necesario luchar contra la lluvia para ser escuchado.

—¡Vine a despedirme! —respondió ella, gritando también.

—¿Despedirte?

—¡Tengo un canal para salir de Alemania!

Simon abrió la reja y luego ordenó:

—¡Ven conmigo, tienes que explicarme eso!

Fiel a su primera resolución, llevó a Magda, no a la villa, sino al naranjal. En aquel invernadero, que no asemejaba del todo un edificio sólido, la estructura de hierro fundido multiplicaba los muros acristalados que parecían dislocados bajo la violencia del aguacero. Se deslizaron al interior.

Casi de inmediato, se vieron abrumados por la humedad. El confrontamiento entre este bosque exótico, siempre cálido, y el repentino frescor de la lluvia, había provocado una fuerte condensación. Sorprendidos, se echaron a reír. El agua de lluvia en la cara de Simon ya se estaba convirtiendo en exhalaciones de sudor. Apenas se podía respirar en el lugar.

Magda halló el borde de una maceta de gres cómoda para sentarse y sacó su paquete de Lucky Strike. Le ofreció uno a Simon, quien lo tomó con los dedos empapados.

Consiguieron encender sus cigarrillos y dieron varias caladas en silencio. Vencidos, felices, escurriendo.

Simon no prestaba atención a la decoración —de hecho, no se podía ver gran cosa—. Le parecía vagamente que se encontraban rodeados por cactus, por monstruosas y exóticas flores del color de la sangre fresca, por césped inglés, por árboles de largas hojas colgantes, tan tristes y lánguidos como canciones orientales.

—¿Cuándo partes? —finalmente preguntó.

—Pasado mañana.

—¿Cuál es tu itinerario?

—Es un tanto complicado. Tengo que pasar por Austria, Hungría, Serbia, Macedonia. Luego, cruzaré el Mediterráneo para acceder al Atlántico a través del Estrecho de Gibraltar.

—¿Cuál es tu destino final?

—Estados Unidos. Ha sido mi primera opción.

Simon siguió dando caladas a su cigarrillo. Esta repentina intimidad con Magda lo inquietaba, como si la hubiera sorprendido durmiendo, por ejemplo, respirando con dificultad y con sudor en las sienes. Algo indiscreto y vagamente obsceno.

—Ha sido amable de tu parte venir y decírmelo.

Magda se encogió de hombros e hizo un pequeño puchero que mostraba que no había terminado con el asunto de las Damas del Adlon.

—Mientras hacía mis maletas, me he percatado de que no tenía tantos amigos en Berlín.

—Nuestra amistad duró poco.

—Es un clásico. Cuando se acerca una partida, a menudo se establece una relación de este tipo, en modo acelerado. Uno se salta los pasos, presionado por la fecha límite...

Las ventanas azotaban por el diluvio y el invernadero se parecía cada vez más a un baño turco. El silencio se alargó por unos segundos y Simon, sopesando finalmente esta repentina intimidad, la puso en duda: Magda Zamorsky estaba allí por alguna otra razón.

—¿No será que has venido a buscar información?

—¿Acerca de qué?

—Las desaparecidas del Adlon.

—He renunciado a comprenderlo. Todo esto está detrás de mí.

A Simon se le ocurrió otra idea:

—O quizás has venido aquí, para darme cierta información.

—¿Estarías interesado?

—¿Por qué no?

Se encontraban bromeando bajo esta sofocante campana llena de vapor y corrientes de aire caliente. Simon apenas podía ver a Magda. Solo captaba algunos fragmentos, suficientes como para reconstruir mentalmente su belleza.

—¿Qué te gustaría saber?

—La última vez me dijiste, con toda tranquilidad, que Susanne Bohnstengel había matado a un niño. ¿Qué hicieron las demás?

Magda dejó su asiento y comenzó a moverse entre las plantas. Las hojas, los pétalos, las agujas iban adquiriendo el aspecto de algas en el fondo del mar.

—He escuchado que Leni Lorenz tenía, digamos, sus manías.

—¿Por ejemplo?

—Gracias a su esposo, podía entrar en casi todas partes. En la Gestapo, particularmente.

—¿Y qué con eso?

Magda volvió a él sonriendo. Se había puesto las gafas oscuras, grises por la niebla.

—Le encantaban los interrogatorios, las sesiones de tortura.

—¿Entraba a las salas?

—Ella miraba todo a través de una mirilla. Ellos tienen ese tipo de instalaciones allí.

La respiración de Simon se estaba volviendo más y más pesada.

—¿Alguna vez has estado allí?

—Dios no lo quiera.

—¿Entonces a Leni Lorenz le gustaba ver sufrir a la gente?

Recordó los retazos de sus piernas al aire, de Leni la Inquieta, divorciada de un proxeneta homosexual, casada con un anciano con espejuelos. Una niña risueña y atormentada.

—Incluso me comentaron que, al sonido de los llantos y al ver la sangre, se tocaba a sí misma.

Simon tragó saliva. Tras de Susanne, la asesina de niños, Leni, la sádica...

—Margarete Pohl, Greta Fielitz, ¿cuáles eran sus vicios?

—A Greta, los domingos, le gustaba disparar, desde su balcón, a sus jardineros, deportados de los campos. Todo esto en traje de baño.

—¿Ella conseguía darles a sus objetivos?

—La historia no lo cuenta. En cuanto a Margarete...

Simon ya no estaba escuchando. Había recibido el mensaje: las víctimas del Adlon eran verdugos. Furias nazis, sádicas, criminales, llegando a llenarse el vientre de la locura hitleriana con estos embriones arios que se tenían por perfectos.

Pero, ¿qué era lo que exactamente estaba buscando Magda? ¿Por qué molestarse en venir y decir adiós? ¿Solo para contarle estas sórdidas historias? ¿Qué más sabía ella? Parecía querer, antes de desaparecer definitivamente, ponerlo sobre la pista de las «víctimas culpables», lo que tal vez lo encaminaría por una nueva ruta.

En este baño de vapor, Simon se estaba visiblemente ablandando.

—¿Tienes algo más que decirme?

—Sí —susurró ella, acercándosele—. Quiero que mi pequeño Simon cuide de sí. Lo quiero de vuelta en perfecto estado de funcionamiento después de la guerra.

—¿Eso es todo?

—No está mal, creo. Lo peor está por delante. Sobre todo, para los que se quedan.

—¿No vas a pedirme que parta contigo, por lo menos?

—¿Por qué no?

Él se limitó a reír, como un borracho que ya no controla sus emociones. Un sabor a savia y hojas le asediaba la garganta. Se sentía cada vez más relajado, casi en estado líquido: ya no se estaba dando cuenta de lo que ella le decía.

Magda desapareció entre las volutas, pero él se dio cuenta demasiado tarde. No había tenido tiempo de decirle… ¿qué exactamente? Sobre todo, no podía responder a esta pregunta: antes de desmayarse entre la niebla, ¿lo había besado Magda o no?

138

Era doble o nada. O bien Toni le había llenado la cabeza de tonterías buscando ser liberado, o bien poseía información de verdad con la que podía negociar. Durante todo el día, el hombre de la Gestapo había estado pesando ambos lados de esta balanza. El resultado había sido que no podía dejar pasar una promesa tal, incluso si las probabilidades de ser rebozado en harina eran de cien a uno.

Para un *Hauptsturmführer* de la Gestapo, sacar a un Toni de Marzahn no era demasiado complicado. Se había pasado la tarde redactando una orden de transferencia presentable, debidamente firmada y sellada, así como algunos otros documentos que podrían pedirle. Los de las SS eran funcionarios de corazón, adoraban las formalidades.

Había decidido operar esa misma noche; sería un traslado por razones médicas. Su plan era simple: usaría el Mercedes de Minna, su uniforme mostraría autoridad, sus papeles timbrados le servirían de aval. En cuanto a la enfermedad, Beewen había elegido el tifus, que había devastado otros campamentos, pero había perdonado, hasta el momento, a Marzahn. Sabía que la idea de una epidemia aterrorizaría a los guardias y que se apresurarían a zafarse del problema y cedérselo a él. A las diez se encontraba conduciendo ya hacia el campamento de Marzahn, plenamente confiado. Y tenía razón de estarlo —no encontró resistencia por parte de los centinelas—. Golpes de tacón, los «*¡Heil Hitler!*» espetados hacia cualquier parte, y un cuarto de hora más tarde, Toni, el contagioso, estaba sentado a su lado en el Mercedes.

Beewen se dirigió hacia el este y condujo durante media hora. Pasó Hönow y luego Altlandsberg, sumergiéndose cada vez más en la tibia noche. Ahora estaban en medio de la nada, siendo el único punto de referencia la luz de los faros que parecían estar persiguiendo las tinieblas, sin alcanzarlas nunca. A su alrededor, campos segados, planos como ideas sin futuro.

Beewen, desde que habían dejado Marzahn, no había dicho una sola palabra. Sus dedos jugaban en el volante, su emoción estaba a tope; pero no quería dejar que se notara.

Toni estaba exultante, y lo hacía notar en voz alta. Seguía despotricando en su medio alemán, medio quién sabe qué galimatías. No estaba particularmente agradecido con Beewen por su intervención, más bien se encontraba en hablarle de sus planes —partir hacia Silesia, unirse a otra *kumpania* a la cual estaban vinculados sus primos—. La mayor parte de su discurso resultaba incomprensible. Beewen aún no sabía si lo dejaría correr o si lo mataría. Todo dependía de lo que le fuera a decir. Se desvió por un sendero hacia un páramo cubierto de maleza, apagó el motor y los faros. La oscuridad cayó sobre ellos como un techo alquitranado, luego, poco a poco, pudieron ver más claro.

Beewen sacó su Luger, solo para establecer el tono.

—Estoy escuchando —le dijo al hombrecillo que no paraba de sonreír—. ¿Quién ha asesinado a Susanne Bohnstengel, a Margarete Pohl, a Leni Lorenz, a Greta Fielitz?

Toni Serban no dudó ni un segundo:

—¡Mi amigo: es el Nanosh, si miento, que me caiga un rayo!

—¿Quién?

—El Nanosh.

—¿Quién es él?

—Mi primo, allá en casa hay *paramitshas* que corren… Leyendas si quieres… Pero estas son leyendas que son verdad…

—¿Quién es el Nanosh?

—El Nanosh es como tu Mesías, amigo. Él vendrá a salvarnos. Y, para empezar, para vengarnos, compadre… El Nanosh, primo, tiene un poder muy grande, un *draba*, que…

Beewen sujetó a Toni por la garganta.

—*Gottverdammt*, ¡no te liberé para escuchar esta mierda!

El gitano levantó las manos y las agitó como marionetas.

—¡Te lo juro, amigo! ¡Es el Nanosh! ¡Hablamos de eso en todos los campamentos! ¡El Nanosh ya llegó! ¡El Nanosh va a vengarnos!

Viene en sueños y luego mata. ¡Es el Nanosh! ¡Es de nosotros, primo! ¡Es de nosotros!

Beewen acercó su Luger al rostro del gitano.

—¡Te voy a matar, cabrón!

—¡El Nanosh está con nosotros! —gritó Toni—. ¡El Nanosh, él nos protege!

Beewen cargó una bala en su arma. El instante se resumía en esa simple mecánica. Sus dedos, la articulación del amartillamiento del arma, una simple cadena de chasquidos.

—¡Yo te llevo, primo! ¡Te llevo! ¡Hay alguien que conoce el Nanosh! ¡Lo juro amigo! ¡Te juro!

El hombre de la Gestapo le clavó el cañón en la frente.

—¿Quién? ¿QUIÉN?

—¡Una *drabarni*!

—¿Un qué?

—¡Una pequeña madre de las hierbas! ¡Una hechicera!

Su dedo temblaba en el gatillo.

—¡Lo juro, primo! ¡Confía en mí! ¡El Nanosh, es de su *kumpania*! ¡Rupa, es su nombre, ella sabe! ¡Ella puede decírtelo!

En lo profundo de la maleza, en medio de la nada, no le quedaba nada más que disparar y enterrar al gitano bajo las hojas, detrás de un árbol.

Beewen bajó su Luger y se escuchó a sí mismo preguntar:

—¿Dónde exactamente se encuentra tu hechicera?

139

Cuando Minna se despertó, descubrió un mundo nuevo. Beewen había estado conduciendo toda la noche. Los había recogido nuevamente, a ella y a Simon, en la villa alrededor de la medianoche, sin dar explicaciones. En el Mercedes, se habían encontrado con un gitano que se movía como un renacuajo —el famoso Toni—. Finalmente, todos habían terminado por quedarse dormidos, dóciles, como tres ositos en un cuento de hadas.

Ahora, Berlín y sus páramos parecían estar muy lejos. La noche púrpura se había vuelto gradualmente roja, luego dorada, antes de estallar en un cobrizo esplendor. Laderas cubiertas de chalés y graneros se desplegaban dentro de este color incandescente, evocando pinturas de Claude Monet o de Maurice Denis. Si se miraban más de cerca, los prados estaban quemados y las flores moribundas, pero el conjunto dibujaba grandes espacios de bronce que primaban sobre los detalles.

Este pacífico escenario resultaba tanto más asombroso cuanto que Minna había esperado algo muy distinto. Mientras conducían hacia el sureste (Toni seguía diciendo que la *drabarni*, una hechicera —si es que había entendido bien— se encontraba de viaje por los alrededores de Breslau, en Silesia), ella temía que pudieran encontrarse con tropas alemanas que apoyaban la campaña polaca. Se imaginaba aviones retumbando, miles de soldados sacudiendo las carreteras, convoyes de vehículos blindados... Pero solo les esperaba la paz. Cuando salió el sol, el Mercedes Mannheim viajó atrás en el tiempo. Ya no era un automóvil, sino caballos, una carreta que levantaba el polvo.

El polvo... este estaba por todas partes. Cabalgaban por caminos de tierra, secos como las tebaidas. Todo a su alrededor, la maleza estaba recubierta por el polvo, las hojas blancas. El mundo se derrumbaba a la luz del sol, como esta verdad que no cesaba de escapárseles como arena entre los dedos...

Toni era inagotable. Explicaba, en su ininteligible lenguaje, los caminos y las costumbres de los gitanos. Confidencias bastante asombrosas: por lo que ella sabía, los gitanos solían guardar silencio en presencia de los *gadjé*. Pero, cual Scheherazade, Toni debió pensar que, mientras hablara, su vida estaría a salvo. Error estratégico, porque Minna presentía a Beewen hirviendo al volante. Todo lo contrario; de seguir así, iba a terminar metiéndole una bala en la cabeza para silenciarlo.

Toni decía en ese momento que el mundo gitano se fundaba en la noción de pureza. Muchos gestos y objetos eran impuros —*mahrime*— y era absolutamente necesario evitarlos. Por lo tanto, es imposible lavar la parte inferior del cuerpo y la cara con la misma agua. *Mahrime*. Un plato que ha tocado la falda de una mujer era bueno para tirarlo. *Mahrime*. Una mujer, durante su periodo, no podía acercarse a la comunidad. *Mahrime*…

Minna se encontraba seducida por sus palabras. Este pueblo nómada, inmundo, miserable, que parecía no tener ni fe ni ley, en realidad poseía unas normas de comportamiento sumamente estrictas, un exigente cuadro de leyes.

Los gitanos solían trabajar a menudo para sus padres. Eran jardineros, hojalateros, caldereros, mozos de cuadra... y sedentarios. Por mucho que hicieran, por mucho que actuaran como «*gajikanes*», siempre tenían algo de descuidado, algo descompuesto, y, sobre todo, una coquetería incomprensible: un arete en la oreja, una corbata liviana sobre una camisa negra, un tatuaje… Como escribió Jean Cocteau: «Y cuando ya no era la caravana, seguía siendo la caravana...».

En los alrededores de Breslau, Toni pidió cambiarse de lugar: tenía que estar cerca de una ventana para observar el camino.

—¿Por qué? —inquirió Beewen, con desconfianza.

Toni explicó que, en esta etapa del viaje, para encontrar la *kumpania* de Rupa, solo contaban con los *vurma*: retazos de trapos de brillantes colores colgados en las ramas de los árboles, en lo alto, para que los *gadjé* no pudieran verlos, rastros de pequeñas fogatas, pequeñas piedras apiladas, restos de cerámica...

Minna confiaba en este hombrecillo que olía a una mezcla de tabaco y tilo, a sudor y madreselva. Toni había sacado ahora la cabeza por la ventana, colocando su nariz hacia el viento, y escudriñaba las copas de los árboles y los bordes de la carretera.

Atravesaron pueblos polvorientos, caseríos en ruinas, granjas que habían estado cocinándose durante todo el verano y parecían a punto de derrumbarse. Perros, muchos perros. Ganado dócil, campesinos apáticos. Todo un mundo rural que daba vueltas en círculos, indiferente a la ciudad, a la guerra.

Minna había mantenido su lugar junto a la ventana, en el lado opuesto al de Toni. Con los párpados temblorosos, contemplaba las llanuras onduladas que se deslizaban a su lado, los pastos secos, los campos cosechados, de los que brotaba de vez en cuando un nogal o un castaño, como las manecillas de un reloj de sol.

—Vuelta a la derecha, mi amigo. ¡Allí, el sendero!

Casi se podía oír a Beewen rechinar los dientes. Parecía irse arrepintiendo con cada kilómetro más de su decisión, pero era demasiado tarde —o demasiado pronto— para darse por vencido. Era necesario saber qué era lo que tenía la hechicera Rupa para decirles.

De repente, notaron manchas marrones más abajo, caballos, un río. Trozos de corteza colocados sobre una hoja. El camino descendía, siguiendo la curvatura de un pequeño círculo de rocas grises y árboles leonados ya superados por la herrumbre del otoño.

Poco después, estuvieron abajo, más cerca de una orilla arenosa cubierta de brezos. Las caravanas, que Toni llamaba «verdines», estaban apostadas en círculo, como para protegerse de un posible ataque. En el centro, los gitanos formaban otro círculo alrededor de un fuego.

El Mercedes no pudo ir más lejos: lo dejaron al otro lado de un prado que los separaba del campamento. A medida que avanzaban, tropezando con la hierba, intentaban parecer dignos y amistosos (Beewen todavía vestía su negro uniforme). Esfuerzo en vano. Era Toni el que hacía las veces de embajador, gritando ya a cien metros de la acampada. Los niños corrieron hacia él, los ojos se volvieron hacia los *gadjé;* no eran muy bienvenidos, a primera vista.

Se sentaron cerca del fuego, donde se cocinaban pequeños animales de color café brillante, ensartados en una hilera. No es necesario ser un especialista en caza para reconocer los erizos. De niña, cuando le dijeron que los gitanos se alimentaban de estos animales, Minna se había ido llorando a su habitación.

Al notar su mirada de disgusto, Toni le dio un codazo.

—La mejor temporada, prima. Son muy gordos antes del invierno.

Se sentó en la arena y tuvo una extraña sensación. En este círculo de grava pálida que olía a brezo y alfalfa, la *kumpania* simbolizaba la libertad del viaje. ¿La guerra? ¿Cuál guerra?

Entre los dedos negros apareció un samovar: iban, de cualquier manera, a ofrecerles té, o alguna otra infusión. Según Toni, los Vana eran expertos en hierbas medicinales.

Toni se calmó un poco. Los niños volvieron a sus juegos. Minna notó que algunas chicas, apenas pubescentes, ya estaban embarazadas. Se bebía en silencio, bajo el sol. Cerró los ojos. Había una luz de otoño aún cálida, pero como una fiebre, sin alegría ni energía.

Toni había renunciado a su papel de intercesor y se recostó, un cigarrillo en la mano, la nariz al viento. Había recuperado su tranquilidad, su confianza. Estaban en su casa. El mundo gitano lo protegía. Pero no ocurría nada...

Estaban esperando a Su Alteza, sin duda al tanto ya de su llegada. Rupa, la hechicera, estaba a punto de aparecer, con las prerrogativas debidas a su rango, incluida la demora.

Un movimiento, una agitación. Se ponían de pie, tomaban distancia. Los hombres, con sus cabezas de madera oscura y su mata de pelo enmarañado, retrocedían. Las mujeres, ornamentos dorados, harapos hechos girones, se evaporaban. Los niños huyeron.

Precedida por su campo de fuerza, finalmente apareció la *drabarni*. Para nada semejante a lo que Minna había imaginado: una anciana sin edad ni dientes, arrugada como una manzana al horno. Rupa Vana era una joven mujer con un rostro provocativo, con ojos en forma de plumas negras y una boca pulposa. Llevaba un pañuelo rojo atado en lo alto de su cabeza, que le esponjaba el cabello y simulaba una suerte de diadema escarlata.

Toni ya estaba de pie, prestando atención. Había recuperado su elocuencia, encadenando oraciones en romaní sin siquiera tomarse el tiempo para respirar. Rupa no apartaba sus ojos de los visitantes. Su sola mirada los había degradado a intrusos no deseados.

Finalmente, con un gesto, detuvo a Toni en su informe de campo y se sentó al otro lado del fuego. Aún sin decir una sola palabra, metió la mano en su corpiño y sacó una pipa tan larga como una aguja de tejer. Nueva inmersión, nueva pesca: una bolsa de tabaco en cuero.

Sin prisa, llenó su pipa y tomó, con la mano desnuda, una brasa de la hoguera con la que encendió su tabaco. Después movió sus ojos de piedra negra sobre los tres *gadjé*, mientras soltaba bocanadas, con los labios fruncidos.

Finalmente, soltó en perfecto alemán, sin el menor acento:

—Han venido desde muy lejos para verme. Espero que sus preguntas valgan la pena.

140

Simon se sentía mal. Este interminable viaje en auto le había revuelto el estómago. Toda la noche, dando tumbos de un lado al otro, había terminado por asociar estos campos extensos hasta donde alcanzaba la vista, que se prolongaban como un mar bajo la luna, con su saco sin límites. No podía ver el final de este.

Estaban entre un grupo de idiotas bebiendo brebajes de ortiga o algo así, persiguiendo una leyenda. La única buena noticia era su oráculo. Realmente bella. Una morena salvaje con aire de fuego, lo que le hacía pensar en Circe, la maga. Pero en cuanto a lo demás...

Estaban buscando a Nanosh, un hombre del saco gitano quien supuestamente buscaba venganza para estas familias perseguidas, esterilizadas y diezmadas... ¿Y sería que este oscuro golem era en verdad el Hombre de Mármol? ¿Un hombre capaz de tomar fetos de mujeres inaccesibles, un asesino capaz de llevar a sus víctimas por todo Berlín y luego alejarse a nado? No se entendía nada.

—Es un asunto del *Kriss* —dijo Rupa.

Simon se concentró: en realidad no había estado escuchando desde el inicio.

—*Kriss* —repitió tontamente Beewen—, ¿qué es eso?

—La ley, el juicio, el castigo.

—¿Y el Nanosh es su verdugo?

—El juez y el verdugo, sí. Durante siglos, ha habido varios Nanosh. Juega con los *gadjé*, los castiga y al mismo tiempo nos guía. Es la *lixta*, la luz.

Simon pensó en Moisés guiando a los hebreos esclavizados entre los egipcios. A Cristo dando esperanza a los judíos bajo el yugo del Imperio Romano. No resultaba del todo sorprendente que los gitanos crearan un Salvador para ellos mismos.

—Un hombre ha estado matando a las esposas de personalidades nazis en Berlín recientemente —continuó Beewen—. Las destripa para robar sus fetos. ¿Podría el Nanosh actuar tan violentamente?

—Él es el único juez. Sus acciones reflejan los pecados de los *gadjé*.

Con un ojo cerrado, la mandíbula apretada, Beewen parecía estarse empapando de este mundo subterráneo, insospechado y loco. Tal vez iba a hallar allí, por fin, al asesino que había estado buscando durante tantas semanas. Tal vez iba a perder la razón.

—¿Un hombre actuaría de esa manera porque los nazis los esterilizaron?

—No lo sé, *gadjo*. Y aquí no estamos hablando de un hombre, estamos hablando del Nanosh.

—Correcto. Pero es él quien mata hoy en día, ¿no?

—Eso es lo que se dice entre nosotros, sí.

—¿Cómo lo saben?

—El Nanosh es uno de nosotros. Él nos informa. Él nos transmite el mensaje.

—¿De qué forma?

Ella hizo un gesto grácil e indolente.

—La voz de los gitanos es llevada por el viento.

Beewen se pasó la mano por la cara y prosiguió, una octava más baja:

—Toni dice que usted conoce al Nanosh.

—Es verdad. Viene de nuestra *kumpania*.

—¿Quién es él?

Una sonrisa se dibujó en sus generosos labios.

—No tengo por qué contestarte. La venganza está en marcha. El Nanosh ha desafiado al mundo nazi. Y los nazis yacen de rodillas. Todo lo que han podido hacer es enviarnos un hombre con un uniforme negro y dos médicos.

—¿Cómo sabes que mis amigos son médicos?

Otra sonrisa. Parecía estar jugando con sus mentes como si fuesen canicas de vidrio entre sus ágiles dedos, dejándolos, como cualquier adivino que se precie de serlo, medir su poder.

Luego espetó, con una mirada socarrona:

—Toni me lo ha dicho.

Ella dejó escapar una risa entre dientes, blanca y fría. Esta risa significaba:

«Estos *gadjé*, siempre tan estúpidos».

Beewen consideró oportuno justificarse:

—Desde el comienzo de los asesinatos hemos seguido varias rutas. Nos hemos perdido. Frecuentemente. Pero nunca nos dimos por vencidos. Cualesquiera que sean las atrocidades que cometieron los nazis, estos asesinatos deben detenerse.

—¿Por qué?

Cierto, ¿por qué? Las víctimas eran gorgonas nazis, criminales de guerra, cuando la guerra apenas había comenzado. La sola idea de que los *Zigeuner*, los intocables del Reich, en la base de la escala, pudieran golpear tan alto, tan fuerte, en la cabeza de la pirámide nazi, resultaba estimulante, casi placentero. *Auge um Auge, Zahn um Zahn.* Ojo por ojo, diente por diente…

Beewen solo tenía segundos para encontrar una respuesta. Tragó saliva —se podía ver su glotis desplazarse a lo largo de su cuello—, eligió jugar desde otro lado:

—Si el Nanosh es en verdad el asesino, queremos identificarlo antes de que consiga que lo maten. Su Mesías no debe terminar en la cruz.

Este argumento parecía ser prometedor. La *drabarni* arqueó su espalda y se pasó la mano por el pelo, empujando hacia atrás aquella negra espesura bajo la diadema roja.

—El Nanosh es una mujer.

Todo se detuvo. Simon incluso creyó haber oído mal. Esta feria de las aberraciones era infinita.

Beewen:

—¿Puedes repetirme eso?

—Su nombre es Lena.

—¿En dónde podemos encontrarla?

—No tengo idea.

—Me has dicho que pertenecía a tu *kumpania*.

—Se fue hace mucho tiempo.

—¿A dónde? ¿Con quién?

Rupa dio unas caladas a su pipa, con la boca en arco. Comparado con esta revelación, cualquier cosa que pudiera decir ahora resultaría anecdótica.

—Con los *gadjé*.

—¿Qué?

—El Nanosh debe convivir con los *gadjé* para poder golpearlos en el corazón. Ese es su sacrificio. Debe ensuciarse las manos. Debe convertirse en el enemigo.

Simon yacía disfrutando de esta conversación, en un claro de púrpura arena de ensueño junto a un río arrullador. Habían penetrado en el mundo de los sueños...

—¿Cómo se llama ella?

Beewen parecía estar en trance, entusiasmado por esta información.

—¿Cómo se llama ella? —repitió, con más fuerza.

—Ya te lo dije, Lena.

—¿Ha conservado su nombre de pila?

—No. Se lo dimos a un recién nacido cuando se fue.

—¿Tienes alguna idea del nombre que usa ahora?

—No. Ahora vive en el mundo de los *gadjé*. El mundo de los ricos. Ella nos venga, *gadjo*. Tenemos que dejarla sola. Ella hace su trabajo.

Esta nueva pista, que en muchos sentidos no parecía ser más que un largo delirio, resultaba fascinante. Había que imaginarse a una gitana que, físicamente, hubiera cambiado por completo. Se tenía que tragar la idea de una gitana que supiera leer y escribir —y comer con cubiertos.

Pero, ¿cómo había podido Lena/Nanosh acercarse a las Damas del Adlon, la élite de la sociedad berlinesa? ¿Se había convertido en una sirvienta? ¿Había leído sus palmas? ¿Les había vendido hechizos, amuletos?

No. Simon intuyó, y Beewen sin duda, que Lena, en tanto *gadjo*, había hecho algo mucho mejor. Había logrado infiltrarse en sus filas y ponerse a la altura de esas ricas y refinadas mujeres.

Rupa parecía estar adivinando sus pensamientos. Después de todo, se trataba de una vidente:

—El Nanosh tiene una *draba*.

—¿Un poder?

—Sí. Puede hacerse invisible.

Beewen rugió desde su cuello: ya, era suficiente. Hizo ademán de levantarse, pero Rupa lo tomó por la muñeca. Sus dedos oscuros, veteados de azul, parecían una raíz emergida de la tierra.

—Escúchame —ordenó—, el Nanosh tiene una enfermedad.

—¿Qué enfermedad?

—No puedo hablar de eso, es *mahrime*.

—¿Y qué tiene eso que ver con su poder?

—Su enfermedad es su poder. Eso es lo que la hace invisible, ¿me entiendes?

Beewen seguramente tenía deseos de responder «no». Y Simon habría hecho lo mismo. Pero el nazi no quería darse por vencido:

—Por décadas, los alemanes los han estado censando. Los han arrestado, los han encarcelado, los han forzado a identificarse.

—Es cierto.

—Los nazis han ocupado fichas para localizarlos y deportarlos.

—Tú eres el nazi, tú eres el que sabe.

—¿Se ha censado tu *kumpania*?

—Varias veces, *gadjo*. Bajo el nombre de Vana.

—¿En la época de Lena?

Ella volvió a sonreír como quien se pone una chaqueta o un chaleco; el aire otoñal estaba refrescando y estas viejas historias ya no la calentaban.

—Siempre puedes intentar buscarla de esa manera, pero no te servirá de nada. Lena ya no es Lena.

Beewen se puso de pie. Simon lo imitó, seguido de Minna. Los dos psiquiatras no habían abierto la boca; después de todo, el silencio, eso sí que les resultaba familiar.

Era necesario dejar hablar.

Era necesario que «eso» saliera.

Incluso si, hoy, la verdad se aproximaba a lo imposible.

141

Se encontraron de vuelta en Berlín al anochecer. Beewen había seguido de un golpe, deteniéndose solo para pedir gasolina cuando la necesitaron. Sin pausa, sin descanso. Tenían que llegar a la capital lo antes posible. Habían dejado a Toni con los Vana. *Que Dios lo cuide.*

A partir de ahora, una única prioridad: identificar el rostro de Lena Vana. Desde el comienzo de su historia, nunca habían considerado seriamente que el asesino pudiera ser una mujer. Sin embargo, esta hipótesis resolvía numerosos enigmas. Cómo el asesino podría haberse acercado a las Damas del Adlon y persuadirlas para que lo siguieran hasta el parque del Tiergarten o al Köllnischer. Porque, el día de los homicidios, nadie había notado a las víctimas en compañía de hombre alguno.

Durante las diez horas que había durado el retorno, Beewen no había dejado de rumiar estas conjeturas. El Hombre de Mármol era una mujer. Una criatura mitad fantástica, mitad real, que había logrado infiltrarse en la élite nazi. ¿Cómo? ¿Desde cuándo? ¿Bajo qué identidad?

Todo lo que tenía era un nombre —Lena Vana— probablemente recuperado en los censos de los años veinte o treinta.

Había oído hablar del Rassenhygienische und bevölkerungsbiologische Forschungsstelle (Centro de Investigación sobre la Higiene Racial y Biología de la Población), que solía abreviarse como RHF y lo dirigía el doctor Robert Ritter. Otro ahumadero del Reich, un instituto pseudocientífico que había resultado, como de costumbre, en basurales de mentiras y crímenes.

Ritter se había embarcado con un escrupuloso censo de los gitanos de Alemania, enviando sus equipos por todo el país, revisando los registros de los ayuntamientos, de las comisarías, de las iglesias, convocando a cada familia de gitanos al cuartel policiaco más cercano. Había lanzado una taxonomía exhaustiva de los *Zigeuner*, dedicando a cada uno de ellos un archivo —nombre, antecedentes penales, huellas dactilares, foto antropométrica, a lo cual en ocasiones se añadían «medidas raciales».

Estos archivos, que se habían enriquecido con la Zigeunerzentrale (la Oficina Central para Asuntos Gitanos, con sede en Múnich y que venía realizando el mismo inventario desde finales del siglo XIX), reunían información en torno a más de veinte mil personas.

Tan pronto como llegó a Berlín, Beewen había ido directo a la Gestapo —a medianoche, ni una rata en la madriguera de ratas más grande de la ciudad— y había dado con la información que estaba buscando en cuestión de minutos. Los archivos de la RHF estaban ubicados en un edificio aparte, a pocos pasos del número 8 de la Prinz-Albrecht-Straße.

La misión: revisar esos miles de archivos hasta dar con el de Lena Vana. Incluso si hubiese cambiado su nombre, aún podrían descubrir cuál era su rostro y, quién sabe, quizás incluso cierta información decisiva que les permitiría ponerle las manos encima.

El centro de archivos, un simple bloque de hormigón, era muy reciente. Por suerte, el jefe de archivos dormía allí, en un almacén contiguo a la gran sala de documentos. El hombre, despertado en medio de la noche, no mostraba mal humor alguno. Todo lo contrario. Parecía feliz de que la gente finalmente se interesara en estas pilas de papeleo, incluso a una hora tan extraña como esta.

Guiándolos por el edificio, les explicó que en aquel lugar se guardaban todos los archivos relativos a los *Untermenschen* (infrahumanos): judíos, eslavos, homosexuales, gitanos... Todo lo que no era ario o buen ciudadano en Alemania estaba archivado entre estos muros.

—¿Exactamente qué buscan?

—Los registros del censo de los *Zigeuner*, digamos, entre 1920 y 1935.

—No hay problema. ¿Qué región?

—Breslau y sus alrededores. Toda la provincia de Baja Silesia.

—¡Vamos! —dijo el archivista, frotándose las palmas de las manos como para calentarse.

Desfilaban por pasillos de estanterías bajo lechosas luces de neón, las cuales iluminaban las murallas de documentos, de archiveros, de cajas cerradas tras rejillas. Beewen esperaba aventurarse por paredes de nombres y números hasta la madrugada, pero no era bueno en matemáticas y su imaginación le estaba jugando una mala pasada.

Su búsqueda involucraba solo unos cuantos miles de archivos que, en total, cabían en una docena de cajas de tamaño grande. Entre los tres, no tardarían ni una hora.

El archivista les llevó las cajas hasta una gran mesa de trabajo.

—Listo. Buena suerte, *Hauptsturmführer*. Avíseme cuando haya terminado.

Se pusieron a trabajar, sacando montones de archivos y estudiándolos cuidadosamente. Beewen no quería pensar más. Otro sospechoso. Otras sospechas. Hechos que tenían sentido, otros que no. Y, sobre todo, un aire de leyenda fantástica que no le gustaba para nada.

Ahora buscaban a una mujer gitana que había asumido, el papel de Nanosh, y que había conseguido colarse en la alta sociedad de Berlín para conseguir asestar un golpear más certero en su corazón. *Vaya historia.*

Cioban Levna

Luca Kendji

Rotar Plamen

Zidar Saip

Patakia Volkia

Komi Geza

Yalçin Dritta

Rus Khalil

Los nombres no estaban listados en orden alfabético ni agrupados por familia o *kumpania*. Por lo tanto, tendrían que hojear todos los archivos con la esperanza de encontrar el apellido de Lena Vana.

Beewen se tomó el tiempo de observar las fotos antropométricas que, la mayoría de las veces, acompañaban a los archivos. Por enésima vez, se dijo a sí mismo que todo esto era una tontería. ¿Cómo asociar estos rostros morenos, estos rostros surcados por cicatrices, por arrugas, por grietas, con las Gracias del Wilhelm Club? Incluso si su belleza fuese una falsa coraza, la cual ocultaba oscuras almas y crueles corazones, seguían siendo la crema y nata de Berlín. ¿Cómo podía una mujer nacida entre el barro de Silesia haber llegado a su altura?

Beewen veía pasar entre sus dedos esos rostros lúgubres, esos pañuelos medio asoleados, medio andrajosos, esos pendientes tan pesados que deformaban sus lóbulos. Aquellas mujeres no tenían cabida en el Hotel Adlon.

Incluso imaginarlas...

Se paró en seco. Un retrato acababa de brotar de uno de los expedientes con el poder de un rayo y la autoridad de un milagro divino. Incluso antes de leer su nombre, Beewen ya sabía que era ella.

La *drabarni* había dicho: «Su enfermedad es su fuerza».

Esta enfermedad, la tenía ahora ante sus ojos. Irradiaba de estas imágenes a la manera de una evidencia y también de una monstruosidad. *Su enfermedad es su poder. Eso es lo que la hace invisible, ¿me entiendes?*

Entendió lo que la hechicera había querido decir. La discapacidad de Lena Vana era, sin duda alguna, una ventaja en el mundo nazi y la mejor manera de volverse invisible.

Porque Lena no tenía el pelo negro ni la piel morena.

No tenía ojos castaños ni pobladas cejas.

Lena Vana era albina.

Incluso en las fotos se podía adivinar su enfermiza fragilidad. Su piel era más pálida que el papel biblia, y su cabello tan rubio que parecía blanco. Apenas y podía atreverse uno a mirar este rostro de porcelana, por miedo a romperlo.

De repente, todo se iluminó con la luz de esta diáfana criatura: Lena Vana, gitana pura, sin duda no había tenido problemas para mezclarse con las Damas del Adlon. Era tan rubia como las Gorgonas de Unter den Linden. Tan refinada como una Margarete Pohl o una Greta Fielitz.

Y mucho más bella...

Esta criatura —el Nanosh, la *lixta*, la «luz», bendito sea su nombre— había sabido hacerse amiga de las Damas del Adlon y, llegado el momento, las había atraído a su trampa.

Cuando Beewen habló, no reconoció su propia voz:

—La encontré.

Simon, que buscaba a su lado, se acercó.

—¿La has visto antes? —preguntó el hombre de la Gestapo.

Al descubrir la foto, Simon se puso aún más blanco que la adolescente albina. La sangre parecía haberse drenado repentinamente de su rostro, como si de repente hubiese sido absorbida por un sifón de asombro y pavor. Apenas logró tartamudear:

—Sí, la conozco. Su nombre es Magda Zamorsky.

142

En lo referente a hermosos cuarteles, Minna von Hassel lo sabía todo. Estaba la villa Bauhaus, donde se había criado, las otras residencias, en la isla de Sylt, en el valle del Elba y en las laderas del Großer Arber, o incluso la mansión del tío Gerhard y las espléndidas residencias de las familias «amigas» de los von Hassel. Sin embargo, nunca había visto una residencia como la de Magda Zamorsky.

Un verdadero castillo. No una obra maestra del adorno, como solían gustarles a los monarcas y aristócratas germánicos de finales del siglo XIX, sino una enorme fortaleza, muros compactos y firmes almenas, torres empinadas y fosos profundos... Un bastión que se asemejaba a una prisión o fortaleza, la cual difuminaba en la oscuridad el rojo color de sus muros. El «hogar» de Magda era como un barco de color sangre flotando sobre olas de oscuridad.

La construcción, en el corazón del distrito de Dahlem (a pocas calles de la villa de Minna), se alzaba al pie de un parque, no muy grande. Una especie de jardín salvaje donde un estanque lamía las murallas, envolviéndolas con un manto de juncos y musgo.

Estacionados fuera de los jardines, avanzaron por un largo camino de grava gris, casi luminoso bajo la luz de la luna. El castillo dormía en un sueño de ladrillos oscuros. Solo una ventana iluminada, en el primer piso. Los tres cómplices ascendieron por los escalones que conducían a la puerta principal. Detrás de ellos, un seto de pinos los observaba con hostil curiosidad. En algún lugar, un animal nocturno había dejado escapar un sonido semejante al de una pala arrastrada por el suelo.

La puerta ni siquiera estaba cerrada. Se deslizaron dentro. A pesar de todo, abrigaban la esperanza de sorprender al enemigo. El Hombre de Mármol. El Nanosh. La delicada asesina de cabello blanco...

La brutalidad que caracterizaba la arquitectura exterior se atenuaba aquí... un poco. Al igual que con la mansión del tío Gerhard, la entrada estaba recubierta con mármol y se elevaba, por así decirlo, a lo largo de una escalera doble que conducía a los pisos superiores.

Había maletas tiradas por todo el suelo. La princesa Zamorsky estaba a punto de partir. Estaban a punto de tomar una de las dos escaleras cuando Minna los detuvo con un gesto y señaló las puertas dobles entreabiertas de la sala de estar. Los dos hombres no parecían entender. Sin decir una palabra, Minna se dirigió hacia allá.

A la derecha, antiguas armaduras se alineaban detrás de sofás y mesas. Enfrente, uniformes sobre maniquíes de costura les saludaban por lo alto, multiplicando jubones, casacas, sables y espadas... Parecía que se estaba gestando una batalla entre todos estos atuendos guerreros, sin duda usados en el pasado por los antepasados de la dinastía Zamorsky.

Minna se acercó y se fijó en los uniformes (a pesar de la penumbra, estos luchaban por resplandecer en la gran sala muerta). No sabía nada al respecto, pero conocía la diferencia entre el peto de un arcabucero y la chaqueta de un oficial napoleónico. Regresó en el tiempo hasta un uniforme de un *Gruppenführer ss*: sin duda, en sus horas libres, el príncipe de origen polaco encontró el tiempo suficiente para convertirse en general.

Minna notó un detalle que casi la hizo gritar. La vaina, que colgaba de su broche de plata estampado con águilas y runas de las ss, estaba vacía. No había ninguna daga a la vista. Beewen y Simon, quienes la habían seguido, le hicieron gestos para que volviera. Sin embargo, cuando ella les señaló el cinturón del uniforme, también quedaron petrificados.

Estaban allí. Estaban realmente allí. En el corazón de la cueva del asesino, en su insospechada guarida, este bastión de otro tiempo que protegía a una princesa solitaria.

Regresaron a las escaleras y subieron en fila india, sin hacer el menor ruido. El pasillo del primer piso no ofrecía ninguna sorpresa:

una tela de color rojo oscuro corría a lo largo de las paredes adornadas con armas antiguas y cabezas disecadas de animales. En aquel sombrío escenario, que asemejaba el sangriento sueño de un cazador, las puertas de madera barnizada se alzaban como centinelas.

No tuvieron dificultad alguna para encontrar los aposentos de Magda Zamorsky: solo una puerta dejaba escapar un rayo de luz. Se acercaron y se miraron unos a otros —por un momento, habían considerado pertinente llamar a la puerta y esperar a que les permitieran la entrada.

Pero ya no estaban para eso. En absoluto.

Con mano firme, Beewen (como buen nazi, se había dejado los guantes de cuero puestos) tomó la manija y la giró. Un segundo después, los tres estaban ya en el dormitorio, casi sorprendidos por la indirecta, pero aun así violenta luz que allí reinaba. Una iluminación intensa que agudizaba cada detalle, como una lámpara de autopsia: papel tapiz floral, tocador *Art Deco*, alfombra gruesa con motivos de rosas. La habitación de una adolescente.

La princesa, o la gitana, como se prefiriera, estaba sentada en su cama, en camisón de noche y grueso suéter, con las rodillas dobladas bajo la barbilla. Dos lámparas de noche, una a cada lado de su amplia cama, la iluminaban por completo, como si fuesen proyectores de cine. Sostenía una almohada que apretaba contra su cuerpo y lloraba amargamente. Su rostro resplandecía de luz, como el de una escultura de mármol blanco bajo la lluvia.

Un detalle podría haber causado risa, e incluso empatía: llevaba puestos gruesos calcetines de hombre.

—Me preguntaba si llegarían antes de que me fuera…

Simon dio un paso adelante, como si ahora fuese él quien tomara la iniciativa. Minna ignoraba lo que había pasado entre ellos, pero los había visto el día anterior en el invernadero del parque, bañados en la niebla. Simon había amado, o fallado en amar, a esta pasajera de sueños, esta furia de afilada daga.

—Magda… —susurró.

Ella lo detuvo con un gesto de princesa caprichosa y luego se secó la cara en la almohada.

—Mi nombre es Lena —sollozó—. Lena Vana. Magda Zamorsky es el nombre y apellido que me dio Papi.

Simon asintió: parecía creerlo todo como no creer nada en aquel momento.

—¿Quién es Papi? —preguntó él, en un tono que sonó como un eco.

—Stanislaw —exclamó Magda, esbozando una tonta sonrisa, mientras envolvía uno de sus mechones blancos alrededor de su dedo—, príncipe de la Casa Zamorsky. Magnate de la *szlachta* polaca. Heredero directo, se dice, de los sármatas, pueblo escita de la antigüedad. ¿Quién es Papi? Mi amor. Mi marido.

Simon tosió, una manera de aclararse la garganta o despertar de la pesadilla.

—¿Por qué lo llamaste así?

—Cincuenta y dos años de diferencia de edades, ¿significa eso algo para ti, mi pequeño Simon?

—La historia, Lena —respondió—. Queremos la historia completa, y no olvides nada, te lo ruego. No es un juicio. Esta es tu última oportunidad de confiar tu palabra a los humanos.

143

—Nací de una hoja y un soplo —comenzó ella, con voz lejana, casi distraída, un derrumbe de tierra y un crujir de carreta—. Nací gitana, lovara. Nací cerca de Krzeszów, a orillas de un río, en la cuenca del Kamienna Góra, en la Baja Silesia. Mi padre vendía caballos, mi madre recogía la *lipa*, la *laïka*, el *chipka*... Lo que en su lengua se conoce como tilo, manzanilla, cornáceas... Nunca nadie hablaba de mi... diferencia, pero la gente siempre me miraba con miedo o admiración. Muy pronto, comenzaron a llamarme la *lixta*, la luz, y supe que me encontraba destinada a convertirme en una *drabarni* del sol, una bruja blanca...

Simon, de pie frente a la cama, contemplaba a esta magnífica mujer alemana que había conocido entre tantas otras magníficas mujeres alemanas. ¿Una belleza tal entre los gitanos? Era verdaderamente única...

Lena no era rubia, era blanca. Su piel no era pálida, era transparente. Como si estuviera a punto de rasgarse, dejando al descubierto una delicada red de venas en las sienes, en las mejillas, en su frente. Sus ojos no eran solo azules, sino que estaban incrustados por grises destellos que semejaban un puñado de diamantes brillantes.

—Un día, el príncipe Zamorsky vino a cazar a nuestras tierras. Suyas, en realidad. Aquella actividad era su pasión. Él habría dado caza a sus propios hijos si estos hubieran huido hacia el bosque. Pero el viejo no tenía hijos. Solo tenía a sus perros. Una manada implacable que desataba sobre su presa. Cuando descubrió nuestra *kumpania*, le pareció entretenido cazar a estos morenos asustados. Hubo muertes. Muchas. Mi padre y mi madre, entre estas. Y no hablo de eliminaciones pulcras y limpias a punta de fusil, hablo de cuerpos despedazados por perros, cerebros enloquecidos por el miedo... hablo de familias reducidas a vísceras regadas sobre el fresco césped.

»El príncipe Zamorsky se cansó rápidamente de su nuevo entretenimiento, no eran lo suficientemente rápidos, demasiado predecibles. Estaba a punto de expulsar de sus tierras a los que habían sobrevivido cuando vio la luz. Una niña que brillaba pálidamente como la leche entre todos estos negros, un fragmento de un espejo. Yo. Primero me violó, yo tenía doce años; luego me amó, yo todavía tenía doce años. Me dio otro nombre y me encerró en su castillo, aquí mismo, en Dahlem. Era como una historia de *gadjé*, esa suerte de cuentos que les cuentan a sus hijos para causarles pavor o hacerlos soñar, no lo sé. Yo lo vivía todos los días y nunca tuve miedo. Yo ya estaba muerta desde la primera cacería, desde que murieron mis padres.

»Papi me enseñó muchas cosas, empezando por el idioma alemán. Contrató tutores, maestros, formadores. Recibí una educación de élite. Y por la noche, tenía el derecho a sus sucias patas de uñas negras. A veces viajábamos. Entonces hubo museos, restaurantes; luego, por la noche, siempre sus estertores de mamífero envejecido. Nunca le tuve rencor. Al contrario, lo compadecí. Era un pobre anciano, esclavo de sus deseos, de todos esos oscuros poderes que se negaban a extinguirse dentro de su cuerpo. Ese cuerpo... Señor. Una especie de envoltura fláccida de la cual sobresalían huesos, como si, por debajo de sus encorvadas carnes, su esqueleto quisiera ya salírsele...

»Mi calvario no duró mucho. Después de mi decimoquinto cumpleaños, ya no me fastidiaba para dormir conmigo. Solo le gustaba la idea. Le gustaba verme desnuda, acariciarme y, en los días buenos, hacerme venirme —pero él, Dios mío... Lo único que le quedaba duro eran sus costillas y su mandíbula...

Simon memorizaba cada palabra. Diseccionaba los orígenes del mal, como en un fulgurante psicoanálisis. Advirtió, como a manera de eco de estas palabras, múltiples alteraciones en el físico de Magda. Reflejos de cáscara de huevo en su cabello, un brillo gris, casi un velo, en uno de sus ojos, una tez anémica, enfermiza... Todo lo que había encontrado alguna vez tan puro e indecible —y que respondía a una perfección inaccesible—, ahora parecía ser solo enfermedad. Toda esta blancura se reducía a la falta de melanina, un defecto fisiológico. Esta gracia no era más que una deformidad de la naturaleza.

—Yo era muy buena para los deportes. Tenis, equitación y, sobre todo, en natación. Cuando cumplí diecisiete años, estuve cerca de formar parte de la selección nacional... El viejo me exhibía en todos lados. Estaba muy orgulloso. Solía presentarme como una sobrina nieta suya de Breslau, a quien había tomado bajo su protección. En realidad, ya estábamos casados. Yo jugaba el juego, no tenía otra opción. Pero ni por un segundo, bajo mi piel blanca y mi rubio cabello, bajo mi nuevo nombre y mi instrucción alemana, olvidé quién era. Una gitana de Kamienna Góra, una Lovara que, incluso antes de saber hablar, ya montaba a caballo.

»Mi juventud no fue salvo una enfermedad —y no me refiero a mi albinismo, ni a las necesidades sexuales de mi pobre Papi—. Hablo de esta impostura, de esta permanente mentira. En la universidad —había elegido la medicina—, en los clubes deportivos, en las fiestas, todos alababan mi blancura, mi belleza. Pero parecía como si se estuvieran refiriendo a otra persona. En el fondo, seguía siendo gitana, analfabeta y nómada. Solo tenía una obsesión: encontrar a mi verdadera familia, despertar mi negra sangre que palpitaba bajo esta palidez que no era más que usurpación. Finalmente, caí en depresión. Dejé de estudiar, dejé el deporte, hice a un lado mi vida social. Me cortaba a mí misma. Dejé de comer. Intenté suicidarme. Para distraerme, Papi me proyectaba películas: *Asphalte, Der weiße Dämon, Der blaue Engel, Viktor und Viktoria, Der Geist des Weltraums*… Esta última me volvía loca. Me aterrorizaba y, al mismo tiempo, me fascinaba esa criatura espacial...

»Cuando uno está en una depresión, la mente se obsesiona con detalles que se expanden hasta el punto de saturar todo el cerebro. La máscara del Fantasma desempeñó este papel. Me convencí a mí misma de que, si pudiera poseer ese rostro, podría entonces recuperarme de mi sufrimiento. Al convertirme en el «*Geist*», encontraría una coherencia para mi errancia… Fui a los estudios de Babelsberg, me enteré de que la máscara había sido destruida. Conocí a Kurt Steinhoff. Me dio el nombre y la dirección del artista que la había confeccionado. Conocí a Ruth Senestier y le ofrecí mucho dinero para que me creara una reproducción de la máscara. Mis *Reichsmarks* no le interesaban. Ella quería algo más. Yo ya me había acostado demasiadas veces con un viejo príncipe de falo decrépito, ¿por qué no con una mujer? Ruth estaba loca por mí. Hizo un molde de mi rostro y luego creó, mediante galvanoplastia, una máscara en cobre. La réplica exacta de la de la película. Finalmente, la pintó para darle un acabado marmóreo. Cuando me la entregó, la maldije y salí corriendo del lugar.

»Poco después, murió Papi. Neumonía fulminante. Era 1937. Él había matado a mis padres, me había violado, me había vuelto su esclava, me había destruido, pero era mi única familia. Sin él, yo no era nada. Me recluí en la sala de cine y miré, una y otra vez, *El Fantasma del Espacio*. Por la noche, salí con la máscara puesta y maté a los perros de Papi. Los mismos perros que habían devorado a mis padres. Comí su carne cruda, bebí su sangre, me sentí viva de nuevo. Con tal dieta, no tardé en enfermarme. Estuve hospitalizada, donde me alimentaban con suero. Cuando regresé al castillo, los hombres me explicaron que yo había heredado la fortuna entera de Papi. Me había convertido en la mujer más rica de Berlín, pero eso no me importaba. Durante mi hospitalización, había perdido mi máscara. Ya no podía protegerme...

»Volví a buscar a Ruth Senestier para que me hiciera una nueva. Ella me rechazó. Peleamos. Odio a las lesbianas. Pensé que iba a hundirme de nuevo. Entonces, me acordé de mi pueblo, los gitanos de Silesia. Tenía que encontrar a mi *kumpania*, mis hermanos gitanos sabrían cómo ayudarme. Me recibieron como si yo hubiera sido la Virgen Negra. Todos pensaban que había muerto. Me instalé entre ellos. Una princesa polaca, una reina de Berlín, refugiada con criadores de caballos, viviendo al aire libre. Aquel reencuentro con los Vana me salvó. Me reconstruí. Recogí los restos de mi alma y los volví a ensamblar. A decir verdad, mi paz era ilusoria. Por la noche, las visiones volvían a torturarme, mis padres hechos pedazos, las cacerías de Papi que habían vuelto loca a mi gente... Antes de ser secuestrada, había visto esta terrible escena: uno de mis hermanos tratando de cruzar un lago para escapar del cazador. Papi lo había seguido en un bote y lo había apuñalado, en el cuello, en la espalda, cuando él ni siquiera sabía nadar...

»Yo estaba de regreso con los Vana y todo estaba regresando, abrumándome. Pero había algo más... A mi alrededor, las mujeres evocaban en voz baja un secreto. Los niños ya no eran tratados como antes. A veces los mimaban, otras eran hechos a un lado sin motivo alguno. Los hombres se quedaban quietos en sus silencios. Sus rostros, Dios mío, parecían trampas para lobos que se cerraban desatando un sufrimiento insondable. Había aquí una gran herida. Yo la sentía palpitar, sin saber su naturaleza ni su origen.

»Fue Rupa quien me lo contó todo. Los Vana había sido esterilizados a la fuerza, dos años antes. Habían estado entre las primeras víctimas de la campaña de higiene racial. Habían experimentado con ellos métodos y técnicas que iban más allá de lo imaginable. Se habían soltado las lenguas. Las operaciones casi en carne viva, los ovarios arrancados, las agujas introducidas en la vagina, las castraciones... Los aullidos de las mujeres clamando por sus madres cuando les inyectaban sosa cáustica... La historia de uno de nuestros hermanos quien, tras haber sido anestesiado con una epidural, aún recostado en la mesa de operaciones, había visto al médico mostrar a sus colegas sus testículos ensangrentados, los cuales le acababan de extirpar. La *drabarni* no me dio tiempo para afligirme. Ella me reveló mi verdadera naturaleza. Yo era el Nanosh, el único capaz, si no de salvar a mi pueblo, al menos de vengarlo. Yo era rubia, era rica, era alemana. Podía colarme entre las filas de los asesinos y matarlos —empezando por el que había dirigido las operaciones, un pequeño hombre pelirrojo, jovial y afable, de una crueldad ilimitada... No tengo problema alguno en decir el nombre de este monstruo: Ernst Mengerhäusen. Yo ya me había cruzado con él en cocteles nazis. Él estaba allí, al alcance de mi mano, podía matarlo cuando quisiera. Pero descubrí que tenía un plan: crear niños arios según sus propios criterios. Comprendí que ahí tenía la oportunidad de una mejor venganza. Él nos había destruido, yo iba a destruir también su estirpe...

»El resto ya lo conocen. Comencé a frecuentar a las Damas del Adlon, jugué a ser una dama de sociedad, identifiqué a las que participaban en el programa del médico, Susanne Bohnstengel y las demás... Investigando sobre ellas, me percaté de que no eran mejores que el mismo Mengerhäusen... Decidí matarlas, aniquilar a esta generación de niños arios, a estas criaturas supuestamente superiores... Nunca me decidí a eliminar al propio Mengerhäusen: yo quería que sufriera, que viera su plan colapsar y a sus «hijos» desaparecer...

»Tuve que actuar dentro de las reglas. Después de todo, yo era el Nanosh, el ángel exterminador. Pero el Nanosh, antes de actuar, visita a sus víctimas en sus sueños, él evoluciona entre la realidad y los sueños... Empecé a leer publicaciones científicas sobre el mundo onírico. Lo curioso es que fuiste tú, Simon, quien me puso en el camino correcto. En tu estudio sobre los ciclos del sueño, explicabas que todo lo que uno tiene que hacer es mostrarle algo a un durmiente durante su sueño profundo para que lo incluya en sus sueños... Decidí aparecerme en los sueños de mis víctimas antes de matarlas. Pero el Nanosh tenía que parecer aterrador, inolvidable. Inmediatamente pensé en la máscara. Para mí, eso cerraba el círculo.

»Volví a visitar a Ruth y tuve que volver a acostarme con ella. Finalmente, accedió a confeccionarme una nueva máscara. Quise perdonarle la vida, pero entendí que ella iba a hablar. Tuve que matarla...

»El resto, en fin, fue muy sencillo. Todo lo que tuve que hacer fue usar la daga de Papi. Las Damas del Adlon no ofrecieron resistencia. Se pensaban en confianza. Manteníamos un perfil bajo, eso les divertía mucho, y les prometía contarles un secreto... Después de haberlas sacrificado, me desnudaba y nadaba hasta casa. Durante este periodo, me encontré varias veces con Mengerhäusen. Solo yo podía leer la angustia en su rostro: su proyecto de hace tanto tiempo, madurado en las profundidades de su Lebensborn, estaba siendo destruido por un escurridizo asesino contra el que nada podía hacer...

Hubo un largo silencio. Por fin habían llegado al pie del árbol de la verdad y parecían estar aún esperando el golpe del relámpago. O quizás estaban ya fulminados.

Fue Simon quien rompió el silencio. Simon, quien, fiel a sus obsesiones, aspiraba a conocer todos los detalles:

—¿Y el cartel?

—¿El cartel?

—En la galería Linden. El que compré y que tú me robaste.

Magda rio entre dientes:

—Eso fue casi para complacerte. Es cierto que muchas veces fui allí para admirar esa imagen... Pero hacia finales del verano, ya no me interesaba más. El Fantasma del Espacio era yo.

—¿Por qué me lo robaste?

—Sobre todo para provocarte, para penetrar en tus sueños. Pero el pequeño Simon es resistente. Me perseguiste hasta las alcantarillas. Uno de mis mejores recuerdos.

— ¿Y las vísperas?, ¿por qué me aconsejaste ir allá?

—Porque estaban dando tumbos en la investigación. Los observaba... Los vi cazar a ese tipo desfigurado... Ustedes nunca comprendieron la magnitud de mi venganza. Desde el principio, les faltaba un elemento crucial: las víctimas mismas eran verdugos. Era necesario que vieran esa misa y a esos fanáticos feligreses con sus propios ojos…

—¿Por qué, en estos últimos días, tus visitas?

—Por las mismas razones. Se estaban equivocando de nuevo con Kurt Steinhoff, quien era un buen perfil, debo admitirlo. Pero aún no habían comprendido la esencia de los asesinatos: la venganza. Tenía que ponerte en el camino hacia el móvil. Gorgonas listas para engendrar monstruos. Mengerhäusen que había contado con la belleza de las *Mütter*, pero con su alma corrupta para preparar el futuro del Reich, su futura generación...

De repente, Beewen pareció encontrarse harto:

—Todo ha terminado, Magda. Te llevaremos a...

Ella se echó a reír. Su risa, totalmente blanca, entonaba particularmente con su físico descolorido y con las lámparas de noche, demasiado brillantes. Parecía a punto de desaparecer ante sus ojos en un destello de magnesio.

—¡Pero si ustedes no pueden hacer nada contra mí! ¡Hace mucho tiempo que estoy muerta!

—Eso no impedirá que respondas por tus crímenes.

Estas solemnes palabras resultaban irrisorias en la habitación de esta joven saturada por una criminal locura.

Lena/Magda susurró con una voz malhumorada; aún se encontraba enrollando sus rizos alrededor de su dedo índice:

—De todos modos, llegan demasiado pronto.

—¿Demasiado pronto? —repitió Simon.

—No he terminado mi trabajo.

—Te refieres a…

—Que aún queda una madre, sí. El proyecto de Mengerhäusen comprendía a cinco *Mütter*. La última sigue viva.

—¿Quién es?

Magda deslizó su mano debajo de la almohada que todavía estaba abrazando contra su pecho. Un instante después, blandía una daga nazi. Un destello recorrió el acero como una gota de mercurio.

—Yo.

Antes de que Simon pudiera siquiera hacer el más mínimo movimiento, Magda se había ya hundido hasta la empuñadura la daga entre los muslos. Un chorro de sangre brotó entre sus piernas, empapando inmediatamente las sábanas de la cama. Simon tomó la almohada para intentar detener la hemorragia, pero Magda bloqueó su movimiento.

—No.

Con los ojos entrecerrados (Simon pudo distinguir cada una de sus pestañas demasiado rubias), ella le susurró:

—Tienes que seguir buscando, Pulgarcito… No han logrado comprender el significado profundo de la historia. Lo único importante era la «Operación Europa»…

Simon se limpió la sangre que tenía en los ojos y pudo constatar que Magda Zamorsky, alguna vez Lena Vana, estaba muerta. Volvió a pasarse el puño de la manga por los párpados y se dio cuenta de que ya no era sangre lo que obstruía su visión, sino lágrimas.

V
OST

144

En noviembre de 1942, perdido en el Alto Cáucaso, Franz Beewen no sabría decir cómo había llegado allí. Estaba tan lejos... *Recuerdos.* La investigación de las Damas del Adlon empequeñecida (nadie había sabido nunca la verdad). La guerra en modo mayor, arrasando con todo a su paso. El *Obergruppenführer* Perninken, finalmente había sido lo suficientemente recto como para ofrecerle tomar las armas; no para integrarse a las Waffen-SS (él no quería volver a oír hablar de las SS), sino para unirse a la verdadera armada alemana, la Wehrmacht. Incluso le había dado un rango superior: fue como *Oberstleutnant* —teniente coronel— que Franz se había unido al *Heer.*

Beewen no había entrado en detalles —lejos de eso—; solo le había comentado en voz baja a su superior:

—Le aseguro que Magda Zamorsky será la última víctima de este asunto.

Por el tono de su voz, el *Obergruppenführer* comprendió que esta vez era la acertada.

—¿Y el asesino?

—Desaparece con ella.

Caso cerrado. Básicamente, ni Perninken ni, por encima de él, los Himmlers y compañía, querían conocer los detalles.

Tenían otros asuntos de qué ocuparse y, en medio de la agitación de la guerra, ya no estaban para ejecuciones en casa. Lo importante era que esos asesinatos no volvieran a ocurrir nunca más.

Franz partió inmediatamente hacia el frente polaco, luego hacia los Países Bajos. Nombres, mapas, batallas. Finalmente había tenido su guerra. Sin embargo, la coherencia de su destino lo había eludido. ¿Quería luchar contra los franceses? Los *Schangels* eran tan patéticos que habían perdido la guerra sin siquiera empezarla. ¿Quería vengar a su padre? El anciano había muerto asfixiado por gas alemán. Incluso su odio se había extinguido. La investigación de las Damas del Adlon le había iniciado en otros valores.

La amistad, para comenzar. Extrañaba a Minna y a Simon. Ahora podía decirlo: no había pasado un día desde el verano del 39 que no hubiera pensado en ellos. También la inteligencia. La investigación había sorteado tantos meandros... Beewen había comenzado a tomarle el gusto a la reflexión. Incluso si siempre había sido alguien que buscaba ceñirse a los hechos, había llegado a apreciar esta parte que se le dejaba a la intuición. Después de todo, quizás él estaba hecho para algo mejor que los golpes que habían sido su rutina diaria desde la adolescencia.

En los campos de batalla, se había convertido en estratega, hablando de igual a igual con sus superiores, proponiendo soluciones... Luego disfrutaba viendo sus ideas ser implementadas. Para los oficiales, la guerra es una abstracción, un juego de engaños y apuestas que se pagan sobre el terreno... por otros.

Beewen se arregló el uniforme, se miró en el espejo sucio y se puso un abrigo negro largo de piel con cuello de forro. Salió de su búnker. El sol aún no se había levantado. Desde el umbral, miraba distraído el sombrío paisaje que lo rodeaba. Sus hombres habían dormido bajo el aguacero, protegidos por lonas impermeables que formaban bolsas de agua sobre los cuerpos. El crujido en aquellas cuencas, los ronquidos de los hombres, el aullido del viento, cada detalle tenía su propio sonido… Estos hombres habían vuelto a su estado original: el de bestias, o incluso, más atrás, al de magma pútrido. Esta noche, solo una cosa importaba: no tener frío. Los soldados se apiñaban juntos, hasta que la sangre de cada uno recalentara la fina película de lluvia que los unía.

El *Oberstleutnant* no tenía simpatía alguna por sus hombres —un montón de idiotas, dóciles hasta la muerte—. Pero, de todos modos, había terminado sintiéndose conmovido por todo este sufrimiento, por toda esta miseria. Los soldados alemanes eran los bastardos, no había vuelta atrás. Ellos eran quienes habían provocado la guerra, los que habían trastornado el orden del mundo, ellos quienes atacaban, saqueaban, destruían. Guerreros y valientes, o cobardes y sádicos, eran la escoria del mundo de todos modos, y la tierra se cerraría sobre ellos, sin ninguna duda.

Los soldados que tenía bajo sus órdenes no parecían bastardos. Heridos, desesperados, enfermos... Debajo de sus cascos, podían verse los rostros verdosos (disentería), amarillos (hepatitis) o peludos (quién sabe por qué, pero las deficiencias nutricionales hacían crecer el cabello). Estos chicos no eran más que carne de cañón, y ninguno de ellos llegaría a casa con vida.

El *Oberstleutnant* no sabía realmente dónde se encontraban. Se había roto el contacto con el Estado Mayor. Los mapas no coincidían. En cuanto a su propio sentido de la orientación... Los rusos se habían convertido en su único punto de referencia. Beewen les estaba casi agradecido por estar siempre ahí para atacar, para morir, para renacer. El enemigo soviético era lo único con lo que podían contar.

Por lo demás... Tan solo los nombres los sumían en el desconcierto. Maïkop. Krasnodar. Naltchik. Mozdok... En Maïkop, el verano pasado, habían obtenido la victoria, pero cuando pensaron en poner sus manos en los pozos de petróleo, se percataron de que estos habían sido saboteados. Habían seguido avanzando entre las montañas negras, los pueblos bárbaros, mientras el invierno marchaba en su contra.

Todavía había optimistas que promulgaban que Alemania dominaba toda Europa, desde Francia hasta el Volga, desde el Círculo Polar Ártico en Noruega hasta los desiertos del norte de África. Era cierto. El Reich de los Mil Años había conquistado un espacio vital inédito, digno de sus ambiciones, pero las señales eran inequívocas. Las grietas en el retrato se multiplicaban y Beewen había oteado, desde hacía mucho tiempo, el olor de la derrota.

Al norte, en Stalingrado, los hombres del Sexto Regimiento Alemán se habían perdido en un combate cuerpo a cuerpo, en el corazón de la ciudad, que terminaría por engullirlos. Con la ayuda del invierno, las tropas soviéticas se cerrarían sobre ellos como el hielo del lago Peipus sobre los Caballeros Teutónicos en el siglo XIII.

A pesar de la desinformación —estaba prohibido hablar de ello—, era de conocimiento común que los Aliados, a más de seis mil kilómetros de distancia, habían abierto un nuevo frente en el norte de África. Ahí, la derrota era segura. Las nieves de Rusia, los desiertos de Marruecos… Alemania no solo tenía en su contra a los Aliados, sino a la naturaleza.

Y estaban ellos: la primera y la cuarta *Panzerarmee* (armada blindada), los buscadores de oro negro, los conquistadores de los campos petroleros, perdidos en la nada. Tras las victorias del verano, el otoño los había visto empantanarse en el fango helado del Cáucaso. A principios de noviembre, conquistaron Naltchik y avanzaron hasta Vladikavkaz, la última parada antes de llegar a Grozny. Pero los rusos los habían hecho retroceder y ahora estaban paralizados, dispersos, perdidos, indecisos...

Las órdenes de arriba eran siempre las mismas: ¡avanzar! Era fácil decirlo con la nariz sobre un mapa, arropado en un cuartel general. Aquí, entre estas montañas desconocidas, en un frío que partía las rocas, no había nada más que hacer. Incluso los rusos ya no se desplazaban al frente: simplemente los dejaban morir de frío.

En Ucrania, Beewen ya se había enfrentado a la ventisca. Una ráfaga capaz de arrancarle a uno el rifle de las manos o de romperte un brazo si te atrevías a sacarlo del abrigo para encender un cigarrillo. Pero allí, en estos corredores de montaña, era aún peor. El viento se concentraba para levantar los Panzer y volcar los furgones, haciendo rodar peñascos y arrancando árboles.

Beewen deambulaba entre sus hombres. Más allá de las cadenas montañosas, los bombardeos parecían intensificarse; habría sido difícil saber quién disparaba a quién. La lluvia corría por la visera de su gorra, el cielo oscuro se cerraba por encima de su cabeza y solo quedaban esas luces lejanas, las luces de la muerte, para recordarle que habían llegado al final de la esperanza.

En realidad, durante esos tres años, solo un pensamiento —una obsesión— nunca lo había abandonado. Las Damas del Adlon. Habían resuelto el caso, sin duda. Magda Zamorsky, la gitana de pelo blanco, era el Hombre de Mármol. Habían obtenido su confesión. Habían develado su motivo, su método, su rabia. Incluso, a pesar de sí mismos, la habían destruido.

Pero quedaban sus últimas palabras: «No han comprendido nada. Lo único que importa es la Operación Europa…». Esas palabras no habían dejado de atormentarlo. ¿Qué había querido decir Magda? Entre los nazis, los planes de ataque y las estrategias militares siempre tuvieron nombres grotescos. Operación Barbarrossa. Operación Fall Blau Azul. Operación Edelweiss... Pero de una Operación Europa él nunca había oído hablar. ¿Concernía a Francia? ¿A Escandinavia? ¿A Grecia? ¿Incluso a otros países? ¿O se trataba de un proyecto global?

La verdadera pregunta estaba en otra parte. ¿Qué conexión podía existir entre una gran maniobra militar y la muerte de cuatro —cinco, si se contaba a Magda— mujeres de Berlín? Había una diferencia de escala que no tenía sentido. Una discrepancia entre los planes megalómanos de Hitler y el asesinato de unas candidatas a la maternidad.

En tres años de conflicto, había sufrido de todo en el orden del horror y el dolor —en ese aspecto, se encontraba más blindado que un *Panzerkampfwagen*—. En cambio, todavía le hacían daño esas palabras: la Operación Europa…

Y entonces, un día cualquiera, mientras se alejaban de Vladikavkaz, se toparon con otro regimiento del 4º Ejército Panzer. Los oficiales se habían puesto de acuerdo sobre las maniobras a seguir y cenaron —una gran palabra: los suministros ya no llegaban.

Fue entonces, compartiendo anécdotas al azar, que Beewen recibió una información inesperada. Datos que le permitirían, incluso desde aquí, en el corazón de la gran nada, retomar la investigación de las Damas del Adlon...

Vio el automóvil. Había pedido un vehículo discreto y estándar, una de esas máquinas militares que se podían ver por cientos en las carreteras del Cáucaso o en Ucrania. Un VW 82 Kübelwagen o «coche cubo», de color caqui, tan cubierto de barro que parecía carecer de color, entre el marrón pantano y el gris *feldgrau*. Perfecto.

Siguiendo sus instrucciones, se habían instalado bidones de combustible en la parte trasera y apostado una ametralladora al pie del asiento del pasajero. Había exigido que se reforzara el capó y que se sellaran las puertas para evitar que el viento helado lo convirtiera en una estatua de hielo antes de llegar a su destino.

Su ordenanza surgió de las sombras.

—*Oberstleutnant*, todo está listo.

Como por rutina, Beewen revisó los ejes y el diferencial de deslizamiento limitado —este rechoncho automóvil era lo mejor que se podía tener para mantener la ruta, incluso cuando esta no fuera más que un rastro de lodo o enteramente inexistente.

—*Oberstleutnant*...

—¿Qué?

Su ayudante de campo era un joven muchacho de Múnich, todo rojo, con la piel tan fina que se podían contar las grietas en sus mejillas.

—Si me permite, no es de su rango usar esto...

—No te preocupes. He dado instrucciones. El mando estará asegurado en mi ausencia.

Beewen iba a partir, de cualquier manera, con una mentira —un mensaje urgente para ir con otras tropas, en otros lugares—. Iba a dejar atrás toda esta mierda y ni siquiera había pensado en si iba a volver. Desertor, sin duda. Cobarde, todos lo eran. Pero siempre tendría la misma excusa: su investigación.

El ayudante de campo le dedicó un breve saludo. Este pobre tipo parecía más frágil que un vaso bajo una bota. Según los cálculos de Beewen, solo le quedaban uno o dos días de vida. Franz subió al VW 82 y se colocó al volante. Su sensación inmediata fue que estaba sujetando el timón de un pequeño barco dispuesto a capotear todas las tormentas para llegar al final del horizonte, al borde del sol.

Se alejó, desvaneciéndose en la oscuridad. Se las había arreglado para ocultar su excitación ante su ordenanza. Ahora podía regocijarse, solo en la noche, en ruta para un periplo de más de ochocientos kilómetros. Una travesía en solitario y de frente.

Aceleró, deslizándose a través de ventisqueros, evitando los charcos de barro. Se sentía invencible. Poseía un tesoro: algo que, en la oscuridad, brillaba. Una información capital que valía lo mismo que todos los braseros del mundo para calentarse el corazón.

145

—Pedazos de metralla. Obturaciones costales causando fractura de tres costillas sucesivas con apertura cutánea a la vista...

—De acuerdo —dijo Minna.

—Pedazos de metralla. Fractura abierta del hueso frontal con lesión hemorrágica del cuero cabelludo ...

—Dejémoslo aquí.

El médico se reclinó y partió por la mitad la placa de identificación que el soldado llevaba alrededor del cuello. Una parte se quedaría en su lugar, al final de la cadena, la otra se utilizaría para registrar el deceso. El rostro del herido no era más que un montón de sangre y el médico, un joven rumano llamado Constantin, había tenido dificultades para extraer el pequeño trozo de zinc de esa masa viscosa.

Minna reanudó su marcha. Los soldados yacían en el barro, unos en camillas, otros tirados en el suelo, a los pies de esta iglesia ortodoxa a medio destruir que les servía de hospital y de refugio.

Cada vez que llegaba un nuevo convoy con heridos, la joven, envuelta en un abrigo de la Wehrmacht, efectuaba ese siniestro repaso a las tropas. Toda operación quirúrgica que pudiera tener una duración superior a una hora estaba prohibida.

—Extremidad inferior destrozada por debajo de la rodilla.

—Entiendo.

Por prudencia, lo amputaría por encima de la articulación. El procedimiento solo tomaría unos 30 minutos. Le daría la vuelta al rumano, quien avanzaba con más rapidez en el arte de la sierra de corte que en el de la compasión.

—Desprendimiento de toda la masa facial —prosiguió con su acento de obrero—. Fractura bilateral de los huesos maxilares, de los cigomáticos, de los de las órbitas.

Todavía hoy, la imagen de ciertas heridas le repugnaba. Este rostro cortado en dos... A la altura de la frente, el cráneo retrocedía, mientras los pómulos avanzaban como un cajón que se hubiera quedado abierto.

—Olvídelo.

Estaba inclinada sobre el siguiente herido cuando escuchó el sonido de la placa cayendo en el pequeño cuenco de hojalata. Estos moribundos debían contentarse con aquel tintineo a modo de sentencia de muerte.

—Desprendimiento de la coyuntura púbica con herida hemorrágica…

Minna ni siquiera se molestó en mirar el cuerpo: la entrepierna era nada salvo un baño de sangre y vísceras. Se podría haber intentado una operación de rescate, pero en un hospital digno de aquel procedimiento. No en una iglesia en ruinas donde las medidas asépticas eran inexistentes y donde se operaba sin anestesia.

—Olvídelo.

Se detuvo un instante para recuperar el aliento. Apenas había comenzado el día. La oscuridad parecía aferrarse a cada detalle, negándose a partir. Era el lunes 23 de noviembre de 1942. Minna lo sabía porque siempre llevaba en el bolsillo un pequeño calendario para hojearlo —una especie de libreta editada por la marca de cerveza Löwenbräu—. Su único vínculo con el paso del tiempo, con la rotación de la Tierra. Aquí, en este vértigo de entrañas por coser y huesos por cortar, los días se arremolinaban como un vórtex, arrastrando a todo el mundo al fondo de la locura o de la muerte —la elección era de cada uno.

Minna no había ido a la guerra. Era la guerra lo que había ido hacia ella. Sin saber muy bien cómo, la psiquiatra se había visto movilizada a Bélgica, en agosto de 1940, un año después del asunto de las Damas del Adlon, más tarde a Dinamarca. Un trabajo bastante tranquilo —ella se limitaba a tratar a los levemente heridos y a dar seguimiento médico a los ejércitos—. Después, a finales de 1941, había sido enviada al Frente Oriental.

Ahí había descubierto la medicina de guerra, la verdadera —cirugías salvajes, carnicerías diarias sin medios ni asepsia—. Primero había apoyado a los practicantes en sus evisceraciones en cadena y se había hecho cargo. Primero amputaciones, luego cirugía de vísceras.

Minna se había convertido en practicante, impulsada diariamente por la urgencia de los sangrientos convoyes. Apenas y terminaba su turno, por la noche, se enfocaba en estudiar a fin de poder continuar con su formación. Cirugía ortopédica, visceral, respiratoria, maxilofacial... Todo el día, toda la noche, Minna operaba, cortaba, descuartizaba, cosía. Había aprendido el oficio salvando vidas y perdiéndolas. No había tiempo para la procrastinación. Era ella o nadie. La habían enviado primero a Smolensk, después a Dnipropetrovsk, hasta terminar allí, en las afueras de Stalingrado, donde operaba a sus heridos en el altar del coro. Mientras navegaba entre la hemoglobina, agradecía mentalmente al grupo del generador que cubría los gritos de los pacientes con sus motores y los olores a carne cruda con sus olores a gasolina.

Operaba pechos hundidos como puertas, rostros arrancados, abdómenes burbujeantes de jugo, vísceras que brotaban como tubos blanquecinos. Cualquier referencia al ser humano habría sido un error —e incluso una debilidad—. Había que aferrarse a los modelos, a los diagramas —del organismo humano, considerado como una máquina— y tratar de orientarse entre la papilla escarlata y fibrosa que se le entregaba. Eso era todo.

Otra falta a evitar era tratar de comprender y evaluar la situación militar. Las mentiras, los rumores, los malentendidos reinaban ahí, y era imposible interpretar las cosas. De todos modos, por lo que había llegado a entender, Hitler, tras un fracaso inicial en contra de Moscú, se había replegado sobre el Volga y el Cáucaso. En tanto enviaba sus tropas en dirección a los campos petrolíferos de las regiones de Bakú y Grozny, había decidido atacar Stalingrado, simultáneamente, a fin de poder cortar el eje de suministro norte-sur de los rusos. Lo que debería haber sido nada más que una formalidad, se había convertido en una pesadilla para los soldados, quienes habían terminado deambulando el verano entero en inextricables peleas callejeras.

Minna tenía un solo barómetro para medir estas maniobras complejas y a menudo confusas, la afluencia de heridos. A juzgar por cómo habían estado aumentando últimamente, mucho más allá de la capacidad del centro médico, los ejércitos alemanes pronto se encontrarían enteramente diezmados en Stalingrado. Se hablaba en voz baja del repliegue, de la derrota, de la debacle...

—Sección de la arteria carótida a nivel cervical por restos de explosión aún en su sitio…

Minna padeció entonces una brutal oleada de ira:

—¿Por qué me traen tipos en tal estado? ¿Cuántas veces tengo que repetirlo? ¡Estamos perdiendo el tiempo aquí! ¡Tomaría seis horas intentar cualquier cosa con eso! ¡Es un desperdicio, *Scheiße*! ¡El siguiente!

Se frotó la frente con el antebrazo —siempre llevaba sus guantes quirúrgicos entintados por la hemoglobina, mientras las EK (*Erkennungsmarke*, las placas de identificación) tintineaban una y otra vez detrás de ella.

—Múltiples impactos de bala en el abdomen con probable daño hemorrágico en bazo e hígado…

Quizás por desgano, o por cansancio, decidió tomarlo, a pesar de que la operación requería al menos dos horas.

—Fractura vertebral cervical por explosión. Sin duda, compresión de las vértebras C5, C6 o C7… Neumotórax a causa del estallido. Parálisis total de riesgo y asfixia en marcha…

—Pasamos.

Nunca, o rara vez, pensaba en Berlín. El nombre mismo de esta ciudad se había vuelto extraño para ella. Minna estaba como enterrada viva en este lodazal. Sin pasado ni futuro. Solo lo estaba del presente.

No había mucho que recordar. La muerte de Magda Zamorsky había sido sobriamente anunciada. Minna nunca había logrado recuperarse. La atormentaba la última imagen: Magda, con las piernas abiertas, entre las sábanas y el edredón empapados de sangre. La habían dejado allí, como si nunca hubieran estado en el lugar, como si nunca hubieran oído la verdad sobre el caso, como si aquello nunca hubiera existido…

Por semanas, Minna no se movió. Beewen había partido hacia el frente como quien nada en un río. Simon, que ya no poseía ni casa ni consultorio, aceptaba trabajos en asilos y dispensarios, cada vez más al este.

Como psiquiatra, la baronesa von Hassel estaba acabada. Su mundo ya no tenía ningún sentido. Había perdido la fe en su profesión y ya no tenía el perfil requerido para aquella especialidad —ahora buscaban ejecutores, verdugos—. Así, cuando le ofrecieron incorporarse al frente como médico no especialista, no lo dudó ni un segundo. Era mejor intentar volverse útil y, de paso, intentar beber un poco menos. Por la noche, cuando por fin podía dormir por unas horas, volvía a repetirse la historia de Magda Zamorsky, la pequeña gitana que había asumido su papel de mesías salvaje para toda una comunidad, la heroica mujer que había llegado a quedar embarazada de un pervertido nazi para satisfacer sus deseos de venganza. Y luego estaban esas frases: «No han entendido nada... Lo único que importaba era la Operación Europa...».

Durante los siguientes tres años, Minna había intentado dilucidar esas palabras a la luz de las maniobras militares del Reich. Nunca había llegado a escuchar nada sobre una Operación Europa...

—Doctora...

Ella dio un salto: la revisión de los heridos había terminado. En realidad, nunca se terminaba, pero Minna había pensado en algo para ocuparse durante las siguientes cinco o seis horas.

—Debemos comenzar.

—Prepara todo. Ya voy.

Decidió ir a tomar un café, no había comido nada desde el día anterior. Entró en la iglesia cuando una voz desconocida la llamó:

—Buenos días, Minna.

Se dio la vuelta y vaciló por un momento. Entre los camilleros, los lisiados, las enfermeras que iban y venían, un hombre alto con un abrigo de piel cubierto de barro estaba de pie frente a ella. Llevaba gafas de moto subidas sobre la gorra, y todo su rostro era blanco y negro, como si hubiera atravesado capas de ceniza y nieve alternativamente.

—¿No me reconoces?

No, no lo reconoció. Entonces, de repente, como quien logra desencadenar una pesada ancla en el fondo del mar, pudo ponerle nombre a ese rostro. Franz Beewen. Era su cabeza cuadrada, su ojo cerrado, sus rasgos olímpicos. Su físico de coloso, que siempre pareció fuera de lugar en Berlín, tomaba aquí su máxima expresión.

Beewen, en medio de la vorágine de la guerra, había encontrado el lugar que le correspondía.

Avanzó hacia él sin decir una palabra. El hombre de la Gestapo le sonreía, pero era una sonrisa distante, como separada por tres años de violencia y horror. Ella sabía lo suficiente sobre insignias y uniforme como para notar que él ya no usaba —se podía ver su cuello con cordones debajo del abrigo— las ropas de las Waffen-ss, sino las del Deutsches Heer, el ejército de infantería de la Wehrmacht.

Casi de inmediato (no tenía relación, y su ingenuidad aún la asombraba), empezó a imaginar que el *Koloss* había atravesado los frentes, los combates, las líneas enemigas para declararle su amor. Que él nunca había dejado de pensar en ella y, más allá de las bombas y las muertes, la había encontrado, a ella, a su amada. Había desertado de su regimiento, inspeccionado los campos de batalla, registrado los hospitales para encontrarla, unirse a ella y pedirle que se casara con él.

Pero Beewen se quitó la gorra y, con el pelo dorado como un pastelillo y los ojos ardiendo (el contorno de sus párpados enrojecido como por agua de mar), se limitó a susurrarle, con una risa en la garganta:

—¡He dado con Mengerhäusen!

146

—Es en la noche cuando vienen.

—¿Dónde?

—¿En mis sueños?

—¿Son hombres?

—No. Mujeres, niños, más que nada.

—¿Quiénes son?

—Los que he matado, ¿me entiende? Los reconozco...

Einsatzgruppen.

Cuando Simon Kraus fue movilizado a Vinnytsia, Ucrania, ni siquiera conocía ese nombre. *Grupos de intervención.* ¿Qué tipo de intervenciones? Ingenuamente, había pensado que se trataba de tropas especiales, comandos encargados de misiones específicas. En cierto modo, sí se trataba de eso, pero estos hombres no combatían. Su misión era disparar contra civiles desarmados. En proporciones inimaginables.

Estos grupos de las SS avanzaban tras las tropas de la Wehrmacht y mataban todo lo que se movía. Prioritariamente a los judíos y a numerosos campesinos y sus familias —los llamados partisanos o cómplices de los partisanos—. De todos modos eran eslavos. No había necesidad de subrazas en el nuevo espacio vital de Alemania...

—¿Qué pasa? —continuó Simon.

—Los estoy matando de nuevo, ¿me entiende? Igual que la primera vez...

—¿Es decir?

Simon Kraus hizo la pregunta solo por costumbre: ya había escuchado este tipo de historias cientos de veces. El SS, con los ojos desorbitados, no podía controlar sus tics nerviosos. Tartamudeaba más de lo que hablaba. Apenas veinticinco años, pupilas de un ángel, un amoroso rostro que parecía pintado al óleo...

—Les hacemos cavar un pozo de unos veinte metros de largo... —prosiguió—. Les ordenamos que se desnuden y que desciendan al agujero, ¿me entiende? Tienen que acostarse boca abajo uno al lado del otro, bien apretados...

—¿Por qué?

—Para ahorrar espacio, ¿me entiende? Antes les disparábamos al borde del foso, donde iban cayendo de cualquier manera... Ahora, se recuestan allí ordenadamente... Disparamos y traemos otro grupo... Les ordenamos... Bueno, lo mismo...

Simon escuchaba a estos exterminadores describir sus atroces actos, en tanto intentaba convencerse de que estos eran sus pacientes. Seguirían más detalles. Estos tipos llegaban aquí para confesarse, para desahogarse. Pero Simon no era sacerdote: ni entendía, ni perdonaba. No había piedad para estos asesinos.

—En mi sueño —continuó el tipo—, los muertos regresan. Y están cubiertos de ceniza y cal. Se lo ponemos al foso para que no huela mucho, ¿me entiende?

El hombre no dejaba de temblar en su asiento. Se había metido las manos debajo de los muslos para evitar que se siguieran moviendo, pero, en cuanto al encogimiento de hombros, nada que hacer: parecía estar armado por resortes.

Los «heridos psíquicos» que Simon trataba eran de un tipo particular. Estos traumatizados se hallaban en estado de *shock* a causa de sus propios abusos. Ya desde 1940, las autoridades de las SS habían notado la aparición de estos trastornos y habían decidido enviar psiquiatras al lugar para tratarlos. No por caridad o benevolencia; la maquinaria nazi era ajena a tales nociones, sino porque estos hombres no podían garantizar el ritmo exigido.

Quizás este era el peor aspecto de su misión: Kraus sabía que, en tanto diagnosticaba a estos asesinos rotos y escribía informes a sus superiores, se encontraba incitando al poder de las SS para que avanzase a máxima velocidad.

Los nazis estaban considerando otros métodos de eliminación, más expeditos. La máquina iba a reemplazar al hombre, decididamente demasiado lento, demasiado vulnerable. El tiempo de la artesanía había terminado. Y Simon estaba contribuyendo a esta evolución... Era él quien señalaba las fallas, las debilidades del sistema.

No tenía información confiable, pero se hablaba del gas, inspirado en técnicas que ya se habían ocupado para deshacerse de los enfermos y de los discapacitados mentales. Monóxido de carbono, ácido cianhídrico... Los campos de concentración se estaban equipando. La brecha industrial había sido franqueada.

Simon ya no podía dormir —él solo ingería tantos tranquilizantes como todos sus pacientes juntos—. Tenía la impresión de estar flotando en este no-mundo a la manera de una conciencia llena de incertidumbre, susceptible de desaparecer en cualquier momento.

El hospital psiquiátrico en el que se había instalado era inconcebible. Las Waffen-ss habían fusilado a todos sus ocupantes —enfermos mentales para los que se había cavado una fosa común, en la parte trasera del establecimiento— con el fin de dar cabida a los «colegas en dificultades»...

El sitio no tenía medios modernos ni equipamiento básico —la electricidad la generaba un grupo, las ventanas rotas se habían recubierto con tablones. La comida, ni siquiera hablar de ello, y el agua, fría y estancada, escurría de las duchas en un exiguo goteo.

Al menos su oficina tenía una estufa de leña. Simon pasaba la mayor parte de su tiempo entre estas cuatro paredes, cerca de la fuente de calor. Allí recibía a sus pacientes, practicaba la hipnosis o recetaba analgésicos, comía y dormía en la cama de auscultación.

A veces pensaba en Minna von Hassel y no podía evitar reírse ante la ironía de su situación. Él, que solía burlarse de ella y de su ruinoso instituto en Brangbo, hoy no se encontraba mucho mejor.

Cuando llegaba a salir, el frío lo petrificaba al instante y tardaba horas en recuperar el uso de sus dedos. Tenía la impresión de que todos habían abandonado esta ciudad maldita.

Excepto los perros.

Otro detalle que le molestaba —ningún buen hombre de las ss sin su perro—. Quizás se les había concedido, a estos asesinos deprimidos, a manera de consuelo, que se llevaran a sus perros con ellos. Eran tantos que habían tenido que construir una perrera al lado del hospital. Ladraban todo el día y sus iracundos gruñidos se mezclaban con los insoportables testimonios de sus amos.

—¿Me está escuchando, doctor?

Simon se sobresaltó. Había perdido la pista durante un buen rato.

—Por supuesto. Continúe.

Al principio, no había creído esas historias. Graneros repletos de mujeres y niños, rociados con gasolina antes de prenderles fuego. Hombres a los que se colgaba colocándoles el lazo debajo de la barbilla para que murieran lentamente. Muertos, y a veces heridos, que habían sido removidos con una excavadora, arrancando brazos y piernas, antes de arrojarlos en cráteres. Tanques rodando sobre montones de cadáveres, bebés lanzados por las ventanas de los trenes...

Simon siempre estaba a punto del vómito con cada sesión, o de golpear a esos jadeantes asesinos —ya había llegado a eso—. Lo más doloroso era advertir, bajo el caparazón del asesino, vestigios de humanidad. Algunos, a pesar de los miles de muertos en su haber, se conmovían por caballos despedazados por obuses. Otros se justificaban con la prima de doce marcos y la doble ración que les garantizaban tales trabajos. Otros, temerosos de tener que pagar por sus crímenes, se abocaban a desenterrar sus propias fosas comunes a fin de poderles prender fuego.

A su pesar, Simon tomaba notas. Seguía siendo un hombre de ciencia, fascinado por el Thanatos en su versión más dura y cruda. La pulsión de muerte actuaba, por así decirlo, *a través* de estos aturdidos soldados, meros instrumentos de un poder más allá de ellos.

Por la noche, en su demasiado rígido diván, Simon ennegrecía las páginas. Planeaba escribir un libro de memorias en forma de análisis del mal. Pero no se dejaba engañar: si se encontraba haciendo grandes hipótesis, en realidad era para no ceder. Estas atrocidades terminarían por hacerse de su piel. Iba a terminar jodido —no había razón para aguantar en un mundo de destrucción y crueldad como este.

Cuando apagaba su lámpara de vela, era otra luz la que se encendía. Las Damas del Adlon reaparecían. Susanne Bohnstengel.

Margarete Pohl. Leni Lorenz. Greta Fielitz. Y, por supuesto, Magda Zamorsky. Víctimas que habían resultado ser monstruos. Y madres. Los juguetes de un plan perfecto para producir la quintaesencia de la sangre germánica.

Simon repasaba toda la historia, ordenando cada elemento, sin descanso. No tenía ningún problema para hacerlo. Todo estaba claro, lógico, consumado.

Sin embargo, quedaban esas últimas frases de Magda: «No han comprendido nada... Lo único que importaba era la Operación Europa».

Cuando pensaba en ello, Simon, al igual que Minna y Beewen sin duda alguna, tenía la insoportable sensación de haberse perdido de todo el asunto. Existía ahí un significado oculto y ellos no habían conseguido dilucidarlo.

La Operación Europa seguiría siendo un misterio, un enigma jamás resuelto.

Un ruido sordo lo devolvió a la realidad. Su paciente, sacudido por los espasmos, acababa de caerse de la silla, quemándose de paso con la estufa. Sin dudarlo, Simon tiró de él por el cuello, alejándolo del ardiente utensilio. Golpeó violentamente su propia puerta. Aunque no estaba encerrado, había adquirido, con los meses, esa costumbre de prisionero. En cierto modo, solo era eso. Un preso en una cárcel de seiscientos mil kilómetros cuadrados. Ucrania.

Llegó un enfermero —en realidad, solo un hombre de las SS con camisa blanca, y Simon señaló al paciente que se encontraba convulsionando, babeando.

—Llévalo afuera. Dale una inyección de Luminal a mi salud.

El hombre acató, arrastrando al paciente como si fuese un saco de papas. Simon cerró la puerta y se dejó caer en su silla. Se hundió en la contemplación de su estufa, envuelto en su casaca militar. No llevaba más que eso y botas forradas. Estaba muy lejos de sus trajes pespunteados, de sus *homburgs* con *gamsbarts* y de sus *derbies* con suelas de plataforma...

Alguien llamó a su puerta.

Tuvo una oleada de mal humor. Si se trataba de otro de esos degenerados asesinos... Abrió la puerta con enfado y descubrió, con asombro, a las últimas personas que esperaba ver en aquel lugar.

Franz Beewen, con abrigo de cuero y gafas de aviador, más ario que un coloso de Arno Breker. Minna von Hassel, envuelta en una chamarra, todavía con esa pálida y lánguida belleza asomándose desde su cuello.

Por un breve momento consideró qué decirles, después cayó en sus brazos y se echó a llorar.

147

Para llegar a Minna, Beewen había tenido que viajar ochocientos kilómetros —le había tomado tres días—. Ambos se habían dirigido a toda velocidad hacia Vinnytsia. Había requerido cuatro días y medio más. Ahora se dirigían hacia Polonia y, según sus cálculos, su expedición duraría otros tres días. Quizás más. La nieve había comenzado a caer alrededor de Lviv y, desde el domingo 29 de noviembre, habían estado conduciendo mucho más despacio.

Aun así, por lo general, Beewen se encontraba feliz con el viaje. Recorrer tales distancias, por tales caminos, en invierno y en tiempos de guerra, era una verdadera proeza. Sí, sentía el orgullo un tanto ridículo de un camionero. Su VW 82 Kübelwagen aguantaba los impactos. Había agotado sus reservas de combustible, pero su rango de *Oberstleutnant* le garantizaba suministros dondequiera que fuera.

Durante el viaje hacia Vinnytsia, él y Minna habían hablado poco —los infernales caminos y el rugido del motor habían ocupado el lugar de la conversación—. Más que nada, Beewen no tenía deseos de repetir dos veces lo que tenía que decir. Esperarían a encontrarse con Simon.

En ese domingo de nieve, cuando llevaban ya dos días conduciendo por turnos (cuando uno tomaba el volante, los otros dos dormían), decidió abrirse —y no solo un poco.

Una noche de noviembre, un oficial, recién llegado a su campamento, le había contado sobre su visita a una nueva KZ, ubicada en los alrededores de Czestochowa. Una especie de unidad piloto que pretendía experimentar con nuevos métodos de exterminio, derivados de la investigación médica. El nombre del administrador del lugar había hecho saltar a Beewen, Ernst Mengerhäusen, quien se había convertido en un *Gruppenführer*.

Franz no se lo había pensado dos veces: esa misma noche había preparado un vehículo para visitar al único hombre que sabía lo que era la «Operación Europa». Pero no había manera de que fuera solo. Primero tenía que ir a buscar a sus cómplices para descubrir juntos la verdad última.

—¿Cómo diste con nosotros? —preguntó Minna.

—Todavía tengo un pie en la Gestapo. Siempre mantuve un ojo sobre ustedes.

Beewen se alegraba de volver a verlos. Ya no tenía las ideas muy claras y su cerebro se encontraba como requemado por aquellos años de guerra, pero al final, en ese torrente de mierda en que se habían convertido sus pensamientos, afloraba una sombra de alegría.

Sobre todo, lo que le había devuelto la confianza era que, tanto Minna como Simon, ante la mención del nombre de Mengerhäusen, lo seguían sin hacerle la menor pregunta. Dejar su puesto así era peligroso, podían ser acusados de deserción, de derrotismo. Pero no habían dudado: al igual que Beewen, estos dos nunca habían olvidado a las Damas del Adlon y guardaban en el estómago aún el enigma de la Operación Europa.

Después de esa primera ráfaga de explicaciones, Beewen guardó silencio. Podría haberles contado lo que había visto durante su travesía por Ucrania o incluso lo que había ocurrido durante sus varias asignaciones en los últimos años, pero ¿cuál era el punto? No sabía por lo que habían pasado Minna y Simon, sin embargo, estaba seguro de que ellos habían padecido lo suficiente.

Esa noche, Beewen sugirió que acamparan entre la maleza. Se negaron: prefirieron turnarse y conducir toda la noche (les quedaban cuatrocientos kilómetros y, como la nieve los ralentizaba constantemente, aún les faltaban unas veinticuatro horas de carretera).

Complacido con su determinación, decidió quedarse al volante y darles más detalles sobre su destino.

—En Czestochowa se observa de todo: la infección, el dolor, la muerte… Es allí donde se prueba la eficacia de las cámaras de gas. Están equipados con un espejo bidireccional para poder cronometrar la agonía de los prisioneros.

Beewen, con los ojos fijos en la carretera (que equivalía a un sendero negro bordeado de ventisqueros), hablaba con voz monótona. Finalmente, prefería no escatimarles ningún detalle, a fin de que estuvieran listos para encarar lo que les aguardaba. No tendrían una segunda oportunidad.

—El campamento se enorgullece de ser un laboratorio de investigaciones muy particulares. Inoculan enfermedades a sujetos sanos, mutilan a los prisioneros para observar los efectos de diferentes tratamientos o, simplemente, para dar seguimiento a la evolución de las heridas. Algunos experimentos involucran materiales tóxicos, incluido el petróleo, que se aplican en la piel de los conejillos de indias o se inyecta en sus órganos. También me han hablado de quemaduras de fósforo, experimentos sobre la absorción del agua de mar o la resistencia al frío… Nadie sobrevive a estas prácticas. Los cuerpos aún calientes son inmediatamente autopsiados, desmembrados, desollados y enviados a las facultades de medicina o a un museo secreto del Reich, dedicado a los esqueletos. Cuando se quedan sin cuerpo, los prisioneros son eliminados con una inyección de fenol en el corazón. Para Mengerhäusen, esta reserva de material humano es una oportunidad única. La ciencia debe liberarse de toda moralidad y de toda piedad.

Beewen hablaba de esta manera para probarse a sí mismo. Estaba intentando hacerse el duro, pero nunca había entrado en un campo de exterminio y no tenía idea de cómo reaccionaría.

El lunes 30 de noviembre, alrededor de las cuatro, llegaron a las afueras de Czestochowa. Por cuanto sabía Beewen, se trataba de una ciudad-santuario bajo la protección de una Virgen Negra, un lugar de peregrinaje usualmente concurrido. Pero ya era tarde para orar y los polacos estaban demasiado ocupados en sobrevivir...

Evitaron las aglomeraciones, pidieron direcciones y pronto se encontraron en un camino de barro y charcos. Caía la noche y todo lo que se podía ver, al pie de una colina blanca, eran edificios de un solo piso, construidos en hilera, que parecían como espolvoreados por los pesados copos de nieve del crepúsculo, a la manera de tostadas francesas.

—Seré yo quien hable —advirtió simplemente Beewen.

148

Ni banderas nazis ni calaveras. Ningún signo particular; sin embargo, el campo de exterminio ostentaba todo su lúgubre poder. Más allá de la valla de alambre de púas electrificada, de más de tres metros de altura, y de las torres de vigilancia desde donde apuntaba una ametralladora, se distinguían una treintena de edificios de ladrillo —Beewen había hablado de un pequeño campamento, Minna se preguntó cómo debían ser los demás...—, distribuidos en dos filas simétricas. Parecía tratarse de una fábrica de zapatos o de una lechería, cualquier actividad que no requiriera de maquinaria gigantesca ni de espaciosos galpones.

Beewen salió del coche y con los centinelas fuera de la caseta de vigilancia. Sus palabras producían una especie de niebla sobre sus cabezas. Minna observó la cerca salpicada de farolas que se elevaba con el terreno y desaparecían en la noche. Parecía una corona navideña, con algo de festivo, algo mágico. Minna estaba completamente desorientada.

Beewen les estaba mostrando sus papeles —seguramente papeles falsos, que había fabricado antes de irse—, los soldados asentían. En cierto modo, todos los documentos que Beewen había producido eran ciertos, ya que él mismo era auténtico.

Las rejas se abrieron, los cabos se hicieron a un lado. El VW 82 Kübel- wagen se deslizó dentro del campamento nevado. El camino central estaba bien despejado y recorrieron varios cientos de metros sin decir una sola palabra. El camino asemejaba una larga y negra fisura en un lago congelado.

Todo estaba desierto. No había ni un alma en esta ciudad

rojiblanca, a excepción de los guardias que caminaban con rifles al hombro, dominando a los jadeantes perros-lobos.

Con una curiosidad morbosa, Minna miraba con los ojos bien abiertos, intentando avistar a los detenidos, incluso quizás a los muertos. Ella estaba experimentando, físicamente, la sensación de encontrarse penetrando en el corazón del mal y quería hacer valer su boleto. Pero todo se encontraba cerrado y dormido.

Una vez más, Beewen bajó del auto para interrogar a un guardia. Su charla cara a cara parecía salpicada de mercurio. Una película de cristal los envolvía.

Minna miró hacia abajo y vio, a través de la puerta que aún estaba abierta, que la nieve aquí tenía reflejos plateados; no, eran más que solo reflejos, era, de hecho, brillante. Cuando se inclinó, se dio cuenta de que estaba incrustada con finas partículas. Despojos mortales. Solo entonces se percató de que un olor extraño, tanto nuevo como familiar, estaba entrando en la cabina. Por encima del cuello levantado, lanzó una mirada horrorizada a Simon, quien se la devolvió.

El olor de la carne cocida.

Carne humana.

—Las oficinas de Mengerhäusen están al fondo —anunció Beewen, mientras volvía a subir al vehículo.

Siguieron de nuevo el camino principal. A través del parabrisas, el frío otorgaba una extraña luminiscencia a cada detalle: estalactitas en los extremos de los techos, ventanas opacas que arrojaban reflejos plateados, huellas azuladas en los guardias de seguridad...

En este espectral escenario, la oscuridad luchaba por imponerse. Todas estas blancas superficies parecían querer hacer retroceder a la noche; contenerla, como si la tiza hubiera ganado por fin a la pizarra.

Poco después llegaron a un pabellón con una bandera, con la esvástica y con signos rúnicos —los primeros que veían desde su llegada. El edificio estaba rodeado por alambre de púas, un campo dentro de un campo, y su aspecto entero, pesado, aplastante, delataba al poder administrativo. Era en esta caja fuerte donde se tomaban las decisiones, donde el derecho a la vida o a la muerte se aplicaba.

Tercera salida para Beewen. Aquí había más guardias, más perros —como si los presos más peligrosos fueran, en última instancia, estos hombres que tomaban las decisiones—. Esta vez, el *Oberstleutnant* siguió a uno de los soldados dentro del edificio.

—Está en el anexo —dijo, al volver.

—¿Qué es el anexo?

—No lo sé. Así es como llaman a un grupo de edificios en el bosque, más arriba. El lugar privado de Mengerhäusen.

Llegaron al final del campamento. Minna estaba decepcionada. No había logrado ver nada. Czestochowa parecía una prisión abandonada.

Nuevo obstáculo. Una cabaña, dos soldados, más perros... Esta vez Beewen se contentó con abrir la ventana y gritar a los SS. Ni siquiera tuvo que mostrar sus papeles —la barrera se elevó con un silencio de algodón.

Nuevo camino, delineado por abetos cargados de copos de nieve. Más arriba, los pequeños bosquecillos evocaban al musgo entre el agua o a juncos negros plantados al borde de un estanque invisible.

Otra valla. Esta vez, Beewen se detuvo y apagó el motor.

—Debe ser allí —susurró como si pudiera ser escuchado—. ¿Están listos?

En respuesta, Simon y Minna sacaron sus Luger al mismo tiempo. Beewen parecía satisfecho. Amartillaron sus armas al unísono; salieron del vehículo y se dirigieron a la reja. Sin guardia. Sin búnker. A la derecha, sin embargo, dentro del recinto, un hombre fumaba, de espaldas, apoyado en uno de los postes de la barrera, justo debajo de un aislante eléctrico.

Beewen encendió su linterna. El hombre se dio media vuelta y bajó la bufanda que ocultaba su rostro. A pesar del chapka, a pesar de la lana que le cubría la barbilla, Minna lo reconoció de inmediato: Hans Wirth, el guardaespaldas personal de Mengerhäusen, el siniestro asesino de la SD.

En su rostro, ella pudo adivinar que él los había reconocido. Ellos estaban bien abrigados, pero eran tres —y era siempre el mismo trío.

Con los hombros cubiertos de nieve, las piernas enterradas hasta las rodillas, Wirth los miró a través del alambre de púas. Todavía usaba sus pequeños anteojos, los cuales estaban empañados por el vapor de su respiración.

—¿Qué demonios hacen aquí? —dijo, bajándose nuevamente la bufanda.

Sonreía mostrando sus dientes.

—¿Qué te parece que hacemos?

Wirth salió de la nieve y continuó a lo largo del alambre de púas hasta la reja, donde retiró el pesado candado. Mientras maniobraba, no cesó de dirigirles miradas sorprendidas. Parecía feliz de encontrarlos. Una cita constantemente postergada, una matanza siempre aplazada...

Abrió la reja de par en par, forzando la nieve, para dejarlos entrar. Estaba vestido al estilo ruso: abrigo forrado de lobo, botas recubiertas de piel, chapka de cuero y piel, guantes de cuero.

—¿Han venido aquí a verlo? ¡Buen esfuerzo, pajaritos!

Rio, dejando escapar volutas de vapor. Daba la impresión de que estaba fumando su risa.

—Pero llegan demasiado tarde —dijo, en un tono fingido de disculpa—. No hay nada más que ver… Ya está todo cerrado y…

Wirth no terminó la frase —Beewen le había clavado la hoja de su cuchillo en la garganta—. Al instante, su mano enguantada se llenó de sangre color frambuesa, regocijándose por estar libre de nuevo. Un júbilo escarlata. Wirth también reía, pero su risa ya no se movía, estaba congelada, fija en las comisuras. Detrás de los vidrios perlados por el vapor, sus ojos húmedos brillaban con incredulidad.

Mientras sostenía su daga, Beewen, con la otra mano, sujetó a Wirth por las solapas del abrigo. A la distancia, se hubiera pensado que se trataba de un reencuentro, o de un empujón. Un asunto de hombres, en cualquier caso, tal vez amistoso, tal vez hostil, pero para nada peligroso.

Minna bajó la mirada: estaba fascinada por la sangre que salpicaba la nieve y humeaba, dando la impresión de que la superficie esponjosa ocultaba un cráter que hervía.

Finalmente, Beewen lanzó una mirada a derecha e izquierda —ningún centinela, sin testigos en el horizonte, y soltó su agarre—. Wirth cayó de rodillas. Luego de frente, dejando su rostro plantado en la nieve como en un molde. Cada quien tiene la máscara mortuoria que puede.

Beewen no hizo ningún comentario. Se limitó a sujetar entre dos dedos su hoja ensangrentada y a sacudirle las marcas del rojo líquido. Un gesto de carnicero, a la vez tranquilo y decidido, pero que poseía el valor de la advertencia: todo lo que respiraba en ese rincón del mundo iba a sufrir el mismo tratamiento.

149

Avanzaron hacia el primer edificio, siguiendo un pequeño camino delimitado por piedras. Por debajo de su caparazón de abrigo, capucha, guantes y bufanda, Simon cavilaba en torno a un mismo pensamiento, un pensamiento rojo como la sangre de Wirth en la nieve: estaban allí no solo para arrancar los últimos fragmentos de la verdad, sino para eliminar a los últimos actores del asunto.

De investigadores, habían pasado al papel de exterminadores.

Nada demasiado impactante en la Polonia de 1942.

Decoración impasible. Ni un sonido, ni un suspiro. Incluso el tiempo parecía haberse quedado fijo como un copo escarchado sobre una rama. Solos, avanzaban por la nieve, hundidos hasta las pantorrillas, cada paso como sobre colchones, ágiles como bibendums. Los Jinetes del Apocalipsis, en versión pesada y calafateada.

Las lámparas de sodio iluminaban los umbrales de los edificios, pero ninguna ventana se encontraba encendida. Todo el sitio parecía abandonado. Por ahora, lo único que jugaba en su favor era que ese olor insoportable, el que los había hecho enfermar antes, había desaparecido. Aquí podían respirar mejor: aquí donde incluso flotaba un olor a corteza húmeda y resina fresca.

Beewen se acercó al primer edificio, por el flanco izquierdo, y giró el pomo de la puerta abierta. Se metió en las sombras y, casi de inmediato, un halo amarillento apareció a su alrededor —acababa de volver a encender su linterna.

Simon y Minna se unieron a él cuando encendió un interruptor. Las bombillas desnudas arrojaban una intensa luz sobre la habitación, que parecía una suerte de baños públicos, pero sin azulejos ni toallas.

Paredes de ladrillo, piscinas rectangulares de cemento llenas de agua negra sobre las que flotaban bloques de hielo. Una fila de lavabos contra la pared. Grifos niquelados. En el suelo, charcos de agua...

El lugar parecía un *hammam* a la manera rusa, pero sin calor ni vapor.

Simon sintió frío, como cuando era un niño en la misa y tenía que mojar los dedos en la pila de agua bendita de mármol.

Avanzaron. La luz, demasiado directa, se sumaba a la aspereza clínica del conjunto. Las tuberías abandonadas a ras del suelo parecían mangueras contra incendios. Las mesas de disección, sobre las cuales se encontraban dispuestos extraños trajes de caucho, parecían altares paganos.

Justo cuando Simon estaba pensando que el recorrido podría ser soportable, una sola mirada frustró sus esperanzas. Detrás de una columna, una serie de estantes sostenían tarros. Su contenido le recordaba sus años universitarios y las lecciones de anatomía, pero no estaba seguro de poder identificarlo todo: hígados, vesículas biliares, cálculos renales, ovarios... Para un coleccionista, el lugar habría sido todo un día de campo.

Sobre todo, había ojos. Llenando varios frascos, flotando en formol como cerezas en brandy, parecían observarlos mientras murmuraban atroces historias de enucleaciones con una cucharilla...

Más adelante, en un pequeño carrito cromado, Simon descubrió instrumentos que nunca había visto —obviamente, creaciones de la casa—. Garfios con las puntas hacia arriba, hojas curvas, alicates con extremos dentados...

Volvieron sobre sus pasos. No habían descubierto nada, salvo que, en aquel lugar, toda noción de humanidad, de integridad física o de moralidad había desaparecido. En este campamento, los hombres y las mujeres no valían más que conejos de laboratorio, probablemente menos. El siguiente edificio, más pequeño, parecía un cobertizo.

En esta ocasión, las ventanas, recubiertas por telas, disimulaban una fuente de luz. Quizás prisioneros al interior…

La puerta estaba cerrada con una cadena y un candado. Con una patada, Beewen logró vencerla. Entraron y descubrieron a los presos postrados alrededor de un brasero. No siluetas en bata, no. Curiosidades, más bien, vistiendo ropa de civil. *Tras la colección orgánica, la colección… humana.*

Al ver la gorra con cadena de Beewen, dos niñas gemelas de diez años, con vestidos negros y calcetines blancos, saltaron y comenzaron a bailar al unísono, como dos pequeñas muñecas mecánicas. Más allá, una familia de enanos —el parecido entre todos era asombroso— se agrupaba como para formar un frente común. Parecían dispuestos a morir, pero no a huir.

A lo largo de las paredes, los hombres con el torso desnudo que sufrían de caquexia ni se inmutaban. Sus pechos huesudos y afilados exhibían llagas oscuras que exudaban una especie de pus negruzco. Palabras de Beewen: los experimentos en Czestochowa involucraban hidrocarburos.

Al fondo de la sala, mujeres en cuclillas, cubiertas con vendajes. La náusea se apoderó de Simon. Todos aquellos seres, que tenían la oportunidad de sobrevivir, no eran más que sujetos de prueba para Mengerhäusen.

¿Dónde estaba él? Sin ponerse de acuerdo, decidieron salir de aquel lugar y dirigirse al edificio en lo más alto de la colina. Una oficina con todos estos horrores era algo muy al estilo del degenerado pelirrojo.

Cuando vieron salir humo por la chimenea, se dijeron que habían dado con su objetivo. Jadeando a cada paso, escupiendo vapor, así, avanzaban hundiéndose en la espesura algodonosa que crujía bajo sus pies.

De repente, sus botas produjeron un ruido singular, más seco, más... rico, como si estuvieran tropezando con guijarros. Beewen iluminó el suelo. Una calavera, un fémur, costillas... Bajo la nieve, el camino parecía tapizado por huesos humanos, o simplemente de vestigios que habían caído de un carro o una carretilla.

Simon se estremeció, casi al borde de la convulsión. Todas las historias de los *Einsatzgruppen* volvían a él —se trataba de la misma pesadilla, aunque fuese en una forma distinta—. Beewen había hablado de una «unidad científica», pero el sitio daba más la impresión de ser un pueblo de artesanos, cuyo único objetivo era la muerte en todas sus formas, en sus más variadas crueldades.

Entraron al lugar sin dificultades y solo entonces se percataron de su error: no se trataba de la oficina de Mengerhäusen. Ninguna oficina en el mundo podría verse así. En cambio, acababan de entrar en la guarida de la bruja de Hansel y Gretel, salvo por los dulces y el pan de jengibre.

Una gran sala hundida en la penumbra, iluminada por fuegos bajo calderos negros. Inmediatamente, el olor los asió por la garganta, haciéndoles dolorosa, acre y seca cada respiración. En su juventud, cuando tomaba numerosos trabajos temporales, Simon había trabajado en una curtiduría. No había durado ni tres días, a causa de las fétidas exhalaciones. Era del mismo hedor aquí.

No era necesario ir muy lejos para encontrar una explicación. Las paredes, que parecían revestidas por troncos, estaban tapizadas con cadáveres decapitados, desnudos, del color de la cera, apilados unos encima de otros, casi empotrados. Eran increíblemente delgados. La humanidad reducida a huesos y un poco de piel.

Beewen tropezó con un cuenco de madera. Cabezas rapadas rodaron por el suelo. Habían sido cortadas de tajo en la base del cuello. Simon se obligó a mirarlas. Aquellos rostros tenían rasgos arrugados, ojos rasgados, como los mongoles. Las bocas, por el contrario, parecían dislocadas, los dientes —donde aún quedaban— a punto de caerse. En cuanto a los ojos… parecían gelificados por una cocción misteriosa.

Se acercaron a un tanque en el que burbujeaba un líquido espeso. Una cubierta ocultaba a medias el contenido. Beewen, con su mano enguantada, la apartó. Sin consultarse, los tres se inclinaron. ¿Quién sabe? Quizás, algún día, tendrían que testificar al respecto... Torsos partidos, miembros arrancados, fragmentos imposibles de identificar revueltos. La piel flotaba, a medio despegarse —ese era probablemente el objetivo.

Desde hacía mucho tiempo en todos los campamentos militares corrían horripilantes rumores: fábricas de jabón que se hacía con grasa humana, objetos, prendas de ropa hechos con piel humana, historias de terror que, incluso entre los nazis, resultaban difíciles de creer.

Estaban paseando ahora justo al lado de esos rumores. Sobre una mesa, había ladrillos de grumoso jabón apilados junto a moldes untados con la misma sustancia seca. Con los ojos desorbitados, Simon observaba esta inimaginable materia. *¿Quién podría lavarse con jabón humano?*

—Partamos —dijo Beewen, con una voz irreconocible—. No hay nada aquí para nosotros.

Simon notó, en un rincón, mesas de corte, como las que se encuentran en los talleres de sastrería, sobre las cuales yacían largas piezas de tela color beige y patrones, con sus diseños punteados. Junto a las mesas, máquinas de coser, gruesas agujas, carretes de hilo...

Apretó el paso y se unió a los demás. El aire fresco le sentó bien. Lo que acababan de ver en aquel lugar no existía, no en el sentido humano del término: era algo siniestro, una ruptura con el sentimiento universal de humanidad. No había necesidad de escandalizarse ni de entender, aquello venía de otro lado, de otro planeta, de otro espacio-tiempo donde la empatía natural se había borrado completamente, o donde no había existido nunca.

—Allá arriba —dijo Beewen, extendiendo su dedo índice.

Simon miró hacia arriba y vio, escondido tras los árboles, un edificio de madera. Una especie de dacha rusa. Las ventanas estaban iluminadas y salía humo de la chimenea. El conjunto evocaba un remanso de paz, un refugio en la tempestad.

Esta vez, no había duda: la oficina personal de Ernst Mengerhäusen.

150

—¡Bienvenidos a mi humilde morada!

Debajo de su bata blanca, Mengerhäusen vestía como un boyardo —pero un boyardo de domingo, listo para cuidar el jardín o para alimentar a sus perros—. Chamarra marinera de lana azul, pantalón de lona, botas forradas de lana.

Siempre jovial, no había mostrado sorpresa al descubrir a sus tres visitantes.

El refugio del médico sí que merecía una visita: un chalé con muebles de madera en bruto, decorado por alfombras de piel y cabezas de osos disecadas en las paredes. En el centro había una estufa ronroneando, que invitaba a estirar las manos hacia ella. El confortable refugio de un leñador retirado.

Pero no engañaba a nadie: en un estante, detrás de su escritorio, los frascos albergaban formas orgánicas flotando en formol.

—No puedo más que admirar su tenacidad —exclamó Mengerhäusen, como si hubiera estado esperándolos desde siempre—. ¡Tres años después, y todavía están aquí, buscando respuestas! En otros tiempos, tal curiosidad les hubiera costado la vida, pero hoy en día... —Suspiró en tono de disculpa.— Parece una paradoja, pero ahora que la vida no vale nada, uno tiene más oportunidades de conservarla, de pasar entre las gotas...

Los visitantes permanecieron en silencio, tan inmóviles como los cadáveres que acababan de contemplar. Su anfitrión les ofreció tomar asiento —había rudimentarios sillones cubiertos por pieles de bestias—, pero prefirieron quedarse de pie, como condenados esperando la soga, al pie del patíbulo.

—Deben de estar helándose —comentó Mengerhäusen—. Les traeré un poco de café.

El hombrecillo se volvió hacia la estufa de hierro fundido esmaltado —allí se mantenía caliente una cafetera—. Tazas, cucharas, azúcar. El médico procedía con toda calma, sin temblar ni mostrar el menor temor. Su cabello seguía siendo tan espeso, tan ardiente como siempre. Parecía flambeado al coñac.

Tan surrealista como pudiera sonar, cuando él le entregó su taza a cada uno, los tres visitantes se quitaron los guantes y la aceptaron. Más allá de cualquier ira, repugnancia o consideración ética, se estaban muriendo de frío —y un café caliente, maldita sea, era todo lo que necesitaban.

Beewen bebió el suyo de un trago, sin sentir el ardor en la garganta. Unos segundos más tarde, el calor se extendió por su pecho. Estaba pensando en Wirth, a quien acababa de matar —su sangre aún estaba pegajosa en su manga—. Pensó en la grasa humana, en la piel quemada, en los órganos flotando en sus jugos...

—Para mí, todo este asunto es cosa del pasado —dijo el obstetra, sentándose detrás de su escritorio—. Me hice construir una guarida aquí. Sigo mi investigación lejos de la guerra y de Berlín... Me he vuelto un ermitaño.

Si hubiese tenido un hacha a la mano, Beewen lo habría partido por la mitad antes de arrojar los pedazos a los perros. Pero eso habría sido un error táctico. Había venido hasta aquí en busca de la verdad y no quería perderse ni una miga de esta.

El otro siguió divagando en tanto sacaba su pipa:

—No sé a dónde va a llevarnos esta guerra y prefiero no pensar en ello. En mi rincón, modestamente, trabajo en investigaciones que permitirán al Tercer Reich, al pueblo germánico y a toda la humanidad vivir una vida mejor, más feliz y más sana...

La voz del pelirrojo actuaba como un bálsamo. Y había algo extrañamente reconfortante en esta acogedora cabaña, con su olor a abeto. Como si, al final del infierno, existiera este cálido y cómodo nicho, donde un hombre regordete con traje de marinero fumaba una larga pipa hecha de hueso humano.

—No hemos venido para escuchar tu mierda de científico loco —lo interrumpió Beewen.

—Muy bien —respondió Mengerhäusen—. ¿Tienen preguntas?

Beewen dio un paso adelante. No tenía más que una:

—¿Qué es la Operación Europa? ¿Cuál es su vínculo con las Damas del Adlon?

—¿Quién les ha hablado de eso?

—Magda Zamorsky.

—Esa querida Magda… Quizás nuestra más temible enemiga.

Se miraron el uno al otro. Así que Mengerhäusen lo sabía todo. En silencio, llenó su pipa. Sus movimientos eran ágiles, tranquilos. Habría incluso hecho recordar a un abuelo pelando cebollas pequeñas.

—Sabes cómo funciona el Reich, ¿no? —preguntó, dirigiéndose a Beewen.

El *Oberstleutnant* no respondió. Mengerhäusen se puso nuevamente de pie. Tomó una hoja de su escritorio, probablemente una lista de convictos o pacientes a tratar, la retorció y la acercó a la estufa.

Con la ayuda de esta pequeña antorcha, encendió su tabaco, con densas nubes y un *pop-pop-pop*.

—El Olimpo de los nazis es el *Reichsleitung* —continuó—. Con los *Reichsleiters* en la cúspide de la pirámide, los gobernadores del Reich. Son quince, a veces dieciocho. Ellos son nuestros dioses. Los pontífices del régimen… Se sientan, deciden, nos miran…

Dio unos pasos, volviendo una y otra vez a su pipa.

—Podríamos compararlos con las antiguas deidades. Por encima de ellos, por supuesto, está Júpiter, el rey de los dioses, nuestro amado Führer. A continuación, Plutón, el dios del infierno, que es Heinrich Himmler. Tú procedes de las ss, no necesito explicarte la asociación. Para el papel de Apolo, el dios de la poesía, podríamos optar por Joseph Goebbels. No se rían: aunque no lo parezca, es nuestro maestro de las palabras. Para Mercurio, el mensajero, pienso en Martin Bormann, jefe de la cancillería del partido, y para Jano, la divinidad de dos caras, Rudolf Hess, el traidor, el desertor, sería perfecto.

Beewen estaba perdiendo la paciencia:

—¿A dónde vas con todo esto?

Mengerhäusen asintió con su cabeza envuelta en una nube de humo.

—¡Deben de haber estado pensando durante meses, qué digo, durante años, en estas dos simples palabras: «Operación Europa»!

¿A qué operación militar correspondían estas sílabas? ¿Cómo se podría vincular a las Damas del Adlon con alguna incursión de la Wehrmacht?

Chasqueaba una y otra vez sus labios en la boquilla de su pipa.

Pop-pop-pop…

—Bueno, es simple —continuó en el tono de un profesor que finalmente concede una respuesta a sus alumnos—. No se trata de ese tipo de maniobras, en absoluto, y este nombre no hace referencia al continente, sino al personaje.

—¿Cuál personaje?

—Europa, la figura mitológica.

Por supuesto, eso no significaba nada para Beewen, pero estaba seguro de que sus compañeros, esos bastardos intelectuales, sabían muy bien de quién se trataba.

—Esta historia es una de las más conocidas de entre las leyendas antiguas —se dignó a explicar Mengerhäusen—. Un día, Europa, hija de Agenor, rey de Tiro, fue advertida por Júpiter...

Beewen no estaba allí para tomar una clase. Sus dedos encontraron la empuñadura de su daga en su bolsillo. Tuvo que contenerse para no lanzarse sobre él.

—Júpiter —continuó el doctor—, estaba impresionado por la belleza de Europa, sentada a orillas del río. Para no asustarla, se convierte en un magnífico toro y se recuesta a sus pies. Temerosa al principio, Europa se acerca al animal y se sube a su lomo. Inmediatamente después, el toro se levanta y se adentra en las olas hasta desaparecer en el horizonte. Cuenta la leyenda que más tarde la pareja llegó a Creta y se unieron. De esta unión, entre un dios y una mortal, nacieron tres hijos divinos, entre ellos Minos, el famoso rey de Creta.

Beewen logró aflojar los dientes para decir:

—Aún no entiendo a dónde vas con esto.

—La Operación Europa sigue el mismo plan: unir a nuestros dioses con los humanos…

—¿Qué dices?

—Los dioses tienen las mismas necesidades que los hombres. Y quieren estar seguros de su supervivencia, es decir, de su descendencia. Hoy contamos con nuestro visionario Führer y con sus

Reichsleiters, pero ¿y mañana? ¿En cincuenta años? ¿Quién gobernará el Reich de los Mil Años? ¿Sucesores políticos? ¿Conspiradores que se arrebatarán unos a otros el poder a fuerza de engaños? ¡No, no, no, para los alemanes la sangre prima sobre cualquier otro valor!

Beewen estaba empezando a comprender a lo que Mengerhäusen se refería, y eso le hacía sentir vértigo. Miró brevemente a Simon y a Minna. No hacía falta ser telépata para adivinar que ambos se encontraban en el mismo estado que él.

—Verdaderos herederos —prosiguió Mengerhäusen—, eso es lo que necesitan el Führer y el *Reichsleiter*. Hijos perfectos para asegurar la continuidad del poder. Hijos de sangre superior, nacidos de los vientres de impecables mujeres arias, criados en el más puro espíritu del Reich.

Hubo un silencio. Beewen, Minna y Simon aún estaban de pie, pero cualquier leve brisa los habría derribado.

Operación Europa.

Unir dioses y mortales, como Júpiter lo había hecho con Europa. Es decir, en la lengua nazi, ofrecer a los gobernantes de Alemania bellezas germánicas puras para fertilizarlas. Las Damas del Adlon.

—¿Kurt Steinhoff no fecundó a Leni Lorenz y a las demás? —preguntó Minna.

—No. Él era nuestro prestanombres, por así decirlo. Nuestro sacerdote del sexo (se ríe de su propio chiste). ¿De verdad creen que, para producir niños perfectos habríamos elegido a este vicioso gominola, quien no vivía sino para fotografiar orgías al aire libre? Seamos serios.

—¿Cómo ocurría aquello?

—Como ocurrió para ti —espetó Mengerhäusen—. En total oscuridad. Todos esos rumores que difundimos sobre la tendencia de Steinhoff a tomarse a sí mismo por un lobo, a que se le creyera un nictálope, eran solo tonterías. Los maestros del Reich solían llegar, uno tras otro, a la Clínica Zeherthofer para cumplir con su deber. Nadie los veía. Nadie sabía nuestro secreto.

Beewen, con su proverbial delicadeza, inquirió:

—¿Quién se acostó con quién?

Mengerhäusen se detuvo, con la pipa en la boca, las manos a la espalda, y fijó sus ojos sonrientes en los de Beewen.

—¿Están conscientes de que no saldrán vivos de este campamento?

—Responde.

—¿Que estas revelaciones los llevarán directamente a nuestros hornos?

—¡RESPONDE!

El médico suspiró y reanudó sus divagaciones, con la cabeza gacha.

—Susanne Bohnstengel fue fecundada por Martin Bormann, nuestro Mercurio, el 2 de abril de 1939. Margarete Pohl por Joseph Goebbels, Apolo, el 17 de abril de 1939. Leni Lorenz, por Rudolf Hess, alias Jano, el 4 de mayo, y Greta Fielitz por Heinrich Himmler, el dios del inframundo, el 6 de mayo…

—¿Ellas lo sabían?

—No. Ellas siempre creyeron haber sido fecundadas por Kurt Steinhoff. Nunca supieron que eran ellas nuestras elegidas, nuestras promesas… Aquellas a través de las cuales el Reich de los Mil Años sobreviviría en toda su grandeza.

Beewen quería los hechos, nada más que los hechos.

—¿Estaban dormidas?

—No, pero, nuevamente, todo sucedía en la más absoluta oscuridad.

Hizo la pregunta final, previniendo ya su respuesta:

—¿Y Magda Zamorsky?

—Magda era la más hermosa. Ella era nuestra Europa, la princesa en quien el rey de los dioses se había fijado, la única digna de dar a luz a su sagrada descendencia... Nuestro Führer la fecundó el 10 de junio de 1939. Esta quedará como una fecha histórica. Tal es la ironía de la historia: nuestra más bella promesa, a quien le encomendamos la más noble de las tareas, es la que terminó por traicionarnos.

Beewen, durante la investigación, había aprendido a imaginar, construir escenarios y extrapolar. Sin embargo, en esta ocasión, sus habilidades de abstracción se veían abrumadas. Todo lo que pudo agregar fue:

—Nos dijiste que había quince *Reichsleiters*…

—Arrancamos la operación con los cinco personajes principales del Olimpo, los dioses mayores…

De repente, Simon se inmiscuyó en la partida:

—¿Fuiste tú quien ideó este proyecto?

—¡Es cien por ciento Mengerhäusen! —rio el médico—. Recuerdo haberle propuesto este plan al Führer, una tarde de diciembre de 1938, en su residencia del Berghof, en Obersalzberg. Los otros *Rechsleiters*, en los que yo justamente pensaba estaban ahí presentes. Goebbels y Himmler mostraron de inmediato su emoción. Hess no había entendido nada y Bormann se permitió una broma sobre su mujer, quien solía alentar sus infidelidades...

—¿Y... Hitler?

El profesor hizo una mueca ambigua, medio contrariada, medio maliciosa.

—Nuestro Führer nunca estuvo del todo cómodo con este asunto. Las malas lenguas afirman incluso que Eva Braun es una tapadera para ocultar… —Se ríe.— ¡Pues precisamente eso, el hecho de que no hay nada que ocultar!

—Pero accedió a acostarse con Magda Zamorsky.

—Él comprendió la necesidad de la operación, sí. Los dioses nazis deben engendrar su propia descendencia. Herederos cuya belleza e inteligencia superarán todo lo que hemos conocido hasta ahora. Nuestro Führer ya se había fijado en la polaca durante una reunión de las Damas del Adlon. Cual Júpiter seducido por Europa, él quedó atrapado por sus encantos...

Un silencio escéptico se cerró sobre estas últimas palabras. Difícil creer en una historia de amor a primera vista en el seno de la Orden Negra.

Mengerhäusen debió sentir que su audiencia se estaba cansando.

—No me malinterpreten —advirtió, alzando la voz—. Los dioses del Reich han superado la etapa del amor y ese tipo de sentimentalismos. La mayoría tiene esposa, hijos, sí; incluso historias de amor, pero todo eso es humano, es mezquino. ¡Nada que ver con el *Tausendjähriges Reich*!

Blandió su pipa con un gesto teatral.

—Nuestro Reich lo exige: ¡debemos proporcionar descendientes excepcionales, nacidos de la unión del genio ario y de la belleza, de la inspiración y de la perfección! Recuerden las palabras de Hess:

«El nacionalsocialismo es nada más que la aplicación de la biología». ¡Para gobernar el futuro, es necesario que respetemos los principios fundamentales de la raza!

Minna hizo una nueva pregunta —la calma en su voz tornaba ridícula la euforia del pelirrojo:

—Después de dar a luz, ¿qué hubiera ocurrido?

—Nosotros le habríamos proporcionado una educación excepcional a esos niños. Una formación de príncipes, de acuerdo con los valores del Reich. Nosotros…

—¿Y ahora? —interrumpió Beewen—. Las Damas del Adlon están muertas, los fetos han sido robados, tu proyecto ha sido reducido a nada y la guerra está en su apogeo...

Esas pocas palabras parecían vencer a Mengerhäusen en su propio terreno. Bajó la cabeza como un pequeño toro que se rinde y se colocó detrás de su escritorio.

Inexplicablemente, colocó tiernamente su mano sobre uno de los frascos que contenían fibras orgánicas.

—Empezaremos de nuevo...

Beewen tuvo una revelación. Señalando las botellas de vidrio, murmuró:

—Son los…

—¿Fetos? Por supuesto. Restos sagrados. Las obras maestras de la arqueología de nuestro Reich.

—¿Cómo los recuperaste? ¿En casa de Magda?

—Magda Zamorsky no tiene nada que ver con esto. ¿Cómo pudo haber robado esos embriones? Ella no habría podido encontrar ni un pulmón en una caja torácica. No, en cada ocasión, Koenig, el patólogo, me daba aviso, y era yo quien asistía para operar a estas pobres mujeres, antes de las autopsias... Teníamos que preservar estos preciosos restos de la sagrada descendencia.

Durante semanas habían estado buscando a un ladrón de fetos, un hombre con habilidades quirúrgicas. El crimen se había llevado a cabo en dos etapas. Una evisceración bajo el signo de la venganza de Magda. Una intervención paciente y meticulosa por parte de Mengerhäusen.

A su pesar, los tres visitantes experimentaron un retroceso. El sinsentido estaba por doquier. En este campo del terror, un hombre, en lo alto de una colina nevada, cuidaba fetos de solo unas cuantas semanas, mientras cientos de miles de vidas estaban en proceso de destrucción.

Beewen deslizó su mano bajo el abrigo de cuero: este torbellino de locura pura le pareció el momento perfecto para terminar con todo.

151

Minna von Hassel estaba convencida: el poder de la locura no tenía límites. Extrae su fuerza del espíritu humano, que en sí mismo es infinito. Por eso le encantaba este epílogo. Con el puro y gran delirio nazi que, hasta el final, rayaba en el asombro.

Sin embargo, aún estaba hambrienta. Preguntas. Conexiones. Detalles. Ella tenía que saber.

—¿Cómo se enteró Magda Zamorsky de la verdad?

—No tengo idea. La unión tuvo lugar en total oscuridad. —Rio burlonamente.— Tal vez fue el bigote de nuestro Führer el que sembró la duda en su mente...

Simon tomó la palabra:

—Durante toda la investigación, ¿usted nos hizo seguir?

—Esta investigación planteaba un problema fundamental: era necesario encontrar al asesino sin descubrir la naturaleza de sus motivos. Teníamos que, al mismo tiempo, estimular a los investigadores en tanto los reteníamos. Básicamente, todos quienes se acercaran al caso estaban condenados...

—¿Como Max Wiener? —intervino Beewen.

—Un buen policía. Un poco demasiado bueno, incluso. Tuvo esta idea de interrogar a las doncellas Susanne y Margarete y descubrió que estaban embarazadas. Luego se fue a merodear por el Lebensborn... Lo detuvimos antes de que fuera demasiado tarde...

—¿Y nosotros? —intervino Minna—. ¿Qué destino nos esperaba?

—Habíamos ya planeado eliminarlos, pero teníamos la esperanza de que encontrarían algo. Después de Steinhoff, decidimos terminar de una buena vez. Luego nos dimos cuenta de que ustedes persistían en continuar con la investigación. ¿Entre los gitanos? Incluso más absurdo que todo lo demás; pero, al fin y al cabo...

—Y esa puesta en escena en Lebensborn, ¿qué buscaba con eso?

—Quería darte una lección, al tiempo que te persuadía de que Steinhoff era, de hecho, nuestro progenitor.

Simon tomó el relevo:

—¿Fuiste tú quien envió a esas mujeres a mi consultorio?

—Teníamos que cubrir nuestras huellas. Queríamos convencer a las altas esferas de que las Damas del Adlon no eran buenas nazis.

—No veo la relación.

—¡Pero si usted es el psicoanalista más hablador de Berlín! ¿Tienes deseos de que un rumor se difunda? Simon Kraus es tu hombre.

—Yo no inventé al Hombre de Mármol.

—Eso es cierto. Susanne, Margarete, Leni, estaban aterrorizadas por estos sueños. Pensaban que habían cruzado una línea. Que su embarazo era una maldición... El Hombre de Mármol encarnaba una especie de juicio... divino.

Minna quiso saber cómo había Mengerhäusen adivinado la culpabilidad de Magda Zamorsky. Después de todo, la quinta Dama del Adlon se había suicidado y nadie había revelado la verdad.

—Eso es bastante simple —respondió Mengerhäusen—. Durante su autopsia, Koenig descubrió que era albina. Mientras registramos su casa, encontramos objetos pertenecientes a la cultura gitana. Hice la conexión con su investigación de los *Zigeuners*.

Simon habló de nuevo:

—¿Por qué nos perdonaste?

—Fue la guerra la que los salvó. Hoy están dispersos en el Este, con una esperanza limitada de vida. ¿Y, de cualquier manera, quién los escucharía?

—En todo caso —concluyó Minna—, Magda redujo su operación a la nada.

—Es verdad... —admitió el obstetra—. Pero nuestros dioses siguen vivos... Cuando termine la guerra...

—Usted no sobrevivirá.

Mengerhäusen permaneció en silencio. Por un momento había dejado atrás sus tarros y estaba parado cerca de una de las ventanas, de espaldas a ellos, y parecía estar buscando algo afuera —incluso había, con un movimiento de su pequeña mano, barrido la niebla de la ventana.

Pasaron unos segundos y se dio la vuelta.

—Ya no importa. Es hora de llamar a Wirth.

—Él no vendrá esta vez —deslizó Beewen.

—¿Pero por qué?

—Porque yo lo he matado.

Mengerhäusen levantó una ceja —una primera nota falsa, quizás, en esta cálida partitura que él estaba escribiendo en el fondo de su cabaña—. En otro tiempo, en otro lugar, el ginecólogo sin duda habría abierto un cajón y blandido un arma al instante —pero estaban ahora en una dacha de troncos y el escritorio del jefe no era sino una mesa de madera, sin cajones ni escondites—. Sin perder la compostura, se recostó en su sillón de madera, tomó un bisturí y raspó el fondo de su pipa para retirar el tabaco quemado.

—El Reich es un gran barco —murmuró—, y tengo la impresión de que está empezando a llenarse de agua por todas partes.

—Me has arrancado las palabas de la boca —dijo Beewen—. Aquí o en cualquier otro lugar, todos van a morir.

—Nosotros, tal vez, pero el movimiento ha comenzado ya. La conquista de nuestro espacio vital está en marcha. Todo lo que he hecho, lo he hecho por esta causa: había que eliminar, había que procrear. No puede haber lugar para todos.

Beewen sacó su Luger.

—Tengo buenas noticias: pronto habrá un lugar disponible.

Al descubrir el arma, el doctor abandonó su pipa y sus cenizas. Recostándose en su silla, estiró las piernas perezosamente por sobre la mesa, una amplia sonrisa se dibujaba en su cara de cerdo de porcelana.

Minna lo había notado con frecuencia: los dementes pueden ser sumamente valientes. No poseen ningún mérito, no creen en la realidad.

Atando sus regordetas manitas juntas, el doctor susurró:

—Si disparas, todo el campamento entrará en alarma por la detonación.

—No tenemos que hacer ruido.

El coloso se aproximó a Mengerhäusen, lo sujetó por el pelo y le metió la Luger hasta el fondo de la boca. Disparó dos veces. Las explosiones fueron amortiguadas por la tráquea, que actuó como un silenciador... natural.

Minna vio, con sus ojos cómo las primeras vértebras del doctor saltaban de su nuca y el conjunto de huesecillos rebotaba en el suelo.

Quizás en una novela, o en una película, los héroes habrían derribado la estufa incandescente y prendido fuego a la dacha para purificar esa guarida del mal. Ellos se contentaron con cerrar el cuello de sus abrigos y desandar el camino que habían tomado dos horas antes.

152

Descendieron la pendiente hacia el enrejado de alambre de púas. ¿Eran justicieros o asesinos? Simon no lo sabía. ¿Deberían testificar? ¿Ahora? ¿Después de la guerra? Por lo pronto, en un mundo donde los criminales dictaban la ley, no había posibilidad de juzgarlos o castigarlos.

El rapto de Europa. El Olimpo de las deidades. El obsceno binomio del Reichsleiter y las Damas del Adlon, de los dioses y las simples mortales... Ahora evolucionaban en una nueva mitología, gélida, espeluznante —la del nazismo, la de la destrucción del mundo por un puñado de dementes que se creían demiurgos.

Pasaron por delante de la fábrica de jabón, de la cabaña de los moribundos, del *hammam* de ojos enfrascados... Era como un recordatorio de los hechos. *Legítima defensa.* Habían matado a Mengerhäusen en defensa propia. Era la humanidad entera quien había sido agredida.

Sus pasos crujían en la nieve. Pasaron por encima del cuerpo de Wirth recubierto por un manto de copos de nieve, volvieron a abrir la reja y entraron en el VW. En el puesto de control principal del campamento, Beewen volvió a presentar sus papeles. Sin problemas. Volvieron a tomar el camino central. Los guardias con los que se cruzaron, con rifles al hombro, no les dirigieron ni siquiera una mirada.

La nieve había vuelto a caer, ligera, distraída, soporífera. El campamento parecía acolchado por plumas, como calafateado para evitar los golpes. Las farolas dibujaban charcos amarillos sobre el suelo inmaculado. Las siluetas de los centinelas pasaban de vez en cuando bajo estos halos, escindiendo la blancura del suelo con la nitidez de una navaja.

Simon acababa de notar una curiosa escena detrás de uno de los edificios. Bajo un foco, una treintena de niños, vigilados por dos hombres de las SS, se alineaban frente a un estadímetro. Todo mundo estaba temblando y la mera idea de realizar estas mediciones, en medio de la noche, bajo este frío glacial, era una crueldad innecesaria.

La última parada del día... Sin decir palabra alguna, Simon salió del VW y se acercó a ellos. Uno tras otro, los niños se iban colocaban debajo de la barra de madera. Los que alcanzaban la estatura eran empujados hacia la derecha, los demás hacia la izquierda. Traducción: a los niños con edad suficiente para trabajar se les perdonaría la vida, los demás pasarían a la cámara de gas.

En ese preciso instante, Simon comprendió que la docilidad con la que se había dejado llevar hasta el momento por los acontecimientos había terminado. Esta escena, banal entre todas las que ocurrían en un campo de exterminio, acababa de hacer que algo se encendiera en él. La gota que hacía que un jarrón de ácido se desbordara, pero el cual ya se encontraba lleno desde hacía mucho tiempo.

Uno de los niños, que no podía medir más de un metro veinte, había adivinado que su baja estatura lo condenaría: discretamente, se puso de puntillas para intentar tocar la corredera de madera.

El guardia, con culatazo en el trasero, lo mandó a unirse a los pequeños —los que no verían el otro lado de esa misma noche.

Simon sintió que su corazón se detenía. Aquel desesperado intento del niño, a los ojos de un hombre quien, durante toda su vida, había intentado engañar a la altura, le resultaba sencillamente intolerable. Se acercó al soldado de las SS.

—¿Puedo hablar contigo un minuto?

—¿Qué quieres?

—Ven conmigo.

El hombre parecía completamente borracho. Simon lo condujo amigablemente a la vuelta de la esquina del edificio, fuera de la vista de cualquiera.

—El pequeño, el último, te lo compro.

El hombre se echó a reír como un ternero, si es que los terneros supieran cómo reír.

—Aquí no hacemos eso.

—Dame tu precio. Te pago y me lo llevo. Ni visto ni conocido.

Simon se sentía hervir. Su cara estaba roja, sus orejas ardían, el borde de su bufanda le parecía estar a punto de estallar en llamas.

—Quinientos *Reichsmarks*.

Nada tenía sentido. La vida de un niño no tiene precio. Simon rebuscó en la bandolera que colgaba de su hombro. Sabía que no tenía mucho, cien *Reichsmarks* a lo sumo.

—Tengo dinero en mi coche.

El soldado lo sujetó por la manga, miró su ropa. Parecía repentinamente sobrio.

—*Nein* —dijo, amartillando su rifle.

—¿*Nein*? —repitió Simon—. Déjame buscar de nuevo.

Metió la mano en la bandolera, sacando su Luger ya preparada y disparó al centinela justo en la frente.

Cuando se dio la vuelta, vio al otro guardia corriendo hacia ellos mientras intentaba cargar su arma.

Apareciendo a su izquierda, Beewen lo detuvo con su daga, clavándolo contra la noche. El hombre, por una fracción de segundo, sostuvo ambas piernas en el aire, con el torso erguido, después se hundió con un sonido como si se desplomara en una colcha. Una línea de sangre brotó verticalmente de su garganta. Beewen presionó la herida con la bota hasta conseguir volcar el cuerpo en la nieve.

Simon volvió con el grupo de niños y tomó la mano de su protegido. Corrieron hacia el VW.

Después de unos cuantos metros, se detuvo.

Imposible abandonar a los demás...

Al mismo tiempo, sonó un ruido de motor, más grave, más pesado. Simon soltó la mano del niño y volvió a alcanzar su Luger, pero vio, más allá de los círculos de luz, un camión Borgward temblando sobre sus ruedas, como estremeciéndose entre la noche.

Simon entrecerró los ojos y notó dos hechos esenciales. Primero, este camión estaba equipado con una plataforma cubierta por una lona —ideal para esconder a una treintena de infantes. Segundo, que era Minna quien maniobraba tras el enorme volante.

Por aberrante que pudiera parecer, no tuvieron ningún problema para salir del campamento con su carga escondida bajo la lona. La barrera se elevó y Beewen no hizo nada más que embestir con un rápido «*¡Heil Hitler!*» a los centinelas petrificados por el frío.

El camino negro, el camino blanco.

Ni una palabra en la cabina, ni un sonido en la plataforma. Simon era feliz, y su felicidad era tan dura, tan compacta, que se sentía como si se hubiera tragado una piedra. Un afilado pedernal que lastimaba sus entrañas, pero cuya belleza irradiaba profundamente en su vientre.

Habían salvado a unos cuantos niños. Una gota de sangre en un océano de hemoglobina. Pero al menos esa noche la altura había quedado de lado. La estatura no había sido una razón para morir. Y esta idea bastaba, por el momento, para llenarlo total y absolutamente de serenidad.

Minna se había dirigido al este.

¿A dónde iban? ¿Qué iban a hacer? Polonia no era más que una tierra desollada escupiendo sus cadáveres y ríos de sangre bajo el efecto de incontrolables sismos. Ucrania y Bielorrusia *idem*. En cuanto a Rusia, estaba produciendo el mayor número de cuerpos que jamás había contado hasta el momento la historia de la guerra humana.

Simon se recostó en su asiento entre Minna y Beewen, con la cabeza enterrada en su cuello forrado. El calor de su propio cuerpo subía hasta su rostro. Los baches en el camino lo sacudían. Todo se sentía como en un sueño, como la emoción de un primer amor.

Tres asesinos al frente. Treinta niños en la parte de atrás. Un convoy improbable, perdido en medio de la nada.

Simon sintió que su cuerpo se desdoblaba y que salía volando de la cabina. Veía al Borgward avanzando a solas por el camino enmarcado por montones de nieve; lograba distinguir los sombríos bosques, las extensiones inmaculadas, las laderas salpicadas por la maleza. Pronto el camión se había convertido en un punto minúsculo. Un insignificante átomo en un gran desierto blanco. Un electrón que ya no podía detener su insensato curso. Una partícula que contenía, si no la promesa, al menos sí el sueño de un futuro mejor.